자선 대표 작품집
옛 우물

자선 대표 작품집을 내면서

한국문학의 유구한 터전 위에 다시 근대문학 100년사가 세워져 왔다. 그동안 우리는 우리들에게 기억되고 있고 또 거듭 상기되어야 마땅할 문학 작품을 많이 가지게 되었다.

그럼에도 불구하고 우리는 삶에 있어 어떤 초월적 교리보다 훨씬 삶의 본질에 가까운 인간의 모습이 담겨있는 친숙한 세계들이 의외로 쉽게 잊혀지고 있다는 점을 주목하였다.

이에 따라 우리는 이 혼탁한 시대를 헤치고 나갈 지혜와 이성을 제공해 줄 우리 시대의 작품들을 한 자리에 모아 적극적으로 문학 대중들에게 권하는 방법이 아주 유효하리라 생각한다.

따라서 우리는 근대문학사에서 이제 나름의 위치를 점하게 되었으면서도 여전히 왕성한 활동을 하고 있는 작가들을 택하여 그들의 '자선 대표 작품집' 시리즈로서 문학적 무게와 현실적 의미를 제공하고자 했다.

'자선 대표 작품집'은 작가 스스로 그의 핵심적인 작품을 담아 다변하는 시대에도 변하지 않는 어떤 정신성에 대해 성찰하도록 유도하는 것을 그 주목적으로 한다. 그리고 새로운 작품과 잘 알려지지 않은 작품을 몇편이라도 수록하여 그 작가의 다른 세계를 볼 수 있도록 하였고, 자라나는 세대들과 일반 교양인들이 읽으면서 자연스럽게 한국 소설의 깊이 있는 세계로 젖어 들 수 있도록 하였다. 또한 선집마다 대표적인 작품 세계를 전반적으로 점검하는 평문을 해설로 실어 작품세계를 이해하고자 하는 사람들에게 적절한 길잡이를 마련해 주고자 했다.

우리의 이러한 작업은 근대 문학사를 점검하고 정리하는 일에도 도움이 되리라 믿지만, 우리 시대 중견작가들의 작품집이 제공하는 풍성한 문학세계에 젖어 보는 문학 대중들이 하나 둘 늘어나는 것을 우리의 보람으로 삼고 새로운 문학의 세계를 향해 끊임없이 노력할 것이다.

책을 내면서

70년대 말 무렵부터 최근에 이르기까지 쓴 작품 중에서 열한 편을 뽑아 선집을 낸다. 여러 해 동안 소설을 쓰지 못하고 살았다는 자괴감 때문인지 새삼스레 선집을 낸다는 일에 많이 망설여졌지만 개인적으로는 자신의 지난 발자취를 되돌아본다는 뜻도 있고 관심 있는 독자들이라면 한 작가가 거의 일관되게 추구해 온, 나이와 더불어 자라고 변화하고 심화되어 가는 여성성의 내적인 모습과 의미를 볼 수 있으리라는 기대로 골라본 작품들이다. 내자신의 가장 정직한 생의 조건이자 출발점인 여성성…. 여성으로 태어나 살아간다는 것, 그렇게 소멸해 간다는 것은 문득문득 놀라움이고 기쁨이고 슬픔이고, 실제 그러한 삶을 담당하며 살아가는 내게 역시 아마 영원한 미지의 세계이리라.

별달리 마음을 쏟는 일도, 재미있는 일도 없으면서 오랫동안 소설을 쓰지 못했다. 굳이 분석하고 캐들어가자면 글을 쓰지 못했던 까닭의 실마리를 잡을 수 없는 것은 아니겠지만 어떤 명분, 이유를 갖다붙일 염치도 뱃심도 없다. 나에게도 의문이고 매도의 대상인 자신을 자학에 가까운 심정으로 다만 물끄러미 바라보며 산 세월이었다. 하긴 누군들 자신에게 의문이고 분노이고 배반이고 불확실성이고, 또한 처절한 사랑이 아닐 수 있겠는가.

근본적으로 누구나 한끼밥을 위해 노동하듯 작가에게는 쓰는 일이 곧 밥이고 꿈이고 존재라는 골수에 맺힌 관념을 털어버리지 못한 채 갇힌 열정, 안타까움으로 전전긍긍하고 아마 앞으로도 그러하리라는 예감에서 자유롭지 못하다.

책을 낼 때마다, 자신의 육성을 덧붙여야 한다는 일은 변함 없이 곤혹스럽고 그래서 어눌하고 서투를 수밖에 없나보다. 작가가 나서서 군이 덧붙일 필요가 없을 만큼 느낌과 생각들이 작품속에 남김없이 녹아 있기를 바라는 심정이든 작품 뒤에 숨고 싶은 계산속이든 쑥스러움이든 어쨌거나 쓰는 것은 나의 몫이지만 읽고 해석하고 받아들이는 것은 철저히 독자의 몫이라는 생각이 강하기 때문일 것이다. 한 작가가 그가 쓰는 글, 특히 자신의 작품 이상으로 얼마나 더 솔직하고 진지해질 수 있겠는가, 지난날 써왔던 작품들을 다시 읽는 일은 어느만큼 쓸쓸하고 착잡하지만 그 돌아봄이 회한을 위한 것이 되어서는 안될 일이다.

책을 내주시는 청아출판사와 해설을 써주신 김혜순씨와 임순만씨께 감사드린다. 그 수고로움이 내 문학에 대한 관심과 독려의 의미로 받아들여져 새삼 감사하다.

1994년 6월 춘천에서 오정희

오정희 작품집 / **옛 우물**

옛 우물

마흔다섯 살이 된 생일 아침, 나는 여느 날과 마찬가지로 여섯 시에 맞춘 괘종시계 소리에 눈을 떴다. 겨울 지나면서 해는 발돋움질하듯 조금씩 길어지고 매일매일 한 겹씩 엷어지는 어둠 속에 섬세하게 깃든 새벽빛, 친숙하고 익숙한 습관과 사물들 사이에서 잠을 깨었다. 여기저기, 가장 적합하다고 여겨진 자리에 의심없이 놓여진 전기 밥솥, 가스레인지, 프라이팬과 낡고 늙어 부쩍 모터 소리가 요란해진 냉장고 따위의 가운데서 움직이며 나는, 태어났을 때 사십오 년 후의 이러한 내 모습을 결코 상상하지 않았으리라는 생각을 잠깐 해본 것이 다르다면 다른 일이었을 것이다. 어느 해 이른 봄 오늘과 별로 다를 것 없는 어느 날 나는 스물세 살부터 십 년에 걸쳐 해거름으로 아이낳기를 한 서른세 살의, 아마 그녀로서는 마지막 출산이기를 바랐을 여자의 자궁에서 벗어나 시간의 그물에 걸려들었다.

어머니는 그뒤로도 십 년 가까이 아이를 낳았다. 내가 여덟 살이 되었을 때 낳은 사내아이를 끝으로 자궁은 말린 오얏처럼 쭈그러들었다.

내가 태어난 날임을 상기시키는 아무런 특별함은 없다. 그해 봄날 바람이 불었는지 비가 내렸는지 맑았는지 흐렸는지, 이제는 층계를 오르는 일조차 잊어버린 치매 상태의 노모에게 묻는 것은 의미없는 일이다. 다산의 축복을 받은 농경민의 마지막 후예인 그녀에게 아이를 낳는 것은, 밤송이가 벌어 저절로 알밤이 툭, 떨어지는 것, 봉숭아 여문 씨들이 바람에 화르륵 흐트러지는 것처럼 자연스럽고 범상한 일이었을 것이다.

나는 막내동생이 태어나던 때를 기억하고 있다. 깨끗한 바가지에 쌀을 담고 그 위에 마른 미역을 한 잎 걸쳐 안방 시렁에 얹어 삼신에게 바친 다음 할머니는 또다시 깨끗한 짚을 한 다발 안방으로 들여갔다. 그리고는 아궁이가 미어지게 나무를 쳐넣어 부엌의 무쇠솥에 물을 끓였다. 저녁 내내 부엌에는 설설 물 끓는 소리와 더운 김이 가득 서렸다. 특별히 누군가 말해준 적은 없지만 아이들은 무언가 분주하고 소란스럽고 조심스런 쉬쉬함으로 어머니가 아기를 낳으려 한다는 눈치를 채게 마련이었다.

할머니는 언니에게, 해지기 전에 옛날우물에서 물을 길어와 독을 채워놓으라고 말했다. 머리카락 빠뜨리지 마라. 쓸데없이 수다 떨다 침 떨구지 마라. 부정탄다. 할머니는 엄하게 덧붙였다. 열다섯 살 큰언니는 물 뜨러 다니는 것을 부끄러워해서 물 길러갈 때마다 입을 한 발이나 내밀었지만 불평없이 물초롱을 찾아들고 나는 두레박을 챙겨 따라나섰다. 정자나무 지나 먼 옛날우물까지 가는 동안 언니는 한 번도 입을 열지 않았다. 물을 떠오면 할머니는 검불이나 먼지가 떴는지 살핀 뒤 먼저 흰 사발에 담아 장독대로 돌아갔다. 다음에는 부뚜막의 조왕각시 사발에 채웠다. 아버지는 보이지 않았다. 마실이나 갔다오게. 아이야 여자가 낳는 거지. 할머니가 손사래를 쳐서 내보냈다. 남자야 아이를 만드는 데나 소용 있는 거지 하는 뜻이었을 게다.

우리들은 불길이 잘 들이지 않아 써늘한 윗방에 모여 재미도 없는 놀이에 열중하는 체하지만 귀는 온통 어머니의 신음소리가 새어나오는 안방에 쏠려 있었다. 실뜨기도 공깃돌 놀이도 재미없었다. 싸움도 하지 않았다. 이슬이 비친다거나 양수가 터졌다거나 문이 덜 열렸다거나 아아직 멀었다, 하는 할머니의 목소리에 섞여 아이고 어머니 아이고 어머니, 고통에 찬 외침이 들릴 때마다 언니는 어깨를 움찔움찔 떨고 조그만 얼굴이 굳어지며 말했다. 난 시집 안 가. 아이를 안 낳을 거야. 나는 작은오빠에게 머리를 쥐어박히고 쿨적쿨적 울었다. 정옥이의 엄마, 염장이 마누라가 아기를 낳다가 죽었다는 말을 했기 때문이었다. 밤깊도록 불켜진 안방의 수런거림과 산고의 신음에 불안하게 귀기울이다가 옷을 입은 채로 가로세로 쓰러져 잠이 들었지만 아침 일찍 저절로 눈이 떠졌다. 햇살이 퍼지지 않았는데도 문창호지가 밤새 눈내린 아침처럼 환했다. 한바탕 큰일이 지나간 것처럼 평온함이 감돌았다. 기름이 뜬 미역국과 흰밥으로 차려진 밥상을 보며 우리는 우리가 잠든 사이 어머니가 아기를 낳았다는 것을 알았다. 안방에 건너가면 윗목에 한아름 뭉쳐 있는 수상쩍은 피빨래와 짚더미. 아기는 우리가 차례로 입었던 배냇저고리를 우리가 막 벗어난, 혹은 지나온 작은 생처럼 물려입고 밤을 지샌 고통, 피와 땀과 젖냄새가 비릿하고 후덥덥하게 뒤섞인 공기를 마시며 잠들어 있었다.

할머니는 뒤란으로 돌아가 피묻은 짚과 태를 태웠다. 우리가 떠나온 세계는 시커먼 연기와 검댕이로 피어올라 할머니가 장독대에 떠놓은 정화수 흰 대접, 옛날의 우물물에 날아 앉고 그렇게 우리는 영원한 암호, 비밀일 수밖에 없는 한 세계와 결별한다.

마당은 어느새 깨끗이 쏠려 있고 아버지는 새끼를 꼬아 숯과 고추를 끼워 대문에 금줄을 쳤다. 싸리비자국이 선명한, 아직 아무도 밟지 않은 마당에 우리들의 작은 발자국을 만들며 학교로 갔다. 길에서 만나는 아이들에게마다 비밀얘기하듯 소근소근 말했다. 우리 엄마가 아기를 낳았어. 동생이 생겼어. 사내아기야.

거기에는, 새 아기가 태어난 풍경에는 밝음과 고즈넉함, 슬픔 같은 것이 어려 있다. 우리는 누구나 가엾은 한 여자의 가랑이에서 피투성이가 되어 태어난다. 그리고 익히 알고 있는 길을 걸어가듯 생애 속으로 한 걸음씩 옮겨놓는다. 삶에 대한 상상력이란 대개의 경우 지나치게 황당하거나 안일하다. 묘지에 갔을 때 사람의 생애란 묘비에 적힌 생몰연대 이상이라거나 그 이상이 아니라는 상반된 느낌들이 동시에 고개를 들지만 간단한 생몰연대에 비해 그의 생애와 업적을 적은 비문은 구차한 변명이나 췌사로 보여질 수도 있으리라.

한 사람의 생애에 있어서 사십오 년이란 무엇일까. 부자도 가난뱅이도 될 수 있고 대통령도 마술사도 될 수 있는 시간일 뿐더러 이미 죽어서 물과 불과 먼지와 바람으로 흩어져 산하에 분분히 내리기에도 충분한 시간이다.

나는 창세기 이래 진화의 표본을 찾아 적도 밑 일천 킬로미터의 바다를 건너 갈라파고스 제도로 갈 수도, 아프리카에 가서 사랑의 의술을 펼칠 수도 있었으리라. 무인도의 로빈슨 크루소도, 황야의 선지자도 될 수 있었으리라. 피는 꽃과 지는 잎의 섭리를 노래하는 근사한 한 권의 책을 쓸 수도 있었을 테고 맨발로 춤추는 풀밭의 무희도 될 수 있었으리라. 질량불변의 법칙과 영혼의 문제, 환생과 윤회에 대한 책을 쓸 수도 있었을 것이다. 납과 쇠를 금으로 만드는 연금술사도 될 수 있었고 밤하늘의 별을 보고 나의 가야 할 바를 알았을는지도 모른다.

그러나 나는 지금 작은 지방도시에서, 만성적인 편두통과 임신 중의 변비로 인한 치질에 시달리는 중년의 주부로 살아가고 있다. 유행하는 시와 에세이를 읽고 티브이의 뉴스를 보고 보수적인 것과 진보적인 것으로 알려진 두 가지의 일간지를 동시에 구독해 읽는 것으로 세상을 보는 창구로 삼고 있다. 한 달에 한 번씩 아들의 학교 자모회에 참석하고 일주일에 두 번 장을 보고 똑같은 거리와 골목을 지나 일주일에 한 번 쑥탕에 가고 매주 목요일 재활센터에서 지체부자유자들의 물리치료를 돕는 자원봉사의 일을 하고 있다. 잦은 일은 아니지만 이름난 악단이나 연주자의 순회공연이 있을 때면 남편과 함께 성장을 하고 밤외출을 하기도 한다.

갈라파고스를 떠올린 것도 엊그제, 벌써 한 주일 이상이나 화재가 계속되어 희귀생물의 희생이 걱정된다는 티브이 뉴스에 비친 광경이 의식의 표면에 남긴 잔상 같은 것일 테고, 더 먼저는 아들이, 자신이 사용하는 물건들에 붙여 놓은, 도도라는 말에서 비롯된 것일 수도 있다. 도도가 무엇인가를 묻자 아들은 4백 년 전에 사라진, 나는 기능을 잃어 멸종된 새였다고 말했었다. 누구나 젊은 한 시절 자신을 전설 속의, 멸종된 종으로 여기지 않겠는가. 관습과 제도 속으로 들어가야 하는 두려움과 항거를 그렇게 나타내지 않겠는가.

우리 삶의 풍속은 그만큼 빈약한 상상력에 기대어 부박하다. 삶이 내게 도태시킨 가능성에 대해 별반 아쉬움도 없이 잠깐 생각해 본 것은 내가 새로 보태어진 나이테에 잠깐 발이 걸렸다는 뜻일 게다. 그러나 나는 이제 혼례에나 장례에 꼭같은 한 가지 옷으로 각각 알맞은 역할을 연출할 줄 알고 내 손으로 질서지어지는 일에 자부심을 갖고 있다. 마늘과 생강이 어우러져 내는 맛을 알고 행주와 걸레의 질서를 사랑하지만 종종 무질서 속으로 피신하는 것도 한 방법이라는 것을 알고 있다.

남편과 아들이 서둘러 아침식사를 하고 각각 일터와 학교로 간 뒤 화장실 청소를 하려다가 나는 픽 웃었다.

깔끔한 성격의 남편은 그답지 않게 자주 변기의 물을 내리는 일을 잊는다. 나는 한 번도 그 점을 지적한 적이 없다. 비교적 성공한 봉급생활자인, 이제 머리가 벗어지기 시작하고 몸이 붙기 시작하는 장년의, 일자리나 술자리 잠자리에서까지 능숙하고 세련된 그에게 어린 날을 떠올리게 하는 것은 거의 없다. 내게서 어린 날의 심한 허기와 도벽, 노란 거품을 게워내던 횟배앓이의 흔적을 찾을 수 없는 것처럼. 그러나 나는 사타구니에 손을 넣고 모로 누워 웅크리고 자는 그의 모습을 볼 때, 채 물내리는 것을 잊은 변기 속의, 천진하게 제 모양을 지니고 물에 잠겨 있는 똥을 볼 때 커다란, 늙어가는 그의 속에 변치 않은 모습으로 씨앗처럼 깊이 들어 있는 작은 그를, 똥을 누고 나서 자신이 눈 똥을 신기하고 이상해하는 눈길로 물끄러미 바라보는 어린아이, 유년기의 가난의 흔적을 본다. 남편의 선배 중에 경상도 시골에서 과수원을 하는 사람이 있었다. 남편과 내가 찾아갔을 때, 그와 그의 아내는 똥과 풀을 섞어 두엄자리를 만들고 있었다. 그의 아내가 냄새 풍기는 것이 미안했던지 내게 말했다. 똥이 썩을 때의 빛깔은 얼마나 형형색색으로 예쁜지 몰라요. 사람들이 제가 눈 똥을 보지 않게 되면서부터 본질을 잃어가는 게 아닌가 싶다고 나는 대꾸했었다. 그들 부부는 오래전 통일 이전의 독일 유학생으로 각각 독일 문학과 교육학의 박사과정을 마쳐갈 즈음 모종의 사건에 연루되어 소환되었다. 재판을 받고 일 년간 복역한 후 풀려났지만 남편의 선배는 원거리공포증이라는 이상한 병을 얻었다. 자신이 있는 곳으로부터 이 킬로 반경을 벗어나면 심장이 뛰고 불안해서 안절부절못한다는 것이었다. 고향인 시골로 돌아왔을 때도 한동안 검은 수건으로 눈을 가리고 자신이 이제부터 살아가야 할 생활반경을 익혀야 했었노라고 했다. 버스터미널까지 자동차를 운전해서 우리를 데려다 준 것도 그의 아내였다. 방랑이 꿈이었는데 인생이 참 아이러니칼하지요. 자랑스런 영농후계자로 뽑혔다는 그는 사과꽃이 만발한 과수원에서 우리와 작별하며 헛헛하게 웃었다.

집안을 치우고 나니 한결 호젓하고 조용한 것 같다. 찻물주전자를 불에 얹고 나는 부엌 벽에 걸린 전화기의 송수화기를 떼어들었다. 지역번호를 누른 뒤 빠르고 센 힘으로 번호판을 꾹꾹 눌렀다. 아득한 공간 속으로 신호음이 울렸다. 열 번, 열다섯 번, 스무 번. 나는 송수화기를 제자리에 걸고 나는 더운 물을 부은 찻잔을 천천히 휘저었다.

시는 강을 경계로 해서 남과 북으로 갈리고 농사를 짓는 북쪽과 소비지역인 남쪽의 생활권을 이어주는 다릿목께에 상설 야채시장이 선다. 남편과 아들이 녹즙을 마시기 시작하면서부터 나는 값도 비교적 싸고 무엇보다 싱싱하다는 이유로 이 시장을 자주 이용해 왔다.

이른 아침 시장에 나오면 이슬 맺힌 채로의, 아직 가지런히 땅에 뿌리내리고 있는 듯한 연상을 불러일으키는 채소들, 푸른 잎과 구근들을 만난다. 그것들은 또한 내가 해뜰 무렵 이슬에 발목 적시며 푸른 식물들 사이에 서 있는 듯한 만족감을 주기도 했다. 내 손으로 가꿀 수 있는 작은 밭이 있었으면 좋겠다는 생각을 해보는 것도 그때였다. 대부분 햇빛과 바람, 비에 의한 것이 아닌, 알맞은 온도와 습도, 빛을 인위적으로 조절한 비닐하우스에서 재배한 것이라는 것을, 시든 푸성귀에 흠뻑 물을 뿌려 푸릇푸릇 살아나게 하여 갓 뽑은 것 같은 속임수를 쓰기도 한다는 것을 알게 된 뒤에도 그랬다.

신선초와 케일, 컴프리 따위로 채워진 커다란 비닐주머니를 양손에 무겁게 들고 시장을 벗어나며 나는 잠깐, 여름이 오기 전에 운전면허를 따야 하지 않겠는가를 생각했다. 진작 운전을 시작한 이웃사람들이나 친구들로부터 운전을 하면 생활형태와 감각이 달라진다는, 얼마나 기능적이고 자유스러워지는가 하는 얘기를 듣고 있는 터였다. 그러나 운전에 대한 생각은 다릿목에 이르러 지워져 버렸다.

차들이 꼼짝않고 늘어서 있었다. 다리가 끝나는 곳에 시가지로 진입하는 세 갈래 길이 부챗살처럼 뻗어 있어 병목현상을 일으켜 평소 교통체증이 심한 곳이긴 해도 이처럼 끝간 데 없이 차들이 뒤엉켜 움직이지 않는 것은 드문 일이었다.

파마 머리를 봉두난발로 불불이 세우고 두터운 겨울 코트를 입은 한 여자가 입에 불붙이지 않은 담배를 서너 가치 한꺼번에 물고 길가운데 서서 두 팔을 내두르며 교통정리를 하고 있었다. 길가던 사람들이 피식피식 웃어대고 자동차들은 신경질적으로 경적을 울려대었다. 나는 그때 늘어선 차 중에서 낯익은 감청색 승용차를 보았다. 남편의 차였다. 뒷좌석과 옆에 동승한 남자들이 있었다. 다리 건너 횟집에서 점심식사를 하고 오는 길이리라 짐작되었다. 은행의 부장직에 있는 남편으로서는 고객과의 식사자리도 중요한 업무일 것이었다. 핸들에 손을 얹고 있는 남편의, 그의 동승자들에게는 보이지 않을 얼굴은 피곤하고 권태로운 표정을 담고 있었다. 뒷자리의 남자들은 창을 내리고 고개를 빼어 그 여자를 보며 웃고 있었다.

나는 나 자신도 모르게 조금 남편의 시야에서 비껴섰다. 남편은 나를 보지 못한 것 같았다. 똑바로 앞만 바라보고 있었다. 아침에 입고 나간 그대로의 차림인데도 집 밖에서 보는 남편은 낯설었다. 나는 순간적인 내 태도와 감정에 당황했다. 내가 조금 더 그를 바라보았거나 아주 작은 소리로라도 불렀다면 알아차렸을 만큼 가까운 거리였다.

미친 여자의 교통정리는 상습적인 것인 듯 경찰에게 어깨를 잡혀 순순히 끌려가며 물방개 떼처럼 까맣게 밀린 차들을 향해 손을 흔들어주는 여유까지 보였다. 차들이 움직이기 시작하고 감청색

승용차도 그 속에 섞여들어 어느결에 시야에서 사라졌다. 그 차가 안 보일 때까지 눈으로 쫓다가 나는 천천히 걸음을 떼어놓았다.

몇 대의 버스를 보내고도 나는 그 자리에 우두커니 서 있었다. 버스비로 꺼내쥔 몇 낱의 동전에 축축이 땀이 찼다. 버스를 타기에는 짐이 무겁다고 속으로 말했다. 아직 세시, 집에 들어가서 서둘러 해야 할 일은 없다고 저녁밥을 지을 때까지는 아직 시간이 많이 남아 있노라고 웬지 변명하는 기분으로 말했다. 신호대기에 파란 불이 켜 있어도 건널 염이 없이 비스듬히 맞바라다보이는 건물을 바라보고 서서 뜨거운 커피를 한잔 마시고 싶다고 목쉰소리로 조그맣게 말해 보았다. 택시는 쉽게 잡히지 않았다. 어쩌다 빈 택시가 지나가기도 했지만 미처 손을 들기 전 지나가버렸다. 반대 방향으로 가는 빈 택시는 자주 눈에 띄었다. 조금 돌더라도 건너가서 타는 게 낫겠다고 작정을 하고 길을 건넜다. 택시 정류장의 표지판을 찾아 걷다가 문득 멈춰섰다.

문득, 이라고 말하는 것은 옳지 않다. 나는 집으로부터 이곳까지의 먼 길이 여러 해에 걸친 우회라는 것을 부인할 수 없다. 유리창에 바짝 붙어서서 뚫고 들어갈 듯 이마를 대었다. 강이 맞바로 내다보이는 창가의 탁자 위에 담배갑과 반쯤 마시다 만 찻잔, 몇 개의 열쇠가 매달려 있는 열쇠고리가 무심히 놓여 있었다. 그리고 재떨이에 걸쳐진 담배에서 피어오르는 연기. 의자는 비어 있었다. 유리 밖의 내 모습이 유령처럼 그 물상 위로 비비적대며 어른거렸다. 나는 혹 숨을 들이마시며 눈을 부릅떴다. 그것은 텅 빈 공허, 사라짐의 공포였을까. 그곳은 사과가 떨어져도 〈'툭'소리가 나〉지 않는 저편의 세계. 내가 때때로 송수화기를 통해 듣게 되는, 어둠의 심부로 한없이 빨려가 사라지는 신호음. 이제는 영원히 과거시제로 말해질 수밖에 없는 비인칭 명제. 그러나 나로서는 간신히 온힘을 다해 '그'라고 부르는.

연인들이 저물도록 강물을 바라보다가 돌아가는 찻집이었다. 내가 무거운 나무문을 밀자 그것은 〈여러 해 만에〉 비로소 삐익 녹슨 소리를 내며 열렸다. 한낮인 탓에 찻집 안은 손님이 하나도 없이 조용했다. 그 언젠가와 꼭 같았다. 연극무대에서 추억을 상기시키는 하나의 장치처럼 모든 것이 그대로였다. 상아빛 와이셔츠에 커프스가 단정한 주인남자가 이제는 수염을 기르고 있는 것만이 달랐을 뿐이다. 모든 것이 그대로인 채 조금씩 낡아가고 가라앉아가고 있었다. 나는 제일 안쪽 자리를 잡고 앉았다. 찻잔이 놓인 탁자가 마주보이는 자리였다. 그 자리에 앉았었을 남자는 카운터 옆의 공중전화 부스에서 이켠에 등을 보이고 서서 전화를 걸고 있었다. 유리칸막이가 되어 있어 말소리는 들리지 않았다.

완연히 봄이군요, 가죽덮개 씌운 메뉴책을 가져온 주인남자의 말에 여러 해 전의 내가, 스스로에게도 이상하게 들리는 낮고 쉰 목소리로 '블루마운틴'이라고 주문했다. 그와 함께였다면 찻집남자는 그때처럼, 강물빛이 좋지요 라고 말했을 것이다. 정말 그렇군요 라고 그가 대답하면 찻집남자는 이 고장에는 봄, 가을이 없어요. 봄인가 하면 여름이 되고 가을이 오면 곧 눈이 내리지요 라고 덧붙일 것이다. 찻집남자는 그가 혼잡한 대도시에서 왔음을 알아채었다. 이 고장 사람이라면 강물빛이 좋군요 따위의 말은 하지 않는다. 그것은 스쳐지나가는, 잠시 머물고 영원히 떠나가는 나그네의 말이다. 담배 한 대를 피울 동안, 차 한잔을 마실 동안, 한 컵의 맥주를 마실 동안만 내 눈빛에 머무는.

재떨이에 걸쳐진 담배는 더 이상 푸르스름한 연기를 피워올리지 않고 위태롭게 구부러진 흰 재가 어느 순간 소리없이 무너졌다.

나는 그가 내 어깨 너머로 바라보던 강과 강물 위에 떠 있는 갈대숲 우거진 작은 섬을 바라보았다.

반백의 남자가 전화 부스에서 나와 자리에 털썩 주저앉았다. 담배를 물고 불을 붙였다. 찻집남자가 커피를 가져왔다. 진하고 뜨거운 커피 냄새가 가라앉은 공기 속을 섬세하게 떨며 실핏줄처럼 퍼져가는 것을 느꼈다. 그 향기를 감지했던가, 맞은편 탁자의 남자가 고개를 들어 이켠을 바라보았고 잠깐 허공에서 시선이 맞부딪쳤다. 어딘가 몽롱하고 불안해 하는 눈빛이었다. 나는 찻잔에 설탕과 크림을 넣어 천천히 휘저으며 그에게서 눈을 떼지 않았다. 나는 찻집주인이 손수 뽑아내는 커피 맛이 일품이라는 것을 알고 있었고 또한 그가 남색가라는 것을 알고 있었다. 이 작은 도시에서는 무엇이든 감추어지는 것이 없었다. 아직 늙지 않은 그의 가짜로 만들어 붙인 듯 풍성한 턱수염 따위는 하나의 의도일 따름일 것이다.

베토벤의 석고 데드마스크는 옛날처럼 벽 위 높직이 그 자리에 붙어 있었다. 나는 마주앉은 그에게, 중학교 미술시간에 석고로 마스크 뜨던 얘기를 했을 것이다. 콧구멍을 막고 눈을 꼭 감고 되게 갠 석고반죽을 얼굴에 바를 때의, 화면이 사라지듯 어둡고 차가워지던 느낌을, 아마 죽음이 그럴 거라고 말했을 것이다. 오직 내 어깨 너머로 아득히 가 있는 그의 눈길을 잡으려는 필사적인 노력으로 더듬거리며.

담배를 다 피우고 난 남자는 일어나 다시 전화 부스로 들어갔다. 나는 눈길을 돌렸다. 강은 완연히 봄빛을 띠고 있었다. 먼 산은 아직 잎피지 않은 부드러운 갈색으로 아득하지만 강둑을 따라 늘어선 버드나무 가지에는 연두빛 기운이 안개처럼 어려 있었다. 다리의 중간쯤에서 한 여자가 허리를 깊이 굽히고 강물을 내려다보는 것이 보였다. 다리에서는 종종 자살사건이 일어났다. 그것은 신병비관, 생활고, 실연 등의 제목을 달고 지방신문의 하단 일단기사로 보도되었다. 다리의 중간지점을 받친 기둥 아래는 물살이 믿을 수 없이 빠르게 소용돌이치기 때문에 깊이 빨려들어간 익사체는 오랜 후에야 물의 흐름이 느려지는 강의 하류에서 천천히 떠오른다고 했다.

어릴 때 내게 죽음은 흰 봉투였다. 가끔 학교에서 돌아올 때나 아침에 집을 나설 때 대문과 문설주 사이에 반으로 접혀 꽂힌 흰 봉투를 보곤 했었다. 집안식구들 중 아무도 누가 언제 그것을 끼워 넣었는지 알지 못했다. 어른들은 그것이 부고라는 것을 알려주지 않았지만 아이들은 함부로 만지거나 열어보면 안 되는 불길하고 부정한 그 무엇이라는 것을 저절로 알았다. 아무것도 쓰여지지 않은 흰 봉투에 넣어져 아무도 알아차리지 못하는 순간에 살짝 문틈에 끼워진 죽음은 두렵고 낯선 비밀이었다.

한여름 청청히 물오르는 계절에도, 죽음의 자리에 누운 아버지는 자꾸 뚝뚝 나뭇가지 부러지는 소리가 들린다고 말했다. 저승으로 열린 귀는 셀로판지처럼 얇고 투명해져 다른 사람들은 볼 수 없는, 오직 이미지 속에서만 존재하는 또 다른 세계의 소리를 듣고 있었다. 죽음을 앞둔 사람의 환청이라 귀담아 듣지 않으면서도 임종을 지키기 위해 모여든 가족들은 자주 밖을 내다보는 시늉을 하고 아버지를 안심시켰다. 우리는 그것이 죽음의 소리라는 것을 몰랐다. 우리는 죽음을 알아보기에는 너무 젊었던 것이다. 참 깨끗이 곱게 가셨다. 입관을 하기 전 어머니가 자부심을 가지고 말했으나 그 말이 끝나기가 무섭게 아버지는 냄새를 풍기기 시작했다. 온몸을 흔들며 웃던 평소의 습관처럼 전신으로 냄새를 풍겼다. 어머니는 그러한 말을 해서는 안 된다는 것을 몰랐다. 오래된 미신이라하더라도 옛 사람들이 옳았다. 그들은 죽음에 위엄을 부여할 줄 알았다. 죽은 자에 대해 말하는 것은 금기였다. 야삼경 지붕 위에 올라가 망자의 흰 저고리를 흔들며 캄캄한 천공에 외치는 초혼제를 지낼 때 나의 어린 아들은 아주 커다랗고 하얀 새가 날개를 펄럭이며 어두운 하늘로 날아가는 것을 보았다고 말했다.

그가 죽은 후 오랫동안 나를 괴롭히던 귀울음은 나았다. 한없이 귀가 부풀어오르는 느낌, 세상의 온갖 소리들이 종잡을 수 없이 웅웅대며 끓어올라 뇌 속을 파고드는 고통을 호소하자 이비인후과의 젊은 의사는 아마 달팽이관에 이상이 생긴 듯하다는 자신없는 진단을 내렸다. 이제 범상히 살아가는 내게 그의 흔적은 없다. 밥을 먹고 잠을 자고 혼자 있는 시간에 뜻없이 내뱉는 탄식처럼 짧고 습관적인 성교를 한다. 그러나 모든 죽은 사람들이, 그들에 대한 기억이 소멸한 뒤에도 그들이 남긴 살아 있는 사람들의 유전자 속에 깃들이듯 그는 나의 사소한 몸짓과 습관 속에 남아 있다. 예기치 않았던 날, 누구나 이용할 수 있는 신문의 부고란에서 그의 죽음을 보았을 때부터 내게는 그의 떠도는 전화번호를 불러내어 꾹꾹 눌러대는 버릇이 생겼다. 어둠의 심부를 향해 끝없이 신호음을 보내고 이제 그가 사용할 수 없는 일련의 숫자들은 캄캄한 공허 속으로 끝없이 울렸다. 그가 왜, 어떻게 죽었는가를 묻는 것은 의미없는 일이리라.

그가 죽은 뒤 한동안 내게는 모든 사람들이 시체처럼 보였다. 먹고 마시고 너털웃음 치는 시체, 걸어다니는 시체, 쾌락을 느끼거나 고통을 느끼는 시체. 어릴 때 동무 정옥이의 아버지가 옳았는지도 모른다. 술주정뱅이 염장이인 정옥의 아버지는 밤마다 관 속에 들어가 잔다고 했다.

전화 부스를 나오는 남자의 시선이 다리 위에 가 있는 내 눈길을 끌어당겼다. 남자가 여자를 바라보는 것이 아닌, 어딘가 혼란에 빠진 눈길이었다. 해가 갈수록 나는 낯선 눈길을 받을 때 그것이 단지 남자가 여자를 바라보는 눈길이 아님을 느끼게 되었다. 유리알처럼 무의미하고 건조하게 스쳐가는, 혹은 자신의 내부를 들여다보는 눈빛의 투사. 그것은 내가 더 이상 젊은 여자가 아니라는 의미이리라.

나는 똑바로 그 남자를 바라보았다. 그 남자는 가지런히 빗긴 머리를 공연히 쓸어보고 얼굴을 문지르며 흐트러진 눈빛으로 허둥대었다. 실내에 갇힌 만져질 듯 단단한 고요함을 견디지 못한 찻집 주인이 턴테이블에 판을 걸었다. 지익지익 바늘 긁히는 소리에 이어 라벨의 볼레로가 흘러나왔다.

그 남자는 힘겹게 내 시선을 건너내며 신문을 펴들었다. 그러나 나는 그의 얼굴을 가린 신문지 너머에서 여전히 나를 바라보는 눈과 조금씩 거북해지고 가빠지는 숨결을 느낄 수 있었다. 그는 심한 혼란에 빠진 것에 틀림없었다. 내가 젊고 아름다운 여자였다면 그가 그토록 당황하지는 않았을 것이다. 저 여자가 누구일까. 왜 나를 뚫어지게 바라보는 것일까. 뒤죽박죽으로 헝클어진 기억의 창고를 헤집어 그가 알았던 여자, 안았던 여자, 버렸던 여자들의 희미한 얼굴을 떠올리며 진땀을 흘릴 것이다. 점차적으로 빨라지는 캐스터네츠의 소리들이 가까스로 끌어올린 실마리들을 흩어버려 그는 점점 더 미로 속을 헤매게 될 것이다.

그가 마침내 신문을 탁자에 내려놓으며 결심한 듯 몸을 일으켰다. 내 쪽을 향한 몸이 순간 기우뚱하며 탁자를 치고 찻잔이 바닥에 떨어져 날카로운 파열음으로 부서졌다. 그는 이제 극도로 당황한다. 막바지로 치닫는 볼레로의 8분음표와 16분음표의 숨가쁜 원무를 헤치고 주인남자가 다가왔다. 당황한 몸짓으로 허리를 굽혀 깨진 조각들을 주으려는 그를 만류했다. 그와 주인남자 사이에 몇 마디 말이 오갔다. 점점 높아지고 빨라지는 음악소리 때문에 그들이 하는 말은 들리지 않았다. 그는 이제 절대로 내 쪽을 보지 않았다. 완강히 등을 돌린 자세로 빈 담배갑을 구겨버리고 열쇠고리를 집어넣고 계산을 치른 뒤 밖으로 나갔다.

넓은 유리창을 통해 어딘가 불안정한 걸음걸이로 횡단보도를 건너는 그의 모습이 보였다. 그는 담배가게에서 담배를 사고 손수건을 꺼내 얼굴을 문질렀다.

20

나는 찻집을 나왔다. 분명히 설명할 수 없는 조바심으로 종종걸음을 치며 그의 발자취를 충실히 따라 횡단보도를 건너 강둑길로 올라섰다.

그는 강둑, 마른 풀들이 깔린 편편한 땅에서 버드나무를 짚고 서 있었다. 왼손으로 가슴을 문지르고 애써 심호흡을 했다. 토하려는, 어쩌면 뭔가 자신 속에서 치밀어오르는 억누를 수 없는 힘과 싸우는 듯도 했다. 낯빛이 무섭게 창백했다. 그가 나를 바라보았던가 알 수 없었다. 미간을 모아 찌푸린 눈길이 힐끗 나를 거쳐 벌써 이울기 시작하는 해를 바라보았다.

그는 신경질적이고 불안한 손놀림으로 넥타이를 풀었다. 목을 매려는가 보다고 나는 순간적으로 생각했지만 그는 넥타이를 주머니에 넣고 양복 상의를 벗어 개었다. 그리고는 개어놓은 윗도리를 베고 번듯하게 누웠다. 그는 이제 눈에 띄게 헐떡이고 있었다. 바지 주머니에서 손수건을 꺼내 얼굴을 덮으며 그는 으으윽, 억눌린 비명과 함께 몸을 뒤틀었다. 흰 와이셔츠와 엷은색 바지는 이내 마른 풀과 흙으로 더럽혀졌다. 전혀 예기치 않은 돌연한 사태에 나는 왜, 왜 그래요, 어디 아픈가요. 목질린 소리를 내뱉으며 물러섰다. 강둑 아래 선착장에서 배를 기다리던 사람들과 노점을 펼쳐놓고 있던 사람들이 모여들었다. 그들은 경찰을 부르거나 병원으로 옮겨야 하지 않겠느냐는 다급한 내 말을 간단히 묵살했다. 간질이라고, 발작이 와서 넘어지면 뇌진탕을 일으킬까 봐 자신이 미리 알고 대비하는 것이라고 말했다. 그리고는 이렇게 호젓한 자리를 잡아 옷을 벗어놓고 누운 것을 보니 병이 골수에 박혀 발작이 잦은 사람인 게라고, 곧 멀쩡해져서 일어날 테니 걱정할 게 없다고 덧붙였다.

그는 죽어가는 개구리처럼 끊임없이 사지를 비틀고 떨어대었다. 흰 손수건 밑의 얼굴 윤곽이 젖은 형태로 드러났다. 둘러선 사람들은 간질이 내림병이라거니 아니라거니, 맞선 보는 자리에서 발작을 일으킨 애기, 결혼 첫날밤에 발작을 일으켜 색시가 놀라 달아났다는 등 보거나 들은 애기들을 나누며 발 밑에서 몸부림치는 그가 어떤 모습으로 일어날까를 기다렸다. 그것은 뭔가 허구적이고 비현실적인 느낌을 주는 광경이었다. 나 역시 유수한 기업체의 입사시험에서 합격한 후 마지막 코스인 면접시험장에서 발작을 일으킨 애기를, 사랑하는 여자의 마음을 어렵게 사로잡은 순간 발작을 일으킨 사람들의 애기를 알고 있었다. 오분? 십분? 그의 몸의 경련이 차츰 느려지고 어느 순간 그는 부르르 진저리를 치며 길게 휘파람 같은 한숨을 내쉬었다. 이제 다 됐어. 누군가의 말을 받듯 불룩하게 치솟은 바지 앞섶이 펑 젖어들었다. 그것은 점차 짙은 빛깔의 얼룩으로 걷잡을 수 없이 번져갔다.

그가 일어났다. 돌연히 감지되는 침묵과 둘러선 사람들을 묵살하고 그는 옷의 흙을 털고 머리를 매만졌다. 양복 상의를 집어들고 발길을 돌리는 순간 잠깐 나와 눈이 마주쳤던가. 나는 그 고독하고 허전한 눈빛을 결코 잊지 못할 것이다.

저녁 식탁에서 남편은 오늘은 아주 더웠다고, 여름 양복을 손질해 놓았느냐고 물었다. 나는 아무리 그래도 지금은 봄이고 봄날씨는 예측할 수 없다고 대꾸했다. 남편은 여름의 휴가는 바캉스 시기를 피해 6월쯤 조용한 숲속의 콘도에서 보내고 싶다고 말했다. 아들이 대학에 들어가서 집을 떠나 대도시로 가게 되면 우리도 함께 외국여행을 가자고 말하기도 했다. 식사를 마치고 신문을 보던 남편이 더러운 물과 공기는 우리가 스스로에게 가하는 무서운 폭력이라고 하는 말에 나는 동의한다. 신문에는 썩어가는 식수원과 지렁이가 나오는 수돗물에 항의하는 시민들의 사진이 실려 있다.

조용한 휴가와 깨끗한 물과 공기에 대해, 연금과 전원주택에 대해 나누는 대화에서 나는 우리가 늙어가고 있다는 것을 느낀다. 남

편은 '베드로'라는 영세명을 받은, 십대 후반부터 냉담중인 천주교
인이지만 은퇴 후에는 종교활동을 통해 이웃과 사회에 봉사하는
생활로 평화로운 노년을 보내고 싶다고 말한다. 그것은 꿈이라기
보다 계획이라고 해야 옳을 것이다. 사람의 생애나 내일은 예측할
수 없는 것이긴 하지만 우리가 이제껏 살아온 것처럼 별달리 모험
을 하려 하지 않는다면 남편과 나는 아마 그러한 노년을 갖게 될
것이다. 남편은 욕심없이 깨끗하고 점잖게 늙고 싶어하고 그러한
마음이 내게 신뢰를 준다. 나는 우연히 그가 종교단체에서 벌이는
운동에 동참해서 사후의 장기기증을 약속했다는 것을 알았다. 그
것을 내게 말하지 않은 것은 나의 선택권에 대한 존중으로 여겨진
다. 나의 정서로서는 아직 나의 죽은 몸이 채 식어지기 전 벌거벗
겨져 낯선 손에 의해 열린다는 것, 내용물을 뽑아낸 텅 빈 자루가
되어 땅에 묻힌다는 것을 받아들이기 어렵다. 만약 남편이 먼저 죽
는다면 나는 아마 그의 박제를 매장하게 될 것이다.

　남편과 아들은 지구온난화 현상과 기상이변에 대해서, 나라 밖
전쟁과 핵보유 문제에 대해, 새로 발견된 명왕성보다 더 먼 별에
대해 이야기를 하고 나는 그들이 나누는, 나로서는 잘 알 수 없는
얘기를 듣는 일이 즐겁다. 그것은 우리가 다른, 새로운 세상에 살
고 있음을 깨닫게 하고 약간의 두려움과 자부심을 동시에 느끼게
해준다.

　인도바람은 한물 간 것 같은데 명상이 대유행이에요. 고도의 경
지에 이르면 뭐든지 가능하대. 가만히 혼자 앉아서 섹스도 가능하
고 오르가즘까지도 느낀대. 그거야 마스터베이션과 뭐가 달라요?
나는 신문에 끼어온 명상센터 광고지를 보며 남편에게 말했다. 생
산적이진 않겠지. 남편이 대답했다. 우리의 생활에서 더 이상 생산
적인 것은 있는 것일까. 우리의 삶의 내용을 이루는 것들. 그와
나, 합법적인 관계에서 태어난 아들을 나날이 싱싱하게 자라는 나

무처럼 바라보며 소망과 걱정을 나누고 자잘한 생활의 문제, 음식과 성을 나눈다. 물론 배반과 환멸과 분노의 몫도 있을 것이다. 그릇에 담긴 물의 평화와 고약한 항변처럼 끓어오르는 장항아리의 곰팡이가 있고 무엇보다도 이 모든 것들을 싸안는 충실한 관습, 질서가 있다. 기나긴 습관의 미덕에 기대어 약간의 불면과 무력한 고통의 기억을 잠재운다. 언제부터인가 우리는 나란히 누워 잠들지만 각각 꾸었던 지난밤의 꿈에 대해 이야기하지 않는다. 당신은 나를 어떻게 견디나. 나는 때때로 마음속으로 그에게 물음을 던지지만 그것은 똑같이 나 자신에게도 유용한 물음이기도 할 것이다. 그러나 나는 한 번도 그러한 말을 한 적이 없다. 잠수에 자신이 없는 사람은 어떤 경우에나 수면 아래로 내려가면 안 될 것이었다. 익사의 위험이 따르므로.

그러나 우리의 관계를 단순히 관습이라거나 시간의 길들임이라고 말하는 것은 정직하지 않다. 남의 환심을 사기 위해 짐짓 해보는, 자신에 대한 능멸처럼 비겁하고 위선적이다. 그렇게 말할 수만은 없는 무엇인가가 분명히 있다.

남편과 나는 같은 해에 태어났다. 각각 동서로 나뉘는 다른 고장에서 자랐지만 전쟁중에 태어나서 폐허 속에서 성장한 공유의 경험이 있다. 점심이 없던 봄과 여름 긴긴 오후의 허기와 쓸쓸함을, 그 쓸쓸함을 달래주던, 무딘 손칼이나 생철조각으로 무른 흙을 헤집어 캐먹던 메뿌리의 들큰한 맛을 알고 있다. 춥고 긴 겨울밤 까닭모를 슬픔으로 잠 못 이루고 뒤척이게 하던 야경꾼의 딱딱이 소리와 석양 무렵 오후의 늦은 잠에서 깨어났을 때의 서러운 혼미, 상이군인의 쇠갈쿠리손의 공포, 고달픈 부모의 매질과 욕설을 알고 있다. 구구단과 연대기, 우리의 맹세와 혁명공약을 외우며 자란 작은 아이들.

열일곱 살인 아들을 보면 내가 아직 알지 못했던, 그맘나이 때

24

의 남편의 모습이 보이고 매번 인간의 유전자 속에 들어 있는 끔찍한 복제욕망에 새삼스레 놀란다.

남편은 낮의 다릿목에서 있었던 교통체증에 대해 말하며 좁은 길과 앞을 내다보지 못하는 도시행정을 비난했다. 이어 이사철이 지나기 전 작은 아파트를 팔아야 하지 않겠는가고 말했다. 나는 내일 부동산업자에게 집을 내놓겠노라고 순순히 대답했다.

저녁 설거지를 마치고 나서야 나는 다릿목시장에서 산 채소를 찻집에 그대로 두고 왔다는 것을 기억해냈다.

내가 살고 있는 고층 아파트 앞 아카시아 덤불과 잡목이 우거진 야산을 넘어가면 우리 가족이 편의상 '작은 집'이라고 부르는 예성 아파트가 있다. 그리고 그 아파트로 가는 길에 연당집이 있다. 예성 아파트로 가려면 우리가 사는 아파트의 진입로에서 연결된 찻길로 나와 아파트 단지의 담을 끼고 빙 돌아야 하지만 나는 대개의 경우 길도 나 있지 않은 야산을 넘어 작은 집으로 간다. 지름길인 탓도 있지만 용케도 굵은 나무들이 남아 있기 때문에 나는 개인 소유로서 출입을 금한다는 푯말을 무시한 채 철망울타리의 개구멍으로 기어들어가곤 했다. 그곳에는 소나무와 참나무, 커다란 오동나무까지 있어 예성 아파트를 오갈 때마다 저절로 발길을 멈추게 되었다. 잎을 모두 떨구고 앙상한 나목일 때에도 밤이 깃들 무렵 그 아래에 서면 웬지 현자가 된 듯한 느낌이 들어 오랫동안 숨을 가다듬으며 피어오르는 어둠을 응시하기도 했다.

산비탈의 경사가 끝나는 곳에서 연당집의 나무울타리는 시작되었다. 산자락이 싸안은 북쪽을 빼고는 모두 웬만한 집 서까래 굵기의 통나무를 어른 키 높이로 가지런히 잘라 굵은 철사로 촘촘히 엮어 울타리를 둘렀다. 그러나 봄으로 접어들면서 그 울타리가 동쪽부터 헐려나가기 시작했다. 오래된 집을 헐고 향어와 송어회를 파는 음식점을 할 거라는 소문이 떠돌았다.

예성 아파트로 가기 위해 연당집 앞을 지나다가 나는 문득 눈을 치떴다. 대문 옆 울타리에 눈에 익은 내 스카프가 매어져 있었던 것이다. 벌써 여러 날 전 내가 바보의 다리에 묶어주었던 것으로 스카프 따위는 잊고 있었다. 오래된 물건으로 색깔이 낡고 올이 해져, 버리려고 내놓았다가 목에 두르고 나갔던 것이다. 엉뚱한 장소에 놓인, 붉은 무늬가 요란한 낡은 스카프는 이물스럽고 부끄러웠다. 내게 익숙하고 내 몸에 걸쳤던 것이기 때문일 것이다.

어제까지도 종일 울타리를 뽑고 있던 바보는 보이지 않았다. 나는 다른 사람들이 그러하듯 그를 바보라고 부른다. 그는 이미 이름을 불릴 나이를 지났을 것이다. 그를 바보라고 부를 때, 물론 마음속에서이지만 나는 하등 미안하거나 불편하지 않다. 모르는 사람의 이름이 다만 자음과 모음의 어울림이듯 단지 바보라는 두 글자 외에 어떤 느낌도 없다. 서른? 마흔? 나이를 가늠해 보기도 하지만 종잡기 어려웠다.

며칠 전 나는 바보가 울타리를 뽑는 것을 보고 있었다. 바보는 작은 톱으로 울타리를 엮은 철사를 끊으려고 애쓰고 있었다. 톱이 아닌 펜치를 사용해야 한다고 말하는 것은 부질없는 짓이었다. 일을 시작하면 바보는 누구의 말도 듣지 않았다. 언제나처럼 바보의 주위에는 유치원에도 학교에도 가지 않는 동네 아이들이 모여 있었다. 아이들은 바보의 행동 하나하나에 따라 바보가 담배를 피운다, 바보가 오줌을 눈다, 바보가 웃는다, 라고 일일이 말했다. 끊기지 않는 쇠줄을 끊으려 온힘을 다해 애쓰던 그가 다리를 싸쥐고 주저앉았다. 더러운 추리닝 바지에 피가 배어나왔다. 톱이 동강이 나면서 무릎을 찔렀던 것이다. 바보가 쥐어짜듯 온얼굴을 찡그리며 어헝어헝 울었다. 집안에서는 아무런 기척이 없었다. 피는 점점 더 짙고 붉게 번지고 나는 바보에게 바지를 걷도록 한 뒤 스카프

26

를 풀어 피 흐르는 상처를 동여매었다. 피 흐르는 푼수치고 상처는 그리 깊지 않았다. 바지자락이 자꾸 흘러내려 나는 무릎 위로 버쩍 올려주었다. 근육질의 단단한 살 위로 내 손이 닿자 바보는 간지럼을 타듯 움찔움찔 몸을 비틀었다. 바보도 털이 난다, 우리 아빠처럼. 어린아이들이 바보의 다리를 가리키며 떠들어대고 울음을 그친 바보는 잔뜩 찡그린 얼굴에 자랑스런 표정을 떠올렸다. 나는 그가 알아들으리라 믿지 않으면서도 꼭 소독을 하고 약을 발라야 한다고 일러주었다. 바보라서 아무것도 몰라요. 바보는 히죽 웃고 아이들이 대신 대답했다. 바보는 아마 내게 돌려주기 위해 스카프를 울타리에 묶어놓는 기교를 부렸는지도 몰랐다. 나는 엷은 수치심 비슷한 느낌에 스카프에서 눈을 돌리고 예성 아파트로 향했다.

아무런 기대도 생각도 없이 다만 내 소유의 아파트 번호가 적혀 있다는 이유로 열어보게 되는 우편함에서 언제나 기본요금에 머무는 수도와 전기요금 청구서를 뽑아들고 층계를 올라갈 때 반장일을 맡아보는 3층 여자를 만났다. 오랜만이라고, 통 만날 수가 없다는 그녀의 말에 나는 그녀가 몇 차례 나를 찾아왔다는 것, 정식입주인이 아닌 나를 못마땅해 하고 있다는 것을 동시에 느꼈다. 아파트 공동의 궂은 일과 심부름을 도맡아 해야 하는 반장의 처지에서 보자면 나처럼 빈 집에 이름만 걸어두고 층계청소부터 연판장 서명, 때로 떼지어 시청에 달려가 민원을 호소하거나 궐기대회에 나가는 일 따위에 일체 참여하지 않는 사람은 난처하기도 할 것이었다. 내가 집을 비워두고 있다는 것은 그녀가 잘못 알고 있는 일이다. 드나드는 시간이 일정치 않았던 것뿐이다. 반장은 내게 밀린 반회비며 그밖에도 몇 가지 자질구레한 명목의 돈을 요구하고 나는 곧 내겠노라고 약속했다. 집을 팔 작정이니 마땅한 매도인을 찾아달라고 부탁하면 반가워할 것이라는 생각이 스쳤으나 나는 간단한 인사로 그녀와 엇비껴 층계를 올라갔다.

맨 위층인 5층 끄트머리의 초록빛 철제 현관문을 열고 들어서며 나는 아마 빈 집의 잠긴 문을 열고 들어갈 때의 그 이상하게 호젓하면서도 충만한 느낌 때문에 별반 쓰일 일도 없는 이 집을 처분하지 않는가 보다고 잠깐 생각했다. 남편은 한 가구가 집 두 채를 갖는 것에 따른 불리함을 말하며 팔도록 했지만 나는 전혀 믿는 바가 아니면서도, 이곳 사람들이 크게 기대를 걸고 있는 재개발에 대해, 그럴 경우 우리가 얻을 이익을 말하며 차일피일 미루고 있었다. 솔직히 말하자면 나는 나 혼자만의 공간이 필요했던 것이리라.

아주 오래전에 지은 열한 평짜리 서민 아파트였다. 방바닥에 불기는 느껴졌지만 사람이 살지 않는 집의 서늘한 기운, 삭막함이 엷게 깔린 먼지와 함께 고여 있었다.

이태 전 우리 가족은 이곳에서 석 달을 살았다. 새로 분양받은 아파트의 입주 전, 이사철을 놓치지 않으려고 살던 집을 팔고 임시로 거처할 셋집을 찾다가 싼 값에 이 집을 사고 들었다. 전셋돈이나 매입금에 차이가 없었던 것이다. 석 달을 살고 새 아파트로 입주를 하며 세를 놓았는데 지난 겨울 그들이 이사를 나간 뒤로 다시 비어 있게 되었다.

집은 세들었던 사람들이 나갈 때 그대로였다. 나는 한차례 쓸고 닦은 것 외에 아무것도 달리 손대지 않았다. 경우가 바르고 분명한 젊은 부부는 자신들이 쓰던 물건은 허드레 걸레조각 하나 남기지 않고 떠났기 때문에 일은 훨씬 쉬웠다. 단 하나, 부엌 찬장서랍 안쪽에 넣어두었던 노트 외에는. 아마 잊고 간 것이리라. 얇은 노트의 위쪽에 송곳으로 구멍을 내고 고무줄을 꿰어 볼펜을 달아놓아 그것은 구멍가게의 외상장부처럼 보이기도 했다. 가계부로 썼던가 보았다. 두부 한 모, 꽁치 세 마리, 시금치 한 단 등의 세목이 날짜와 함께 꼼꼼히 적혀 있었다. 미니카, 바나나 1킬로, 콘돔 한 박스

28

…그리고 뜸뜸이 싯구인지 유행가 가사인지 알 수 없는 글들이 적혀 있었다. 아이를 때리고 남편을 미워하는 마음에 대한 반성이 적힌 곳도 있었다. …그 역시 착하고 가엾은 사람이다. 이해하려고 노력해야 한다. 가난이 우리를 메마르게 한다. 사랑의 말과 눈빛을 잊게 한다. 오늘은 특히나 내가 참을 수 없이 싫어지고 우울하다. 비가 오기 때문일까. 어디론가 훌쩍 떠나고 싶은 마음뿐…. 능숙하지 않은 글씨체로 담긴 젊은 부부의 생활을 보며 나는 미소지었다. 선뜻 쓰레기통에 던져버릴 수가 없어 언제든 우연히 마주칠 일이 있으면 돌려주리라는 생각에 찬장 위칸에 넣어두었다.

지난 겨울 내내 거의 매일 나는 연탄 보일러의 불이 꺼지면 온수 파이프가 얼어터질 것이라는 구실로 이 집에 왔다. 빗자루와 쓰레받기 그리고 그들이 잊고 간 노트 외에 이 집에는 아무것도 없다. 아, 벽에는 장롱이 놓이고 액자가 걸렸던 자리의, 빛에 바랜 다른 벽지에 비해 조금 짙은 색깔로 남아 있는, 정사각형 혹은 직사각형의 흔적이 있다. 사라진 뒤에야 비로소 드러나는 존재의 흔적. 나는 이곳에서 낮잠을 자기도 하고 창 밖을 내다보기도 하면서 아무런 하는 일이 없이 시간을 보낸다. 세탁소 배달차에서 흘러나오는 '소녀의 기도'나 트럭 행상인의 외침 그리고 어디선가 들리는, 내가 이제는 잊어버린, 어린아이의 울음소리에 귀를 기울이기도 한다. 서향의 창으로 해가 들 무렵이면 으레 우리 가족이 이곳에서 살았던 짧은 동안의 시간들이 곧 스러질 금빛 햇살 속에 환각처럼 살아나 슬픔이 차오르곤 했다.

창을 열면 눈 아래에 연당집이 빤히 내려다보였다. 이 동네 사람들은 이백 년도 넘었으리라는 커다랗고 낡은 기와집을 진사집 혹은 바보네 집, 연당집이라고 부른다. 앞마당의, 여름이 되면 수련이 장관을 이룬다는 연못 때문에 그렇게 부르는 것이리라. 누대로 당상관을 지낸 이가 다섯 명이 넘고 아홉 명의 바보가 태어났다는 것, 교사와 공무원 장사꾼으로 풀린 자손들은 각지로 흩어져 뿔뿔이 제 살림들을 살고 있고 노모만이 남아 있는 커다란 집에 장가 못 간 바보아들이 허드렛일꾼으로 집안일을 하고 있다는 것 따위는 모두 아파트 초입의 구멍가게 주인에게서 들은 얘기였다. 이 동네에서 태어나 육십 년을 살아왔다는 그는 연당집에 대해 모르는 것이 없었다. 고층 아파트 사이의 야산이 연당집 소유라는 것과 원래 예성 아파트와 내가 살고 있는 고층 아파트 자리도 그 집 땅이었는데 떡 잘라먹듯 야금야금 팔아먹었다는 것, 제삿날에나 모여드는 자손들의 재산싸움이 볼 만하다는 것, 귀신이 나올 것처럼 퇴락해 가기만 할 뿐인 집을 헐고 '가든'을 할 거라는 것도 그에게서 들은 얘기였다. 세상이 달라졌는 걸. 돈 버는 게 제일이지 까짓 족보 끼고 가문 내세우며 백 년을 살아보라지. 땡전 한 닢 생기나. 그가 연당집을 비껴보며 덧붙인 말이었다.

연당집, 엄장하게 엎드린 기와지붕 틈새로 드문드문 돋아난 시든 풀들이 이따금 생각난 듯 바람에 흔들렸다. 후원에 헝클어진 개나리가 노랗게 피어나고 진달래는 불긋불긋 꽃봉오리를 내비치고 있었다. 봄볕이 지천으로 흐르고 있었다. 집을 멀찌감치 둘러친 해묵은 나무들도, 연당가의 살구나무 배나무들도 곧 잎틀듯 불그레 살진 눈을 부풀렸다.

이젠 채마밭으로 변해버렸지만 터를 넓게 잡아 후원과 앞뜰이 넉넉하고 연당과 누각과 정자를 갖춘 집은 화사한 봄볕 속에서 세월을 털어내며 재처럼 조용히 삭아가고 있었다. 어느 자손이라도 이 집을 감당할 수 없었으리라.

기척없이 조용한 집안에서 바보가 나왔다. 마당의 수돗가에서 세수를 하고 삽을 집어들고는 휑하게 터진 동쪽 울타리 쪽으로 갔다. 울타리를 뽑는 일을 하려는가 보았다. 톱으로 상처를 입은 바보는 아마 다시는 톱을 만지지 않을 것이다. 휑하니 열린 대문 옆

30

울타리에는 아직도 내 낡은 스카프가 불그죽죽한 빛깔로 매어져 있었다. 바보는 힘이 세다. 쉴새없이 울타리나무를 쑥쑥 뽑아던지는 모습은 춤을 추는 것같이 보이기도 했다. 바보는 보이지 않는 끈에 매어 있는 것처럼 언제나 집 주위를 맴돌며 일을 하고 있었다. 그래서 창 밖, 내가 바라보는 풍경 속에는, 바람 속에는 언제나 바보가 있었다.

수증기가 가득한 사우나실에는 벽을 따라 좁다란 붙박이의자가 붙어 있고 벌거벗은 여자들이 수건으로 입을 막고 고통스러운 얼굴로 말없이 앉아 있다. 아우슈비츠에서 사람들은 이렇게 죽어갔으리라. 그러나 모공이 활짝 열리고 복숭아빛으로 익은 몸들은 활짝 핀 꽃처럼 보인다. 여기저기 쑥타래가 걸려 있어 진짜 쑥탕을 하고 있다는 만족감을 준다. 찬 물수건으로 입을 막고 백까지 세어본다. 처음에는 스무 번 세는 것도 힘이 들었지만 이제 백을 세는 일이 어렵지 않다.
사우나실에서 나와 미지근한 물로 땀을 닦아낸다. 동네 목욕탕 치고는 시설이 좋고 물이 깨끗해서 사람이 항상 많았다. 젊은 처녀들로부터 둥글고 기름진 몸매의 중년여자, 만삭의 임부, 다산의 주름이 겹겹이 늘어진 노파 들이 열심히 때를 밀고 비누칠을 하고 마사지를 한다. 남편이 지난해 가을 러시아 여행에서 민속인형을 사왔다. 얇은 나무로 만든 것으로 볼이 붉은 처녀의 얼굴이 그려지고 민속의상의 무늬와 채색을 입힌, 얼핏 오뚜기처럼 단순한 모양이었지만 그 안에는 똑같은 모양의 인형들이 크기의 차례대로 겹겹이 들어 있었다. 그것은 내게 인생의 중첩된 이미지로 받아들여졌다. 앙상한 뼈 위로 남루하고 커다란 덧옷을 걸친 듯 살가죽이 늘어진 한 늙은 여자 속에 얼마나 많은 여자들이 들어 있는 것일까. 보다 덜 늙은 여자, 늙어가는 여자, 젊은 여자, 파과기의 소녀,

이윽고 누군가, 무엇인가가 눈틔워주기를 기다리는 씨앗으로, 열매의 비밀로 조그맣게 존재하는 어린 여자아이.

옆자리에서 배가 붕긋이 부른 젊은 여자가 아이를 씻기고 있었다. 제 엄마에게 몸을 맡기고 있는 네댓 살 된 여자아이는 끊임없이 플라스틱 인형의 몸을 씻기고 있었다. 여자에게 모성이란 생래적인 본능인가. 결혼을 하자 나는 재빨리 모성의 자리로 옮겨앉았다. 마치 방과 방 사이의 마루를 의심없이 건너듯. 오늘 아침 나는 서둘러 현관문을 나서는 아들을 보며 까닭모르게 가슴이 서늘해졌다. 얼결에 이름을 불러 세웠지만 아들이 고개를 돌려 나를 바라보자 아무것도 아니라고 웃으며 손을 내저었다. 문득 그토록 강하게 가슴을 치고 지나간 것이 그애에게서 뿜어져나오는 순수한 성, 무 싹 같은 동정이었다는 것을 깨달은 것은 문을 잠그고 돌아서서였다.

아이를 낳은 뒤로 나는 이전에 그토록 빈번하게 꾸던 꿈, 날거나 추락하는 꿈을 꾸지 않는다. 아주 조그맣고 조그마해져서 어디론가 숨어드는 꿈을 꾸지 않는다.

아이엄마가 비누거품으로 뒤덮인 아이의 몸에 맑은 물을 끼얹었다. 앗 뜨거, 쌍년. 물이 뜨거웠는지 아이가 공처럼 튀어오르며 비명을 내질렀다. 아이의 느닷없이 낭랑한 욕설은 방자하고 통쾌했다. 말없이 몸을 씻던 사람들이 쿡 웃으며 돌아보았다. 아이엄마는 당혹한 표정으로 손을 멈칫하며 주위를 둘러보았다. 반사적으로 얼결에 욕설을 내뱉은 아이는 어쩔 줄 몰라 으앙 울음을 터뜨렸다. 엄마 미안해, 엄마인 줄 모르고 그랬어. 아이의 새된 울음소리가 수증기로 가득찬 그러나 휑뎅그레 비어 높은 천장에 부딪쳐 울렸다.

샤워 꼭지 밑에서 쏟아지는 더운 물줄기에 몸을 맡기고 섰다가 섬뜩 놀랐다. 거울 속에 내가 없다. 수증기 탓에 거울이 흐려졌기 때문이라고 알면서도 반드시 있으리라는 것이 없다는 것은 두렵다.

나는 샤워기의 물을 잠그고도 한참을 그대로 거울을 보며 서 있었다. 차츰 수증기가 걷히고 맑아지는 거울면에 아주 먼 곳으로부터 다가오듯 천천히 얼굴 윤곽이 살아났다. 잘못 당겨진 천처럼 좌우대칭이 깨진 얼굴. 그가 죽은 뒤 내게 미미하게 나타난 변화.

마른 빨래를 개키면서 건성 눈길을 주었던 신문의 부고란에서 그의 이름을 보았을 때, 괄호 속에 박힌 직장과 전화번호를 재차 확인한 후 내가 제일 먼저 한 일은 거울을 본 것이었다. 왜 그랬는지 어떤 마음의 움직임이 나를 거울 앞으로 이끌었는지 나 자신도 알 수 없었다. 거의 무의식적으로 다가간 거울에 조각조각 균열된 얼굴이 비쳤다. 갑자기 눈에 띄는 주름살도, 처음의 놀람처럼 거울이 깨진 것도 아니었다. 오랜 세월 길들여진 관습과 관행이 한순간에 깨진 얼굴이었다. 아, 내 안의 비명이 새어나오기도 전에 깨진 얼굴은 스러지고 익히 알고 있는 얼굴이 나타났다. 자신의 것이면서도 거울이나 사진이라는 방법을 통하지 않고는 알 수 없는. 거울 앞을 떠나 나는 빨래를 마저 개키고 낮에 절여둔 배추를 버무려 김치를 담갔다. 하던 일을 계속하는 것 말고 달리 내가 무엇을 할 수 있었을까. 아들의 도시락반찬을 만들고 남편과 티브이를 보며 농담을 나누고 방충망의 허술한 틈새로 비비적대며 들어와 절박하고 불안한 날개짓으로 등 주위를 맴도는 나방이를 내보내었다.

그의 죽음은 내게 전혀 비개인적인 방법으로 그렇게 심상히 통보되었다.

존재하던 한 사람이, 그가, 이 세상에서 영영 사라졌다는 기미는 어디에도 없는, 여느 날과 다름없이 예사롭고 평온한 저녁시간은 느릿느릿 흘러갔다.

그가 죽고 내 안의 무엇인가가 죽었다. 그것이 무엇인지 나는 알지 못한다. 아마 알고자 하는 소망조차 없는 건지도 모른다. 내게는 문득 걸음을 멈추고 상점의 진열창에, 슈퍼마켓의 거울에, 물 위에 비치는 내 얼굴을 물끄러미 바라보는 습관이 생겼다. 저녁쌀을 씻다가 문득 눈을 들어 어두워지는 숲이나 낙조를 바라보는, 물에 떨어진 한 방울 피의 사소한 풀림처럼 습관 속에 은은히 녹아 있는 그의 존재와 부재. 원근법이 모범적으로 구사된 그림의, 점점 멀어져가는 풍경의 끝, 시야 밖으로 사라진 까마득한 소실점으로 그는 존재한다. 지금의 나는 지나간 나날들이 그러했던 것처럼 가끔 행복하고 가끔 불행감을 느낀다. 나는 그렇게 늙어갈 것이다. 다른 사람들과 다르지 않은, 공평하게 공인된 늙음의 모습으로.

목욕을 마치고 집에 돌아와 거실 긴 의자에 누워 깊이 잠이 들었다. 꿈 속에서 나는 조그만 계집애로 옛날우물 가에 서서 울고 있었다. 두레박을 빠뜨린 것이다. 까치발을 하고 가슴팍까지 닿는 우물턱에 매달려 내려다보지만 까마득히 깊은 우물 속에서는 아무것도 보이지 않았다. 빠뜨린 두레박도, 아무도 없는 밤이면 슬며시 떠오르기도 한다는 금빛잉어도 보이지 않았다. 잠을 깨어서도 꿈 속에서의 막막하기만 하던 기분은 사라지지 않았다. 이즈음 나는 가끔 옛날우물의 꿈을 꾼다. 내용은 언제나 비슷했다. 두레박을 빠뜨려 울고 있거나 어릴 때 죽은 동무 정옥이와 함께 가없이 둥그렇고 적막하게 가라앉은 우물 속을 들여다보는 것, 우물치는 광경 따위였다.

내게 오래된 우물과 그 속에 사는 금빛잉어에 대해 말해준 것은 증조할머니였을 것이다.

어릴 때 살던 동네의 가운데에 큰 우물이 있었다. 물맛이 달아 단샘, 커다랗다고 해서 한우물이라고도 했지만 사람들은 예부터의 습관대로 옛날우물이라고 불렀다. 아주 옛날부터 있어온 우물이라는 뜻이었을 게다. 물이 깊고 물맛이 좋았다. 증조할머니는 내게 말했다. 옛날우물에는 금빛잉어가 살고 있단다. 천 년이 지나면 이무기가 되고 또 천 년이 지나면 뇌성벽력 치는 밤 용이 되어 하늘에 올라가지. 아흔 살이 넘은 할머니에게서 검은 머리털이 돋아나고 텅 빈 입에 누에씨 같은 희고 깨끗한 이가 돋아나자 어머니는 그것을 불길한 재앙의 징조로 여겼다. 노망이 들었다고 말했다. 할머니에게 대꾸도 하지 않았고 바로 보지도 않았고 밥도 조금씩밖에 주지 않았다. 노망든 노인네들은 오래 산다는 속설을 두려워했다. 그러나 할머니는 고양이 혼이 씌워 밤마다 고양이 울음소리를 내며 쥐를 잡으러다니는 광자네 할머니같지는 않았다. 오돌이네 할아버지처럼 자기가 싼 똥을 주워먹지도 않았다.

달빛 가득한 우물을 들여다보면 금빛잉어가 슬몃슬몃 물 속에서 움직이는 소리가 들리는 듯도 했다. 계집아이들은 학교에서 오전 수업을 마치고 돌아오면 해지기 전까지 물을 길어놓아야 했다. 두레박을 빠뜨리면 매를 맞거나 밥을 굶었지만 아이들은 늘 두레박을 빠뜨리고 저물 때까지 우물가에서 무력하고 절망적이고 공포에 찬 울음을 울곤 했다. 방심은 언제나 용서받지 못할 악덕이었다. 계모가 낳은 아기를 업고 물을 길러나오던 염장이의 딸 정옥이는 자주 두레박을 빠뜨렸다.

정옥이의 집에는 어엿이 동해장의사라는 간판이 걸려 있었지만 동네사람들은 정옥이의 아버지를 염장이라고 불렀다. 밤이면 가게에 쌓아놓은 관 속에 들어가 잔다는 말도 떠돌았다. 그럴지도 몰랐다. 사람들은 그다지 자주 죽지 않았기에 할일이 없는 염장이는 거의 늘 술에 취해 있었다. 계모는 시장에서 떡장사를 했기 때문에 정옥이는 밥을 하고 빨래를 하고, 그래서 손은 늘 커다랗고 물에 불어 있었다. 등에 언제나 아기가 달려 있었지만 신이 많고 흥이 많은 정옥이를 막을 것은 아무것도 없었다. 무섭고 이상한 냄새가 나는 듯한 정옥이의 집까지 찾아가 불러낼 필요가 없었다. 집에서 아기를 보고 있으라고 아무리 야단을 쳐도 계모가 나가면 대여섯 발짝 뒤에서 아기를 들쳐업은 정옥이가 싱긋이 웃으며 나타났기 때문이었다. 아기를 업고 줄넘기를 하다가 혀를 깨물린 뒤로는 전

붓대에 매어놓고 술래잡기 줄넘기를 했다. 숨바꼭질을 하다가 아기를 달아놓은 것을 잊어버려 저물도록 아기가 보따리처럼 매달려 잠든 적도 있었다. 두레박을 빠뜨리면 정옥이는 빈 초롱을 들고 집에서 쫓겨났다. 종종 해질 때까지 우물가에 서서 울었다. 물을 길러나온 아주머니나 동네 큰언니들은 정옥이의 덜렁대는 버릇을 한바탕 나무란 뒤 '이것도 빠뜨리면 네가 우물 속에 들어가서 건져와야 해' 경고하며 선심쓰듯 두레박을 빌려주었다.

물이 가득찬 두레박을 힘겹게 끌어올리다 보면 어느결에 우물 속에서 끌어당기는 아귀센 힘에 아앗 놀래라 하는 순간 줄이 긴장된 손아귀에서 미끄럽게 빠져나가거나 두레박에 단단히 묶었던 줄이 스르르 풀려 빈 줄만 올라오기도 했다. 제대로 두레박질을 할 때도 줄이 확 손에서 떨어져나갈 때면 가슴이 후득 뛰곤 했다.

아이들은 우물 속에 금빛잉어가 산다는 내 말을 아무도 믿지 않았고 거짓말쟁이, 허풍쟁이라고 했지만 정옥이는 내 말을 믿어주었다. 게다가 '소원을 들어주는 잉어'일 거라고 덧붙였다.

그해 여름 장마가 지나고 우물을 쳤다. 물맛이 뒤집혔기 때문이었다. 그해의 장마는 대단했다. 아이들은 모두 강으로 달려갔다. 어른들은 긴 장대와 망태를 들고 집을 나섰다. 학교는 휴교였다. 수재민들의 숙소가 되었기 때문이었다. 강 건너 섬에는 포플러 가지들만이 비죽비죽 솟아 있고 그 위에 커다란 새들이 날아와 앉았다. 누런 물이 범람하는 강은 벌판 같았다. 어른들은 강이 범람하여 둑을 무너뜨릴까봐 밤새 잠을 이루지 못하였다. 그러면서도 아침이면 장대를 들고 강으로 나갔다.

아이들은 강가에서 노래를 불렀다. 장마통에 똥덩어리가 제 이름 부르며 흘러가더라. 동동동동 똥똥똥똥. 마지막 후렴은 목소리를 모아 악을 쓰듯 질러대었다. 비바람에 새파래진 얼굴과 입술로. 강에는 없는 것이 없었다. 호박과 장롱과 양은솥, 우리에 든 채인

닭과 토끼가 사나운 물살에 실려 떠내려왔다. 인자아버지는 꽥꽥 비명을 지르며 떠내려오는 돼지를 잡으려다가 물살에 휩쓸려 죽을 뻔했다.

장마가 지난 후 우물을 쳤다. 우물 속에 차오르던 황톳물이 가라앉기를 기다려 날을 잡아 떡과 돼지머리 과일을 차려놓고 고사를 지냈다. 고사를 지낸 뒤 남자들이 물을 퍼냈다. 그리고는 제대군인 순옥이삼촌이 양말과 신발을 벗고 옛날애기에 나오는 사람처럼 튼튼히 엮은 삼태기를 타고 우물 밑으로 내려갔다. 아이들은 순옥이삼촌이 까무룩히 아래로 내려가는 것을 불안하게 바라보았다. 한없이 깊고 어두운 동그라미 속으로 빨려들어가는 것 같았다. 푸른 이끼 자라는 우물의 돌 틈에서 손톱만한 개구리들이 팔짝팔짝 뛰어오르고 빈 우물이 우우웅 응숭깊은 소리로 울었다. 바닥을 긁는 소리, 그리고 올리어어 라는 순옥이삼촌의 소리가 땅 밑으로부터 벽에 부딪쳐 몇 바퀴 돌아나오면 우물가의 남자들이 줄을 당겼다. 삼태기에는 바닥의 흙이며 녹슨 두레박과 두레박 건지는 갈쿠리, 삭아버린 고무신 한 짝, 썩은 나무토막, 사금파리 따위들이 한없이 실려 올라왔다. 위에서 내려다보면 까마득히 깊은 우물 속에서 허리를 굽히고 그 안의 것들을 퍼담는 순옥이삼촌은 난쟁이처럼 납작해 보였다. 삼태기가 올라올 때마다 모두들 유심히 그것들을 살펴보았다. 깊은 우물 속에는 우리가 알지 못했던 무엇인가 굉장한 것들이 있으리라는 기대였을까. 삼태기에 고운 모래흙만 담겨 올라오자 일은 끝났다. 마지막으로 순옥이삼촌이 한 오백 살이나 나이 먹은 얼굴로 삼태기를 타고 올라왔다. 빛에 눈이 부신지 한동안 낯선 눈길로 주위를 둘러보다가 으허허 영문모를 웃음을 터뜨렸다.

순옥이삼촌과 우물치던 남자들은 술을 마시러 갔고 아이들은 우물턱에 조롱조롱 매달려 아무것도 없이 텅 빈 우물 속을 말없이 들여다보았다.

우물 속에 금빛잉어는 없었다. 그래도 나는 맑은 물이 그득 고이면 금빛잉어가 살리라는 생각을 버릴 수 없었다. 정옥이는, 금빛잉어는 사람들 눈에 띄면 안 되니까 샘이 솟는 깊은 구멍으로 잠시 숨어버렸을 거라고, 맑은 물이 고이면 다시 돌아올 거라고 말했다.

정옥이는 그해 늦가을 우물에 빠져 죽었다. 해가 퍼지기 전 물을 길러간 사람이 우물가에서 빈 초롱과 우물 속에 떠 있는 정옥이를 발견했다. 동네 누구도 해진 뒤 물을 긷는 것을 금기로 알았기에 정옥의 죽음은 밤중이리라 했다. 정옥의 계모는 밤중에 물을 길러 내보낸 적이 없다고 말했지만 정옥이는 밤중에 물을 길러나간 것이 틀림없었다. 어른들은 그 어린 것이 무엇엔가 홀린 것이 틀림없다고 수근거렸다. 일찍 죽은 제어미가 불러간 것이리라고도, 우물치는 일에 부정이 끼어들었기 때문이라고도 말했다.

우물은 메워졌다. 하룻동안 굿을 하고 흙으로 메워 물귀신을 꽝꽝 묻어버렸다. 아이들은 대낮에도 우물가에 얼씬거리지 않았고 한밤중에 오줌을 쌌다. 우수수 부는 바람에도 창호지문에 비치는 검고 비죽비죽한 나무그림자로 정옥이 찾아와 계모가 낳은 아기를 업고 물에 불어 커다란 손을 내저으며 자꾸자꾸 불러대었기 때문이었다. 정옥이는 금빛잉어를 보기 위해 한밤중 옛날우물로 간 것이 아니었을까.

늙은이들은 옛날우물의 차고 단 물맛을 그리워했지만 자라나는 아이들은 죽은 동무와 매몰된 우물의 두려움을 쉽게 잊었다. 집집이 펌프를 박아 물을 길러다니지 않아도, 두레박을 빠뜨려 매를 맞을 일도 없어졌기 때문이었다.

남편이 낚시를 다니기 시작할 무렵 나는 잉어가 흐리고 더러운 물, 썩은 수초와 이끼 속에 산다는 것을 알았다. 잡아온 물고기를 손질하는 것은 늘 내 몫이었다.

밀봉된 것을 뜯을 때의 모독감과 긴장으로 살아 있는 물고기의 배를 가를 때면, 피융 하는 약한 소리가 났다. 우리와 마찬가지로 창조되고 봉인된, 아무도 볼 수 없었던 내부가 드러났다. 밀폐된 공간의 어둠이 있고 최초의 빛의 순간이 있었다. 갑작스런 외기에 놀란 붉고 푸른 내장들이 푸르륵 경련하고, 찬피동물의 어둡고 축축한 몸 속에서, 의지하고 있는 세계의 무너짐을 감지한 더 작은 생물체들이 고래뱃속에 들어간 요나처럼 고통의 몸부림으로 흩어졌다.

아파트로 이사오기 전 주택에 살 때는 손질하고 난 나머지, 내장과 머리를 마당 화단에 묻었다. 좋은 비료가 되리라는 생각에서였다. 그러면 밤새 그것을 탐하는 쥐떼가 끓었다. 화단 밑에 쥐구멍이 숱한 공동을 만들어 맥없이 발이 빠졌다. 쥐덫을 놓으면 덫에 걸린 살진 쥐들이 밤 내내 쥐덫을 끌고 맴돌며 단말마의 비명을 질러대었다.

추억이란 물 속에서 건져낸 돌과 같은 것인지도 모른다. 물 속에서 갖가지 빛깔로 아름답던 것들도 물에서 건져내면 평범한 무늬와 결을 내보이며 삭막하게 말라가는 하나의 돌일 뿐. 우리가 종내 무덤 속의 흰 뼈로 남듯. 돌에게 찬란한 무늬를 입히는 것은 물과 시간의 흐름일 뿐이라는 것을 안다. 그러나 나는 종종 이즈음에도 옛날우물과 금빛잉어의 꿈을 꾼다.

봄가뭄이 계속되고 있었다. 수은주는 섭씨 삼십 도를 웃도는 이상기온이다. 연당집은 하룻밤새 목련이 활짝 피고 동쪽부터 뽑기 시작한 울타리는 대문에 이르기까지 거의 다 사라졌다. 서쪽에만 남아 있어 집은 반벌거숭이꼴이 되었다. 대문 옆 울타리에 매어져 있던 내 스카프는 연당가의 늙은 살구나무 가지에 높직이 걸려 있었다. 바보가 장난을 치나? 쓴웃음이 나왔다. 누구의 것인지는 이미 기억에서 지워졌지만 꼭 돌려주어야 한다는 일념만은 남아 있는 건지도 몰랐다.

바보는 가뭄 때문에 푸석푸석 메말라보이는 채마밭에 물을 주고 있었다. 수도에 연결한 호스로 물을 뿌려대는 것이다. 그러다가는 문득 울타리가 없어져 휑하니 내다보이는 길을 보며 불안하게 고개를 갸웃거렸다. 마당 한쪽에 차곡차곡 쌓여 있던 울타리나무들은 트럭에 실려나갔다. 평소 사람의 기척이 없이 조용하던 집이 갑작스레 활기를 띠고 있었다. 허드레 작업복을 입거나 예비군복, 청바지 차림의 남자들이 때없이 드나들고 양복을 갖춰입은 중년남자도 있었다. 옷차림이나 무람없이 방문을 들락거리는 것으로 보아 따로 나가 사는 맏아들쯤 되는 게 아닌가 싶었다. 마당에는 은색의 중형승용차가 늘 머물렀다. 마당에 시멘트 부대와 모래를 쌓는 것으로 보아 횟집을 할 거라는 소문은 사실인 모양이었다.

나는 예성 아파트에 머무는 대부분의 시간을, 창을 통해 연당집을 내려다보는 것으로 보냈다. 어제는 구멍가게에 내려가 화장지를 사며 지나가는 말처럼 넌지시 연당집이 정말 헐릴 것인가를 묻기도 했다. 워낙 좋은 옛날 재목을 써서 지은 집이라 탐내는 사람이 많다는 것, 어느 부자가 이 집 재목을 그대로 옮겨 써서 산속에 근사한 한식 별장을 짓기로 했기에 대들보와 서까래 문짝까지 비싼 값에 진작 팔아먹었다는 것이 그의 대답이었다. 짓기가 어렵지 무너뜨리는 건 한순간이야. 그가 덧붙여 말했다.

나는 연당집에 대한 집요한 관심을 스스로도 이해할 수 없어 다만 달리 할일이 없기 때문이라고, 창을 열면 바로 보이는 것이 그뿐이라고, 오래된 아름다운 집이 사라지는 것이 안타깝기 때문이라고 자신에게 말하기도 했다.

바보가 물 흐르는 호스를 내려놓고 쭈그리고 앉았다. 그리고는 하염없이 흙을 들여다보았다. 호스에서 콸콸 쏟아져나오는 물이 발을 적시고 도랑을 지어 흐르는 것도 모른 채 땅에 박은 눈길을 돌리지 않았다. 간혹 손가락으로 무언가 파헤치는 시늉도 했다. 무엇을 열심히 찾고 있는 것도 같았다.

땅 밑에는 물과 불이 흐르고 십자가의 묘석 아래 부활을 기다리며 뒤척이는 뼈들이 있다.

날은 점점 더워지고 봄빛을 이기지 못한 꽃들이 아우성치듯 피어올랐다. 집주위를 둘러친 나무들은 시시각각 잎을 피워 푸르러가고 바보는 더욱 분주해졌다. 본채 옆의 사랑채가 없어지고 다음날에는 헛간처럼 보이던 작은 기와집이 밤새 헐려 깨진 기와조각과 흙덩이로 내려앉아 빈 자리로 남았다. 연당집은 나날이 제자리와 모양을 지워가고 있었다.

울타리가 있던 자리를 따라 서너 명의 인부들이 벽돌담을 쌓기 시작했다. 마당 안쪽에서는 시멘트를 개는 작업이 한창이었다. 한낮, 해는 높직이 떠서 발 밑에서 짧게 뭉개진 그들의 그림자 위로 시멘트가루와 모래먼지가 간단없이 부옇게 피어올랐다. 채마밭을 뒤엎어 평평히 고르고 한 뼘만큼씩 파랗게 자라오르던 배추들은 흙과 뒤섞여 묻혀버렸다.

바보는 이제 집 뒤켠의 나무베는 일을 하고 있었다. 벌목꾼처럼 도끼를 휘둘러 해묵은 나무의 밑둥을 찍고 쓰러뜨리며 힘이 좋은 바보는 종일 쉴 짬이 없었다. 누군가의 지시에 충실히 따르고 있는 것이리라. 그럼에도 불구하고 바보는 몹시 허둥대는 것 같았다. 소나무를 베다 말고 무엇을 잊은 듯 허둥지둥 뛰어가 산수유나무의 둥치를 끌어안고 뽑아내려 용을 썼다. 땀을 닦는 사이사이, 도끼를 놓고 허리를 두드리는 사이 문득문득 집주위를 돌아보며 이상하다는 듯 고개를 흔들었다. 그가 태어나 살았고 유일하게 깃들었던 한 세계, 그것의 변모, 사라짐에 불안해 하는 것일까.

불안은 전염성이 있는 모양이다. 나는 파를 썰거나 두부모를 자르는 하찮은 칼질에서도 자주 손을 베고 유리컵을 깨뜨린다. 더위 탓이라고, 두통 탓이라고 변명하지만 봄이 되면 심해지는 두통은 새삼스러운 것이 아니다. 남편은 작은 아파트를 복덕방에 내놓았는가고, 여름이 오기 전에 팔아야 한다고 다시 말하고 나는 애매하게 고개를 끄덕였지만 집을 팔기 위한 어떠한 시도도 하고 있지 않다. 나는 이즈음 더욱 자주 야산을 넘어 이 아파트에 온다. 식구들이 잠든 한밤중에 몰래 빠져나올 때도 있다. 이제 제법 잎이 무성해진 나무들 사이에 서면 이상하게 머리가 맑아졌다. 이 아파트에서 보내는 시간이 많아지자 남편은 어딜 외출했었는가고, 연락할 일이 있었는데 하루종일 통화를 할 수 없었다고 내가 집을 비운 것에 대해 힐난했다. 남편으로서는 내가 그 빈 집에서 아무런 하는 일 없이 하루를 보낸다는 것에 생각이 미칠 수 없을 것이다.

오토바이가 한 대 털털대며 마당으로 들어선다. 옆구리에 함석 가방을 끼고 있는 것으로 보아 중국집에서 음식배달을 온 모양이었다. 일을 하던 사람들이 일손을 털고 일어나 수돗가로 몰려갔다. 그들 중의 하나가 아직도 둥치 굵은 나무를 끌어안고 힘을 쓰는 바보를 향해 소리쳐 불렀다. 연당집 앞 휑하니 뚫린 길로 노란색 포크레인이 들어서고 요란한 캐터필러 소리는 바보를 부르는 목소리를 삼켜버렸다.

방안 가득 붉은 기운이 어려 있었다. 잠이 들었었나? 후다닥 일어났다. 열린 채로인 창 밖 하늘이 불을 지른 듯 붉었다. 베개도 없이 방바닥에 그대로 누워 잠이 들었던 모양이었다. 나는 일어나 앉아 우두커니 노을빛이 짙은 하늘을 올려다보았다.

해가 질 때, 그리고 떠오를 때 우리들은 그들을 기억하리라. 일

차대전에서 죽은 무명용사들의 묘비문. 사람들은 그렇게 살아 있음을 변명한다.

왜 장엄한 황혼을 볼 때면 열패감을 느끼게 되는 것일까.

어릴 때 해가 지고 노을이 물들 무렵이면 몹시 울었다. 계집애가 사위스럽게 청승을 떤다고 매를 맞으면서도 까닭없이 서러워 목놓아 울게 하던 것은 어찌해볼 수 없는 운명, 어쩌면 비겁하고 허약할 수밖에 없는 인간으로서의 열패감, 두려움 때문이 아니었을까.

그 여름, 나를 찾아온 그의 전화를 받았을 때 나는 아이에게 젖을 먹이고 있었다. 허둥대는 어미의 기색을 본능적으로 느낀 아이는 필사적으로 젖꼭지를 물고 놓지 않았다. 진저리를 치며 물어뜯었다. 이가 돋기 시작한 아이의 무는 힘은 무서웠다. 아앗, 나도 모르게 비명을 지르며 아이의 뺨을 후려쳤다. 불에 덴 듯 울어대는 아이를 떼어놓자 젖꼭지가 잘려나간 듯한 아픔과 함께 피가 흘러내렸다. 아이의 입에도 피가 묻어 있었다. 브래지어 속에 거즈를 넣어 흐르는 피를 막으며 나는 절박한 불안에 우는 아이를 이웃집에 맡기고 그에게 달려나갔다. 그와 함께 강을 건너 깊은 계곡을 타고 오래된 절을 찾아갔다.

여름 한낮, 천 년의 세월로 퇴락한 절마당에는 영산홍꽃들이 만개해 있었다. 영산홍 붉은 빛은 지옥까지 가닿는다고, 꽃빛에 눈부셔하며 그가 말했다. 지옥까지 가겠노라고, 빛과 소리와 어둠의 끝까지 가보겠노라고 나는 마음속으로 대답했을 것이다.

절에서 배터까지 내려오는 계곡에는 행락객들로 끓었다. 강가에는 음료수와 술을 파는 장사치들의 차일이 늘비했다.

저녁이 이울었지만 햇살이 뜨거웠다. 그와 나는 그중의 한 곳으로 들어갔다. 바닥에 비닐을 깔고 서너 개의 상을 놓은 그곳에는 두 가족이 어울려 나온 것으로 보이는 남자와 여자, 아이들이 자리를 벌이고 있었다. 어린아이가 잠들어 있고 접은 군용담요 위에 화투짝들이 흐트러져 있는 것으로 보아 그들은 복잡한 계곡으로 들어가느니 아예 이곳에 자리잡고 놀기로 작정했던 듯싶었다. 소주와 도토리묵을 가져온 주인여자가 그에게 생색내는 어투로 오소리간을 먹겠느냐고, 아저씨들에게 아주 좋은 거라고 말했다. 이거 아주 귀한 겁니다. 옆자리의 남자가 붉고 흐늘거리는 것을 한 점 집어올리며 거들었으나 그는 난처한 표정으로 웃으며 고개를 저었다.

저녁해는 느릿느릿 이울었다. 해가 지고 강물 위 하늘에 짙은 노을이 드리울 때까지 그는 말없이 강물을 보며 소주 한 병을 천천히 비웠다. 가까이에서 본 강물은 더러웠다. 얕게 밀리며 끊임없이 더러운 쓰레기들을 우리들의 발 밑에 밀어올렸다.

마지막 배가 몇 시에 뜨느냐고 묻는 내게 주인여자는 요즘 같은 철에는 늦게까지 있다고, 위쪽으로 가면 방갈로도, 깨끗한 민박집도 있으니 걱정할 게 없다고 대답했다. 옆자리에 앉았던 사람들은 생포한 오소리를 사겠노라고 잠든 두 아이만을 남겨둔 채 함께 차일 밖으로 나갔다. 의좋은 내외분이시네요. 주인여자가 발라맞추듯 말했지만 나는 그녀가 마음과는 다른 말을 하고 있다는 것을 알았다. 술기로 눈빛이 붉어진 그와 그 앞에 무릎을 싸안고 말없이 동그마니 앉아 있는 나는 그녀의 눈에 수상쩍은, 그렇고 그런 남녀였다. 어디로든 사람 없는 곳에 가서 뒤엉키고 싶다는 갈망을 숨기는 일에 서툰. 진정 부부인 양 천연덕스러웠던 우리의 표정은 그녀의 말에서 일기 시작한, 서로의 마음속으로 느끼고 있는 거북스러움 때문이 아니었던가. 그 거북스러움은 단지 질서와 제도에서 비껴선 데 대한 것이었을까. 그것만은 아니었을 것이다. 그 거북스러움을 천연덕스런 표정으로 은폐할 수 있는 모든 관계들에 대한 역겨움이 아니었을까.

나는 더러운 간이화장실에서 오줌을 누고 브래지어 속을 열어보았다. 피와 젖이 엉겨 달라붙은 거즈를 들추자 날카롭게 박힌 두 개의 잇자국이 선명했다. 나는 돌연 메스꺼움을 느끼며 헛구역질하는 시늉을 하였다.

잠에서 깬 아이가 서럽디서러운 소리로 울기 시작했다. 살아 있는 오소리를 사러간 아이들의 부모는 아직 돌아오지 않았다. 먼저 울음을 그친, 누나인 듯한 계집애가 작은 아이를 달랬다. 신발을 신기고는 오소리의 피와 술자욱으로 더러운 차일을 벗어나 손을 잡고 강을 따라 걸어갔다. 아이들은 곧 보이지 않게 되었다. 짙은 노을을 치받으며 피어오르는 땅거미가 조그맣게 멀어져가는 아이들의 모습을 지웠다.

강물이 그렇게 더럽지만 않았다면, 그렇게 짙은 황혼이 아니었다면, 그 두 아이가 아니었다면 우리는 그토록 극력 감추고 있던 욕망의 본질을, 허위를 단번에 꿰뚫어보는 일은 없었으리라. 지옥까지 가겠노라는 행복감의 또 다른 얼굴을 보는 일은 없었을지도 모른다.

그와 나는 똑같은 생각을 동시에 하였음에 틀림없다. 나는 나의 집과 아이를 생각하고 한 번도 본 적이 없는 그의 가족과, 그를 맞아줄 저녁 식탁과 불빛을 생각했다. 그 역시 그러했을 것이다. 그가 시계를 보았다. 나는 마지막 배 시간이 많이 남아 있었음에도, 그와 함께 있는 시간을 조금이라도 늘여보려는, 그는 모를 필사적인 소망과 노력에도 불구하고 우리를 태우고 각자 떠나온 곳으로 안전하게 데려갈 배가 다가오는 것에 안도감을 느끼며 일어났다.

창 아래 연당집이 사라졌다. 내가 꿈없는 깊은 잠에 들었던 사이, 정오의 태양이 이우는 사이 이백 년의 세월은 재처럼 내려앉았다. 장엄한 노을은 보랏빛으로 시들어 어둠이 차오르고 있었지만 집이 있던 자리, 폭삭 내려앉은 자리만은 이상하게 훤히 떠보였다. 밤에도 공사를 계속할 모양이었다. 마당을 가로지른 줄에 몇 개의 알전구가 때이른 불을 밝히고 있었다. 바보는 무너진 집의 잔해를 헤집어보다가 그 주위를 황망하게 돌아다니기도 한다. 무엇인가 찾으려는 몸짓으로. 안타까운 목안엣소리를 지르며 아직 남아 있는 나무둥치를 끌어안고 흔들기도 했다. 왜, 왜, 왜? 뭐였지? 뭐였지? 바보의 움직임은 커다란 의문부호 같았다. 그러나 바보는 자신이 찾는 것이 무엇인지 알 수 없을 것이다. 익숙한 것의 사라짐, 그 낯섦을 이해하지 못할 것이다. 나는 조금 울었던가. 아마 그랬을 것이다.

아파트의 문을 잠그고 계단을 내려오며 곧 집을 내놓으리라고 생각하기도 했을 것이다. 연당집 울타리가 있던 길로 접어들다 발을 돌려 아파트 입구의 공중전화 부스로 들어갔다. 동전을 넣고 번호판을 하나씩 힘주어 꾹꾹 눌렀다. 벨이 두 번 울리기도 전에 생소한 여자의 목소리가 들렸다. 잘못 걸렸나? 나는 할말을 몰라 가만히 수화기를 내려놓았다. 동전을 넣고 다시 번호판을 꼼꼼히 눌렀다. 역시 벨이 두 번 울리기 전에 조금전의 목소리가 받았다. 잘못 걸렸나 보다고, 미안하다고 더듬더듬 말하는 내게 그 여자는 새로 바뀐 전화번호라고 상냥하게 대답했다. 나는 천천히 발길을 돌렸다. 그가 오랫동안 소유했던 그 일련의 숫자들이 이제는 다른 사람에 의해 쓰여진다는 것이 기이했다. 그 일련의 숫자들은 그를 기억할까. 그의 음성과 말버릇, 말 속에 담거나 숨겼던 무한히 복잡한 감정들을 기억할까. 어느 날 그들은 까마득한 지난날로부터 들려오는 귀익은 소리에 문득 놀라고 그게 누구였지? 기억을 더듬어보지 않을까. 내가 갈게. 여긴 비가 오는데 거긴 어때? 그냥 전화했어요. 이젠 됐어요. 끊을게요….

어둠이 깃드는 숲에 발걸음을 멈추고 서 있으면 현자가 된 느낌이 든다. 나무의 몸체에 가만히 귀를 대어보기도 한다. 그러나 나는 나무의 말을 알아듣기에는 너무 나이를 먹었다. 나무의 몸에서 귀를 떼고 팔을 벌려 안아보았다. 따뜻한 기운이 느껴지는 것 같았다. 신을 벗고 나무 위로 기어올랐다. 거친 줄기의 속 깊이 흐르는 수액이 향기롭게 맡아졌다. 나무는 곧게 자라 자칫 주르르 미끄러지거나 떨어질 듯 긴장이 되었다. 나는 다리를 꼬아 힘껏 굵은 줄기를 휘감았다. 돌연하고 불합리한 욕구로 몸이 뜨거워졌다. 나는 나무를 껴안고 감아 안은 다리에 힘을 주며 온힘을 다해 비틀었다. 아아, 억눌린 비명이 터져나오고 나는 산산이 해체되어 흰빛의 다발로 흩어지는 듯한 짧은 희열을 느끼며 축 늘어졌다. 나는 조금 울었던가?

오동의 보랏빛 꽃이 어둠 속에서 나울나울 피고 있었다. 별과 꽃이 난만한 밤에 그는 죽었다. 내가 존재하지 않을 어느 시간대에도 이 나무에는 꽃이 피고 잎이 피고 새가 깃들겠다.

나는 나의 생보다 오랠 산과 나무 별들을 바라보았다. 비로소 먼 옛날 증조할머니가 내게 해준 말을 정확히 기억해 내었다. 옛날 어느 각시가 옛 우물에 금비녀를 빠뜨렸는데 각시는 상심해서 죽고 금비녀는 금빛잉어로 변해 ⋯.

저 언덕

'행복해지기 위해서는 욕망을 줄여야 한다.' 수도를 틀어 흰 세면기에 쏟아지는 물줄기를 바라보며 원단(元旦)은 중얼거렸다. 흔히 하는 말로, 자족할 줄 알아야 한다거나 분수를 알아야 한다거나, 더 이상 솟구칠 능력과 열정이 없는 패배자의 체념을 미화시킨 진부한 말이거니 여기면서도 방금 아무렇게나 들춰본 책의 한 구절이 입 안에서 연신 맴돌았다. 그 구절이 눈에 들어온 것은, 그 아래 그어진 밑줄 때문이었다.

프랑스 철학자의 단상집(斷想集)을 화장실에 비치해 놓은 것은 원단 자신이었지만 그녀에게는 책에 밑줄치는 습관이 없었다. 남편 승재가 한 것이리라.

변비증이 있어 화장실에서 오래 시간을 보내는 승재를 위해 원단은 화장실 선반 위, 쉽게 손 닿는 곳에 트랜지스터 라디오나 가볍게 읽을 수 있는 수필집, 메모지 따위를 놓아두곤 했다.

아침 화장실에서 아무렇게나 펴서 읽은 한 구절이 암시처럼 하루종일 의식에 걸려 있거나 잔다란 일상적 행위들을 판단하고 지배할 때가 많다. 마치 우연히 귓가를 스친 유행가 가락과 노랫말에 하루의 정서가 지배당하듯.

이를테면 '전날 한 일에서 자기 자신의 의지의 자국들을 보는 사람은 행복하다'라는 글귀를 읽고 난 뒤면 실제로 엊그제 힘들여 손수 페인트칠한 담장의 서툰, 고르지 못하고 흉하게 얼룩진 붓자국이 노고와 의지의 표현인 듯 장하고 당당히 생각되었다. 또한 '상상하는 사고(事故)가 거의 언제나 실지 사고에서 오는 고통보다 더 고약하기 마련이다'라는 글귀는 그녀에게 있어서 거의 습관화된, 삶의 의외성에 대한 불안 즉 뜻하지 않은 재난이나 미열처럼 떠나지 않는 불행의 예감 따위에서 보호하고 위안을 준다. 언제나 최악의 사태, 경우를 상상하여 실컷 시달림을 받고 난 뒤면 현실은 틀림없이 그보다 나았고, 견딜 만한 것이 되더라는 처방전을 그녀는 익히 알고 있었다. 그러나 삶이 어찌 한 구절, 한 마디의 경구에 순종하여 다스려질 수 있는 것이리오.

손을 다 닦고 난 뒤에도 선 채로 후르륵후르륵 책장을 넘기던 원단은 그예 책을 들고 마루로 나왔다. 처음 눈에 띈 '행복'이란 단어가 그녀를 잡고 놓지 않았던 것이다. 하나도 새삼스러울 것 없는 그 단어가 흥미와 호기심을 불러일으켰다는 것은 아마도 은연중 승재의 내면적 움직임을 엿보고자 하는 욕구가 작용했기 때문이리라.

줄을 긋는다는 것은 공감을 했다거나 잊어버리지 않기 위해, 또는 받아들인다는 확실한 의사 표시, 교감 행위가 아닐 것인가.

—정념은 병보다도 견디기 힘들다.—

—현학자는 위험에서 겁을 끌어내고 격정파는 겁에서 위험을 끌어낸다.—

—매듭을 풀라, 해방하라, 그리고 겁내지 말라. 자유로운 사람은 무장하지 않는 법이다.—

—사람이 행복해지거나 불행해지는 모티프란 사실은 대단한 게 아니다. 그것은 우리 몸과 그 기능에 달려 있다. 더없이 튼튼한 인

체도 날마다 긴장과 이완의 되풀이가 되는데 그것은 식사나 걷기, 주의력, 독서, 날씨에 따라 영향받는 것이다. ―

책장을 넘겨 밑줄 그어진 곳을 찾아 읽으며 원단은 승재의 마음을 지나간 무늬나 박힌 옹이자국들을 볼 수 있을 것 같았다. 남의 일기장을 훔쳐보거나 잠긴 서랍을 몰래 열어보는 듯한 은밀한 가책.

평소 좀체 내심을 말하거나 유별난 감정을 드러내는 법이 없는 승재이기에 더욱 그러한 느낌이 드는 것인지도 몰랐다.

부부란, 아니 애정이나 이해 따위로 서로간에 긴밀히 얽혀 있는 관계에 있어서 모든 언어는 저 조지 오웰식의 이중사고적 속성을 지니고 있는 것이 아닐까. 행복은 불행으로, 희망은 절망으로, 자유는 억압으로 읽혀지는 것. 그것은 인간은 절대적으로 정직한 존재일 수 없다거나 인간끼리의 완전한 합일이란 불가능한 것이라는 슬픈 인식에서 비롯된 것일 수도 있을 게다.

실제로 원단은 '욕망을 줄여야 한다'는 소박한 견해에의 공감에서 승재 자신의 통제할 수 없어 고통이 되는 강한 욕망을 볼 수 있고 '염세적인 것은 다 가짜다'라는 낙천주의자의 강변에서, 그곳에 밑줄 그은 승재의 짙은 염세를 읽었다.

책을 덮으며 원단은 문득 조물주가 인간에게 말할 수 있는 능력을 준 것이야말로 가장 큰 은총이 아닐까 생각했다. 말로 표현함으로써 말로 되어지지 않는 부분들을 보호하는 것. 누구에게나 드러내고 싶어하지 않는 비밀의 장소를 내면에 가질 수 있게 한 것.

어느 누구라도 땅을 딛고 사는 사람이라면 때때로 '용기'를 필요로 하는 좌절이, '자유와 해방'을 갈망하는 억압이, '행복'에 대한 갈구로서의 불행감이 없을 리 없겠건만 승재에게서 그것을 발견했다는 것은 어쩐지 좀 엉뚱하고 생뚱스러웠다.

지방 도시의 평범한 중학교 수학교사의 삶을 불평없이 살아가는 그는 원단이 알기로 낙천가이고 방탄벽처럼 안전했다. 그러나 원단은 문득 그에 대해 안다고 할 수 있는 부분들이 어느 정도일까 생각했다. 언제나 보여주는 쪽의 얼굴만을 보고 있지 않은가. 그와 함께 나누는 것과 나누지 않는 것. 함께 휴가 계획을 짜고, 보너스를 타면 그것의 쓰임에 대해 의견을 나누고, 생활의 자잘한 기쁨과 걱정을 나누고, 서로에 대한 역정을, 생활의 권태를 교묘히 감추는 방법을 나누고…. 그러나 저문 날 문득 휘장처럼 드리워지는 정체 모를 우수와, 바람에 나부끼는 포플러 잎새같이 향방없이 떨어대며 스쳐가는 사념들에 대해 말하거나 나누어 갖기를 요구하지 않는다.

해가 지고 있다. 잡초 하나 없이 고르게 깎인(책 구절대로라면 전날 자신의 의지의 흔적, 즉 원단은 어제 종일 반역처럼 돋아나는 잡초를 뽑고 손가위로 일일이 잔디를 깎느라 고된 하루를 보내었던 것이다) 잔디가 어두운 녹빛으로 물들고, 담장을 따라 가꾼 화단의 꽃들이 이파리를 닫으며 빛을 가라앉히고 있었다.

간짓대를 세워 버틴 빨랫줄에는 승재의 남방이며 속옷, 수방이의 손바닥만한 옷가지들이 앙징맞게 색색으로 걸려 있었다. 빨래를 이슬맞히면 옷 임자의 신세가 고단해진다고 했던가. 원단은 마당으로 내려가 빨래를 걷다 말고 습관처럼 마주 뵈는 산언덕에 시선을 주었다. 이 소도시를 둘러싼 산의 서쪽줄기 중에 솟은 언덕으로 해질녘 가장 밝게 빛나는 곳이다. 지난해 봄 승재의 퇴근시간을 기다려, 백일이 된 수방이를 안고 함께 집을 보러 왔을 때 복덕방 영감의 뒤를 따라 낡은 철문을 밀고 들어서며 처음 마주친 것이 저 산언덕이었다. 무엇에 들린다, 씐다는 말로 실제의 것을 과장하거나 왜곡하는 것을 표현하기도 하지만 그때의 원단이 그랬다. 넘어가는 햇빛을 받아 온통 금빛으로 불타며 그 언덕이 좁은 마당 안으로 다가오던 것이었다. 원단은 피돌기가 멈추는 듯한 전율을 느끼며 혹 숨을 들이쉬었다. 집이 너무 낡고 택시도 올라오지 않을 비탈길인 게 흠이라고 승재가 동의를 구할 때야 비로소 그 이상한 사로잡힘에서 헤어날 수 있었다. 그것은 일순간의 환각이었던가. 그 언덕은 여전히 밝은 금빛을 받은 채, 그러나 저 멀리 멀어져 있었다.

값이 헐하다는 것 외엔 승재의 지적대로 낡고 흠이 많은 집이었지만 원단이 망설임 없이 이 집을 사기로 우겨댄 것은 첫날 다가들던 저 언덕의 충격 때문이었다.

산은 이 집의 지대가 높아 맞바로 바라다보인달 뿐 생각처럼 가까운 거리에 있는 것이 아니었다. 집과 산 사이에는 몇 개로 구획되어진 동(洞)과 국민학교, 꽤 넓은 공단지대의 회색 기둥들이 솟아 있었다. 산에 오르기 위해서는 내려다보이는 찻길을 건너서도 이제껏 가보지 못한 구불구불하고 좁은, 낯선 골목들을 수없이 지나쳐야 할 것이다. 하지만 원단은 이 집에 이사오고 거의 일 년 반이 되어가는 이제까지 그 언덕에 올라가본 적이 없었다. 아이들 적에 부르던 노래, '저 산 너머 하늘 아래 그 누가 사나/나도 어서 저 산을 넘고 싶구나'라던 노랫말이 간직한 우수 어린 동경을 아끼기 때문일까.

마당에 탁자를 놓아야지 하는 생각을 해본 것은 순전히 해질녘의 산언덕을 좀더 오래 바라보기 위해서였다.

바라보는 산은 그저 무심하고 평화로웠다. 연하고 밝은 햇살은 짙은 금빛으로 사위며 숲은 검은 형체로 잦아들었다. 찌르는 듯한 울음소리가 들려왔다.

집안에서부터 원단은 빨래를 한아름 걷어 안고 허둥지둥 뛰어갔다. 오후 늦게 낮잠이 들었던 수방이가 이제야 깨어나 마루로 뒤뚱뒤뚱 걸어나오며 울음소리를 높였다.

"우리 수방이, 이제 일어났니?"

연신 볼에 입을 맞추며 수선스레 오줌을 뉘는 엄마를 모른 체 수방이는 눈을 질끈 감고 울음을 멈추지 않았다.

잠에서 깨어나 어둡고 휑하니 빈 집에 놀라기도 했으리라. 잠에서 깨어날 때 우는 것은 수방이의 습관이기도 했다. 왜 아이들은 울면서 잠에서 깨어나는 걸까. 빛 가운데로 깨어남에 어떤 공포가 있는 것일까. 비단 잠에서 깨어날 때뿐 아니라 종종 수방이는 해저물 녘이면 까닭없이 울음보를 터뜨렸다. 아무리 달래고 야단을 쳐도 속에 괸 울음을 다 풀어놓고 제풀에 기진할 때까지 그치지 않았다.

오래 간호원 생활을 한 이웃집 여자는 산통이라고, 뱃속에 가스가 차기 때문에 통증이 올 수가 있다고 대수롭지 않게 말했지만 원단은 그 원망 가득한, 찌르는 듯 통절한 울음을 의학적 동인(動因)으로 설명하는 그의 말에 쉽게 수긍할 수 없었다.

두 살짜리 아이의 검질기고 끈덕진 긴 울음은 어미인 원단 자신을 비롯한 모든 관계에 대한 거부, '여기가 어디야 여기가 어디야' 혹은 '아니야, 아니야'라는 강한 부정과 안타까운 헤매임처럼 들리고 어쩌면 아이가 낯선 세상에 놀라 이 세상에 오기 전의 그 어떤 곳으로 돌아가고자 하는 헛된 원망(願望)처럼 들리기도 했다. 아이의 울음에는 아마도 영원히 표현되지 못할 안타까움, 갈망, 두려움이 들어 있어 원단은 아이와 함께 미망 속에 던져진 듯한 절망감을 느꼈다.

우는 아이의 눈에 비치는 세상은 어떤 것일까. 기실 아이가 우는 시간은 그리 긴 동안이 아닐 것이다. 자신의 못 견뎌하는 마음이 울음을 영원처럼 느끼게 했을 것이다.

"울지 말아, 수방이는 예쁜 아기지. 엄마가 이렇게 안고 있는데 뭐가 무서워. 자꾸 울면 엄마 속상해. 바보 온달이한테 시집보낼 테야."

제풀에 지칠 때까지는 소용없다는 것을 알면서도 원단은 수방이를 꼭 끌어안고 흔들며 달랬다.

산언덕의 밝은 금빛은 사라졌다. 검푸른 하늘에 연짓빛 노을이 빛을 더해가고 있는 중이었다. 엄마의 존재를 요구하지도 의식하지도 않고 마냥 울어대는 아이 곁에서 원단은 망연히 참담한 심사로 벌겋게 퍼져가는 낙조를 바라보았다. 언젠가 다니러 왔던 언니는 수방이의 우는 것을 보고는 '내림울음'이라고 단호하게 말하며 고개를 내저었다. 하긴 원단 자신도 어릴 때 낮잠에서 깨어나면 마치 가위눌림과도 같은 낯섦과 외로움에 몹시 울어댄 기억이 있었다. 함께 살았던 할머니는 계집애가 꼭 저물녘에 사위스럽게 울어댄다고, 얼굴에 설움이 끼어 어미를 일찍 잃을 상이라고 질색을 하며 쥐어박곤 했다.

원단이 수방이의 울음에 과민해져 있는 것은 어머니를 일찍 잃을 거라던 할머니의 예언적 말, 어머니의 죽음과 자신의 울음의 상관성 때문일까.

어머니는 원단이 아홉 살, 언니가 열네 살이었던 해 첫돌도 채 안 된 갓난아기 윤식이를 두고 세상을 떠났다. 돌연한 죽음, 심장마비였다. 산후가 좋지 않았고 워낙 심장이 약했었다고도 했다. 외가 쪽 친척들 사이에서는 자살일 거라는 말들도 쉬쉬 나돌았다.

벌써 이십 년 세월 저쪽의 일들이 생생히 떠올랐다. 그리고 오랜 세월이 지난 후까지 끈질기게 귓전에 맴돌던, 절망적인 아기의 울음소리. 무언가 종잡을 수 없는, 가위눌림과도 같은 악몽에서 깨어난 것은 숨넘어갈 듯한 아기의 울음 때문이었다. 몇 시나 되었을까, 방은 불이 환히 켜진 채 어머니는 풀어헤친 앞가슴에 매달린 윤식이가 젖꼭지를 물어당기며 연신 까르륵 까르륵 울어대는데도 정신없이 깊은 잠에 빠져 있었다. 어머니의 옆, 아버지의 이부자리는 비어 있었다. 아버지를 기다리다가 그대로 잠이 든 모양이었다.

원단은 선잠 깬 눈을 비비며 몸을 일으켜 어머니의 잠든 몸을 흔들었다.

"엄마, 윤식이가 울어, 배고픈가봐."

그러나 입천장이 시커멓게 드러나도록 입을 벌리고 반쯤 눈을 내리뜬 어머니는 종내 깨어나지 않았다. 윤식이 매달려 빨아대는 가슴께만 온기가 남아 있을 뿐 손발은 차갑게 식어 있었다. 난생 처음 맞닥뜨린 주검의 느낌이 어떠했는지 어머니의 손에서 느껴지던, 세상의 그 어느 것과도 비견될 수 없는 차가움의 감각이 어떠했는지는 기억에 남아 있지 않다. 훗날 원단은 머리속이 온통 하얗게 비워지는 텅 빈 공백 상태가 충격의 완화 장치, 방어 본능으로 작용할 수도 있다는 것을 알게 되었다. 그러나 끔찍하고 참담했던 시절에서 멀리 벗어나도 좋으리라던 '어른'이 된 지금에도 원단은 종종 그때의 꿈을 꾼다. 눈뜨고 움직이며 현실에서 꾸는 꿈. 수방이를 안고 젖을 먹일 때 원단은 자주, 식어가는 어머니 가슴에 매달려 젖을 빨던 동생, 윤식이의 모습을 지우느라 눈을 감고 고개를 세차게 흔들곤 했다. 까닭모를 수방이의 울음에도 그날 윤식이의 울음소리가 연상되어 눈앞이 아뜩해지는 것도 어쩔 수 없는 일이었다.

승재가 돌아온 것은 아홉시가 다 되어서였다. 연락없이 귀가가 늦는 일은 좀체 없던 터였다.

"웬 일로 늦었어요? 저녁식사는요?"

양복을 받아 걸며 원단이 잇달아 물었다. 그에게서 술기가 훅 끼쳤다.

"먹었어."

짤막하게 대꾸하고 승재는 반갑다고 매달리는 수방이를 번쩍 안아올렸다.

"아이구, 우리 공주님, 아직 안 잤나? 오늘도 잘 놀았어? 밥 많

56

이 먹고?"

승재의 얼굴이 함박웃음이 되어 눈은 감길 듯 가늘어지고 입은 한껏 벌어졌다. '세상에 이런 신기한 조화 속이 어디 있겠나'라고 수방이를 볼 때마다 내뱉는 그의 탄성은 결코 과장이 아니다. 어쨌든 그는 마흔 살이 다 되어 늦장가를 들고 첫아기를 본 아비인 것이다. 수방이는 꽃씨가 터지듯 밝고 환한 소리로 웃어대며 승재의 머리칼을 잡아당겼다.

'공주는 무슨 공주. 울보 떼쟁이지.'

원단은 속수무책으로 울어대는 수방에게 바보 온달이한테 시집 보내겠다고 을러대던 일을 떠올리며 픽 웃었다. 아이의 얼굴에서 눈물자국은 흔적없이 지워지고, 승재에게 역시 '용기'와 '행복'과 '정념'에 밑줄을 그어야 하는 비장함은 어디에서도 찾아볼 수 없었다. 어린 자식 어르는 나이든 아비의 애틋한 부정(父情)이 있을 뿐이다.

승재가 욕실에서 손발을 씻는 동안 원단은 꿀물을 만들었다.

승재가 꿀물을 한 모금 마시고는 문득 생각난 듯 말했다.

"장인이 오셨더군."

원단은 저도 모르게 감전된 듯 움찔 몸을 떨었다. 승재는 예사로운 말투였지만 원단으로서는 방심하고 있다가 허를 찔린 격이었다.

'아버지가? 왜 당신을 찾아가요?'라는 물음이 목구멍으로 치받는 것을 삼키며 원단은 묵묵히 방걸레질을 했다.

"화천 부근 산으로 돌을 보러 다니신다던가. 학교로 찾아오신 걸 수업이 연달아 있어 빠져나갈 수 있어야지. 잠깐 뵙기만 하고, 집에 가 계시랬더니 퇴근 무렵 다시 전화를 하셨어. 학교 앞 다방에서 그때까지 기다리신 거야. 저녁 잡숫고 막차로 서울로 올라가셨어. 집엔 전화하지 않으셨던가?"

"아뇨."

원단이 뱉어내듯 짤막하게 대꾸했다.

"3년 만에 뵙는 건가. 그러니까 그때, 결혼식에서 당신을 인계받고는 처음이지 아마. 못 알아뵐 뻔했어. 많이 노쇠하셨더구먼."

승재는 돌처럼 차갑게 굳어진 아내의 얼굴을 흘깃흘깃 살피며 뜸뜸이 말을 이었다.

"당신네 부녀지간은 참 이해할 수가 없어. 한사코 아버지를 안 보려는 당신이나 여기까지 와서도 딸네 집을 모른 체 지나쳐버리는 장인이나 …."

그는 아내의 입을 통해 장인에 대한 이야기를 들은 적이 없었다. 무능하고 허황하여 평생 가족을 제대로 돌보지 못하고 고생시켰으리라는 것 역시 그 나름대로의 추리에 지나지 않았다. 6·25 동란이 끝날 무렵 상이군인으로 제대하여 원호대상자가 되었다는 말은 얼핏 처형으로부터 들은 적이 있었다. 그의 기억이 정확하다면 이제껏 그는 장인을 세 번 정도 만난 셈이었다. 신혼여행을 다녀와 신림동 언덕바지의 처가에 들렀을 때, 온 방안에 털실을 널려 놓고 도급받은 스웨터 뜨기를 하고 있던 아내의 서모는 당황한 기색을 감추지 못했다. 장인은 집에 없었다. 이발을 하러 나갔다는 것이다. 녹의홍상의 아내는 마지못해 앉는 것인지 절을 하는 것인지 애매하게 허리를 굽히는 시늉을 했고 아내의 서모는 비스듬히 돌아앉아 그의 절을 받았다. 형식적인 아내의 태도가, 그리고 사위와의, 고작 십 년 정도의 나이 차이가 절받는 일을 면구스럽게 만들었던 것 같았다.

그 어색하고 쓸쓸했던 저녁. 장모는 음식 솜씨가 없었다. 반찬가게에서 급히 사온 듯 화학 조미료 맛이 닝닝한 몇 가지 조림과 무침 반찬, 무국으로 저녁을 먹고 치울 때까지, 동네 이발소에 갔던 장인은 돌아오지 않았다. 대신 뒤늦게 찾아온 처형이, 새사위 오는 걸 알면서 어떻게 이렇게 준비가 없느냐고 투덜대며 서모에게 핀잔을 주었다.

그는 아내의 말을 따라 격식차릴 것 없이 곧바로 춘천으로 내려가는 게 나을 뻔했다는 생각을 했다. 서모를 맞은 지 꽤 여러 해 된다는데 아내와 처형은 '어머니'라는 호칭을 교묘히 피해가며 서모를 불렀다.

그날 밤, 춘천으로 돌아오는 마지막 시외버스에서 아내는 그의 어깨에 기대며 새삼스럽게 말했었다. "내겐 친정이 없어요. 당신도 처가가 있거니 생각지 말아요."

승재는 그 말을, 사위의 도리를 굳이 찾지 않아도 된다는 말로 받아들였다. 또한 그와, 새 가정에 완전히 닻을 내리겠노라는 선언쯤으로 들리기도 했다. 아내의, 장인에 대한 냉담함이 그에게 심각하거나 위험한 문제가 될 수 없었다. 다만 천륜이라 이르는 부모 자식간의 관계가 껄끄러운 것이 보기 민망하고 딱하기는 했다. 그러나 세상에는 '출가외인'이라는 편리한 말도 있는 것이다. 그는 자신이 굳이 아내와 장인 사이의 화해자, 중개자의 입장에 서야 할 필요성을 느끼지 못했다. 그것은 그가 알 수도, 관여할 수도 없는 '그들의 역사'였다. 일생 무능함이나 가정에 대한 불성실함 때문에 말년에 이르러 가족에게서 소외당하고 미움받는 늙은이들의 이야기는 어디에나 흔히 널려 있는 것이다.

점심시간이 끝나고 막 5교시 수업이 시작될 즈음, 수위실로부터 구내전화를 통해 들려온 장인의 음성을 듣고 승재는 어느 정도 의아함과 당혹감을 숨길 수 없었다.

"장 서방인가? 날쎄. 신림동."

낮고 뻑뻑한 목소리는 생소했다. 자신을 '장 서방'이라는 호칭으로 부담없이 부를 수 있는 사람이란 장인 외에 달리 없을 터인데, 더욱이 신림동이라고까지 밝혔어도 쉽게 그를 떠올리지 못했다는 것은 그가 승재의 관심권에서 까맣게 멀었다는 표시였다.

오후수업이 잇달아 있어 장인을 교무실로 들어와 기다리라고 할 형편이 못 되었다. 우선 인사부터 차리느라 운동장을 가로질러 교문 곁 수위실로 갔을 때 장인은 넥타이를 꽉 조여맨 양복 차림으로 따가운 초가을 볕을 받으며 꼿꼿이 서 있었다. 게다가 그 새까만 빛깔의 선글라스라니. 승재는 장인에게 집 전화번호를 적어주고, 집으로 가는 약도를 그려주며 들어가 계시라고 거듭 말했는데도 그는 전화도 한 통화 하지 않았던가 보았다.

"우리 그동안 딸낳고 집사고 잘 살고 있다고 한바탕 자랑을 했지…."

"잘하셨어요."

원단이 빈정대듯 툭 내뱉고는 수방이의 옷을 벗겨 잠옷으로 갈아입혔다. 열시가 지났는데도, 낮잠이 길었던 탓일까 졸음기 하나 없이 초롱초롱한 수방의 눈을 들여다보며 원단은 치밀어오르는 격정을 누르듯 가만히 한숨을 내쉬었다.

뭔가 찜찜하고 어수선하게 얼크러진 기분으로 하루, 이틀을 보낸 원단은 제풀에 못 이겨 사흘째 되는 날 그예 서울로 전화를 걸었다. 같은 서울 안에 살고 있으니 언니는 그래도 아버지에 대해 알고 있겠거니 하는 생각에서였다.

아버지가 춘천에 나타나 남편을 만나고 돌아갔다는 것이 종내 어떤 큰 시작의 조짐인 듯 불안한 예감에서 벗어날 수 없었던 탓이었다. '이제 와서 내게 무얼 요구할 수 있겠어'라고 매몰차게 혼잣말을 내뱉다가도 기실 자신이 두려워하는 건 아버지의, 이편에 대한 요구가 아니라 아버지라는 그 존재 자체라는 것을 깨닫곤 후르르 가슴이 떨리곤 했다.

아버지가 다시금 자신의 삶의 영역에 기웃거리게 되었다는 것이 단순히 두렵다거나 싫다는 감정적 거부감을 넘어서서 그 어떤 예상치 않은, 좋지 않은 일의 전조(前兆)처럼 생각되는 것이었다.

전화는 계속 통화중이었다. 십분마다 시계를 보고 번호판을 눌러 서너 번 만에 신호가 떨어졌다.

"늬가 웬 일이니? 목소리도 잊어버리겠구나."

"웬 통화가 그리 길우?"

"애들 학교 보내놓고 집안 치우고 차 한잔 마시려는데 긴치도 않은 전화가 왔지 뭐냐. 식구들 다 잘 있지? 수방이 잘 크고?"

"서울은 별일 없어?"

대뜸 아버지의 일을 묻기가 거북해서 원단이 말을 에둘렀다.

"별일은 무슨. 그런데 웬 일이니?"

좀체 전화를 하지 않는 원단인지라 언니는 용건이 궁금한가 보았다.

원단은 며칠전 아버지가 다녀갔다는 것, 학교에서 장 서방만 만나고 가셨는데 근래 아버지를 만난 적이 있는가고 물었다. 아버지가 간간 언니에게 들러 용돈을 얻어가거나 신림동의 서모가 언니에게 전화를 걸어 하소연도 한다는 것을 알고 있었기 때문이었다.

"노인네도 참. 뭐하러 거긴 갔을까. 하긴 워낙 별난 양반이니. 신경쓸 것 없어. 그러나저러나 한번 오려므나. 얼굴 잊어버리겠구나. 형제가 많길 하니, 단 자매뿐인 걸."

언니의 끝말은 그럴싸해서 그런지 조금 처연하게 들렸다. 모처럼 마음을 내어 전화를 걸었지만 전화를 걸기 전과 달라진 것은 없었다.

내가 왜 이렇게 허둥대나. 전화벨 소리, 대문 밖의 인기척에 공연히 후두둑 가슴이 뛰는 자신이 한편으로는 어처구니가 없었다. 냉정히 생각해 보면 아버지는 이제 자신에게 직접적으로 위해를 끼칠 능력도 이미 잃은 지 오래인 사람이 아닌가. 그가 얼마든지 불성실하고 무책임할 수 있었던 가정, 가족의 울타리에서 자신은 확실하게 떨어져나오지 않았던가. 아니 그 이전부터 아버지는 그녀의 의식에서 '존재하지 않는 사람' '어두운 망령'에 지나지 않았던 것이 아니었던가.

원단이 아버지를 마지막으로 본 것은 자신의 결혼식장에서였다.

아버지의 팔을 잡고 식장에 들어갈 것이 끔찍했던 원단은 자신이 행사공포증이 있노라고, 혼인신고를 하고 간단히 여행을 다녀오는 것으로 결혼식을 대신하자고 말했으나 승재는 '도둑 결혼인가, 과부 결혼인가. 남의 눈을 피할 이유가 뭐 있어?'라고 농담으로 받았다.

"그렇다면 함께 식장에 입장하는 걸로 해요. 아버지 팔에 이끌려 들어가서 남편 손에 넘겨지는 건 내 자신이 물건 같다는 생각도 들고, 삼종지도(三從之道)나 가부장적인 낡은 관습의 유물이라는 생각도 들고 ⋯."

"사납기가 암펌 같군. 나는 나를 향해 걸어오는 신부를 맞기 위해 40년을 기다렸는데 그 기회를 빼앗겠다는 말인가. 남들 다 하는 대로 별나지 않게 평범한 게 좋은 거요. 우리가 함께 살 날들이 중요하지 결혼 예식의 형식이 무어 그리 중요하겠소. 그리고 아버지가 딸의 팔을 잡고 신랑에게까지 데려다주는 것도 그게 어찌 남성 지배 이데올로기의 표상이기만 하겠소. 부녀지간의 석별의 정으로 아름답게 볼 수도 있는 일이 아니오?"

그의 표현은 온건하고 부드러웠지만 의식 속에서의 인습의 벽은 의외로 완강했다. 원단의 주장을 나어린 신부의 응석쯤으로 받아들이려는 태도였다. 원단이 더 이상 버티지 못하고 관습을 저주하면서도 그의 의견에 따라 '남들 하는 대로' '양가 어른들의 축복을 받으며' 장바닥 같은 예식장에서 아버지의 팔을 잡고 들어가 예식을 올린 것은 늦장가를 드는 그의 면구스러움, 부끄러움 따위를 감지했기 때문이었다.

그날 원단은 웨딩드레스 앞자락을 밟으며 고꾸라질 듯 성큼성큼 걸었고 아버지는 결혼행진곡의 느린 박자와 성급한 원단의 발에 맞추느라 몹시 애를 썼다. 걸어가는 동안 내내 잡고 있던 팔을 통해 미미한 떨림이 전해지던 것도, 승재에게 가까이 가서 마치 뿌리 치듯 손을 빼내어 돌아서 마주섰을 순간 이상하게 경직되던 아버지의 얼굴도 기억하고 있었다.

근 열시가 다 되어 늦은 아침을 먹고 설거지를 하는데 연거푸 대문 초인종 소리가 울렸다. 누굴까. 올 사람이 없는데 생각하며 급히 나가던 원단은 낮은 담장 안으로 기웃이 들이미는 얼굴을 보고 어머, 환성을 지르고 빗장을 열었다. 뜻밖에도 미옥이 찾아온 것이었다. 게다가 큰 키를 구부정히 굽히고 따라 들어서는 것은 성진이었다.

"웬 일이니, 연락도 없이 이렇게 ….."

"답답해서 바람이나 쐬자고 나오다가 이왕이면 네 얼굴도 보자고 이쪽으로 방향을 틀었지 뭐."

원단의 부산스러운 인사에 비해 미옥의 응대는 대범했다. 근 일 년 만의 만남이었다.

"이젠 애기엄마 틀이 잡혀가요. 보기 나쁘지 않은데요?"

성진이 들고 온 포도와 복숭아가 든 봉지를 건네며 싱긋 웃었다.

"성진 씨, 이리 와서 좀 씻어요. 춘천물이 역시 차고 깨끗하구나. 네가 전에 그랬지. 여기 물은 그냥 받아 마셔도 된다고."

어느새 마당 귀퉁이, 등나무를 올려 그늘을 만든 수돗가에서 한바탕 시원스레 세수를 하고 난 미옥이 성진을 불렀다.

"덥지. 우선 마루로 올라앉아. 뭘 마실래? 찬 거? 더운 거? 도대체 무슨 바람이 불어 여기까지 온 거야?"

세수 수건과 로션 병을 건네주며 원단이 새삼스레 물었다.

"바람은 무슨 바람. 두문동(杜門洞) 처자를 내가 찾아나서야지.

너야 생전 날 보러 서울엘 오겠니? 봄은 첫사랑 치르는 소녀의 가슴앓이이고 가을은 노처녀 속병드는 쓰라림이라고 하지 않아? 오면서 보니까 산이랑 강물 빛이 벌써 가을이더라. 그 뭐라던가 그럴듯한 문자가 있는데 … 맞아, 산자수명(山紫水明). 글자 그대로야."

미옥은 로션을 대충 문지르고는 마루 끝에 앉아 낯선 손에 대해 탐색하는 눈길로 말끄러미 바라보는 수방이를 번쩍 안고 맴돌았다.

미옥은 일 년 전 만났을 때와 거의 변함이 없었다. 청바지와 낡은 티셔츠, 짧게 커트한 머리며 운동화 차림은 예나 지금이나 다를 바 없었다. 다만 말갛게 씻긴 얼굴 광대뼈 부근에 엷게 깔린 기미와 눈가의 잔주름들이 원단의 마음을 잠깐 서글프게 했다.

과일을 씻고 찬물을 가스불에 얹은 원단은 일상 쓰던 찻잔들을 꺼내 쟁반에 놓다가 다시 집어넣었다. 굳이 의자를 놓고 올라가 수납장 맨 위칸의 아직 상자 속에 든 채로인 새 유리그릇과 찻잔들을 꺼냈다. 비교적 비싸고 고급스러운 것이어서 쓰기 조심스럽다는 이유로 꺼내지 않고 아끼던 그릇들이었다. 차 준비를 하는 동안 퍼뜩 그녀의 마음을 스쳐간 어떤 느낌 —언젠가 이와 같은 상황이 있었더랬다는 친숙한 —이 새 그릇을 꺼내는 행동과 연관되어 있다는 것을, 또한 처음 문을 들어서는 성진을 보았을 때 반가움에 앞서던 당황함의 이유를 뒤늦게 깨닫고 원단은 부끄러움을 느꼈다.

어느 해 늦여름의 한낮,

오늘처럼 과일을 사들고 느닷없이 미옥과 성진이 필준의 자취방을 찾아왔었다. 전날 밤을 그의 방에서 지냈던 원단은 필준의 윗도리를 헐렁하게 걸친 채로 몹시 민망해하며 싸구려 플라스틱 컵에 커피를 부어 대접한 적이 있었다. 그 일을 기억하고 있을 그들에게 자신은 현재의 생활을 반듯하게 당당하게 보이고자 허세를 부리며 안간힘을 쓰고 있는 것이다.

"참 수방이 아빠는 안 계시니?"

64

원단이 찻상을 들고 마루로 나오자 미옥이 그제야 생각난 듯 물었다. 장식장 위의 결혼식 사진이며 수방의 첫돌 사진이 든 사진틀을 둘러보던 성진이 엉거주춤 자리에 앉았다.

"낚시 갔어. 낚시꾼이야."

새벽 날새기 전 승재는 낚시 도구를 챙겨 집을 나갔다. 별다른 일이 없는 한 일요일의 낚시는 그의 관행이었다.

이웃이나, 어쩌다 만나게 되는 그의 동료 교사 부인들은 '젊은 새댁이 일요 과부 노릇하느라 불만이 많겠다'라고 짐짓 혀를 차는 시늉을 하지만 그것은 원단이 관여할 수 없는 그만의 영역이었다. 그녀가 때때로 혼자 울 수 있는 장소, 자신만이 소유하는 내면의 공간을 필요로 하듯.

"이렇게 한적하게 지방에 뚝 떨어져 와 사는 맛이 어때요?"

차를 마시며 오랜만의 해후에 알맞은 말을 내내 찾다가 가장 무난한 물음을 찾아낸 표정으로 성진이 말했다.

"서울에 사는 사람들은 서울을 떠나면 꼭 유배당한 듯 소외감을 느낀다지만 이런 소도시에 사는 재미는 미처 모를 거예요."

역시 무난하고 무해한 대답을 하며 원단은 성진과 자신의 문답이 과장되고 수선스럽다는 어색함을 감추려는 연기를 하고 있다는 느낌에서 벗어나기 어려웠다. 필준의 친구로서, 원단과의 지난 날들을 잘 알고 있는 그로서는 지금의 또 다른 생활과 수방의 존재가 낯설고 쉽게 받아들여지지 않을 수도 있을 것이다.

"연구회 일은 잘 되어 가? 춘천에도 일 때문에 온 건 아냐?"

성진이 메고 온 작은 여행용 가방에 눈길을 주며 원단이 미옥에게 말했다. 훌쩍 바람 쐬러 나왔다는 말과는 달리 그들에게서 은연 중에 풍기는 행려의 냄새, 후줄근한 옷차림과 더러워진 신발이 내보이는 먼 길의 흔적 따위가 그런 물음을 던지게 한 것이리라. 미옥과 성진은 학교를 졸업한 이래 함께 민속 문화를 소개, 보급하는 문화운동 단체의 일을 하고 있었다. 탈춤과 사물놀이 등의 강습회원들을 모집한다는 그 연구회의 공고 기사를 신문에서 읽은 적도 있고, 지방 공연 소식을 본 적도 있었다. 그럴 때마다 원단은 미옥과 성진의 모습을 떠올리고 와락 반가움과 동시에 그들과 같이 지냈던 시절이 벌써 되돌이킬 수 없는 아득한 옛 일인 듯 일말의 쓸쓸한 심정이 되곤 했다. 강가에 앉아 흐르는 물을 다만 바라보는 자의 마음이 그러하리라. 물은 저희들끼리 몸 부딪치고 때로는 곤두박질치고 거센 소용돌이에 휘말려들기도 하면서 흐르고 흘러 먼 바다와 만나리라. 어딘가로 아마도 자신도 확연히 알지 못할 어딘가로 도달하기 위해, 다만 그 의지로 흐르는 것이리라.

"성경 말씀대로 '때가 악하니라'야. 뭘 어찌해야 좋을지 …."

성진이 잔뜩 이마를 찌푸리고 내뱉는 미옥의 말을 자르며 자리에서 일어났다.

"저 자전거, 수방이 거죠? 망가졌나요?"

앞바퀴가 빠진 채 담장에 비스듬히 기대 서 있는 세발자전거를 가리키며 하는 말이었다.

"아이들 물건을 어찌 그렇게 부실하게 만드는지 몰라요. 산 지보름도 안 되었는데 바퀴가 빠졌어요. 아직 탈 때가 안 되었는데 급한 마음에 너무 일찍 사준 게 잘못인가봐요."

원단은 이제사 겨우 넘어지지 않고 걸을 수 있는 수방의 자전거를 사서 끌고 오던 날의 의기양양해 하던 승재를 떠올리며 후후 웃었다. 페달을 돌리지 못하는 수방이를 태우고 하루에도 몇 차례씩 동네를 돌아야 하는 건 원단의 몫이었다.

원단에게서 연장통을 건네받은 성진이 마당으로 내려가 자전거를 살피기 시작했다. 아장아장 따라간 수방이 성진의 곁에 쪼그리고 앉아 뭘 참견하는 시늉으로 열심히 함께 자전거를 들여다보았다. 초록빛 잔디가 깔린 작은 마당에 햇빛이 가득하고, 얼핏 부녀

지간처럼 자연스럽게 머리를 맞대고 망가진 자전거를 고치는 모습은 어떤 단서를 붙이지 않아도 충분한 '평화로운 모습'이었고 삶의 꾸밈없이 자연스러운 풍경이었다. 그녀 자신 문득문득 '이것으로 족하지 않은가'라고 허심하게 받아들이게 되는. 우리네 삶이 더 이상 무엇을 약속할 수 있단 말인가.

"너는 예쁘게만 살려고 하는 것 같애. 예전의 너는 그렇지 않았는데…." 아득한 눈길로 햇살 부신 마당 풍경을 바라보는 원단의 마음을 읽듯 미옥이 불쑥 내뱉었다. 원단이 입고 있는 꽃무늬 예쁜 홈드레스, 예쁜 그릇들로 격식차린 상, 먼지 하나 없이 청결하고 정돈된 집안 등, 그녀가 '예쁘게'라고 말할 소지는 충분히 있었다. 게다가 그 말 속에 담긴 소시민적인 안락함과 위선—그네들이 한 때 매도해 마지 않았던—에 대한 비아냥거림을 넉넉히 헤아릴 수 있을 만큼 그네들은 서로를 잘 알았다. 그러나 이것이 원단으로서는 필사적인 복원의 노력임을 알지 못하리라. 단지 '예쁘게'로서가 아닌, 반듯하고 단정하게 살고자 하는 것. 그것이 헝클어지고 찢겨진 지난 날에의 치유와 보상의 욕구라는 것을.

"쓸고, 닦고, 울보 아이 기르고, 남편 기다리고…등등의 일이 예전에 상상하던 것만큼 끔찍하진 않아. 넌 성진 씨와 언제까지 이런 상태로 지낼 거니?"

원단이 씁쓸히 웃으며 되물었다.

"결혼하면 다 똑같은 말을 해. 간신히 난파선에서 구조된 사람들이 아직 남아 있는 사람들을 향해 하듯 쓸데없이 오지랖넓게 걱정하고 수선을 떨어. 결혼이 과연 그렇게 안전한 닻이 되는 건가?"

캠퍼스 커플로 출발한 미옥과 성진이 동거생활로 들어간 것은 5년 전부터였다. 그 이전 그들은 이미 대학의 민속연구 서클의 회원이었고 군대 마치고 복학한 성진은 서클의 리더 격이었다. 동거생활에 들어가기 위한 언약식에서, 역시 연애중이던 원단과 필준이

증인이 되었다. 서로 나눈 십팔금 반지와 한 잔의 포도주, 축제의 놀이마당과 사물놀이, 동숭동 대학로의 배회와 최루탄 가스, 아바와 존 덴버의 노래, 정신적 자립과 창조적 생활을 위해 필히 연수입 5백 파운드와 열쇠를 채울 수 있는 '나만의 방'이 필요하다는 버지니아 울프의 주장, 바슐라르의 '존재의 책상' 등등이 그들이 공유했던 시간과 공간이었다. 젊음이 축제인가, 추억이 화려한 것인가. 어질머리처럼 열병처럼 20대를 보내고 자신은 미옥의 말대로라면, 안전한 배에 옮겨 탄 것처럼 서른 살이 되었다. 나이 먹는다는 일. 더 이상 모험을 하거나 도피하지 않아도 된다는 속삭임에 동의하며. 아버지에 대한 피해의식에서도, 절망적인 연애에서도 서른 살은 구원이 되리라는.

"남편과 아이가 내 존재를 정당화시킬 수 있느냐고 말하고 싶은 거지?"

대꾸없이 얇은 입술을 일그러뜨리며 웃던 미옥이 장식장 아랫단에 꽂힌 음반들을 뒤척이다가 반색을 하고 한 장을 뽑아들었다.

"이걸, 네가 갖고 있었구나."

자크린느 뒤프레의 첼로 연주 음반이었다. 오케스트라 지휘자인 다니엘 바렌보임의 아내로, 천재적인 재능과 미모로 세계 무대에서 각광받던 첼리스트. 음반 케이스에 젊디젊은 동양풍의 분위기를 풍기는 그녀의 모습이 박혀 있었다. 미구에 닥쳐올 비극과 불행의 징조는 어디에도 나타나 있지 않았다. 연주가로서의 명성이 절정에 달했을 때 그녀에게는 신경이 마비되는 퇴행성 질환이 찾아왔다. 우울하고 음산한 눈빛으로 피아노 건반을 하나씩 서툴게 눌러대며 죽어버린 신경들을 되살리려 절망적인 노력을 하던 말년의 모습. 그녀가 죽었다는 짧막한 외신 기사가 나온 날 필준은 원단과 함께 레코드 가게에 들어가 그녀가 연주한 드보르작의 첼로 협주곡을 샀다. 그리고는 미옥과 성진이 살고 있던 아파트를 찾아가 소주를 마시며 밤새 되풀이하여 그 음반을 들었다. 비운의 예술가, 저주받은 재능에 대한 그들 나름의 추모의식이었다.

필준과 헤어지고 난 뒤 원단은 주변에서 그의 흔적을 모조리 없애려고 애를 썼다. 그러나 어쩐지 그 음반만은 없앨 수가 없었다. 끝내 처리하지 못하고 지니고 있으면서도 막상 그것을 틀어본 적은 한 번도 없었다.

"사실은 부탁이 있어서 왔어. 단도직입적으로 말할게. 빙빙 말을 돌리면 더 어려워지니까."

미옥이 빤히 원단을 바라보며 입을 열었다.

"뭐가 그렇게 어려운 부탁이야?"

"우리가 지금 난처한 입장이야. 일주일 전에 연구소가 쑥밭이 돼버렸어. 불시에 들이닥쳐서 공연준비 자료 다 압수당하고…. 실무자들은 조사한다고 불려다니고 그래. 별일이야 한 게 없으니 겁 안 나지만 때가 어수선하니까 피해 있으라고 연락이 왔어. 한 사나흘이면 이럭저럭 해결이 날 거야."

감정이 담기지 않은 담담한 미옥의 말을 들으며 원단의 입가에서 웃음이 지워졌다. 듣는 사이 압수, 수색, 체포 등등의 활자들이 반사적으로 잇달아 떠올랐다. 잇달아 수배, 은닉 등의 단어들도.

"아무 일도 아닌 걸 가지고 괜시리 지나치게 신경과민들이 되어서…."

미옥의 탐색하는 듯한 눈길이 허둥대는 원단의 시선을 잡고 놓지 않았다. 그녀의 시선이 촘촘한 철사그물이 되어 자신의 얼굴을 옥죄는 듯 얼굴 근육이 뻣뻣이 굳어졌다. 원단이 손바닥으로 세게 얼굴을 문지르며 빠르게 말했다. 마치 준비해둔 내용처럼 미처 생각지 못했던 말들이 내뱉어졌다.

"여긴 네가 생각하는 것처럼 호젓한 곳이 아니야. 너와 성진 씨가 단순히 여행길이라면야 얼마든지 함께 지낼 수 있지만 그런 사정이라면 곤란해. 수방이 아빠는 교육공무원 신분이고, 평범하고 좋은 사람이지만 또한 통상적으로 평범하고 좋은 사람들의 한계가 있어. 그러나 무엇보다도 나 자신이 그런 용기가 없어, 용기라기보다 신념이라고 말해야 할 거야. 미안해. 너는 날더러 예전과 달라졌다고 말하지만 꼭 그런 것만은 아냐. 삶은 선택할 수 있는 것이 아니라 주어지는 것이라는 생각, 내게 가장 확실하게 주어진 것들을 보듬고 지켜가야 한다는 생각이 강해져. 너무 현실에 안주하는 것일까?"

"아, 그만해, 한 사흘 묵게 해줄 수 없다는 말을 하기 위해 그렇게 오래 힘들여 말해야 해?"

미옥이 원단의 어깨를 쥐고 흔들며 거리낌없이 환히 웃었다.

성진은 어느새 바퀴 빠진 자전거를 말짱히 고쳐놓고 연장통 안의 왁스까지 찾아내어 닦아 새 것처럼 반짝반짝 윤을 내놓았다. 어느새 '아찌, 아찌'라고 부르며 따르는 수방이를 태우고 마당을 두어 바퀴 돌고 난 성진이 땀을 닦으며 햇살이 넘치듯 하얗게 흐르는 산언덕을 가리켰다.

"이곳이 아주 명당터 같습니다. 원단 씨 집터 고른 것을 보니 풍수에 식견이 있는 것 같은데요?"

"풍수지리라면 좌청룡 우백호, 배산임수 같은 용어밖에 몰라요. 그러긴 해도 저 산이 좋아 이 집으로 오게 된 건 사실이에요. 이 집에선 어디서나 저 산이 보여요."

성진과 원단이 주고받는 말에, 마당으로 나온 미옥이 눈을 가늘게 뜨고 원단이 가리키는 손을 따라 산언덕을 바라보았다.

"햇빛이 그쪽에만 모여 있는 것처럼 이상하게 환하고 고즈넉하네. 별로 먼 것 같지도 않은데 우리 같이 올라가 볼까."

미옥이 당장 신발 끈을 맬 듯한 기세로 말했다.

"막상 가보면 뭐 여느 산과 다를 게 있겠니? 난 오히려 멀리서

바라보면서 저것이 궁극적인 평화의 모습이 아닐까, 피안의 세계
가 아닐까 하는 생각이나 하지, 어쩌면 소망의 본질 같은 것 말
야."

"언덕을 바라본다는 것과 그곳을 향해 걸어간다는 것과는 본질
적으로 차이가 있어. 바라본다는 것만으로는 그것이 내게로 가까
이 오질 않아. 너는 소망이라고 말하지만 나는 차라리 소명이라고
말하겠어. 그곳으로 스스로 걸어들어가지 않으면 풀도, 나무도 그
곳에 깃든 짐승들도 어떻게 뒤엉키고 비비대며 살아가는지, 척박
한 땅 속에 어떻게 깊이 뿌리를 뻗는지 이해할 도리가 없지. 이해
가 없으면 사랑도 거짓이야. 세상을 창 밖 풍경을 보듯 바라만 본
다면 …."

미옥의 말이 마디마다 편안치 않은 가시처럼 원단의 마음을 찌
르는 듯했다.

원단의 거절에 대한 뒤늦은 대꾸일까.

그들은 해질 무렵, 원단이 서둘러 지어준 저녁밥을 먹고 떠났다.
서울행 열차시간을 자세히 일러주는 원단에게(그것 외에 달리 무
슨 일을 해줄 수 있었을까) 손을 흔들어 보이며 미옥은 밑도끝도
없이 '우리에겐 세월을 앞당겨 지레 늙어버릴 자유도 권리도 없
다'라고 탄식처럼 내뱉었다.

시장에 나갔던 길에, 꽃과 작은 화분 따위를 파는 노점 꽃수레
에서 붉게 익은 꽈리 다발을 발견한 원단은 어머, 탄성을 지르며
멈춰섰다. 긴 대궁에 줄줄이 환하게 달린 꽈리의 붉은 빛이 그대로
가을밤의 호롱불처럼 따뜻하고 정다웠다. 이제사 계절없이 꽃피울
수 있는 시절이 되었다지만 햇빛과 바람과 비와 서리로 꽃피고 열
매맺어 섭리에 따라 시드는 제 철의 향기와 아름다움에 비하랴 싶
었다.

어린 시절, 몇 해 동안 얹혀 살았던 외갓집의 장독대 한 켠에 화단이 있었다. 언니와 원단은 동네 아이의 집에서 꽈리와 봉숭아 모종을 얻어와 화단에 심었다. 이슬비를 맞으며, 뿌리를 보이면 죽는다는 말에 따라 모종의 흙묻은 뿌리를 양손에 꼭 모두어 쥐고 누구의 눈에도 띨세라 외진 길로 달음박질쳐서 돌아와 도둑처럼 몰래 심었다. 뿌리가 공기에 닿아 수분이 마르거나 상하면 안 된다는 것을 말 그대로 사람의 눈에 띄면 부정을 탄다는, 다분히 ·비의(祕儀)적인 것으로 받아들였던 것이다. 길게 뻗어 자란 줄기의 겨드랑이마다 밥티같이 작고 흰 꽃이 진 자리에 연두빛 봉긋한 봉지가 달리기 시작하여 붉게 물들어가면 보이지 않는 속의 열매는 얼마나 큰 비밀이었던가. 봉지를 터뜨리면 호롱불의 심지처럼 틀림없이 빨갛고 단단히 익은 열매가 있으리라는 것을 알면서도 매양 조바심과 기대로 가슴이 두근거리지 않았던가.

언니는 꽈리를 잘 불었다. 그 가으내 학교에서 돌아오면 윤식이를 업고 마당가에서 꽈르륵꽈르륵 꽈리를 불었다. 유년기의 기억 중 가장 밝은 색채로 남아 있는 장면이었다.

아버지가 갚을 길 없는 노름빚을 지고 달아난 후 어머니는 원단이 자매를 이끌고 그때까지 살던 공주를 떠나 평택의 친정으로 들어갔다. 성미가 결곡하고 칼칼했던 것으로 기억되는 어머니로서는 힘든 걸음이었을 것이었다. 끝내 확인할 수 없는 얘기가 되고 말았지만, 아버지가 막판에는 일 잘하고 건강한 마누라까지 걸고 노름을 했다고 해서 노름패들로부터 적지아니 시달림을 당한 탓인지, 단지 호구지책을 위해서였는지는 모를 일이었다. 단지 초라한 세간살이들을 꾸리며 '서방이 아니라 웬수다. 어떻게 인두겁을 쓰고서 그럴 수가 있겠나. 정말 이젠 남부끄워서 …' 따위 한탄을 하며 눈물을 훔치던, 아직 팽팽하게 젊었던 어머니의 모습이 기억에 남아 있다. 어머니의 말을 곧이곧대로 알아들은 언니는 그때 '아버지가 외갓집으로 찾아오면 어쩌지? 아버지가 찾을 수 없는 데로 더 멀리 가버리자'고 걱정 가득한 빛으로 말했었다. 어린 나이였지만 아버지에 대해 특별히 정겨운 느낌이 없기는 원단도 마찬가지였다. 아버지는 읍내가 짜아하도록 소문난 노름꾼이었다. 절룩발이, 왼손잡이 홍 상사. 그것은 전쟁에서 입은 총상으로 보일 듯 말 듯 다리를 저는데다 화투장이나 마작 쪽을 왼손으로 귀신처럼 다루는 아버지를 부르는 말이었다. 일 년에 반 이상은 외지로 떠돌아다니고 그나마 집에 돌아와서도 노름과 술에 빠져 살았다. 살림을 꾸려가는 것은 어머니의 몫이었다. 어머니는 잔치와 제사에 쓰이는 유과와 과줄, 강정 따위를 만들어 시장 안의 가게에 물건을 대었다. 집안에서는 언제나 물엿과 기름기가 끈끈하게 배어 있었다. 아침부터 밤까지 어머니는 기름걸레 꼴이 되어 일손을 놓지 않았다. 벽지와 가구, 문고리, 마룻바닥 어디에서나 끈끈하고 미끄러운 기름기가 묻어났다. 기름냄새가 역겹다고, 읍내 술집에 박혀 있는 아버지를 향해 사람들은 '홍 상사가 저렇게 위인이 허랑방탕해도 마누라가 붙어사는 걸 보면 노름 말고도 다른 힘이 좋은가베. 마누라만 아는 힘 말여'라고 대놓고 말하곤 했다.

다른 아이들은 달고 고소한 과자들을 실컷 먹을 수 있으리라고 부러워했지만 원단은 언제나 머리칼과 옷에 배어 있는 냄새가, 상이군인, 노름꾼 홍 상사가 부끄럽기만 했다.

평택의 외갓집 뒷방에 짐을 푼 어머니가 읍내의 식당에 일을 나가던 이태 만에 아버지가 찾아왔다. 원단이 국민학교에 입학하던 해였다. 느닷없이 아버지가 찾아왔을 때의 상황이 어떠했는지는 기억에 없다. 양복을 빼어입고 몰라보게 멋쟁이가 된 아버지가 사들고 온 언니와 원단의 새 책가방을 보았을 때의 기쁨만 생생하게 남아 있다.

아버지가 돌아오자 어머니의 치마 아래 배가 불러오고, 이북에서 빨갱이떼들이 대통령을 죽이러 왔다는, 이른바 '김신조 사건'으로 나라 안이 발칵 뒤집혔던 겨울 윤식이 태어났다. 뒤늦게 아들을 보았다는 인사를 받을 겨를도 없이 아버지는 그 겨울 내내 밖으로만 나돌았다. 아버지가 '전우'라고 부르는 '참전 동지' 그룹의, 손목이 없거나 다리 하나가 잘린 사람들이 뻔질나게 집을 찾아오기도 했다. 목이 쉬고 눈에 핏발이 서서 밤늦게 돌아오는 아버지는 대개 술에 취해 있었으며 여느 때와 달리 생기와 고양된 감정으로 한껏 기분이 고조되어 있게 마련이었다.

"원단이, 늬네 아버지 목청 한번 크더라."

"전쟁 때 훈장도 여럿 탔다더니 아닌게아니라 기세가 호랑이더군." "엊그제는 가두시위를 벌이더니만 오늘은 미군 부대 앞에서 데모를 했어. 내일은 역전에서 한바탕 할 거라더군." 동네 사람들의 말로 가족들은 아버지가 참전 동지들과 함께 '김일성 괴뢰집단 타도' 데모를 하러 다니는 줄 알았다. 어느 날 해 지기 전 술기운 없이 들어온 아버지의 손에는, 그들에게는 좀처럼 맛볼 기회가 없는 케이크 상자가 들려 있었다. 원단이와 언니가 달려들어 상자를 풀기도 전 햇아기 윤식이를 끼고 누워 있던 어머니가 비명을 지르며 일어났다. 아버지의 오른손 검지손가락에 두껍게 둘린 붕대를 흠씬 적신 핏자욱 때문이었다.

"나라를 위해 싸우다 목숨바친 그 숱한 전우들을 생각하면 이까짓 거야…. 내 피 몇 방울 흘려서 빨갱이들을 박살낼 수 있다면 손가락 열 개인들 못 자르겠어?"

아버지는 짐짓 비장한 표정을 지으며 눈에 빛을 뿜었다.

"아이고, 이 정신나간 양반아, 그래, 혈서를 썼단 말이요? 손가락 자를 각오로 독하게 살아볼 생각을 하시오."

어머니는 부르르 진저리를 치며 악을 써댔다. 케이크 상자를 열던 원단과 언니는 멈칫 물러났다. 흰 크림이 씌워지고, 그 윗면에 분홍빛과 연두빛의 꽃모양으로 장식을 한 둥근 케이크가 빵집의 진열장 속에 있을 때와 마찬가지로 호사스럽고 화려한데 ─시내의 빵집을 지나칠 때마다 원단은 진열장 앞에 멈춰서서 그 이국풍의 모양과 빛깔과 장식에 홀려 자신이 맛보지 못했던 온갖 달고 부드럽고 향기로운 감각들을 상상해 보곤 했었다─어머니의 비통한 소리에 그제야 아버지의 피절임이 된 손을 보는 순간 그것은 갑자기 자신들의 현실을 깨닫게 해주는 생뚱스럽고 사악한 '어떤 존재'로 비쳐졌다. 그것은 이미 맛을 즐기고 배를 불릴 선한 음식이 아니었다. 그네들 삶의 누추함과 가난과 속임수 따위를 잔혹하게 드러내는 장치였다.

다음날 아침의 신문에는 비열한 암살 음모를 꾸민 김일성 집단을 성토하는 시민궐기대회에서 '암살자, 살인마 김일성을 타도하자'는 내용의 혈서를 쓴 '호국참전용사회'의 여섯 명의 회원들에 대한 기사와 사진이 났다. 아버지와 그들 가족은 한동안 야유인지 칭찬인지 분간하기 애매한 인사를 받았다.

"원단이 아버지께선 6·25 동란 때 북괴군과 맞서 용감히 싸우시다 부상을 입으신 분이란다. 너희들은 그런 분들의 고마움을 알아야 한다."

겨울방학을 끝내고 개학한 첫날, 담임선생님의 말에 반 아이들은 느닷없이 박수를 쳤고 원단은 까닭모를 부끄러움으로 와락 울음을 터뜨렸다.

봄이 되기 전 아버지는 평택역의 역무원으로 취직이 되었고 가족들은 외갓집을 떠나 시내에 셋방을 얻어 나갔다.

동네 사람들이 뒷전에서 호박이 넝쿨째 떨어졌느니, 손가락 깨물어 얻은 자리니 하며 시샘의 말을 수근대었어도 어머니는 이제사 아버지가 어엿한 직장인으로 출퇴근하게 된 기쁨을 감추지 않았다.

　"애비가 이제야 정신을 차리나부다. 바라던 아들도 낳고 취직도 되었으니 앞날이 괜찮을 게다. 하긴 정신 날 때도 됐지. 애비 나이 마흔이 넘지 않았느냐. 곧 옛말하며 살 날이 올 게다."

　이삿짐을 꾸려주며, 그리고 새 집으로까지 따라와 아궁이에 불을 들이며 할머니는 축수하듯 뇌이고 또 뇌이곤 했다.

　꽈리 한 다발과, 빨갛게 익은 열매를 조롱조롱 달고 있는 아가위 팥배나무 가지를 아울러 사드니 한 발 앞서 가을을 담뿍 맞아들인 기분이었다. 햇빛 잘 드는 창가에 걸어두면 한결 운치있고 풍성한 가을 분위기를 즐길 수 있으리라 싶었다. 걷는 일에 금방 지치고 싫증을 내는 수방이는 모처럼 만에 나온 거리 구경에 정신이 팔려 여느 때처럼 업어달라고 칭얼대지 않았다. 수방이의 손에 꽈리를 한 가지 들려주고 원단은 긴한 볼일도 없이 느긋하게 거리를 돌아다녔다. 커튼 집에 들어가 검정과 흰색이 굵은 선으로 대담하게 엇갈린 커튼지를 한동안 매만지기도 하고, 수제품 고급 가구점을 기웃거리고, 서점에 들어가 인테리어 잡지들을 훌훌 들춰보기도 했다. 그러면서 원단은 이러한 자신의 행동, 욕망들이 지난번 미옥이 내뱉었던 '넌 예쁘게만 살려고 해'라던 근거인가를 생각하며 쓴 웃음을 지었다. 그녀는 아마 모를 것이다. 원단 자신 그토록 지키려 애쓰는 것이 단지 '예쁨'이나 '장식성'이 아닌 규범이고, 그것이 약속하는 작은 울타리 안의 햇빛과 안전이라는 것을. 저녁이 되면 햇빛은 스러지게 마련이고 거친 짐승은 울타리를 부수고 뛰어넘는다고, 또한 울타리라는 환상은 생각처럼 견고한 것이 못되고 네가 바라보는 햇빛이란 기실 입김처럼 미약하고 순간적인 온기일 뿐이라고 얄팍한 입술을 일그러뜨리며 대꾸하는 미옥의 목소리가 들리는 듯했다.

"이 애가 딸이냐?"

안경을 벗어 눈가를 문지르고, 안경알을 찬찬히 닦아 다시 낀 아버지가 부신 듯 눈을 가늘게 뜨고 수방이를 바라보며 물었다. 대문 앞에 기대놓은 '종합선물세트'의 울긋불긋한 포장지가 흘낏 눈에 들어왔다.

"언제 오셨어요? 장 서방 만나셨어요?"

원단이 굳은 혀를 풀듯 가까스로 내뱉었다. 자신의 얼굴 역시 그처럼 뻣뻣이 굳어 있으리라. 그러나 마음은 처음 문앞에서 아버지와 마주쳤을 때보다 많이 평정을 되찾고 있었다. 기습을 당했다는 곤혹감은 컸지만 처음 승재로부터 아버지의 출현을 들었던 이래 여러 날 사로잡혀 있던 불안과 피해의식에 비하면 막상 실체와 맞닥뜨린 지금의 덤덤한 심사가 기이할 지경이었다. 시간의 완화 작용인가. 어쩌면 자신은 아버지와의 이러한 대면의 시간을 대비하여 연습해온 것인지도 몰랐다. 무심코인 듯 보일 작은 동작 하나하나까지, 내뱉는 예사로운 말의 쉼표와 마침표까지.

"한 시간가량 되었나…. 먼젓번 장 서방이 약도를 그려준 게 있어서 곧바로 찾아왔지."

아버지가 짐짓 팔목을 쳐들어 시계를 보며 느릿느릿 말했다. 흰 머리를 빈틈없이 넘겨 빗어 터럭 하나 흘러내리지 않은 이마는 검붉게 그을려 있었지만 좁은 얼굴, 날카로운 매부리코, 두껍게 늘어진 눈꺼풀 아래 반쯤 뜬 눈매는 여전히 맹금류를 연상시키는 모습이었다.

원단은 열쇠를 찾아 대문에 꽂고 천천히 돌렸다. 꽈리 묶음을 땅에 내려놓고, 한사코 치맛자락을 잡고 놓지 않는 수방이를 한 팔에 들어 안고 대문을 여는 동작이 숱한 연습 끝에 실수없이 해내게 된 연기와 같았다.

"들어가시죠."

종합선물세트를 들고 엉거주춤 고개를 숙여 쪽문을 들어서며 아버지는 '마당을 잘 가꾸었구나'라고 말하고 이어 '이렇게 집을 비워두고 다녀도 괜찮으냐'고 덧붙였다. 집안에서는 나갈 때 켜둔 라디오에서 귀에 익숙하나 곡목은 떠올릴 수 없는 바이올린 곡이 흐르고 있었다. 원단은 마루 끝에 수방이를 내려놓고 라디오를 껐다. 아버지는 양복저고리를 벗어 의자 위에 걸쳐놓고는 마루 끝에 앉아 하품을 하는 수방이에게 선물꾸러미를 풀어보이며 말했다.

"이 애가 꼭 너 어릴 때와 닮았구나. 이름은 뭐라고 지었느냐. 애야, 내가 니 할애비다. 알겠니?"

"아직 점심 전이시지요? 점심상 차릴 테니 좀 쉬세요."

천연덕스럽게 아버지의 역할, 할아버지의 몫을 차지하려는 듯한 말투가 역겨워 원단은 아버지의 말을 잘랐다.

"나 예서 좀 묵어갈라네."

저녁 식탁에서 아버지가 선언하듯 말했다. 요즘에도 화천에 돌을 보러 다니시느냐는 승재의 물음에 대한 대답이었다. '선언하듯' 할 수밖에 없었던 것은 그만큼 아버지에게도 힘든 말이었기 때문이라고 해석되어지면서도 원단은 입에 넣은 밥덩어리가 그대로 목에 콱 걸리는 느낌이었다. 해가 지기 전 서둘러 저녁을 짓고, 승재에게 전화를 걸어 아버지가 오셨으니 일찍 들어오라고, 아버지더러 들으란 듯 수선을 떤 것 모두 아버지가 오래 머무를 구실을 주지 않기 위한 것이 아니었던가. "골치 아픈 일이 많아서 말야. 게다가 여긴 공기도 좋고 깨끗하니 늙으면 세상잡사에서 조금은 멀찍이 물러나는 게 심신에 좋지."

"아무렴요. 얼마든지 오래 계세요. 아닌게아니라 식구가 단출해서 호젓하기도 하던 터이고, 방도 넉넉하니까요."

승재가 짐짓 크게 고개를 끄덕였다. 그렇다면 먼젓번에 승재의 학교로 찾아갔던 것은 탐색전이었던가. 밥맛을 잃은 원단이 밥그릇과 수저를 들고 일어났다. 개수대의 물을 트는데 한결 자신을 찾은 아버지의 목소리가 우렁우렁 들려왔다.

"멋모르고 날뛰다가 이번에 뜨거운 꼴 당했지. 아무리 순수한 열정이니 참교육의 의지이니 하고 내세워도 결국 빨갱이들의 전략에 놀아나는 거야. 속고 있는 거라구. 교육의 목적을 통일에 두고 있는 것부터가 수상하잖나 말야, 자네는 거기 가입하지 않았겠지?"

"가입은 안했지만 그들의 주장에 상당한 타당성이 있다고 믿는 쪽입니다. 그들의 과격한 행동에 대해 선생답지 않다느니 하며 비난하기 전에 왜 그런 운동이 일어나게 되었는지, 분출할 수밖에 없이 누적된 교육계의 모순과 잘못에 대한 깊은 반성과 성찰이 문교 당국자나 일선교사, 학부모 모두에게 있어야겠지요. 현장 교사로서 이대로는 안 된다, 개혁이 있어야겠다는 필요성은 절실합니다."

"명분은 세우기에 달렸네. 교육이 제대로 서려면 우선 전쟁이 어떤 건지 빨갱이들이 어떤 건지를 가르쳐야 한다구. 자넨 전전 세대인가 전후 세대인가?"

"세 살 때 전쟁이 났으니 전쟁을 겪은 세대라고 하겠지요. 전쟁은 분명 악이고 비극입니다. 그러나 그 악의 구조와 동인을 분석하고 이해하지 않으면 영원히 극복되지 못하지요. 좀더 발전적인 시각으로 과거와 미래를 바라보아야 한다고 생각합니다."

"나는 전쟁 때 총을 들고 나가 싸웠네. 아무튼 세상 망가져가는 꼴이라니. 선생이라는 작자들이 떼로 나서서 주먹질을 해대질 않나, 철없는 아이들을 무기삼아 선동질이나 하고…."

"문약(文弱)이란 말이 있지요. 선생들처럼 말을 좋아하고 폭력을 겁내는 부류도 드물지요. 아무리 온건하게 말로, 대화로 풀어가려 해도 상대방이 귀막고 눈감고 몽둥이질을 해대면 다른 방법이 없지 않습니까? 허허, 아버님 저 역시 학교다닐 때는 아버님 세대나 그들이 일군 세상에 대해 주먹질을 해댔었지요. 이젠 안전히 금 안으로 들어와 저들을 향해 자조어린 충고나 하는 저도 기회주의자라든가 보수 안일파로 지탄받는 입장입니다. 하긴 보수주의란 게 결국 변화를 받아들일 능력이 없는 자의 방어막 같은 게 아닐까요?"

승재는 더 이상 대화를 이끌어갈 흥미를 잃은 듯 너털웃음으로 얼버무렸다.

아버지는 텔레비전의 9시 뉴스를 보고 난 다음 방으로 들어갔다. 책장과 책상을 들여놓고 그들 부부가 조금은 멋쩍어하며 '존재의 방'이라고 부르는 서재였다. 언젠가 훗날 자유롭고 한가한 시간이 주어지면 그 방에 틀어박혀 쉽고도 명쾌한 수학 이론서를 쓰겠노라는 꿈을 승재는 갖고 있었다.

방바닥을 닦고, 이부자리를 안고 들어가 자리를 보며 원단은 자신이 마치 모르는 남자의 잠자리를 펴는 듯한 거북스러움과 수치심을 느꼈다. 구부린 등 너머 지켜보는 아버지의 눈길을 의식했기 때문일 것이었다.

이불을 깔아놓고 나오며 달리 필요한 게 없느냐고 묻던 원단의 눈길이 와이셔츠 단추를 푸는 아버지의 손에 멈추었다가 재빨리 비껴갔다. 오른손 검지와 장지와 무명지가 모조리 첫마디에서 비틀려 구부러진 형상의 단지(斷指)의 흔적이었다.

바람도 없는데 마당 귀퉁이 대추나무에서는 이따금씩 툭, 툭 소리를 내며 대추가 떨어졌다. 안방과 아버지가 있는 서재의 불이 꺼진 지 오래였다. 한바탕 큰일을 치르고 난 듯 몸은 기진맥진 녹초가 되어 있는데 신경만이 팽팽히 날을 세워 원단은 잠을 이룰 수 없었다. 어둠 속에서 눈을 번히 뜨고 몸을 뒤채이던 원단은 찌륵찌륵 풀벌레 우는 소리에 이끌리듯 마루로 나왔다. 마루의 유리문을 열고 문턱에 걸터앉았다. 적막하게 깊어가는 가을밤의 스산함이 서러움으로 걷잡을 수 없이 밀려들었다. 삶이 쓸쓸한 것일까. 인간이 슬픈 것일까. 아버지에 대한 막무가내한 적개심이 조금도 덜해지는 것은 아니면서도 그 모든 관계와 감정들이 얼마나 덧없는 것이냐는 생각이 문득 스쳐갔다. 거북스럽게 와이셔츠 단추를 풀던 아버지의 구부러진 손끝 마디가 떠오르자, 구름이 비를 부르듯 필연적으로 따라오게 마련인 연상작용을 물리치느라 눈을 감고 고개를 세게 흔들었다.

화면 가득 클로즈업되어 다가들던 아버지의 얼굴, '나라사랑 동지회'의 푯대. '살인 집단 소련의 만행을 규탄한다.' 아버지의 갈갈이 쉬어터진 목소리는 극장 안을 우렁우렁 울리고 삽시간에 사라졌다. 아버지는 잇달아 한껏 고양된 감정과 격정의 정점에서 즉흥적인 몸짓으로 손가락을 자르고 흰 광목천에 피를 흩뿌렸다. 관객석의 여기저기서 얕은 비명소리, 더러는 킥킥 웃는 소리도 들렸다.

얼어붙은 듯 화면에 눈을 붙박고 있는 원단의 팔을 툭툭 치며 옆자리의 필준은 말했다. 아직까지 저런 야만적인 방법이 통용되다니. 마치 사교의 광신자 같잖아. 소련군에 의한 KAL기 격추사건이 있고 난 다음의 일로, 그들은 그날 마지막회 영화를 보기 위해 극장에 들어왔던 길이었다. 영화를 시작하기 전 상영되는 뉴스화면에서 아버지를, 아버지의 혈서 쓰는 장면을 만나게 된 것은 전혀 뜻밖이었다.

원단은 그즈음의 아버지의 생활을 거의 모르고 있었다. 학비와 용돈을 위해서 그리고 하루 빨리 집을 떠날 작정으로 이른바 '몰래바이트'를 두 그룹 맡아 힘겹게 뛰고 있었고, 또한 민속연구회 일은 원단의 생활에서 꽤 많은 비중을 차지하던 터여서 의식적으로라도 집안일에 등돌리고 있었다. 밤늦게 들어가 겨우 잠만 자고 일찍 빠져나가는 원단에게 서모의 귀띔도 없었다. 하긴 아버지가 무명지에 피묻은 붕대를 감고 들어왔어도 우둔한 서모로서는 그 전말을 상상할 수도 없었을 것이었다. 두 시간 가까이 영화가 상영되는 동안 내내 원단은 단지 어둠 속이어서 얼굴을 감출 수 있다는 사실만을 다행스러워하며 처참한 연민과 수치심, 배반감과 피투성이가 되도록 싸워야 했다. 왜? 왜? 아버지는 그러한 자해 행위로밖에 자신의 삶을, 삶의 근거를 증명해 보일 수 없는 것일까. 물론 그때가 처음은 아니었다. 김신조 사건 이후 여러 해가 지나 74년도의 대통령 부인 저격 사건 때에도 아버지는 궐기대회에서 구호를 외치며 손가락을 잘라 혈서를 썼었다. 손가락 하나에 얼마를 받았느냐는 노골적인 야유가 뒤따랐으나 아버지는 '애국 충정의 표시'일 뿐이라며 당당히 맞섰다. 그때는 남다른 행동을 하는 아버지가 어릿광대처럼 부끄럽고 딱하고 싫다는 생각뿐이었다. 그러나 영화관의 객석에 필준과 나란히 앉아 본 화면 속의 아버지는 원단에게 충격이나 부끄러움이라고 간단히 말해버릴 수 없는 깊은 상처를 주었다. 자신의 위상에 대한 객관적 인식이었을까.

또한 얼마쯤 불안하고 감미로운 그들의 연애, 당연히 함께 바라보아야 한다는 '내일'에의 소망이나 희망 따위의 속임수, 허구성의 가면을 여지없이 벗겨버리는.

그날 밤 원단은 집에 들어가지 않았다. 세상에서 가장 외로운 연인들이 되어 함께 밤을 지낼 수 있는 방을 찾아 배회했다. 자신이 의지할 가장 확실한 마지막 보루가 남자라고 믿는 여자들, 자신의 몸을 내어 한 남자를 잡으려던 여자에 지나지 않았던 것일까. 그러나 물에 빠진 사람이 한가닥 지푸라기에라도 매달리듯 당시의 자신에게 달리 무슨 방법을 생각할 수 있겠는가. 또한 자신을 깨뜨리고 또 한 번 태질쳐버리는 것 역시 아버지에 대한, 세상에 대한 복수의 방법이 아니었던가.

안개가 짙었다. 발을 한 걸음씩 틀림없이 땅을 내딛는데도 길은 보이지 않고 축축하고 불결한 안개만이 미망(迷妄)처럼 다가들 뿐이었다. 이른 등교길의 학생들, 일터를 찾아가는 사람들의 모습이 안개 속에 몽롱한 윤곽들로 드러났다가 잠겨들었다.

안개 속에서 사람들은 저마다 고립된 섬처럼 흐르고 있었다. 자신의 모습 또한 그러하리라.

큰길 초입의 슈퍼마켓을 끼고 왼쪽으로 난 골목으로 꺾어져 비탈길을 오르면 딸의 집 견고한 철대문 앞에 서게 되리라는 것을 알면서도 그는 잠시 걸음을 멈추고 가야 할 길을 잃은 듯 망연한 표정으로 주위를 둘러보기도 했다.

가을이 깊어가면서 안개는 점차 짙어졌다. 딸의 집에서 처음 맞았던 새벽, 잠을 깨어 창문을 열었을 때 미명(未明)의 천지를 뒤덮어버린, 그리고 방안으로 뭉클뭉클 밀려들던 안개에 얼마나 당황했던가.

"세상에, 이 안개 좀 봐. 지독하기도 해라. 마스크를 하고 가요. 되도록 숨을 들이쉬지 말아요. 안개가 기관지에 그렇게 나쁜 거라는데 ….."

딸이 아침마다 출근하는 사위의 등에 대고 하는 말로 보아 안개란 이 도시의 사람들에게 친숙하고 일상적인 것이리라 짐작되었다. 그가 사흘 전 처음 산책을 나갔다가 돌아왔을 때 마침 대문을 나서던 사위는 그에게 봄이나 가을의 짙고 축축한 안개는 특히 노인네들에게 좋지 않다는 말로 새벽 산책을 만류했었다. 그러나 근래 들어 부쩍 새벽잠이 없어진 그가 동트기 전 눈을 뜨면서부터 종래 다시 잠들 수 없는 아침에 이르기까지의 시간을 무엇으로 보낼 것인가. 시간을 견딜 수 없는 것이 아니라 종작없이 어지러운 공상들을 견디기 힘든 것이다.

대문은 빗장이 잠겨 있지 않았다. 사위가 출근을 한 것이리라. 대개 사위와 엇갈려 들어오는 그를 의식한 딸은 문을 잠그지 않았다.

그는 곧장 부엌으로 들어갔다. 냉장고에서 찬 보리차 병을 꺼내 한 컵 가득 따라 마셨다.

사위가 물린 식탁을 치우던 딸이 흘끗 눈을 들어 그를 보며 '이제 돌아오세요'라고 심상히 말했다.

"안개가 … 대단하더구나."

"댐이 많아서 그래요."

"어젯밤에 수방이가 보채는 것 같더니, 어디 아픈 게 아니냐?"

"환절기라 감기 기운이 있나봐요."

"병원엘 데려가봐라. 감기라고 무심히 넘기다가 …."

그릇들을 비워 개수대에 넣으며 대답하던 딸의 입가로 엷게 웃음기가 떠오르는 것을 보자 그는 웃음의 뜻을 정확히 헤아리지 못하면서도 말을 더 잇지 못했다. 딸의 웃음 띤 얼굴이 살얼음 낀 듯 차갑고 냉랭하게 보여졌던 탓이었다. 새삼스레 자상한 할아버지 역할을 하려 들지 말아요 라든가 그건 아버지의 배역에는 없는 대사예요 라는 뜻으로 뒤늦게 해석되어졌다.

그는 무안타는 아이처럼 잠시 눈둘 바를 몰라 하다가 큼큼 헛기침 소리를 내며 방으로 돌아왔다. 어느새 방안은 깨끗이 치워져 있었다. 그가 개켜놓은 이부자리, 베개는 벌써 안방으로 옮겨가고 휴지통도 말끔히 비우고 방 걸레질까지 한 흔적이 있었다. 열흘 가까이 산 방이지만 방은 늘 생소했다. 그가 이 방에 살고 있다는 표시는 비닐 덮개로 씌운 양복걸이에 걸린 그의 양복 한 벌과 책상 위에 놓인 안경뿐이었다. 그의 흔적이란 머리카락 하나도 남아 있지 않았다. 방뿐이 아니었다. 세수를 마치고 나면 주방에 식탁이 차려져 있고 그가 식사를 할 동안 딸은 방금 그가 사용한 화장실 청소를 하고 수건을 새 것으로 바꿔 걸었다.

처음 그는 그러한 딸의 행동이 필시 그에 대한 어려움 탓이거나 불편함을 덜어주려는 배려에서 비롯된 것이라고 생각했었다. 그래서 이불이야 아침마다 번거롭게 옮길 게 아니라 방에 그대로 두어도 괜찮지 않느냐, 자신은 하나도 거슬리지 않는다, 또한 아침에는 밥맛이 그닥 없으니 꼬박꼬박 시간 맞춰 상을 차리지 않아도 된다고 말했다. 그때 딸은 모든 것을 있던 자리에 두는 것이 좋다고, 자기는 관습이 깨뜨려지는 것이 싫다고 대꾸했었다.

닦고 쓸고 씻는, 거의 필사적으로 보이는 딸의 노력이 어쩌면 그의 자리를, 체취를 순간순간 지우려는 거부의 몸짓이 아닐까, 뒤미처 그는 그런 생각에 가슴이 서늘해지지 않았던가.

딸이 무언중에 강요하는—정갈하고 서비스가 좋은 여관에 임시 머무는 듯한—느낌 때문에 아직껏 그는 자신이 이곳에 오게 된 연유며 사정 따위를 말할 수 없는 것이리라. 몸담아 있을 곳이 없어서 달리 방도가 생길 때까지는 의탁하지 않을 도리가 없겠노라는 말을 하게 될 때 딸의 반응을 도저히 예상할 수가 없었다. 그가 이 집에 온 이래 그에 대한 딸의 태도는 한결같이 공손하고 자로 잰 듯 절도가 있었다.

기실 그의 감정들은 딸에 대해 거의 알지 못한다는 데서 비롯되는 것인지도 몰랐다.

금광에 미쳐 봄과 여름, 가을을 소백산 속에서 보내고 형편없이 피폐해진 몰골로 돌아왔을 때 아내는 만삭의 몸이 되어 있었다. 섣달 그믐밤 갑작스런 산통을 일으킨 아내는 날이 밝을 무렵 예정보다 앞당겨 몸을 풀었다. 설날 새벽, 해산을 도울 손을 얻을 길이 막막하여 핏덩이를 받는 일은 그의 몫일 수밖에 없었다. 아내의 몸에서 빠져나와 버둥대던 아이를 처음 받아 안았을 때의 놀라움이라니. 자식이라거나 아비라거나 하는 관계들이 차라리 너절하게 생각되리만치, 어떤 논리적인 설명도 불가능한 생생한 생명감이었다.

다만 당황하고 허둥대기만 할 뿐인 그에 비해 깃광목처럼 튼튼

저 언덕 85

한 시골 여자였던 아내는 침착하고 노련했다. 한 차례 출산을 경험했던 탓만은 아닌, 자식을 낳는 어미의 본능이었을 것이다.

아내는 아이의 배꼽에서부터 반 뼘쯤 남기고 실로 탯줄을 묶었다. 손가락 두 마디 정도 사이를 두어 또 한 차례 단단히 묶은 다음 그 중간을 이빨로 물어 끊었다. 탯줄을 끊은 아이를 포대기에 싸놓은 다음 비로소 그를 보며, 뒤꼍의 정한 자리를 찾아 태반(胎盤)을 태워야 한다고 말했다.

해산 후의 피빨래들과 함께 그것을 들고 방을 나올 때 그는 툇마루에 서서 문득 눈을 감았다. 전날 내린 눈 위에 반사된 아침 햇빛이 눈부셨던 것이다. 감은 눈에도 햇살은 사라지지 않고 비쳐들었다. 눈자위에 어리고 밝은 빛의 뜨거움에도 불구하고 핏줄 속에는 얼음이 낀 한기가 들었다. 날씨가 워낙 찬 탓이라고 생각한 그는 다시 방에 들어가 두꺼운 점퍼를 걸치고 나왔으나 한기는 조금도 덜해지지 않았다.

마루 끝에서 바라보던 눈부심, 이상한 떨림은 그가 땅 위의 눈을 걷어내고 숯불을 피워 태반을 태우는 동안 내내 그를 사로잡고 놓지 않았다. 맑고 차가운 대기, 정월 초하룻날 솟아오르는 해의 눈부심. 느닷없는 한기와 쉽게 설명되지 않는 긴장감 따위가, 정결한 불을 피우는 자신의 행위를 제의처럼 스스로 느끼게 했다. 피와 점액질의 액체로 미끈거리는 그것을 태우기엔 강한 불이 필요했다. 숯을 더 얹어 불땀을 살리고 밝은 선홍빛으로 타오르는 불꽃을 지켜보며 그는 불가해한 고양감에 젖어들었다. 참으로 오랜만에 소망이라든가 희망이라든가 하는 말들을 떠올려보기도 하고 서른넷이라는 자신의 나이를 새삼 돌이켜보기도 했다.

아이 이름을 지었어. 원단(元旦)이라고 부릅시다. 그가 아내에게 말했을 때 아내는 까짓 계집애를 뭘, 하고 시답잖게 대답했다. 첫딸에 이어 또 딸을 낳은 것이 종내 면목없고 실망스럽다는 투였다.

모든 것의 시작이고 근본이라는 뜻이요, 정월 초하루 아침에 태어
난다는 것은 그만한 의미가 있는 거요, 그는 말했었다.

그러나 그것 역시 한때의 감상이었던가. 자식을 갖게 된 아비의
어설픈 흉내냄에 지나지 않았던 것일까. 자식이 희망이고 꿈이며
내일이 될 수 있는 사람들은 아무리 지난한 현실에 몸담고 있다 하
더라도 그 꿈만으로 충분히 보상받고 축복받은 삶이 아닐 것인가.

그는 전쟁을 겪었던 스물다섯 살의 나이에 인생에 대한 꿈과 환
상을 버렸다. 인생의 의미에 대한 물음을 버렸다. 전쟁은 그의 개
인적 삶에 있어서도 역시 철저한 상실과 파괴를 뜻하는 것이었다.
수복 후 북진(北進) 길에 찾은 고향은 융단폭격을 당해 온전한 형
태를 지닌 것은 아무것도 남아 있지 않았다. 뒤숭숭하고 불안한 세
월을 피해 잠시 떠나 있으라고 그를 서둘러 남쪽으로 내려보냈던
부모도 물론 없었다. 천석꾼 지주였던 그들이 전쟁 직전 처형당했
으리라고 짐작되는 소문만을 한조각 얻어들었을 뿐이었다. 그가
태어나고 자랐던, 그리고 불과 삼 년 전에 떠나온 고향의 폐허를
망연히 바라보며 그는 고향과 과거, 그리고 추억이 소멸되는 두려
움에 몸을 떨었다. 전쟁중에 그가 치른 수많은 전투와 죽음들. 그
가 군대에서 제대하게 된 것은 화천지구 전투에서 입은 총상 때문
이었다.

다섯 차례의 공방전 끝에 탈환한 고지에서 보내던 첫날 밤 그들
사십 명의 소대원은 적의 기습을 받았다. 박격포탄의 섬광과 폭음
속에서 그가 본 것은 산산이 찢기고 살아 있는 몸뚱아리들과 무언
가를 향해 부르짖는 듯 크게 열린 눈과 입들이었다. 하룻밤 내내
계속된 전투가 끝난 새벽, 그는 비로소 그가 속한 소대의 소대원
전원이 전멸했음을 알았다. 발목에 총상을 입고 참호 속에서 기어
나온 그가 유일한 생존자였다. 일제 말 학병으로 끌려가 사이판섬
으로 향하던 중 미군의 포격으로 박살이 난 군함에서 유일하게 살

아남았다던, 그래서 스스로 불사신이라고 칭하던 소위는 눈을 부릅뜬 채 죽어 있었다. 포탄이 떨어지기 직전 그에게 수통을 달라고 손을 내밀었던 옆자리의 이 중사는 두 팔이 날아간 모양으로 엎어져 있었다. 사람들은 유일하게 살아남은 그를 향해 기적이라거나 행운이라거나 명줄이 하늘에 닿았다고 말했으나 그는 그에게만 부여된 '삶에의 귀환'의 의미를 곰곰 새길 여유가 없었다. 삶과 죽음을 동시에 바라본 자의 충격. 언제든 한 발 앞에 밑모를 심연이 도사리고 있다는 공포에서 헤어날 수 없었다. 땅이 갈라져 지상의 모든 것을 삼켜버리는 지진처럼, 존재하는 것들이 일거에 무너지고 깜쪽같이 사라질 수 있다는 낯설고 기이한 체험. 밑모를 어둠으로 깊이 소용돌이치며 다가드는 심연 앞에서 살고 있음, 살아가고자 하는 노력은 얼마나 허망하고 부질없어 보였던가. 일생 그가 도박과 여자와 금광의 미혹에서 헤어날 수 없었던 것은 그것의 의외성, 배반의 성질 때문이 아니었던가. 생의 의외성, 복병에 대한 나름대로의 대응방법이 아니었던가. 여자들이 그를 속이고, 배반하고 떠났을 때에도, 노다지를 얻으리라던 금맥에서 종내 썩은 모래만을 긁어냈을 때에도, 노름에서 암수(暗數)에 걸려 빈털터리가 되었을 때에도 그는 오히려 운명이나 세상 따위 분명치 않은 대상에게 한바탕 속임수를 부린 듯한 이상한 쾌감을 느끼곤 했다. 그는 평생 제 집을 지니지 않았고 재산을 쌓을 노력을 하지 않았다. 소망과 희망을 갖지 않은 것. 그것은 죽음을 체험한, 아니 오히려 삶의 비밀을 꿰뚫어본 자에게 부여된 면죄부일까, 혹은 저주? 자신에게 이미 삶의 의무 따위란 없다고 다짐하면서도 그는 가정을 가졌고, 그의 의사와는 관계없이 자식들을 낳았다. 딸의 죽은 어미도 그랬지만 그후 여러 차례 바꿔들인 여자들은 한결같이 그에게, 당신은 꼭 오늘만 살고 죽을 사람같이 굴어. 뭘 믿고 당신한테 기대겠어요, 라며 미련없이 떠나갔다. 또한 그가 절름거리면서 살아가는 세상에서 때때로 필요로 했던 자신의 존재 증명. KAL기 격추사건의 궐기대회에서 혈서를 쓴 그를 향해 딸은 비열한 자해 행위, 운운하며 발작적으로 대들었다. 제발, 제발 그 미친 짓을 그만두세요. 어릿광대의 환상에서 벗어나세요. 이건 끔찍한 희극이에요. 참을수가 없다구요. 아버지 혼자만 전쟁을 겪었나요? 혼자만 상이군인이 되었느냐구요. 그런 식으로 보상받으려 하지 말아요, 라고 잇달아 울부짖었다. 딸은 그의 행위가 단지 저급한 영웅심리, 혹은 불구자로서, 이 사회의 어느 계층에도 속하지 못하고 뜨내기로 살아가는 소외감 때문이라고 생각하는 듯했다. 그는 쓸쓸한 표정으로 딸에게 네가 뭘 안다구, 멋대로 지껄이지 마라, 라고 맞고함을 지르는 수밖에 없었다. 축제의 놀이마당처럼 갖가지 플래카드를 앞세우고 운집한 군중들 앞에서 입을 크게 벌려 목청껏 부르짖을 때 내부로부터 맹렬히 불타오르던 적개심, 손가락을 잘라 혈서를 쓸 때의 차가운 긴장감에 이어 온몸의 혈관이 만개한 꽃처럼 열락에 떠는 기이한 황홀감을, 비로소 내가, 여기 살아있다는 느낌들을 설명할 수 없는 것이 안타까웠다. 어쩌면 그것은 당최 설명될 수 없는 성질의 것인지도 몰랐다. 심연을 모르는 사람에게 그것을 건너뛰는 법, 그것으로부터 달아나는 법에 대해, 그들이 딛고 있는 일상적이고 예사로운 삶의 켜란 얼마나 위태롭게 얇은 것인지에 대해 말한다는 것은 무용한 노력이리라.

그는 가끔 자신도 이해할 수 없는 불가해한 충동에 이끌려 국립묘지에 가거나 화천의 옛 전장을 찾아가곤 했다.

화천 연봉고지 전사자 묘역에 이르러 묘비에 적힌 기억나는 이름들을 하나씩 짚어 읽으며 소주를 한 모금씩 마시다 보면 혼곤한 취기 속에 한 소년이 청년으로, 장년으로, 늙은이로 변모해 가는 세월이 보였다. 김수웅, 박병길, 진형태 …. 그들은 죽어 묘비로 남고 자신은 그해 여름의 스물다섯 살에서 사십 년 가까이 더 살고 있다는 사실이 기이하게 생각되었다.

지난번 춘천에 내려와 사위를 만났을 때, 화천에 돌산을 보러 갔었다고, 곧 채석허가를 받을 것이라고 말한 것은 순간적으로 둘러댄 거짓말이었다. 연봉고지를 찾아갔었던 것이다.

그들이 죽어갔던 연봉고지는 저절로 자란 잡초와 갈참나무 숲으로 전장의 흔적을 감추고 다만 화강암의 높은 전적비만이 무심히 시간의 켜를 입으며 서 있었다. 그는 주머니에 넣고 간 두 홉짜리 소주병을 따서 반쯤 땅에 뿌리고 나머지를 찔끔찔끔 마시며 고지를 한 바퀴 돌았다. 그리고는 더위와 급작스레 오르는 취기에 전적비 아래 잡풀더미에 몸을 눕히고 혼곤히 잠에 빠져들었다. 새벽 일찍 집을 떠난 터라 몹시 고단하기도 했다. 근 한 시간이나 지나 그를 잠에서 깨운 것은 갈참나무 숲을 가득 채운 바람소리였다. 무엇인가 부르짖듯 응답하듯 사납게 응응대는 바람 속에서 그는 육신이 풍화되어 뼈만 남아 누워 있는 듯한 환각에 빠졌다. 이미 죽은 자들의 이름을 미친 듯 불러대고 있던 자신의 목소리. 그 새벽의 고요함, 유일하게 살아남았다는 사실을 알았을 때의 고독감이 생생하게 되살아났다. 죽은 자의 음성, 죽은 자의 자리. 그는 바람소리가 되어 그를 휘감는 망령들에게서 도망치듯 고지를 달려 내려왔다. 결국 그가 만나게 되는 것은 세상에 홀로 남겨진 듯한 무서운 고립감과 고독감뿐이라는 것을 알면서도 발작적으로 그를 이끄는 충동의 정체는 무엇이었을까.

한낮이 되어서야 안개는 걷혔다. 딸은 아직 축축히 젖어 있는 마당에서 긴 장대로 대추나무의 익은 열매를 털고 있었다. 수방이는 작은 소쿠리를 들고 후두둑 떨어지는 대추를 주워담았다. 군살이 없이 허리가 단단하고 다리가 긴 딸의 몸매는 아직 아이를 낳은 티가 없었다. 사람은 죽는다고 그냥 없어지는 게 아니구나. 그는 문득 생각했다. 딸에게서, 오래 전에 죽은 그애의 어미의 모습이 보이는 까닭이었다. 어릴 때 어미를 잃었음에도 딸은 그애 어미가 감정을 억누를 때 항용 짓곤 하던, 쉴새없이 눈을 깜박거리거나 아랫입술을 당겨 빠는 버릇까지 닮아 있었다.

딸은 수방이에게서 소쿠리를 받아 수돗가에서 대추를 씻었다. 그리고는 넓은 접시를 받쳐 소쿠리째 그의 앞에 놓았다.

"잡숴보세요. 맛이 들었어요."

대추는 알이 굵고 달았다. 딸은 마루 끝에, 그와 비스듬히 비껴 앉아 우드득우드득 대추를 씹었다. 휘엿한 눈길이 담장 너머 먼 산으로 가 있어 도시 무엇을 생각하는지 그로서는 알 수 없었다. 딸과 함께 살고 있으면서도 도시 파악이 안 되는 느낌, 그것은 비단 마주앉은 지금에사 새삼스러운 것은 아니었다. 딸이 태어나던 날의 기억이 그리도 선명한 데 비해 정작 그녀에 대해 남아 있는 기억이란 보잘것 없었다. 닿아 있던 시간의 짧음, 관계의 엷음을 뜻하는 것이리라. 예닐곱 살 무렵이었던가, 어느 날 해질 무렵 툇마루에 걸터앉아 목을 놓고 하염없이 울던 모습, 생모가 세상을 버린 뒤 줄곧 아이의 얼굴에 깃들던 애늙은이처럼 닳아진 표정, 동생을 업고 서성이며 손바닥에 적힌 수학 공식이나 역사 연대기를 외우던 장면들이 토막토막 바랜 사진처럼 남아 있었다. 그중 가장 선명한 것은 딸이 중학교에 들어갔을 즈음의 여름날 아침이었다. 그때 아이들의 서모로 그와 함께 살았던 여자는 건넌방을 비워 새를 키웠다. 창이 있는 부분만 빼놓고는 벽마다 빙 둘러 바닥에서 천장까지 잉꼬, 문조, 카나리아, 십자매 따위의 새장을 달아올렸다. 가정부업으로 새기르기가 유행하던 때였다. 방 두 칸짜리 셋집이어서 그와 여자는 안방을 쓰고 아이들은 마루를 쓰는 옹색하고 불편한 생활이었으나 '생계를 위해서'라는 여자의 뜻을 만류할 처지가 아니었다.

이른 아침 변소에 가려고 방을 나온 그는 닫힌 건넌방 문 안쪽에서 들려오는 높고 새된 목소리에 의아해서 방문을 열었다. 동향의 창으로 쏟아져 들어오는 햇살 만큼이나 분분이 날리는 새털과 잠에서 깨어난 새들의 날카로운 지저귐, 부산히 날개치는 소리 속에서, 역시 잠자리에서 빠져나온 그대로의 속옷 바람인 딸이 서 있었다. 높고 빠른 어조로 무엇인가 쉴새없이 새들을 향해 지껄이고 있었다. …해골 속에서 혼이 빠져나가 어디론가 가는 거래…. 딸은 그가 부르는 소리도 듣지 못하는 것 같았다. 러닝셔츠 위로 도독하게 젖가슴이 드러나는 딸의 모습을 보며 그는 딸이 더 이상 어린애가 아니라는 것, 얼마나 외로워하고 있는가에 가슴아픈 충격을 느꼈었다.

　그의 눈이 가 닿을 때마다 딸은 전혀 예상하지 못했던 모습으로 변해 있었다. 어느 날부터인가 그와 눈 마주치는 일을 피한다는 것을 느꼈다. 비스듬히 비껴서서 눈을 내리깐 채 학교에 내야 할 공납금과 필요한 참고서에 대해 짧게 말하였다. 언제부터인가 그는 돌아앉아 운동화를 빨거나 교복을 다리는 뒷모습밖에 달리 딸을 보는 일이 드물게 되었다. 드디어 성장한 딸은 어느 날 그에게 웃자란 쑥대처럼 머리를 흔들며 대들었다. 아버지만 전쟁을 겪었나요? 손가락 잘라 혈서 쓰는 것이 애국충정이라구요? 이젠 아무도 그따위 저급한 수에 속아넘어가지 않아요. 자신과 남을 속이려하지 마세요. 지긋지긋해요.

　"신림동 집에 일이 생겼다면서요?"

　먼산바래기를 하고 있던 딸이 문득 입을 열었다. 우물거려 씨를 뱉어내던 그가 움찔 놀라 눈길을 마주치지 않는 딸의 얼굴을 바라보았다. 딸은 진작 알고 있었단 말인가.

　"글쎄, 그게 참 해괴하고 기가 막혀서 … 내 진즉 얘기한다고 하면서 그만 …."

"언니가 전화를 했었어요. 여기와 계시느냐고. 굼벵이도 구르는 재주는 있다더니 그 우둔한 여자가 그런 짓을 할 줄 누가 알았느냐고요."

의당 쓴웃음을 짓거나 언성을 높여야 할 대목인데도 딸의 얼굴에는 별다른 표정이 떠오르지 않았다. 딸이 무언중에 그의 대답을 요구하고 있었으나 그는 갑자기 머리 속이 텅 비어버린 듯 아무런 할말도 찾지 못했다. 어쨌거나 여섯 해를 같이 산 여자가 그렇게 떠날 수 있다는 것은 전혀 생각지 못했던 일이었다. 게다가 그가 집을 비운 틈에 전셋돈까지 빼어 자취를 감추다니 평생을 무너지려는 지붕 밑에 든 듯 '어찌될 줄 모르는 내일을 믿고 무엇을 경영하랴'는 생각으로 살아온 그로서도 기습을 당했다는 낭패감을 감당키 어려웠다. 하긴 몇 차례 그 여자는 그럴 가능성을 비치긴 했었다. 그가 그것을 암시로 받아들이지 못했던 것이다. "아들이 들어오라고 해요. 여자가 생겼는데 식도 올리기 전에 아이가 들어섰다나. 말로야 이제 자기도 벌이가 있으니 어머니를 모시겠다는 거지만 젊은애들 속셈이야 뻔하지 뭐겠수. 며느리가 직장을 계속 다니려면 아이 봐주고 살림해줄 사람이 필요해서겠지요 뭘." "사람이 늙으면 병들 일이나 죽을 일에 대비해서 기댈 데가 필요한데 즈이들이 아쉬울 땐 몰라라 하고 늙고 병들어 기어들면 천덕꾸러기 되기 십상이지."

그는 그런 말들을 평범하고 온전한 가정을 꾸리며 살지 못했던 여자의 한탄이나 푸념 또는 그 여자를 끝까지 책임지리라는 다짐을 그로부터 받아내기 위한 것쯤으로밖에는 대수롭지 않게 생각했었다.

화천에서 춘천을 거쳐 밤늦게 돌아왔던 날 초라한 가재도구들을 셋방에 그대로 남겨둔 채 여자는 떠나고 없었다. 이튿날, 빨리 방을 비워달라는 주인집의 독촉에서 그는 여자가 전셋돈을 이미 빼냈음을, 그것이 그 여자의 아들로부터 돌아오라는 제의를 받은 후부터 계획된 거라는 것을 알았다.

"아버지와 저는 오래 전부터 서로 상관하지 않고 살아왔어요."

여전히 그를 보지 않고 시선을 멀리 둔 채 말머리를 꺼낸 딸은 잠시 사이를 두었다가 말을 이었다.

"…제가 알고 싶은 건, 앞으로 어떡허실 계획인가 하는 것이지요."

아버지를 일생 이끌어왔던 것은 오로지 순간순간의 충동과 쾌락뿐이었겠지요. 어렵고 귀찮고 싫은 일은 모조리 도리머리질로 회피하고 건너뛰면서 …라는 말을 목 안으로 삼키며 원단은 비낀 눈길로 아버지를 바라보았다.

원단은 아버지가 집으로 들이닥친 지 사나흘 만에 언니로부터 서모가 전셋돈을 빼어 자취를 감추었다는 것, 아버지가 오갈 데 없어 언니의 집을 찾아왔더라는 얘기를 전화를 통해 들었다.

"굼벵이도 구르는 재주는 있다더니 그 여자가 그럴 줄 누가 알았니. 아버진 집주인한테 사정해서 며칠은 지냈는데 집을 비우라는 성화에 더 견딜 도리가 없다고 그러시더라. 사정은 딱하지만 나역시 시부모 모시고 사는 터이니 어쩔 도리가 없잖니. 그렇다고 세얻을 목돈이 있는 것도 아니고. 당분간 춘천 너희 집에 계시는 게 어떠냐고 말씀드렸다. 아버지 짐은 아직 우리 집에 있어. 네 마음은 알지만 어쩌겠니. 장 서방 볼 낯이 없다만 당분간 모시고 있으면서 방법을 서로 생각해 보자꾸나. 그 양반 성질에 한군데 진득이 오래 계실 것 같지도 않지만…."

"그렇다고 이제와서 칫솔 하나 안 갖고 불시에 들이닥치면 난 어쩌란 말야. 난 아버지를 모실 생각도 없고, 그럴 처지도 안 돼."

꼭 그래야 한다고 생각지는 않으면서도 마루 건너 닫힌 방문 안

94

쪽에 있는 아버지가 의식되어 원단은 한껏 목소리를 낮추어 언니에게 항의했다. 서로 생각해 보자는 결론으로 유야무야 전화를 끊었으나 대책이 설 리 없었다. 승재에게 자초지종을 얘기하고 의논할 성질의 일도 아니었다. 자존심 때문이라고만은 말할 수 없었다. 승재와의 결혼, 한 지붕 아래, 공인되고 공유하는 생활에서 아버지는 '합의'되지 않은 조항이었다. 또한 원단으로서도 아버지의 존재란 닫아버린 과거의 문 안쪽에서 망령처럼 어른대는 그림자에 지나지 않았었다. 그러나 느닷없이 승재의 학교로 찾아왔던 이래 아버지는 간단없이 굳게 닫은 문을 비집고 나와 원단의 의식을 어지럽게 뒤흔들어놓곤 했다. 그리고 끝내 자신의 집 문을 밀고 들어선 것이다. 방법을 생각해보자던 언니는 그 이후 한 번도 전화를 하지 않았다. 아버지를 모셔가겠다든가 얻어들을 방을 구했다든가 하는 말을 할 형편이 못 되는 탓이리라 짐작하면서도 원단은 짐짓, 모두들 제 발등에 불똥이 튈까봐 전전긍긍 몸을 사린다고 비틀린 심사로 원망했다.

가족이란 무엇일까. 함께 공유한 경험, 기억, 시간의 끈끈한 결속력에 비해 천륜이라 손쉽게 일컫는 핏줄이란 얼마나 모호하고 추상적인 것일까. 언니는 조금 처연히 '세상에서 단 둘뿐인 우리 자매'라고 말하지만 그네들의 함께 지낸 세월이란 '가족이라는 이름의 환상'을 깨뜨리려는 싸움이었을 뿐인지도 몰랐다. 오로지 민들레 갓털처럼 훌훌히 뒤돌아보지 않고 가족을, 가정을 떠날 날만을 기다렸다. '가족이라는 관계의 환멸' 운운 하면서도 자신은 막상 가정을 꾸미고 자식을 낳게 되자 주위에 철옹성을 쌓고 마치 새끼 품은 짐승처럼 항상 경계의 눈빛을 번득거리고 있지 않은가. 이 거칠고 험한 세상에서 안전한 피신처는 오직 가정뿐이라는 듯, 또한 황폐하고 외로웠던 날들을 보상받을 수 있는 유일한 장소인 듯.

"앞으로의 계획이라기보다⋯내게도 생각이 있긴 하지만 내일

일도 모르는 게 사람 아니냐."

천마디 말보다 한 번의 눈짓이 정직한 것이라던가. 어느새 원단의 마음을 읽어버린 듯, 무춤이 대추 열매만 우득우득 씹던 아버지가 난감한 표정으로 입을 열었다.

"하긴 아버지가 언제 인생 설계를 하고 사셨던가요?"

원단이 눈길을 돌리며 피식 웃었다. 아버지는 생전에 지상에 도래할 낙원을 믿지도 않으면서, 공중 나는 새도, 들에 핀 백합화도 아니면서 '내일'에의 대비없이 몸을 누일 집을 마련함이 없이 살아왔다. '내가 허깨비하고 사나, 귀신하고 사나,' 푸념하던 여자들은 제풀에 못 견뎌 아버지의 곁을 떠났다.

대낮부터 벌겋게 술에 취해 있던 아버지, 노름꾼들이 진을 치던 뒷골방. 컴컴한 방에 배인 술냄새와 댓진내, 그들이 피로를 풀고 기운을 돋우기 위해 먹고 버린 날달걀 껍질, 그리고 패가 풀리지 않는 노름꾼들이 무시로 오줌을 누어대던 방문 밖 담장에 늘 고여 있던 고약한 지린내. 개평이나 거스름 푼돈 얻는 재미를 들인 원단은 때없이 골방 쪽을 기웃거리며 술과 담배, 드링크를 사오는 따위의 심부름을 했다. 어느 날 소주를 사러 가던 원단은 학교에서 돌아오던 언니와 골목에서 마주쳤다. 방문 밖에서 주운, 양끝에 젓가락으로 조그맣게 구멍을 뚫었을 뿐인데 속이 말끔히 비고 온전히 둥그런 껍질만 남은 달걀이 신기해서 구멍에 대고 후후 바람을 넣으며 가는 원단을 보자, 언니는 책가방을 내려놓고 원단의 머리채를 휘감아 흔들었다. 이 바보 같은 기집애. 그 더러운 짓 좀 하지 마라. 창피한 줄도 모르고…. 왜 골방 앞에서 알찐대냔 말야. 차라리 죽어버려. 머리를 끄들고 뺨을 후려치며 언니는 앙다문 잇새로 신음처럼 토막토막 내뱉었다. 중학생이었던 언니는 원단의 기대에 들뜬 표정과 걸음걸이로, 노름꾼들의 심부름을 가는 것을 알아차렸던 것이다. 입술이 터지고 두 뺨이 얼얼하게 부풀어오르도록 매를 맞은 원단은 그후 다시는 개평이나 잔돈푼을 받지 않았다. 개평을 얻는 것은 아버지 같은 사람이나 하는 짓이고, 그들의 심부름을 하는 것은 먹고 버린 찌꺼기를 핥는 것처럼 더럽고, 자신의 소중한 것을 팔아버리는 것과 같이 나쁜 짓이라는 뜻의 말을 언니는 쉬지 않고 퍼부어대었던 것이다. 언니의 말이 옳았다. 아버지는 자신의 인생을 마치 노름판의 개평처럼 써버리지 않았던가.

원단의 입가로 번진 웃음을 공감으로 받아들였는지 아버지는 한결 수월해진 어조로 말을 이었다.

"느이들한테 짐이 되고 싶은 생각은 없다. 남보기엔 어떨지 몰라도 이날 이때껏 남에게 도움은 못 되었어도 해는 끼치지 않고 살아왔다….."

아아 이 뻔뻔스러움을 어떻게 당한담, 원단은 어처구니가 없어 아버지를 뻔히 바라보았다. 아버지는 진심으로 그렇게 생각하고 있는 걸까. 아버지와 마주앉아 더 이야기를 이어간다 해도 '나름대로 생각이 있다느니, 자식들에게 폐를 끼칠 생각은 없다느니' 하는 따위 이상의 말은 나올 수 없으리라. 원단은 아버지와 대좌해서 어쩔 작정인가를 단단히 캐물을 결심에 어렵사리 입을 떼었건만 싸움을 시작하기 전부터 전의(戰意)를 잃은 듯한 이상한 무력감을 느끼며 자리를 털고 일어났다. 아버지는 돋보기를 끼고 아침 내내 읽었을 조간신문을 또다시 끌어당겨 펼쳤다.

바구니 속의 빨랫거리들 중 아버지의 것들을 따로 골라내어 세탁기에 넣으며 원단은 진저리를 쳤다. 아버지가 온 이후 하루하루 날짜를 세며 살아가고 있는 듯한 자신의 꼴이라니. 집안 어디서나 거미줄처럼 보이지 않는 끈으로 옥죄어드는 아버지의 존재를 못 견뎌 갈팡질팡하는데 정작 아버지는 바위처럼 미동도 하지 않는다. 아침 산책과 식사, 낮잠, 신문 읽기, 텔레비전 뉴스가 끝나는 열시 가까운 시각에 방으로 들어가는 아버지의 일과는 집안을 꽉 채우고 원단의 일상의 리듬을 여지없이 압도했다. 가을이 깊어지면서 더 이상 돋아나지 않는 마당의 잡초를 일없이 뽑아내고, 수방이의 자전거를 끌어주며 마당을 서성이고, 눈에 들어오지 않는 책장들을 뒤적일 때 얼결에 뒤돌아보면 언제나 아버지의 끈끈한 시선이 있었다. 이즈음 들어 원단은 승재의 태도에도 여간 신경쓰이지 않았다. 별다른 내색은 없었으나 그 역시 아버지의 존재를 의식하는 것이 역력했다. 하루종일 수업에 지쳐, 입도 떼기 싫은 상태로 돌아오는 그에게 아버지와의 대화는 부담스러울 터였다. 식탁머리에서 한잔의 술을 반주로 끝없이 이어지는 아버지의 장광설. 종일을 무료히 되풀이해서 뒤적였던 신문기사들이 장광설의 서두가 되었지만 귀결되는 것은 언제나 전쟁 전의 세상과 떠나온 고향 이야기, 그리고 전쟁 후의 못 쓰게 되어버린 세상과 사람들에 대한 개탄이었다. 전쟁이란 아버지에게 있어서 인생의 분기점이었을 뿐 아니라 그후로도 이제껏 세상과 삶을 재는 유일한 자(尺)였던 것일까. 전쟁의 상처를 입기 전의 아름답고 흠없던 시절만을 간직하려는 허황한 자기 최면일까. 아버지의 자리는 잉크자욱 번지듯 알게 모르게 점차 넓어지고 잘 짜여진 구도로 안전하게 균형을 이루던 그네 가족의 일상은 흔들리기 시작했다. 애초 그네들의 무대에 아버지란 배역은 없었던 것이다.

승재는 저녁식사 후의 휴식 ─거실 소파에 길게 누워 한껏 방만하고 게으를 수 있는─을 잃었다. 신경쓸 것 없다고 번번이 원단이 말해도 승재에게 있어 아버지란 예의바르고 정중하게 대해야 할 손님일 터였다. 무엇보다 안 된 것은 승재가 자신의 방을 빼앗긴 일이었다. '존재의 방'이라 명명했듯 그 방은 벽으로 둘러싸인 실제적인 공간 이상의 의미를 갖고 있었다.

책을 읽고, 내일의 수업 준비를 하거나 더 먼 미래의 계획을 세우거나—그것이 설혹 막연하고 무위한 공상에 지나지 않는다 하더라도—때로 아무런 일도, 생각도 하지 않는 멍한 상태로 책상 앞에 앉아 불길하게 찾아드는 중년의 우울과 불안, 실의 따위를 다스리고 자신을 충전시키는 공간이었다.

세탁기의 물이 차올라 맹렬히 비누 거품을 피워올리며 작동하는 것을 보며 원단은 '언제까지 이럴 순 없어, 대책이 필요한 건 내 쪽이야' 라고 다짐하듯 웅얼거렸다. 일간 서울에 가서 언니를 만나야 하리라. 내게 무슨 책임이 있단 말인가. '왜 그렇게 아버지를 힘들어 하지?' 물과 기름처럼 겉도는 부녀 사이를 딱해 하며 오히려 승재가 물었었다. 덧붙여 아버지가 까다로우신가, 시중을 많이 들게 하시나 라고 덧붙였다. 당신은 상관할 거 없어요. 원단은 조금 사나운 어조로 대꾸했었다. 외출에서 돌아올 때마다 현관의 신발장부터 열어 아버지의 신발이 없기를 바라고 확인하려는 자신의 행위, 혹은 심리를 그는 이해할 수 없을 것이었다. 며칠 전의 기억은 돌이켜 생각하기도 끔찍했다. 수방이가 잠깐 낮잠이 든 사이에 근처 시장엘 다녀왔다. 한 시간이 채 못 되어 돌아왔을 때 집안은 텅 비어 있었다. 밑도 끝도 없이 떠오른 생각—아버지가 아이를 데리고 어디론가 가버렸으리라는—에 휘둘려 원단은 수방이를 숨 가쁘게 불러 찾으며 기척이 없는 아버지의 방문을 열어, 여전히 걸려 있는 양복을 확인하고 신발장에 구두가 있는 것을 확인했다. 집 안팎을 돌고 담장 너머 이웃집 여자를 소리쳐 불러, 혹시 수방이를 못 보았는가고 물으며 머리 속으로는 미아 신고니 유괴 사건이니 하는 단어들이 종작없이 떠오르곤 했다. 어느새 수방이의 손을 잡고 어디론가 떠나려는 기차에 발을 올려놓는 아버지의 모습이 눈에 보이는 듯했다. 비탈길의 오른쪽 왼쪽으로 미로처럼 뚫린 골목들을 기웃거리며 동동걸음을 칠 즈음 예감은 확신으로 바뀌었다. 무책임하고 충동적인 아버지로서는 능히 할 수 있는 일이었다. 비탈길의 중턱에서 큰길로부터 과자봉지를 든 수방이와 아버지가 슬리퍼를 끌며 마냥 한가로운 걸음으로 올라오는 것을 보았을 때 원단은 차라리 그것이 환각처럼 보였다.

"글쎄 잠에서 깨어 어미를 찾고 울어대길래 네가 오나 보려고 큰길에 나갔었지 뭐냐."

아버지는 얼굴이 하얗게 질리고 숨이 턱에 닿도록 헐떡거리는 원단을 의아하게 바라보며 말했다. 원단은 다짜고짜 수방이의 엉덩이를 후려치며 소리질렀다.

"어미가 달아났다든? 그 사이를 못 참고 난리를 피우니?"

아무런 근거없이, 아버지가 아이를 데리고 가버렸을 것이라는 생각부터 떠올랐다는 것이 원단 스스로에게도 충격적이었다.

"저 산 이름이 뭐냐? 저렇게 생긴 봉우리들은 흔히 시루봉이라고 부른다는데 예서는 뭐라 하는지 ….."

탈수시킨 빨래를 바구니에 넣어 마당으로 나오자 수방이와 함께 떨어진 대추를 줍고 있던 아버지가 허리를 펴며 맞은편 산을 가리켰다. 아버지의 손 끝에 딸려오듯 안개 걷혀 형체를 드러낸 산은 가깝게 다가들었다.

"그저 산줄기 중의 하나겠지요. 이름붙일만큼 우뚝하거나 큰 산도 아니잖아요?"

산언덕을 바라볼 때마다 젖어들게 마련인 가슴 저릿한 향수와 빤히 바라뵈면서도 영원히 다다르지 못할 것 같은, 아니 다다르기를 지레 포기한 자의 패배감, 고독감 따위를 누르며 원단은 예사롭게 대꾸했다. 바야흐로 불붙어오르듯 짙게 물들어 다가드는 저 산언덕은 자신에게 있어서 동경일까, 선망일까. 아니면 가졌다는 것을 알기도 전에 잃어버린, 또한 그 잃음이 무엇인지조차 알지 못한다는 안타까움일까.

"단풍이 한창이구나. 산이 앉은 자리도 편안하고, 모양새도 잘

100

생겼어. 잊지기 전에 한번 가보고 싶구나."

아버지가 무연한 눈길을 산에서 떼지 않으며 말했다.

"웬 꿈을 그렇게 요란히 꾸어?"

승재가 어깨를 흔드는 서슬에 원단이 잠에서 깨었다. 천장이 내려앉을 듯 캄캄한 어둠 속이었다.

"호랑이한테 물려가는 꿈을 꾸었어? 애들처럼 엄마를 부르면서 울어대더라구. 난 수방이가 깬 줄 알았지."

승재가 이불깃을 다독여 눌러주며 다시 말했다. 잠에 취해 웅얼대는 목소리였다. 승재의 말이 아니더라도 원단은 귓가에 흥건히 젖은 눈물로 자신이 꿈 속에서 몹시 울었음을 알았다. 부시시 일어나 곁에서 잠든 수방이의 이불을 살펴주곤 다시 반듯이 누웠다.

"엄마 꿈을 꾸었나봐."

원단이 변명하듯 말하고 눈물을 닦았다. 어둠 속에 울리는 목소리엔 아직도 흐느낌이 남아 있었다. 상기도 꿈 속에서의 막막한 절망감이 뻐근한 가슴의 동통으로 남아 있는데 꿈꾼 어느 장면에서도 울었던 기억은 없었다. 생시에서 그랬던 것처럼 한 토막의 통곡, 한 방울의 눈물조차 비어져나오지 않는 황량하고 참담한 절망감만이 생생했다. 어머니의 꿈을 꾸었노라는 것은 거짓말이었다.

꿈에, 오래 전에 죽은 동생 윤식이를 보았다. 옛사람들은, 꿈이란 잠든 육신에서 빠져나간 혼백의 나들이라고 하고, 지금 사람들은 잠재의식의 표출, 원망(願望)의 한 형태라고 한다지만 꿈을 깨고 난 뒤 꿈의 질서와 의미를 해석해 보려는 시도는 무위한 노력인지도 몰랐다.

윤식이는 꿈 속에서도 불량한 더벅머리 소년으로, 마루 끝에 앉아 기타줄을 튕기고 있었다. 오동나무의 넓적한 이파리들과 음습한 그늘이 하냥 우울하고 암담한 풍경으로 얼핏 비치던 것으로 보아 성북동 축대 아래 집에 세들어 살던 집인 듯싶었다.

"애야, 이젠 정신 차릴 때도 되지 않았니. 늬 또래 아이들은 모두 학교엘 다니는데 …. 이제라도 늦지 않았으니 학원에 등록해서 검정고시 준비를 해야지. 맨날 기타나 치고 불량배들과 어울려 다닐 거냐."

돌아앉은 윤식이를 향해 자신이 수도 없이 읊어대었던 말을 되풀이하고 있었다.

"내게 상관하지 말아, 누나. 난 벌써 인생 금간 놈이야. 짧고 굵게 내 멋대로 살다 죽을 거야."

윤식은 등돌린 채 변성기의, 덜 패인 목소리로 퉁명스럽게 대꾸했다. 장면은 바뀌어 윤식은 어느새 볕바른 야산 언덕에 앉아 있었다. 발 밑에 수레국화 한 다발을 놓고서였다. 간 곳을 몰라 몹시 안타깝고 암담한 심사로 헤매던 원단이 비로소 윤식이를 찾아내어 몹시 나무라자 윤식이는 태연한 낯으로 엄마를 기다리고 있다고 말했다.

"엄마는 벌써 오래 전에 죽고 없다."

슬픔과 고통으로 목이 메어 띄엄띄엄 내뱉는데 천연하게 고개를 내젓는 것은 어느새 윤식이가 아닌 필준이었다. 평범한 야산 기슭이라고 보았던 곳도 마지막으로 필준을 찾아가 만났던 고시원(考試院)의 뒷산이었다.

"시험에 패스하는 것이 가장 크고 중요한 과제야."

필준이 수레국화 꽃잎을 하나씩 따서 흩뜨리며 냉담한 얼굴로 말했다.

"기다릴 수 있어. 몇 년이라도. 이 말을 하려고 어제 밤차로 옥포에서 올라온 거야."

원단이 필사적으로 그의 눈길을 잡으려 애썼다. 그가 슬몃 눈길을 돌렸다.

"나는 주변을 정리하고 당분간 공부에만 몰두하고 싶어. 이해해 줘. 부모님이 내게 고시공부를 원했을 때 난 그게 단지 부모님의 욕망일 뿐이라고 반발했는데 결국은 이 사회에서 확실한 신분으로 능력을 발휘하고 성공적인 삶을 살고자 하는 나 자신의 욕망과 어긋나지 않는다는 것을 알았어."

"왜? 왜? 내가 싫어졌어? 가난하고 보잘것없는 집안의 딸이라는 게 앞으로 얼마든지 출세할 네 신분에 걸맞지 않는다고 생각한 거야?"

간신히 내뱉는 목소리는 메마르고 삭막하게 갈라져 나왔다. 산골짜기를 훑어내리는 황량한 바람처럼 자신의 가을에서 거칠고 찬 바람이 일고 있었다.

꿈의 내용은 더 이상 생각나지 않았다. 지나간 일들을 덧없는 꿈 속에서 다시금 돌아보았다는 것이 자신을 소리내어 울게 한 것일까. 그들에 대한 아픔과 원망이 아직껏 상처로서 살아 있다는 뜻일까. 원단은 어두운 천장을 바라보며 찬바람을 잠재우듯 가만가만 가슴을 문질렀다.

죽은 어머니의 품속에서 울어대던 윤식이는 끝내 허기진 배와 찬 젖꼭지의 기억에서 자유로울 수 없었던 것이었을까. 두 누이의 맹목적인 비호만을 울타리 삼아 그 안에서 터무니없이 폭군처럼 자라던 윤식이는 중학교 2학년 때 퇴학을 당했다. 상습적인 가출과 본드 흡입, 폭력 서클에 가입해 있다는 것이 퇴학의 이유가 되었다. 비열하고 저급한 인간으로 자라가는 윤식이를 다시금 품안으로 끌어들이기엔 제멋대로 머리가 굵어져 있어 두 누이는 암담한 심사로 바라보며 설득력 없는, 피차에 지긋지긋한 잔소리만을 늘어놓는 수밖에 없었다. 한나절을 아버지에게 가죽 허리띠로 매조짐을 당한 윤식이는 그후 줄곧 밖으로만 나돌았다. 어쩌다 집에 돌아와 며칠씩 지낼 때도 서모나 아버지는 그애의 나날이 사납고 불량해지는 눈빛을 피하느라 급급하지 않았던가. '인생 금간 놈' '불을 확 싸지를 테다'라는 것이 그애가 자신과 세상에 대해 내뱉는 가장 확실한 말이었다. 윤식이는 간혹 언니나 원단을 찾아왔었다.

"제 매형 주머니까지 손을 대니 우선 남편 보기 부끄러워 죽겠어."

그즈음 신접 살림을 차린 언니는 손버릇 나쁜 동생을 남편의 눈에서 감추기에 급급했다. 대학 졸업 후 남쪽 끝 옥포의 중학교에서 교사 생활을 시작한 원단의 하숙방에 나타난 윤식은 한사날 머물다가는 트랜지스터 라디오나 카메라, 비상금으로 책갈피에 넣어둔 돈 따위를 용케 뒤져내어 소리없이 사라지곤 했었다.

윤식이는 학교에서 퇴학당한 지 이태 후 평택 교외의 공동묘지, 어머니의 무덤 앞에서 시체로 발견되었다. 그애의 발 밑에는 공업용 본드 튜브와 비닐 봉지, 소주병 따위가 어지러이 흩어져 있었다.

원단은 꿈의 장면과 뒤섞여 집요하게 파고드는 윤식과 필준의 환영을 물리치고자 어둠 속에서 머리를 흔들었다. 그래도 꽃잎을 하나씩 뜯어버리던 필준의 신경질적인 손짓과 결별을 선언하던 목소리는 지워지지 않았다. 그와 함께 지낸 낯선 여관방에서의 새벽마다 가슴을 꽉 메어오던 막막함과 불안. 무심히 걷던 길모퉁이나 수챗구멍 앞에 쭈그리고 앉아 으윽으윽 토해내던 절망적인 헛구역질. 뒷거리 산부인과 간판을 찾던 참담한 걸음과 공포들. 이명자, 김정숙, 배진희 등⋯여관의 숙박부와 산부인과 진료청구서에 되는 대로 적어넣었던 가명들. 산부인과를 찾는 젊은 여자들의 용건이란 물을 필요조차 없다는 듯한 간호원의 태도에 그동안의 망설임과 절망감이 오히려 우스워질 지경이었다. 혈압과 맥박을 재고 수술실의 침대에 누우면 부끄러움에 앞서 벌거벗겨진 하반신의 맨살이 찬 고무 시트의 감촉에 진저리를 치며 소름을 뿜었다. 수태하는 여자의 운명에 대한 저주, 수치심 따위는 맨살을 드러낸 동물적인 공포에 압도되었다.

배 위에 커튼이 쳐지고 팔에 마취주사가 꽂히면서 셋을 채 세지 못하고 의식이 잦아들었다. '어떤 아가씨인가'라거나 기구를 제대로 갖춰 준비해 놓지 않았다고 짜증스럽게 말하는, 나이와 용모를 짐작할 수 없이 감정 없고 사무적인 의사의 목소리가 아슬아슬 들리기도 했다. 간호원의 부축으로 수술대에서 내려올 때 의사의 모습은 보이지 않았다. 벽시계는 오분 남짓 지나 있고 칸막이가 된 옆방에서는 딸그락딸그락 금속기구들의 부딪는 소리, 의식 없는 상태에서 토해내는 여자의 신음소리 따위들이 들려오곤 했다. '보름 동안 목욕, 동침하지 말아요'라는 주의와 함께 항생제가 든 약봉지를 받아들고 어두운 밤거리로 나올 때 불밝힌 세상은 얼마나 현란하게 보였던가. 자신은 방금 없애버린 것이 자궁 속의 핏덩어리가 아닌 한 쌍의 더듬이인 양 그 현란하고 은성한 불빛 속에서 방향 감각을 상실한 채 미아처럼 떠돌지 않았던가.

쿨룩쿨룩, 아버지의 기침소리가 마루를 건너 들려왔다.

원단이 돌아누우며 승재의 몸을 끌어안았다.

"잠이 안 와서 그래? 추워?"

승재가 잠결의 습관적인 몸짓으로 원단의 어깨를 마주 안았다. 그의 가슴에 얼굴을 묻고 심장의 박동을 들으며 원단은 서러움처럼 따뜻이 발 끝부터 적셔오는 욕정을 느꼈다. 쿨룩쿨룩, 아버지의 기침소리는 간헐적으로 이어졌다.

대문은 잠겨 있지 않았다. 마당을 지나 비긋이 열린 현관문 틈으로 어지러이 널린 신발들이 보였다.

"하룻밤 사이 쌀 백 섬이 왔다갔다 했었거든. 집 한 채 날리는 건 드문 일이 아니었지. 중국 사람들은 추석이나 정월 명절에 보름씩 놀아. 가게 문들을 처닫고 마작을 하는 거지. 명절이 지나 가게

문을 열 때면 쥔 얼굴이 바뀌어 있어. 노름으로 가게가 남의 손에 넘어가버린 거야. 핫핫핫."

호탕한 웃음소리는 아버지의 것이었다. 왁자한 웃음소리와 클클한 농지거리를 내뱉는 낯선 목소리들이 이어 들렸다.

전혀 예상치 못했던 상황이었다.

원단은 현관문 손잡이를 잡고 잠시 안의 기척을 살피다가 들어섰다. 수방이를 안고 마루로 올라서는 원단을 보자 아버지는 말을 뚝 끊고 엉거주춤 일어서려는 몸짓을 했다. 술기로 불콰해진 얼굴에 당황하는 빛이 역력했다.

늙어서 비슷하게 추레해 보이는 노인들 대여섯 명이 화투장이 널린 방석을 가운데 두고 둘러앉아 있었다. 그들은 덩달아 말을 끊고 면구스러운 낯으로 두릿두릿 원단을 바라보았다. 원단의 눈길이 빠르게, 널린 화투장과 소주병, 깍두기가 담긴 보시기 따위를 한차례 훑었다. 자욱한 담배연기와 댓진내, 충혈된 눈과 불결한 열기 따위는 원단에게 결코 낯선 것이 아니었다.

"이제 오느냐? 일은 다 잘 보고?"

"네, 생각보다 일찍 끝났어요."

"동네 어르신네들이다. 인사 드려라. 경로당이 춥길래 이리로 모셨지."

원단의 기분을 알아차린 아버지가 어느결에 당황한 기색을 지우고 호기롭게 말했다.

원단이 노인들에게 목례를 해보이고는 안방으로 들어갔다.

"내 딸이라우, 사위는 중학교 훈장 노릇을 하고…."

"자부가 아니라 따님이시구랴."

등뒤로 아버지와 노인들이 주고받는 말소리가 들렸다.

화장대 거울에 비치는 자신의 얼굴 관자놀이에 터질 듯 정맥이 부풀어오른 것이 보였다. 수방이는 전에 없이 사람들로 북적거리

106

는 것에 호기심을 느껴서인지 방문을 빼꼼이 열고 마루를 내다보고 있었다.

"내 자식이라 하는 말이 아니라 딸 내외가 속이 무던하고 깊어서 …."

이켠더러 들으라는 듯 한층 높아진 아버지의 목소리는 차라리 안간힘처럼 들리기도 했다. 누군가 문 틈으로 수방이의 손을 잡아당겨 쥐포 한 조각을 쥐어주었다. 원단이 수방이를 끌어들이고 문을 닫았다. 문소리가 컸던가, 마루의 기척들이 일순 잠잠히 가라앉았다. 관자놀이의 핏줄이 툭툭 뛰는 소리가 원단 자신의 귀에 이명처럼 울렸다. 단순히 불쾌감뿐이라고 말하기는 어려웠다. 손쓸 새 없이 빠르게 잠식해 들어오는 전염병균을 속수무책으로 바라보는 불안감과 무력한 분노가 핏줄을 팽팽히 긴장시키고 있었다.

노인네들은 곧 돌아갔다. 마루의 발자국 소리, 현관에서 신을 찾아 신는 소리, 문여닫기는 소리들이 완전히 사라진 뒤에야 원단은 마루로 나왔다. 화투판을 걷던 아버지는 원단의 눈에서 재빨리 감추려는 듯 소주병과 잔들을 챙겨 부엌으로 들어갔다.

개수대에는 라면 찌꺼기가 지저분하게 남아 있는 냄비며 그릇들이 차 있었다.

"말이 좋아 경로당이지, 원 헛간만도 못해. 난로도 아직 놓지 않았으니 추워 견딜 수 있어야지."

아버지는 기습을 당했다고 생각하는 게 틀림없었다. 원단이 아침에 집을 나서며 아버지에게, 저녁때나 되어야 돌아올 거라고 말했던 것이다.

아버지의 체류가 생각보다 길어지자 승재는 매일매일을 무료히 집에서 지내느니 경로당에 나가 동네 노인들과 사귀어 보는 게 어떠냐고 권했다. 아버지는 처음에는 별반 내켜하지 않는 듯했으나 이즈음에는 제법 그곳으로 발길이 잦아지던 터였다. 그러나 동네 노인들을 집으로 불러들여 화투판을 벌인 것은 전에 없던 일이었다. 아, 싫다. 정말 싫다 라는 감정이 목까지 차올라 원단이 고개를 세게 내저었다.

"지난날 아버지의 그런 생활이 다른 가족들을 얼마나 고통스럽게 만들었고 상처를 주었는지 아신다면…. 저는 끔찍했던 과거의 생활들을 수방이에게 물려주고 싶지 않아요. 아니 그 그림자조차, 그런 생활과 아버지 같은 사람이 있다는 것조차 보여주고 싶지 않아요. 비오는 날 마른 땅 골라딛듯 세상을 그렇게 살아갈 수야 없겠지요. 그리고 자식은 부모를 선택해서 태어날 수는 없는 것이지만 자라나는 동안 내내, 지금까지도 노름쟁이, 바람잡이 아버지란 존재는 제게 부끄럽고 참혹한 멍에였어요. 장 서방이나 수방이에겐 아버지에 대한 도리나 관계 운운 하는 것은 아무런 의미없는 일이에요. 저야 아버지로 인해 태어났고 또 굳이 천륜이라고 강조하는 핏줄로 얽혀 있다손 치더라도 말예요."

개수대를 등지고 서서 아버지를 똑바로 쏘아보며 원단이 잇달아 퍼부어대었다.

"나 화툿장 손에서 놓은 지 오래 되었다. 너도 알지 않느냐. 그저 심심풀이로 장난삼아 동네 늙은이들과 한번…."

아버지가 애써 웃을싸한 표정으로 웅얼거렸으나 얼굴은 어색하게 일그러지고 경직되었다. 불콰하던 술기도 걷혀 검누른 빛의 살색을 드러낸 채 한 생애를 줄곧 궁색한 변명의 말만을 웅얼대는 탈처럼 보였다. 그 탈을 향해 창날처럼 날카롭게 꽂히는 자신의 한마디 한마디에 원단은 잔인한 쾌감과 전율을 느꼈다.

"…평생을 어떻게 그렇게 살 수 있었을까요? 그 허장성세, 근거 없는 허무주의, 불성실한 삶…, 아버지는 자신의 삶에 대해 단 한 번이라도 깊게 성찰해본 적이 있나요? 평생을 허깨비에 휘둘려서

···."

"내가 지금 처지가 곤고해서 네게 잠시 기식을 하고 있다만 그런 식으로 말하지 마라. 건방지고 못 배워먹은 것 같으니라구. 느이들은 모른다. 그 고약한 세월들에 얼마나 빼앗기고 망가져왔는지···. 대체 무얼 할 수 있었더란 말이냐."

아버지가 언성을 높였다. 손이 알아보게끔 부들부들 떨고 있었다.

"허울좋게 시대니 세월이니 하는 말들로 아버지 자신을 속이려 들지 마세요. 언제나 구실과 변명뿐이었어요. 어머니가 돌아가시던 날 밤, 그리고 윤식이의 죽음을 잊어버리진 않으셨겠지요. 그때의 아버지의 모습, 그것이 아버지의 숨길 수 없는 진면목이에요. 어머니가 돌아가신 이후, 저는 차라리 내겐 아버지가 없거니 하는 마음으로 살았어요. 그 편이 훨씬 견디기 나았으니까요. 아버지로 인해 내가 태어났다는 사실을 저주하고 하루바삐 풀려나기만을 바라며 살았어요."

그랬었다. 어머니가 죽던 날 밤 울어대는 윤식이를 들쳐업은 언니는 캄캄한 밤길로 원단의 등을 밀어 내보냈다.

역(驛) 사무실에 가서 아버지를 불러와야 한다는 것이었다. 아버지는 야간근무라거나 하는 이유로 집에 돌아오지 않는 날이 많았다. 어머니는 종종 저녁 무렵 원단을 아버지에게로 보내곤 했었다. 까맣게 죽은 얼굴로 어머니가 아프다거나 집에 급한 일이 생겼다거나 손님이 찾아오셨다는 등 어린 원단의 소견에도 빤한 거짓말을 일러주며 꼭 지키고 섰다가 아버지를 데려오라는 심부름이었다. 그 무렵 아버지에게는 따로 살림을 차린 여자가 있었던 듯했다. 시앗에게 가는 발길을 돌리기 위해 바람처럼 잡을 수 없는 남편을 잡으려는 안간힘으로 어린 딸을 밤길로 내보내었던 것이다. 원단이, '엄마가 아파요' 혹은 '집에 손님이 찾아오셨어요' 하는 말을 입 안에 꼭꼭 담고 아버지를 찾아갔을 때 야간근무를 해야

저 언덕 109

한다던 아버지는 이미 퇴근하고 없을 경우가 대부분이었다. 간혹 역 사무실에서 동료 역무원들과 화투판을 벌이거나 술을 마실 때도 있었다. 문간에 선 채 머뭇대는 원단이 입을 열기 전 아버지가 먼저 흘깃 바라보면서 '누가 아프다더냐' '집에 불이 났다고 하더냐'라고 말하곤 했다. '내 곧 뒤따라 가마' 그러고는 과자 봉지 따위를 사들려 원단을 되돌려보내기도 했었다.

인적 없는 깜깜한 한길을 놀람과 덜미를 잡는 무섬증에 울면서 뛰어가던 밤. 아버지는 그곳에 없었다. "늬 아버지는 버얼써 작은 집에 가셨다"라고 빙글빙글 웃던 아버지의 동료는 어머니가 죽었다는 원단의 말을 듣자 원단을 데리고 역 뒷골목, 좁고 누추한 길목을 몇 구비 돌아 어느 집 앞에 데리고 갔다. 낡은 판자문을 여러 차례 흔들고 소리친 후에야 방에 불이 켜지고 웬 여자가 속치마 위에 잠바를 걸치며 나왔다. 흐린 빛 속에서도 원단은 그것이 낯익은 아버지의 옷임을 알아보았다. "이 밤중에 대체 누구야" 걸걸하게 쉰 목소리로 짜증스럽게 말하며 여자가 문을 열었다.

"홍 상사 있지요? 집에 큰일이 생긴 모양이우. 딸아이가 부르러 왔어요. 어서 깨워요." 원단을 데리고 간 역원이 말했다.

"어이구, 오지랖도 넓어라. 어쩌자구 예까지 데려왔어? 큰 마나님한테 머리끄뎅이 잡혀 끌려다니는 꼴 보려구? 어디 보자아, 네가 큰 딸이냐 작은 딸이냐."

어머니보다도 나이들어 보이는 여자는 짐짓 눈살을 찌푸려 원단의 얼굴을 찬찬히 들여다보더니 안에 대고 소리쳤다.

"이봐요, 옷 입고 나와봐요. 당신 딸이 찾아왔어."

바지를 꿰어입고 부시시한 얼굴로 잠자리에서 빠져나온 아버지는 어머니가 죽었다는 말을 듣자 거의 반사적인 몸짓으로 팔목을 들어올려 시계를 보았다. 그리고는 누구에게랄 것도 없이 오늘이 며칠인가를 물었다. 딱히 날짜와 시간을 알기 위해서라기보다는

110

달리 취할 행동을 몰랐기 때문이었을 것이다.

"이런 멍청이같이 날짜는 물어 뭘 해요. 빨리 가보라구요."

여자가 걸치고 있던 잠바를 벗어 아버지에게 건네며 등을 밀었다.

아버지가 원단의 손을 쥐고 빠른 걸음으로 골목을 빠져나왔다. 아버지에게 잡힌 손에 곧 축축히 땀이 찼다. 아버지는 한마디도 입을 열지 않았다. 차갑게 이우는 달빛 아래 아버지의 그림자가 춤추듯 우쭐우쭐 흔들렸다. 아버지는 잘 눈에 띄지 않던 평소와는 달리 한 발을 심하게 절며 허청허청 걷고 있었다. 아버지의 손 안에서 끈끈히 땀이 찬 손을 빼내며 원단은 달아나듯 앞장서서 뛰었다. 아버지가 곧 큰 걸음으로 따라와 다시 손을 잡았다. 원단이 몸부림을 치고 손을 비틀어 빼며 거의 착란상태에 빠져 비명처럼 잇달아 울부짖었다.

엄마가 죽었어. 윤식이가 막 울어. 윤식이도 죽으려고 해.

"그럴 수밖에 없었다거나, 이해해 달라거나 하는 말은 더 이상 하지 마세요. 이제껏 아버지의 자식이라는 걸 얼마나 억울해 하고 부끄러워해 왔는지 …. 백번 물러서서 생각해도 아버지를 이해할 수 없어요. 아니 이해하려는 노력조차 무의미하다는 생각이 들어요."

"난 누구에게도 해를 끼칠 생각은 없었다. 평생 내 한몸 건사하기도 힘들었어. 모든 잘못되어진 것들이 다 내 탓이라고만은 하지 마라."

"아버지와 저는 같은 뿌리에서 돋아난 두 개의 가지와 같아요. 근거 모를 허무의식이 아버지를 무책임하고 충동적인 삶으로 몰아갔듯 저에게는 그렇게 지악스럽게 땅바닥을 기어가게끔 만들었어요. 아버지의 삶이 좀더 달랐던들 저는 지금과는 달리 세상을 보고 살아갈 수 있었겠지요. 아버지의 허황한 삶을 보아왔기에 저는 손가락에 거머쥔 것 하나라도 놓칠까봐, 빼앗길까봐 전전긍긍하면서 자린고비가 되어 추하게, 보잘것없이 작고 천하게 …."

원단이 그예 치밀어오르는 격정을 이기지 못하고 울음을 터뜨렸다. 나뒹구는 술잔과 화투장들, 불결한 열기로 보여지는 아버지의 존재, 아버지의 자리가 아무리 발버둥쳐도 벗어날 길 없는 자신의 족쇄, 원천적인 모습이라는 절망감 때문이었다.

무슨 말인가 할 듯 입가를 실룩이며 공허한 눈길로 원단을 바라보던 아버지가 방으로 들어갔다.

엄마의 울음이 불안하여 치마끝에 매달리며 기색을 살피는 수방이를 달래고 원단은 집안을 치우기 시작했다. 마루문을 활짝 열어 담배연기와 술냄새를 뽑고, 노인네들이 다녀간 흔적을 치웠다. 곧 승재가 돌아오리라는 것, 그가 오기 전 이 흉한 작태의 흔적을 없애야 한다는 것이 본능처럼 작용했던 것이다. 몇 개의 다른 얼굴을 갖는 것, 그것을 위선이나 부정직이라고 생각지 않았다. 불우했던 성장과정에서 익힌 자기 방어, 살아남기 위해 익힌 몸짓이었다.

해야해야 나오너라.
구름 속을 나오너라.
앞뒷문 열어놓고
물 떠먹고 나오너라.
제금 장구 둘러치고
구름 속을 나오너라.

선창 밖으로 튀어오르는 물보라를 바라보며 수방이는 내내 쩽쩽한 목소리로 노래를 불렀다. 혀짧은 소리로 분명치 않은 발음이었지만 이곳까지 오는 동안 원단이 가르쳐준 노래를 용케도 외워 한 구절도 틀림없이 불러대는 것이었다. 잔뜩 흐린 날씨가 제딴에도 몹시 답답했던가 하늘을 올려다보며 해를 부르는 수방이를 새삼 신기한 눈길로 뒤쫓으며 원단이 말했다.

"머리가 좋은가봐요. 총기가 대단해요."

"바야흐로 천재성을 발휘할 시기지. 어느 아이들이나 한때 갖게 되는, 그래서 부모를 착각과 환상 속에 빠져들게 하는 일시적 천재성 말야."

승재가 빙긋이 웃으며 대꾸했다.

이미 겨울의 문턱이었다. 찬비 끝에 급격히 기온이 내려가고, 수일 내로 첫눈이 오리라는 기상대 발표가 있었다. 흐린 하늘이 눈썹 위까지 두텁게 내려와 있었다. 바다처럼 너른 댐의 물빛이 한결 깊이 가라앉아 헐벗은 산의 자태를 웅숭깊게 품었다.

주말 오후여서인지, 배에는 선객이 많았다. 울긋불긋한 등산복에 커다란 배낭을 멘 젊은이들도 여럿 눈에 띄었다. 떠남에 대한 기대와 들뜸으로 그들의 얼굴과 몸짓은 한결같이 싱싱하고 활기차 보였다. 새벽 일찍 춘천에 들어와 야채와 민물고기 따위를 넘기고 돌아가는 장사치인 듯싶은, 전대를 찬 아낙네들은 의자 등받이에 기대어 잠에 빠져들었다.

춘천 근교로 짧은 주말여행을 다녀오는 게 어떻겠느냐고 제안한 것은 승재였다. 어제 아버지와 심하게 다툰 후 원단이 그 전말을 자초지종 말하지 않았음에도 승재는 집안의 가라앉은 분위기, 부자연스런 침묵이 일종의 소강상태임을 감지했던 듯싶었다. 아버지의 태도에 눈에 띄는 변화는 없었다. 식사 때 승재에게 늘어놓는 장광설이 줄고 방에 들어가 기척없이 지내는 시간이 길어졌을 뿐이었다. 극력 원단과 눈길 마주치기를 피한다는 것은 원단만이 느낄 수 있는 것이었다. 아침에 출근하던 승재가 마침 산책에서 돌아온 아버지에게 일요일에 낚시를 가십시다 라고 넌지시 권했을 때 아버지는 강바람이 차지 않겠느냐고 어색하게 고개를 내저었다. 출근한 지 한 시간쯤 지나 승재는 집으로 전화를 걸었다. 가을 연휴도 그냥 넘겨버렸으니 겨울이 오기 전 가까운 곳에 가서 하룻밤 지내고 오는 게 좋겠다고, 퇴근 후에 곧 떠날 수 있도록 준비하라는 것이었다. 토요일이라 오전 근무뿐이었다. 승재의 제안이 단순히 바늘 끝처럼 신경이 날카로워져 있는 아내에 대한 배려일 뿐만 아니라 그 자신 역시 '집 밖의 잠'이 절실할 만큼, 집안을 꽉 채운 아버지의 자리, 아버지의 존재를 버겁게 느끼고 있는 것이나 아니었을까. 승재의 심중을 나름대로 추측해 보며 원단은 짐을 꾸리고 집을 비울 동안, 아버지의 식사를 준비했다. 집을 나서며 다녀오겠노라고, 식사 준비는 되어 있으니 찾아 잡수시라고 말하자 아버지는 슬몃 원단의 눈길을 피해 무연히 하늘을 올려다보며 "눈이 올 것 같구나. 수방이 옷을 든든히 입혀야 되겠다"라고 심상히 대꾸했다.

열은 잠 속에서 밤 내내 계곡의 물소리와 바람소리 그리고 쟁그렁쟁그렁 맑게 울리는 풍경소리를 들었다. 원단은 귀에 선 그 소리를 쫓다가 그들이 묵는 민박집 처마에 매단 풍경을 보았던 기억을 떠올리며 다시 아슴푸레 잠에 빠져들곤 했다.

검푸른 여명이 방안을 채울 무렵 원단은 잠에서 깨어났다. 방은 따뜻하고, 창호지를 바른 들창문으로 새파랗게 날선 새벽빛이 비쳐들고 있었다. 낯선 잠자리에 늦도록 뒤척이던 승재는 수방이를 안고 곤히 잠들어 있었다.

원단은 그들의 잠을 깨우지 않도록 기척없이 방을 빠져나왔다.

"새벽같이 일어나셨구라. 어린애까지 있길래 방에 불을 넉넉히 넣었지만, 혹시 춥지는 않으시었수?"

마당에서 쌀을 씻고 있던 늙수그레한 아낙네가 사람좋은 웃음을 띠며 말을 건넸다.

"아주 따뜻하게 잘 잤어요. 공기가 정말 좋군요. 이 윗쪽으로 절이 있다던데 멀지 않은가요?"

"바로 이 뒤로 돌아 한 이십분 올라가면 된다우. 절이야 뭐 쬐

114

그맣지. 엄청 오래되었다고는 해도…."

밤새 쓸쓸히 귓가를 어지럽히던 바람결은 자고 풍경이 이따금 생각난 듯 쟁강거렸다. 원단은 민박집을 나와 산길로 접어들었다. 어제 저녁 승재로부터 부근에 천년 고찰이 있다는 얘기를 듣고 올라가보리라 작정했었던 것이다.

헐벗은 나무 사이로 푸르른 빛들이 어리고 있었지만 산길은 아직 어두웠다.

아낙네의 말대로 절의 규모는 작고 형편없이 퇴락한 모습이었다. 마당을 쓸고 있던 동승이 원단을 보고 잠깐 합장을 해보이고는 비질을 계속했다.

원단은 익숙지 않은 몸짓으로 얼결에 두 손을 모으고 허리를 굽혔다. 마당 한귀퉁이에 삼층 석탑이 서 있고 그 주위를 빨간 등산복을 입은 남자가 합장을 한 채 돌고 있었다. 무슨 기원이 그리도 간절한 것일까. 사랑일까, 소망일까, 아니면 세속적 성취에의 원망일까. 몽롱하게 마취되어 사는 듯, 백년 미망 속에서 헤매듯이 뭔가 안타까움과 불안에서 헤어나지 못하는 나날들, 자신이 그러하듯 그 역시 백년 미망 속에서 솟구쳐오르게 할 한 줄기 청정한 바람을 안고 남보다 앞서 이곳에 오른 것일까. 고통과 소망이 깊을수록 기구는 간절해질 수밖에 없으리라. 원단은 그대로 선 채 쉬임없이 탑을 돌고 있는 남자를 눈으로 쫓았다. 바라보는 동안 그 남자의 모습은 승재의 모습으로, 수방이의 모습으로, 절름거리는 아버지의 뒷모습으로, 간혹 고시원 뒷산에서 등을 보이며 내려가던 필준의 모습으로, 이상한 착시 현상을 일으키며 비쳐들었다. 원단은 세차게 고개를 흔들며 자꾸 흐려오는 눈을 비볐다.

저녁 무렵 그들이 집에 돌아왔을 때 집은 비어 있었다. 앞장서서 대문을 들어선 수방이가 '하찌, 하찌' 하며 할아버지를 찾았으나 안에서는 아무런 기척이 없었다. 순간적으로 자신도 모르게 가슴이 섬뜩 내려앉는 느낌에 원단은 우선 신발장부터 열어보았다. 아버지가 신던 슬리퍼는 단정히 현관에 놓여 있는데 신발장 안의 검정구두는 보이지 않았다.

"잠깐 외출하신 게지."

승재가 먼저 마루를 올라서서 서재의 문을 열었다. 늘 벽에 걸려 있던 양복이 없었다. 원단이 승재의 등뒤에서 휑하니 비인 벽을 망연히 바라보았다.

집안은 원단이 치워놓고 나간 그대로 손끝 하나 스친 표시가 없었다. 주방 식탁에도 식사를 한 흔적이 없었다.

"아버지가 가셨나봐요."

서재 한켠에 반듯이 개어놓은, 그동안 입고 있었던 승재의 추리닝이며 양말 따위들을 보며 원단이 나지막히 말했다.

"아무리 성격이 별난 양반이라도 그렇게 가버리실 리가 없어. 곧 돌아오시겠지."

승재가 혀를 차며 고개를 갸웃했다.

"아버지는 워낙 그런 사람이라니까요."

달리 할 말을 찾지 못해 원단이 되풀이 말했다. 아버지가 떠나기를 바랐고 기다렸으면서도, 또한 어디까지나 아버지의 존재란 청하지 않은 객에 지나지 않는다고 생각해 왔으면서도 가슴에 휑하니 바람이 스쳐가는 서늘한 느낌을 자신도 이해하기 어려웠다.

"안경이 그냥 있구먼. 무던히도 선글라스를 좋아하시더니 어쩌자고 두고 가셨을까."

승재가 책상 한 귀퉁이에 놓인 선글라스를 집어들고 마루로 나왔다.

마루 끝에 앉아 있던 원단이 그것을 받아들었다. 늘 알을 닦아두었던 듯 먼지 하나 없이 깨끗한 선글라스를 눈에 대고 남편과

아이를, 저무는 빛 속에 집과 더 멀리 헐벗은 산언덕을 바라보았
다. 아버지의 눈이 되어 세상과 세월들을 바라보았다. 검은 유리알
을 통해 적나나하게 살을 드러낸 언덕은 더욱 멀고 그 어느 골쯤
에인가 절룩거리며 허위허위 올라가는 아버지의 모습이 보이는 듯
했다.

비어 있는 들

　나는 팔이 벽에 부딪쳐 맥없이 떨어져내리는 서슬에 잠이 깨었다. 아마 잠결에 무엇인가 잡으려는 손짓으로 거칠 것 없는 허공을 헤매었음이 분명했다. 옆자리는 비어 있었다.
　"몇 시예요?"
　나는 차갑게 식은 빈 자리를 손바닥으로 쓸어보다가 문득 성마른 소리로 물었다.
　첫 기차 뜨는 소리로 보아 4시 조금 지난 시각일 것이다. 지난 밤의 사나운 빗소리는 들리지 않았다.
　마루의 불빛이 방문의 위쪽에 붙은 유리를 통해 방안을 흐릿하게 비추었다.
　서성이는 발소리와 함께 유리창을 가리며 남편의 얼굴이 검게 어른대다 사라졌다. 골진 유리에 남편의 얼굴이 터무니없이 커 보였다.
　방안을 채운 박명 속에서 아이는 아무렇게나 던져진 듯 잠들어 있었다.
　새벽 공기가 선뜻하리라는 생각에 나는 홑이불을 끌어당겨 덮어주며 한쪽 뺨이 이상하게 부풀린 모습으로 엎드려 자고 있는 아이의 얼굴을 물끄러미 바라보았다.

종잡을 수 없는 꿈에서 마치 등을 밀리듯 깨어난 것은 무엇 때문일까. 그는 오늘 올 것이다. 그것은 약속보다 확실한 예감이었다. 그는 한 번도 이곳 내가 살고 있는 작은 도시에 온 적이 없었다. 그러나 나는 종종 예감과 기대로 설레이며 새벽을 맞고 밤을 보내었다. 도마질로 스쳐간 칼날 끝에 내배이는 피에서도, 성급히 나타난 그해 첫 나비의 서툰 날개짓에서도, 각질(角質) 속에 연한 초록빛으로 숨어 있는 나무의 눈을 보았을 때도, 늦봄이 다 가도록 전선줄에 매달려 누추히 찢겨져가는, 정월 대보름날 어느 가난한 집 소년이 띄워올렸을 종이 연을 보았을 때도 그가 오리라는 예감은 한 조각 파편처럼 반짝이며 가슴속 깊은 곳에서 눈을 떴다.

달칵달칵, 낚시 받침대의 조립나사를 죄는 금속성의 소리, 또한 마루에서 들려오는 서두는 듯한 발소리를 듣는 사이 예감은 확신으로 바뀌었다. 얼마나 자주 나는 이러한 짙은 예감으로 놀라 잠에서 깨어났던가. 일기예보만큼도 정확지 못한 예감을 나는 한 번도 불신해본 적은 없었다.

그러나 그토록 절박한 기다림에도 불구하고 공복의 위벽을 적시며 뚜렷한 무늬로 차오르던 바륨 용액처럼 이물감으로 차오르는 감정은 무엇인가. 나는 방문을 열고 마루로 나왔다.

"왜 일어났어?"

마루에 나란히 늘어놓은 낚싯대를 챙기던 남편이 숨겨야 할 일을 들킨 듯 조금 당혹한 얼굴로 돌아보았다.

"나도 같이 가겠어요."

나는 짐짓 선하품을 깨물며 말했다.

남편은 내 말을 잘 못 알아듣는 시늉으로 눈을 껌벅거리며 나를 올려다보았다. 내가 한 번도 남편의 낚싯길에 동행한 적이 없었기 때문일 것이다.

120

"같이 가겠다니까요."

나는 굳이 그럴 필요가 없는데도 고집스럽게 말하고는 남편의 대답을 듣지 않고 방으로 들어왔다.

남편이 신새벽에 낚시를 떠나리라는 것은 뜻밖이었다. 사흘 내내 비가 퍼붓고 조금 개이는 듯하더니 어제 오후부터 일기는 다시 사나워져 밤새 비바람이 쳤던 것이다.

나는 방의 전등을 켜고 잠든 아이를 흔들었다. 아이가 짜증스럽게 잠투정을 하며 돌아누웠다. 그러나 나는 끈질기게 아이의 뺨을 토닥이고 어깨를 흔들어 일으켜 세웠다. 팬티 위로 조그만 잠지가 비죽 솟아 있는 것을 보자 잠깐 서글픔 같은 것이 가슴을 적셨다.

아이는 눈을 감은 채 한 팔을 내 목에 두르고 시키는 대로 오줌을 누었다.

"괜찮겠어?"

잠에 취한 아이의, 겨를 넣은 인형처럼 무겁게 밑으로 처지는 팔다리에 억지로 옷을 꿰어 입히는데 남편이 방안으로 고개를 들이밀며 말했다. 내게보다 아이에게 하는 말이었다. 남편의 눈길이 곧장 아이에게 멎어 있었다. 아이의 꿈을 꾸듯 멍청한 눈이 불빛에 부신 듯 깜박이며 낯설게 방안을 더듬었다.

마루에 나와서도 마치 방향지시계기가 고장난 로봇처럼 벽과 가구의 모서리에 함부로 부딪치며 비틀대는 아이를 나는 좀 잔인한 눈길로 지켜보았다.

남편은 손바닥만하게 접힌 비옷을 가방에 넣고 우산을 찔러넣은 뒤 무릎까지 차는 긴 장화를 신었다.

지난밤의 비로 떨어진 나뭇잎들이 질척하게 운동화 바닥에 묻어났다. 날은 희미하게 밝아오고 있었지만 하늘은 짙은 색의 페인트로 칠해진, 앞으로 일어날 비극적 사건 혹은 주인공의 어둡고 음습한 열정 따위를 암시하는 듯한 무대의 배면처럼 비현실적인 색조로 새파랬다.

새벽 예배를 가는 듯 찬송가를 낀 젊은 여자가 단정히 고개를 숙이고 지나쳤다. 이어 역시 찬송가와 성경책이 들었을 게 분명한 구럭을 든 할머니가 허리를 두드리며 골목의 급한 경사면을 올라왔다. 남편의 고무 장화는 물 속인 듯 절벅거리는 소리로 골목을 채웠다.

예비군복을 입은 사내 둘이 낮은 소리로 두런대며 엇비켜 지나갔다. 갑자기 교회의 종이 울리고 이어 아우성치듯 높은 곳마다 낮은 곳마다 자리잡은 교회의 종들이 울리기 시작했다.

업힌 아이는 얇은 옷에 한기가 드는지 등에 바짝 몸을 붙이고 목을 끌어안았다. 두어 발짝 앞서가던 남편이 입고 있던 여름 점퍼를 벗어 덧씌웠다. 아이는 다시 잠이 드는지 목에 감긴 팔에 느슨히 힘이 풀렸다.

낚시가방을 메고 바구니를 든 남편의 모습이 성큼성큼 앞서 길을 내려갔다. 허리께에 매달린 접는 의자가 그의 허벅지를 일정한 속도로 치며 흔들렸다. 목이 긴 장화는 각반처럼 정강이를 죄고 있어 실제보다 훨씬 키가 커 보였다.

택시가 마치 경보처럼 다급히 빈 거리를 달려갔다. 환한 불빛이 오히려 을씨년스러운 텅 빈 버스에서 매달린 손잡이가 춤추듯 흔들렸다.

"첫차에는 안경 쓴 사람을 안 태운다는데."

택시를 세우는 남편의 곁에 바짝 붙어서며 나는 비시시 웃었다.

배터에 닿을 무렵 희부연히 하늘이 밝아왔다. 한결 엷어진 청색의 대기에 두터운 안개층이 느껴졌다. 날이 더울 모양이었다.

나는 선착장 옆의 구멍가게에 들어가 카스테라와 사이다를 샀다.

"여기서 보자니 굉장하더군. 야영하던 패들, 아닌 밤중에 벼락을 맞은 거지."

"중도(中島)에선 또 어땠는데 …. 물에 잠기기 시작하니까 왜가 리떼처럼 나무 꼭대기에 올라가 앉았더라고 …."

"헬리콥터가 떠서 실어나르긴 하더만 떠내려간 사람도 꽤 있을 걸."

노동자인 듯한 사내들이 소주에 삶은 달걀을 먹으며 강 쪽을 향해 고갯짓을 했다.

선착장에는 서너 명의 사람들이 배를 기다리고 있었다.

"어디로 가십니까?"

무료히 강물을 내려다보던 남편이 담배를 피워물며 곁의, 역시 낚시가방을 멘 중년 남자에게 말을 걸었다.

"글쎄요. 금정리 쪽에 가볼까 하는데 물살이 세서 그쪽으로는 배가 못 뜬다는군요. 댐의 수문(水門)을 열었다던가요. 금정리로 가려면 천상 신대리 가는 배를 타고 산을 넘어야 할 형편이군요. 어디로 가시게요?"

"글쎄요. 이렇게 물이 흐르고 물살이 사나워서야 어디서나 별 재미를 보겠습니까? 허탕칠 게 뻔하지요. 허지만 …."

남편이 말끝을 맺지 않고 반도 안 탄 담배를 물 위로 던졌다. 하지만 군이 이런 날을 택해 낚시를 떠나기로 작정한 의도는 무엇이 었을까. 지난밤 사납게 들이치는 비에 마루 유리문을 닫고 남편은 늦도록 낚싯대를 매만졌다. 나는 습기라도 찰까보아 그러는 게라고 짐작했을 뿐이었다.

"첫배 뜰 시간이 퍽 지났구먼."

"수문을 열어놓아서 배가 하부리로 돌아온다니까."

빈 리어카에 함지를 얹어 앞세운 아낙네 둘이 팔목시계를 흘깃 거리며 발돋움질로 강 건너를 살폈다.

"이러다가 배가 안 뜨는 거 아냐?"

그녀들도 강 건너로 푸성귀나 과일을 팔으러 가는 모양이었다. 금정리, 신대리, 하부리 등은 강 건너가 초행일 뿐더러 이 고장 토박이가 아닌 내게는 생소한 지명이었다. 더욱이 오늘의 낚시는 예정된 것도 아니었다. 그러나 배가 안 뜰 경우라는 것이 알 수 없는 불안감과 조바심을 자아내게 했다.

아이는 층계에 앉아 사이다를 마시고 카스테라를 씹었다. 방죽에 부딪는 물소리가 거셌다. 물은 탁하고 짙어 거의 들판처럼 보였다.

강의 상류 쪽에서 조그맣게 배가 나타났다. 눈으로는 빤한 거리인데도 배는 거의 움직임을 느낄 수 없을 정도로 천천히 이쪽을 향해 오고 있었다.

배추와 감자, 수박 따위를 실은 리어카와 장꾼들이 내리자 매표원이 기관실 앞에 팻말을 바꿔 걸었다. 신대리.

"산 넘어 가자면 한나절 품인데."

구멍가게에서 삶은 달걀을 먹던 사내가 투덜대며 내 뒤를 따라 배에 올랐다. 행선지가 금정리인 모양이었다.

선객은 별반 없었다. 기관실의 기름 냄새가 역하게 빈 속을 뒤집었다.

맞은편에 앉은 아낙네들이 선하품을 깨물며 눈물이 비어져나온 눈귀를 눌렀다. 조금 떨어져 앉은 남편은 누르고 탁한 물에 시선을 박고 있었다. 얼굴이 거칠고 꺼무스르했다. 내 얼굴도 역시 그러리라는 생각으로 나는 얼굴을 쓸어보며 눈이 가닿는 곳 기관실 벽에 붙은 구명조끼와 구명튜브 사용법을 보았다. 몇 번이고 되풀이 읽고 그림을 보았으나 문어발처럼 늘어진 줄의 어디를 잡고 어디를 쥐어야 깊은 물 속에서 떠올려질 수 있는지, 센 물살을 거슬러 살아남을 수 있는지 알 수 없었다. 또한 아무리 배 안을 둘러보아도 구명조끼나 구명튜브로 짐작되는 것은 눈에 띄지 않았다.

의자에 올라앉아 물을 내려다보던 아이는 뱃전에 튀어오르는 물보라를 잡으려고 난간을 잡고 배의 바깥 쪽으로 깊이 몸을 숙였다. 발 끝이 들리자 남편이 사납게 종아리를 잡아내렸다.

얼마나 사람들은 서로의 죽음을 원하는 것일까. 나는 항상 사고(事故)의 불안에 시달려 왔으나 그것은 오히려 불의의 사태에 대한 기대, 우발적 죽음에 대한 기대가 아니었을까.

"수몰지구야, 그전에는 동네가 있었다는데 잠기는 통에 지금은 나무뿐이야. 물 때문에 자꾸 침식돼서 머잖아 없어질 거라더군."

남편이 배가 비껴 지나치는, 강 가운데의 밋밋한 둔덕의 포플러 숲을 가리켰다. 포플러 잎을 뒤흔드는 새소리가 어지러웠다. 배는 스치듯 가깝게 섬을 지나쳤다. 나무뿌리들이 물살에 허물린 땅의 단면으로 지렁이처럼 생생하고 연한 빛으로 드러나 있는 것이 보였다.

숲을 지나자 강의 대안에서 배를 기다리는 사람들이 하얗게 눈에 들어왔다. 바람은 안개에 갇혀 흐르지 않았다. 배가 신대리에 닿자 아이는 깡충걸음으로 뛰어내렸다.

"어디로 가실랍니까?"

배에서 내려서도 줄곧 남편과 나란히 걷던 중년 남자가 산을 따라 난 길이 갈라지는 곳에 멈춰 섰다.

"글쎄요. 애도 있고 하니 적당한 데 자릴 잡죠 뭐. 어차피 오늘 낚시 재미란 뻔한 거니까."

남편이 머쓱하게 웃으며 머리를 긁었다.

"어디로 가는 거지요?"

나는 종종걸음으로 남편을 따라 걸으며 물었다.

신작로를 두고 오른쪽은 산, 왼쪽은 논과 밭, 그리고 강이었다. 강 쪽을 살피며 두리번거리던 남편이 논둑길로 접어들었다. 봇도랑물 흐르는 소리가 발 밑에서 맑게 들렸다. 논둑길이 갈라지는 곳에서 남편은 잠깐 망설이는 듯하더니 아무것도 심지 않은 빈 밭을 가로질렀다. 흙이 차져서 자꾸 운동화에 무겁게 매달렸다. 빈 밭을 지나니 파밭이었고 그 아래가 물이었다. 버려둔 걸까, 아니면 씨를 받기 위해 남겨둔 걸까. 더러는 눕고 더러는 썩어가는 굵고 억센 파가 발 밑에서 으깨어졌다.

편편한 자리를 고르던 남편이 파밭에 비닐 돗자리를 꺼내 깔았다. 아직 해가 돋지 않아 버드나무와 백양나무의 성근 그늘이 어느 쪽에 드리울지 알 수 없었다. 아이와 나는 소꿉장난을 하듯 신을 벗고 돗자리 위에 올라앉았다. 그러고는 잠시 무엇을 해야 할지 몰라 무연히 지나온 강께로 눈을 주었다. 강 가운데 섬은 올 해진 명주처럼 흰 안개가 부드럽게 풀려 흐르고 있어 한층 멀어보이는 탓에 마치 신기루처럼 보였다.

물가로 내려간 남편은 장화를 절벅거리며 수초를 치고 받침대를 박았다.

안개 속에 스밀 듯 불그레한 기운이 감돌았다. 해가 돋고 있는 것이다. 새벽의 한기가 갑자기 가셨다.

강의 맞은쪽. 우리가 떠나온 시는 세 개의 봉우리를 이은 족두리의 형상으로 눈에 잡혔다. 그리고 가운데 제일 큰 봉우리의 이마로 반짝 햇빛이 얹히는 중이었다. 시의 끝, 구릉으로부터 하나의 움직이는 띠가 나타났다. 기차였다. 스름스름 서행(徐行)으로 진입해 오던 기차는 기적을 울리며 사라졌다. 꺼멓게 입을 벌린 굴이 한 토막씩 천천히 기차를 삼켰다. 기차는 산굽이를 돌아서야 모습을 드러낼 것이다. 나는 결코 보이지 않으리라는 것을 알면서도 기차가 사라진 뒤에도 오래도록 시커먼 굴 속을 바라보았다. 날 밝기 전 시발역을 떠난 것으로, 이 시로 들어오는 첫 기차였다. 나는 아이에게서 그때까지 입고 있던 남편의 점퍼를 벗겼다. 남편은 떡밥을 주먹 만큼한 크기로 뭉쳐 흐린 물 속에 던져넣고 낚싯대를 연

126

결했다. 찌를 달고, 긴장한 탓인지 입술을 빨며 바늘에 미끼를 꿰었다.

해가 조금씩 퍼지고 안개가 걷히자 갇혔던 바람이 불기 시작했다. 수면은 비늘처럼 잔굽이로 밀렸다.

찌가 자꾸 비스듬히 기울어 물에 눕자 남편은 신경질적인 손놀림으로 낚싯대를 채어 밥을 다시 끼웠다.

퐁당퐁당 돌을 던져라, 누나 몰래 돌을 던져라.

벌써 지루해진 아이가 잔돌을 주워 강에 던지며 노래를 불렀다. 남편은 돌아보지도 않고 손을 내저어 아이를 나무랐다. 그러나 아이는 계속 돌을 던지며 갓 배운 노래를 소리높이 불렀다. 아버지를 무서워하는 아이가 아니었다.

냇물아 퍼져라, 멀리멀리 퍼져라.

나는 아이의 버릇없음에 대해 자주 남편을 비난했다. 그럴 수 없을 때가 곧 오게 되는 거야. 남편은 경구(警句)조의 한마디로 늘 아이를 옹호했다.

강의 하류에 위치한 군용 비행장에서 요란한 프로펠러 음으로 떠오른 헬리콥터가 머리를 스칠 듯 배를 보이며 낮게 지나가자 아이는 와아 함성을 지르고 만세를 불렀다. 헬리콥터는 완만한 예각을 그리며 시의 북쪽으로 사라졌다. 두 번째 기차가 지나갔다.

"몇 시예요?"

나는 물가의 남편에게 고개를 길게 빼어 물었다. 남편의 주의는 온통 찌에 쏠려 있어 미처 듣지 못했는가 보았다.

해는 완전히 퍼졌다. 흙탕의 물에 햇빛은 깊이 침잠해서 다만 뿌옇게 미세한 흙가루만을 떠올릴 뿐이었다.

사흘을 내리 퍼부은 비였다.

그는 지금쯤 기차를 타고 있을 것이다. 산은 보랏빛의 어둠을 벗고 밝은 녹빛으로 모습을 드러내었다.

포플러 숲 그림자가 물 속에 잠겼다. 나는 아이의 손을 잡고 논둑길을 걸어갔다. 아이는 맨발인 채 흙의 감각이 좋은지 깨금발로 앞서 뛰었다. 아이의 뜀박질이 자칫 곤두박질을 칠 듯 위태로웠다.

논둑에는 클로버가 많이 피어 있었다. 아이가 한아름 따온 꽃으로 목걸이를 엮고 조그만 손가락마다 반지를 해 끼우고 양팔에 시계를 채웠다. 아이는 부챗살처럼 손가락을 벌리고 노래를 불렀다. 클로버 줄기에는 진딧물이 끓었다. 풀물인지 진딧물의 분비물인지 알 수 없는 자국이 손톱 사이에 푸르게 배었다.

"몇 시예요?"

나는 슬픔을 누르고 아이에게 물었다.

"다섯시 십분입니다."

아이는 팔을 높다랗게 치켜올리며 자신있게 답했다. 다섯시 십분, 아이가 만사 젖혀놓고 텔레비전 앞에 매달리는 초능력의 로봇 만화영화가 시작되는 시간이었다.

알루미늄 컵과 병을 든 아이는 나뭇가지로 발 밑을 헤치며 녹빛의 논두렁 사이로 사라졌다.

바람이 불어 벼가 눕고 다시 일어난 벼 사이로 아이의 노란빛 모자는 저 혼자 떠돌듯 찰랑찰랑 가볍게 떠서 흔들리며 멀어져 갔다.

한참을 가던 아이가 불안한 듯 돌아섰다. 엄마 여기 있다. 나는 손짓으로 아이를 안심시켰다. 모자 차양이 이마를 가리워 웃는 입모습만 보였다.

나는 벼포기 사이로 언뜻언뜻 드러나는 아이의 빨간 셔츠를 눈으로 좇으며 무릎을 싸안고 앉았다.

물살에 찌가 자꾸 누웠다. 남편은 지친 빛도 없이 낚싯대를 거두어 날과 찌의 줄을 조정하고 미끼를 갈아끼웠다.

나는 물가로 내려가 남편의 곁에 쪼그리고 앉았다. 바구니도, 물에 담가놓은 어망도 비인 채였다.

"심심하지 ?"

"아뇨."

짤막하게 대답하고 나는 탐색하는 눈길로 남편의 손을 바라보았다. 입질도 안한 미끼를 그토록 자주 갈아끼울 이유는 없을 것이다.

봄내 여름내 물가를 찾느라 검게 그을어 투박해 뵈는 손가락이 조심스럽게 날카로운 갈고리에 떡밥을 끼웠다.

남편이 언제부터 낚시를 다니게 되었던가, 그닥 오래된 것은 아니었으나 기억이 아리송했다. 어느 날 제시간에 퇴근해서 돌아오는 그의 손에는 한 벌의 낚싯대가 들려 있었다. 그리고 어느 날부터인가 나는 은밀하고 절박한 그리움으로 남편을 떠나고 있었다.

나는 낚시에 흥미를 느낀 적도, 따라나선 적도 없었기에 남편이 이러한 모습으로 앉아 해를 보내리라고는 상상해볼 수 없었다. 남편 역시 혼자 있는 시간의 내 모습을 알 리 없는 것이다.

다만 잠결에 보게 되는, 어둠 속을 도둑처럼 빠져나가는 뒷모습과 바구니에 담긴 수초의 비리고 미끈한 감각, 몇 마리의 죽어 있는 물고기, 죽은 물고기의 표피로 내솟는 점액질의 투명한 막, 옷에 묻은 뻘흙이나 민물고기의 핏자국 정도가 내가 남편의 낚시에 대해 알고 있는 전부였다. 뻘흙의 자국은 좀처럼 지워지지 않아 빨래에는 늘 애를 먹었다.

발 밑에서 물이 찰싹거리고 있었고 운동화가 이내 젖어들었다. 더러운 물거품 속에 싱싱하게 부푼 부레와 아직 선연한 빛의 내장이 밀렸다. 남편이 발로 밀어 물 속으로 흘려보내었다.

해가 꽤 높이 솟아 있었다. 포플러 숲 그림자가 한결 짧아졌다. 더웠다.

그러나 남편은 정수리에 햇빛을 쨍쨍히 받으며 앉아 있었다. 머리칼 밑으로, 관자놀이께로 땀방울이 흘러내렸다.

"통 안 잡히네요."

"물이 불어서 그래, 물살이 세면 낚시가 안 돼."

"자릴 옮겨 보지 그래요."

"밑밥을 넉넉히 깔았으니 좀 기다려 보지."

기차가 지나가고 있다.

"몇 시예요."

나는 남편의 팔뚝에 손을 얹으며 물었다.

"열시 사십오분이군."

기차는 이십분 연착인 것이다. 그 이십분이 내게 구원으로 생각되었다. 그는 이십분간의 유예를 갖는 것이다. 최소한 이십분가량은 헛되이 낯선 거리를 기웃거리며 방황하지 않을 유예. 열린 창마다 사람들이 고개를 내밀고 있었다. 선풍기는 뻑뻑히 목을 꺾으며 힘들게 돌아가고 있는 것이다. 그 끈끈한 바람에 함께 허덕이며 그는 아마 이쪽을 보고 있을까. 한유하게 낚싯대를 드리운 우리를 볼까. 아, 이십분, 두 시간, 이틀이면 어떠랴, 나는 해[年]를 두고 그를 기다려왔던 것을.

나는 줄곧 그를 기다려왔다. 그 기다림은 하도 절박하면서도 만성적인 것이어서 나는 오히려 그것이 생리적, 원천적인 것이 아닐까 생각하고 있었다.

"애는 어딜 갔지."

남편이 눈으로 기차를 좇으며 물었다.

"개구리를 잡으러 갔어요."

남편이 주머니에서 선글라스와 모자를 꺼내 썼다. 뒷머리털이 모자의 죔고무줄에 눌려 꼿꼿하고 쇠줄처럼 단단히 목덜미를 덮었다.

짧은 여행이었지만 그는 구겨진 옷과 당혹한 표정으로 어느 정도 나그네의 냄새를 풍기며 피로하고 고즈넉한 분위기로 역사 (驛숨)를 들어설 것이다. 나는 항상 마음속으로 그를 불렀다. 어서 오세요, 아니 제가 갈까요, 깃털처럼 가벼이 얹히겠어요. 나는 그를 너무 오래 기다려왔으므로 어떤 장식적 의미, 구체적인 모습 따위는 전혀 떠올릴 수도 설명할 수도 없었다.

정물처럼 앉아 있는 남편의 주위를 햇빛이 유리곽처럼 투명하게 감싸고 있었다. 그래서 남편은 마치 발가벗고 있는 듯한 느낌이 들었다.

남편이 깔고 앉은 등받이 없는 조그만 의자의 알루미늄 다리가 반 남아 진흙 속에 묻혀 있었다.

타악타악 막대기로 풀숲 치는 소리가 들렸다. 어쩌면 아무 소리도 안 들렸는지 몰랐다. 아이가 돌아오는 걸까, 나는 일어났다. 남편이 의자에서 일어났다. 햇빛이 사슬처럼 금속성의 소리를 내며 부서졌다. 남편은 풀숲을 향해 오줌을 누었다. 풀벌레들이 후드득 튀어 날았다. 나는 물가를 떠나 빈 밭을 지나며 둘레둘레 아이를 찾았다.

아이는 보이지 않았다. 밭의 가장이로 쇠비름풀들이 돋아 있었다. 나는 주저앉아 그것을 뽑았다. 무른 땅인데도 뿌리는 연한 이 파리와는 달리 불가해한 힘으로 땅 속에 얽혀 있었다.

나는 흙 속에 손을 묻은 채 한동안 동물의 내장처럼 견고히 유연하게 얽힌 뿌리를 바라보았다. 따뜻하고 부드러운 흙이 손가락 사이로 감겨들었다.

신작로 쪽으로 경운기가 한 대 부옇게 먼지를 피워올리며 털털거리는 요란한 소리로 지나갔다.

논둑길로 아이가 나타났다. 뺨이 붉게 달아 있었다. 나는 아이를 향해 곤두박질을 치듯 뛰었다.

"쟤네들이 잡아줬어."

아이가 개구리가 든 컵과 몇 마리의 조그만 풀벌레가 든 병을 내밀었다. 아이의 뒤에는 아이 또래이거나 조금 위일 성싶은 서너 명의 사내애들이 서 있었다. 나는 고맙다 라고 정답게 말했으나 그 애들은 냉담한 시선으로 흘깃거리고는 패를 지어 봇도랑에 발목을 빠뜨리며 팽그르르 잔돌을 던지거나 막대기로 풀숲을 뒤지며 내 앞을 비켜갔다.

병은 짙은 갈색으로 어두워 벌레가 잘 보이지 않았으나 아이는 후후 입김을 불어넣고 조심스럽게 받쳐들었다.

반바지 아래 거의 허벅지까지 진흙이 묻고 무릎에는 길게 긁힌 상처가 나 있었다. 나는 아이에게 등을 돌려대었다.

아이는 앞서 가는 사내애들을 의식했음인지 잠깐 거부하는 시늉을 했으나 그애들이 물가로 내려가 모습을 감추자 잠자코 업혔다.

병 속에서 파드득거리는 풀벌레의 안타까운 날개짓, 개구리의 불안한 몸짓이 바로 귀 밑에서 들렸다. 나는 돗자리 위에 올라앉아 아이를 무릎에 안았다. 아이의 눈이 졸음으로 몽롱히 풀렸다.

성근 백양나무 이파리 사이의 햇빛이 아이의 얼굴 위에 내려앉자 아이는 손등으로 눈을 가리며 얼굴을 찡그렸다.

나는 아이의 손에서 병과 알루미늄 컵을 빼내었다. 아이는 빼앗기지 않으려는 듯 손아귀에 힘을 주었으나 곧 손가락에 힘이 풀렸다.

나는 아이를 펀펀한 자리에 눕히고 막대에 꽂은 우산을 땅에 힘껏 두드려 박았다. 해를 역광으로 받도록 우산을 기울이자 아이의 몸 위에 제법 긴 그늘이 드리워졌다.

남편이 튀어오르듯 벌떡 몸을 일으키며 낚싯대를 잡아챘다. 반짝이는 움직임이 허공을 가르며 싱싱하게 퍼드득거렸다.

"뭐예요?"

나는 짐짓 호들갑을 떨며 물가로 내려갔다.

"대단찮아, 피라미야."

남편은 시덥잖게 대꾸했으나 꼼꼼하게 입 안쪽에 박힌 바늘을 빼내고는 어망에 넣었다. 기차가 지나가고 있다.

"몇 시예요?"

나는 물었다. 남편은 대답하지 않았다. 미끼를 단 낚싯대를 받침대에 걸고 마치 조준하듯 방향을 잡았다. 긴장으로 이마의 힘줄이 두드러졌다. 필시 선글라스 속의 눈꺼풀도 경련하고 있을 것이다.

군대시절 명사수였다는 남편이 조준하는 사정권 안에 들어 있는 건 마악 굴 속으로 꼬리를 사리며 들어가는 기차였을까.

"역엘 나갔었어?"

담배에 불을 붙여 물며 남편이 지나가는 말처럼 예사롭게 물었다.

"아니요, 아, 아마 나갔었을지도 몰라요."

나는 변명하듯 덧붙였다.

"난 늘 산책을 좋아하는 거 알잖아요. 왜 그래요?"

"버스 타고 지나가다가 대합실에서 나오는 당신을 본 것 같아."

그것은 어제의 일일까, 그저께의 일일까, 아니면 한 달 전, 혹은 일 년 전의 어느 날일지도 몰랐다.

찌가 약하게 흔들린다고 생각한 순간 남편의 팔이 힘있게 머리 위로 들리고 반짝이는 것이 필사적인 몸부림으로 포물선을 그리며 발 밑에 떨어졌다. 손바닥만한 붕어였다.

수초 위에 사뿐히 앉았던 잠자리 한 마리가 서슬에 가벼이 날아올랐다. 물방울이 튀어 유지(油紙) 같은 날개에 잠깐 무지개가 서리는 듯했다.

낚시 바늘은 목의 안쪽부터 머리를 뚫고 깊이 박혀 있었다.

남편은 살을 찢지 않으려는 노력으로 찬찬히 오랜 시간을 들여 은빛 날카로운 갈고리를 뽑아내었다.

붕어가 한 마리 흰 배를 뒤집고 흘러가고 있었다. 어쩌면 종이 배 같기도 했다.

물의 압력을 견디지 못해, 아니면 센 물살에 휘말려 죽은 걸까.

어망 속 피라미의 몸놀림이 둔해졌다.

입에 거품 방울을 물고 있었다. 남편은 언제부터 낚시를 시작했던가. 내가 그를 기다리기 시작하면서부터? 나는 고개를 저었다. 나는 그러한 감정의 과장, 극적인 형태, 도식으로 설명될 수 있는 모든 것을 혐오했다.

기차가 지나간다. 해는 더욱 높아졌다.

포플러 숲은 물 속에 드리웠던 자기의 그림자를 거두었다.

때때로 나는 이제는 더 이상 젊지 않은 여자로 낯선 저녁 거리에서 울고 있는 아이의, 아니면 눈물자국으로 얼룩진 얼굴의 사내아이의 손을 잡고 우두커니 서 있는 내 모습을 보곤 했다.

땅바닥에서 축축히 습기가 올라왔다. 해가리개를 세웠음에도 아이는 땀을 흘리며 자고 있었다.

나는 아이의 등 밑으로 손을 들이밀었다. 땅에서 올라온 습기 때문인지, 땀을 흘리고 있는지 축축했다.

햇빛이 머리칼께에 위태롭게 머물고 성긴 머리칼 사이로 머리속살이 희게 드러났다.

"배 안 고파?"

남편이 물었다.

"아뇨."

나는 고개를 젓고는 해가리개를 옮겼다. 그늘은 벌써 아이의 이마께에서 콧등으로 밀려나고 있었다. 나는 중천의 해 위치를 가늠하고 우산을 똑바로 세웠다. 밝은 산에 가끔 짙은 빛의 얼룩으로 그림자가 드리우는 건 구름이 흐르기 때문일 것이다.

썩어가는 파 냄새가 유황내를 풍기며 피어올랐다.

겨드랑이와 정강이로 땀이 흘렀다. 남편의 남색 티셔츠 겨드랑이 부분이 평 젖어 있을 것이다.

아이가 괴롭게 몸을 뒤채며 눈을 떴다. 그리고 잠깐 낯설고 서러운 눈길로 나를 바라보았다.

잠에서 깨어 현실로 돌아오기까지의 어지러운 선회(旋回)에서 빠져나오려는 노력으로 눈을 깜박이고 허공을 휘저었다.

아이는 컵과 병 속을 들여다보았다. 햇빛 아래 방치된 컵 속에서 수분이 말라 건조한 표피로 개구리는 헐떡거리고 쨍 갈라질 듯 뜨겁게 달아오른 병 속에서 풀벌레들은 더 이상 퍼득이지 않았다.

"이젠 제 집으로 보내주자."

나는 아이의 대답을 기다리지 않고 개구리를 꺼내어 덤불 속으로 던졌다. 아이의 얼굴이 분노와 적의로 일그러졌다.

아이가 울음을 터뜨리자 남편이 아이를 불렀다. 나무 이파리로 피리를 만들어 삘릭삘릭 불고 어망을 열어 비스듬히 누운 피라미와 힘겹게 입질을 하는 붕어를 보여주었으나 아이는 종내 시무룩한 얼굴이었다.

기차가 허덕이며 지나갔다.

"몇 시예요?"

"벌써 두시가 넘었군."

아, 나는 뜻모를 탄성을 낮게 내뱉으며 맞쥔 손을 비틀었다.

"너무 더워요. 이젠 돌아가요. 애가 몹시 힘들어하는 것 같아요."

남편의 눈은 이미 찌의 움직임에 머물러 있지 않았다. 나는 남편이 내 말을 거의 듣고 있지 않음을 알 수 있었다. 남편의 눈은 두꺼운 선글라스 속에 숨어 안타까움으로 끊임없이 비틀리는 내 손의 안간힘을 보고 있었다.

그는 땀과 먼지에 젖어 단조롭고 특징 없는 거리를 헛되이 헤매고 있을 것이다. 줄곧 물처럼 흐르는 땀에도 불구하고 살갗 밑에 한기가 드는 것 같았다.

비행기가 괴조(怪鳥)처럼 낮게 떠서 머리 위로 날았다.

아이는 만세를 부르지 않았다.

배들은 드문드문 엇갈려 강을 가르며 지나고 강 가운데 포플러 숲에서 흰새 떼가 날아올랐다.

"이젠 돌아갑시다."

남편은 낚싯대를 접었다. 나는 말없이 돗자리를 걷고 우산을 접었다.

우리는 올 때처럼 빈 밭을 가로질렀다. 새벽에 남긴 남편과 내 발자국이 꾸들꾸들 말라가는 흙 속에 작은 균열을 보이며 찍혀 있었다. 흰 마스크를 쓰고 논에 약을 치던 늙은 농부가 밭을 건너오는 우리를 물끄러미 바라보았다.

분무기에서 뿜어져나오는 흰 입자들이 녹빛의 기름진 이파리에 묽은 액체로 흘러내렸다.

그는 이제 더 이상 낯선 거리에서 머뭇대지 않고 돌아갈 채비를 할 것이다. 저물녘이면 그가 떠나온 곳으로 돌아가 불 밝힌 식탁에 앉으리라.

선착장에는 사람들이 둥글게 몰려 있었다. 거적에 덮인 시체는 방죽의 화강암 포석 위에 비스듬히 누워 있었다.

거적 밖으로 미처 덮이지 못한 흙 묻은 머리칼과 발이 비죽 드러났다. 강물은 둔하고 단조로운 소리로 연안을 핥았다.

아이는 호기심과 두려움으로 사람들 틈에 고개를 내밀고 물러설 듯 다가설 듯 멈칫거리며 시체에서 눈을 떼지 않았다.

남편은 아이의 어깨에 손을 얹고 느끼지 못할 정도로 비켜섰다.

"남자군, 몇 살이나 되었을구."

"낚시꾼이래, 시내 사람인 모양이지."

익사체의 한 발은 거의 물에 잠겨 농구화의 뻘흙을 물살이 상기도 씻어내고 있었다. 한쪽은 맨발이었다. 조금 부은 듯 푸른 기가 도는 흰 발은 거의 무성(無性)의 것으로 보였다.

익사체는 햇빛 아래 불가사의한 모습으로 조용히 누워 있었다.

나는 늘 기다렸다. 깊은 밤 어두운 하늘을 보며 살별이 떨어져 내리기를, 가슴을 시리게 꿰뚫고 지나가기를, 살별의 꼬리, 빛의 한 조각이 가슴으로 흘러들기를, 이승에서는 결코 이룰 수 없는 그리움처럼 그를 기다려왔다.

"배를 기다리는 거예요. 배에 실어 지서로 옮겨야 하니까요."

"염천에 시체 치우기 욕보네."

"이 노릇도 못해 먹을 노릇이에요."

앳되어 보이는 순경이 비위가 뒤집힌다는 듯 역한 얼굴을 돌리며 침을 뱉었다.

"사람 죽은 게 시체지 별건가."

멀찌감치 물러서 강의 상류 쪽을 보던 늙수그레한 순경이 달관한 어조로 말했다.

배가 닿고, 배에서 내린 사람들이 익사체 주위로 또 한 겹 둥글게 진을 쳤다. 앳된 순경이 배에 올라가 바닥에 미리 시멘트 부대 종이를 두둑이 깔았다. 순경 세 사람에 의해 익사체는 물 먹은 판자쪽처럼 무겁게 휘며 거적째 들어올려졌다.

익사체가 배로 옮겨진 다음에도 사람들은 누웠던 자리에서 무언가 찾아내려는 듯 집요한 눈길을 거두지 않았다.

포석에 젖은 물기로 그의 형체가 남아 있었다. 그러나 이내 뜨겁게 달아오른 화강석 바닥에 물기는 스미며 더러는 수증기로 피어오르며 그의 형태는 변형되고 무너지고 사라졌다.

그는 외계인처럼 사라졌다. 배는 벌써 포플러 숲을 돌고 있었다.

발동선 소리에 놀란 새떼가 포플러 이파리를 흔들며 하얗게 날아올랐다.

　신대리 선객과 짐을 실어갈 배는 좀체 오지 않았다. 사람들은 자기와는 무관한 익사체 때문에 공연히 한 차례 배를 기다리는 것을 투덜대었다.

　무료해진 아이는 바구니 속을 들여다보았다. 수초와 죽어가는 물고기의 몸에서 풍기는 비린내, 몇 마리의 붕어와 피라미는 죽어 있었다. 물마른 곳에서 퍼덕이다가 함부로 떨어뜨린 비늘이 수초에 묻어 무의미하게 반짝거렸다.

　아이와 나란히 머리를 맞대고 바구니 속을 들여다보던 남편이 그중 작고 비늘이 많이 떨어진 피라미 두 마리를 엄지와 검지로 집어올려 강물에 던졌다. 그것은 하나의 점으로 느릿느릿 흘러가다 이윽고 시계(視界)에서 사라졌다.

　아이는 선착장 방죽에 올라앉아 발장난을 치고 있었다. 볼품없이 가느다란 다리는 진흙으로 얼룩져 더럽고 무릎의 상처에는 굳은 피로 꺼멓게 딱지가 앉아가는 중이었다.

　남편은 선글라스를 벗고 눈가를 닦았다. 남편의 시선이 줄곧 아이에게 향하고 있었다.

　나는 그러한 남편과 아이의 시선의 끈끈한 얽힘을 냉정하게 바라보았다. 나는 마치 짐승이 새끼를 품듯 감상이나 의지와는 무관한 본능적인 애정으로 목이 메이면서도 가끔 아이에 대해 이상할 만큼 차가워지는 자신에 당황하곤 했다.

　아이가 차츰 우리를 배반해갈 동안 우리는 아이로 인해 다투고 절망하고 화해하게 되리라.

　나는 아이에게 다가갔다. 아이의 손목에는 상기도 시든 클로버의 꽃시계가 감겨져 있었다.

　"몇 시예요?"

　나는 아이의 섬세한 목에 팔을 두르고 절망적으로 물었다.

아이가 가벼운 손짓으로 나를 밀어내며 손목을 눈 가까이 들어 올렸다.

"다섯시 십분."

저녁의 게임

꼭 내장까지 들여다보이는 것 같잖아. 밥물이 끓어넘친 자국을 처음에는 젖은 행주로, 다음에는 마른 행주로 꼼꼼히 문지르며 나는 새삼 마루와 부엌을 훤히 튼, 소위 입식(立式)구조라는 것을 원망하는 시늉으로 등을 보이는 불안을 무마하려 애썼다. 그래도 가스레인지 주변의, 흘리듯 점점이 뿌려진 몇 점의 얼룩은 여전히 희미한 자국으로 남았다. 아마 지난 겨울 아버지가 약을 끓이다가 부주의로 흘린 자국일 것이다. 승검초의 뿌리와 비단개구리, 검은콩과 두꺼비 기름을 넣고 불 위에 얹어 갈색의 거품으로 끓어오를 즈음 꿀을 넣어 천천히 휘저어 검은 묵처럼 된 그것을 겨우내 장복하며 아버지는, 피가 맑아지고 변비가 없어진단다, 라고 말했었다. 실내의 바람으로 군용항고에 콜타르처럼 꺼멓게 엉기는 액체를 긴 나무젓가락으로 휘젓고 있는 아버지는 영락없이 중세의 연금술사였다.

약을 달이는 동안 내내 누릿하고 매움한 냄새는 집안 곳곳에 스며들고 비단개구리의 살과 뼈는 독한 연기로 피어올라 마침내 낙진처럼 무겁고 끈끈하게 내려앉았다. 나는 빈혈증과 구역질로 헐떡이며 건성의 피부에 더럽게 피어나는 버짐과 잔주름으로 거울 앞에 매달렸다. 얼룩은 변질된 스테인리스로 기억보다 독하고 오래 남아 있을 것이다.

　모든 것은 어제와 다름없이 잘 되었다. 부엌 선반의 시계는 다섯시 반을 가리키고 밥은 한참 뜸이 들어가는 중이고 노릇노릇 구워진 생선에서는 비늘 타는 연기가 희미하게 피어올랐다.

　서향의 창으로 비껴든 햇빛은 젖은 도마의 잘게 파인 홈마다 끼인 찌끼를 뒤져내고 칼빛을 죽이며 개수대의 물에 굴절되어 물 속의 뿌연 앙금을 떠올렸다.

　굳이 발돋움을 하지 않아도 눈가에 걸리는 낮고 길다란 창을 통해, 사역(使役)을 마치고 빈터를 가로질러 돌아가는 소년원생들의 행렬이 보이는 것은 여느 날과 다름없었다.

　칠, 팔십 명 정도는 좋이 될 그들은 한결같이 바랜 듯한 회색 작업복에 같은 색 모자를 쓰고 있었는데 수의(囚衣)라는 이쪽의 선입견이 작용한 탓일까, 아니면 빈터에 흐름직한 바람을 짐작한 탓일까, 나는 늘상 헐겁게 걸친 작업복 아래 소름이 돋은 깔깔한 맨살을 만지는 듯한 쓸쓸함을 느끼곤 했다. 귀가 맞지 않게 잘라진 낡은 천조각처럼 펄럭이며 느리게 움직이는 그 행렬은 시멘트로 다져 빚은 거대한 수레바퀴가 느리고 둔중하게 굴러가는 모습이나 어쩌면 길고 긴 라단조의 휘파람소리 같기도 했다.

　행렬의 앞과 뒤에는 각각 한 걸음 정도 떨어져 감시원인 듯한, 잠바 차림의 사내가 호위하고 있었다.

　그들을 가까이에서 본 적이 없다면 나는 부근 어딘가에 아마 군인들의 막사가 있는 모양이라고 무심히 보아넘길 뿐 축(軸)도 없이 느릿느릿 굴러가는 시멘트 바퀴나 인과(因果)의 보이지 않는 손에 의해 한없이 돌아가는 지옥의 연자맷돌 따위 어린아이와 같은 공상으로 발돋움질을 하는 일은 없었을 것이다.

　언젠가 나는 개를 끌고 저녁 산책에 나갔다가 그들을 처음 만났다. 문득 멀지 않은 야산을 끼고 돌아앉은 소년원을 떠올리며, 아, 뜻모를 탄성으로 고개를 주억거리다가 본능적인 수치심으로 개줄을 팽팽히 끌어당기며 외면을 했다. 행렬의 가운데에서 깜짝 놀랄 만큼 앳된 얼굴이 나를 바라보고 있었다. 나이를 짐작할 수 없는 소년의 눈빛은 선연하도록 맑았다. 단지 제복에서 문득 느껴지는 청신함 때문이었을까, 둥근 볼에 떠오른 차가운 핏기에서 문득 자각되어진 자신의 노추(老醜)에 대한 의식 때문이었을까.

소년은 곧 한떼의 무리로 뒤섞여 내 곁을 지나쳤다. 나는 그애의 얼굴을 전혀 떠올릴 수가 없었다. 만약 그들 전체를 한 줄로 세워놓고 살핀대도 나는 그애를 찾아낼 수 없을 것이다. 그런데도 선연하도록 맑은 눈빛은 하나의 느낌으로 남아 매일 그 시간이면 부엌 창문을 통해 그애가 있음직한 위치를 어림해 보는 헛된 노력을 하는 것이었다.

그들이 들판을 거의 다 지날 무렵 중간쯤에서 조그만 동요가 생겼다. 한 소년이 벗겨진 신발이라도 고쳐 신는 시늉으로 엎드린 것이다. 소년의 뒤로 갑자기 행렬이 주춤하고 곧 뒤에서 따라가던 잠바 차림의 사내가 다가갔다. 나는 무언가 반짝이는 것을 그 소년이 집어올려 소매 속에 재빨리 집어넣었다고 생각했다. 아니면 신발 속에 감추었을지도. 소년은 사내가 다가가자 허리를 펴고 손바닥을 털었다. 그들은 더 무어라고 이야기를 하고 있었으나 이곳에서는 마치 수화(手話)를 하고 있는 듯 보였다.

사내는 다시금 제자리로 돌아가고 그들은 잠시 벌어졌던 거리를 메우느라 조금 빠르게 움직였다. 역시 아무것도 아니었을 것이다. 기실 햇빛을 거둔 들판에 반짝거릴 무엇이 있을 것인가.

들판이 끝나는 산등성이, 드문드문 이미 공사가 반쯤 되었다가 추위가 오기 전 마지막 손질을 서두르는 집들이 서 있던 택지를 끼고 그들은 시계(視界)에서 사라졌다. 길고 긴 휘파람소리도, 둔중한 수레바퀴도 사라졌다.

나는 개수대의 마개를 뽑았다. 그리고 부글부글 거품을 만들며 소용돌이쳐 순식간에 빠져나가는 물을 만족스럽게 바라보았다. 그렇다, 막힌 구멍은 낮에 수선공이 와서 뚫었다. 개수대 구멍에서는 물이 빠지지 않아 늘 썩은 냄새가 났었다. 깔대기 모양의 압축기로 몇 번 펌프질을 하자 끌어올려진 것은 섬유질만 남은 야채줄기와 뒤엉킨 머리칼 뭉치였다. 어느새 등뒤에 온 아버지는 거봐라 하는 표정으로 그것을 오랫동안 바라보았다.

여섯시가 되어가고 있다. 부엌의 한쪽 벽에 붙여놓은 식탁에 습관적으로 세 벌의 수저를 놓다가 깜짝 놀라 한 벌을 다시 수저통에 넣었다. 수선을 떨 건 없어, 오빠는 오늘도 들어오지 않으리라는 사실을 확실히 알면서도 손은 관성의 법칙을 이행한 것뿐이니까.

"애야, 까치가 어느 쪽을 보고 우니?"

아버지의 물음에 나는 소년원생들이 사라진 빈터의 키높은 포플러를 올려다보았다. 누릿누릿 물들기 시작한 이파리 사이, 나무의 우듬지 끝에서 까치가 울고 있었다.

"렌즈를 빼버렸어요."

나는 그릇소리를 내며 대답했다. 콘택트렌즈가 없으면 장님이나 다를 바 없다는 것을 알면서도 아버지는 고집스럽게 되풀이했다.

"까치가 우는 쪽으로 침을 뱉어라. 저녁 까치는 재수가 없단다."

"잘 안 보인다니까요."

"렌즈는 어쨌니, 또 잃어버렸구나. 그러길래 안 쓸 때는 꼭 물에 담가두랬잖니?"

렌즈를 빼버렸다는 것은 거짓말이다. 동공에 정확히 부착된 렌즈를 통해 나는 우듬지 끝에 앉아 이편을 보고 우는 까치의 저녁빛에 기름이 묻은 듯 검게 빛나는 깃털이며 강철처럼 단단해 뵈는

144

날개 터는 모습까지 확연히 보고 있는 것이다.

나는 햇빛이 물러가 어둑신한 마루의 의자에 등을 파묻고 앉아 있는 아버지를 잠깐 눈살을 찌푸려 바라보다가 선반에 올려놓은 녹음기의 작동 스위치를 눌렀다. 정작 아버지에 대한 짜증은 없었다. 낮에 들었던 코다이의 관현악 서주부가 귀에서 뱅뱅 돌았다. 스르륵스르륵 테이프 돌아가는 소리가 느리고 약하게 들려왔다. 녹음이 안 된 걸까 의아해하는데 느닷없이 연주가 시작되었다.

아마 희망음악 시간이었나 보았다. 라디오에서 귀에 익은 곡이 나오자 나는 갑자기 그것을 녹음해볼 생각이 났다. 녹음기는 구형(舊形) 소니였는데 오빠의 것이었다. 오랫동안 사용하지 않고 처박아둔 그것을 찾아내어 먼지를 털고 역시 서랍을 뒤져 빈 테이프를 찾아 걸었을 때는 이미 서주부가 끝났을 때였다. 오래된 음반인지 원음보다 잡음이 더 많았다. 중간에 끄지 않은 건 순전히 귀찮기 때문이었다. 한 시간용 테이프는 반도 감기지 않아 끝이 났다.

십분쯤 듣다가 스위치를 눌러 끄고 나는 조금 딱딱한 음성을 만들어 말했다.

"저녁준비 됐어요."

귀를 후비던 새끼손가락의 손톱을 엄지손가락과 맞부딪쳐 탁탁 털고난 뒤 의자에서 힘겹게 몸을 일으키는 아버지의 모습은 기척만으로도 알 수 있었다.

화장실에서 쏴아 물 트는 소리, 물이 내려가는 소리를 한 겹 벽 너머로 들으며 나는 말끔히 닦인 식탁을 다시 행주로 문질렀다.

"수건 있니?"

아버지가 물이 뚝뚝 떨어지는 손을 휙휙 뿌리며 부엌으로 들어왔다.

"목욕탕에 있는 걸 쓰시지 그래요."

"더럽고 축축하더라."

그건 거짓말이다. 낮에 개수대를 뚫은 수선공이 쓴 수건을 새 수건으로 바꿔 걸었던 것이다. 까치는 여전히 포플러 꼭대기에서 울어대고 있었다. 아버지는 종내 그 소리가 마음에 걸리는지 창으로 눈길을 주며

"아무래도 부엌이 잘못 앉았어. 저녁해가 드는 게 좋지 않아." 라고 혼잣말처럼 중얼거렸다.

아버지는 이태 전 위장을 반 넘게 잘라낸 뒤 아주 식사시간이 길어졌다. 나는 되도록 느릿느릿 먹기에 신경을 써도 언제나 아버지가 식사를 반도 하기 전에 숟가락을 놓게 되곤 했다.

햇빛은 점점 물러가 어느새 문께에 한줄기 엷은 금으로 남았다. 그것마저 곧 스미듯 사라져버리고 말 것이다.

음식을 씹을 때마다 완강히 드러나는 턱뼈와 무력하게 늘어진 목덜미의 주름이 눅눅하게 그늘 속에 잠기는 것을 나는 왠지 안타까운 마음으로 바라보았다.

가을해는 짧아 저무는가 싶으면 이내 어둠이 온다.

"불을 켤까요?"

나는 가시를 바른 생선을 아버지 앞에 밀어놓으며 물었다.

"국이 식었어."

나는 가스를 틀어 국냄비를 얹었다. 어둑신함 속에서 일정한 불꽃으로 새파랗게 타오르는 가스불은 늘 마법의 불을 연상시킨다. 쉿쉿쉿 … 열기는 없고 다만 금속의 반사처럼 차가운 불꽃.

아버지의 얼굴은 어둠 때문에 좀 침통해 보였고 끝이 조금 처진 콧날은 더욱 길게 늘어져 보였다. 내 얼굴도 역시 그렇게 보일 것이라는 것이 나를 까닭없이 초조하게 만들었다.

데워진 국냄비를 식탁에 놓고 나는 우정 그러하듯 조용히 일어나 녹음기의 스위치를 눌렀다. 첼로와 바이올린의 다투듯 소란스런 선율에 아버지는 잠깐 고개를 들었다 놓았다. 안단테의 3악장

146

이 시작되었다. 아버지는 새김질을 하듯 천천히 씹고 조금씩 국을 떠마셨다.

음악이 끝나고 빈 테이프가 돌아갔다. 한 시간용의 테이프는 곧 끊기고 멈춤 스위치가 올라갈 것이다.

"물을 다오."

식사를 마친 아버지가 트림을 하며 컵을 내밀었다.

컵에 물을 따르다가 나는 흠칫 손을 멈추었고 아버지는 반사적으로 몸을 돌려 마루를 바라보았다.

인기척도 없이, 탁하게 갈앉은, 밤새의 끽연으로 쉬고 갈라진, 그러나 명료하게 그 소리는 들려왔다….

…이렇다할 취미나 재미와는 담을 쌓고 살아온 그의 유일한 도락은 권총에 있었다. 만물이 잠들기를 기다려 벌거벗고 5연발의 총알이 장전된 총을 귀밑에 들이대는 것은 단순히 절대적 긴박감과 자유를 사랑했기 때문이다. 아니 자유가 아니라 유희일 것이다. 방아쇠에 손가락을 걸고 혹 누군가 엿보는 눈을 발견한다면, 혹 뜻하지 않게 등허리 부근을 모기에게 물린다면 자신의 의사와는 관계없이 거의 반사적인 행동으로 방아쇠를 당겨버릴지도 모른다는 데 생각이 이르면 머리의 혈관은 수만 볼트의 전류로 충전되고….

방문객은 갑자기 사라졌다. 아버지와 나는 동시에 3인용 식탁의 비어 있는 자리를 바라보았다. 빈 테이프는 다시금 스륵스륵 돌아갔다. 나는 컵에 물을 마저 따랐다.

그것이 오빠의 목소리라는 것을 깨닫는 데는 조금 시간이 걸렸다.

재생되어지는 소리는 다 그런 걸까. 오빠의 목소리는 마치 망자(亡者)의 혼백처럼 먼곳에서부터, 그러나 이상한 절박감으로 우리에게 찾아왔다.

오빠는 종종 자신이 쓴 글을 녹음해서 들어보는 버릇이 있었다.

그러나 뒤처리는 항상 깨끗했기에 미처 지우지 못하고 남긴 부분이 있으리라는 생각은 할 수 없었다.

"불을 켤까요?"

스륵스륵 돌아가던 테이프가 다 감기고 털거덕 멈춤 스위치가 튀겨오르자 나는 갑작스런 어둠에 눈을 껌벅이며 한결 조심스러운 어투로 아버지에게 물었다.

남포 모양의 갓을 씌운 전기 불빛으로 식탁은 느닷없이 튀어오르고 냉장고, 벽선반, 갈포를 바른 벽은 마치 암전된 무대의 소도구들처럼 갓그늘 뒤로 사라졌다.

아버지는 물로 우우 입가심을 한 뒤 방에 들어가 화투를 들고 나왔다. 그리고는 내가 식탁을 치우는 동안을 참지 못해 탁탁 신경질적으로 화투를 치기 시작했다.

둥근 불빛 아래 부엌부엌한 털스웨터를 입은 두꺼운 어깨가 벽에 거대한 그림자를 만들었다.

"다 저물었는데 뭘 하러 재수패는 떼어요?"

와락와락 그릇을 씻으며 나는 물었다.

"저물었대도 끝난 건 아니잖느냐."

끝나지 않다니요! 무엇이요! 속으로 반문하면서도 예사로운 말투에서 예사롭지 않은 암시를 캐내려는 이쪽의 과민성이 우스워졌다.

씻은 그릇들을 찬장에 넣고 앞치마를 벗으며 돌아서자 아버지는 늘어놓았던 화투패를 모두었다.

"뭐가 떨어졌어요?"

"손님이야."

아버지는 심드렁하게 내뱉었다.

"과일을 깎을까요?"

"커피를 마시겠어."

아버지의 치켜뜬 눈에서 조바심이 번뜩였다. 어서 내가 앉기를 바라는 것이다. 나는 찻물을 불에 얹고 마주앉았다.

"너부텀 하랴?"

"어딜요, 선(先)을 봐야죠."

나는 아버지가 쌓아놓은 화투를 듬뿍 떼었다. 매화 다섯끗이 나왔다. 아버지가 흑싸리 껍질을 들어보이며 내게 화투를 밀어놓았다. 이미 두껍게 부풀어오른 마흔여덟 장의 화투는 한 손 가득 잡혔다. 낡을 대로 낡아 처음의 그 차르륵 쏟아지는 신선한 감촉은 없이 눅눅하고 끈끈하게 손바닥에 달라붙었다.

"고루 쳐야 한다. 재수를 봤으니 한 덩어리로 뭉쳐 있을 게야 …. 그만 쳐, 또 너무 치면 도로 제자리로 가버린다니깐."

내 손에서 떼지 않고 있던 아버지는 뒤집혀진 맨 위의 화투장을 가볍게 튀기는 시늉만으로 떼었다.

나는 우선 한 장씩 차례로 나누는 것으로 쓸데없는 껍데기가 겹쳐 들어올 것을 겁내는 아버지의 조바심을 풀었다.

"물이 끓는다."

아버지는 자신의 몫인 열 장이 다 모일 때까지 뒤집혀진 채로의 화투에 손을 대지 않았다.

주전자 주둥이로 쉬쉬 물이 넘쳤다.

나는 화투장을 놓고 준비해둔 두 개의 찻잔에 물을 부었다. 스푼으로 젓는 동안 아버지는 뒤집혀진 내 패를 훔쳐보고 있을 것이다.

"내겐 사카린을 넣어라."

"알고 있어요."

아버지는 그러한 주의가 없어도 내가 설탕을 넣지 않으리라는 것을 물론 알고 있다. 단지 내 것을 훔쳐보는 손의 움직임을 은폐하려는 시늉일 뿐이었다.

아버지는 정기적으로 인슐린을 주사해야 하는 중증의 환자이다. 겨우내 고유의 처방으로 비약(祕藥)을 장복해도 아침마다 변기에는 누렇게 거품이, 당질(糖質)의 소변이 괴어 있었고 아버지는 그곳에 우울한 얼굴로 검사용 테이프의 끝을 담그곤 했다.

찻잔을 들고 식탁에 돌아와 내 몫의 화투를 거둬 쥐는 것을 보고야 아버지는 자신의 것을 모두어 쥐고 낡은 부채를 펴듯 조심스럽게 한 장씩 펴나갔다. 아버지의 입가로 만족한 웃음이 지나갔다. 식탁에는 여덟 장의 화투가 현란하게 깔려 있다.

"낙양은 꽃밭이로고. 밭이 암만 걸어도 뿌린 씨가 없으니 어쩐다?"

아버지가 곁눈질로 내 패를 흘깃거렸다. 나도 화투장을 움켜쥔 채 단단히 진을 친 아버지의 것을 넘겨다보았다. 굳이 넘겨다볼 것까지도 없었다. 뒷면만을 보아도 무슨 패인지 환하게 알 수 있는 것이다. 아버지도 역시 마찬가지일 것이다. 가로로 비스듬히 금이 가 있는 것은 난초 다섯끗, 왼쪽 귀퉁이가 둥글게 닳은 것은 목단 껍질, 오른쪽 모서리가 갈라진 것은 멧돼지가 그려진 붉은 싸리 열끗이다. 뒤집어 들고 있는 것보다 그림이 그려진 앞면을 서로 상대방에게 보이는 것이 속임수가 가능할 만큼 아버지와 나는 화투장의 뒷면에 익숙해져 있는 것이다.

"단, 약, 칠띠, 사광 모두 보기다."

"물론이죠."

청띠를 두른 목단 다섯끗도 단풍 열끗도 쥐고 있는 아버지의 눈이 머물고 있는 것은 깔려 있는 팔공산 스무끗이다. 그리고 얌전히 엎어져 들춰줄 것을 기다리는 것은 역시 공산껍질이다. 댓바람에 스무끗을 내놓고 껍질을 뒤집어 맞춰 쓸어가기가 민망해서 음흉을 부리고 있는 것이다. 아버지는 늘 그랬다. 한참 궁리 끝에 정말 이렇게 팔 수밖에 없다는 듯 억울한 얼굴로 공산 스무끗을 내놓고 뒷장을 맞춰 쓸어갔다.

"벌써, 스무끗이네. 아버진 배짱이 좋으셔, 사광을 하실래요?"

나는 염치를 배짱으로 바꿔 말했다. 아버지가 어린아이처럼 입을 벌리고 천진하게 웃었다.

나는 풀썩 던지듯 붉은 싸리 다섯끗을 먹었다.

"칠띠를 하겠구나."

"이제 하난 걸요. 어디 맘대로 되나요. 든 게 없는 걸요."

하지만 단풍을 깨뜨리고 아버지가 들고 있는 목단 청띠를 내놓게 해야지, 그런대로 삼약을 깨든가 아니면 해야 한다는 계산으로 머리 속은 바빴다.

"천끗내기를 하랴?"

"좋지요."

가을이 깊어지고 밤이 깊어지면 천끗내기 정도로야 어림도 없을 것이다.

머리 위에서 자박자박 발소리가 들려왔다. 이어 칭얼대는 아이의 울음소리와 그것을 달래는 여자의 웅얼거리듯 낮은 자장가 소리가 들려왔다.

창은 먹지를 댄 듯 새카맣고 불빛 아래 아버지와 나는 어둠 속으로 한없이 가라앉고 있다는 느낌이 들었다. 우리는 마치 먼 옛날부터 이렇게 식탁을 마주하고 앉아 화투놀이를 해왔던 것 같다. 그 이전의 기억은 마치 유년 시절의 꿈처럼 현실과 공상이 뒤섞여 멀고 아리송했다. 패가 막히거나 제대로 풀리지 않으면 일단 변소를 다녀오는 노름꾼의 풍속대로 오빠는 자기의 패를 점쳐보기 위해 슬그머니 자리를 뜬 것이다.

"밤에 우는 건 나빠, 애들이 극성을 떨면 꼭 집안은 좋지 않은 일이 생기거든."

"저도 몹시 울었다면서요?"

수국 껍질을 모아들이며 나는 아버지의 말을 받았다.

잘자라, 내 아기 밤새 편히 쉬고 아침이 창 앞에 다가올 때까지.

"네 에민 목청이 좋았었지."

그건 사실이었다. 유치원 보모였다는 어머니는 퍽 많은 노래를 알고 있었고 목소리가 고왔던 만큼 노래 부르기를 즐겨했다.

자장자장 우리 아가, 금자둥이 은자둥이 구슬 같은 눈을 감고 별빛 같은 눈을 감고 꿈나라로 가거라.

"네 차례다."

아버지도 역시 노랫소리에 귀를 기울이고 있었던 듯 문득 짜증스럽게 말했다. 지붕 위에서 여자는 결코 서두르는 법 없이 메트로놈의 움직임처럼 정확하게 베란다의 한쪽 난간에서 다른 한쪽 난간 사이를 오가고 있었다.

넉 달 전인가 새로 이층에 세를 들어온 그 여자를 본 것은 손으로 꼽을 수 있을 정도였다. 이층으로 올라가는 계단은 바깥쪽으로 나 있고 또 세를 든 사람은 샛문을 이용하게 되어 있기 때문에 부딪칠 일이 거의 없었던 것이다. 그러나 잠투정이 심한 아이는 초저녁부터 울어대기 시작하고 우리가 화투를 하고 있는 동안 밤이 깊을 때까지 그 여자는 낮고 단조로운 노래로 우는 아이를 달래며 머리 위에서 발소리를 내는 것이었다.

손 안에 남은 석 장의 화투를 차례로 더듬다가 아버지가 들고 있는 홋끗짜리 오동을 흘겨보며 오동 열끗을 팽개치듯 내놓았다. 기다렸다는 듯 얼른 그것을 가져가며 아버지는 희희낙락 엉구렁을 떨었다.

"첫끗발이 개끗발이라더니 ….."

"첫술에 배부를까요."

"불빛이 흐리구나. 트랜스를 써야 할까부다."

"시력이 나빠지신 탓일 거예요."

아버지와 나는 낡고 너덜너덜해진 각본으로 끊임없이 연극을 하고 있었다. 각기 열 장씩의 화투로 진을 치며 날씨를 걱정하고 건강을 염려하며 모든 사람의 안녕에 마음을 쓰고 신문의 사회면이나 텔레비전 뉴스의 불확실하고 조잡한 정보망을 통해 세상을 개탄했다.

"여태 뭘 하고 있었담. 밑천은커녕 약값도 못 대겠어."

나는 팔을 뻗어 아버지가 해간 약과 단, 그리고 끗수를 헤아렸다. 아버지가 질겁을 하며 손을 치웠다.

"끝나기도 전에 남의 밥을 보는 법이 어디 있니. 나도 한 게 아무것도 없다."

"파장인데 어때요. 난 손 털었어요."

마지막 패를 내밀자 아버지는 사꾸라 열끗을 호기롭게 던지며 판을 쓸었다.

"손에 든 게 없으면 선도 말짱 헛거라니까요. 뒷장도 이렇게 안 맞을까."

나는 종이에 끗수를 적어놓고 화투장을 모아 아버지 앞에 밀어놓았다. 그리고 아버지가 화투를 섞는 동안 마루에 놓인 텔레비전을 틀었다. 화면은 연기가 낀 듯 흐릿하고 분주히 움직이는 사람들의 모습이 그림자처럼 잠깐 머뭇거리다가 화면에서 사라졌다.

"전압이 낮아서 제대로 나오지 않는 거야. 대체 또 무슨 일이 일어났다는 거냐."

"영아원에 불이 났대요, 어린애들이 죽었다는군요."

"죽일 놈들, 오래 사는 게 욕이야."

아버지의 목소리에 생기가 돌았다.

"그게 어디 우리 탓인가요?"

나는 아버지의 목소리를 억누르듯 이 사이로 낮게 말했다. 정말 그게 우리 탓인가. 아가 우리 아가, 금자동아, 은자동아, 어머니는 꽃핀을 꽂고 노래를 불렀다. 네 엄마에게 다산(多産)은 무리였어. 아주 조그만 여자였거든.

"보세요, 화투가 끼었잖아요?"

비닐막이 반 넘게 갈라진 틈에 낀 또 하나의 화투장을 가리키며 나는 조금 날카롭게 말했다.

"너무 오래 썼거든. 새걸로 바꿔야겠어."

아버지가 화투를 빼내며 히죽 웃었다. 동자혼(童子魂)이 쓰인 거라더군. 말도 안 되는 소리예요. 그 엉터리 기도원에 두는 게 아니었어요. 전도사도 박수도 아닌 사내는 어머니를 복숭아 가지로 후려쳤다. 살려줘, 아가 날 살려줘, 집에 돌아와서도 어머니는 복숭아 가지의 공포에서 헤어나지 못했다.

네 아버지의 생활이 문란해서 그런 거야. 머리통이 물주머니처럼 무르고 크게 부풀어오른, 연골체의 갓난아이를 가리키며 어머니는 조숙한 중학생이었던 오빠에게 노래하듯 말했다. 란도셀의 끈이 끊어져 퉁퉁 골이 나서 집에 돌아왔을 때 어머니는 햇빛이 드는 창가에 거울을 놓고 앉아 머리를 빗고 있었다. 아기는? 내가 묻자 어머니는 고드름처럼 차가운 손가락을 목덜미에 얹으며 말했다. 인형을 사줄게. 병원에서 호송차가 왔을 때 어머니는 식탁 아래로 기어들었다. 아가, 난 싫어. 좀 알려줘. 그리고는 호송인들에게 반짝 어깨를 들려나가며 내가 안 보일 때까지 고개를 비틀어 돌아보며 소리쳤다. 왜 웃어, 왜 웃어. 심한 짓을 했다고 생각지 않으세요? 모르는 소리야, 달리 무슨 수가 있었니. 넌 아직 어렸고 또 무슨 일을 저지를지 몰랐어. 갓난애도 그렇게 없애지 않았니? 넌 마치 네 엄마가 그렇게 된 게 모두 내 탓이라는 투로구나. 잘 보살펴드릴 수도 있었어요. 외려 네 엄마에겐 그곳이 편한 곳이야. 친구들도 있고 가족이란 생각하듯 그렇게 대단한 건 아니야. 너부터도 내심 네 엄마를 가까이서 보지 않아도 된다는 걸 다행스럽게

154

생각하고 있지 않니? 그전에 번번이 네 혼담이 깨지던 것도 에미 탓이라고 원망했을걸. 나는 이마를 찡그렸다. 아버지는 화투장 뒷면의 가로질린 금을 손톱으로 긁어지우려는 헛된 노력을 하고 있었다.

"어서 나누세요."

"그러자꾸나."

아버지가 한 장씩 화투를 나누었다.

그런 기미는 너를 낳을 때부터 보였지. 온전했던 건 네 오빠 때문이었어.

"뭐 좀 할 만하니?"

비 스무끗을 젖혀 맞히며 아버지가 나를 건네다보았다.

"고름이 살 되겠어요?"

송학을 집어오며 나는 문득 귀를 기울였다. 들판 건너에서 휘파람 소리가 들리는 듯했다. 어쩌면 바람결에 묻어오는 마른 꽃냄새가 코 끝에서 감지되는 듯도 했다. 그럴 리가 없어. 나는 고개를 가로저었다.

"왜, 영 신통치가 않니?"

"천만에요."

그애가 휘파람소리로 나를 찾아오던 것이 십 년 전의 일인가. 아니면 그보다 더 오랜 꿈 속의 일인가. 늦은 밤 들판을 가로질러 오는 휘파람소리에 문을 열고 나가면 그애는 마른 꽃냄새를 풍기며 서 있었다. 그애가 오지 않게 되면서부터 나는 종종 자운영이 핀 논둑길을 열아홉 살 그애와 나란히 걷는 꿈을 꾸었다. 대개 잠옷 차림에 머리에는 붉은 리본을 묶고 있었는데 늘 바람이 불고 어디선가 흐릿한 꽃냄새가 풍기었다. 벗은 채로인 발바닥 아래에서 부드러운 흙이 갯지렁이처럼 미끄럽게 꿈틀거렸다. 종달새 소리가 자욱이 눈 위로 덮이어 그애는 눈을 껌벅이며 내게 말했다.

리본이 안 어울려요. 그래 나는 붉은 리본을 묶기에는 너무 나이를 먹었어. 미치광이나 창부뿐이지. 나비를 잡으러 가겠어. 그애가 해맑은 눈길로 나를 바라보았다. 네 에민 나비 같았지. 나는 아버지의 손가락 사이에서 팔랑개비처럼 돌아가는 사꾸라를 보았다.

"굳은자를 가져가는 거야."

"그렇게 사정없이 몰아가면 전 뭘 먹으란 말이에요?"

오빠는 어딜 가 있을까. 그녀석 얘기는 꺼내지도 마라. 아버지는 버럭 화를 내었다. 그녀석이 생기기 전까지는 모든 것이 순조로웠어. 아버지는 둘이서 하는 화투가 셋이서 하는 것보다 재미가 덜하다는 것 때문에 오빠의 부재를 노여워하는 걸까. 더러운 게임이야. 오빠가 어느 날 갑자기 식탁을 떨치고 일어나 팽팽하게 당겨진 줄의 한 끝을 놓아버렸을 때 삼각의 구도는 깨지고 아버지와 나는 힘의 반동으로 형편없이 비틀거렸다.

나도 오빠처럼 훌쩍 나가버릴 수가 있을까. 침몰하는 선체에서 구명조끼를 입고 결사적으로 탈출하듯 그렇게 달아나버릴 수가 있을까. 나는 매조를 먹을까 칠띠를 깨뜨릴까에 긴장되어 있는 아버지의 얼굴을 새삼스럽게 바라보았다. 좁고 긴 얼굴, 매처럼 구부러진 코 끝은 볼의 살이 빠짐에 따라 더욱 길게 늘어져 보였다. 아가, 날 데려가다오. 여긴 무섭고 쓸쓸하단다. 그러나 어디나 마찬가지예요. 화투는 아버지의 손에서 내 손으로 옮겨갔다.

"개발에 땀날 때가 있구나."

거푸 두 판을 이기자 아버지는 심술난 얼굴로 야비하게 이죽거렸다.

나는 되도록 화투장에 눅눅히 배어 있는 온기를 의식치 않으려고 빨리빨리 손을 놀렸다. 아버지의 손에서는 늘 땀이 질척거렸다.

마지막 패인 국진 껍데기를 맥없이 내던지자 아버지는 호기롭게 화투장을 그러모았다.

"엣다, 사광이다. 넌 뭘하고 있었니."

나는 종이에 아버지의 득점을, 그 무의미한 숫자를 기입했다. 텔레비전에서 10시 〈행복의 쇼〉 프로가 시작되었다. 아버지의 끗수가 천을 넘자 나는 화투를 거두었다.

"약을 잡수셔야죠."

나는 탁자 모서리를 잡고 비틀거렸다.

"왜 그러니?"

화투장을 놓은 아버지는 이상하게 늙고 음울해 보였다. 코는 더욱 길게 늘어져 거의 인중을 덮고 입술과 맞닿아 있는 듯했다.

"좀 어지러워서 그래요."

먼 데서 휘파람소리가 들렸다. 싸르륵싸르륵 머리속의 혈관이 텅텅 비어가는 듯한 악성빈혈의 증세에도 환청은 늘 휘파람소리였다.

"어느 몹쓸 놈이 밤중에 휘파람을 부나. 망할 세상이야. 어서 집들이 들어서야지. 온갖 뜨내기 불량배들이 득실거리니….."

아버지의 손이 버릇처럼 화투에 가 닿았다. 그러다가 문득 손에 가 닿는 내 눈길을 의식하며 슬그머니 움츠려 주머니에서 힘겹게 종이조각을 내놓았다.

"이걸 봐라, 벌써 며칠째나 편지함에 있던 거다. 제 날짜에 안 내면 괜한 돈을 더 물게 된다는 걸 알잖니. 일이란 그때그때 처리해야 뒤탈이 없는 거야. 웬 전기세가 이렇게 많이 나왔는지 모르겠다. 전기는 쓰기에 따라 얼마든지 절약할 수도 있어."

아버지는 언젠가 전기세 가산료를 물었던 것을 또 들추어내는 것이다.

"냉장고는 벌써부터 안 돌리잖아요."

괜한 짓이다, 생각하면서도 나는 화가 나서 조금 떨리는 목소리로 대꾸했다.

전기세 고지서가 며칠째 편지함에서 자고 있었다는 건 아버지의 억지다. 아버지는 최소한 하루에 열 번쯤은 우편함을 열어보는 것이었다. 한 달에 한 번씩 날아오는 전기나 수도세 고지서 외에는 결코 어떠한 편지도 담겨본 적이 없는 늘 배고픈 듯, 텅텅 입을 벌리고 있는 편지함 앞에서 공연한 손짓으로 서성이는 아버지를 나는 공범끼리의 적의와 친밀감으로, 그리고 언제든 준비되어 있는 배반감으로 몰래 지켜보지 않았던가.

아버지는 고지서를 식탁의 모서리에 던져놓고는 당당히 화투를 잡았다. 그리고는 피라밋형으로 늘어놓기 시작했다. 나는 맞은편에 턱을 받치고 앉아 늘어놓는 화투장을 하나씩 젖혀가는 아버지의 손을 바라보았다. 아버지는 화투 하나를 가지고 혼자서 할 수 있는 온갖 게임을 다 알고 있다.

"뭐가 떨어졌어요?"

"님이 떨어지고 산보가 떨어졌다."

아버지가 문득 다정하게, 그러나 음침하게 빛나는 눈으로 나를 바라보았다.

"아직도 어지럽니? 피곤해 뵈는구나. 들어가 자거라."

빈 들을 질러오는 휘파람소리는 어둠을 뚫고 더욱 명료하게 들려왔다. 아무래도 화투를 새걸로 한 벌 장만해야지, 패를 알고 하는 게임은 재미가 없어.

자박자박 여자의 발소리는 머리 위에서 잠시 머물다가 멀어져 갔다.

"밤새 업고 재울 모양이군. 버릇이 고약하게 들었어."

나는 커다랗게 하품을 하며 눈을 비볐다.

"먼저 들어가겠어요. 너무 늦게 계시지 마세요. 약은 여기 있어요. 문단속은 제가 할 테니까."

나는 쿵쿵 발소리를 내며 화장실로 들어갔다. 물을 세차게 틀어

오래오래 손을 씻었다. 그리고는 아버지가 뒤를 돌아보거나 하는 일이 결코 없으리라는 것을 알면서도 부엌에서 내비치는 불빛을 피해 발소리를 죽이며 벽에 몸을 붙이고 걸었다.

현관문은 소리없이 열렸다. 몇 개의 디딤돌을 하나씩 건너뛰며 대문을 나왔다. 아직도 자장가를 웅얼거리며 이층의 베란다를 서성거릴 여자의 눈길이 어디쯤 가 있을까에 조바심을 치며 담을 끼고 걸었다.

들판이 끝나는 곳, 야산의 밋밋한 언덕바지의 주택공사장에서는 밤일을 하는지 군데군데 화톳불이 타오르고 있었다. 겨울이 오기 전 마쳐야 할 공사를 서두르고 있는 걸까.

나는 되도록 화톳불과 쓸쓸하게 매달린 알전구의 불빛을 멀리 보며 걸음을 재촉했다.

반쯤 지어진 집의 곁, 머리 높이까지 쌓여진 시멘트 벽돌과 모랫더미 사이에 그는 서 있었다.

"기다리고 있었지. 좀 늦었군."

먼 발치에서부터 나를 보고 있었던 듯 그는 쳐다보지도 않고 발부리로 모랫더미를 쑤셔대며 말했다.

"어제와 마찬가진걸."

나는 베일 속에서 말하듯 낮게 소근거렸다.

"올 것 같아 일부러 일을 일찍 끝냈지."

그의 목소리에는 술기가 묻어 있었다. 이슬이 내리는 걸까. 모랫더미에서는 이내 축축한 한기가 배어들었다. 그가 잠시 어찌해야 좋을지 모르는 듯 손을 잡았다. 손의 안쪽 마디마다 박힌 못이 쇳조각처럼 딱딱했다. 크고 단단한 손이었다. 낮이라면 아마 대단히 더럽고 거칠게 보이는 손일 것이다.

"여긴 춥다구. 집이 비어 있어. 야방[夜警]은 한참 술집에서 노닥거리는 중이야."

술기에도 불구하고 흥분 때문인지 그는 떨고 있었다.

그의 손바닥에는 축축히 땀이 차기 시작했다. 나는 손을 잡힌 채 깨진 시멘트 벽돌과 각목토막들을 밟으며 집으로 들어갔다. 제기랄, 그는 상스럽게 내뱉었다.

"뭐가?"

"배선공사가 안 됐어."

그러나 안은 두 벽에 반 넘게 차지한 틀만 짜넣은 창문과 뚫린 지붕으로 그닥 어둡지 않았다. 그가 대팻밥과 각목토막들을 발로 지익지익 밀어치워 자리를 내었다. 딱딱한 손이 스웨터 소매로 파고들었다. 그는 떨고 있었다. 그리고 그 흥분을 부끄러워하듯 몹시 성급하게 서둘렀다. 두 개째의 스웨터 단추를 벗기는 데 실패하자 그는 빌어먹을 하며 스웨터를 걷어올렸다. 나는 숨을 죽이고 있었지만 다리 안쪽에 오스스 소름이 돋았다. 겨드랑이까지 드러난 맨살에 시멘트 바닥이 아프도록 차가워 등을 옴츠렸다. 그가 작업복 윗도리를 벗어 등에 받쳤다. 뚫린 하늘에서 크고 맑은 별들이 눈 위로 내려앉았다. 밤의 어둠 속에서는 늘 마른 꽃 냄새가 났다. 안드로메다, 오리온, 카시오페이아, 큰곰, 너는 무슨 별자리니? 전갈좌. 당신은 벽이 두껍고 조그만 창문이 있는 주택을 갖게 되며 카섹스를 즐깁니다. 수줍고 내성적이나 항상 로맨틱한 사랑을 꿈꿉니다. 꽃이 안 어울려요. 그래 꽃을 꽂기에는 너무 늙었어. 미친 여자나 창부가 아니면 머리에 꽃을 꽂지 않지.

"날이 추워지는군. 더 추워지면 한데서는 안 돼. 공사가 끝나려면 보름은 더 있어야 해. 허지만 뭐 그때까진 그닥 춥지 않겠지."

그가 으레 그래야 할 것처럼 내 머리칼을 만지작거리며 말했다.

"추운 건 싫어."

나는 킥킥 웃었다.

"다른 건 좋고? 당신 바람난 과부 아냐?"

그도 키들키들 웃었다.

멀리서부터 여럿이 어울려 되는 대로 불러대는 노랫소리가 들려왔다.

"이제들 오는군."

그가 일어나 등에 받쳤던 윗도리를 탁탁 털어 걸쳤다.

"내일 또 오겠어?"

시멘트 벽돌과 모랫더미 사이에 서서 그가 물었다.

"돈이 좀 있으면 줘."

그가 멈칫 했다. 나는 내처 말했다.

"몸이 좋지 않아서 약을 먹어야 해, 많이 달라곤 안 해."

그가 이 사이로 찌익 침을 뱉으며 낮게, 빌어먹을이라고 중얼거렸다.

"첨부터 순순히 굴더라니, 세금 안 내는 장사니 좀 싸겠지."

그가 부시럭대며 담배를 꺼내 입에 물고 불을 붙이는 시늉으로 성냥을 그어 길게 오는 불꽃을 내 얼굴 가까이 대었다. 나는 불꽃을 보며 길게 입을 벌려 웃어 보였다.

"제기랄, 철 지난 장사로군. 오늘은 없어. 모레가 간조니 생각 있으면 그때 와."

그는 몹시 기분이 상한 듯 함부로 침을 뱉었다. 나는 걸음을 빨리했다. 술취한 한떼의 노무자들이 어깨를 부딪치며 엇비껴 지나갔다.

대문은 열린 채였다. 이층의 여자는 여태껏 칭얼대는 아이에게 자장가를 웅얼거리며 베란다에서 서성이고 있었다. 살그머니 현관문을 열고 들어서 나는 몸에 배인 찬 공기를 손바닥으로 훑었다.

"뭐가 떨어졌어요?"

"님이다. 어서 자거라."

아버지는 돌아보지도 않으며 투덕투덕 화투를 쳤다.

방에 들어와 전기 스위치를 올리고 나는 잠시 어쩔 줄을 몰라 멍청히 전등을 올려다보았다. 그리고는 생각난 듯이 책상 서랍을 열었다.

아가, 날 데려가 줘, 여긴 무섭고 쓸쓸하단다. 어머니는 막 글을 배우기 시작한 아이들처럼 크고 비뚤비뚤한 글씨로 비명을 질렀다. 그리고 여백마다 동체는 없이 공처럼 둥근 머리와 나뭇가지같이 뻗은 팔과 다리로 물구나무 선 사람들을 그려넣었다. 나는 종이 뭉치를 코에 대고 그 흐릿하게 피어나는 마른 꽃 냄새를 들이마셨다. 장식 없는 펜던트의 뚜껑을 열면 희끗희끗한 잿빛 머리털에서도 역시 마른 꽃 냄새가 풍기었다. 우리가 도착하자 기다렸다는 듯 관뚜껑에 못질이 시작되었다. 그 소리는 상상처럼 우람하지도 않았다. 시취(屍臭)를 풍기기 시작한 어머니에게서는 역시 연기처럼 매움한 꽃 냄새가 났다. 뙤년들보다 더 더러웠지. 죽자고 목욕을 안해도 향수는 꼭 뿌리곤 했어. 워낙 사치하고 허영심이 많았거든. 그렇다면 살비듬내와 뒤섞인 향수냄새일까.

나는 찬 방바닥에 몸을 뉘었다. 아버지가 아직 방에 들어가는 기척이 없다는 걸 떠올리며 나는 빈 집에서처럼 스커트를 끌어올리고 스웨터도 겨드랑이까지 걷어올렸다. 자박자박 여전히 아이를 재우는 여자의 발소리는 머리 위에서 들려왔다. 금자동아 은자동아 세상에서 귀한 아기, 나는 누운 채 손을 뻗어 스위치를 내렸다. 방은 조용한 어둠 속에 가라앉기 시작했다. 이윽고 집 전체가 수렁 같은 어둠 속으로 삐그덕거리며 서서히 잠겨들기 시작했다. 여자는 침몰하는 배의 마스트에 꽂힌, 구조를 청하는 낡은 헝겊 쪼가리처럼 밤새 헛되고 헛되이 펄럭일 것이다. 나는 내리누르는 수압으로 자신이 산산이 해체되어가는 절박감에 입을 벌리고 가쁜 숨을 내쉬며 문득 사내의 성냥불빛에서처럼 입을 길게 벌리고 희미하게 웃어보였다.

유년의 뜰

 홧 아 유 두잉? 당신은 무엇을 하고 있습니까? 아임 리딩 어 북. 나는 책을 읽고 있습니다. 홧즈 유어 프랜드 두잉? 당신의 친구는 무엇을 하고 있습니까?

 석양이 오빠의 이마와 목덜미를 붉게 물들이며 방을 깊숙이 가로질렀다.

 내가 기억하는 한의 그 시간은 늘 그랬다.

 함석지붕이 흐를 듯 뜨겁게 달아오르고 저녁 햇빛이 칼처럼 방 안에 깊숙이 꽂힐 즈음이면 어머니는 화장을 시작하고 오빠는 창 가에 놓인, 붉은 꽃무늬의 도배지 바른 궤짝 앞에 앉아 꼼짝않고 소리 높이 영어책을 읽었다. 나는 어머니의 곁에 앉아 갖가지 화장품이 담긴 병들을 만지작거리거나 창을 통해서 멀찍이 보이는 개울의 다리와 신작로, 그리고 더 멀리 황금빛으로 번쩍이는 국민학교의 창을, 점점이 붉은빛이 묻어나는 새털구름들을 바라보며 이유가 분명치 않은 조바심으로 어머니와 오빠 사이의, 은밀히 조성되어 가는 팽팽한 공기를 지켜보았다.

 켄 유 텔 미 홧 히 이즈 두잉? 오빠가 밭은기침으로 목청을 돋우었다.

파마한 머리칼이 엉키었는지, 신경질적인 손놀림으로 빠르게 빗질을 하던 어머니가 손을 멈추고 거울에 바짝 머리를 들이대었다. 흰머리가 뽑혀나왔다.

벽에 버티어 놓은 거울에, 등지고 앉은 오빠의 몸이 고집스럽게 담겨 있었다. 뽑혀나온 새치를 손가락 사이에 들고 잠시 들여다보던 어머니가 햇빛을 피하는 시늉으로 눈살을 찌푸리며 거울을 옮겨놓고 화장을 계속했다. 나무궤 위에 쌓아놓은 우리들의 때묻은 이부자리가 거울면에 들이찼다. 오빠의 모습은 사라졌다. 대신 거친 손짓으로 책장을 넘기는 바람에 낡고 눅눅해진 종이가 힘들게 찢겨지는 소리가 났다. 오빠의, 긴장으로 경직된 등이 제풀에 움찔했다.

어머니는 등뒤의 작은 시위 ——— 그러나 오빠 나름대로는 필사적인 ——— 에 아랑곳하지 않고 분첩으로 탁탁 얼굴을 두들기고 가늘고 둥글게 눈썹을 그렸다. 나는 조마조마한 마음으로 어머니와 오빠를 번갈아 보며, 그러나 어쩔 수 없는 호기심과 찬탄으로 거울 속에서 점차 나팔꽃처럼 보얗게 피어나는 어머니의 얼굴을 바라보았다.

어머니가 시집올 때 해왔다는 등신대(等身大)의 거울은 이 방에서 유일하게 흠없이 온전하고 훌륭한 물건이었다. 눈에 보이게 또는 보이지 않게 남루해져가는 우리들의 가운데서 거울은, 어머니가 매일 닦는 탓도 있지만, 나날이 새롭게 번쩍이며 한구석에 버티고 있었다. 그 이물감 때문에 우리의 눈에는 실체보다 훨씬 더 커보이는 건지도 몰랐다.

거울 속에는 언제나 좁은 방안이 가득 담겨 있었다.

소꿉놀이를 하다가도, 게으르게 눈을 껌벅이며 잠에서 깨어나서도, 싸움질을 하다가도, 허겁지겁 밥을 먹다가도 문득 눈을 들면 방의 한구석에 버티어 선 거울이 자신은 볼 수 없는 등까지도 환

164

히 비추는 바람에, 우리는 거울 속에서 낯설게 만나지는 자신에게 경원과 면구스러움을 느껴 옆으로 슬쩍 비켜서거나 남의 얼굴처럼 물끄러미 바라보곤 했다.

거울은 기울여놓기에 따라 우리의 모습을 작게도 크게도 길게도 짧게도 자유자재로 바꾸어 비추었다. 언니와 나는 어머니가 없을 때면 끙끙대며 거울을 옮겨놓고 그 옆에서 입을 크게 벌리고 노래를 부르거나 놀이를 했다. 비가 와서 밖에 나갈 수 없을 때 우리는 연극 놀이를 했는데 내용은 늘 똑같았다.

쟨 멍청이니까 병자나 시켜, 작은오빠의 말에 따라 내가 힘없이 드러누우면 작은오빠는 의사, 언니는 천사가 되었다. 병자는 시종 가냘프게 신음을 하고, 주사를 맞고 약을 받아먹으며, 눈을 감고 있다가 죽어서 천사와 함께 하늘에 오르는 것이 연극의 끝이었다. 천사는 할머니의 치마를 둘러쓰고 옷자락을 펄럭이며 머리 주위를 돌다가 내가 머리를 모로 떨어뜨리고 탁 숨을 끊으면 안아올렸다. 그러고는 화를 냈다.

너무 뚱보라서 날을 수가 없구나.

천사를 따라 펄럭펄럭 날개짓을 하며 방안을 돌아다니는 것으로 연극이 막을 내린다는 것을 알고 있었지만 나는 대체로 정말 죽은 체 꼼짝않고 누워 있었다. 그러면 언니는 나를 마구 흔들며 짐짓 겁에 질린 소리로 호들갑스럽게 말했다.

노랑눈이 죽었니? 눈떠봐, 정말 죽었니?

의사가 눈꺼풀을 손가락으로 비집고 입김을 후후 불어넣으며 투덜대었다.

이 바보야, 일어나, 이젠 끝났단 말야.

그러나 나는 천사와 함께 나는 것보다 죽은 체하고 누워 있는 것이 훨씬 더 재미있었다. 그렇게 가만히 있노라면 의사는 계속 주사를 놓고 천사는 다리가 아플 때까지 주저앉을 수 없이 내 작은 계교로 연극은 언제까지나 이어지기 때문이었다.

어머니는 입술을 꽃모양으로 뚜렷이 그리고 하얗게 분이 오른 얼굴을 다시금 분첩으로 탁탁 두드렸다.

홧 아 유 두잉? 아임 리딩 어 북.

창 아래, 텃밭 가로 지나가던 사람 두엇이 고개를 빼어 안을 기웃거렸다.

어쩌면 저렇게 공부를 열심히 하지? 꼭 미국사람 지껄이듯 하는군.

오빠는 변성기에 접어든, 거세고 뻑뻑한, 그러면서도 여성적인 목소리로 한껏 혀를 궁글렸다.

고등학교 입학 자격 시험 준비를 한다는 오빠는 저물 때까지 창가에 앉아서 영어책을 읽었다. 아예 책을 덮어놓고 1과부터 외기도 했다. 우리의 좁은 방은 언제나 오빠의 책 읽는 소리로 가득 차 있었다. 그것은 끝없이 반복되는 단조롭고 긴 소절의 노래였다. 오빠가 방에 없을 때조차 그 소리는 지루하게 되풀이해 울리고 있었다. 홧 아 유 두잉? 홧즈 유어 프랜드 두잉?

중학교 2학년에서 학교를 중단한 오빠가 읽는 것은 피난짐에 소중히 감춰온 중2 교과서였다.

읍에 야간 중학교가 생기자 어머니는 말했다. 온 식구가 한뎃잠을 자는 한이 있어도 학교를 보내마.

그런데도 오빠는 세 해째 같은 책을 읽고 있는 것이다. 보풀이 일어 눅눅하고 두껍게 부푼 책에 오빠는 딱딱한 마분지를 덧대어 뚜껑을 만들었다.

사람들 말대로 오빠는 언젠가는 성공할 것이었다.

갖고 놀아도 좋아.

어머니는 싹싹 훑어 바른 빈 크림통을 내게 내밀고 마지막으로 입술 곁에 날카롭게 미인점을 찍은 뒤 일어나, 거울에 옷맵시를 비쳐 보았다.

다녀오마.

어머니는 저고리 소매에 손수건을 살짝 찔러넣고 꽃가지라도 꺾어든 양 한들한들 걸어나갔다.

어머니가 나가자마자 오빠는 탁 책을 덮고 용트림을 하듯 아아 기지개를 켜며 웃웃을 벗어던졌다.

막 넓게 퍼지기 시작한 완강한 어깨 위로 아직 연약하고 섬세한 목과 작은 머리통이 불균형하고 어색하게 얹혀 있었으나 이미 청년으로서의 단단한 골격이 잡힌 몸이었다.

오빠는 무언가 억제하려는 듯, 솟구치려는 듯한 몸짓으로 또다시 허리를 뒤틀어 기지개를 켜고 손아귀에 힘을 주어 천천히 팔을 안으로 굽혔다.

방안에 아직 남아 있는 짙은 지분(脂粉)내에 하르르 솜털을 일으키며 엉성하나 옹골찬 근육들이 아아아아 떨 듯이 일어서고 있었다. 거무스레한 겨드랑이를 보이며 다시 한번 기지개를 켜고 오빠는 발로, 무덥게 닫힌 방문을 차 열었다.

활짝 열린 방문으로, 툇마루 앞 마당에서 풍구를 돌리고 있는 할머니가 보였다. 저녁 지을 불을 피우고 있는 것이다. 한 손으로는 풍구질을 하면서, 불이 잘 피지를 않는지 할머니는 연신 화덕 밑 불구멍에 얼굴을 대고 푸우푸우 입으로 바람을 불어넣었다. 하얗게 사윈 재가 화덕 위로 날았다. 햇빛 때문에 불티는 보이지 않았다.

노랑눈아, 된장 한 숟갈 퍼오고 고추 몇 개 따와라.

매운 연기와 흘러내리는 땀으로 눈물을 질금거리며, 할머니가 소리쳤다.

된장 항아리의 아구리에 덮은 호박잎에는 구더기가 하얗게 올라와 있었다.

나는 할머니가 하듯 호박잎을 젖혀 던져버리고 된장을 한 숟갈 뜬 후 꼭꼭 눌러 장독대 곁의 호박잎을 하나 따서 덮었다.

아침마다 된장 항아리 뚜껑을 열면 호박잎에 구더기가 하얗게 올라와 있었다. 웬 가시가 이렇게 끓는담. 할머니는 혀를 차며 호박잎을 벗겨 담장 너머로 던져버리고 새 잎을 덮었다. 그 일은 서리가 내릴 때까지 계속되었다. 된장을 뜨고 돌아서며 나는 봉숭아·채송화 따위 일년초가 자자분하게 심겨진 마당 건너 안채의 부엌과 잇달린 방을 흘깃 바라보았다.

역시 둥글고 배가 부른 자물쇠가 시커멓게 매달린 채 고요했다. 늘 마당을 사이하고 바라보이는 방이건만 그 앞을 지나갈 때는 눈을 내리깔고 발소리를 죽여 빨리빨리 걷다가 훨씬 지나친 후에야 엿보듯 흘깃 돌아보는 것이 우리들의 버릇이었다.

해질녘의, 그림자 같은 정적 속에서 할머니는 벌겋게 달아오른 얼굴로 풀무질을 하고 뒤꼍의, 꽃이 진 감나무에서는 고욤알만큼씩의 감이 다닥다닥 열어가고 있었다.

윤기 나는 검푸른 빛으로 빳빳하고 단단히 약이 오른 고추를 한 움큼 따서 치마폭에 담는데, 동생을 업고 텃밭 가에서 목을 빼어 길 쪽을 살피던 언니가 급히 몸을 숙였다. 그 바람에 혀를 깨물렸는지 동생이 숨이 넘어갈 듯 울었다. 텃밭은 길에 면해 있지만 길보다 한 자 꼴이나 턱이 지게 낮고 뽕나무 울타리가 둘려 언니의 몸쯤이야 납작 엎드리지 않고도 쉽게 숨길 수 있었건만 언니는 개울의 다리 위로, 저무는 햇빛을 하얗게 튕겨내며 자전거가 달려올 즈음이면 지레 땅바닥에 엎드렸다.

자전거 뒤에 도시락을 싣고 달려오던, 오학년인 언니의 담임 선생은 여느 때처럼 언니를 발견하지 못하고 따르릉따르릉 텃밭을 지나쳤다. 자전거가 멀어지자 언니는 그제야 몸을 일으켜 흙묻은 손바닥을 털고 우는 동생의 볼기짝을 철썩 때렸다.

순자엄마가 바람이 나서 도망갔대, 그래서 순자는 밥하고 빨래하고 동생들 보느라고 학교도 빠져. 선생님은 술만 마시면 애들을 때리고 늬들이 불쌍하다, 다 함께 죽어버리자, 하면서 우신대. 언니의 버짐이 핀 거칠한 얼굴이 성난 듯 엷게 붉어졌다. 언니와 같은 학년인 순자는 담임 선생의 딸이었다. 바람난 순자엄마가 읍의 미장원에서 머리를 지져붙이고 올망졸망한 다섯 아이를 버려둔 채 도회지로 달아나버린 건 누구나 다 아는 사실이었다.

늦은 밤 들창 밖에서 털털대는 자전거 소리가 나면 언니는 잠결에도 작게 한숨을 쉬며, 선생님은 또 우시겠구나, 순자는 또 매를 맞겠지, 탄식조로 웅얼거렸다.

치마폭에 담은 고추에서 나는 독한 매운 내에 재채기가 났다. 한바탕 재채기를 하자 눈물이 났다.

땅으로부터 낮게 거물거물 어둠이 피어오르고 있었지만 개울의 다리께는 아직 하얗게 햇빛이 남아 있었다. 눈물이 어롱어롱한 눈에, 다리를 건너오는 사람들의 모습이 흐릿하게 비쳐 들었다. 남자·여자·어른·아이들의 모습이 어렴풋이 구별되었다. 어른들은 커다란 등짐을 지고 있었다. 나는 그들이 이 마을로 들어오는 피난민임을 알 수 있었다. 지난 겨우내 봄내, 앓는 아이를 업고 개울 아래로 지친 그림자를 떨어뜨리며 피난민 가족들은 물처럼 흘러들어왔다. 오늘 어느 집인가 헛간을 치울 것이다. 우리도 지난해 그들처럼 초라하게 이곳으로 들어왔던 것이다.

저녁을 먹고 난 우리는 모두 툇마루에 나앉았다. 떠돌이 이발사가 들어왔기 때문이었다.

먼저 큰오빠가 목수건을 두르고 이발사 앞에 앉았다. 기계가 채 칵채칵 지날 때마다 새하얀 속살이 길을 냈다. 순식간에 하얀 알머리가 된 오빠는 민틋한 머리통을 쓸며 피식 쑥스럽게 웃었다.

이발사가 올 때마다 용케도 피해 달아나 목 뒤로 한 뼘이나 머리가 길어진 언니는, 머리를 기르겠다고 가냘프게 항의를 했지만 할머니의 매운 눈에 단박 주눅이 들어 머리를 깎았다. 히끗히끗 서캐가 실린 머리털이 발 밑에 떨어질 때는 눈물을 뚝뚝 떨어뜨렸다. 언니는 머리를 길러 등뒤로 출렁하게 늘이는 것이 소원이었다.

머리 밑과 목덜미에 땀띠가 빨갛게 촘촘히 돋은 동생은 머리가 깎일 동안 할머니에게 안겨 내내 아야아야, 피리소리처럼 약하게 울었다. 울면 조그만 얼굴은 늙은이처럼 온통 주름살투성이가 되었다.

내가 수건을 두르고 앉자 할머니는 언니에게 눈을 흘겼다.

다시 노랑눈이 머리에 부젓가락을 댔단 봐라.

언니는 자주 할머니의 눈을 피해 불에 달군 부젓가락으로 내 머리를 태웠다. 파마를 시켜준다는 것이다.

서걱서걱, 눈 위로 위태롭게 가위가 지나갈 때 나는 쉴새없이 눈을 깜박였다.

이발사의 가방에는 큰빗, 작은빗, 가위, 면도용의 접는 칼, 솔, 비누, 이발기계 등 무엇이든 다 있었다. 나는 큰빗과 작은빗, 면도칼 따위를 잽싸게 바꿔 들며 움직이는 이발사의 굳은살 박힌 손을 바라보았다. 이발사의 손에서도, 숙인 머리에서도 진한 머릿기름 냄새가 났다. 나는 후루룩 숨을 들이마셨다. 구역질 나는, 익숙한 냄새였다. 나는 먼젓번에도 또 그전에도 이발사의 머릿기름 냄새가 생소하지 않았다. 어디서 맡아본 냄새였을까, 나는 안타까이 생각했었다. 그러나 그것은 흘러간 시간의 저 안쪽 어디엔가에 숨어 전혀 기억해낼 수가 없었다.

가위질을 마친 이발사는 솔로 머리털을 털고 후후 입으로 불었다. 그리고는 부격부격 거품을 낸 비누를 솔에 듬뿍 묻혀 목덜미와 이마에 묻히고 면도를 한 후 보얗게 분가루를 뿌렸다. 그래서 이발사가 다녀간 다음이면 동네 아이들은 모두 무 밑동처럼 퍼렇고 민틋한 뒷머리로 값싼 분 냄새를 풍기며 돌아다녔다. 남자 어른들까지도 올올이 기름으로 세워 납작해진 머리 모양으로 독한 화장품 냄새를 풍겼다.

할머니는 머리를 감고 오라고 우리를 개울로 내쫓았다. 머리를 깎고 난 뒤면 모두 허옇게 기계충이 먹어들기 때문이었다.

노랗고 윤기 없는 머리털이 발 밑에 어지러이 떨어져 있었다. 바람결에 맥없이 후루룩 날리기도 했다. 나는 그곳에 침을 뱉고 발로 문질렀다. 그때 문득 나는 기억해낼 수 있었다. 바로 아버지의 머리에서 풍기던 기름 냄새였다.

바람결에 두엄 냄새가 풍겨 왔다. 여름이 시작되고 있었다.

8월로 접어들자 감나무 이파리는 윤기 나는 감청빛으로 더욱 두꺼워지고 이파리 그늘에 숨을 듯 다닥다닥 달린 보다 엷은 빛의 열매는 작은 감자만큼이나 굵어졌다.

뜰은 무성한 그늘로 더욱 창창(蒼蒼)하고, 장마가 걷힌 지 오래건만 축축한 흙에서는 지렁이가 꾸물대고 흙담 새막이 위로 노래기들이 분주히 기어다녔다.

변소는 감나무가 심겨진 뜰의 구석에 있었다. 언니나 할머니는 우물가 수채에 쪼그리고 앉아 쐐쐐 오줌을 누었지만 감꽃이 지면서부터 나는 언제나 부네의 방 앞을 지나 감나무 그늘을 걸어 변소에 갔다.

노랑눈이년, 생긴 푼수치곤 겁이 없어.

할머니는 맹랑하다는 표정으로 호호 웃었다.

마당을 가로질러 감나무 울울한 그늘에 들어서 나는 눈을 가늘게 뜨고 방금 지나온 부네의 방을 바라보았다. 그러고는 슬며시 눈길을 돌려 안채 쪽을 보았다. 안집 여자는 낮잠에라도 빠져 있는 것일까, 아무런 기척이 없었다.

나는 잡풀더미 속에 떨어져 있는 풋감을 재빨리 주워들었다. 한 주먹에 꽉 차고도 남을 크기였다.

뒤뜰에 심겨진 서너 그루의 늙은 감나무로, 감나무 집이라 불리는 이 집에 이사왔을 때 어머니는 우리들을 모아놓고 꽃이 지고 있는 감나무를 가리키며 단단히 타일렀다.

남의 것은 쳐다보지도 말고 손가락질도 하지 마라. 얼마나 음흉한 사람들인지…. 늬들을 시험하고 있는 거야. 난리통에 바깥에서 온 사람들은 모두 도둑놈이나 거지로 생각한다니까. 손버릇 사납다고 소문나면 가뜩이나 애 많다고 싫어하는데 외양간도 못 얻어든다.

가지가 휘어지게 다닥다닥 열린 감은 제 무게를 견디지 못해 여름내 바람도 없는데 저절로 툭툭 떨어지고 그 소리는 마당 건너 돌아앉은 우리 방에서도 환히 들을 수 있었다.

변소를 가다가 발 아래 굴러다니는 감을 보면 우리는 얼결에 주인집 방문을 흘긋거리고 그러면 영락없이 방문에 붙인 조그만 유리 조각에 바짝 눈을 대고 이쪽을 내다보는 안집 여자와 눈이 마주쳐 똥이라도 피하듯 공연히 진저리를 치며 그것을 건너뛰거나 발로 썩썩 문대어버리곤 했다.

애들이 많아도 말썽을 안 부리는군요.

나름대로 정한 시험기간을 끝낸 안집 여자가 만족스럽게 말하자 어머니는 공손하나 비웃는 듯한 웃음을 띠며 대답했다.

애들 버릇은 애초에 맵게 들여야 해요. 세 살 버릇 여든 살까지 간다는 말이 있잖아요.

어머니가 아버지의 행방을 수소문해서 여섯 차롄가 일곱 차롄가 헛행보를 한 뒤 읍내 밥집에서 드난을 살게 되면서부터 우리들의 훈도(薰陶)는 오빠가 맡았다.

떨어진 감에 손가락만 대봐라, 손목을 잘라버리겠다.

오빠는 잇새로 나지막이 말했다.

172

풋감을 한 입 베어 무니 금시 떫은 맛이 한입 가득 찼다. 이켠의 그늘 탓에 부네의 방은 햇빛 속에 밝게 떠보이고 살눈썹 사이에서 가끔씩 조용히 부풀어오르며 흔들리는 듯도 했다.

여전히 두 쪽의 문이 맞닿은 곳에는 자물쇠가 무겁게 매달려 그 무게로 문살이 휘엿하게 늘어져 금시라도 메마른 소리로 무너져 버릴 것만 같았다.

감의 뻑뻑한 살은 아무리 씹어도 좀체 목 안으로 넘어가지 않았다. 나는 조금 들큰하고 썩 떫은 맛에 용기를 내어 다시 감을 하나 주위 들었다.

저 문의 안쪽에 정말 머리를 깎이고 벌거벗긴, 귀신처럼 예쁘다는 부네가 있는 걸까.

사람들은 그녀, 부네의 아비, 그 늙고 말없는 외눈박이 목수가 어떻게 그의 바람난 딸을 벌건 대낮에 읍내 차부에서부터 끌고 와 어떻게 단숨에 머리칼을 불밤송이처럼 잘라 댓바람에 골방에 처넣고, 마치 그럴 때를 위해 준비해놓은 듯 쇠불알통 같은 자물쇠를 철커덕 물렸는지에 대해 오랫동안 이야기했다. 또 그녀가 들창을 열고 야반 도주를 하려 하자 발가벗기고 들창에 아예 굵은 대못을 쳐버렸다고, 그 통에 안집 여자는 어찌나 혼이 나갔던지 목수가 벗겨 던진 딸의 옷이 창 앞 석류나무에 사흘씩이나 걸려 있었는데도 모르더라는 얘기도 했다. 더욱이 얘깃거리가 된 것은 읍에서부터 개처럼 끌려오는 과정이 부네 편에서도, 아비 쪽에서도 있을 법한, 아이고 아버지 용서해 주오, 한마디 말도 분노의 씨근거림도 없이 시종 묵극으로 일관되었다는 것이었다. 사람들은 도시 알 수 없다는 표정으로 수군거렸다. 늘 말이 없고 침울한 외눈박이 목수는 많은 딸 중 특히 부네를 각별히 아꼈고, 목수 일을 젖혀둔 채 보름이고 한 달이고 객지로 떠도는 것은, 살림을 차렸다는 소문만으로 돌아오지 않는 부네를 찾기 위해서였다는 소문이었다.

방문은 그날 이래 한 번도 열린 적이 없었다. 적어도 열리는 것을 본 사람은 아무도 없었다.

꽤 여러 날이 지난 후 사람들은 말했다.

부네가 아이를 가진 게야, 아마 지금쯤 꽤 배가 불렀을걸, 어째 첫눈에도 홀몸이 아닌 것 같더라니. 남몰래 몸풀 후 용케도 아들이면 자식 없는 집에 업으로 들여보내고 멀쩡히 처녀 행세를 시키려는 속셈이지 뭐야.

그리고 더욱 여러 날이 지났을 때 사람들은 다시 말했다.

바람이 난 게 아니라 몹쓸 병에 걸린 게야, 소문날까 무서워 쉬쉬 하는 거지, 문둥이 있다는 소문만 나봐, 여기서 배겨날 도리가 있겠어?

그게 아니라 … 혹시 미친 게 아닐까?

그리고 그들은 부네를 잊었다. 골방의 문이 닫히는 순간, 자물쇠가 덜컥 걸리는 순간부터 부네는 완전히 다른 세계로 들어가버린 것이다. 자물쇠는 혹시 그녀가 끌려들어오기 훨씬 전부터 완강히 채워져 있었고 그녀는 공기처럼 가볍고 투명해져서 창호지 가는 올 사이로 스며들어가 버린 것은 아닐까.

나는 부네가 방에 갇힌 것이 우리가 이곳으로 이사 오고 난 후의 일인지 그 전의 일인지 기억이 아리송했다.

이사 오던 첫날 이미 자물쇠가 잠겨 있는 것을 본 듯도 했고 더 곰곰이 생각해 보면 개울의 다리 위로 머리채를 잡혀 목을 늘어뜨리고 오던 부네와 그의 아비 모습이 어제의 일처럼 떠오르기도 했다.

지난해 두어 차례 다니러 와 와글와글 끓어대던 외눈박이 목수의 그 많은 딸들 중 부네는 있었을까. 아마 명절이나 목수의 생일이었을 것이다.

그네들은 모두 대처에 나가 돈을 벌고 있다고 했다. 그래서 목수는 늘 연장을 벽에 걸어두고도 살 수 있는 게라고 했다.

늦복이 터져서 …. 그의 등에 대고 사람들은 입을 비쭉였다.

그네들이 오면 집안에는 종일 기름 타는 냄새와 고깃내가 풍겼다. 부네는 그들 중 누구일까. 마당에 내놓은 화덕에서 누름적을 부치다가 기웃거리는 내게 사납게 눈을 흘기던 곱사인가, 아니면 소금물에 우린 풋감을 살며시 쥐어주던 여자인가, 키를 쓰고 소금을 얻으러 갔을 때, 욕을 퍼부으며 호렴을 한줌 머리에 내뿌리는 대신 자기 전에 꼭 오줌을 누고 자면 되잖아, 라고 말하던 여자인가.

그네들은 이튿날 아침이면 안집 여자의 것인 듯 때묻고 해진 치마를 헐렁하게 질질 끌며, 타월을 머리에 질끈 동이고 우물가에 나와 이를 닦고 몇 번이고 물을 갈아가며, 세수를 했다. 그러고는 보얗게 분바른 얼굴로 황망히 집을 떠났다.

안집 여자는 허드레 옷으로 갈아입고 술 취한 목수는 퇴침을 베고 누워 이틀이고 사흘이고 코를 골았다.

사람들 말대로 부네는 몹쓸 병을 앓고 있는 걸까, 미쳐서 짐승처럼 재갈 물리고 손발 묶여 갇혀 있는 걸까.

나는 바로 눈앞에 있으면서도 실제의 것이 아닌 듯 아득히 여겨지는 부네의 방 가까이 다가가는 대신 부네의 실재(實在)를 확인하려는 듯 안채로 눈을 돌렸다. 안채의 건넌방 추녀 밑 벽에는 연장 망태가 걸려 있었다.

비오는 날이 아니라도 삼실로 튼튼히 얽은 마대는 대개 그곳에 걸려 있었다.

부네가 돌아온 상금도 목수는 연장 망태를 걸어둔 채 보름이나 달포씩 집을 비웠다. 산에 들어가 약초를 캔다는 것이다. 때문에 볕 잘 드는 안집 툇마루에는 이름 모를 풀뿌리·나무뿌리들이 비약(祕藥)의 향기와 쓰디쓴 맛으로 말라가고 있었다. 안집 여자는 남몰래 땀을 뻘뻘 흘리며 약을 달였다.

비가 온 뒤나 산에서 돌아온 뒤면 목수는 망태를 내려 대패·까뀌·끌·톱 따위의 연장에 정성껏 기름을 먹인 후 다시 넣어두고 잠을 잤다.

마당까지 들리는 코고는 소리에 우리는 아, 목수가 돌아왔구나 생각하며 그의 고달픈 잠을 깨울까 쉬쉬 발소리를 죽였다.

나는 그가 일 나가는 것을 거의 본 적이 없었다. 그래도 사람들은 그를 외눈박이 목수라고 불렀다.

여물지 않은 감씨가 아무 맛도 없이 우드득 씹혔다.

부네, 나는 그녀를 한 번쯤 본 듯도 하고 전혀 본 적이 없는 것 같기도 했다. 그런데도 창호지 한 겹 너머 문의 안쪽에서 숨쉬고 있는 그녀를 생각할 때면 이상한 두려움과 가슴 한 귀퉁이가 무너져 내리는 듯한 슬픔에 잠기곤 했다. 나는 이러한 감정을 달래듯 풋감을 또 하나 주워 씹었다. 떫고 단맛이 위로처럼 따뜻하고 축축히 목 안으로 차올라 나는 이유 모를 감동으로 눈물을 글썽였다.

해가 지고 땅거미가 서리기 시작하자 오빠는 책장을 덮고 일어났다. 거울 앞에서 목에 붕대를 감고 오른쪽 손목에도 여러 번 겹쳐 찬찬히 감았다. 그러고는 뻣뻣하게 세워져 잘 돌아가지 않는 목을 비스듬히 돌리며 눈만 굴려 우리를 보고──우리라기보다는 언니에게 이르는 말이지만──쏘다니지 말고 집에 있어, 위협조로 이르고는 집을 나갔다.

여름 들어 오빠는 저물녘이면 불끈불끈 튀어오르는 여드름을 쥐어짜 피가 솟은 자국에 밥알만큼씩 반창고를 오려 붙이고 무언가에 이끌리듯 밖으로 나갔다. 읍내로 나가는 것이다.

오빠의 위협에도 불구하고, 괜히 들뜬 얼굴로 엉덩이를 들썩이며 방과 부엌, 텃밭께를 들락거리던 언니는, 오빠가 개울을 건너가

176

리라는 시간쯤을 두고 밖으로 나갔다. 나는 비실비실 언니의 눈치를 보며 따라 나섰다.

마을의 어귀에 폭 넓은 개울이 흐르고 다리를 건너면 읍이었다. 교회와 대장간 · 술집 · 여인숙 · 미장원, 그리고 하루 두 번 지나가는 완행버스의 차부가 있는 읍의 큰길에는 닷새에 한 번씩 장이 섰기 때문에 저잣거리라고 불렸다.

밤이면 야간 중학교와 교회에서 나오는 오빠 또래의 학생들이 삼삼 오오 짝을 지어 몰려다녔다.

빳빳이 풀 먹인 교복을 입고 머리를 단정히 빗은 여학생들이 새침하게 지나가면 사내애들은 후익후익 휘파람을 불었다.

읍내 술집에서는 밤마다 싸움판이 벌어졌다.

너 죽고 나 죽자아.

저고리 앞섶을 풀어헤친 작부가 식칼을 들고 나와 사내를 쫓다가 제풀에 혼절해서 게거품 물고 길 복판에 넘어지는 모양이나 미장원과 여인숙 골목을 뱅뱅 돌며 달아나는 사내를 보고 우리들은 손뼉을 치며 웃었다.

장이 서는 날은 구경거리가 많았다. 술집과 여인숙에서는 밤내 노랫소리, 고함소리가 끊이지 않았다. 때문에 아이들은 저물면 무언가에 이끌리듯 개울을 건너 저잣거리로 모여드는 것이었다. 아이들뿐이 아니었다. 나이 찬 처녀들도 잔뜩 죄인 허리와 엉덩이를 흔들며 거리의 끝인 미장원에서 차부까지 오락가락하고 으아이스케키, 으아이스케키, 아이스케키 통을 멘 사내아이들이 히죽거리며 목청을 돋우었다.

이봐, 아가씨, 아이스케키 사줄게.

시간 좀 빌립시다.

차부의 정비공과 조수들은 벗은 웃옷의 근육을 불뚝불뚝 일으키며 휘파람을 불거나 쇠파이프로 공연히 폐차를 땅땅 두들겼다. 그녀들은 힐끗힐끗 뒤돌아보며 저희끼리 소곤대고 키들거리며 천천히 거리를 지나쳤다.

언니는 오빠의 눈에 띌 것을 겁내어 불빛이 미치지 않는 그늘에 같은 또래의 계집애들과 무리져 앉아 사내애들의 희롱에 킥킥 웃어대거나 소리 높이 노래를 불렀다.

남이야 전봇대로 이를 쑤시건 말건.

남이야 뒷간에서 낚시질을 하건 말건.

그러면 으레 꺽꺽하고 새된 사내애들 합창이 뒤따랐다.

만약에 백만 원이 생긴다면.

밤의 저잣거리는 늘 재미있었다. 나는 밤이 되어도 식지 않는 더위에 치마를 걷고 언니 또래 틈에 쥐새끼처럼 끼어앉아 밤거리에 음험하게 끓어오르는 알 수 없는 열기, 끈끈한 정념으로 가득찬 달착지근한 공기를 들이마셨다.

우리가 앉아 있는 곳에서 오빠의 모습은 환히 보였다. 어머니가 일하고 있는 밥집의 건너편, 하루살이떼가 빛을 따라 바람개비처럼 어지러이 돌고 있는 전봇대에 비스듬히 기댄 자세로 서서 이 모든 거리의 풍경을 경멸하듯 바라보며 오빠는 붕대 감은 손에 하모니카를 들고 다만 외롭게 혀를 떨며 하모니카를 불었다.

언니도 멀지않아 나이 찬 처녀들처럼 엉덩이를 흔들며 이 거리를 지나게 될 것이다. 오빠가 아무리 무섭게 단속을 한다 해도, 그 무엇으로도 언니의 밤 외출을 막을 수는 없게 될 것이다. 나도 자라면 역시 그럴 것이다. 굵은 벨트로 배꼽이 튀어나올 때까지 허리를 죄고 천천히 이 거리를 배회하게 되리라.

밤이 깊어지고 조심스럽게 불빛 그늘에 몸을 숨겼던 언니는 아쉬운 듯 뒤를 돌아보며 저잣거리를 떠났다.

마을로 들어오는 길, 인적 없는 다리를 건널라치면 어디론가 흘러가는 물소리 고요히 들리고 앞산의 깜깜한 숲에서 부어헝 부어

178

형, 들쥐를 찾아 부엉이가 울었다. 집이 보이는 곳에 이르러 언니는 갑자기 다급해지는 마음에 숨이 턱에 찼다. 발 빠른 오빠가 이미 돌아와 있을지도 모른다는 두려움으로 내 손을 꼭 쥔 손바닥에 축축이 땀이 찼다.

황급히 들어와 숨을 가다듬고 자는 체하노라면 한발 늦게 돌아온 오빠는 사천왕(四天王)처럼 문에 버티어 서서 냄새라도 맡을 듯 코를 벌름이며 말했다.

또 나갔었지, 또 나갔었지?

언니는 도무지 못 알아듣는 시늉을 하며 잠에 취한 소리로 우물쭈물 대답했다.

아냐, 내가 언제 … 어쨌다고 그래.

언니의 대꾸는 가냘프고 자신이 없었다.

밤에 쏘다니지 마라, 가만 안 둘 테야.

오빠는 그러고도 자못 미심쩍은 눈길로 언니를 바라보았다. 잠들었던 동생이 때마침 약하게 칭얼대기 시작했다. 벽을 보고 누웠던 할머니가 동생 쪽으로 돌아누우며 가슴팍을 풀어 빈 젖을 물렸다. 오빠는 신을 벗을 염도 없이 문을 짚고 선 채 방안을 들여다보고 있었다. 언니는 가쁜 숨을 죽이고 자는 체하고 있었지만 나는 오빠가 언니를 보고 있는 것이 아니라 기실 비어 있는 어머니의 잠자리를 더듬고 있음을 알았다.

나는 오빠가 또 언니를 때릴 거라고 생각했다. 지금 저렇게 묵묵히 있는 것도 아마 트집을 잡을 궁리에 골몰한 탓일 것이다. 어머니가 돌아오지 않는 밤이면 오빠는 언니를 때렸고 할머니는 말릴 염도 없이 동생을 업고 나가 개울가를 서성거렸다.

오빠의 매질은 무서웠다. 오빠는 작은 폭군이었다. 아버지가 떠난 이래 오빠는 은연중 가장의 위치로 부상했고, 더욱이 어머니가 읍내 밥집에 나가게 되면서부터, 그리고 수상쩍은 외박으로 우리에게서 비켜서고 있음을 시사하자 오빠는 암암리에 대행 가장의 위치를 수락하였음을, 공공연히 자행되는 매질로 나타냈다.

오빠는 자신이 가장임을 지나치게 의식하고 있어 언제나 침울하고 긴장으로 부자연스럽게 굳어 있었다. 그 긴장으로 억눌려져 자라지 못하는 욕망, 자라지 못하는 슬픔, 분노 따위는 엉뚱한 잔인성이나 폭력의 형태로 나타났다.

때문에 한없이 크고 당당해 보이는 체구에도 불구하고 오빠는 때로 내게 어린애처럼 연약해 보이고 불투명하고 애매해 보이기도 했다. 우리를 때릴 때조차 어쩔 줄 모르는 듯 보이기도 했다. 오빠 자신도 이 사실을 깨닫는 듯 걸핏하면 목덜미까지 시뻘겋게 붉혔다. 그것은 오빠의 밤 외출과 무관하지 않았다.

나는 오빠를 무서워했다. 때로 이해할 수 없는 연민과 동정이 가득 찬 눈으로 나를 바라볼 때, 드러누워 나와 동생을 번갈아 발바닥 위에 베개통처럼 가벼이 얹고 들어올릴 때조차——동생은 숨넘어가는 소리로 모처럼 꺄르륵거리며 좋아했지만——나는 오빠가 무서웠다. 무서움 때문에 오빠의 몸은 한없이 커지고 이윽고 방은 오빠의 몸으로 숨쉴 틈도 없이 가득 찼다. 오빠가 방에 들어설 때면 문틀이 버그러질 만큼 꽉 들어차는 것이었다.

한동안 우두커니 서서 방안을 들여다보던 오빠가 세게 문을 닫고 어둠 속으로 빠르게 사라졌다. 언니가 호르르 한숨을 쉬며 내게 속삭였다.

노랑눈아, 나 나갔었단 말 하지 마라.

저녁을 마친 할머니는 언니에게 설거지를 이른 뒤 동생을 업고 밖으로 나갔다. 동생은 해가 질 무렵이면 울어대었기 때문에 할머니는 매일 밤 깊도록 동생을 업고 서성이다 밤이슬로 머리칼과 옷이 눅눅히 젖을 때야 돌아오는 것이다. 그래서 동생에게서는 감기

기운이 떠나지 않고 손과 발은 심상치 않은 미열로 늘 따뜻했다.

거미처럼 여윈 그애는, 할머니의 빈 젖을 빨 때 외에는 늘 가늘고 약하게 울었다. 모처럼 잠이 들었을 때도 힘없이 벌린 입에는 잔울음 끝이 물려 흐득였다. 나는 때때로 잠든 동생의, 늘 침이 흘러 발갛게 헐어 있는 턱을 기이하게 바라보았다.

작은오빠는 개울에 어항을 묻어 미꾸라지를 잡거나 낭창낭창한 버드나무 회초리로 개구리를 잡아오고 할머니는 그것을 부지런히 고아 먹였어도 낫지 않았다.

밭 가운데, 혹은 둔덕에서는 잔돌 무더기가 흔히 있었다. 애기 무덤이라고 했다.

우리는 언젠가 그애가 죽으리라는 것을 알고 있었다. 어느 날 밤, 할머니와 어머니의 소리 죽인 울음을 들으며 홑이불에 감긴 그애는 조그만 보퉁이처럼 지겟짐으로 얹혀나가게 될 것이다.

종일 냇가에서 어항을 놓고 멱을 감던 작은오빠는 팔다리를 내던지고 아랫목에서 잠들었다. 어두운 부엌에서 설거지를 하느라 그릇 소리를 내던 언니는 읍내에 나갔는지 조용했다. 오빠는 저녁 전에 진작 나갔던 터였다. 돌아눕는 작은오빠의 발길질에 발치께에 놓아둔 주발이 데그르르 구르고 뚜껑이 벗겨졌다. 뚜껑을 닫으려다 말고 나는 밥풀을 몇 알 뜯어 입에 넣었다. 희고 매끄러운 이밥은 알지 못할 사이 목구멍으로 슬쩍 넘어가버렸다. 나는 다시 부리나케 몇 알을 주워먹고는 표시가 안 나게끔 설핏설핏 펴놓았다.

작은오빠는 이를 갈며 몸을 뒤채다가 히잇 웃었다. 나는 급히 주발 뚜껑을 닫고 벽에 기대앉았다. 어두운 방은 무서웠다. 자꾸 주발로 손이 갔다. 밥알의 들큰한 맛이 입에 남아 있는 동안은 무서움을 잊을 수 있었다.

자신도 모르게 슬금슬금 손이 가는 사이 주발의 밥이 퍽 줄어들었다. 한 겹 살포시 덮은 이밥 밑은 우리들이 먹는 시커먼 보리밥 뿐이었다. 할머니는 단번에 알아차릴 것이다. 나는 자꾸 주발 뚜껑으로만 가는 손과 싸우며 그곳에서 애써 눈을 돌렸다. 어머니는 술을 마신 날은 대개 밥을 먹지 않는다. 나는, 이번 한 번만, 이라는 단서로 염치없는 손과 타협했다. 살며시 뚜껑을 열어 한 움큼 쥐고는 떠낸 자국을 고르게 펴놓고 작은오빠 곁에 누웠다.

자고 싶었다. 어머니가 돌아오기 전, 그리고 성난 기세로 저잣거리에서 돌아온 오빠가 함부로 우리들의 팔과 다리를 짓밟으며 건너질러 벽에 대고 씨근거리는 것을 보기 전, 아니 언니의 머리채를 휘어잡기 전 잠들고 싶었다.

안집 뒤뜰에서 익어가는 감 떨어지는 소리가 들렸다.

부네도 자고 있을까. 어두운 밤 홀로 깨어 누워 있으면 무서운 생각만 잇달아 떠오른다. 무서움을 잊기 위해 한 알씩 아껴가며 오래도록 씹었는데도 한 움큼의 밥은 거짓말처럼 없어졌다. 발가락만 움직이면 발치에서 기우뚱, 주발이 굴렀다.

나는 일어나 더듬더듬 부엌으로 나갔다. 발돋움질을 하고 선반의 그릇과 찬장을 뒤졌다. 할머니가 삶아둔, 밤마다 우는 동생을 달래기 위한 고구마는 찬장의 냄비 속에 숨겨져 있었다. 고구마가 없어진 것을 알면 할머니는 한밤중에라도 자는 언니와 작은오빠를 흔들어 깨울 것이다.

네가 처먹었지, 네가 처먹었지.

나는 쥐가 그런 것처럼 냄비 뚜껑을 부엌 바닥에 떨어뜨려 놓고 조금 쉰내 나는 고구마를 한 입 크게 베어 물었다.

부엌의 판자벽 바깥으로 할머니의 발소리가 났다. 나는 급히 고구마를 삼켰다. 목이 메이고 가슴이 뻐개지는 듯 아팠으나 물을 찾아 마실 겨를도 없었다. 조금 전 떨어뜨린 냄비 뚜껑이 다급한 발길에 채여 데그르르 굴렀다.

방으로 들어오다 문지방에 찧은 발이 몹시 아팠다.

할머니는 긴 한숨을 쉬며 호야의 불을 밝혔다. 석윳내가 풍기고 그을음이 꺼멓게 피어오르다 방이 밝아졌다. 할머니는 그만한 불빛에도 눈이 침침한지 손을 더듬어 나를 벽 쪽으로 밀고 동생을 눕혔다.

나는 살그머니 주머니에 손을 넣었다. 주머니에 엉겨붙은 고구마가 손에 찐득찐득 묻어났다.

에미야, 시장하지? 어서 들어라.

밤늦어 어머니가 돌아오자 앉아서 꼬박꼬박 졸던 할머니가 밥상을 차려왔다. 나는 가슴이 쿵덕쿵덕 뛰었다.

관두세요, 밥집에서 끼니 거를까봐요.

어머니에게서는 쉰 술내가 물씬 풍겼다.

아니다, 속 버린다. 좀 들어라.

어머니가 버선을 한 짝씩 힘겹게 뽑아 윗목으로 던졌다.

밥이 왜 이러냐?

어머니에게 숟갈을 들려주며 주발 뚜껑을 열던 할머니가 기겁을 했다.

나는 오줌이 마려워 아랫배가 팽팽히 당겨왔지만 꼼짝할 수가 없었다.

이젠 에미 밥까지 손을 대니…. 노랑눈이년 짓이다. 쥐새끼처럼 무엇 하나 남겨두는 게 없어, 안집에선 떨어진 감꼭지 하나 눈 씻고 찾아볼 수 없다고 하지, 이거 원 남부끄러워서….

할머니는 과장된 노기로 목청을 높였다. 할머니의, 어머니에 대한 말투에는 언제나 면목없어하는 듯한 아첨기가 있었고, 어머니 역시 그것을 당연히 받아들였다.

속이 쉬이 꺼져서 그래요. 보리밥이 무슨 맥이 있나요. 한참 먹을 나인데…. 아무거나 집어먹어 속을 채워야죠.

어머니가 아무렇게나 내뱉는 말은 흡사 술주정 같기도, 푸념 같기도 했다.

남 들으면 내가 굶기는 줄 알겠다. 큰애들보다 먹긴 더 먹어. 몸을 봐라. 즈 언니보다 더 실팍하지.

할머니는 당장이라도 나를 흔들어 깨울 듯한 서슬이었다.

관두세요.

어머니는 밥상을 고스란히 밀어놓았다. 그리고 옷도 벗지 않고 팔베개를 하고 모로 누웠다.

죄 될 소리지만…난 걔가 어쩐지 내가 낳은 애 같지 않아요.

잠이 드는가 싶었던 어머니가 술기 가신 목소리로 혼잣말처럼 중얼거렸다.

할머니는 돌아앉아, 발에 들기름을 바르며 대꾸가 없었다. 석웃내와 들기름내가 뒤섞여 그을음처럼 거멓게 방을 채우고 있었다. 할머니는 난리통에 파편을 밟아 덴 발에 밤마다 들기름을 바르고 기름종이로 쌌다.

어머니는 별반 대꾸를 기다리는 기색도 없이 말을 계속했다.

…웃지도 않고 말도 않고…다른 애들하곤 달라요. 멍청하고 걸귀가 들렸는지 노상 먹을 생각밖엔 없어요. 좀 모자라는 게 아닌가 몰라…. 일곱 살이 되도록 오줌을 싸고…그것도 내년에는 학교에 넣어야 하는데. 어린애가 자꾸 살이 찌니 병인지도 모르겠어요. 몸에 물이 차면 그렇게 붓는 수가 있대요.

노랑눈이보다 막내가 걱정이다.

할머니가 바삭바삭 기름종이 소리를 내며 어머니의 말을 잘랐다.

아무래도 제 구실을 못할 것 같아, 웬 일로 날이 갈수록 까부라져 가니…. 등에 업으면 꼭 검불 하나 얹힌 모양으로 맥이 없어. 고추가 아깝지.

어머니는 또다시 한숨을 쉬었다.

방안은 조용했다. 할머니도 어머니도 더 입을 열지 않았다. 아버지의 생각을 하는 것이리라. 날로 희미하고 멀어져가는 아버지의 모습은 어두운 밤, 망령처럼 성큼 벽 틈으로 스며 당당히 우리 사이를 비집고 드러눕는 것이었다.

나는 아버지의 얼굴을 기억할 수 없었다. 내가 떠올릴 수 있는 것은 땀으로 펑 젖은 셔츠의 등과 더 짙은 얼룩으로 젖어 있던 겨드랑이를 보이며 트럭에서 내리던 모습뿐이었다. 어머니는 그때 손을 내저으며 울부짖었다.

이 근방에서 자리잡고 있을게요. 곧 돌아와야 해요.

어머니가 몸을 일으켰다. 벽에 엄청나게 큰 그림자가 일렁였다. 어머니는 훅 남폿불을 불어 껐다. 그림자는 순간 펄럭이며 사라졌다.

큰애가 안 들어왔다.

할머니가 조심스럽게 말했다.

오겠죠.

나는 잠이 오지 않았다. 풀벌레가 찌륵찌륵 맑게 울고 그 소리에 가만히 귀를 모으노라면 내 몸은 아주 얇고 투명한 껍질이 되어 삿자리 밑을 빠르게 달려가는 그리마의 발소리도 들을 수 있었다.

밤이 깊어 오빠는 축축한 이슬내를 풍기며 돌아왔다. 알지 못할 욕설을 중얼거리며 우리들의 몸을 건너 벽 쪽에 누웠다.

나는 소리나지 않게 고구마를 조금씩 떼어 단맛을 혀로 녹이며 끈끈한 손가락을 뿌리까지 찬찬히 빨았다.

그리마의 수많은 발들이 더욱 분주히 어둠을 갉아대고 베개를 베지 않고 자는 우리들은 맹렬히 이를 갈았다.

어머니는 잠결에 괴롭게 한숨을 쉬고 할머니는 알 수 없는 말을 중얼거렸다.

부엌에서는 배고픈 쥐가 간단없이 달그락거리며 빈 그릇을 뒤지고 있었다.

나는 눈을 말갛게 뜨고 조그맣게 말했다.

늬집에 가아, 먹을 건 아무것도 없단다.

나는 나를 잠들지 못하게 하는 조바심이 무엇인지 잘 알고 있었다. 문지방에 찧은 발은 이미 아프지 않았다. 그러나 나는 몸을 오그려 발을 싸쥐고는 사납게 얼굴을 찡그렸다. 어둠 속에서 찡그리고 또 찡그렸다.

맹렬히 이빨 가는 소리 속에 우리들이 저마다 뿜어대는 땀냄새, 떨어져내리는 살비듬내, 풀썩풀썩 뀌어대는 방귀냄새, 비리고 무구한 정욕의 냄새, 이 모든 살아 있는 우리들의 냄새는 음험하게 끓어올랐다.

나는 가만히 손을 뻗어 어머니의 머리맡께를 더듬었다. 어머니는 취한 중에도 꼭 지갑을 요 밑에 찔러 두고 잠이 드는 것이었다. 나는 지갑에서 지전을 한 장 꺼내고는 다시 그것을 요 밑에 넣었다. 어머니는 취한 탓인지 언제나 지갑에서 돈이 비는 것을 모르는 성싶었다. 그러나 나는 어쩌면 어머니가 알고도 일부러 모르는 체하는지도 모른다는 생각을 지울 수가 없었다. 때문에 결국 돈을 꺼내게 되고야 말 거라는 것을 알면서도 지갑에서 그것을 빼낼 때까지, 다디단 사탕을 다 녹일 때까지도 조마조마한 마음이었다.

나는 돈을 아직도 끈적이는 주머니 깊숙이 넣어놓고 반듯이 누워 비로소 아슴아슴 잠에 빠져들어갔다.

그저도 뒤뜰에서는 툭툭 감 떨어지는 소리가 간헐적으로 들려왔다. 풀벌레 우는 소리가 한결 가까웠다.

부네가 울고 있다. 소리없이. 까무룩이 떨어져내리며 나는 두서없이 문득 그런 생각을 했다. 꿈이었을까.

늦더위는 좀체 물러가지 않았다. 아침부터 함석 지붕을 녹여버릴 듯 불볕을 퍼부었다.

노랑눈아, 애 좀 업어라.

내게 동생을 업혀 띠로 찬찬히 감은 뒤 할머니는 끄응, 커다란 빨래 함지를 이었다.

발가벗은 아이들이 물장구질치는 얕은 물을 지나 빨래를 하거나 푸성귀를 씻는 여자들을 지나 할머니는 개울을 거슬러 위로위로 자꾸만 올라갔다.

개울의 상류, 사람의 발길이 드문 정한 데를 찾아 할머니는 빨랫감을 담갔다. 나는 개울 기슭, 산수유나무의 옅은 그늘에 동생을 내려놓고 짓무른 턱과 머리에 달라붙는 파리를 쫓았다.

거미처럼 여윈 동생은 이파리 사이로 새어드는 햇빛에 쉴새없이 눈을 깜박이며 얼굴을 찡그렸다. 여름내 땀띠가 새빨갛게 솟아 곪아터지면서도 긴 내의를 벗기면 푸릇하고 메마른 살갗에 단박 소름이 돋았다.

파리 쫓는 일에 싫증이 난 나는 쇠비름풀을 뽑아 풀각시를 만들어 물에 띄우고 냇물에 발을 담갔다.

빨래를 다한 할머니는 햇빛으로 하얗고 뜨겁게 달구어진 넓적바위에 빨래를 펴 널었다. 빠른 물살에 치마가 젖자 나는 발가벗고 물 속에 들어갔다. 개울 밑, 둥글게 닳은 조약돌 사이에서 발은 갑자기 돋아난 듯 아주 희고 깨끗해 보였다.

할머니는 흐르는 물을 한 번 더 손으로 헤살을 저어 검불과 풀잎들을 떠내려보내고는 비녀를 뽑았다. 쫑쫑 땋은 가느다란 머리 타래가 단번에 등허리로 늘어졌다. 할머니는 머리 밑에 바짝 잡아맨 댕기를 풀었다. 기름에 절어 자주댕기는 검은색으로 윤이 났다.

옛날 버릇이 남아서 …기생이었단다.

할머니의 꽃댕기를 가리키며 어머니는 다분히 경멸조로 말했다.

할머니 이름은 봉지였다.

어찌나 예뻤던지 봉지 봉지 꽃봉지라고 불렀단다.

외할아버지는 아흔 칸 고래등 기와집을 지어주고 봉지를 소실로 들였다고 했다.

할머니는 목욕이 잦았다. 한겨울에도 컴컴한 부엌에서 보얗게 김을 피워올리는 함지 속에 들어앉아 절벅절벅 물소리를 내며 몸을 닦았다. 물론 아무도 들여다보지 못하게 단단히 문을 잠그고서였다. 방안에서 할머니의 몸 닦는 소리를 들으며 어머니는 또 말했다.

옛날 버릇이 남아서 … 청승이지 뭐냐. 잠자리 뫼실 영감님도 없는 터에 ….

세 해 전인가 할머니가 처음 우리 집에 오던 날의 광경은 지금도 한 장의 그림처럼 내 머리 속에 또렷이 박혀 있었다.

그때를 전후한 일은 뭔가 몹시 어수선했다는 것밖에는 기억이 흐릿했다.

아버지는 뜰의 한구석을 파고 있었다. 곁에는 사기와 유리 그릇들이 잔뜩 쌓여 있었다. 그릇들을 깨지지 않게 땅속 깊이 묻고 우리는 어디론가 떠난다고 했다. 아버지는 허리를 굽히고 쉴새없이 이마에 흐르는 땀을 닦으며 곡괭이질을 했지만 굳게 얼어붙은 땅은 파지지 않았다. 오히려 곡괭이 날이 퉁기듯 부러져나갔다.

바람에 매운 눈발이 흩날렸다. 대문 밖에는 트럭이 서 있고 만삭의 어머니는 뒤뚱뒤뚱 오리 걸음으로 보퉁이를 하나씩 날라 트럭에 실었다.

그때 활짝 열린 문으로 누군가 살풋이 들어섰다. 흰눈에 묻어온, 때아닌 꽃잎 같다는 인상이었다.

이마 위로 오색술을 늘인 검정색 조바위를 맵시있게 쓰고 자줏빛 비단 두루마기를 입은 할머니는 씨암탉처럼 아기작아기작 얌전히 걸어들어왔다(그러한 걸음이 파편에 덴 발이 절룩이는 것을 감추려는 필사적인 노력임을 안 것은 그 얼마 후 맨 처음 닿은 피난지에서 몸을 푼 어머니의 산구완을 할머니가 도맡게 되면서부터였다).

우리는 할머니를 보는 순간 갑자기 어리둥절해서 한동안 대문께를 뚫어지게 바라보았다. 어머니마저도 그랬다.

짐을 덜고 추위도 막자는 생각으로 겹겹이 옷을 껴입어 보행도 어려울 만큼 옷보따리가 되어버린, 그리고 이 부산을 떠나야 하는 이유가 갑자기 몰라질 만큼 해맑고 천연한 얼굴로 수줍은 태를 보이며 눈발 속에 서 있는 모양은 왠지 우리에게 섬뜩한 충격을 주었던 것이다.

우리는 함께 피난을 떠나자는 부모의 권유에 따라 할머니가 우리 집에 나타날 때까지 할머니를 보기는커녕, 우리에게 할머니가 있다는 사실도 모르고 있었다. 후에 어머니의 말을 들으면 할아버지가 재산을 탕진하고(어머니는 첩에게 빨렸다는 말을 썼다) 돌아간 후, 화류계 여자들이 흔히 그렇듯 자식을 낳지 못한 할머니는 쭉 혼자 살고 있었다고 했다.

아버지 역시 할머니를 보자 잠시 멍청해지더니 그때까지 손에 쥐고 있던, 날이 부러져나간 곡괭이 자루를 집어던졌다. 그리고는 누구에게랄 것도 없이 퉁명스럽게 내뱉었다. 빨리 떠나자구.

할머니는 면구스러운 낯으로 조심스레 두루마기를 감싸쥐고 트럭의 짐 칸에 올라탔다. 즉시 할머니에게 넘겨진 나는 왜 그렇게 할머니의 머리에 얹힌 조바위가 무서웠을까. 내가 심하게 낯가림을 하며 울어대는 바람에 할머니는 조바위를 벗고 밤새 겨울 찬바람 속을 얼어붙을 듯 시린 맨머리로 정수리를 하얗게 보이며 가야 했다.

할머니가 들고 온 조그만 보퉁이에는 청홍의 술을 늘인, 머리를 맞댄 봉황 두 마리 금실과 은실로 찬란히 수놓인 붉은 비단 주머니가 있었는데 그 속에는 돌아간 영감님과 자신의 은수저가 각기 한 벌씩 들어 있었다.

할머니는 삼실처럼 희누르고 거친 머리를 물 속에 담그고 오래오래 감았다. 그리고는 젖은 머리를 땋아 자주댕기 물려 단정히 쪽을 찐 후 내 벗은 몸을 잡아 겨드랑이에 끼고 물 속에 머리를 잡아넣었다.

머리가 물 속에 들어가자 갑자기 머리 뚜껑이 열려 서서히 텅 비어가듯 그렇게 서늘하고 거뿟해졌다.

여름이어도 첫물은 늘 시렸다. 하늘과 구름과 나무가 곤두박질치듯 빙 돌며 물구나무를 섰다. 느닷없이 물 속에 거꾸로 박힐 때 나는 본능적인 두려움과 거부감으로 발버둥을 쳤지만 머리 밑을 흐르는 물의 감촉에 곧 익숙해졌다.

나는 팔을 늘어뜨리고 조용히 거꾸로 비치는 풍경을 바라보았다. 하늘과 그것을 떠받친 밋밋한 능선과 나무, 작은 풀숲 따위가 보일 듯 말 듯 흔들렸다. 작은 송사리 떼가 쏜살같이 실눈썹 위로 지나갔다. 올올이 흩어진 머리칼은 물풀처럼 흐느적거리며 물 속 바위 틈으로 스미었다.

이년, 이 쇠똥딱지 앉은 것 좀 봐라.

할머니는 서걱서걱 사정없이 머리를 문질렀다.

한낮의 햇빛이 조용히 뜨겁게 끓어오르고 있을 뿐 물 흐르는 소리조차 조는 듯 나른히 가라앉았다. 나는 느슨해진 할머니의 팔에서부터 더 깊이 물 속에 머리를 담갔다. 개울바닥, 돌부리에 비로드처럼 부드럽고 푸른 이끼가 숨어 자라는 것이 보였다. 물 속에 잠긴 눈에 비친 거꾸로 선 풍경은 언젠가 보았던 듯 몹시 친숙한 것이었다.

저고리를 벗은 할머니의 겨드랑이에서는 시큼한 땀내가 풍기고 땀에 젖은 풍성한 한줌의 털이 할머니가 머리를 문지를 때마다 어깨를 간질렀다.

내 머리를 다 감기고 나자 할머니는 돌아서서 치마를 벗었다. 그리고 미끄러운 돌에 기우뚱 위태롭게 발을 내디디며 물 속으로 들어왔다.

할머니의 벗은 몸을 보는 것은 처음이었다. 시들고 메마른, 거뭇거뭇 꽃이 핀 팔다리와는 달리 속살은 눈부시게 희고 특히 어머니처럼 다산(多産)의 흉한 주름이 없는 배는 둥글고 풍요했다. 할머니의 거뭇한 가랑이 사이에서 거품을 내던 물은 조금 아래쪽에 선 내 허리를 휘감고 흘러갔다.

나는 개울의 가운데 잠깐 망연해져 서 있는 할머니에게서 문득 눈발 날리는 속을 꽃잎처럼 묻어 들어오던 첫날의 놀라움을 생생하게 되살렸다.

할머니는 아름다웠다. 내 눈길을 느낀 할머니는 잇몸을 내보이며 호호 웃었다. 햇빛 아래 입을 벌리고 웃는 할머니는 마른 꽃잎 같았다. 봉지 봉지 꽃봉지, 할머니는 정말 새까맣게 여문 씨앗이 배게 들어찬 주머니와도 같았다.

파편의 화상으로 밤마다 허물을 벗는 연한 분홍빛의 발은 물살에 따라 흘러와 쌓이는 모래 속에 묻혀갔다.

물 가운데 우뚝 선 할머니는 물감처럼 엷게 한없이 풀리고 내 주름지고 볼품없는 가랑이 사이에서 거품을 내고 흘러갔다.

얼굴 위로 개미라도 기어가는지 동생이 가냘픈 목소리로 울기 시작했다. 물소리에 섞여 그것은 마치 개울바닥에 모래가 쌓여가는, 혹은 풀벌레 소리처럼 심상하고 자연스럽게 들려 어서 가보아야 한다는 생각은 들지 않았다. 할머니 역시 마찬가지인 모양이었다. 동생이 있는 풀숲으로부터 나타난 팔뚝 굵기의 번지르르한 구렁이 한 마리 대가리를 물에 묻고 느릿느릿 물을 따라 헤엄쳐 가는 것을 물끄러미 보고 있다가 문득 생각난 듯 무심히 중얼거렸다.

애가 혼절을 했겠구나.

어머니는 늦잠을 잤다. 언니와 작은오빠가 학교에 간 지도 꽤 오랜 참이었다. 지분이 얼룩진 얼굴에 햇빛이 닿자 어머니는 지난밤의 숙취로 부석부석 부어오는 얼굴을 손등으로 가리며 돌아누웠다.

늘 그렇듯 오빠가 돌아앉아 소리 높이 영어책을 읽기 시작하자 나는 어머니의 머리맡을 돌아 방을 나왔다.

마을의 어귀, 읍으로 나가는 길의 반대쪽에 구멍가게가 있었다.

내가 문간에 서서 두릿두릿 가게 안을 들여다보노라면 치마를 걷고 앉아 부채질을 하거나 파리채로 뚜덕뚜덕 파리를 잡고 있던 젊은 아낙네는 말없이 입이 넓은 유리병의 꽃모양으로 오그린 양철뚜껑을 열고 사탕을 두 알 꺼내주었다. 때로 무표정한 얼굴로 병 밑바닥에 수북이 떨어진 굵은 설탕가루를 한줌 덧쥐어주는 선심도 썼다. 나오기가 귀찮은지 쪽유리로 흘깃 내다보고는 게으르게 하품을 하며 돈 거기 놓고 꺼내 가거라 라고 말하기도 했다. 그녀는 늘 내 주머니 속의 돈이 꼭 사탕 두 알 값이라는 것을 알고 있었고 나는 이제껏 사탕 외에 다른 것을 산 적이 없었기 때문이었다.

그럴 때면 나는 사탕을 두 개 꺼낸 뒤에도 곧 뚜껑을 닫지 않고 머뭇거렸다. 이편을 내다보는 기척이 없으면 재빨리 한 개를 더 꺼내 주머니에 넣고 돈 여깄어요. 크게 소리치고는 나오는 것이었다. 소눈깔 만한 사탕을 입에 물면 볼이 미어지게 튀어나왔다. 나는 그 두 알의 사탕으로 점심때가 훨씬 이울 때까지 견디는 방법을 알고 있었다. 기실 그것이 다 녹을 때까지는 집에 들어갈 수 없기도 했다.

나는 어슬렁어슬렁 신작로를 따라 걸었다. 길 옆 옥수수 이파리는 흙먼지를 보얗게 뒤집어쓴 채 축축 늘어지고 터질 듯 여물게 알을 실은 옥수수 수염이 노랗게 바래지고 있었다.

나는 사탕의 단맛을 아껴 되도록 천천히 빨며 먼지가 풀풀 이는 길을 걸었다. 쿵, 쿵, 먼 데서 대포 소리가 들려왔다. 멀리 보이는 몇 개의 겹쳐진 능선 너머에서 들리는 소리라고 사람들은 말했다. 나는 자주 멈춰서서 입 안의 사탕을 꺼내 눈앞에 들어올려 작아진 정도를 살피고는 주머니에 넣었다. 열 발자국 정도를 걸어 입 안에 남은 단맛이 말끔히 가신 후에야 다시 사탕을 빨았다. 때문에 손가락들은 끈끈한 사탕기로 물갈퀴처럼 달라붙어 잘 떨어지지 않았다.

신작로의 끝에 언니가 다니는 학교가 있었다. 나지막한 단층 목조건물이었다. 운동장을 두른 탱자나무 울타리가 드티어진 교문 앞에서는 솜사탕 장수가 틀, 틀, 틀, 틀 사철구름 같은 솜사탕을 피워올렸다. 깔때기 모양의 함석통 안에 흰 가루를 한줌 넣고 가느다란 막대를 꽂은 뒤 발틀을 돌리면 막대에는 솜이 한 겹씩 감기고 금시 목화꽃처럼 하얗게 반짝이며 피어올랐다. 그것을 보는 일은 언제까지나 싫증이 나지 않았다. 한참을 서서 다섯 개, 열 개로 자꾸자꾸 불어나는 솜사탕을 물끄러미 바라보고 있으면 솜사탕 장수는, 먹고 싶으냐, 먹고 싶으면 돈 갖고 와 사 먹어라, 하고는 보아란 듯 열한 개째의 솜사탕을 탁 꽂았다. 콜타르로 검게 칠한 낡은 목조건물의 열린 창에서 쩽쩽히 노랫소리가 들려왔다.

학교 뒤 야산 중턱, 철조망이 쳐진 곳은 고아원이었다. 철조망 안에는 창고처럼 높직이 유리창이 달린 판잣집과 두어 개의 군용 천막이 세워져 있었다. 공사를 하려는지 각목과 벽돌도 군데군데 쌓여 있었다. 햇빛이 쩽쩽하고 그늘이 없어 계집애들은 각목을 엇갈려 세운 틈의 좁은 그늘에서 머리를 맞대고 이를 잡고 웃통을 벗은 사내애들은 물지게로 물을 길어 날랐다.

작은오빠는 늘 그애들을 부러워했다. 못으로 날선 칼을 만들고 상처의 피쭘이야 쓱 혀로 핥고 밤마다 서너 명씩 패를 지어 달아 나면 또 그만한 숫자의 다른 아이들이 어디선가 잡혀온다고 했다. 언니는 그런 얘기를 들으면 진저리를 쳤다. 갈 때 보자, 나지막이 잇새로 내뱉는 그애들의 말을 무서워하지 않는 애들이란 오빠의 반에서 단 한 명도 없다고 했다. 그러한 경고를 들은 뒤, 집으로 돌아가는 으슥한 길목에는 영락없이 그애들의 패가 기다리고 있기 때문이라는 것이다. 맘만 먹으면 변소에 거꾸로 처넣는 것쯤이야 식은죽 먹기라는 것이다.

우유 가루를 핥던 계집애가 철조망 가까이 다가왔다.

먹고 싶니, 좀 줄까?

나는 손을 내밀었다. 그러자 그애는 손바닥에 조금 남은 우유 가루를 내 눈에 대고 훅 불어 날렸다.

빨리 없어져, 이 뚱보야.

판잣집 앞에 세운 산소통이 땡땡땡땡 여러 차례 울렸다.

배고프다 땡땡땡.

밥 먹어라 땡땡땡.

아이들은 재빨리 일어나 머리채를 흔들며 다투어 안으로 사라졌다.

나는 나머지 사탕을 입에 넣고 왔던 길을 뒤짚어 마을을 지나 읍내로 갔다.

장이 안 서는 날이라 한산한 한낮의 저잣거리를 땅, 땅, 대장간의 망치 소리만이 생생히 울렸다.

나는 거리의 끝까지 느릿느릿 걸으며 두어 사람을 내려놓고 떠나는 완행버스 꽁무니를 따라가 보기도 하고 죽은 듯 조용한 미장원과 술집·여인숙 골목을 기웃거리기도 했다.

이 거리를 지나노라면 늘 아버지 생각이 났다. 아버지가 전투복을 입은 사람들에 의해 트럭에서 끌어내려진 곳은 여기서 얼마쯤 떨어진 곳일까. 흐린 기억으로도 우리는 아버지를 내려놓은 곳에서 그닥 멀리 와 있는 것 같지는 않았었다.

대장장이는 이글이글 타는 참나무 숯불에 쇠를 달구고 힘찬 망치질로 날을 벼리었다. 망치를 내려칠 때마다 겨드랑이 안쪽의 살이 푸르륵푸르륵 부풀어올랐다. 대장간 앞에 드러누워 벌겋게 익은 얼굴로 잠든, 농기구를 손보러 온 농부들 곁을 지나치다가 나는 걸음을 멈추었다. 그들 중에 눈에 익은 연장 망태를 베고 모로 꼬부려 누운 안집의 외눈박이 목수가 있었기 때문이었다.

해가 훨씬 이울었을 때야 나는 집으로 돌아왔다. 어머니가 읍내로 나갈 시간이었다.

동생을 업고 텃밭에서 서성이던 언니가 애써 웃음을 숨기고 비쭉 입을 내밀었다. 뭔가 좋은 일이 있다는 암시였다.

망할년, 어딜 그렇게 쏘다니니.

우물가에서 돌절구를 씻다가 할머니가 한마디 핀잔을 주었다. 방안의 오빠는 책을 읽으면서도 바깥의 동정을 낱낱이 살피고 있었던 듯 절구를 말끔히 씻자마자 단숨에 부엌으로 들어 날랐다.

찜통같이 덥고 어두운 부엌에는 이미 불 피운 화덕이 들어와 있고 물이 김을 내며 설설 끓었다. 무슨 일이 있는가는 이제 확실해졌다. 나는 벙긋벙긋 자꾸 웃음이 번지는 얼굴로 부엌과 뒤꼍을 들락거리다가 할머니에게 머리를 쥐어박혔다. 화장을 마치고 나가는 어머니에게 할머니가 은근하게 말했다.

에미야, 저녁은 꼭 집에서 먹어라.

할머니가 또 임자 없는 닭을 잡아온 것이다. 할머니의 빨래함지는, 빨랫거리에 비해 엄청나게 컸다. 그리고 가끔 그 큰 함지 속에는 커다란 묵은 닭이 죽은 듯 다리를 꺾고 앉아 눈을 뒤룩거리고 있곤 했다. 동네에서 떨어진 채마밭을 어정거리는 닭을 잡아온 것이다. 할머니는 끝내 임자 없는 닭이라고 우겼다.

할머니가 그 닭의 목을 죽지 속에 파묻은 후 돌절구에 넣고 공이로 찧으면 닭은 단 한마디의 비명도 없이 죽었다.

옷이 척척 들러붙게 더운 날인데도 할머니는 부엌문을 닫아걸고 흘러드는 땀에 눈을 섬벅이며 닭털을 뽑았다.

우리는 방문을 굳게 닫고 땀을 뚝뚝 흘리며 뜨거운 닭국을 마셨다.

할머니는 우리의 손이 닿기 전 먼저 닭의 다리와 똥집을 오빠의 밥 위에 얹었다.

뒤처리도 재빨랐다. 바람에 날리지 않게 재에 버무린 닭털을 오빠는 마당 구석 깊숙이 묻고 부엌바닥에 검게 엉긴 피도 흙을 뿌려 쓸자 감쪽같았다.

할머니는 또 살이 말끔히 발린 닭뼈를 눈에 안 띄는 찬장 뒤에 놓았다. 지네를 잡아 약에 쓴다는 것이다.

우리는 기름기 번질한 입술을 손등으로 문지르며 방문을 열고 툇마루에 나앉았다.

처음 우리가 이사왔을 때 동네에서는 자꾸 닭이 없어진다는 소문이 돌고 닭임자는 잃어버린 닭을 찾아 우리 방 쪽을 기웃거렸다. 외지에서 들어온 피난민들의 소행이 분명하다고 사람들은 수군거렸다. 그러나 정작 할머니가 커다란 빨래함지를 이고 나가기 시작한 것은 일 년이나 지난 다음부터였다. 어차피 우리는 거지나 다름없는 뜨내기 피난민이었던 것이다.

오빠는 처음엔 닭을 입에 대지도 않았다. 자기 몫의 국을 보아란 듯 뜨물통에 쏟아 우리를 경악케 했다. 그러나 한창 자랄 나이의 왕성한 식욕을 오랫동안 외면할 수는 없었다.

할머니는 동생에게는 소다를, 내게는 호렴을 한줌 먹였다. 안 먹

196

던 음식을 먹고 체하면 큰일이라는 것이다. 호렴은 짜고 썼다. 목구멍을 넘어갈 때는 따갑고 쓰라렸다.

한밤중, 타는 듯한 갈증으로 잠을 깬 나는 잠든 몸들을 더듬더듬 타넘어 방문을 열었다.

소금 먹은 놈이 물 켠다더니.

그때까지도 잠들지 않고 있었던 듯 어머니는 술내를 풍기며 후후 웃고, 오줌만 싸봐라, 키 씌워 동네 조리를 돌릴 테니, 할머니가 으름짱을 놓았다.

우물은 깊었다. 둥그렇게 내려앉은 어두운 하늘은 두레박 줄을 한없이한없이 빨아들이고 방심하고 있던 어느 순간 마침내 철버덕 수천 조각으로 깨어져 흐트러졌다.

이슬이 자디잔 유리 파편처럼 반짝이며 축축히 내리고 있었다. 한 차례 물을 길어 마시고 발등에 쏟아붓고 나는 다시 끝없이 두레박 줄을 풀어내며 우물 속을 들여다보았다. 우물 속은 고요하고 알 수 없는 소리로 가득 차 있었다. 그 속에는 어쩌면 탄식과도 같은 누군가의 숨소리가 섞여 들리는 듯도 했다.

부네의 방, 툇마루 밑에서 쥐가 한 마리 재빠르게 달아났다. 마루의 벌어진 틈 사이로 달빛이 깊숙이 스미고 있었다. 나는 다가가 마루 밑을 들여다보았다. 마루 밑에는 방금 쥐가 장난을 치던 것인 듯 구두가 한 짝은 모로, 한 짝은 엎어진 채 있었다. 나는 그것을 꺼냈다. 흙먼지가 가득 속을 메운 구두는 굽과 코가 칼날처럼 날렵하게 빠진 하이힐이었다. 나는 흙을 털어내고 손바닥으로 문질러 반짝 윤을 내고는 가만히 젖은 발을 집어넣었다. 발목이 꺾일 듯 휘청 앞으로 고꾸라졌다. 나는 신을 벗어 댓돌 위에 나란히 놓은 뒤 방문에 눈을 갖다 대었다. 안은 어두워 촘촘한 문의 간살 사이로 아무것도 눈에 잡히지 않았다. 이상하게도 여느 때의 두려움은 느껴지지 않았다.

붉은 물이 들기 시작한 감이 가끔 생각난 듯 툭툭 떨어져 굴렀다.

한밤중에 이렇게 나와 앉아 부네의 방을 바라보면, 너무 조용하기 때문일까. 나는 낮의 일들이 꼭 꿈 속의 일처럼 아주 몽롱하고 멀게 느껴지는 것이었다. 밤마다 술취해 오는 어머니, 더러운 이불 속에서 쥐처럼 손가락을 빨아대는 일 따위가 한바탕의 긴 꿈만 같이 여겨졌다. 진짜의 나는 안타까이 더듬어 보는 먼 기억의 갈피짬에서 단편적인 감각으로 남아 있는 것이 아닐까. 아버지처럼. 아버지는 키가 몹시 컸다. 아니 그것은 덩치 큰 오빠를 향해 하던, 아버지를 쏙 빼었다는 할머니의 말에서 비롯된 연상인지도 몰랐다.

저녁을 먹은 후 바람이 서늘해지면 아버지는 나를 목에 태우고 밖으로 나갔다. 아버지의 무등을 타면 어찌나 높던지 나 자신 풍선처럼 공중에 둥실 떠오르듯 눈앞이 어지러이 흔들렸다.

곧 동생이 태어날 거다. 아버지는 내 넓적다리를 꽉 쥐며 노래부르듯 말했다. 엄마 뱃속에 아이가 들었단다.

꼭 잡아, 아버지의 말에 따라 아버지의 머리를 잡으면 손에서는 찐뜩찐뜩한 머릿기름이 묻어났다.

아버지는 내게 연약한 넓적다리, 혹은 발목을 잡던 악력(握力), 막연히 따스하고 부드러운 것, 보다 커다란 것, 땀으로 젖어 있던 등허리로 남아 있었다. 그러나 이 모든 기억 역시 내 상상이 꾸며낸 더 먼 꿈 속의 일은 아니었을까.

전쟁이 끝나면 아버지가 돌아온다. 두 해가 지나도록 소식이 없었지만 할머니는 끈기있게 기다렸다. 그러나 아버지에 대한 정다운 기억, 희망 없는 기다림에도 불구하고 아버지가 돌아온다는 사실에 우리는 모두 얼마쯤의 불안과 두려움을 갖고 있었다. 매일 술취해 돌아오는 어머니를 향해, 다만 아버지가 돌아오시면 뭐라고 하실까요, 차갑게 협박하는 오빠까지도.

우리가 임자 없는 닭의 맛에 길들여지듯, 어머니의 지갑을 더듬는 손길이 점차 담대해지고 빼내는 돈의 액수가 많아지듯, 할머니가 단말마의 비명도 없이 도살(屠殺)의 비기(祕技)를 익혀가듯, 그리고 종내는 눈의 정기만으로도 닭들은 스스로 죽지 밑에 고개를 묻고 널브러지듯 아버지 역시 달라져 있을 것이다. 아버지가 우리를 떠나 있던 그 긴 시간의 갈피짬마다 연기처럼 모호히 서린 낯설음은 새로운 전쟁으로 우리 사이에 재연(再燃)될 것이기에 차라리 그립고 정답게 아버지를 추억하며 희망 없는 기다림으로 우리 모두 아버지가 영영 돌아오지 않기를 바라거나 돌아오지 않을 사람으로 치부하고 있음을 변명하고 용서를 구하는 것이나 아니었는지.

멀리 산등성이 너머에서부터 들려오는 대포 소리는 고즈넉이 가라앉은 이 마을에 문득 전쟁을 상기시켰고, 드문드문 흘러드는 피난민들은 아직도 바깥에서는 전쟁이 계속되고 있다고 말했다.

빨간 고추잠자리 한 마리가 장독대 위를 날았다. 낮잠을 자는 사이 비가 그쳤나 보았다. 따가운 볕에 청명한 바람기가 숨어 있었다.

일년초가 심겨진 장독대 주위는 가을꽃으로 붉었다. 저녁답이었다.

물이 괸 장독 뚜껑에 엷게 햇빛이 떠 있고 잠자리는 앉을 듯 말 듯 망설이며 뱅뱅 돌았다.

할머니는 개울에서 아직 돌아오지 않았는지 보이지 않았다. 이맘때면 우물가에서 쌀을 씻던 안집 여자도 기척이 없었다.

나는 빗물이 질척하게 괸 고무신에 발을 꿰고 툇마루에 앉았다.

부네의 방을 가로질러 나온 햇빛이 누렇게 찌든 창호지를 감청빛으로 떠올렸다. 자물쇠의 무게로 아래로 휜 문살은 더 짙은 갈색으로 보였다. 찌든 한지의 올 사이로 슴슴이 배어나오는 것은 부네의 벌거벗은 몸을 꿰뚫고 나오는 빛일까.

가을 해는 짧았다. 어느새 부네의 방문은 엷은 햇빛에도 눅눅히 잠겨들고 있었다. 나는 잦아드는 부네의 방을 보면서 이유를 알 수 없는 서러움이 가슴에 차오르는 것을 느꼈다.

불현듯 닫힌 법문의 안쪽에서 노랫소리가 들리는 듯했다. 어쩌면 약한 탄식 같기도, 소리 죽인 신음 같기도 했다.

아아아아아아

아아아아아아

어느 순간 감청색의 창호지가 부풀어오르고 그 안쪽에서 어른대는 그림자를 얼핏 본 것도 같았다.

아아아 아아

그 소리는 다시 들리지 않았다. 분가루처럼 엷게 떨어져내리는 햇빛뿐이었다. 내가 들은 것은 환청인지도 몰랐다.

그러나 입 안쪽의 살처럼 따뜻하고 축축한 느낌이 내 몸을 둘러싸고 있음을, 내 몸 가득 서러움과 같은 욕정이 차올라 해면처럼 부드러워지고 있음을 느낄 수 있었다. 그것은 떠돌던 고추잠자리가 잠깐 물에 스치듯 꽁지를 담갔다 뺀 순간이었을까.

달라진 것은 아무것도 없었다. 햇빛이 사위었다는 것뿐.

부네의 방은 박명 속에 어슴푸레 잠겨들었다. 햇빛은 이제 우리 방 서쪽 창에만 조금 남아 있을 뿐이었다. 맴돌던 고추잠자리는 담장 너머 피마자 이파리로 옮겨 앉았다.

나는 방으로 들어와 옷을 벗고 거울 앞에 섰다. 몸의 근육을 조금도 긴장시키지 않고 축 늘어뜨리고 불룩 튀어나온 배와 작고 주름진 가랑이를 물끄러미 보며 나는 까닭없이 흐느꼈다.

깊은 밤, 안채에서 느닷없이 곡성이 터졌다.

딸이 죽었댄다. 혀를 물고 자살을 했대. 약을 달여 들어가니 글쎄 벌써 죽어 있더라지 뭐냐.

나갔다 들어온 할머니가 쉬쉬하며 수군거렸다.

그럼 정말 딸을 가둬두고 있었나요?

어머니가 남포에 불을 붙이고 일어나 앉았다.

다음날 아침, 우리는 마당에서 들리는 소리에 잠을 깼다. 마당에서 부네의 늙은 아비가 대패질하는 소리였다.

널은 뭘 하러 짜오. 거적짐에 말아 저잣거리에 내다 묻소. 오가는 사람 발길에 밟히게시리.

안집 여자가 꽉 잠긴 목소리로 말했지만 외눈박이 목수는 묵묵히 대패질을 했다. 옹이가 박힌 곳은 몇 번이고 힘들여 다시 밀었다. 읍내 대장간에서 벼리어 온 톱과 망치, 대팻날은 첫물인 듯 반짝반짝 빛을 내며 매끄럽게 나뭇결을 가다듬었다.

우리는 눈꼽 낀 눈을 섬벅이며 빙 둘러서서, 송진이 묻어나는, 덜 마른 소나무의 속살이 한 꺼풀씩 벗겨지며 더욱 희어지는 것을 바라보았다. 마르지 않은 생나무의 향기가 독하게 코를 찔렀다. 목수의 시종 숙이고 있는 얼굴은 술에 취한 듯 붉었고 손등과 이마에 지렁이처럼 굵은 힘살이 불거졌다. 대팻밥은 얼마든지 나와 금시 우리의 발 밑에 수북이 쌓였다.

저녁 무렵 널에 못 박는 소리가 꽝꽝 들렸다. 그리고 부네는 어둠기를 기다려 기진한 안집 여자의 흐느낌 속에 차일도 휘장도 술도 국수도 없이 집을 빠져나갔다. 저녁 내내 우리는 방에 갇혀 있었다. 할머니는 연신 문구멍으로 눈을 갖다 대는 언니의 뒷덜미를 잡아채고 머리통을 쥐어박았다.

애들이 일찍부터 흉한 꼴을 보면 팔자가 세어져.

부네의 방문에 자물쇠는 벗겨졌지만 여전히 굳게 닫혀 있었다.

부네의 죽음은 소나무 속살의 희디흰 향기로 남아 오래도록 떠나지 않았다.

남들이 뭐라는 줄 아세요?

하얗게 닦아 세워둔 고무신에 마악 발을 꿰려는 어머니의 앞을 오빠가 가로막았다.

뭐라고들 하든?

어머니는 치맛자락을 거머쥐고, 오빠는 바라보지 않고 건성 되물었다.

갈보래요, 늙은 갈보.

어머니의 눈가가 순간 확 붉어졌으나 곧 태연히 대꾸했다.

실컷 떠들라지.

아버지가 오시면 뭐라고 하실까요.

글쎄다.

오빠는 문을 박차고 나갔다. 부엌에서 바깥의 동정을 살피며 전전긍긍 발소리를 죽이던 할머니가 불안한 표정으로 슬쩍 얼굴을 내밀다가 다시 들어갔다.

다녀오겠어요.

어머니는 입술을 깨물고, 먼지 하나 묻지 않은 흰 고무신에 공연히 걸레질을 하는 시늉을 하고는, 짐짓 아무 일도 없었다는 얼굴로 나갔다.

요즘 들어 어머니는 술을 덜 마시는 대신 안 돌아오는 밤이 잦았다. 오빠는 걸핏하면 언니를 때려 코피를 터뜨렸다. 죽은 듯 엎드려 얌전히 매질을 당한 언니는 코피가 멎을 때까지 고개를 젖혀 눈물 가득한 눈으로 하늘을 바라보곤 했다. 어머니와 오빠 사이의 긴장은 베일 듯 날로 위태롭게 팽팽해졌다.

여름이 지나자 읍내 저잣거리는 장이 서는 날 외에는 한결 쓸쓸하고 스산해졌다. 우리를 밤마다 알 수 없는 흥분과 열기로 들뜨게 하고 모여들게 하던 여름은 지나간 것이다.

가을의 끝 무렵, 도회지에 나가 있던 목수의 작은딸, 부네의 동생인 서분이가 돌아왔다.

영어 공부하니?

집으로 돌아온 첫날 그녀는, 들창으로 불룩한 가슴까지 들이밀며 오빠에게 스스럼없이 물었다. 오빠는 목덜미까지 시뻘개졌다.

멋을 부려, 반짝이는 헝겊으로 머리를 이마 위로 질끈 묶고 얼굴에 보얗게 분가루가 얹힌 서분이는 열여덟 살이었다.

순 한국식 발음이다 애.

그녀는 깔깔 웃었다. 어머니는 서분이가 미국인 집의 식모라고 우리에게 일러주었다.

서분이의 말에 오빠의 얼굴은 또다시 홍당무가 되었다.

내가 있는 집, 해리슨 씨 말야. 너 같은 애 여럿 미국 보냈어. 영어 공부 열심히 해라. 내가 말해줄게. 그 사람들, 너같이 불우하고 의지 강한 애들을 참 좋아해. 어떻허든 도와주려고 애쓴다.

오빠의 눈이 기대에 차서 반짝였다.

서분이는 스스럼없이 우리 방을 드나들었다. 오빠는 거센 목소리로 묻는 말에나 더듬더듬 대답하고 곧잘 얼굴을 붉혔으나 서분이의 때없는 내방을 그닥 싫어하지 않았다.

서분이는 멋쟁이였다. 밤마다 엉덩이를 흔들고 다니는 읍내 처녀들과 비할 바 아니었다. 집에서도 꼭 끼이는 스커트에 환히 살이 비치는 양말을 신고 굽 높은 구두를 신었다. 서분이는 우리에게 껌과 초콜릿을 주고 어머니에게는 냄새 독한 향수를 주었다.

어쩌면 손도….

할머니는 서분의 분결 같은 손에 감탄했다. 물론 '식모를 한다면서'라는 뒤엣말은 목 안으로 삼키고서였다. 일도 별로 없대요. 빨래도 기계로 하고 청소도 기계로 한다나요.

안집 여자는 자랑스럽게 대답했다.

처음부터 신임을 얻기는 어려워. 일단은 다 도둑놈으로 보려 하거든. 처음엔 시험을 한단다. 우선 좋은 날씨군요, 행복한 아침입니다, 나는 절대로 훔치지 않았습니다, 나는 거짓말쟁이가 아닙니다 라는 말만 할 수 있으면 돼.

해리슨 씨가 제일 싫어하는 것은 도둑질과 거짓말이라고 했다. 서분이는 근 보름께나 집에 머물러 있었다. 그동안 오빠는 그녀에게서, 얼굴도 모르는, 자신을 고용할지도 안할지도 모르는 해리슨 씨의 성품·취미·가족상황·식성 따위를 낱낱이 익혔다. 우리는 미군 문관인, 좀 비대한 중년의 백인 사내가 아침에는 홍차를 마시고 피가 흐를 듯 슬쩍 익힌 비프스테이크를 즐긴다는 사실까지 알게 되었다.

오빠는 해리슨 일가에 관한 한 무엇이든 서분이의 말에 열심히 귀를 기울였다. 해리슨 씨가 반드시 자기를 고용하리라는 자신은 없었지만 그녀의 큰소리대로 불원간 미국인 집에 가게 될 것이고 모든 미국인은 친절한 해리슨 씨에 다름아니었으므로.

우리 역시 곧 오빠가 미국에 가게 되리라고 생각했다. 그리고 성공해서 돌아올 것이다.

서분이는 정말 오빠에게 친누이나 되는 것처럼 허물없이 굴었다. 오빠가 긴 장대로 익은 감을 따면 그녀는 스커트를 벌려 감을 받고, 성이 차지 않는지 주르르 감나무로 기어올라 가지 사이에 다리를 벌리고 걸터앉아 감을 따서 오빠에게 던지며 깔깔거렸다.

엉덩이에 바람이 잔뜩 들었어.

할머니는 혀를 차며 못마땅해 했다. 밤이면 읍내 저잣거리에 나가는 대신 오빠는 그녀와 함께 어디론가 사라지고 밤깊어 마른 풀내를 풍기며 소리없이 들어와 누웠다. 보름간의 휴가를 마친 서분이는 곧 연락을 하겠노라는 약속을 남기고 해리슨 씨의 집으로 떠났다.

아임 낫 라이어.

아임 어니스트 보이.

오빠는 미국인과의 생활에 꼭 필요하다는, 새로 익힌 몇 개의 문장을 열심히, 되도록 부드럽게 혀를 굴려 외었다.

감은 대풍(大豊)이었다. 서너 그루의 늙은 감나무는 마지막의 엷인 듯 쇠잔한 기력을 모아 화려하고 풍성하게 열매를 익혔다. 뒤뜰은 붉게 익은 감들이 지천으로 구르며 썩어가고, 부네의 죽음으로 넋이 나간 안집 여자는 우리가 감을 주워먹어도 말없이 멀거니 바라보기만 할 뿐이었다.

가으내 우리는 굳은 똥을 누느라고 애를 쓰고 이불이며 옷에 불그죽죽한 감물을 들여 할머니에게 혼이 났다. 안채에는 가끔씩 낯선 노파가 드나들었다. 사람을 놓아 사윗감을 물색한다는 소문이 쉬쉬하며 입에서 입으로 전해졌다.

가을이 깊어지고 날씨가 퍽 차가워졌다. 댓돌 위에 벗어둔 고무신은 밤새 쇠처럼 차갑게 굳어지고, 아침에 선하품을 깨물며 방문을 열면 안채 지붕과 마당에 서리가 하얗게 내린 것을 볼 수 있었다.

곧 부러질 듯 앙상한 감나무 꼭대기 가지에는 홍시 두어 개가 찬서리 속에 터질 듯 밝은 홍색으로 익어 아침마다 까치가 날아들었다. 쪼아먹은 자리는 낮 동안 햇빛과 바람으로 거무스레 말라가고 다음날 아침이면 또다시 아파아파 생살을 보이며 붉게 물크러졌다.

죽은 지 백일이 되는 날, 부네는 청홍의 비단실로 묶은 사주를 받고 시집을 갔다.

저물 무렵, 화문석 깔린 대청마루에 떡시루가 놓이고 모처럼 진솔의 비단옷을 차려 입은 안집 여자는 치마를 벌려 청·홍·황·

백·흑, 다섯 가지 빛깔의 채단을 받았다. 신랑 자리는 지난해 여름, 뱀에 물려 죽은, 산 너머 마을 묘위답 마름이었다. 지체가 기울어 색시 쪽에서 마다했다는 소문도 있었다.

마당에 차일이 쳐지고 안집 여자는 시종 옷고름으로 눈물을 찍어대며 술과 국수를 날랐다. 그녀의 많은 딸들은 하나도 모습을 보이지 않았다.

뭐 좋은 일이라고….

안집 여자가 말끝을 흐리며 눈물을 찍어내자 사람들도 그럴싸한 표정으로 고개를 끄덕였다. 혼례에 쓸 요량으로 중돝을 잡았기에 사내아이들은 돼지 오줌통에 물을 넣어 종일토록 김장걷이 끝낸 빈 밭에서 공을 찼다.

밤이 깊어 마당의 화톳불이 사위어지자 신방이 차려졌다. 녹의홍상으로 꾸민 부네와 신랑은 나란히 이불 속에 누웠다. 신방의 불이 꺼질 때 그때까지도 화톳불 가에 모여 술잔을 돌리던 사람들은 문득 조용해졌다. 그리고는 약속이나 한 듯 청사초롱·홍사초롱 불을 밝혀 드리운, 활짝 열린 대문께를 바라보았다. 등줄기로 서늘히 지나가는 것은 차가운 바람의 한 자락일까, 뭉텅이 내리는 흰 무서리일까.

안집 여자의 소리 죽여 흐느끼는 소리가 밤새 들려왔다. 외눈박이 목수는 술에 취해 초저녁부터 인사불성이었다.

이상한 일이야 글쎄 아침에 신방에 들어가 보니 지푸라기 인형 둘이 다리가 얽혀 있더란다.

아무렴, 그럴려구요.

아니다. 아무리 처녀로 죽은 딸년, 혼백이나 제대로 보내자고 하는 짓이라도 섬뜩해서 신랑 자리에서 좀 떨어져 뉘었는데도 이불을 들쳐보니 바짝 붙어 다리가 얽혔더라고 쥔 여편네, 그 경황에도 기함을 하고 넘어가더라.

206

아침 상머리에서 할머니와 어머니가 목소리를 낮춰 수군거렸다.

왜 짚각시 다리가 꼬이지?

언니가 고개를 갸우뚱하며 말참견을 했다.

어린애들은 알 거 없다.

할머니가 말했으나 언니는 알 만하다는 듯 사팔눈을 만들어 오빠를 흘깃 바라보았다. 오빠는 벌개진 얼굴로 바삐 숟갈질을 했다.

첫날밤을 치른 신랑 각시는 바람을 피해 야산의 골진 곳에서 불에 태워졌다. 첫날밤의 원앙금침과 녹의홍상도 태워졌다. 초겨울의 차갑고 맑은 날씨였다.

햇빛에 불꽃은 투명하게 흔들리고 구천에서 외롭게 떠돌던 혼백들은 노오란 연기로 흐트러지며 어우러지며 가뭇없이 사라졌다.

다시는 짐승으로도 인간으로도, 몸을 받아 이승에 나오지 마라.

안집 여자는 자우룩이 남은 재 위에 술을 뿌리며 울었다.

먼 하늘로 사라지는 한 줄기 연기됨의 까닭을 알 리 없는 아이들은 야산 등성이에서 돼지 오줌통을 높이높이 차올리며 와아와아 몰려다녔다.

가을이 다 가고 겨울이 되도록, 곧 연락을 보내마던 서분이에게서는 아무런 소식이 없었다. 해리슨 씨에게는 오빠를 데려갈 의사가 없는 모양이었다.

어머니가 거푸 이틀을 돌아오지 않자 오빠는 오랜만에 언니의 코피를 터뜨렸다. 고스란히 엎드려 맞던 이제껏과는 달리 언니는 고개를 빳빳이 들고 소리쳤다.

그 바람둥이년, 거짓말을 한 거야. 난 오빠가 그 계집애하고 무슨 짓을 했는지 알아. 그 더러운 짓을 안단 말야.

한쪽 벽에 버티어 선 거울은, 줄줄이 피를 흘리고 있는 버짐투성이의 메마른 계집애를, 슬픔과 증오와 수치심으로 비참하게 일그러진 열여섯 살 사내아이의 초라한 모습을 비웃듯 남김없이 드러내어 오연히 번쩍였다. 오빠는 참담한 얼굴로 거울을 노려보다가 발길로 걷어찼다. 삽시간에 방은 발디딜 자리도 없이 자디잔 거울조각으로, 잔인하게 번득이며 튀어오르는 빛으로 가득 찼다. 저녁마다 화장을 하던 어머니의 얼굴이 천 조각 만 조각으로 깨어졌다. 그리고 오빠는 그 천 조각 만 조각의 얼굴에 결별을 고하듯 슬프고 초라하게 어깨를 늘어뜨리고 물끄러미 바라보았다.

산등성이 너머에서는 여전히 대포 소리가 들려왔으나 전쟁은 곧 끝날 거라는 소문이 돌고 피난민들은 하나 둘 이 마을을 떠나기 시작했다.

사방이 산으로 둘러싸인 분지인 탓에 겨울은 유독 춥고 길었다. 해가 지면 곧 밤이 왔다. 저녁을 먹고 나면 우리는 화로를 끼고 앉아 내복을 벗어 화로 위에 팽팽히 펴놓았다. 그러면 옷 솔기에 숨었던 이가 더운 기운에 게으르게 기어나오고 우리는 그것을 손쉽게 주워 화로에 떨어뜨렸다. 저녁내 방에서는 누린내가 가시지 않았다.

밤에 옷을 벗어 마루에 내놓고 자면 이들은 밤 추위에 발갛고 탱탱하게 얼어 죽어 있었다.

다른 피난민들처럼 홀홀히 이 마을을 떠날 수 없었던 우리는 춥고 긴 겨울을 방안에 갇혀 이를 잡으며 그렇게 보냈다.

겨울이 다 갈 무렵 우리는 이웃 동네로 이사를 했다. 부네의 부모가 딸들이 살고 있다는 도회지로 가기 위해 집을 팔았기 때문이었다.

때늦은 함박눈이 퍼붓는 날이었다. 나는 눈 위에 또박또박 찍힌 발자국이 곧 펄펄 내리는 눈에 소롯이 지워지는 것을 아쉽게 돌아보며 짐 실은 달구지를 따라 걸었다.

이사하는 날 눈이 오면 부자가 되고 복 받는단다.

파편에 다친 발이 동상으로 덧나 심하게 절룩이며 할머니가 말했다.

글쎄요.

어머니는 씁쓸히 웃었다.

왜들 그러지 않든? 시집가는 날에도 눈이 오면 좋다고. 지난 일이 눈 속에 다 묻히니 왜 안 그렇겠냐.

할머니는 강요하듯 안타깝게 또 말했다. 어머니는 대꾸없이 삭막한 얼굴로 읍내 저잣거리께를 바라보았다. 화장기 없는 어머니의 얼굴은 퍽 늙고 지쳐 보였으며 납독으로 푸르스름했다. 그것은 단지 일상적인 피로와 만성적인 숙취에 기인한 것만은 아닐 것이었다.

저잣거리를 바라보던 어머니의 눈길이 우리가 트럭을 타고 왔다는 도회지로 가는 신작로 길로 그리고 멀리 겹쳐 보이는 능선 위로 옮겨가며 아득해졌다.

새로 세들어 간 방앗간 집 안마당에는 손쉽게 두레박을 끌어올릴 수 있는 도르래가 장치된 크고 깊은 우물이 있었건만 할머니는 여전히 빨래함지를 이고 개울로 나갔다.

지난 겨울의 혹독한 추위로 얼어붙은 도르래가 움직이지 않고 역시 방앗간에 일이 없는 철이라 주인이 수리를 서두르지 않았던 것이다. 때문에 할머니가 빨갛게 곱은 손을 오그라뜨리고 돌아올 때까지 나는 방에 갇혀 동생을 돌보아야 했다.

양지바른 앞마당에 파릇이 풀이 돋기 시작할 때도 우리가 살고 있는 북향의 사랑채 뒷문 밖은 두꺼운 얼음에 덮여 있었다. 꽃샘바람이 불고 그 두꺼운 얼음이 녹기 시작할 무렵 방앗간 주인은 겨울 동안 등겨 먼지와 거미줄에 묻힌 방아 기계를 털어내고 우물의 도르래에 기름칠을 했다. 나는 비로소 방에서 풀려날 수 있었다. 고깔 모양의 모자를 씌운 동생을 업고 할머니는 삐그덕삐그덕 도르래를 돌려 물을 긷고 우물가에서 빨래를 했던 것이다.

방에서 풀려난 나는 또다시 어슬렁어슬렁 돌아다니기 시작했다. 내 발길이 마지막으로 닿는 곳은 대개 먼저 살던 동네였다.

부네의 집 안채에는 이미 낯선 사람들이 들어와 살고 있었다. 마당에서 소꿉놀이를 하던 계집애들은 대뜸 경계하는 눈빛이 되어 나를 노려보았다.

우리가 살던 방은 허물리고 있었다. 지신(地神)이 들떠 변소와 헛간을 옮겨 짓는다고 했다. 아직 남아 있는, 벽에 끄적거린 우리들의 낙서와 남몰래 만들었던 홈집들, 오빠의 책궤가 놓였던 창은 사라졌다. 오빠는 이제 영어책을 읽지 않았다.

빈 방은 엄청나게 작았다. 그처럼 작은 방에서 우리 모두가 어떻게 살 수 있었을까 이상하게 느껴졌다.

집의 새 주인은 삿자리를 걷어내고 방바닥의 흙을 파내기 시작했다. 우리가 살았던 자취는 어디에고 없었다. 나는 사내의 힘찬 삽질에 의해 점차 깊어지는 방 가운데의 구덩이를 보며 알 수 없는 부끄러움과 서러움으로 눈물이 돌았다. 새 주인의 삽질에 의해 뜰의 어느 구석에서인가 재 묻힌 닭털이 끌려나오고 부서진 거울 조각들이 흙과 뒤섞일 것이다.

4월이 되자 나는 할머니 손에 이끌려 언니가 다니는 학교에 입학했다. 바람 불고 흙먼지 이는 날에도 솜사탕 장수는 틀, 틀, 틀, 틀 솜사탕을 피워올렸다.

어머니가 읍내 정육점 사내와 정분이 났다는 소문은 동네에 짜아하게 퍼졌다. 그 사내의 마누라에게 머리채를 잡혀 읍내를 몇 바퀴 돌았다던 날 밤 할머니는 처음으로 어머니를 다그쳤다.

새끼들 다 팽개치고 달아날 셈이냐, 이젠 얼굴 들고 다닐 수가 없구나.

오빠는 우리를 모아놓고 단호하게 말했다.

우린 이제 헤어지는 거다. 너희들은 고아원에 가 있어라. 내가 성공해서 데리러 오겠다. 구두도 닦고 신문도 팔겠다. 도둑질도 하겠다. 미국엘 가서 어떻게든 성공하겠다.

그러나 어머니는 여전히 저녁마다 읍내 밥집에 나가고 오빠는 봄내 여름내 저잣거리에서 살다시피 했다.

오빠는 이제 혀를 떨며 외롭게 하모니카를 부는 대신 차부의 조수들처럼 후익후익 멋지게 휘파람을 불었다. 나는 어머니의 지갑에서 점차 더 많은 액수의 돈을 꺼냈다.

여름이 오고 전쟁은 끝이 났다. 그때까지 남아 있던 피난민 두어 가족이 마지막으로 마을을 떠났다.

여름이 다 가도록 아버지는 돌아오지 않았다.

늦여름의 아침, 손바닥만한 거울을 창틀에 기대놓고 머리를 빗던 어머니가 할머니를 돌아보았다.

어젯밤 이상한 꿈을 꾸었어요. 머리를 빗는데 보리톨 같은 이가 자꾸 떨어지지 뭐예요.

할머니의 낯빛이 대번에 달라졌다.

머리를 푼 건 나쁘다만 꿈에 이를 보면 좋다는데 …. 암튼 무슨 소식이 있을라나 보다. 에미가 한 번 올라가봐라. 죽었는지 살았는지 ….

할머니가 쇠잔한 목소리로 말했다.

어머니의 눈꺼풀이 잠깐 푸르르 떨었다.

노랑눈이는 학교 안 가니?

침울하게 가라앉은 분위기에 덩달아 심란한 얼굴을 짓고 책보 싸던 손을 놓아버린 내게 할머니가 호통을 쳤다.

나는 얼른 허리에 책보를 두르고 뛰어나왔다. 해는 벌써 높다랗게 솟아 불볕 더위를 쏟아붓고 있었다.

시작 종이 친 지 오래인 듯 운동장에 아이들의 모습은 보이지 않았다.

　달 달 무슨 달

　쟁반같이 둥근 달

　우리 반의 열린 창문으로 여럿이 소리를 합해 국어책 읽는 소리가 들려왔다.

　뚱보야, 오늘은 안 사먹니?

　솜사탕 장수가 불러세웠지만 나는 대답하지 않고 운동장으로 뛰어들어갔다. 그때 첫 시간 끝나는 종소리가 땡땡 울렸다.

　마지막 수업인 넷째 시간은 미술이었다. 우리는 미술 교본에 있는 대로 화분에 심겨진 튤립을 그렸다.

　초에 물감을 섞어 만든 크레용은 잘 칠해지지 않았다. 자꾸 동강동강 부러져나갔다. 아이들은 고개를 숙이고 코를 훌쩍대며 열심히 색칠을 했으나 나는 멍청히 앉아 앞에 앉은 아이의, 머리털이 뽑힐 듯 단단히 땋은 머리를, 팽팽히 당겨진 머리털 밑 흰 피부로 송송 맺혀 반짝이는 땀방울을 아무런 생각 없이 바라보고 있었다.

　햇빛이 부옇게 칠판을 비추어 분필 글씨가 잘 보이지 않았다. 무더운 날씨였다. 나는 주머니 속에 손을 넣어 돈을 만지작거리며 괜한 걱정이라는 것을 알면서도 집에 갈 때까지 교문 앞에 솜사탕 장수가 있어줄 것인지를 생각했다.

　창 밖으로 내다보이는 신작로 길, 뙤약볕 아래 맥고모자를 쭈그러뜨려 쓴 남자가 거렁뱅이처럼 다리를 끌며 지나갔다. 더위 때문인가, 아니면 낮술에 취해 있는 걸까, 벌건 얼굴의 키가 훌쩍 큰 남자였다. 어느 순간 나는 그와 눈이 마주친 것 같기도 했다. 그는 줄곧 무엇인가 찾아내려는 듯 열린 창문마다 찬찬히 살피며 걷고 있었던 것이다.

　자 시간 됐다. 다 그린 사람은 갖고 나와.

　선생님이 교탁을 자막대기로 딱딱 두들겼다.

212

나는 그제야 비로소 코를 훌쩍 들이마시고 하얀 채로 남아 있는 반도 못 그린 그림에 빨강색과 초록색의 크레용을 문질렀다.

끝나는 종이 울릴 때 늙은 급사가 쪽지를 들고 교실로 조심스럽게 들어왔다. 선생님이 나를 불렀다.

교장 선생님이 부르신다. 어서 가봐.

나는 급사를 따라 복도 맨 안쪽의 교장실로 들어갔다. 교장 선생님은 때마침 손님을 배웅하고 있던 차였다.

육학년 김정님이 동생이지?

손님을 보내고 돌아온 교장 선생님의 물음에 나는 조그맣게 대답했다.

아버지가 오셨다. 집을 몰라 학교로 언니를 찾아오셨어. 교문 밖에서 기다리신다니 어서 모시고 집에 가거라.

햇빛이 교장 선생님의 안경을 가로지르고 그뒤 흑판에 아아아아 아아아 떨며 금을 긋고 있었다.

아버지가 돌아오셨다. 모시고 가거라.

교장 선생님의 말을 나는 아무 뜻없이 곱씹어 중얼거렸다.

내 눈길은 방금 손님이 앉았던 것인 듯 단 케이크가 두어 조각 담긴 접시가 놓인 탁자에 박혀 떠나지 않았다. 그 주위로 파리가 끈끈히 날고 있었다. 교장 선생님, 곧 회의가….

늙은 급사가 문간에 서서 우물우물 말했다. 교장 선생님은 더 무슨 말을 할 듯 잠깐 내 어깨에 손을 얹었으나 어서 아버지에게 가보렴, 한마디 남기고는 앞서 방을 나갔다.

교장 선생님이 나가자 나는 얼른 탁자 위의 단 케이크를 한 조각 입에 우겨넣었다. 급히 삼키는 바람에 목이 메었다. 눈물이 쑥 비져나왔다. 나는 나머지 한 조각을 재빨리 주머니에 집어넣고 교장실을 나왔다. 그리고는 복도를 빠져나왔다.

변소의 창으로 거위처럼 두 팔을 휘저으며 운동장을 가로질러 뛰어가는 언니의 모습이 보였다. 사내애들은 손가락 사이에 면도날을 끼워 계집애들이 팽팽히 마주 잡고 있는 고무줄을 끊고 계집애들은 욕설을 퍼부으며 흙을 집어 뿌렸다. 그애들을 헤집으며 언니는 달려가고 있었다. 교문 밖에서는 아버지가 기다리고 있는 것이다. 탱자나무 울타리 위로 솜사탕이 구름송이처럼 둥실 떠올랐다.

나는 이러한 광경을 보며 주머니 속의 케이크를 꺼내 베어 물었다. 그것을 다 먹고 났을 때 갑자기 욕지기가 치밀었다. 참을 수가 없었다. 나는 꾸역꾸역 토해냈다. 단 케이크는 한없이한없이 목을 타고 넘어왔다. 까닭모를 서러움으로 눈물이 자꾸자꾸 흘러내렸다.

나는 다리 사이에 머리를 박고 구역질을 하며 똥통 속을 들여다보았다.

어두운 똥통 속으로 어디선가 한 줄기 햇빛이 스며들고 눈물이 어려 어룽어룽 퍼져보이는 눈길에 부옇게 끓어오르는 것이 보였다. 무엇인가 빛 속에서 소리치며 일제히 끓어오르고 있었다.

銅　鏡

　아내가 커다란 함지에 밀가루를 쏟아붓는 것을 보고 그는 식사 전의 산책을 위해 집을 나섰다. 두어 발짝 옮겨놓을 즈음 그는 언덕길로부터 자전거를 타고 달려오는 이웃집 계집아이를 보았다. 브레이크 장치를 움켜쥐고 가속도에 몸을 맡겨 비탈길을 내려오는 아이의 얼굴은 긴장으로 조그맣고 단단하게 오므라들어 있었다. 짧고 꼭 끼는 면바지 아래 종아리도 팽팽히 알이 서 있었다.

　공기의 저항을 줄이기 위한 어떤 노력도 없이, 그 아이에게는 아마 지나치게 클 것인 자전거의 페달을 밟고 꼿꼿이 선 자세로 달려오던 아이가 마주 걸어오는 그에게 눈길을 주었던가, 그는 알 수가 없었다. 그의 늙은 얼굴에 떠오른 미소보다 재빨리, 맞바람에 불불이 일어선 머리칼과 아직 그을지 않은 흰 이마가 잠깐 기억되었다가 사라졌다.

　절기보다 이른 더위 탓인가, 골목에는 사람의 자취가 없어 그는 늘상 다니는 길이면서도 이상한 낯설음에 빠져 달려가는 아이의 뒷모습을 눈으로 좇았다. 회색빛 담과 낮은 지붕들이 잇대어 있을 뿐인 길을 아이는 달리고, 바람이 길을 낸 자리에 풀포기 다시금 어우러들듯 풍경은 두 개의 바퀴가 만드는 흰 공간 속으로 빨려

들어갔다.

이상하게 조용한 한낮이었다. 간혹 열린 대문으로 빈 뜨락이 보이고 안이 들여다보이지 않도록 무덥게 드리워진 불투명한 발이 보일 뿐이었다. 아직 아이들이 학교에서 돌아올 시간이 아닌 것이다.

아이는 문득 죽은 듯한 정적을 의식했던가, 아니면 아무도 없는 빈 길에서 쉼없이 페달을 돌리는 권태로움 때문인가, 장애물도 없는 골목에서 두어 번 길고 날카로운 경적을 울렸다.

아이는 아마 필시 시간을 다 채우지 못하고 슬그머니 유치원을 빠져나왔음이 틀림없었다. 아침마다 그는 담 너머로, 유치원에 가기 싫어하는 아이의 울음소리를 들었다. 그러나 아이는 결국 담장 사이에 난 샛문을 열고 그의 집 마당을 가로질러 유치원에 가곤 했다. 비오는 날이면 발꿈치까지 닿는 노란 비옷을 입고 마당의 물이 괸 자리를 골라 철벅거리며 한껏 능장을 부렸다. 유치원에서 돌아오면 자전거포에서 자전거를 빌려 타거나 그의 집 마당 귀퉁이에서 소꿉놀이를 하며 놀았다. 아내는 아이가 그의 집을 무시로 드나드는 것을 싫어했다. 함부로 잔디를 밟고 꽃들을 꺾기 때문이었다. 그리고 아이가 왔다가면 무엇인가 조그만 물건들이 없어진다고 했다. 때문에 아내는 언제나 아이가 다녀간 자리를 의심스러운 눈길로 살피곤 했다.

아이의 엄마는 찻길에 면해 있는, 약국과 정육점, 당구장이 들어 있는 삼층 건물의 이층 미장원에서 일하고 있었다. 아이를 낳은 후 바로 중동에 나간 아이의 아버지는 이제까지 계속 연장 취업을 하고 있다고 했다.

아이의 엄마는 쪽문을 통해 그의 집을 드나드는 일이 거의 없었지만 그는 그 여자를 자주 보았다. 창문을 열어놓을 철이면 차소리가 잦아드는 사이사이 미장원에서 찰칵찰칵 머리칼 자르는 가위소리가 길 아래까지 들렸다. 때로 찻길의 소음을 막기 위해 창문을 닿는 찌푸린 얼굴을 보았다. 늦은 저녁이면 파마용 비닐 앞치마를 두른 채 찬거리를 사들고 종종걸음을 치는 그녀와 아주 가까이서 마주치기도 했다. 그럴 때의 그 여자에게서는 파마약과 머리칼 냄새가 강하게 맡아졌다. 한 달에 두 번 쉬는 휴일이면 그 여자는 수채에 쭈그리고 앉아 크악크악 가래를 돋우어 뱉었다. 글쎄, 목에서도 머리칼이 나와요. 그래서 난 되도록이면 머리를 자를 때 입 다물고 말을 안 해요. 손님들한테서 무뚝뚝하다는 얘기를 듣긴 하지만요. 언젠가 그는 누군가와 얘기하는 그 여자의 말소리를 들었다.

느린 걸음으로 주택가의 모퉁이, 어린이 놀이터에 이르렀을 때 그는 자전거에서 내려 비스듬히 기대 서 있는 아이를 보았다. 아이는 그늘 한점 없이 쨍쨍한 놀이터의 모래밭에서 게처럼 놀고 있는 아이들에게 물었다.

"너희들, 내 만화경 못 보았니? 누가 훔쳐갔니?"

"몰라, 몰라."

아이들이 코를 훌쩍이며 대답했다.

아이는 어제 저녁 늦도록 샅샅이 뒤져본 모랫더미를, 소용없는 짓인 줄 알면서도 다시금 사납게 헤집어 아이들이 만들어놓은 굴이나 두꺼비집 따위를 허물어버리고는 자전거에 올라탔다.

"누구든지 가져간 애는 내가 한 바퀴 돌아올 때까지 갖다 놔. 안 그러면 가만 안 둘 테야. 난 누가 내 만화경을 훔쳐갔는지 다 안단 말야."

그는 오한이 들 만큼 새하얀 햇빛, 질식할 듯한 정적 속을 마치 장님인 양 똑똑똑, 지팡이를 촉수처럼 더듬어 한 걸음씩 떼어놓으며 위장의 미미한 움직임을 느꼈다. 그리고 그 움직임의 반동으로 그의 몸 속에 주렁주렁 매달린 크고 작은 주머니와 창자들이 꿈틀거리기 시작하는 것을 느꼈다. 낡고 무력하게 늘어진 주머니는 이제야 비로소 게으르게 제 기능을 생각해내고 다소의 활기를 되찾은 것이다.

날이 더욱 뜨거워지면 그는 식욕을 돋우기 위해 필요하다고 스스로 처방한, 이십분에서 삼십분에 걸친 식사 전의 산책을 그만두어야 할 것이다.

그는 조금씩 숨이 차 하며 멈춰서서 이마의 땀을 닦거나 길가집 열린 창으로 꼼짝않고 무겁게 드리워진 커튼을 유심히 바라보았다.

산책길은 늘 일정했고 그는 똑같은 모양의 낮고 작은 집들이 들어찬 주택가의, 어쩌면 공포까지도 불러일으킬 정도로 단조로운 길과 풍경 따위, 망막에 들어오는 모든 것을 오랫동안 바라보곤 했다. 관찰이나 기억을 위한 목적이 없이, 바라본다는 의식조차 없이.

어쨌든 날이 더워지면 산책은 중단해야 될 것이다. 지나치게 좁아지거나 얇아지고 느슨해진 기관들은 더운 날씨를 견뎌내지 못할 것이기에 여름내 그는 그늘에 내놓는 등의자에 앉아 그가 바라보기만으로 그친 풍경들을 떠올리며 지내게 될 것이다.

한껏 느릿느릿 걸었는데도 삼십분에 걸친 산책을 마치고 집 가까이 올 무렵에는 웃옷 등에 축축이 땀이 배었다. 만족스러운 결과였다. 그는 자신의 나이에 이르면 땀이 흐를 정도의 운동은 무리라고 생각했기 때문에 몸의 움직임은 언제나 땀이 그저 조금 배일 정도의 가벼운 운동으로 그친다는 것을 수칙으로 삼고 있었다.

그는 스스로 정한 몇 가지 규칙과 질서를 지키려는 노력으로 얻어지는 성과를 중요하고 가치있게 여겼다. 하루하루가 마치 당기지 않는 입맛으로 억지로 숟갈질을 하는 듯하다고 생각하면서도 이 모든 것이 한순간에 정지될 날이 있으리라는 것을 결코 모르는 것처럼 육체와 생활을 지배하는 규칙과 리듬에 순종하는 기쁨을 느꼈다.

아내는 열두 사람분의 칼국수를 만들 밀가루 반죽을 준비했지만 심방(尋訪)은 취소되었다. 오랜 병을 앓던 교우(敎友)가 방금 운명을 했기 때문에 가정 예배를 위해 교회를 나서던 그들은 곧장 종합병원 영안실로 간다는 전갈이 왔노라고, 산책에서 돌아온 그에게 말하며 아내는 상기도 함지 가득한 흰 반죽덩어리에 두 손을 찔러넣은 채 망연한 표정을 지었다.

이미 두 사람 몫으로는 지나치게 많은 반죽은 입이 넓은 함지의 전으로 넘칠 듯 부풀어오르고 있었다.

마루에는 국수를 썰기 쉽게 밀가루가 발린 도마며 밀대, 국수 위에 얹을 색색의 고명이 담긴 채반 따위가 널려 있었다.

아내는 손님을 맞을 준비로 이른 아침부터 마당 청소를 하고 부엌과 마루에서 종종걸음을 쳤다. 아침상을 물린 뒤 부엌에서부터 들려오는 나지막한 도마 소리, 기름 타는 냄새, 바쁘게 오가는 아내의 발소리에 그는 불투명한 평안감에 잠겼던 것을 기억했다. 그것은 그 자신 이미 그런 종류의 활기에 새삼스러운 느낌을 갖는다고 믿지 않으면서도 어울려 살아 있음의 열기에 대한 기대, 혹은 일상적 삶에 대한 향수가 아니었을까.

그가 생각하듯 심방이 취소된 데 대한 아내의 실망은 그닥 큰 것이 아닐지도 몰랐다. 그는 아내에게 깊은 믿음이 돌연히 생겼다고 생각할 수는 없었다.

지난달의 일이던가, 집집마다 잠긴 문을 두드려 전도를 다니는 두 아낙네가 몹시도 힘들고 딱해 보였던지 아내는 쉬어가라고 그네들을 불러들였고 그것이 서너 시간에 걸친 교리 강좌가 되었다.

— 죽음은 무의식입니다. 산 개만도 못하다고 했어요. 지옥이란 바로 죽음 자체이며 글자 그대로 땅에 갇힌다는 뜻이지요….

방 안에 드러누운 그에게까지 그네들의 교리 강좌는 크게 들렸다.

"그저 좀 다리나 쉬었다 가랬더니 …."

그들이 돌아가고 난 뒤 아내는 변명하듯 그에게 말했으나 다음 일요일에는 그네들의 회관에 나갔다. 그리고 그들은 오늘 첫 심방을 오기로 한 것이다.

땅 속에 갇힌 생명, 땅 속에 갇혀 아우성치는 빛들.

그가 영로를 땅에 묻은 것은 이십 년 전인가, 스무 살의 영로는 그가 살았던 세월만큼 땅에 갇혀 있다.

아내가 그의 점심 준비를 하기 위해서인 듯 자리를 뜨고도 꽤 오랫동안 그는 그대로 마루에 앉아 아내가 바라보던 뜰을 바라보았다. 아내의 눈길이 지나고 머물던 곳을 역시 아내의 눈이 되어 열심히 바라보았다. 뜰은 장미, 수국, 달리아 따위 여름꽃이 한창이었다. 정오의 햇살에 꽃잎은 한껏 벌어져 보다 짙은 빛의 속살을 엿보이고 벌과 나비는 미친 듯한 갈망으로 꽃술 속 깊이 대롱을 박아 꿀을 찾고 있다. 꽃들은 피고자, 더욱 피어나고자 하는 열망으로 빛은 짙고 어두워지며 천천히 눈에 보이지 않게 몸을 떨고 있다. 그러나 그것은 이미 아내의 눈에 비치던 풍경이 아님을 그는 알고 있다. 땅 속에 갇힌 아우성을 들으려는 시늉으로 수굿이 귀를 기울이며 나무를 바라보는 사이 무성한 나뭇잎은 편편이 떨어져 내리고 메마른 가지만 섬유질로 남아 파랗게 인(燐)처럼 타오르며 자랑스럽게 가지 뻗었던 자리는 이윽고 냉혹한 죽음만이 떠도는 공간이 된다. 그 공간을 찢을 듯 날카로운 경적을 울리며 자전거는 대문 앞을 지나갔다. 그는 그럴 수만 있다면, 살같이 달려간 아이를 손짓해 불러 뒤돌아보게 하고 싶었다. 애야, 들어와서 세수라도 하려무나. 뜨거운 햇볕 아래 온종일 자전거만 타다가는 뇌의 혈관이 부풀어오른단다. 할 수만 있다면 늙은이의 하찮은 친절로 그애가 살아갈 동안 내내 잊지 못할, 칼빛처럼 독한 기억을 박아주고 싶었다.

아내가 상을 차려 내왔다. 그는 여느 때처럼 칼국수에 소주 한 잔을 반주로 점심식사를 했다. 국수는 색깔 맞춘 고명으로 잔뜩 치장을 했지만 아주 싱거웠다. 그는 전혀 간이 들지 않은 것을 모르는 듯 고개 숙이고 훌훌 국수올을 말아올리는 아내를 말없이 건너다보았다.

틀니 탓인가, 그러나 틀니를 한 것은 어제 오늘의 일이 아니었다. 게다가 그는 틀니를 한 뒤 단단한 음식을 씹는 데 부담을 느끼게 되면서부터 점심에는 으레 칼국수를 먹었다. 아내의 칼국수 끓이는 솜씨는 나무랄 데 없었다. 그런데 늘상 해오던 일이면서도 간장 넣는 것을 잊다니. 그리고 그것을 아무렇지도 않은 낯으로 먹는 아내에 대해 그는 자신의 역할에 게을러진 그의 몸 각 기관들에 대한 것과 비슷한 분노와 미움을 동시에 느꼈다.

"간장 좀 가져와."

그는 노여움을 누르고 말했다. 아내가 굼뜨게 일어나 간장 종지를 가져왔다.

이를 뽑고 틀니를 하고부터, 그리하여 음식을 씹고 맛보는 즐거움을 태반 잃게 되면서부터 그 자신 음식에 대해 까다로워졌다는 사실을 그는 인정하려 들지 않았다.

틀니라니. 그는 평생을 시청 하급 관리로 살아 왔다. 상사의 지시나 그의 부서에서 결정된 내용들을 기안하고 깨끗이 정서하는 것이 그에게 맡겨진 일의 거의 전부였다. 그는 글씨 쓰는 일을 좋아했고 결코 약자(略字)나 오자(誤字)를 쓰지 않았다. 자신이 올린 서류가 결재가 난 뒤면 타이핑이 되어져 곧 휴지통에 버려진다는 것을 알면서도 그는 정확하고 반듯한 글씨에 기쁨과 긍지를 느꼈다.

그의 부서 책임자들은 그가 정리한 서류를 볼 때면 한결같이 말했다. 자넨 글씨가 좋군.

어느 날 갑자기 이빨들이 들뜨기 시작하고 잇몸이 퍼렇게 부풀어 이빨 뿌리가 드러났을 때, 결국 모조리 빼고 틀니를 해야 된다는 것을 알았을 때 그는 낭패감보다 심한 배반감과 노여움을 느꼈다. 그리고 이어 위장을 비롯한 몸의 모든 기관들이 무력해지는 증상이 나타났다. 의사는 말했다. 정년 퇴직 후에 흔히 오는 증상입니다. 갑자기 일손을 놓게 된 데서 오는 허탈감으로 육체도 긴장과 균형을 잃게 되는 겁니다. 말하자면 정년병(停年病)이라고나 할까요.

누구에게나 찾아오는 일반적 현상이라는 의사의 말은 그에게 조금도 위안을 주지 못했다. 하긴 시말서 한번 쓰지 않은 그도 정년이 되자 시간과 자리를 적당히 메우고 빈둥빈둥 보낸 사람들과 똑같이 궁둥이를 차밀리지 않았던가. 오래된 청사의 어둡고 환기 안 되는 방에서 몇십 년을 불평 없이 순응하며 살아온 그도 틀니에만은 익숙해지기 어려웠다. 단단하고 차가운 이물질이 연한 잇몸을 옥물고 조이는 느낌에 대한 저항감은 언제까지고 지울 수 없었다.

점심상을 물린 그는 부드러운 헝겊에 치약을 묻혀 지팡이 손잡이 부분의 은장식을 닦았다. 어루만지듯 부드럽고 단순한 손놀림을 계속하는 동안, 그리하여 은의 빛이 보얗게 살아나는 것을 보는 사이 맛없는 국수와 아내와 틀니에 대한 노여움은 차츰 사라졌다.

다 닦은 지팡이를 신발장 옆에 세워두고 마루로 올라앉아 무료히 뜰을 내다보던 그는 잠깐 졸았던 것일까.

문소리도 듣지 못했는데 뜰의 구석진 곳에서 검침원 청년이 쇠꼬챙이로 수도 계량기를 덮은 콘크리트 뚜껑을 열고 있는 중이었다. 아내는 이 편에 등을 보이고 쭈그리고 앉아 청년의 손이 움직이는 대로 아래를 내려다보고 있었다. 아내의 흰 머리와 앙상하게 굽은 등허리 위로 좀체 기울지 않는 한낮의 정적이 수은처럼 무겁게 얹혀 흐르고 있었다.

222

"에이, 귀뚜라미 좀 보세요, 할머니. 겨울 지나면 이런 걸 죄다 걷어 태워버려야 벌레가 안 생겨요."

청년이 느닷없이 빛과 외기(外氣)에 놀라 튀어오르는 귀뚜라미를 피해 고개를 젖히며 말했다. 지난 겨울, 동파(凍破)를 막기 위해 계량기 위에 쏟아부은 등겨와 짚을 거두라는 말일 게다. 겨와 지푸라기 사이에서 겨울을 난 알에서 부화하여 어둡고 축축한 콘크리트 관 안쪽 벽에 붙어 자라는 벌레들을 그도 본 적이 있었다.

아내는 청년의 말에 말없이 머리를 끄덕였다. 아내의 머리는 호호백발이다. 그의 머리에 희끗희끗 새치가 비치기 시작했을 때 그는 문득, 그때까지도 붉은 흙더미 위에 얹힌 성근 뗏장을 다독거리고 있는 아내의 머리가 허옇게 세어 있음을 발견했다.

청대[靑竹]처럼 자라던 아들을 죽이고 머리가 온통 세어버렸다오. 아내는 집에 들인 장사치 아낙네들에게 가끔 말하곤 했었다. 그러면서도 언제나 조발(調髮)과 염색에 신경을 쓰는 그에게는 변명하듯 말했다. 우리 친정이 원래 일찍 머리가 세는 내력이에요. 당신, 염색을 하시니까 보기 좋구려, 아주 젊은이 같아요.

흰 머리올이 드러나면서부터 그는 염색하는 일을 게을리하지 않았다. 틀니를 한 뒤 그는 희고 빛나는 이빨과 검고 단정한 머리칼로 더욱 젊어졌다. 가끔 그는 이제 마흔 살 된 영로를 바라보듯 거울 속의 자신의 얼굴을 오래 물끄러미 바라보곤 했다.

청년이 나가려 하자 우두커니 계량기를 굽어보던 아내가 말했다.

"더운데 잠깐 땀이나 들이고 가우."

"그럼 냉수나 한 그릇 주세요."

청년은 손수건을 꺼내 이마와 목덜미의 땀을 닦았다. 청년이 마루턱에 엉덩이를 걸치고 앉자 아내는 부엌으로 들어가 미숫가루를 한 그릇 타왔다. 그동안 청년이 가버릴 것을 겁내는 듯 연신 순가락으로 사발을 휘저으며 종종걸음으로 나오는 아내가 못마땅해서 그는 속으로 혀를 차며 중얼거렸다.

그러지 마라. 단지 수도 검침을 하러 다니는, 어디서나 만날 수 있는 평범한 젊은이일 뿐이야.

청년은 쉴짬없이 단숨에 그릇을 비웠다. 아내의 눈길이 청년의 완강한 목의 뼈와, 함부로 연 셔츠 깃 사이로 엿보이는, 붉게 익은 가슴팍을 탐욕스럽게 더듬으며 허둥거리는 것을 그는 놓치지 않았다.

"잘 먹었습니다, 할머니."

청년이 입가에 흐르는 물기를 손등으로 닦고 입술을 빨았다.

먹는 버릇도 단정치 못해. 먹는 버릇을 보면 바탕을 알 수 있다니까.

그는 또 무력하게 속엣말을 중얼거렸다.

청년은 생각난 듯 마당을 질러가 열려진 채로인 수도관의 콘크리트 뚜껑을 닫았다. 검침원들은 누구든 열어젖힌 뚜껑을 닫아주고 가는 법이 없었다. 그들은 한결같이 자신의 직업에 대한 경멸처럼 쇠꼬챙이로 마지못해 뚜껑을 열어젖혀 계기의 숫자를 확인하고는 그대로 가버렸다. 아내는 몹시 힘들게 끙끙거리며 그것을 닫곤 했다.

"이봐요, 젊은이. 내 부탁 하나 들어주려우?"

아내가 막 대문을 나가려는 청년을 불러세웠다. 그리고 청년의 대답을 듣지 않고 벌써 광으로 들어가 무거운 연장통을 두 팔로 안고 나왔다.

청년은 뻔히, 다소 무례한 눈길로 아내와, 아내가 허리가 휠 듯 무겁게 들어다놓은 연장통을 번갈아 바라보았다.

음흉한 늙은이 같으니라구, 미숫가루 한 그릇 값을 톡톡히 받으려는 모양이군 하는 표정이었다. 아내는 그러한 청년의 기색을 짐짓 모른 체 느릿느릿 말했다.

"빨랫줄이 높아서 말야, 좀 나지막히 줄을 매줘요. 빨래 널기가 여간 힘들어야 말이지. 늙은이들만 사는 집이라 통 손이 없어서 그런다오."

"허지만 더 낮게 매면 빨래가 끌릴 텐데요. 애들 줄넘기나 하려면 모를까."

청년이 내키지 않는 기색으로 팔짱을 낀 채 연장통을 들여다보았다.

"그리고 온통 녹슨 못들뿐이잖아요. 할머니가 원하시면 해드리는 건 어렵지 않지만 괜한 일 같은데요. 더 낮게 매면 어디 빨랫줄 구실을 하겠어요?"

청년은 연장통을 뒤져 녹이 덜 슨 못과 망치를 찾아들었다. 못이 모두 녹슬어 있을 것은 당연했다. 망치, 장도리, 작은톱, 대패까지 고루 갖추어진 연장들은 그 스스로 장만한 것이면서도 오랫동안 쓰지 않았던 탓에 낯설었다.

"그래, 요기는 하고 다니우?"

못을 박는 청년에게 아내가 물었다.

"그러문요."

청년이 입에 문 못 때문에 우물우물 대답했다. 못 두 개 박는 일은 순식간에 끝나고 아내의 요구대로 먼젓번보다 한 뼘 정도나 낮춰진 높이에 마당을 가로질러 팽팽히 줄이 매어졌다.

줄은 그가 보기에도 너무 낮았다. 아마 오늘 오후나 내일쯤, 아내는 오며가며 줄이 목에 받친다고 불평하며 거두어버리느라 애를 쓸 게 분명했다.

"이렇게 수고를 해줬는데 어쩌지? 그다지 바쁜 게 아니라면 요기나 하고 가우. 내 금시 국수를 끓여줄게."

아내가 함지에 담겨 아직도 마루 한 귀퉁이에 놓인 채로인 밀가루 반죽을 흘깃거리며 말했다.

누룩을 넣은 것도 아니련만 더운 날씨 탓인가, 반죽은 미친 듯 부풀어오르는 것처럼 보였다.

"여러 집을 돌아다녀야 합니다."

"이렇게 종일 걸어다니려면 힘들겠수. 다리는 좀 아플까."

"제발 개들이나 묶어놓았으면 좋겠어요."

갑자기 청년은 못 견디게 화가 치밀어오르는 듯 볼멘소리로 대답하고는 침을 찍 뱉었다.

"바지 찢기는 건 예사고 자칫 발뒤꿈치 물리기 십상이라구요."

청년의 뒤를 문빗장을 걸기 위해서인 듯 아내가 멈칫멈칫 따라 나갔다.

집안은 다시 고요해졌다. 뜰의 나무 그림자가 조금 길어진 것으로 보아 햇빛과 시간이 흐르고 있음을 알 수 있을 뿐이었다. 빗장 걸리는 소리도 아내의 신발 끄는 소리도 들려오지 않았다. 대신 탈, 탈, 탈, 탈, 한결 속도를 늦춘 맥빠진 자전거 바퀴소리가 들려 왔다.

아내가 망연히 문설주를 짚고 서서 바라볼 길목을 더위에 지친 아이는 이미 만화경 따위는 까맣게 잊은, 다만 싫증을 참지 못해 하는 얼굴로 자전거를 끌고 느른히 걸어가고 있는 것일까.

그는 방으로 들어갔다. 그리고 의자를 끌어당겨 책상 앞에 앉았다. 책상은 창가에 놓여 있어 담 밖의 소리나 풍경이 훨씬 가까웠고 그는 오랜 버릇으로 의자에 앉는 것이 편했기 때문에 자주 희미한 잉크 자국이며 칼에 파인 홈이며 긁힌 자국들을 손으로 쓸어보며 우두커니 앉아 있곤 했다.

영로가 중학교에 다닐 때 마련한 책상이었다. 그리고 그는 무엇을 읽거나 쓰기 위해 책상 앞에 앉는 일은 거의 없었지만 층층이 달린 서랍이 요긴하게 쓰인다는 것이 이제껏 그것이 방의 윗목에

적지않은 자리를 차지하고 있을 수 있는 이유였다.

그는 빈 담뱃갑의 은박지를 벌려 꽃 모양으로 말아 접어 가래를 뱉고 수도요금과 전기요금 영수증, 돋보기 따위로 채워진 서랍들을 여닫고 손톱깎이를 꺼내 찬찬히 손톱을 깎았다.

마루를 서성이는 아내의 조심스러운 발소리가 들렸다. 손톱을 깎고 서랍을 여닫는 일이 특별히 비밀스러워야 한다고 생각지 않으면서도 그는 아내의 발소리가 방문 앞을 지나칠라치면 흠칫 놀라 손을 멈추었다. 이젠 늙어 귀신이 다 되었다고 집의 한구석에 가만히 앉아 있어도 집안 곳곳에서 일어나는 일을 모두 보고 들을 수 있다는 아내도, 그가 비듬을 털고 손톱을 깎고, 억지로 책상 앞에 앉은 숙제하기 싫은 아이들처럼 서랍이나 여닫는 것을 결코 알지 못하리라는 생각 때문에 아내 모르게 행하는 하찮은 손짓 하나라도 대단한 음모인 양 바깥 기척에 귀를 기울이게 되는 것이었다.

아내의 발소리가 마루에서 완전히 사라졌음을 확인하고 그는 책상 서랍 깊숙이 넣어두었던 만화경을 꺼냈다. 그것은 두꺼운 마분지를 원통형으로 말아붙인 것으로 표면에는 울긋불긋 크레파스칠이 되어 있었다.

그는 만화경을 눈에 갖다 대고 빙글빙글 돌렸다. 잘게 자른 색종이 조각들이 거울면의 굴절에 따라 모였다 흩어지며 여러 가지 꽃 모양을 만들었다.

만화경 속의 조화는 현란하지도 신기하지도 않았다. 홑잎과 겹잎 꽃의 단순한 집합과 확산일 뿐이었다. 옛사람들은 만화경을 돌리며 우주의 원리와 이치를 본다고 했다.

엊그제였던가, 점심 산책에 나선 그가 주택가 골목을 벗어나 큰길에 이르렀을 때 그는 주위를 집요하게 맴돌며 따라오는 빛무늬를 보았다. 어깨와 다리, 가슴팍에 함부로 와닿는 빛을 털어내며 눈살을 찌푸렸으나 하얗게 번뜩이는 그것이 길과 사람들 사이로 정령처럼 춤추며 뛰어다니다가 다시금 그에게로 되돌아와 얼굴에 오래 머무르자 그는 문득 얼굴이 졸아드는 공포를 느꼈다. 센 빛살에 눈을 뜨지 못하며 그는 소리쳤다. 누구냐, 거울 장난을 하는 게. 그때 쨍쨍한 목소리가 날아왔다. 안녕하세요, 할아버지. 아이가 미장원 층계에 앉아 있었다. 아이의 손에는 날카롭게 모가 선 거울 조각이 들려 있었다. 다치면 어쩔려고 그러니. 그러나 아이는 말했다. 유리 가게에 가서 동그랗게 잘라 달라고 하면 된대요. 내일 유치원에서 만화경을 만들 거예요. 만화경은 뭐든지 다 보이는 요술 상자래요. 그러면서 아이는 길을 건너 달려갔다. 뭐든지 다 보인다고? 그는 아이의 등뒤에 대고 물었으나 물론 진정한 호기심은 아니었다. 단지 의미 없는 되물음이었을 뿐이었다. 그리고 어제 낮, 그는 놀이터의 벤치에서 그애의 가방과 함께 놓인 만화경을 보았다. 집으로 오는 동안을 참지 못해 도중에 유치원 가방을 팽개쳐 두고 자전거 가게로 달려가는 그애의 버릇을 그는 알고 있었다. 아이는 이 요술상자를 통해 무엇을 들여다보았을까. 그는 아이의 눈이 되어 아이의 눈에 비친 모든 것을 보고자 하는 욕망으로 만화경을 집어들었다. 그것을 품에 감추고 어제 오후 내내 그는 잃어버린 만화경을 찾기 위해 헛되이 모랫더미를 헤치는 아이를 지켜보았다. 내 만화경을 누가 훔쳐갔어요. 전시회에 낼 거라고 선생님이 그랬는데요. 아이는 울면서 벌써 수십 번이나 들여다보았을, 가방과 만화경이 놓였던 긴 의자 밑을 다시 들여다보았다.

뭐든지 볼 수 있대요. 그는 아이의 말을 흉내내어 중얼거리며 빠르게 만화경을 돌렸다. 돌리는 속도가 빨라짐에 따라 유리와 거울과 색종이가 어울려 모였다 흩어지는 모양이 다양해졌다. 그것은 어쩌면 빠른 속도로 분열하고 번식하는 병원균과도 같았다. 색종이의 선명한 색감 때문인지도 몰랐다.

눈꺼풀이 무겁게 내려앉고 몸이 나른히 풀려 왔다. 반주 탓이었

228

다. 낮잠이 결국 그에게, 밤에 깨어 흉몽처럼 빈 뜨락을 서성이게
할 것을 알면서도 소화를 돕기 위해 마신 한잔의 반주로 인한 잠
의 유혹을 그는 이길 수 없었다.

그는 만화경을 서랍 속에 넣고 목욕탕으로 가기 위해 방을 나왔
다. 아내는 마루 끝에 걸터앉아 밀가루 반죽을 한 움큼씩 떼어 손
바닥 안에 궁글려 무엇인가 형체를 빚고 있었다.

"뭘 만드오?"

"그저 장난이에요."

아내가 쑥스럽게 웃으며 빚고 있던 모양을 뭉개어버렸다. 마루
턱에는 벌써 사람·개·말 따위가 손가락만한 크기로 서툴게 빚어
져 있었다. 목욕탕으로 들어간 그는 틀니를 빼기 위해 문을 잠갔
다.

틀니에 익숙해지려면 되도록 틀니를 빼지 말고 자신이 틀니를
하고 있다는 사실을 의식지 말라고 의사는 말했지만 그는 언제나
틀니를 빼어 깨끗한 물에 담가 손 닿는 위치에 두고서야 잠이 들
곤 했다. 잠으로 들어가는 잠깐의 무중력 상태에서 틀니만이 매달
려 있는 듯한 느낌을 지울 수 없을 뿐더러 틀니만이 홀로 깨어 제
멋대로 지껄일, 이윽고 육신은 사라지고 차갑고 단단한 무생물만
이 잔혹하게 번득이며 존재할 공간이 두려운 것이다. 이야기를 하
고 있을 때조차 그는 자신이 말하고 있는 것이 아니라 틀니가 제
멋대로 덜그럭거리며 지껄이는 듯한 느낌에 사로잡혀 자주 말을
끊곤 했다.

틀니를 빼내자 거울 속으로 꺼멓게 문드러진 잇몸이 드러났다.
연한 잇몸은 틀니의 완강함을 감당하지 못해 이지러지고 뭉개지고
졸아들었다. 때문에 틀니를 빼내었을 때의 입은 공허하고 냄새나
는, 무의미하게 뚫린 구멍에 지나지 않았다. 잠긴 문을 확인하고
마치 헛된, 역시 덧없음을 알면서도 순간에 지나가버릴 것에 틀림

없는 작은 위안을 구해 자신의 시든 성기를 쥘 때와 같은 음습하고 씁쓸한 쾌락과 수치를 동시에 느끼며 틀니를 닦기 시작했다. 치약 묻힌 칫솔로 표면에 달라붙은, 칼국수를 먹고 난 뒤의 고춧가루 따위의 찌꺼기를 꼼꼼히 닦아내자 틀니는 싱싱하고 정결하게 빛났다. 틀니의 잇몸은 갓 떼어낸 살점처럼 연분홍빛으로 건강해 보였다. 그는 헐떡이며, 치약 거품을 가득 물고 허옇게 웃고 있는 이빨들을 바라보았다. 거울 속으로, 청년처럼 검은 머리는, 무너진 입과 좁아든 인중, 참혹하게 파인 볼 때문에 더 젊어 보였다.

방으로 돌아온 그는 틀니가 담긴 물컵을 머리맡에 놓고 퇴침을 베고 누웠다. 잠에 빠지는 과정은 언제나 어둑신하고 한없이 긴 회랑(回廊)을 걸어가는 것과도 같았다. 어쩌면 이미 혼백이 되어 연도(羨道)를 걸어가는 것이나 아닐까.

열린 방문으로 아내의 모습이 빤히 보였다. 혼곤하게 빠져드는 가수 상태에서 아내의 손은 반죽을 궁글려 몸체를 만들고 귀와 뿔을 세우고 꼬리와 다리를 만들어 붙였다. 그가 한 번도 본 적이 없는 이상한 형체였다. 아내는 그것을 이미 만들어진 다른 것들과 나란히 볕이 드는 마루턱에 세우며 웅얼웅얼 낮게 중얼거렸다. 할아버지는 돌아가실 때까지 흉몽에 시달리셨다우. 머리가 깨질 듯 아프다고 했어요. 흉몽 때문에 머리가 아픈 건지 머리가 아파서 나쁜 꿈만 꾼 것인지는 그분 자신도 몰랐어요. 무당을 불러 푸닥거리를 하고 장님에게 경을 읽히기도 했지만 그 무서운 두통을 낫게 하지는 못했어요…이름난 대목이었다는 아내의 조부 이야기는 그도 몇 차례인가 들어 알고 있었다…새벽이고 밤중이고 흉한 꿈에 눌려 비명을 지르고 깨어나면 머리가 아파서 미친 사람처럼 온 집안을 뒹굴며 다녔지요. 할머니는 그 양반이 묏자리에 집을 많이 지어 그런 거라고 말했지요. 그는 회랑의 어슴푸레한 모퉁이에서 흰끈을 머리에 동이고 비명을 질러대는 등 굽은 노인의 뒷모습을 본다

230

… 그래서 할아버지는 이상한 짐승의 모양을 손칼로 깎았지요. 코끼리 같기도 하고 곰 같기도 하고 아무튼 참 이상한 모양이었지요. 맥(貘)이라던가, 나쁜 꿈을 먹는 짐승이래요. 중얼거리는 동안에도 아내의 손이 쉬임없이 반죽을 떼어내어 형체를 만들고 있었다… 할아버지는 그것을 타구와 함께 머리맡에 두었어요. 때문에 타구에 가득 괸 가래침은 마치 맥이 밤새 먹고 이른 새벽에 토해놓은 흉몽과 같았지요. 할아버지는 관 속에 맥을 같이 넣어 달라고 유언을 하셨어요. 죽은 후에도 나쁜 꿈을 꾸는 걸까. 어린 내게는 그것이 퍽 이상했는데 지금은 할아버지가 그러셨던 걸 이해할 수 있어요. 옛날 사람들은 자기가 쓰던 물건, 부리던 하인들의 모양까지 흙으로 빚어 무덤 속에 같이 넣었다잖아요? 아내의 조부는 이제 길고 희미한 시간의 회랑 끝에서 편안히 잠들어 있다. 머리맡에 맥을 세워두고. 어쩌면 그에게 최면을 걸듯 느릿느릿 낮게 읊조리는 아내의 말소리에 손을 잡혀 그는, 더러는 어슴푸레 떠오르는 시간 속을 자꾸 걸어간다. 그것은 마치 감광제가 고루 발리지 않은 필름과도 같다. 어느 부분은 저 홀로 발광체인 듯 환히 빛나며 뚜렷이 떠오르고 어느 부분은 아주 깜깜해서 아무것도 보이지 않는다. 그러나 그는 굳이 잊혀진 것을 되살리고자 안타까워하지 않는다. 기억하고 싶은 것만 기억하는 것은 늙은이에게 주어진 보잘것없는 특권인 것이다. 그러나 그가 지금 주춤거리고 섰는 이곳은 어디인가. 언젠가 가보았던 박물관의 전시실 같기도 했다.

　그곳은 토우(土偶)나 동경(銅鏡) 따위 죽은 사람들의 부장품들만을 진열한 방이었다. 땅 속에 묻혀 천 년 세월을 산, 이제는 말끔히 녹을 닦아낸 구리 거울을 보자 그는 자신이 아주 오래 전에 죽은 옛사람인 듯 느껴졌었다. 관람객이 한 명도 없이 텅 빈 전시실에는 두꺼운 양탄자가 깔려 있어 자신의 발소리조차 들리지 않았기 때문이라고, 어둡고 눅눅한 회랑을 걸어나오며 그는 잠깐 스쳐간 괴이한 기분에 대해 변명하였다.

영로를 묻었을 때 그는 그가 묻고 돌아선 것이, 미쳐가는 봄빛을 이기지 못해 성급히 부패하기 시작한 시체가 아니라 한 조각 거울이었다고 생각했었다.

"할머니, 뭘 만드세요?"

마루 앞마당에 짧게 그림자가 드리우며, 일부러 그러는 듯 혀 짧은 소리가 들렸다. 흰빛 레이스천의 원피스로 갈아입은 옆집 계집아이였다. 그는 가수 상태에서 빠져나오고자 힘겹게 허우적거리며 있는 힘을 다해 아이를 바라보았다.

자전거 타기에 싫증이 난 것일까, 아이는 인형을 꼭 안고 한 손에는 소꿉놀이가 든 플라스틱 바구니를 들고 있었다.

"유치원에 갔다 왔니?"

아내는 여전히 기괴한 동물의 형상을 빚으며 냉랭하게 물었다. 아내는 언제나 수상쩍어하는 눈길로 아이를 바라보았다. 아내는 무엇이든 의심했다.

"오늘은 안 가는 날이에요. 토요일이거든요."

"예쁜 옷을 입었구나."

"우리 엄마가 사주셨어요."

아이는 또 꾸민 듯 혀 짧은 소리로 대답했다. 그는 아이를 바라보았다. 있는 힘을 다해 예쁘다고 생각하려 하며. 그러나 언제나처럼 실패하고 만다. 햇빛을 받아 금빛으로 더욱 빛깔 엷어진 눈과 도끼날처럼 뾰죽한 얼굴은 조금도 예쁘지 않았다. 제 살림인 소꿉놀이 바구니를 들고 마당을 걸어가는 뒷모습이나 인형을 안고 그애의 집마당에서 그네를 타는 모습은 언제나 좀 고독해 보일 뿐이었다. 아이가 타지 않을 때라도 그네는 삐걱삐걱 저 혼자 흔들리곤 했다.

그는 자주 담 너머로 함지에 받아놓은 물에 들어가 첨벙거리는

232

아이를 보았다. 그애는 햇볕이 내리쬐는 마당에서 발가벗고 함지의 물을 튕기며 놀았다. 뒷덜미로 늘어진, 옥수수 수염처럼 노랗고 숱적은 머리털, 짧고 돌연한 웃음소리, 임부처럼 불룩 나온 배와 분홍빛의 작은 성기를 그는 장미꽃 덩굴이 기어간 담장 곁에 숨어서서 거의 고통에 가까운 감정으로 바라보곤 했다.

"할머니, 뭘 만드세요?"

아이는 옷의 레이스가 충분히 팔랑거릴 정도로 몸을 흔들며 거듭 물었다. 거부당하고 거절당하는, 사랑받지 못한 아이가 본능적으로 일찍 터득한 교태로.

아이는 빙그르르 몸을 돌려 원피스 자락을 꽃잎처럼 활짝 펴며선 자리에서 그대로 쪼그리고 앉았다.

"이상하게 생겼네요, 할머니."

아이가 앉은 걸음으로 이마를 대일 듯 아내에게 다가앉았다.

"맥이란다. 나쁜 꿈을 먹는 짐승이야."

"할머니도 나쁜 꿈을 꾸어요? 나는 언제나 무서운 꿈을 꾸어요."

아이는 손 닿는 곳에 핀 채송화를 따서 손가락으로 비볐다.

"왜 꽃을 뜯니?"

아내가 나무랐으나 아이는 못 들은 체 계속 달라붙는 듯한 어조로 말했다.

"새처럼 막 날아가다가, 참 나는 새가 아닌데 떨어지면 어쩌나 하는 생각이 들면 곧장 거꾸로 떨어져버려요. 얼마나 무서운지 몰라요."

"키가 크려고 그러는 거다. 자기 전에 오줌을 누지 않아도 나쁜 꿈을 꾸게 되지."

아이는 또 달리아 한 송이를 뚝 꺾어 발로 문질렀다.

"그러지 말라니깐."

아내가 버럭 소리를 질렀다. 아이는 심술궂은 눈빛으로 빤히 아내를 바라보았다.

"몇 번을 일러야 알아 듣니? 착한 아이는 꽃을 꺾지 않는다."

아내가 화를 누르느라 한층 나직하고 단호하게 한마디씩 내뱉는 사이에도 아이는 수국과 백일홍을 잡아 꺾었다.

"너는 정말 말을 안 듣는구나. 못된 아이야. 혼 좀 나야 알겠니?"

아내가 아이를 때릴 듯이 한 손을 치켜들고 눈을 부라렸다. 그러나 곧 아이가 겁에 질린 표정으로 안길 듯이 다가들었기 때문에 맥없이 손을 떨어뜨렸다.

"난 어떤 때는 이불이 한없이 두껍게 부풀어올라 덮씌워서 숨도 쉴 수 없어요. 아무리 울고 소리를 질러도 우리 엄마는 듣지 못해요."

아이는 호소하듯 떨리는 목소리로 말했다.

"그건 꿈을 꾸는 것이 아니라 가위눌리는 거란다. 이걸 가져다가 잘 때는 꼭 머리맡에 놓고 자거라. 그럼 괜찮을 거다."

"고마워요, 할머니."

아이는 아내가 준 맥을 소중히 받아들었다. 신전의 기념품인 양, 혹은 뿌리를 보이면 죽는다는 모종(苗種)을 옮기듯 조심스럽게 손바닥으로 감싸쥐고.

"애야, 옷이 더러워졌구나."

인형과 소꿉놀이 바구니, 그리고 맥을 들고 마치 징검다리를 건너가듯 조심스럽게 걸어가는 아이의 뒤에 대고 아내가 말했다. 뒤돌아 원피스 뒷자락에 넓게 쏠린 흙자국을 보자 아이는 울음을 터뜨렸다.

"새 옷을 더럽히면 엄마한테 매를 맞아요. 유치원에서 생일잔치를 할 때까지는 절대로 꺼내 입지 말라고 했단 말예요."

"이리 온, 내가 털어줄게. 그러길래 아무데나 함부로 주저앉는 게 아니란다."

아이의 느닷없는 울음에 담긴 공포가 그리도 절박하고 생생한 것에 놀란 아내가 손짓해 불렀으나 아이는 가까이 오지 않았다. 손에 들고 있던 맥을 팽개치고 마음 가득한 원망과 두려움으로 닥치는 대로 꽃을 잡아뜯었다.

"이런 망할 계집애, 손모가지를 분질러 놓을라."

아내는 벌떡 일어나 아이를 쫓아갔다. 아이는 달아나면서 여전히 높은 소리로 울어대었다. 울음소리가 담장의 샛문으로 쫓겨가자 아내는 씨근거리며 마루턱에 다시 걸터앉아 한결 거칠어진 손놀림으로 반죽을 떼어내어 주물렀다.

대문 돌쩌귀가 삐걱거리고 움직이는 소리가 들리는 것 같았다. 누가 왔는가. 어쩌면 그네 소리일까. 아이가 저희 집 마당에서 그네를 타고 있는지도 모른다고 그는 생각했다. 그러나 아내는 전혀 아무 소리도 못 들은 기색이었다. 그의 귀에 들리는 것이 그녀의 귀에는 들리지 않는, 아내에게 보이는 것이 그에게는 전혀 보이지 않는 경우란 드문 것이 아니었다. 한밤중에도 가끔 그는 그네가 삐걱거리는 소리를 듣곤 했다. 아내는 퉁명스레 코대답을 하며 돌아누웠다. 어린애가 웬 청승으로 밤에 그네를 탄다우? 그러나 그는 종내 어지러운 꿈의 자락에 이끌리듯 밖으로 나와 담장 곁에 붙어서서, 사랑에 빠진 자의 어리석음으로 바람만 실린 빈 그네의 흔들림을 오래 바라보곤 했다.

아내는 지칠 줄 모르고 반죽을 빚어 맥을 만들고 있었다. 늙은 여자의 잠을 어지럽히는 나쁜 꿈은 무엇일까. 늙으면 누구나 잠은 얕고 꿈은 많은 법이다.

해그늘이 많이 옮겨져 나무 그림자들이 제법 길어졌다.

아내의 흰 머리와 머리 너머 붉은 꽃과, 눈 속에서 파랗게 타오르는 나무를 보며 취한 듯 또다시 얕은 수면에 빠져드는 그의 귀에 찢어지게 높고 새된 아이의 노랫소리가 담을 타고 들려왔다.

뻐꾹, 뻐꾹, 봄이 왔네. 뻐꾹, 뻐꾹, 복사꽃이 떨어지네.

"망할 계집애, 단단히 버릇을 고쳐놓아야지."

아내는 아직도 아이에 대한 화를 풀지 못해 씨근거렸다. 설핏 빠져드는 잠에 무겁게 내려앉은 눈꺼풀 위로 아이의 노랫소리는 빛살처럼 집요하게 달라붙었다.

꽃모가지를 손 닿는 대로 몽땅몽땅 분질러버리고 마니…. 중얼거리던 아내가 동의를 구하듯 그를 큰소리로 불렀다.

"주무시우?"

그는 안간힘을 쓰듯 간신히 눈을 떠 아내를 쳐다보았다.

"밤에 잠들려면 낮에 운동을 해야 해요. 점심 때 반주를 드는 대신 식사를 하고 나서 또 산책을 해보세요."

아내의 말이 맞을지 몰랐다. 늘어진 위장은 이제는 점심에 곁들인 소주 한 잔으로는 꼼짝도 하지 않았다. 아내는 그의 대답을 기다리지 않고 큰소리로 이어 말했다. 아내의 목소리는 엉뚱한 활기에 차 있었다. 딱히 무슨 말을 하고 싶어서라기보다 그치지 않고 들려오는 노랫소리를 지우기 위한 안간힘인 듯도 싶었다.

"참 이상하죠. 난 요즘 자주 죽은 사람들 생각을 한다우. 꼭 아직도 살아 있는 것처럼 그 사람들 생전의 일이 환히 떠오르는 거예요. 그러면서 정작 우리가 살아온 세월은 기억이 나지 않아요. 아무리 애를 써도 기억나지 않는 희미한 꿈 같아요. 당신은 쉰 살 때, 마흔 살 때를 기억하세요? 난 통 그때의 당신의 모습이 떠오르지 않아요. 난 아무래도 너무 오래 살고 있다는 생각이 자꾸 들어요. 뜰 손질도 이제 힘이 들어요. 하지만 하루만 내버려둬도 아귀처럼 자라니…요즘 같은 계절엔 더 그래요."

더욱 높아지는 노랫소리에 잠깐 말을 끊었다가 아내는 한층 커다란 목소리로 말을 이었다.

"내버려 두라고, 예전에 그애는 그랬었죠. 굳이 꽃과 풀을 가려서 뭘 하느냐고. 어울려 자라는 것이 더 보기 좋다구요."

그의 얼굴에 미소가 떠올랐다.

"당신이 쉰 살 땐 어땠지요? 마흔 살 때는? 서른 살 때는? 통 기억이 안 나요. 말해줘요."

아내는 마치 그에게 최면을 거는 듯 안타깝고 집요하게 캐묻고는 미처 그에게서 대답이 나올 것을 두려워하여 재빨리 덧붙였다. 아내의 목소리와 담 너머 아이의 노랫소리는 다투어 연주하는 악기의 불협화음처럼 높고 시끄러웠다.

"스무 살 때는 아름답고 자랑스러웠어요. 대학에 들어가던 해였지요. 어제처럼 또렷이 떠오르는 걸요. 늘 발이 가렵다고 했지요."

그는 더 이상 아내의 말을 듣고 싶지 않았다. 영로는 늘 발이 가렵다고 했었다. 그의 륙색 위에 얹혀 떠났던 피난길에서 걸린 동상이 종내 낫지를 않아 겨울밤에라도 콩자루 속에 발을 넣고 자야 시원하다고 했었다.

"기억나세요? 시공관에 발레 구경을 갔던 게 다섯 살 때일 거예요. 그때 그애는 내 숄을 잃어버렸어요. 그 시절 일본인들도 흔하게 갖지 못했던 진짜 비단으로 만든 거였지요. 구경을 하고 나와 화장실에 들르려고 잠깐 그애 어깨에 걸쳐주었는데 흘러내리는 것도 몰랐었나봐요. 그앤 그렇게 멍청한 구석도 있었죠. 모두들 내게 가지색이 신통하게 어울린다고 했지요. 정말 내 평생에 두 번 갖기 어려운 물건이었죠."

아내는 언제까지 잃어버린 숄 얘기만 할 것인가. 아내의 말소리도 맥을 만드는 손놀림도 점차 빨라졌다. 반죽이 담긴 함지는 비어가고 마루턱에는 아내가 빚어놓은 맥이 더 늘어놓을 자리가 없을 만큼 즐비했다.

"겨우 스무 살이었어요. 스무 살에 뭘 안다고. 여드름이나 짤 나이에 세상을 뒤바꾸어 놓을 수 있다고 생각하다니요. 그애가 죽었어도 우린 여전히 이렇게 살고 있잖아요."

영로는 어느 봄날 바람개비처럼 달려나갔다. 채 자라지 않은 머리칼을 성난 듯 불불이 세우고.

늙은이는 반성하지 않는다. 반성을 요구하는 어떤 새로운 삶이 기다리고 있지 않기 때문이다.

높고 찢어질 듯 날카로운 노랫소리가 점점 커졌다.

뻐꾹뻐꾹 봄이 왔네. 뻐꾹뻐꾹 복사꽃이 떨어지네.

"정말 못된 계집애예요."

아내가 입을 비죽이고 느닷없이 울기 시작했다.

"애들은 다 마찬가지요."

틀니를 뺀 텅 빈 입으로 말해야 한다는 것에 곤혹을 느꼈지만 그는 간신히 한 음절씩 내뱉었다.

"아니요. 죽은 애들은 특별해요."

아내는 두 손으로 얼굴을 가리고 소리내어 흐느꼈다.

"할머니, 뭘 만드세요?"

울음기가 말짱히 없어진 얼굴로 아이가 아내 앞에 서 있었다.

"저리 가라."

아내는 손을 사납게 내저어 아이를 쫓았다.

"할머니, 왜 그러세요? 왜 울어요?"

"다시는 우리 집에 오지 말라니깐."

"할머니, 이건 만화경을 만들 거울이에요. 우리 엄마가 주셨어요. 유치원에서 만든 걸 누가 훔쳐갔거든요."

아이는 까딱 않고 서서 콤팩트를 열어 동그란 거울을 아내에게 내보이며 자랑스럽게 말했다.

"거짓말 마라, 아직 새것인데 네 엄마가 주었을 리 없어. 네 엄

238

마는 지금 미장원에 있잖니? 엄마 화장품에 함부로 손을 대었다가
는 또 매를 맞을 거다."

사납게 눈을 치뜨고 아내를 노려보던 아이가 햇빛 환한 마당으
로 뛰어갔다. 그리고는 이리저리 거울을 돌려 아내에게 비추었다.
아내가 눈이 부셔 얼굴을 가리며 손을 내저었다.

"저리 비켜."

그러나 아이는 생글생글 웃을 뿐 거울을 거두지 않았다.

"저리 치우라니까. 이 망할 계집애야, 네 엄마한테 이를 테다."

"일러라, 찔러라, 콕콕 찔러라."

아이는 마당에서 공처럼 뛰어다니며 거울을 비췄다. 아내는 겁
에 질려 마루로 올라왔다. 거울 빛은 마루턱에 늘어서 하얗고 단단
하게 말라가는 짐승들을 지나 재빠르게 아내의 얼굴에 달라붙었
다. 구겼다 편 은박지처럼 빈틈없이 주름살 진 얼굴이 환히 드러났
다.

"애, 애야, 제발 저리 가. 그러지 마라."

아내가 우는 소리를 내며 아이에게 애원했으나 아이는 아내의
돌연한 공포가 재미있는지 작은 악마처럼 깔깔거리며 거울을 거두
지 않았다. 아내는 빛을 피해 그가 누워 있는 방에 주춤주춤 들어
왔다.

빛은 이제 눈물에 젖은 아내의 조그만 얼굴과 그의 눈시울, 무
너진 입가로 쉴새없이 번득였다. 그것은 어쩌면 아득한 땅 속에 묻
힌 거울 빛의 반사일 듯도 싶었다. 아이는 보다 재미있는 놀이를
찾아낼 때까지 손에서 거울을 놓지 않을 것이다. 아마 햇빛이 완전
히 사윌 때까지, 피곤한 그 애의 엄마가 돌아오는 밤이 되기까지.
그러나 아이에게 늙은이를 무력한 공포에 몰아넣는 것보다 더 재
미있는 놀이가 있을까.

이미 뜰은 그늘에 잠겨 있고 땅에서 피어오르는 엷은 어둠으로

꽃은 짙은 빛으로 잎을 오므리기 시작했지만 피어 있던 꽃의 공간이 침묵과 심연으로 가라앉기까지의 보이지 않는 흐름은 얼마나 길고 오랠 것인가.

이제는 울음을 감추려 하지 않는 아내에게 그는 무언가 위무의 말을 해주어야 한다고 생각했다. 아내에게는 다정한 말이 필요한 것이다. 그는 소년 같은 수줍음과 약간의 두려움으로 입을 열었으나 아내는 어눌하게 새어나오는 말을 알아 듣지 못했다. 아내는 유언이라도 듣는 시늉으로 그의 입에 귀를 갖다대며 안타깝게 되물었다. 뭐라구요? 뭐라고 하셨어요? 누가 왔느냐구요?

그는 칠흑처럼 검은 머리를 하고 이제는 더 이상 말할 수 없는 무너진 입을 반쯤 벌린 채 누워 있었다.

거울 빛의 반사가 잠시, 천장으로 벽으로 재빠르게 움직이다가 마침내 유리컵에 머물고 밖의 빛으로 어둑신하게 가라앉은 정적 속에서, 물 속에 담긴 틀니만이 홀로 무언가 말하려는 듯 밝고 명석하게 반짝거렸다.

중국인 거리

시(市)를 남북으로 나누며 달리는 철도는 항만의 끝에 이르러서야 잘려졌다. 석탄을 싣고 온 화차(貨車)는 자칫 바다에 빠뜨릴 듯한 머리를 위태롭게 사리며 깜짝 놀라 멎고 그 서슬에 밑구멍으로 주르르 석탄가루를 흘려 보냈다.

집에 가봐야 노루꼬리만큼 짧다는 겨울해에 점심이 기다리고 있는 것도 아니어서 우리들은 학교가 파하는 대로 책가방만 던져둔 채 떼를 지어 선창을 지나 항만의 북쪽 끝에 있는 제분공장에 갔다.

제분공장 볕 잘 드는 마당 가득 깔린 멍석에는 늘 덜 건조된 밀이 널려 있었다. 우리는 수위가 잠깐 자리를 비운 틈을 타서 마당에 들어가 멍석의 귀퉁이를 밟으며 한 움큼씩 밀을 입 안에 털어 넣고는 다시 걸었다. 올올이 흩어져 대글대글 이빨에 부딪치던 밀알들이 달고 따뜻한 침에 의해 딱딱한 껍질을 불리고 속살을 풀어 입 안 가득 풀처럼 달라붙다가 제법 고무질의 질긴 맛을 낼 때쯤이면 철로에 닿게 마련이었다.

우리는 밀껌으로 푸우푸우 풍선을 만들거나 침목(枕木) 사이에 깔린 잔돌로 비사치기를 하거나 전날 자석을 만들기 위해 선로 위에 얹어놓았던 못을 뒤지면서 화차가 닿기를 기다렸다.

드디어 화차가 오고 몇 번의 덜컹거림으로 완전히 숨을 놓으면 우리들은 재빨리 바퀴 사이로 기어들어가 석탄가루를 훑고 이가 벌어진 문짝 틈에 갈퀴처럼 팔을 들이밀어 조개탄을 후벼내었다. 철도 건너 저탄장에서 밀차를 밀며 나오는 인부들이 시커멓게 모습을 나타낼 즈음이면 우리는 대개 신발주머니에, 보다 크고 몸놀림이 잽싼 아이들은 시멘트 부대에 가득 석탄을 팔에 안고 낮은 철조망을 깨금발로 뛰어넘었다.

선창의 간이 음식점 문을 밀고 들어가 구석자리의 테이블을 와글와글 점거하고 앉으면 그날의 노획량에 따라 가락국수, 만두, 찐빵 등이 날라져 왔다.

석탄은 때로 군고구마, 딱지, 사탕 따위가 되기도 했다. 어쨌든 석탄이 선창 주변에서는 무엇과도 바꿀 수 있는 현금과 마찬가지라는 것을 우리는 알고 있었고, 때문에 우리 동네 아이들은 사철 검정 강아지였다.

해안촌(海岸村) 혹은 중국인 거리라고도 불리는 우리 동네는 겨우내 북풍이 실어나르는 탄가루로 그늘지고, 거무죽죽한 공기 속에 해는 낮달처럼 희미하게 걸려 있었다.

할머니는 언제나 짚수세미에 아궁이에서 긁어낸 고운 재를 묻혀 번쩍 광이 날 만큼 대야를 닦았다. 아버지의 와이셔츠만을 따로 빨기 위해서였다. 그러나 바람을 들이지 않는 차양 안쪽 깊숙이 넌 와이셔츠는 몇 번이고 다시 헹구어 푸새를 새로 하지 않으면 안되었다.

망할 놈의 탄가루들. 못 살 동네야.

할머니가 혀를 차면 나는 으레 나올 뒤엣말을 받았다.

광석천이라는 냇물에서는 말이다. 물론 난리가 나기 전 이북에서지. 빨래를 하면 희다 못해 시퍼랬지. 어느 독(毒)이 그렇게 퍼렁겠니.

겨울방학이 끝나면 담임인 여선생은 중국인 거리에 사는 아이들을 불러 학교 숙직실로 데리고 갔다. 그리고 숙직실 부엌 바닥에 웃통을 벗겨 엎드리게 하고는 미지근한 물을 사정없이 끼얹었다. 귀 뒤, 목덜미, 발가락, 손톱 사이까지 탄가루가 없는 것을 확인하고서야 왕소름이 돋은 등허리를 찰싹찰싹 때리는 것으로 검사를 끝냈다. 우리는 킬킬대며 살비듬이 푸르르 떨어지는 내의를 머리부터 뒤집어 썼다.

봄이 되자 나는 3학년이 되었다. 오전반이었기 때문에 한낮인 거리를 치옥이와 나는 어깨동무를 하고 천천히 걸어 집으로 돌아오고 있었다.

나는 커서 미용사가 될 거야.

삼거리의 미장원을 지날 때 치옥이가 노오란 목소리로 말했다.

회충약을 먹는 날이니 아침을 굶고 와야 해요. 선생의 지시대로 치옥이도 나도 빈속이었다.

공복감 때문일까, 산토닌을 먹었기 때문일까, 해인초 끓이는 냄새 때문일까, 햇빛도, 지나다니는 사람들의 얼굴도, 치마 밑으로 펄럭이며 기어드는 사나운 봄바람도 모두 노오랬다.

길의 양켠은 가건물인 상점들을 빼고는 거의 빈터였다. 드문드문 포격에 무너진 건물의 형해가 썩은 이빨처럼 서 있을 뿐이었다.

제일 큰 극장이었대.

조명판처럼, 혹은 무대의 휘장처럼 희게 회칠이 된 한쪽 벽만 고스란히 남아 서 있는 건물을 가리키며 치옥이가 소근거렸다. 그러나 그것도 곧 무너질 것이다. 나란히 늘어선 인부들이 곡괭이의 첫 날을 댈 위치를 가늠하고 있었다. 어느 순간 희고 거대한 벽은 굉음으로 주저앉으리라.

한쪽에서는 이미 헐어낸 벽에서 상하지 않은 벽돌과 철근을 발라내고 있는 중이었다.

아주 쑥밭을 만들어버렸다니까.

치옥이는 어른들의 말투를 흉내내어 몇 번이고 쑥밭이라는 말을 되풀이했다.

사람들은 개미처럼, 열심히 집을 지어 빈터를 다스렸다. 반 자른 드럼통마다 조개탄을 듬뿍 써서 해인초를 끓였다.

치옥이와 나는 자주 멈춰서서 찍찍 침을 뱉어냈다.

회충이 약을 먹고 지랄하나봐.

아냐, 회충이 오줌을 싸는 거야.

그래도 메스꺼움은 가라앉지 않았다. 끓어오르는 해인초의 거품도, 조개탄에서 피어오르는 연기도, 해조(海藻)와 뒤섞이는 석회의 냄새도 온통 노란빛의 회오리였다.

왜 사람들은 집을 지을 때 해인초를 쓰지? 난 저 냄새만 맡으면 머리털 뿌리까지 뽑히는 것처럼 골치가 아파.

치옥이는 내 어깨에 엇갈린 팔을 무겁게 내려뜨렸다. 그러나 나는 마냥 능장을 부리며 천천히 걸어 해인초 냄새, 내가 이 시와 나눈 최초의 악수였으며 공감이었던 그 노란빛의 냄새를 들이마셨다.

우리 가족이 이 도시로 이사를 온 것은 지난해 봄이었다.

늬 아버지가 취직만 되면 …. 어머니는 차곡차곡 쌓은 담뱃잎에 푸우푸우 입에 가득 문 물을 뿜는 사이사이 말했다. 담뱃잎을 꼭꼭 눌러 담은 부대에 멜빵을 해서 메고 첫새벽에 나가는 어머니는 이틀이나 사흘 후 초죽음이 되어 돌아오곤 했다.

간이 열이라도 담배 장사는 이제 못 해먹겠다. 단속이 여간 심해야지. 늬 아버지 취직만 되면 ….

미리 월남해서 자리를 잡았거나 전쟁을 재빨리 벗어난 친구, 동창들을 찾아다니며 취직 운동을 하던 아버지가 석유 소매업소의

244

소장직으로 취직을 하고, 우리를 실어갈 트럭이 온다는 날 우리는 새벽밥을 지어 먹고 이불 보따리와 노끈으로 엉글게 동인 살림도구들을 찻길에 내다놓았다. 점심때가 되어도 트럭은 오지 않았다. 한없이 길게 되풀이되는 동네 사람들과의 작별 인사도 끝났다.

해질 무렵이 되자 어머니는 땅뺏기놀이나 사방치기에도 진력이 나 멍청히 땅바닥에 주저앉은 우리들을 일으켜 세워 읍내의 국수집에서 국수를 한 그릇씩 사 먹였다. 집을 나서기 전 갈아입은 옷이건만 한없이 흐르는 콧물로 오빠와 나 그리고 동생은 소매와 손등이 반들반들하게 길이 들었다.

날이 완전히 어두워졌어도 어머니는 젖먹이를 안고 이불 보따리 위에 올라앉은 채 트럭이 나타날 다릿목께만을 뚫어지게 노려보고 있었다.

트럭이 나타난 것은 저물고도 한참이 지난 후였다. 헤드라이트를 밝힌 트럭이 요란한 엔진 소리와 함께 다릿목에 모습을 드러내자 어머니는 차가 왔다, 라고 비명을 질렀다. 저마다 보따리 하나씩을 타고 앉았던 우리 형제들은 공처럼 튀어 일어났다. 트럭은 신작로에 잠시 멎고, 달려간 어머니에게 창으로 고개만 내민 운전사가 무어라고 소리쳤다. 어머니는 되돌아오고 트럭은 다시 떠났다. 우리는 어리둥절해서 서로의 얼굴을 마주 보았다. 난간을 높이 세운 짐칸에 검은 윤곽으로 우뚝우뚝 서 있던 것은 소였다. 날카롭게 구부러진 뿔들과 어둠 속에서 흐르듯 눅눅하게 들려오던 되새김질 소리도 역력했다.

소를 내려놓고 올 거예요, 짐을 부려놓고 빈 차로 올라가는 걸 이용하면 운임이 절반이니까 아범이 그렇게 한 거예요.

어머니의 설명에, 아버지와 어머니에게 한번도 이의(異意)를 나타내본 적이 없는 할머니는 뜨아한 표정으로, 그러나 어련히들 잘 알아서 하겠느냐는 듯 몇 번이고 고개를 주억거렸다.

그러나 트럭이 정작 우리 앞에 다시 나타난 것은 두어 시간턱이나 지난 후였다. 삼십 리 떨어진 시의 도살장에 소들을 부려놓고 차 바닥의 오물을 닦아내느라고 늦었다는 것이었다.

이삿짐을 다 싣고 마지막으로 어머니가 젖먹이를 안고 운전석의, 운전사와 조수의 틈에 끼어 앉자 트럭은 출발했다. 멀리 남행 열차의 기적소리가 들리는 것으로 보아 자정 무렵이었다.

나는 이삿짐들 틈에서 고개만 내밀어 깜깜하게 묻힌, 점점 멀어져가는 마을을 보았다. 마을과 마을 뒤의 야산과 야산의 잡목숲은 한데 뭉뚱그려져 더 짙은 어둠으로 손바닥만하게 너울대다가 마침내 하나의 점으로 털털대며 트럭의 꽁무니를 따라왔다.

읍을 벗어나자 산길이었다. 길이 바쁜 데다 서둘러 험하게 몰아대는 통에 차는 길길이 뛰고 짐들 틈바구니에 서캐처럼 박혀 있던 우리는 스프링 장치가 된 자동 인형처럼 간단없이 튀어올랐다.

할머니는 아그그그 뼈마디 부딪치는 소리를 어금니로 눌렀다. 길 아래는 강이었다. 차가 튀어오를 때마다 하마하마 강물로 곤두박질치겠지 생각하며 나는 눈을 꼭 감고 네 살짜리 동생을 힘주어 끌어안았다.

봄이라고는 해도 밤바람은 칼끝처럼 매웠다. 물살을 가르며 사납게 웅웅대던 바람은 그 첨예한 손톱으로 비듬이 허옇게 이는 살갗을 후비고 아직도 차 안에 질척하게 고여 있는 쇠똥냄새를 한소끔씩 걷어내었다.

아까 그 소들, 다 죽었을까.

나는 문득 어둠 속에서 들려오던 소들의 눅눅한 되새김질 소리를 떠올리며 언니에게 물었다. 언니는 세운 무릎 사이에 얼굴을 깊이 묻은 채 대답이 없었다. 물론 지금쯤이면 각을 뜨고 가죽을 벗기고 내장을 훑어내기에 충분한 시간일 것이다.

달은 줄곧 머리 위에서 둥글었고 네 살짜리 동생은 어눌한 말씨

246

로 씨팔놈아아, 왜 자꾸 따라오는 거여어, 소리치며 달을 향해 주먹질을 해대었다.

차는 자주 섰다. 다섯 명의 아이들이 차례로 오줌이 마려웠기 때문이었다. 짐칸과 운전석 사이의 손바닥만한 유리를 두들기면 조수가 옆창문을 열고 고개를 내밀어 돌아보며 뭐야, 하고 소리쳤다.

오줌이 마렵대요.

조수는 손짓으로 그냥 누라는 시늉을 해보였으나 할머니가 펄쩍 뛰었다. 마지못해 차가 멎고 조수는 아이들을 하나씩 안아내리며 한꺼번에 다 눠버려, 몽땅, 하고 퉁명스럽게 말했다. 우리는 길바닥에 쭈그리고 앉기가 무섭게 푸드득 몸을 떨며 오래 오줌을 누었다.

행정구역이 바뀌거나 길이 굽이도는 곳에는 반드시 초소가 있어 한 차례씩 검문을 받아야 했다. 전투복을 입은 경찰이 트럭 위로 전짓불을 휘두를 때면 담배 장사로 간이 손톱만큼밖에 안 남았다는 어머니는 공연히 창 밖으로 고개를 빼어 소리쳤다.

실컷 보시오, 암만 뒤져도 같잖은 따라지 보따리와 새끼들뿐이오.

트럭은 기름을 넣기 위해 한 차례 멎고 두 번 고장이 났으며 굽이굽이 수많은 검문소를 지나쳐 강과 산과 잠든 도시를 밤새도록 달려 날이 밝을 무렵 이 도시로 진입해 들어왔다. 우리가 탄 트럭의 낡은 엔진의 요란한 소리에 비로소 거리는 푸득푸득 깨어나기 시작했다.

바다를 한 뼘만치 밀어둔 시의 끝, 해안 동네에 다다라 우리는 짐들과 함께 트럭에서 안아내려졌다. 밤새 따라오던 달은 빛을 잃고 서쪽 하늘에 원반처럼 납작하게 걸려 있었다. 트럭이 멎은 곳은 낡은 목조의 이층집 앞이었다. 아래층은 길가에 연해 있는 상점들처럼 몇 쪽의 유리문으로 되어 있었다. 그리고 흙먼지가 부옇게 앉은 유리에 붉은 페인트로 석유 배급소라고 씌어 있었다.

바로 앞으로 우리가 살게 될 집이었다.

나는 새삼스럽게 달려드는 차가운 공기에 이빨을 마주치며 언제나 내 몫인 네 살짜리 사내 동생을 업었다.

우리가 요란하게 가로질러 온, 그리고 트럭의 뒤꽁무니 이삿짐들 틈에서 호기심과 기대로 목을 빼어 바라본 시는 내가 피난지인 시골에서 꿈꾸어오던 도회지와는 달랐다. 나는 밀대 끝에서 피어오르는 오색의 비누 방울, 혹은 말로만 듣던 먼 나라의 크리스마스 트리처럼 우리가 가게 될 도회지를 생각하곤 했었다.

폭이 좁은 길을 사이에 두고 조그만 베란다가 붙은, 같은 모양의 목조 이층집들이 늘어선 거리는 초라하고 지저분했으며 새벽닭의 첫날개질 같은 어수선한 활기에 차 있었다. 그것은 이른 새벽 부두로 해물을 받으러 가는 장사꾼들의 자전거 페달 소리와 항만의 끝에 있는 제분공장의 노무자들의 발길 때문이었다. 그들은 길을 메우고 버텨 선 트럭과 함부로 부려진 이삿짐을 피해 언덕을 올라갔다.

지난밤 떠나온 시골과는 모든 것이 달랐음에도 불구하고 나는 잠시, 우리가 정말 이사를 온 것일까, 낯선 곳에 온 것일까, 이상한 혼란에 빠졌다. 그것은 공기 중에 이내처럼 짙게 서려 있는, 무척 친숙하고, 내용은 잊혀진 채 분위기만 남아 있는 꿈과도 같은 냄새 때문이었다. 무슨 냄새였던가.

석유 배급소의 유리문을 밀어붙이고 나온 아버지는 약속이 틀리다고 운전사에게 고래고래 소리를 지르고 운전사는 호기심과 어쩔 수 없는 불안으로 눈을 두릿두릿 굴리고 서 있는 우리들과 이삿짐들을 번갈아 가리키며 아버지에게 삿대질을 해댔다.

목덜미에 시퍼렇게 면도 자국을 드러낸 뒷박머리에 솜이 비져나온 노랑 인조 저고리를 입은, 아홉 살배기 버짐투성이 계집애인 나는 동생을 업고 이상하게 안절부절못하는 심사로 우리가 살게 될 동네를 둘러보았다.

우리의 이사 소동에 동네는 비로소 잠을 깨어 사람들은 들창을 열거나 길가에 면한 출입문으로 부스스한 머리를 내밀었다.

길을 사이에 두고 각각 여남은 채씩 늘어선 같은 모양의 목조 이층집들은 우리 집을 마지막으로 갑자기 끝났다. 그리고 우리 집 에서부터 완만한 경사로 이루어진 언덕이 시작되었는데 그 언덕에 는 바랜 잉크 빛깔이나 흰색 페인트로 벽을 칠한 커다란 이층집들 이 길을 사이에 두고 나란히 마주 보고 서 있었다.

우리 집 앞을 지나는 길은 언덕으로 이어져 있고 언덕이 시작되 는 첫째 집은 거의 우리 집과 이웃해 있었다. 그러나 넓은 벽에 비 해 지나치게 작은, 창문이나 출입문이라고 볼 수 있는 문들은 모두 나무 덧문이 완강하게 닫혀져 있어 필시 빈집이거나 창고이리라는 느낌이 짙었다.

큰 덩지에 비해 지붕의 물매가 싸고 용마루가 밭아서 이상하게 눈에 설고 불균형해 뵈는 양식의 집들이었다. 그 집들은 일종의 적 의로 냉담하고 무관심하게 언덕 아래를 내려다보며 서 있었다. 언 덕을 넘어 선창으로 향하는 사람들의 발길에도 불구하고 언덕은 섬처럼 멀리 외따로 있었으며 갑각류의 동물처럼 입을 다문 집들 은 초라하게, 그러나 대개의 오래된 건물들이 그러하듯 역사와 남 겨지지 않은 기록의 추측으로, 상상의 여백으로 다소 비장하게 바 다를 향해 서 있었다.

이삿짐을 다 부려놓고도 트럭은 시동만 걸어놓은 채 떠나지 않 았다. 요구한 액수대로 운임을 받지 못한 운전사는 지구전에 들어 간 듯 운전대에 두 팔을 얹고 잠깐 눈을 붙였다.

아이 시끄러워. 또 난리가 쳐들어오나, 새벽부터 웬 지랄들이야.

젊은 여자의, 거두절미한 쇳소리가, 시위하듯 부릉대는 찻소리를 단번에 눌러 끄며 우리의 머리 위로 쨍하니 날아왔다. 어머니는, 그리고 우리는 망연해서 고개를 쳐들었다. 허벅지까지 맨살을 드러낸 채 겨우 군복 윗도리만을 어깨에 걸친 젊은 여자가 염색한 머리털을 등뒤로 너울대며 맞은편 집 이층 베란다에서 마악 들어가려던 참이었다.

아버지는 차 바퀴 사이를 들락거리며 뺑뺑이를 치는 오빠의 덜미를 잡아끌어내어 알밤을 먹였다. 그리고는 오르르 몰려선 우리들을 보며 일개 소대 병력이로구나 하며 기막히다는 듯 헛웃음을 쳤다.

새벽 구름이 걷힌 햇살이 조금씩 투명해지기 시작할 무렵에도 언덕 위 집들은 굳게 문을 닫은 채 잠에서 깨어나지 않았다. 시의 곳곳에서 밀려난 새벽의 푸르스름한 어두움은 비를 품은 구름처럼 불길하게 언덕 위의 하늘에 몰려 있었다.

어둠이 완전히 걷히자 밤의 섬세한 발 틈으로 세류(細流)가 되어 흐르던 냄새는 억지로 참았던 긴 숨처럼 거리 곳곳에서 피어오르기 시작했다.

아, 그제야 나는 그 냄새의 정체를 알 수 있었다. 그 냄새는 낯선 감정을 대번에 지우고 거리는 친숙하고 구체적으로 내게 다가왔다. 그것은 나른한 행복감이었고 전날 떠나온 피난지의 마을에 깔먹여진 색채였으며 유년(幼年)의 기억이었다.

민들레꽃이 필 무렵이 되면 나는 늘 어지럼증과 구역질로, 툇돌에 앉아 부격부격 거품이 이는 침을 뱉고 동생은 마당을 기어다니며 흙을 집어먹었다. 할머니는 긴 봄 내내 해인초를 끓였다. 싫어싫어 도리질을 해대며 간신히 한 사발을 마시고 나면 나는 어쩔 수 없이 천지가 노오래지는 경험과 함께 춘곤(春困)과도 같은 이해할 수 없는 나른한 혼미 속에 빠져 할머니에게 지금이 아침인가 저녁인가를 때없이 묻곤 했다. 할머니는 망할년, 회 동하나부다 라고 대꾸하며 호호 웃었다.

나는 잊혀진 꿈 속을 걸어가듯 노란빛의 혼미 속에 점차 빠져들며 문득 성큼 다가드는 언덕 위의 이층집들과 굳게 닫힌 덧창 중의 하나가 열리며 젊은 남자의 창백한 얼굴이 나타나는 것을 보았다.

어머니는 일곱 번째 아이를 배고 있어 나는 아침마다 학교에 가기 전 양재기를 들고 언덕 위 중국인들의 집 앞길을 지나 부두로 갔다. 싱싱한 굴과 조개만이 어머니의 뒤집힌 속을 달래주었기 때문이었다. 나는 알 수 없는 두려움과 호기심으로 흘끗거리며 굳게 닫힌 문들 앞을 달음박질쳤다. 언덕빼기로부터 스무 발자국 정도만 뜀박질하면 갑자기 중국인 거리는 끝나고 부두가 눈 아래로 펼쳐졌다. 내가 언덕의 내리받이에 이르러 가쁜 숨을 몰아쉬며 돌아볼 즈음이면 언덕의 초입에 있는 가게의 덧문을 여는 덜컹대는 소리가 들려왔다.

일주일에 한 번쯤 돼지고기를 반 근, 혹은 반의 반 근 사러가는 푸줏간이었다. 어머니는 돈을 들려 보내며 매양 같은 주의를 잊지 않았다.

적게 주거든, 애라고 조금 주느냐고 말해라. 그리고 또 비계는 말고 살로 주세요, 해라.

푸줏간에서는 한쪽 볼에 힘껏 쥐어질린 듯 여문 밤톨만한 혹이 달리고 그 혹부리에, 상기도 보이지 않는 손에 의해 끄들리고 있는 듯 길게 뻗친 수염을 기른 홀아비 중국인이 고기를 팔았다.

애라고 조금 주세요?

키가 작아 발돋움질로 간신히 진열대에 턱을 올려놓고 돈을 밀어넣는 것과 동시에 나는 총알처럼 내뱉었다.

고기를 자르기 위해 벽에 매단 가죽끈에 칼을 문질러 날을 세우던 중국인은 미처 무슨 말인지 몰라 뚱한 얼굴로 나를 바라보았다. 나는 비계는 말고 살로 달래라 하던 어머니의 말을 하기 전 중국인이 고기를 자를까봐 허겁지겁 내쏘았다.

고기로 달래요.

중국인은 꾸룩꾸룩 웃으며 그때야 비로소 고기를 덥썩 베어내었다.

왜 고기만 주니, 털도 주고 가죽도 주지.

푸줏간에 잇대어 후추나 흑설탕, 근으로 달아주는 중국차 따위를 파는 잡화점이 있었다. 이 거리에 있는 단 하나의 중국인 가게였다. 우리 동네 사람들은 가끔 돼지고기를 사러 푸줏간에 갈 뿐 잡화점에는 가지 않았다. 우리에게는 옷이나 신발에 다는 장식용 구슬, 염색물감, 폭죽놀이에 쓰이는 화약 따위가 필요치 않았기 때문이었다.

햇빛이 밝은 날에도 한쪽 덧문만 열린 가게는 어둡고 먼지가 낀듯 침침했다.

그러나 저녁 무렵이 되면 바구니를 팔에 건 중국인들이 모여들었다. 뒤통수에 쇠똥처럼 바짝 말아붙인 머리를 조금씩 흔들며 엄청나게 두꺼운 귓불에 은고리를 달고 전족한 발을 뒤뚱거리며 여자들은 여러 갈래로 난 길을 통해 마치 땅거미처럼 스름스름 중국인 거리를 향했다.

남자들은 가게 앞에 내놓은 의자에 앉아 말없이 오랫동안 대통담배를 피우다가 올 때처럼 사라졌다. 그들은 대개 늙은이들이었다.

우리는 찻길과 인도를 가름짓는 낮고 좁은 턱에 엉덩이를 붙이고 나란히 앉아 발장단을 치며 그들을 손가락질했다.

아편을 피우고 있는 거야, 더러운 아편쟁이들.

정말 긴 대통을 통해 나오는 연기는 심상치 않은 노오란 빛으로 흐트러지고 있었다.

늙은 중국인들은 이러한 우리들에게 가끔 미소를 지었다.

통틀어 중국인 거리라고 불리는 동네에, 바로 그들과 인접해 살고 있으면서도 그들 중국인에게 관심을 갖는 것은 아이들뿐이었다. 어른들은 무관심하게, 그러나 경멸하는 어조로 〈떼놈들〉이라고 말했다.

우리는 그들과 전혀 접촉이 없었음에도, 언덕 위의 이층집, 그 속에 사는 사람들은 한없이 상상과 호기심의 효모(酵母)였다.

그들은 우리에게 밀수업자, 아편쟁이, 누더기의 바늘땀마다 금을 넣는 쿠리, 그리고 말발굽을 울리며 언 땅을 휘몰아치는 마적단, 원수의 생 간(肝)을 내어 형님도 한 점, 아우도 한 점 씹어먹는 오랑캐, 사람 고기로 만두를 빚는 백정, 뒤를 보면 바지도 올리기 전 꼿꼿이 언 채 서 있다는 북만주 벌판의 똥덩어리였다. 굳게 닫힌 문의 안쪽에 있는 것은, 십 년을 사귀어도 좀체 내뵈지 않는다는 깊은 흉중에 든 것은 금인가, 아편인가, 의심인가.

우리 집에서 숙제하지 않을래?

집 앞에 이르러 치옥이가 이불과 담요가 널린 이층의 베란다를 올려다보며 나를 끌었다. 베란다에 이불이 널린 것은 매기언니가 집에 없다는 표시였다. 매기언니는 집에서는 언제나 담요를 씌운 침대 속에 들어가 있었다. 나는 맞은편의 우리 집을 흘긋거리며 망설였다. 할머니나 어머니는 치옥이네를 양갈보집이라고 불렀다. 그러나 이 거리의 적산가옥들 중 양갈보에게 방을 세주지 않은 것은 우리 집뿐이었다. 그네들은 거리로 면한 문을 활짝 열어놓고 거리 낌없이 미군에게 허리를 안겼으며 볕 잘 드는 베란다에 레이스가 달린 여러 가지 빛깔의 속옷들과 때묻은 담요를 널어 지난밤의 분방한 습기를 말렸다. 여자의 옷은, 더욱이 속엣것은 방안에 줄을 매고야 너는 것으로 알고 있는 할머니는, 천하의 망종들이라고 고개를 돌렸다.

치옥이의 부모는 아래층을 쓰고 위층의 큰방은 매기언니가 검둥이와 함께 세들어 있었다. 치옥이는 큰방을 거쳐가야 하는 협실과도 같은 좁고 긴 방을 썼다. 때문에 나는 아침마다 치옥이를 부르러 가면 그때까지도 침대 속에 머리칼을 흩뜨리고 누워 있는 매기언니와 화장대의 의자에 거북스럽게 몸을 구부리고 앉아 조그만 은빛 가위로 콧수염을 가다듬는 비대한 검둥이를 만났다. 매기언니는 누운 채 손을 까닥거려 들어오라는 시늉을 했으나 나는 반쯤 열린 문가에 비켜서서 방안을 흘끔거리며 치옥이를 기다렸다. 나는 검둥이가 우울한 남자라고 생각했다. 맥없이 늘어진 두꺼운 가슴팍의 살, 잿빛 눈, 또한 우물거리는 말투와 내게 한 번도 웃어 보인 적이 없다는 것이 그러한 느낌을 갖게 한 것이다.

학교 갈 때는 길에서 불러라. 검둥이는 네가 아침에 오는 게 싫대.

치옥이가 말했으나 나는 매일 아침 삐꺽대는 층계를 밟고 올라가 매기언니의 방문 앞을 서성이며 치옥이를 불렀다.

매기언니는 밤에 온다고 그랬어, 침대에서 놀아도 괜찮아.

입덧이 심한 어머니는 매사가 귀찮다는 얼굴로 안방에 드러누워 있을 것이고 오빠는 땅강아지를 잡으러 갔을 것이다. 할머니는 기다렸다는 듯 막 젖이 떨어진 막내 동생을 업혀 내쫓을 것이었다.

커튼으로 햇빛을 가린 어두운 방의 침대에 매기언니의 딸인 제니가 자고 있었다. 치옥이는 벽장 문을 열고 비스킷 상자를 꺼내어 꼭 두 개만 집어들고는 잘 닫아 다시 넣었다. 비스킷은 달고, 연한 치약 냄새가 났다.

이거 참 예쁘다.

내가 화장대의 향수병을 가리키자 치옥이는 그것을 거꾸로 들고 솔솔 겨드랑이에 뿌리는 시늉을 하며 미제야, 라고 말했다. 치옥이는 다시 벽장 속에 손을 넣어 부스럭대더니 사탕을 두 알 꺼냈다.

이거 참 맛있다.

응, 미제니까.

치옥이가 또 새침하게 대답했다. 제니가 눈을 말갛게 뜨고 우리를 보고 있었다.

제니, 예쁘지? 언니들은 숙제를 해야 하니까 조금만 더 자렴.

치옥이가 부드럽게 말하며 손바닥으로 눈꺼풀을 쓸어 덮자 제니는 깜빡이 인형처럼 눈을 꼭 감았다.

매기언니의 방에서는 무엇이든 신기했다. 치옥이는 내가 매양 탄성으로 어루만지는 유리병, 화장품, 페티코트, 속눈썹 따위를 조금씩만 만지게 하고는 이내 손댄 흔적이 없이 본디대로 해놓았다.

좋은 수가 있어.

치옥이 침대 머릿장에서 초록색의 액체가 반쯤 남겨진 표주박 모양의 병을 꺼냈다. 병의 초록색이 찰랑대는 부분에 손톱을 대어 금을 만든 뒤 뚜껑을 열어 그것을 따라 내게 내밀었다.

먹어봐. 달고 화하단다.

내가 한 모금에 훌쩍 마시자 치옥이는 다시 뚜껑을 가득 채워 꿀꺽 마셨다. 그리고 손톱을 대고 있던 금부터 손가락 두 마디만큼 초록색 술이 줄어들자 줄어든 만큼 냉수를 부어 뚜껑을 닫아 머릿장에 넣었다.

감쪽같잖니? 어떻니? 맛있지?

입 안은 박하를 한 입 문 듯 상쾌하게 화끈거렸다.

이건 비밀이야.

매기언니의 방에서는 무엇이든 비밀이었다. 서랍장의 옷갈피짬에서 꺼낸 비로드 상자 속에는 세 줄짜리 진주목걸이, 여러 가지

빛깔로 야단스럽게 물들인 유리알 브로치, 귀걸이 따위가 들어 있
었다. 치옥이는 그중 알이 굵은 유리목걸이를 걸고 거울 앞에서 단
호하게 말했다.

난 커서 양갈보가 될 테야, 매기언니가 목걸이도 구두도 옷도
다 준댔어.

손끝도 발끝도 저리듯 나른히 맥이 풀려왔다. 눈꺼풀이 무겁고
숨이 차오는 건 방안이 너무 어둡기 때문일까, 숨을 내쉴 때마다
박하 냄새가 하얗게 뿜어져나왔다. 나는 베란다로 통한 유리문의
커튼을 열었다. 노오란 햇빛이 다글다글 끓으며 들어와 먼지를 떠
올려 방안은 온실과도 같았다. 나는 문의 쇠장식에 달아오른 뺨을
대며 바깥을 내다보았다. 그리고 다시 중국인 거리의 이층집 열린
덧문과 이켠을 보고 있는 젊은 남자의 얼굴을 보았다. 그러자 알지
못할 슬픔이, 비애라고나 말해야 할 아픔이 가슴에서부터 파상(波
狀)을 이루며 전신으로 퍼져나갔다.

왜 그러니? 어지럽니?

이미 초록색 물의 성질을, 그 효과를 알고 있는 치옥이 다가와
나란히 문에 매달렸다. 나는 고개를 저었다. 그럴 수밖에 없는 것
이 나는 이층집 창문에서 비롯되는 감정을 알 수도, 설명할 수도
없었으며 그 순간 나무 덧문이 무겁게 닫혀지고 남자의 모습이 사
라졌기 때문이었다.

유리목걸이에 햇빛이 갖가지 빛깔로 쟁강쟁강 튀었다. 그중 한
알을 입술에 물며 치옥이가 말했다.

난 양갈보가 될 거야.

나는 커튼을 닫고 돌아와 침대에 누웠다. 그는 누구일까. 나는
기억나지 않는 꿈을 되살려보려는 안타까움에 잠겨 생각했다. 지
난 가을에도 나는 그를 보았다. 이발소에서였다. 키가 작아 의자에
널빤지를 얹고 앉아 나는 어머니가 일러준 대로 말했다.

상고머리예요. 가뜩이나 밉상인데 뒷박머리는 안 돼요.

그런데 다 깎은 뒤 거울 속에 남은 것은 여전히 뒷박머리였다.

이왕 깎은 걸 어떡하니 다음 번에 다시 잘 깎아주마.

그러길래 왜 아저씨는 이발만 열심히 하지 잡담을 하느냔 말예요.

나는 바락바락 악을 썼다. 마침내 이발사는 덜컥 의자를 젖히며 말했다.

정말 접시처럼 발랑 되바라진 애구나, 못 쓰겠어. 엄마 뱃속에서 나올 때 주둥이부터 나왔니?

못 쓰면 끈달아 쓸 테니 걱정 말아요. 아저씨는 손모가지에 가위부터 들고 나와 이발쟁이가 됐단 말예요?

이발소 안이 와아 웃음바다가 되었다. 나는 의기양양해서 사람들을 둘러보았다. 웃지 않는 건 이발사와 구석자리의 의자에 턱수건을 두르고 앉은 젊은 남자뿐이었다. 그는 거울 속에서 물끄러미 나를 보고 있었다. 나는 문득 그가 중국인 남자라고 생각했다. 길 건너 비스듬히 엇비낀 거리에서만 보았을 뿐 한 번도 가까이서 본 적이 없었으나 그 알 수 없는 시선의 느낌이 그러했다. 나는 목수건을 풀어 탁 거울 앞에 던져놓았다. 그리고 또각또각 걸어나가 두 손으로 허리를 짚고 문께에 서서 말했다.

죽을 때까지 이발쟁이나 해요.

그러고는 달음질쳐 집으로 돌아왔다. 아버지는 피난 시절의 셋방살이, 혹은 다리 밑이나 천막에서 아이들을 끌어안고 밤을 새우던 기억에 복수라도 하듯 끊임없이 집 손질을 했다. 손바닥만한 마당을 없애며, 바느질을 처음 배운 계집애들이 가방의 안쪽이나 옷의 갈피짬마다 비밀 주머니를 만들어붙이듯 방을 들이고 마루를 깔았다. 때문에 집안에는 개미굴같이 복잡하게 얽힌 좁고 긴 통로가 느닷없이 나타나고, 숨으면 아무도 찾아낼 수 없는 장소가 꼭

한 군데는 있게 마련이었다.

나는 집으로 뛰어들어와 헌 옷가지나 묵은 살림살이 따위 잡동사니가 들어찬 변소 옆의 골방에 숨어들어갔다. 빈 항아리의 좁은 아구리에 얼굴을 들이밀어도 온몸의 뼈가 물러앉는 듯한 센 물살과도 같은 슬픔은 사라지지 않았다.

그뒤로도 나는 여러 차례 창을 열고 이켠을 보고 있는 그 남자의 시선을 느낄 수 있었다. 대개 배급소의 문 밖에 쭈그리고 앉아 석간신문을 기다리고 있을 때였다.

제니, 제니, 일어나. 엄마가 왔다.

치옥이가 꾸며낸, 부드럽고 달콤한 목소리로 제니를 부르자 제니가 눈을 뜨고 일어나 앉았다. 치옥이가 아래층에서 대야에 물을 떠왔다. 제니는 비눗물이 눈에 들어가도 울지 않았다. 우리는 제니의 머리를 빗기고 향수를 뿌리고 옷장을 뒤져 옷을 갈아입혔다. 백인 혼혈아인 제니는 다섯 살이 되었어도 말을 못했다. 혼자 옷을 입는 것은 물론 숟갈질도 못해 밥을 떠넣어주면 한 귀로 주르르 흘렸다. 검둥이가 있을 때면 제니는 늘 치옥이의 방에 있었다.

짐승의 새끼야.

할머니는 어쩌다 문 밖이나 베란다에 있는 제니를 보고 신기하다는 듯 혹은 할머니가 제일 싫어하는, 털 가진 짐승을 볼 때의 혐오의 눈으로 보며 말했다. 나는 제니를 보는 할머니의 눈초리가 무서웠다. 언젠가 집에 쥐가 끓어 고양이를 한 마리 기른 적이 있었다. 고양이가 골방에서 새끼를 일곱 마리나 낳자 할머니는 고양이에게 미역국을 갖다주었다. 그리고는 똑바로 고양이의 눈을 쳐다보며 나비가 쥐 새끼를 낳았구나, 쥐 새끼를 일곱 마리나 낳았구나 하고 노래의 후렴처럼 몇 번이고 되풀이했다. 그날 밤 고양이는 새끼를 모조리 잡아먹고 대가리만 남겨 피 칠한 입으로 야옹야옹 밤새 울었다. 할머니는 기다렸다는 듯 일곱 개의 조그만 대가리들을

258

신문지에 싸서 하수구에 버렸다. 할머니가 유난히 정갈하고 성품이 차가운 것은 한 번도 자식을 실어보지도 못했기 때문이라고 어머니는 말하곤 했다. 할머니는 어머니의 서모였다. 시집온 지 석 달 만에 영감님이 처제를 봤다지 뭐예요. 글쎄, 그래서 평생 조면(阻面)하시고 의붓딸에게 의탁하신 거지요. 어머니는 먼 친척 할머니에게 소리를 낮춰 수군거렸다.

제니는 치옥이의 살아 있는 인형이었다. 목욕을 시켜도, 삼십분마다 한 번씩 옷을 갈아입혀도 매기언니는 나무라지 않았다. 제니는 아기가 되고 때로 환자가 되고 때로 천사도 되었다. 나는 진심으로 치옥이가 부러웠다.

너도 동생이 있잖아.

치옥이가 의아하게 물었다.

의붓동생인걸.

그럼 늬네 친엄마가 아니니?

나는 마른침을 꿀꺽 삼켰다.

응, 계모야.

그렇구나, 어쩐지 그럴 거라고 생각했었어. 이건 비밀인데 우리 엄마도 계모야.

치옥이는 비밀이라고 했지만 치옥이가 의붓자식이라는 것을 모르는 사람은 동네에서 아무도 없었다. 우리는 비밀을 서로 지켜주기로 손가락을 걸고 맹세했다.

그럼 너의 엄마도 널 때리고, 나가 죽으라고 하니?

응, 아무도 없을 때면.

치옥이는 바지를 내려 허벅지의 피멍을 보이며 단호하게 말했다.

난 나가서 양갈보가 되겠어.

나는 얼마나 자주 정말 내가 의붓자식이었기를, 그래서 맘대로 나가버릴 수 있기를 바랐는지 몰랐다.

어머니는 일곱 번째 아이를 배고 있었다. 가난한 중국인 거리에 사는 우리들 중 아기는 한밤중 천사가 안고 오는 것이라든지 방긋 웃으며 배꼽으로 나오는 것이라는 것을 믿는 아이는 아무도 없었다. 여자의 벌거벗은 두 다리 짬에서 비명을 지르며 나온다는 것쯤은 누구나 다 알고 있었다.

러닝셔츠 바람의 지아이들이 부대 안의 테니스 코트에 모여 칼 던지기를 하고 있었다. 동심원이 그려진 과녁을 향해 칼은 은빛 침처럼, 빛의 한 순간처럼, 청년의 머리에 돋아난 새치처럼 날카롭게 빛나며 공기를 갈랐다.

휙휙 바람을 일으키며 휘파람처럼 날아드는 칼이 동심원 안의 검은 점에 정확히 꽂힐 때마다 그들은 우우 짐승 같은 함성을 질렀고 우리는 뜨거운 침을 삼키며 아아 목젖을 떨었다.

목표를 정확히 맞히고 한 걸음씩 물러나 목표물과의 거리를 넓히며 칼을 던지던 백인 지아이가, 칼이 손 안에서 튕겨져나오려는 순간 갑자기 발의 방향을 바꾸었다. 칼은 바람을 찢는 날카로운 소리로 우리를 향해 날았다. 우리는 아악 비명을 지르며 철조망 아래로 납작 엎드렸다. 다리 사이가 뜨뜻하게 젖어왔다. 그리고 잠시 후 고개를 들어 킬킬대는 미군의 손짓이 가리키는 곳을 하얗게 질린 얼굴로 바라보았다. 우리의 뒤 두어 걸음쯤 떨어진 곳에서 가슴에 칼을 맞은 고양이가 네 발을 허공에 쳐들고 반듯이 누워 있었다. 거의 작은 개만큼이나 큰 검정 고양이였다. 부대의 쓰레기통을 뒤지는 도둑고양이였을 것이다. 우리가 다가가 둘러섰을 때까지도 날카로운 수염발이 바르르 떨리고 있었다. 갑자기 오빠가 고양이를 집어올렸다. 그리고 뛰었다. 우리도 뒤를 따라 덩달아 뛰기 시작했다. 젖은 속옷이 살에 감겨 쓰라렸다.

미군 부대의 막사가 보이지 않는 곳에 이르자 오빠가 헉헉대며 걸음을 멈추었다. 그리고 비로소 손에 들린 것이 무엇인지 깨달은 듯 진저리를 치며 내동댕이쳤다. 검은 고양이는 털썩 둔탁한 소리를 내며 땅바닥에 떨어졌다.

그걸 왜 갖고 왔니?

한 아이가 비난하는 어조로 말했다. 도전을 받은 꼬마 나폴레옹은 분연히 고양이의 가슴팍에 꽂힌, 끝이 송곳처럼 가늘고 날카로운 칼을 빼어 풀섶에 쓱쓱 피를 닦았다. 그리고 찰칵 날을 숨겨 주머니에 넣었다.

막대기를 가져와.

한 아이가 지난 봄 식목일의 기념 식수 가지를 잘라왔다.

오빠는 혁대를 끌러 고양이의 목에 감고 그 끝을 나뭇가지에 매었다. 그리고 우리는 묵묵히 거리를 지났다.

고양이는 한없이 늘어져 발이 땅에 끌리고 그 무게로 오빠의 어깨에 얹힌 나뭇가지는 활처럼 휘었다.

중국인 거리에 다다랐을 때 여름의 긴긴 해는 한없이 긴 고양이의 허리를 자르며 비껴 기울고 있었다.

머리에 서릿발이 얹힌 듯 희끗희끗 밀가루를 뒤집어쓴 제분공장 노무자들이 빈 도시락을 달그락거리며 언덕을 넘어 우리 곁을 지나쳐갔다.

고양이의 검고 긴 몸뚱아리, 우리들의 끝없이 길고 두려운 저녁 무렵의 그림자를 밟으며 우리는 부두를 향해 걸었다. 그때 나는 다시 보았다. 이층의 덧문을 열고 그는 슬픈 듯, 노여운 듯 어쩌면 희미하게 웃는 듯한 알 수 없는 눈길로 우리의 행렬을 보고 있었다.

부두에 이르러 우리는 나뭇가지를 내려놓고 고양이의 목에서 혁대를 풀었다. 오빠는 퉤퉤 침을 뱉으며 자꾸 흘러내리려는 허리를 혁대로 단단히 죄었다.

그리고 쓰레기와 빈 병과 배를 허옇게 뒤집고 떠 있는 썩은 생선들이 떠밀려 범람하는 방죽 아래로 고양이를 떨어뜨렸다.

해가 지고 있었으므로 우리는 공원으로 가기로 했다.

여느 때 같으면 한없이 올라가는 공원의 층계에 엎드려 층계를 올라가는 양갈보들의 치마 밑을 들여다보며, 고래 힘줄로 심을 넣어 바구니처럼 둥글게 부풀린 패티코트 속이 온통 맨다리뿐이라는 데 탄성을 지르거나 혹은 풀섶에 질펀히 앉아서 〈도라아 보는 발거름마다 눈무울 젖은 내애 처엉춘, 한마아는 과거사를 도리켜 보올때에 아아 산타마리아아의 종이이 우울리인다〉 따위 늙은 창부 타령을 찢어지게 불러대었을 텐데 우리는 묵묵히 하늘 끝까지라도 이어질 것 같은 층계를 하나씩 올라갔다.

공원의 꼭대기에는 전설로 길이 남을 것이라는 상륙작전의 총지휘관이었던 노장군의 동상이 있었다. 그곳에서는 시가지 전체가 한눈에 들어왔다.

선창에 정박해 있는 크고 작은 배들의 깃발이 색종이처럼 조그맣게 팔랑이고 있는 사이 기중기는 쉬지 않고 화물을 물어 올렸다. 선창에서 멀찌감치 물러나 섬처럼, 늙은 잉어처럼 조용히 떠 있는 것은 외국 화물선일 것이다.

공원 뒤쪽의 성당에서는 끊임없이 종을 치고 있었다. 고양이를 바다에 던질 때부터, 아니 그 이전부터 우리 뒤를 따라오며 머리칼을 당기던 소리였다. 일정한 파문과 간격으로 한없이 계속되는, 극도로 절제되고 온갖 욕망과 성질을 단 하나의 동그라미로 단순화시킨 그 소리에는 한밤중 꿈 속에서 깨어나 문득 듣게 되는 여름밤의 먼 우뢰 소리, 혹은 깊은 밤 고달프게 달려가는 기차 바퀴 소리에서와 같은, 이해할 수 없는 두려움과 비밀스러움이 있었다.

수녀가 죽었나봐.

누군가 말했다. 끊임없이 성당의 종이 울릴 때는 수녀가 고요히 죽어가는 것이라는 것을 우리는 모두 알고 있었다.

철로 너머 제분공장의 굴뚝에서 울컥울컥 토해내는 검은 연기는 전쟁으로 부서진 도시의 하늘에 전진(戰塵)처럼 밀려들고 있었다.

전쟁사에 길이 남을 것이라는 치열했던 함포사격에도 제 모습을 고스란히 지니고 있는 것은 중국인 거리라고 불리는, 언덕 위의 이 층집들과 우리 동네 낡은 적산 가옥들뿐이었다.

시가지 쪽에는 아직 햇빛이 머물러 있는데도 낙진처럼 내려앉는, 북풍에 실린 저탄장의 탄가루 때문일까, 중국인 거리는 연기가 서리듯 눅눅한 어둠에 잠겨들고 있었다.

시의 정상에서 조망하는 중국인 거리는, 검게 그을린 목조 적산 가옥 베란다에 널린 얼룩덜룩한 담요와 레이스의 속옷들은, 이 시의 풍물(風物)이었고 그림자였고 불가사의한 미소였으며 천칭의 한쪽 손에 얹혀 한없이 기우는 수은이었다. 또한 기우뚱 침몰하기 시작한 배의, 이미 물에 잠긴 고물〔船尾〕이었다.

시의 동쪽 공설운동장에서 때이른 햇불이 피어 올랐다. 잔양(殘陽) 속에서 그것은 단지 하나의 흔들림, 너울대는 바람의 자락이었다. 그리고 사람들은 와아와아 함성을 질렀다. 체코, 폴란드, 물러가라, 꼭두각시, 괴뢰집단 물러가라, 와아와아. 여름 내내 햇빛이 걷히면 한 집에서 한 명씩 뽑혀나간 사람들은 공설운동장에 모여 발을 구르며 외쳤다. 할머니는 돌아와 밤새 끙끙 허리를 앓았다.

중립국 감시위원단 중 공산측이 추천한 체코와 폴란드가(그들은 소련의 위성 국가입니다) 그들의 임무를 저버리고 유엔군측의 군사기밀을 캐내어 공산측에 보고하는 스파이가 되었기 때문입니다.

전체 조회에서 교장 선생님은 말했다.

무릎을 세우고 앉아 그 사이에 깊이 고개를 묻으면 함성은 병의 좁은 주둥이에 휘파람을 불어넣을 때처럼 아스라하게 웅웅대며 들려왔다. 땅속 깊숙이에서 울리는, 지층이 움직이는 소리, 해일의 전조로 미미하게 흔들리는 물살, 지붕 위를 핥으며 머무는 바람.

집으로 돌아왔을 때 어머니는 수채에 쭈그리고 앉아 으윽으윽 구역질을 하고 있었다. 임신의 징후였다. 이제 제발 동생을 그만 낳아주었으면 좋겠다고 생각하며 나는 처음으로 여자의 동물적인 삶에 대해 동정했다. 어머니의 구역질에는 그렇게 비통하고 처절한 데가 있었다. 또 아이를 낳게 된다면 어머니는 죽게 될 것이다.

밤이 깊어도 나는 잠을 잘 수가 없었다. 마악 생기기 시작한 젖 망울을 할머니가 치마 말기를 뜯어 만들어준 띠로 꽁꽁 동인 언니 는 홑이불의 스침에도 젖이 아파 가슴을 싸쥐며 돌아누워 앓았다. 밤새도록 간단없이 들려오는 야경꾼의 딱딱이 소리, 화차의 바퀴 소리를 낱낱이 헤아리다가 날이 밝자 부두로 나갔다. 여전히 물결 에 떠밀려 방죽에 부딪는 더러운 쓰레기와 썩은 생선들 사이에도, 더 멀리 닻 없이 떠 있는 폐선의 밑창에도 고양이는 없었다.

어느 먼 항구에서 아이들의 장대질에 의해 뼈가 무너진 허리 중 동이를 허물며 끌어올려질지도 몰랐다.

가을로 접어들어도 빈대의 극성은 대단했다. 해가 퍼지면 우리 는 다다미를 들어내어 베란다에 널어 습기를 말리고 빈대 알을 뒤 졌다. 손목과 발목에 고무줄을 넣은 옷을 입고 자도 어느 틈에 빈 대는 옷 속에서 스멀대며 비린 날콩 냄새를 풍겼다. 사람들은 전깃 불이 나가는 열두시까지 대개 불을 켜놓고 잠이 들었다. 불빛이 있 으면 빈대가 덜 끓었기 때문이었다. 그러나 열두시를 기점으로 그 것들은 다다미 짚 속에서, 벌어진 마루 틈에서 기어나와 총공격을 개시했다.

옅은 잠 속에서 손톱을 세워 긁적이며 빈대와 싸우던 나는 문득 나무토막이 부서지는 둔탁하고 메마른 소리에 눈을 떴다. 오빠는 어느새 바지를 주워 입고 총알처럼 계단을 뛰어내려가고 있었다.

바깥에서는 갑작스런 소음이 끓었다. 무슨 사건이 일어났구나, 나는 가슴을 두근대며 베란다로 나갔다. 불이 나간 지 오래되어 깜깜한 거리, 치옥이네 집과 우리 집 앞을 메우며 사람들이 가득 와글와글 떠들고 있었다. 뒤미처 늘어선 집들의 유리문이 드르륵 열리고 베란다로 나온 사람들이 무슨 일이냐고 소리쳤다. 죽었다는 소리가 웅성거림 속에 계시처럼 들렸다. 모여선 사람들은 이어부르는 노래를 하듯 입에서 입으로 죽었다는 말을 옮기며 진저리를 치거나 겹겹이 둘러싼 틈으로 고개를 쑤셔넣었다. 나는 턱을 달달 떨어대며 치옥이네 집 이층 시커멓게 열린 매기언니의 방과 러닝셔츠 바람으로 베란다의 난간을 짚고 아래를 내려다보고 있는 검둥이를 보았다.

잠시 후 요란한 사이렌을 울리며 미군 지프차가 달려왔다. 겹겹이 진을 친 사람들이 순식간에 양쪽으로 갈라졌다. 헤드라이트의 쏟아질 듯 밝은 불빛 속에 매기언니가 반듯이 누워 있었다. 염색한, 길고 숱 많은 머리털이 흩어져 후광처럼 얼굴을 감싸고 있었다. 위에서 던져버렸다는군.

검둥이는 술에 취해 있었다. 엠피가 검둥이의 벗은 몸에 군복을 걸쳤다. 검둥이는 단추를 풀어헤치고 낄낄대며 지프차에 실려 떠났다.

입의 한 귀로 흘러내리는 물을 짜증을 내는 법도 없이 찬찬히 닦아주며 치옥이는 제니에게 물을 먹이고 있었다. 아무리 물을 먹여도 제니의 딸꾹질은 멎지 않았다.

고아원에 가게 될 거야.

치옥이가 말했다. 봄이 되면 매기언니는 미국에 가게 될 거야, 검둥이가 국제결혼을 해준대, 라고 말하던 때처럼 조금 시무룩한 말투였다. 그 무렵 매기언니는 행복해 보였다. 침대에 걸터앉은 검둥이의 발을 닦아주는 매기언니의, 물들인 머리를 높이 틀어올려 깨끗한 목덜미를 물끄러미 보노라면 화장을 지운, 눈썹이 없는 얼굴로 나를 돌아보며 상냥하게 손짓했다. 들어와, 괜찮아.

제니는 성당의 고아원에 갔어.

이틀 후 치옥이는 빨갛게 부은 눈을 사납게 찡그리며 말했다. 매기언니의 동생이 와서 매기언니의 짐을 모조리 실어가며 제니만을 달랑 남겨놓았다는 것이다. 치옥이네 이층은 꽤 오랫동안 비어 있었다. 그러나 나는 치옥이네 집에 숙제를 하러 가거나 놀러가지 않았다.

아침마다 길에서 큰소리로 치옥이를 불렀다.

또 아이를 낳게 된다면 어머니는 죽을 것이라는 예감이 신념처럼 굳어가고 있었지만 어머니의 배는 치마 밑에서 조심스럽게 불러가고 있었다. 대신 매운 손맛과 나지막하고 독한 욕설로 나날이 정정해지던 할머니가 쓰러졌다. 빨래를 하다가 모로 쓰러진 후 제정신이 돌아오지 않는 것이다. 할머니의 등에 업혀 살던 막내동생은 언니의 차지가 되었다.

대소변을 받아내게 되자 어머니와 아버지는 할머니를 할아버지가 있는 시골로 보내는 것에 합의를 보았다.

이십 년도 가는 수가 있대요. 중풍이란 돌도 삭인다니까요.

어머니는 작게 소근거렸다. 그리고는 조금 큰소리로, 미우니 고우니 해도 늘그막에는 영감님 곁이 제일이에요 했고, 이어 택시를 대절해서 모셔야 해요 하고 크게 말했다.

할머니는 다시 아기가 되었다. 나는 치옥이가 제니에게 하듯 아무도 없을 때면 할머니의 방에 들어가 머리를 빗기고 물을 입에 떠넣기도 하고 가끔 쉬이를 했는지 속옷을 헤치고 기저귀 속에 살그머니 손끝을 대어보기도 했다.

할머니가 떠나는 날 어머니는 할머니의 옷을 벗기고 새로 빤 옷을 갈아입혔다.

평생 자식을 실어보지도 못한 몸이라 아직 몸매가 이렇게 고우시구나.

할아버지가, 할머니의 동생인 작은 할머니와 그 사이에 낳은 자식들과 살고 있는 시골에 할머니를 모셔다 놓고 온 아버지는 한숨을 쉬며 더듬더듬 말했다.

못할 짓을 한 것 같아, 그 집에서 누가 달가워하겠어, 개밥에 도토리지. 그런데 부부라는 게 뭔지 ……. 글쎄 의식이 하나도 없는 양반이 펄떡펄떡 열불이 나는 가슴을 풀어헤치고 영감님 손을 끌어당겨 거기에 얹더라니깐 …….

그러게 내가 뭐랬어요, 역시 보내드리길 잘했지. 평생 서리서리 뭉쳐둔 한인 걸요.

어머니는 할머니가 쓰던 반닫이의 고리를 열었다. 평소에 할머니가 만지지도 못하게 하던 것이라 우리들의 길게 뺀 목도 어머니의 손길을 따라 움직였다. 어머니는 차곡차곡 쌓인 옷가지들을 하나씩 들어내어 방바닥에 놓았다. 다리 부분을 줄여 할머니가 입던 아버지의 헌 내의, 허드레로 입던 몸뻬 따위가 바닥에 쌓였다. 그리고 항라, 숙고사 같은 옛날 천의 옷이 나왔다. 점차 어머니의 손길에 끌려나온, 지난날 할머니가 한두 번쯤 입고 아껴 넣어두었을 옷가지들을 보는 사이 비로소 이제 할머니는 돌아오지 않는다, 이런 옷들을 입을 날이 없을 것이라는 생각이 들어 가슴 밑바닥에 바람이 지나가듯 서늘해졌다. 할머니는 언제 저 옷들을 입었을까, 언제 다시 입기 위해 아끼고 아껴 깊이 넣어둔 걸까.

마지막으로 어머니는 수달피 배자를 들어내고 밑바닥을 더듬었다. 그리고 손수건에 단단히 싼 조그만 물건을 꺼냈다. 어머니의 손길이 그대로 잽싸게 움직이는 동안 우리 형제들은 숨을 죽여 뚫어지게 그것을 바라보았다.

어머니는 의아한 얼굴로 눈살을 찌푸려 손수건 속을 들여다보았다. 그 속에는 동강이 난 비취반지, 퍼렇게 녹이 슬어 금방 부스러져버릴 듯한 구리 혁대 버클, 왜정 때의 백동전 몇 닢, 어느 옷에 달았던 것인지 모를 크고 작은 몇 개의 단추, 색실 토막 따위가 들어 있었다.

노친네도 참, 깨진 비취는 사금파리나 다름없어.

어머니는 혀를 차며 그것을 다시 손수건에 싸서 빈 반닫이에 던져놓았다. 내의 따위 속옷은 걸렛감으로 내어놓고 옷가지들은 어머니의 장에 옮겨놓았다. 수달피는 고급품이어서 목도리로 고쳐 쓰겠다고 했다.

다음날 나는 아무도 몰래 반닫이를 열고 손수건 뭉치를 꺼냈다. 그러고는 공원으로 올라가 장군의 동상에서부터 숲 쪽으로 할머니의 나이 수대로 예순 다섯 발자국을 걸어 숲의 다섯 번째 오리나무 밑에 깊이 묻었다.

겨울의 끝 무렵 우리는 할머니의 부음을 들었다. 택시에 실려 떠난 지 두 계절 만이었다.

산월을 앞둔 어머니는 새삼스럽게 할머니가 쓰던, 이제는 우리들의 해진 옷가지들이 뒤죽박죽 되는 대로 쑤셔박힌 반닫이를 어루만지며 울었다.

저녁 내내 아무도 찾아내지 못할, 골방의 잡동사니들 틈에서 숨을 죽이고 있던 나는 밤이 되자 공원으로 올라갔다. 아주 깜깜했지만 나는 예순 다섯 걸음을 걷지 않고도 정확히 숲의 다섯 번째 오리나무를 찾을 수 있었다.

깊은 땅 속에서 두 계절을 묻혀 있던 손수건은 썩은 지푸라기처럼 축축하게 손가락 사이에서 묻어났다. 동강난 비취반지와 녹슨 버클, 몇 닢 백동전의 흙을 털어 가만히 손 안에 쥐었다. 똑같았다. 모두가 전과 다름없었다. 잠시의 온기와 이내 되살아나는 차가움.

268

나는 다시 손 안의 물건들을 나무 밑에 묻고 흙을 덮었다. 손의 흙을 털고 나무 밑을 꼭꼭 밟아 다진 뒤 일정한 보폭(步幅)을 유지하는 데 신경을 쓰며 장군의 동상을 향해 걸었다. 예순 번을 세자 동상이었다. 나는 고개를 갸웃했다. 분명히 두 계절 전 예순 다섯 걸음의 거리였다. 앞으로 다시 두 계절이 지나면 쉰 걸음으로 닿을 수가 있을까, 다시 일 년이 지나면, 그리고 십 년이 지나면 단 한 걸음으로 날듯 닿을 수가 있을까.

아직 겨울이고 깊은 밤이어서 나는 굳이 사람들의 눈을 피하지 않고도 쉽게 장군의 동상에 올라갈 수 있었다. 키를 넘는, 위가 잘려진 정사면체의 받침돌에 손톱을 박고 기어올라 장군의 배 위에 모아쥔 망원경 부분에 발을 딛고 불빛이 듬성듬성 박힌 시가지를 내려다보았다. 지난해 여름 전진(戰塵)처럼 자욱이 피어오르던 함성은 이제 들려오지 않았다. 다만 조용했다. 귀 기울여 어둠 속에 부드럽게 흐르는 소리를 좇노라면 땅 속 가장 깊은 곳에서 숨어 흐르는 수맥이라도 손 끝에 닿을 것 같은 조용함이었다.

나는 깜깜하게 엎드린 바다를 보았다. 동지나해로부터 밤새워 불어오는 바람, 바람에 실린 해조류의 냄새를 깊이 들이마셨다. 그리고 중국인 거리, 언덕 위 이층집의 덧문이 열리며 쏟아져나와 장방형으로 내려앉는 불빛과 드러나는 창백한 얼굴을 보았다. 차가운 공기 속에 연한 봄의 숨결이 숨어 있었다.

나는 따스한 핏속에서 돋아오르는 순(筍)을, 참을 수 없는 근지러움으로 감지했다.

인생이란 ….

나는 중얼거렸다. 그러나 뒤를 이을 어떤 적절한 말도 떠오르지 않았다. 알 수 없는, 다만 복잡하고 분명치 않은 색채로 뒤범벅된 혼란에 가득찬 어제와 오늘과 수없이 다가올 내일들을 뭉뚱거릴 한마디의 말을 찾을 수 있을까.

다시 봄이 되고 나는 6학년이 되었다. 오빠는 어디서인지 강아지를 한 마리 얻어와 길을 들이는 중이었다. 할머니가 없는 집안에 개는 멋대로 터럭을 날리고 똥을 쌌다.

나는 일 년 동안 키가 한 뼘이나 자랐고 언니가 쓰던, 장미가 수놓여진 옥스퍼드 천의 가방을 들게 된 것은 지난해부터였다.

우리는 겨우내 화차에서 석탄을 훔치고 밤이면 여전히 거리를 쥐떼처럼 몰려다니며 소란을 떨었으나 때때로 골방에 틀어박혀 대본집에서 빌려온 연애소설 따위를 읽기도 했다.

토요일이어서 오전 수업뿐이었다. 회충약을 먹는 날이니 아침을 굶고 와요, 배가 부른 회충은 약을 받아먹지 않아요.

사람들은 이제는 집을 훨씬 덜 지었으나 해인초 끓이는 냄새는 빠지지 않는 염색물감처럼 공기를 노랗게 착색시키고 있었다. 햇빛이 노랗게 끓는 거리에, 자주 멈춰서서 침을 뱉으며 나는 중얼거렸다.

회충이 지랄을 하나봐.

치옥이는 깡통에 파마약을 풀고 있었다.

제분공장에 다니던 치옥이의 아버지가 피댓줄에 감겨 다리가 끊긴 후 치옥이의 부모가 치옥이를 삼거리의 미장원에 맡기고 이 거리를 떠난 것은 지난 겨울이었다. 나는 매일 학교를 오가는 길에 미장원 앞을 지나치며 유리문을 통해 치옥이를 보았다. 치옥이는 자꾸 기어올라가는 작은 스웨터를 끌어당겨 바지허리 위로 드러나는 맨살을 가리며 미장원 바닥에 떨어진 머리칼을 쓸고 있었다.

나는 미장원 앞을 떠났다. 수천의 깃털이 날아오르듯 거리는 노란 햇빛으로 가득차 있었다. 언제였지, 언제였지, 나는 좀체로 기억나지 않는 먼 꿈을 되살리려는 안타까움으로 고개를 흔들며 집을 향해 걸었다. 그리고 집 앞에 이르러 언덕 위의 이층집 열린 덧창을 바라보았다. 그가 창으로 상체를 내밀어 나를 손짓해 부르고 있었다.

내가 끌리듯 언덕 위를 올라가자 그는 창문에서 사라졌다. 그리고 잠시 후 닫힌 대문을 무겁게 밀고 나왔다. 코허리가 낮고 누런 빛의 얼굴에 여전히 알 수 없는 미소를 띠고 있었다.

그는 내게 종이꾸러미를 내밀었다. 내가 받아들자 그는 몸을 돌려 안으로 들어갔다. 열린 문으로 어둡고 좁은, 안채로 들어가는 통로와 갑자기 나타나는 볕바른 마당과, 걸음을 옮길 때마다 투명한 맨발에 찰랑대며 묻어오르는 햇빛을 보았다.

나는 골방에 들어가 문을 잠근 뒤 종이뭉치를 끌렀다. 속에 든 것은 중국인들이 명절 때 먹는 세 가지 색의 물감을 들인 빵과 용이 장식된 엄지손가락만한 등이었다.

나는 그것들을 금이 가서 쓰지 않는 빈 항아리 속에 넣었다. 안방에서는 어머니가 산고(産苦)의 비명을 지르고 있었으나 나는 이층으로 올라갔다. 그리고 숨바꼭질을 할 때처럼 몰래 벽장 속으로 숨어들어갔다. 한낮이어도 벽장 속은 한점의 빛도 들지 않아 어두웠다. 나는 차라리 죽여쥐라고 부르짖는 어머니의 비명과 언제부터인가 울리기 시작한 종소리를 들으며 죽음과도 같은 낮잠에 빠져들어갔다.

내가 낮잠에서 깨어났을 때 어머니는 지독한 난산이었지만 여덟번째 아이를 밀어내었다. 어두운 벽장 속에서 나는 이해할 수 없는 절망감과 막막함으로 어머니를 불렀다. 그리고 옷 속에 손을 넣어 거미줄처럼 온몸을 끈끈하게 죄고 있는 후덥덥한 열기를, 그 열기의 정체를 찾아내었다.

초조(初潮)였다.

인 어

　염주처럼 줄에 꿴 삶은 밤 한 타래를 알뜰히도 훑어먹는 데 열
중한 순영을 물끄러미 바라보고 있노라니, 내가 딸아이와 짧은 여
행을 다녀오겠노라는 말을 했을 때 별 까탈을 부림이 없이, 그러
지, 하는 한마디 말로 선선히 승낙하던 남편에 대한 노여움이 새삼
스레 치받쳤다. 마침 순영의 열두 번째 생일이어서 구실치고는 명
분이 서는 것이긴 해도, 여느 때 한나절의 외출에도 신경을 쓰던
그로서는 의외로 대범한 마음씀이었다.

　"순영이 데리고 어디 바닷가에나 다녀올까 해요. 생일 선물 겸
해서."

　중학교에만 들어가도 엄마랑 함께 가는 여행 따위에는 별로 재
미있어 하지 않을 테니, 하는 다분히 암시적인 내 말에 남편은 대
답했다.

　"그러지, 난 우평이 데리고 그동안 낚시나 한 차례 다녀올게."

　코밑이 거뭇해지기 시작한, 요즘들어 더욱 말수가 적어진 중학
교 3학년짜리 우평은 남편과 나 사이에 오가는 말에 별 반응을 보
임이 없이 숟가락을 놓는 대로 제 방에 들어가버렸다.

　부자(父子) 사이에 어떤 묵계가 있었던 것은 아니었을까. 이켠의

과민한 신경 탓만이라고 할 수는 없게 이즘들어 부쩍 어른스러워
지고 품안을 빠져나간 듯싶은 우평의 태도도 수상쩍었다. 지난해
까지만 해도 제 물건을 함부로 만진다거나 하는 이유로 으레 하루
에 한두 차례는 동생을 쥐어박아 울음보를 터뜨리게 했건만 언제
부터인가 그러한 다툼은 없어졌다. 대신 어쩌다 밥상머리에서나,
나란히 앉아 텔레비전을 볼 때, 가수들의 노래를 큰소리로 따라 부
르거나 끝없이 재재거리는 제 누이동생을 바라보는 우평의 착잡하
고 측은해하는 눈길에 나는 까닭모르게 가슴이 하르르 떨리곤 했
다.

　마침 국경일이 토요일과 겹친 연휴였다. 남편은 지금쯤 아마 우
평이와 낚시짐을 챙기고 있으리라.

　차창으로 들어온 가을 햇살이 순영의 머리칼에 엷은 광택으로
흘러내렸다. 머리를 움직일 때마다 노란색, 빨간색, 보라색 등의
광택으로 교차되는 그 빛에 나는 눈이 시었다. 비단실 타래처럼 빛
이 엷고 숱 적은 머리칼 사이로 가르마가 희었다.

　"아유, 벌레도 많아라. 온통 벌레먹은 것뿐이야."

　밤을 다 먹은 순영이, 손수건을 펼쳐 받쳤는데도 옷 위로 흐트
러진 밤 부스러기며 껍질 따위를 털어내었다.

　"단풍 좀 봐라, 벌써 함빡 물이 들었구나."

　버스 차창 밖, 산은 무너지듯 붉은색이 지천이었다.

　"얼만큼 더 가야 해?"

　순영은 바깥 경치에는 별 흥미가 없나 보았다.

　"아직 두 시간 남았다."

　"지리해 죽겠어."

　순영이 하품을 하며 몸을 뒤틀었다.

　"한잠 자렴. 다 가면 깨울게. 속이 답답하니? 멀미가 나는 것 같
애?"

"이거 좀 끌러줘."

순영이 등을 돌려대었다. 브래지어였다. 이런 철부지, 나는 속으로 혀를 차며 블라우스 속에 손을 넣어 브래지어 호크를 끌러주었다.

"아, 이제 살 것 같다. 답답해서 죽을 뻔했어."

순영은 호르르 한숨을 내쉬며 의자 등받이에 편히 기대 앉았다. 제법 도드라지는 젖몽오리에 웃음삼아 사주었던 것인데 처음 하는 탓에 무던히도 거북했나 보았다.

"잠이 안 오거든 바깥을 내다보렴."

산의, 경사가 완만한 비탈에는 검은 염소 떼들이 있고 염소몰이 소년은 우리가 탄 버스를 향해 손을 흔들었다. 시드는 풀빛 위로 햇살이 유난히 부드러웠다.

버스가 잠깐 M읍에서 멎었을 때 함지에 머루뭉치를 담아 팔고 있는 아낙네들을 보고 순영은 또 머루가 먹고 싶다고 했다. 보기만 해도 신 침이 돌아 진저리가 쳐졌지만 나는 막 떠나려는 차에서 억지로 손을 내밀어 머루를 한 뭉치 샀다. 순영은 먼젓번처럼 무릎에 손수건을 펴놓고는 먹기 시작했다. 나는 입가에 번진 머루의 자줏빛 물을 꼭꼭 닦아내며 먹는 데 열중한 순영의 모습을 물끄러미 바라보았다. 솜털이 보스스 돋아난 둥근 뺨이 복숭아처럼 보였다. 무심한 아이의 모습을 보노라니 납덩이 같은 것이 가슴을 짓눌렀다. 순영이 이번 여행의 진정한 뜻을 꿈엔들 생각할 수 있을까.

삶에 있어 건전한 상식과 절제를 으뜸의 미덕으로 여기고 가르쳐온 내가 집을 떠나면서부터 아이의 분방하고 끊임없는 요구에 한 번의 제지도 가하지 않고 선선히 들어주게 된 것은 여행이 주는 해방감, 잠깐 비켜서도 무방하리라는 무책임감 때문만은 아니었다.

고작 이틀 동안의 짧은 여행을 마치고 돌아오는 길은 서로가 얼마나 달라져 있을지(특히 순영에게 있어 세상과 인생은 얼마나 달라져 있을 것인가), 그것은 또 얼마나 잔혹한 일일까 하는 생각이 나를 가해자의 입장으로 몰아 나는 마치 마지막의 여행인 듯, 감상을 나무라면서도 비감에 빠지게 되는 것이었다.

내가 둘만의 여행계획을 알리고 행선지를 어디로 했으면 좋겠느냐고 물었을 때 순영은 환성을 올리며, 바다를 보고 싶다고 말했다.

"바다는 여름이 좋지 않니? 지금은 춥고 쓸쓸할걸? 왜 하필이면 바다야, 차라리 온천장이 낫지 않겠어?"

남편이 떠름하게 한마디 거들었다.

"난 이제껏 한 번도 바다를 본 적이 없잖아, 아빠는 바다 낚시를 가도 꼭 오빠만 데리고 다녔으니까 이번엔 내가 엄마랑 함께 갈 차례야."

그건 사실이었다. 남편이 마땅치 않은 표정으로 낯을 찡그렸다. 그 순간 남편은 아마 나와 마찬가지로 순영이 바닷가에 버려졌던 아이라는 사실을 떠올렸음에 틀림없었다.

우리가 입양(入養)을 결정하고 보육원의 입양 담당자에게 조심스레 아기의 출생에 관해 물었을 때 그는 말했었다.

"자세한 건 알 도리가 없죠. 부모가 직접 맡긴 아이가 아니니까요. 동해안의 바닷가에 버려져 있었답니다. 엔간히 모진 사람들이에요. 해수욕장이 있는 곳이라 겨울에는 사람 발길도 없는데⋯. 필시 파도에 휩쓸려가기를 바랐던 게지요."

순영을 데려온 후 우리는 바다에 간 적이 없었다. 아이가 어려서, 혹은 물것들이 많아서, 혹은 사람이 너무 붐빈다거나 제철이 아니라는 구실을 대었지만, 그리고 남편이나 나 서로 입 밖에 내어 말한 적은 없었으나 순영이 바다에 버려졌었다는 사실을 떠올리기 때문이라는 것을 너무도 잘 알고 있었다. 그렇다면 생후 3개

월 정도 아기의 무의식 속에 잠재된, 바다에 대한 기억의 부상(浮
上)을 두려워한 것일까. 그보다는 본능적인 거부감 때문이라는 것
이 더 확실한 얘기가 될 것이다.

나는 남편의 못마땅해 하는 기색을 짐짓 무시하고 남편에게 동
해안의 관광지인 Y읍으로 가는 고속버스표 예매를 부탁했다. 일종
의 공범의식에서였을 것이다. 그리고 이번 여행을 위해 순영의 속
옷, 잠옷, 바바리 코트까지 굳이 새것으로 준비했다. 예사롭지 않
은 일일수록 예사롭게 처리하는 게 현명한 방법이라는 수칙을 지
켜오는 자신이면서도 그런 행동을 한 것은 이번 여행이 어쩌면 마
지막 결별이 될지도 모른다는, 이번 여행에서 순영을 잃을지도 모
른다는 최악의 경우를 생각했기 때문일 것이다.

순영은 내 어깨에 비스듬히 기댄 채 잠이 들었다. 어깨에 묵직
이 실리는 머리를 편히 받치며 나는 순영의 흘러내린 머리칼을 올
려주었다. 머리칼에서는 샴푸 냄새가 진하게 풍겼다. 머리를 감을
때는 꼭 세 번 이상 헹구어야 한다고 잔소리를 해대어도 지켜 서
있지 않으면 두 번으로 후딱 헹구어버리고 마는 버릇이었다.

자기를 낳은 친어미가 아니라는 것을 알게 되고부터, 어찌 그
이전의 관계를 기대할 수 있을까. 이전의 관계가 설혹 미움과 배반
으로 가득 찬 것이었다 해도 그렇다. 가족간에는 어떤 종류의 애정
과 미움과 적대에도 나름대로의 자연스러움이 스며있게 마련이다.
나는 이후로 순영과 나 사이, 우리 가족 사이에 끼어들 부자연스러
움을 두려워하고 있었다. 그리고 또한 일찍 시작될 그애의, 도시
내것처럼 받아들일 수 없을 존재론적 회의도 두려웠다. 그럼에도
불구하고 순영이 더 자라기 전, 남의 입을 빌려 자신의 출생에 대
한 얘기를 듣기 전 사실을 일러주자는 것이 남편과 나의 공통된
생각이었다. 세상에 영원히 숨겨지는 일이란 없다. 최소한 남의 입
을 빌려 듣는 굴욕감과 수치심만은 피하게 하고 싶었다.

높은 재를 넘어 산길을 내려가자 해안도로였다. 짧은 가을해는 이미 저물고 있었다. 나는 순영을 가볍게 흔들어 깨웠다.

"어머나, 바다야, 정말 바다구나."

순영은 벌써 어둡게 가라앉기 시작한 바다를 보며 잠기가 대번에 달아난 쨍쨍한 목소리로 환성을 질렀다.

"정말 바다 냄새가 나는 것 같아, 맨발로 막 뛰고 싶어."

나는 엉덩이를 들썩이는 순영의 어깨를 눌러 앉혔다. 순영의 갑작스런 생기에서 비롯된 불안을 감추느라 내 목소리가 조금 냉담해졌다.

"왜 이렇게 수선을 떠니? 좀 얌전히 굴렴. 이제 곧 내리게 될 텐데."

순영은 뜻하지 않은 핀잔에 무안해진 듯 잠시 시무룩해졌으나 텅 빈 해수욕장에 내리자 금시 재잘거리기 시작했다.

"엄마, 너무 좋아, 생전 처음 바다에 오는데도 낯설지가 않아. 냄새도 그렇고."

"영화나 책에서 하도 많이 봐서 그런 게지."

나는 순영의 말을 무뚝뚝하게 자르고는 숙소를 찾아 걸음을 옮겼다. 바다 저편에서부터 몰려오는 안개가 바람에 섞여 축축이 몸에 스미었다.

해수욕장 주위의 여관들은 대개 폐쇄된 듯 인적이 없이 스산했다.

나는 모래에 발을 빠뜨리며 작은 솔밭 건너 '해변 호텔'이라는 간판을 달고 있는 건물을 향해 걸었다.

순영은 호텔과 바다 사이에 작은 송림이 있다는 것이 불만이었으나 이런 계절에 문을 열고 있는 곳은 해변 호텔뿐이었다. 나는 대신 바다가 잘 내려다보이는 3층에 방을 잡았다. 호텔의 방들은 거의 비어 있는 듯 조용했다. 긴 복도를 걸어갈 때 울리는 우리들의 발소리가 오히려 스산하고 적막했다.

"엄마, 어서 바다엘 나가요."

방을 정하고 열쇠를 받아들자마자 또다시 채근하는 순영의 바바리코트 단추를 벗기며 나는 다정히 말했다.

"좀 쉬어라. 몹시 피곤하구나. 옷부터 갈아입고 잠깐 쉰 뒤에도 얼마든지 나갈 수 있잖니? 설마 바다가 어디로 도망가는 일이야 생기겠니?"

그리고 나는 화장대에 돌아앉아 클린싱 크림으로 천천히 화장을 지우기 시작했다. 거울 속으로, 훌훌 벗고 옷을 갈아입는 모습이, 그리고 처음 와 보는 호텔 방을 신기한 듯 여기저기 들춰보고 둘러보는 순영의 모습이 비치었다.

"엄마, 정말 변소도 붙어 있네."

화장실 문까지 열어보며 순영이 깜짝 놀란 표정을 지었다.

"호텔은 대개 그렇단다."

침대에 씌운 밝은 빛깔의 담요, 갓전등, 텔레비전 세트 따위로 눈가림을 했을 뿐 자세히 보면 천장의 한귀퉁이가 누수로 얼룩이 지고 화장대로 가려진 벽의 벽지는 시커멓게 썩어가는 낡고 초라한, 이름만의 호텔일 뿐이었다. 그런데도 순영은 집 밖의 모든 것이 신기하고 화려해 보이기만 하는 나이인 것이다. 창 밖은 벌써 저물고 있었다. 작은 솔밭 건너 바다가 빤히 보이고 파도소리는 바로 발 밑에서인 듯 가깝게 들렸다. 불을 켜야 할 시간이었다. 불을 켜자 창 밖의 바다는 불빛 저편으로 밀려가 사라져버렸다. 바다가 보이지 않는 것이, 아니 순영의 눈에서 가려지게 되었다는 것이 내게 알 수 없는 안도감을 주었다. 천천히, 오래 시간을 끌어 화장을 지운 뒤 나는 전화 수화기를 들어 호텔 사무실을 불렀다.

"더운 물이 나오나요? 그리고 호텔 안에서 식사가 됩니까?"

"목욕은 언제라도 하실 수 있습니다. 밤 열시까지는 호텔 식당에서 식사가 됩니다. 식당은 1층 로비 옆에 있습니다."

전화를 끊고 나는 순영에게 말했다.

"우선 목욕부터 하렴. 그리고 식당에 저녁 먹으러 내려가자."

"그럼 엄마, 저녁 먹고 바다 구경을 하러 가요."

작은 욕조 안에 더운 물을 채워 나는 순영의 발가벗은 작은 몸을 밀어넣었다. 순영은 깔깔거리며 첨벙첨벙 물장구를 쳤다. 나는 욕실을 나와 함부로 벗어던진 순영의 옷을 챙겨 옷장 안에 걸었다. 욕실 안에서는 물 튀기는 소리에 섞여 순영의 높다란 노랫소리가 들려왔다.

초록빛 바닷물에 두 손을 담그면
초록빛 바닷물에 두 손을 담그면

순영이는 아주 어릴 때부터 변소에 들어앉아 노래를 부르는 버릇이 있었다. 노래가 서너 곡쯤 계속될 때쯤, 이젠 나올 때가 되었군 하며 우평이와 나는 마주보고 웃곤 했었다. 순영의 높게 울리는 노랫소리에 지워져 파도소리는 들리지 않았으나 나는 커튼을 닫았다.

순영의 뜻에 따라 바닷가에 왔으면서도 굳이 그애의 눈에서 바다를 가리려 애를 쓰는 건 막바지에 다다랐음을 알면서도 좀더 유예를 얻어보자는 조바심 때문일 것이다.

예정대로라면 벌써 지난해쯤 기회를 만들었어야 했다. 그러나 나는 미뤄왔다. 남편도 마찬가지였다. 용기가 없었다. 예방주사를 맞힐 때처럼 알맞은 시기를 찾았으나 미룰 구실은 또 얼마든지 있었다. 아직 어리다거나 몸의 상태가 좋지 않다거나 상처받기 쉬운 예민한 성격이라거나 따위…. 그러나 그것은 정말이지 구실에 불과했다. 더 큰 근본 원인은 남편이나 나나 순영에 대한 정에 자신

280

이 없었다는 것일 게다. 나는 너의 친엄마가 아니라는 것은 내게 있어서도 그애가 친딸이 아니라는 선언이 될 것이고 그 말은 이제까지의 어떤 종류의 짙은 관계도 단번에 무산시킬 수 있는 위력이 있으며 그 뒤에 올 순영의, 자신도 의식지 못할 방어태세에 배반감을 느끼지 않을 자신이 없었다. 그러나 지난봄 순영의 초조(初潮)를 겪으면서, 그리고 그 나이 또래의 사촌들과의 잦은 접촉에 나는 더 미룰 수 없는 짙은 불안에 사로잡혔다. 그 또래 계집애들의 사귐에 비밀은 얼마나 빼놓을 수 없는 크나큰 조건이며 그 비밀이란 또 얼마나 은밀하고 상상할 수 없이 엄청난 것이랴. 어쩌면 그애들은 이미 제 어머니의 수군거림을 비밀리에 순영의 귀에 불어건넸는지도 모를 일이었다.

"너의 부모가 세상을 떠나자 너는 보살펴줄 사람이 필요했고 우린 예쁜 딸을 원했지. 피를 나누었다는 것이 그다지 대단한 게 아니라는 걸, 진실로 중요한 건 함께 관계를 이루어가는 과정이라는 걸 너를 기르면서 배우게 되었단다. 나는 언제나 너를 내게 보내준 보이지 않는 큰 뜻에 감사하고 있단다."

순영에게 사실을 알리기로 결심하고 난 뒤 남몰래 얼마나 많이 연습해온 말인가.

그러나 정말 그럴까.

무심히 잠든 아이를 낯설게 바라보며, 그리고 흉하게 낯 찡그리고 우는 아이를 안아 달래며 나는 얼마나 자주 진정 이 아이를 사랑하는가를 반문하곤 했던가. 숨기려 애썼음에도 불구하고, 또한 끊임없는 죄책감에 시달리면서도 나는 내가 낳지 않은 아이에 대한 어쩔 수 없는 이물감, 거부감을 지울 수 없었다.

아이를 기르는 마음에 꿈이 없다는 것이 때때로 나를 괴롭혔다. 나는 사람은 사랑과 상처로 성숙한다고 생각해오면서도 순영이 결코 독특한 재능이나 개성을 지니기를 바라지 않았다. 예쁜 옷,

예쁜 그릇, 윤택한 생활 따위에 만족하는 조금쯤 범속하고 평범한 여자로 자라기를 바랐다. 또한 어떤 일에도 오래 비감에 빠져 있지 않을 만큼, 툭툭 털고 일어나 타협할 수 있는 스스로의 치유 능력을 갖는 건강한 여자가 되기를 원했다. 그것은 내가 자기의 생모가 아니라는 것이 현실화되었을 때의 상황을 복선으로 깔고 있었기 때문일 것이다. 그러나 오래 방황하고 좌절함이 없이 예사롭게 인정하기를 어찌 바랄 수 있을까.

나는 내가 낳지 않은 그애를 기르면서 다섯 살 때의 나로, 아홉 살 때의 나로 돌아가려는 노력으로 그애와의 거리를 좁혀보려 애를 썼다. 자신의 피가 섞이지 않은 순영에 대한 이질감은 남편 쪽도 마찬가지인 모양이었다.

우평을 낳고 다음해 나는 자궁암의 진단을 받았다. 자궁을 들어내어 포태의 희망이 없어진 내게 입양 의사를 타진한 것은 남편 쪽이었다.

평판이 좋은 개업의였던 남편의 수입은 많았고, 내가 받은 교육의 혜택이며 누리고 있는 윤택한 생활에 대해 막연한 채무감을 느끼고 있던 나는 그 제의를 지극히 정당하게 받아들였다.

오던 첫날부터 시작된 순영의 밤울음은 근 1년을 두고 계속되었다. 자리에 누워 첫잠이 들 만하면 벌떡 일어나 앉아 울어대는 것이었다. 몸이 아픈 것도, 낮에 놀란 일이 있었던 것도 아니었다. 도시 까닭을 알 수 없었다. 섧게섧게 우는 울음은 아무리 달래고 안아주어도 그치지 않았다. 보기 흉하게 얼굴 찡그리고 안아주는 손을 뿌리치며 우는 울음에는 우리 부부의, 버려진 생명을 거두고 있다는 은밀한 긍지, 믿고 있던 세상에 대한 선의, 가슴속에 있다고 생각해온 사랑 따위를 여지없이 짓밟고 비웃는 조소 같은 것이 들어 있었다. 남편은 그다지 참을성이 있는 편이 못 되었다. 서너 달이 못 되어 진저리를 내며 눈을 흘겼다.

282

"아주 못된 버릇이야. 도대체 부족한 게 뭐지?"

순영이 밤울음 버릇을 고친 뒤에도 남편은 꽤 오랫동안 그애에 대해 가졌던 미움, 입양에 대한 회의를 버리려 하지 않았다.

순영이 목욕을 마치기를 기다려 나는 순영이와 함께 식당으로 내려갔다. 손님이 없는 식당은 객실과는 달리 썰렁했다. 식당 창밖으로 보이는 바다는 어둠에 묻혀 형체를 드러내지 않았다.

"밥 먹고 바다엘 나가봐요."

생선회를 초고추장에 찍어 먹으며 순영이 어두운 바다를 바라보았다.

"머리가 젖었잖아? 젖은 머리로 바람을 쐬면 감기 들어요. 그리고 시간이 너무 늦었다. 내일 아침 일찍 나가서 해뜨는 거 보는 게 좋을걸."

순영은 더 우기지 않고 고개를 끄덕였다. 저녁을 다 먹고 순영이에게는 뜨거운 코코아를, 내 몫으로는 커피를 부탁해 마시면서 나는 또 조바심을 쳤다. 내일이면 다시 집으로 돌아가야 한다. 언제, 어디서, 어떤 계기로 어떻게 말을 꺼내야 할까. 차라리 순영의 말대로 바닷가에 나가 어둠 속에 서로의 얼굴을 감추고 무심히 내뱉는다면 순영이도 마치 파도소리처럼 그 말들을 예사롭게 받아들일 수 있지 않을까.

"아빠랑 오빠는 지금쯤 뭘 하고 있을까."

순영이 생글생글 웃으며 문득 물었다.

"글쎄, 아마 낚시터에서 함께 슬리핑백 속에 누워 간지럼을 태우거나 궁상맞게 라면이나 끓이고 있겠지. 벌써 보고 싶니?"

"응, 한식구들이잖아. 아침에는 다같이 밥을 먹었는데 저녁에는 이렇게 서로 멀리 떨어져 있다는 게 이상해."

애야, 내일 아침이면 우리는 또 얼마나 더 멀리 떨어져 있게 될는지 …. 나는 속으로 중얼거렸다. 그러자 또다시 내게 이러한 무거운 짐을 떠맡겨버리고 무심해 있을 남편에 대한 노여움이 고개를 들었다.

"그래, 한가족이니까."

나는 작게 한숨을 쉬었다.

방으로 올라와 순영은 곧장 잠옷으로 갈아입고 침대 속으로 들어갔다. 그러나 피곤한 푼수치고는 바뀐 환경 탓에 쉽사리 잠이 오지 않는 모양이었다.

"공주님이 된 기분이에요, 행복한 꿈을 꿀 것 같아요."

레이스가 많이 달린 예쁜 새 잠옷에 기분이 좋은지 순영은 행복하고 나른한 표정으로 말했다. 나는 말없이 빙긋 웃었다. 그만 나이 때의 나도 그랬다. 여러 형제 틈에 끼여 가난하게 자라며 얼마나 나만의 방, 나만의 비밀 서랍, 예쁜 잠옷, 침대 따위를 원했던가.

"행복한 꿈이라면 어떤 거지?"

"아주 예뻐지는 거. 아주 피아노를 잘 치게 되는 거, 예쁜 집, 그리고 혜연이하고 화해하는 거."

순영이 한 가지씩 손가락을 꼽으며 또박또박 말했다.

혜연이란 순영의 단짝인데 얼마 전 싸우고 절교장을 받았다고 했다. 〈너와의 우정은 끝났다〉라는 내용의 편지를 내게 보이며 순영은 사납게 이를 악물었었다.

"아직 너랑 말 안 하니?"

"나 보란 듯이 다른 애들하고만 몰려다녀. 얄미워 죽겠어. 우경이가 화해를 시키려고 나랑 자기 집에서 만나게 했는데도 현관에 내 신발이 있는 걸 보고는 그냥 가버렸어. 내가 정말 싫은가봐."

"괜찮다. 곧 중학교엘 가면 더 많은 친구들을 사귀게 될 텐데. 그리고 혜연이도 그런 게 본심은 아닐 거야. 오랫동안 잘 지냈잖아? 사람은 마음과는 다른 행동을 하는 경우가 많단다. 미워하는 마음

284

을 오래 지니면 마음도 얼굴도 모두 미워지지."

"엄마는 다른 사람을 미워하는 적이 없지?"

"그럴 리 있니? 왜 그렇게 생각되니?"

"엄마는 늘 예쁘거든."

"엄마니까 그렇게 보이는 거야. 내 눈에는 순영이도 늘 예뻐 보이거든. 사람이란 말야…."

내가 비로소 벼르고 있던 말의 실마리를 쥐었다고 생각했을 때 순영이 크게 하품을 하며 베개에 고개를 묻었다.

"아빠랑 오빠랑 텐트 속에서 자려면 춥겠네. 바람이 많이 부나 봐."

"침낭 속은 따뜻하단다. 사이다라도 시켜 마실까?"

"이 닦고 난 다음에 뭘 먹고 자면 이빨이 썩잖아."

"아 참, 그렇지. 그냥 잘래? 엄마랑 더 얘기하지 않고?"

"아니, 졸려. 내일 아침 일찍 해뜨는 걸 보러 나갈래."

순영은 곧 잠이 들었다. 나는 내 침대에 걸터앉아 흐린 갓전등 불빛 아래 잠들어 있는 순영의 얼굴을 물끄러미 바라보았다. 전체적으로 둥글면서도 하관이 빠른 얼굴은 낯설었다. 잠들어 있는 모습은 더욱 그러했다. 내가 딸이라 부르는, 나를 어미라 부르는 이 아이의 인생에 얼마나 깊이 들어갈 수가 있는 것일까.

순영이를 데려온 것은 벌써 십일 년 전의 일이었다. 순영이 처음 오던 날을 나는 어제인 듯 생생히 기억하고 있었다. 십일 년 전의 오늘, 버려진 아이에게 생일이 분명할 리 없어 우리는 임의로 그애가 온 날을 생일로 정하고 있었다. 순영은 박박 깎은 머리의 허약한 아이였다. 그러나 함께 살아온 십일 년이란 세월의 부피와 농도가 아무것도 아닌 듯이 느껴지는 것은 아이가 아주 깊이 잠 속에 빠져 있을 때였다. 아이는 결코 내 손이 닿을 수 없는 먼 세계 속에 가 있는 듯 나는 손가락 하나 댈 수 없는 무력감에 빠지게 되는 것이었다.

"너는 보살펴줄 사람이 필요했고 우리는 예쁜 딸을 원했지."

나는 다시금 중얼거렸다. 순영이 깊이 잠들어 결코 들을 리 없다는 것을 알기에 조금 큰소리로 다시 말했다. 그러나 자신의 목소리면서도 어떠한 진실성도 느껴지지 않았다. 정말 그럴까. 나는 정말 예쁜 딸을 원했을까. 우평을 낳았을 때, 그리고 그 이후 내 가슴은 다른 아이를 원할 여지가 없을 만큼 그 아이 하나로 온통 충만되어 이미 내 생의 온갖 꿈과 소망을 심고 있었음을 나는 알고 있었다. 자식을 기르는 일에 꿈이 없다는 것, 소망이 없다는 것 자체가 이미 버렸다는 얘기가 아닐까.

밤이 깊을수록 파도소리는 더욱 가깝게 들렸다. 피곤하지만 도시 잠들 수 있을 것 같지 않았다. 내일이면 다시 돌아가야 하고 여느 날과 같은 날들이 이어지고 순영에 대한 막연한 불안과 조바심이 계속 되리라는 것에 초조해졌다.

나는 수화기를 집어들었다. 맥주라도 한 병 올려보내 달랄 참이었다. 그러나 순영이 얕은 숨소리를 내며 돌아눕는 기척에 수화기를 내려놓고 발소리를 죽여 방을 나왔다. 순영이 혹시 깨어 놀라지나 않을까 슬머시 걱정이 되었으나 나는 식당으로 가려던 발길을 돌려 호텔을 나왔다. 소나무들이 유령처럼 서 있는 송림을 지나자 물소리는 곧 달려들듯 사나워졌다. 바다는 깜깜했다. 철썩거리며 해안에 부딪는 파도소리만이 바다와 육지를 가르고 있었다. 나는 끊임없이 달려드는 흰 빛의 띠를 위태롭게 피하며 해변을 따라 걸었다. 바닷바람이 축축이 옷을 적시고 몸 속으로 스며들었다. 나는 옷깃을 치켜세우며 바람에 날리는 머리칼을 쓸어올렸다. 순영이 버려졌던 곳, 찬 겨울 바람 속, 담요에 싸인 채, 조그만 바람막이의 배려도 없이 던져졌던 곳은 어디쯤일까. 그애를 낳은 여자는 정말로 자기의 아이가 파도에 휩쓸려 흔적없이 물에 잠기기를 바랐을까. 그애가 버려졌던 자리를 확인하고 그애의 출생에 대한 얘기를 한다는 건 어쩌면 또 한번 그애를 인적 없는 해변에 내던지는 행위가 아닐까. 아니 나는 오래 전부터 이렇듯 흔적없이 그애가 내게서 떠나가기를, 무거운 짐을 벗어버리기를 원해왔던 것이나 아닐까.

갑자기 머리 위에서부터 발 끝까지 확 끼얹는 불빛에 나는 비명을 지를 듯 멈춰섰다.

"누구요?"

불빛에 갇혀 나는 목소리의 주인을 알아볼 수 없었다. 상대는 두 사람이었다.

"어디 있는 사람이오?"

그들은 거듭 위협적인 목소리로 대답을 재촉했다.

"해변 호텔에 묵고 있어요. 바람을 쐬러 나온 길입니다."

나는 더듬더듬 대답하며 낯을 찡그리고 애매하게 웃어 보였다.

"여긴 작전지구입니다. 어서 돌아가세요. 인적이 드문데다 부근 불량배를 만나기 쉽습니다."

내 행색을 천천히 살펴본 그들이 불빛을 거두며 곁을 지나쳐 멀어져 갔다. 나는 허리를 굽혀 발 밑을 더듬었다. 군인들이 전짓불을 비추었을 때 발 밑에서 주먹만큼 큰 소라껍질을 보았던 것이다. 그것을 주워들어 귀에 대어보니 윙 약한 소리가 귓전을 울렸다.

군인들의 철벅거리는 발자국소리가 모래펄에 묻혀 멀어지고 있었다. 나는 돌아섰다. 되돌아갈 길이 아득히 멀었다. 송림 건너 호텔의 불빛도 보이지 않았다. 나는 문득 덜미를 잡는 무서움증에 마구 달렸다. 돌아가려는 마음이 급할수록 발목은 모래펄에 묻히고 젖은 긴 스커트 아랫단이 종아리에 휘감겨 무릎이 맥없이 꺾여 고꾸라졌다.

귓전을 때리며 울부짖는 파도소리가 마치 낯선 방에서 무서운 꿈을 꾸다 깬 순영이 엄마를 부르며 울고 있는 소리처럼 들리고 있었다.

차가운 밤공기와 젖은 몸 탓만은 아니게 덜덜 떨며 방으로 들어온 나는 들어오는 길로 옷장을 열어 순영의 옷가지들을 목욕탕의 욕조 속에 집어넣고 물을 틀었다. 욕조에 물이 차오르자 순영의 신발까지도 집어넣었다. 내 속의 그 무슨 힘이 나로 하여금 그런 행동을 하게 한 것인지도 모르면서 순영의 옷가지들이 흠뻑 젖어 잠기는 것을 보고야 마음이 가라앉았다. 이런 느닷없는 소동을 전혀 모르는 채 순영은 고른 숨소리를 내며 깊이 잠들어 있었다. 나는 머리맡의 전등을 끄고 반듯이 누워 잠을 청했다.

다음날 새벽 내가 눈을 떴을 때 순영의 잠자리는 비어 있었다. 나는 화들짝 일어나며 순영이를 불렀다.

"순영아, 변소에 있어?"

그러나 아무런 대꾸도 없었다. 나는 화장실 문을 열었다. 욕조 가득 순영의 옷가지들이 여전히 허물처럼 잠겨 있을 뿐 순영은 없었다. 나는 비긋이 열린 커튼 사이로 바깥을 내다보았다. 그리고는 아, 얕은 비명을 질렀다. 흰 레이스의 잠옷차림의 순영이 솔밭을 지나 바다로 가고 있었다. 땅에 끌리듯 긴 잠옷자락 때문에 순영은 걷고 있는 게 아니라 슬몃슬몃 빠르게 미끄러지고 있는 듯이 보였다.

해변에 이르러 순영은 마구 달리기 시작했다. 바람에 폭넓은 옷자락은 풍선처럼 부풀었다. 그애의 뒤 모래펄에는 맨발자국만이 새발자국처럼 점점이 뿌린 듯 남았으나 곧 파도에 씻겨 흔적없이 사라졌다.

신혼부부인 듯 녹의홍상의 여자와 검은 양복의 남자가 순영의 곁을 지나치다가 돌아서서 오래오래 순영을 지켜보고 있었다.

나는 흰 파도와 해변을 따라 달리는 순영이의 흰 옷자락을 구별

288

할 수 없었다. 점점이 멀어져가는 순영을 보며 순영아, 순영아, 안타깝게 외쳤으나 그 소리는 외침이 되어 나오지 않았다.

순례자의 노래

　눈이 내리고 있었다. 아침부터 내리는 눈이었다. 혜자는 창문을 열어놓고 창틀에 올라앉아 천지를 어지럽게 흔들며 편편이 쏟아져 내리는 눈을 바라보았다. 눈이 내리기 때문인가, 들려옴직한 작은 소음까지 묻혀버린 듯 동네는 조용했다. 하루에도 몇 차례씩 담 안으로 날아들어온 야구공을 넘겨달라고 소리치거나 몰래 담을 타넘는 아이들의 소리도 들리지 않았다. 문간방에 세든 처녀마저 일터로 나가고 나면 통상적으로 비어 있기 마련이었던 집이어서 생겼을 것이 분명한, 동네 아이들의, 담을 타넘어 들어오는 버릇은 쉽게 고쳐지지 않았다. 집에 돌아온 첫날, 마루문에 기대어 지켜보는 그녀를 흘끗거리면서도 유유히 담을 타넘는 사내아이를 날카롭게 불러세웠을 때 그애가 불만스레 내뱉은 말에 오히려 안도감을 느꼈던 것을 혜자는 기억하고 있었다. 여지껏 맨날 그랬단 말예요. 다른 애들두요. 집안에 사람이 없으니 어떡하란 말예요. 안도감을 느꼈다는 것은 아마 적어도 그녀의 집이 흉가이거나 마음씨 고약한 거인이 지키는, 저주받은, 황폐한 정원은 아니라는 의미에서였을 것이다.

　잎떨군 나뭇가지에 무겁게 얹힌 눈이 가끔 툭, 툭, 부러지는 소

리를 내며 떨어지고 그 서슬에 눈 위에 내려앉아 먹이를 찾던 참
새들이 포르르 날아올랐다. 문간방에서 대문으로 이어지는 곳에
발자취가 없는 것으로 보아 문간방 처녀는 아직 나가지 않은 모양
이었다.

혜자는 희게 눈덮인 마당으로 내려가 눈을 한 움큼 쓸어쥐었다.
발목까지 눈 속에 빠졌다. 이대로 눈이 내린다면 저물기 전 무릎까
지 쌓이기 쉬울 것이다. 눈을 쓸어야겠다고 생각하면서도 혜자는
그대로 서 있었다. 어느 집에선가 피아노 소리가 들려왔던 것이다.
한 손으로 서툴게 간신히 멜로디만 잇는 노래를 혜자는 조그맣게
따라 불렀다.

산도 들도 나무도 하얀 눈으로 하얗게 하얗게 덮일 거예요. 하
아얀 마음으로 자라니까요. 혜자가 어린 시절 불렀고 그녀의 아이
들 역시 어릴 때 부르던 동요였다. 아이들을 학교에 보내고 난 후
한가롭게 빈 집을 지키던 어느 젊은 엄마가 내리는 눈발을 보며
홀연히 솟아오르는 어릴 때의 멜로디를 좇아 건반을 두드리는 것
이리라.

피아노 소리는 갑자기 그치고 혜자는 노래를 부르던 그대로 입
을 벌린 채 우두커니 서 있었다. 문득 지난밤의 꿈을 떠올린 것은
사라진 소리에서 비롯된 깊은 정적 때문이었을 것이다.

지난밤, 그녀는 꿈을 꾸었다. 오랫동안 잊고 있었지만, 어릴 때
부터 그리고 어른이 되고 나서도 종종 꾸던 꿈이었다. 꿈에는 늘
같은 길을 간다. 이제는 잊혀지고 버려진 옛 성벽처럼 퇴락하고 이
끼낀 돌담이 끝없이 이어지고 돌담을 따라 걸으며 혜자는 꿈 속에
서도 여기가 어디던가, 그전에도 왔었는데, 하며 너무도 익숙한 분
위기에 친근하게 중얼거리곤 했다. 돌담을 따라 한없이 가다가 어
디쯤에서 닳아지고 부서진 돌 틈에 손을 넣으면 틀림없이 그 언젠
가 약속과 맹세의 뜻으로 넣어둔 작고 예쁜 단추알, 비밀의 표지,

조그맣게 접힌 종이쪽지 따위를 찾아내리라는 예감과 확신으로 하냥 걷다가 꿈은 깨이곤 했다. 꿈은 시작도 끝도 종잡을 수 없는 하나의 길, 헤매임이었을 뿐이었지만 꿈을 깨임이란 또 역시 줄곧 따라가던 길의 잃음에 다름 아니어서 혜자는 잠을 깬 후에도 미아처럼 막막하고 안타까운 느낌에서 헤어나지 못하곤 했던 것이다. 그것은 도대체 어디로 가는 길이었을까. 그리고 또한 익숙한 느낌은 무엇이었을까. 귀신처럼 늙어 살고 있는 어머니라면 그게 바로 저승길, 혹은 전생(前生)의 길이라고 주저하지 않고 한마디로 명쾌히 대답할 것이다. 근 이 년 가까이 잊고 있던 꿈을 다시 꾸기 시작한 것은 확실히 집에 돌아왔다는 자기 암시, 확신일 것이다.

손이 차갑게 얼어들어왔다. 쓸어쥔 눈이 손 안에서 녹고 있었다. 혜자는 젖은 손을 문지르며, 발을 굴러 신에 묻은 눈을 털어내고 집안으로 들어왔다. 방과 마루는 한껏 어지러져 있어 발을 내디딜 때마다 벗어던진 잠옷이며 물컵, 걸레, 트랜지스터 라디오 따위가 밟혔다. 당연했다. 일주일 전에 집에 돌아온 이래 그녀는 집안 일에 전혀 손을 대지 않았다. 늘 아귀처럼 달려드는 허기로 어쩔 수 없이 밥은 지었으나 설거지는 내팽개쳐 두었다. 욕조에 더운 물을 채워 한기가 느껴질 만큼 물이 식을 때까지 몇 시간이고 몸을 담그고 들어앉았고 욕실에서 나온 알몸 그대로 불을 끈 마루에서 서성이기도 했다. 엊그제 그녀는 집 뒤편 마당의 시멘트 갈라진 틈에서 딸아이의 노란 꽃핀을 주워 그것을 들여다보며 하루를 보냈다. 중학교 졸업반이 된 딸애는 이미 오래 전에 꽃핀 꽂을 나이가 지났다.

한 달 전까지 남편과 두 아이, 살림을 보아주던 시모(媤母)가 살던 집이었지만 그녀가 돌아왔을 때 그녀의 살림살이만 고스란히 남긴 채 말끔히 비워져 있었다. 퇴원을 앞둔 그녀의 거취에 대해 많은 논란과 숙의가 있었겠지만 이미 호적 정리까지 깨끗이 마친 그녀에게 집을 내주기로 한 것은 그쪽으로서는 대단한 배려였을 것이다. 담당의사로부터 언제든 퇴원해도 좋으리라는 통고를 받자 남편은 말했었다. 곧 집을 비우기로 했소. 그 집에 들어가는 것이 싫으면 팔고 작은 아파트를 얻는 것도 한 방법이 될 거요. 내 생각이긴 하지만 그편이 여러모로 좋을 것 같소. 집이 팔릴 동안 임시로 친정에 가 있는 게 어떻겠소. 그날 이후 혜자는 남편을 만난 적이 없었지만 어쨌든 그로서는 이혼한 전처에 대한 예를 다한 셈이었다. 표면상으로는 그녀가 원한 이혼이었고 그 역시 그리 될 수밖에 없는 방향으로 생각이 기울고 있었지만 그것이 그녀가 병원에 있는 동안 이루어진 일이라는 점을 괴로워한 듯했다.

그러나 그녀는 퇴원하는 길로 이 집으로 들어왔다. 인간은 망각의 동물이다, 당신은 심신이 아주 건강하다, 그전처럼 충분히 잘 살아갈 수 있다, 무엇보다 두려움을 갖지 말라고 의사는 말했었다. 긴 여행 뒤의 휴식처럼 극도의 게으름 속에 잠겨 있는 자신을 이따금 울리는 전화벨 소리, 이제는 이곳을 떠난 남편과 아이들을 찾는 소리들이 소스라치는 현실감으로 그녀를 일깨웠다. 없어요, 이사갔습니다. 모르겠는데요. 짤막하고 무뚝뚝한 대꾸로 전화를 끊고 나면 그녀는 미친 듯 그들이 남긴 흔적을 찾아 집안을 뒤졌다. 그것은 마치 그녀가 떠나 있던 시간들을 지우려는 노력과 같았다. 벽에 붙인 스티커, 빗살에 낀 검고 윤기나는 긴 머리칼, 한귀퉁이에 수놓은 손수건 따위 흔적은 어디서나 발견되었지만 그것은 오히려 그녀와 그들 간에 놓인 엄청난 공백을 강하게, 생생하게 인식시켰고 그들은 이제 돌아오지 않는다는 것, 되찾을 수 없는 시간들임을 상기시켰을 뿐이었다. 어쩌면 더 깊은 사랑으로 굳게 맺어질 수 있지 않았을까. 서로의 가슴 밑바닥에 단단히 도사린 수치심과 두려움을 숨길 수 없을지라도. 한바탕 집안을 휘젓고 난 뒤면 그녀는 무릎을 싸안고 소리 죽여 흐느껴 울었다. 그리고 기진할 때까지 울고 나면 텅 빈 위장의 속쓰림, 오랜 벗처럼 친근한 허기증이 달래 듯 부드럽게 찾아오는 것이었다.

찬밥을 고추장에 비벼 늦은 점심을 먹고 잠깐 누웠던 혜자의 낮잠을 깨운 것은 요란한 벨 소리였다. 누굴까. 얼결에 화들짝 놀라 깬 그녀가 마루문을 열었을 때 또 한 차례 초인종이 울리고 등기 왔습니다, 도장 주세요, 소리치는 집배원의 모습이 철대문 너머로 보였다. 도장이 어디 있더라. 도시 등기우편이 올 데가 없다는 생각과 집배원의 다그침에 허둥대며 예전의 버릇대로 대부분 빈 화장대 서랍들을 차례로 열었다. 역시 도장은 없었다. 도장이 없어요. 혜자는 밖을 향해 황망히 소리쳤다. 원참, 손도장이라도 찍으쇼.

등기 편지는 건넌방 처녀에게 온 것이었다. 건넌방은 아무런 기척 없이 조용하고 부엌문에는 맹꽁이 자물쇠가 걸려 있었다. 혜자는 부엌 창으로 손을 들이밀어 편지를 넣어두고는 방으로 들어왔다. 놀라 잠에서 깬 탓에 아직 쿵쿵 뛰는 가슴을 누르며 한껏 열린 화장대 서랍들을 닫으려다 혜자의 손이 멈칫 멎었다. 그곳에 들어 있는 눈에 익은 작은 수첩 때문이었다. 까마득히 잊고 있었던 것, 그러나 분명히 손때묻은 자신의 것이었다. 그녀는 수첩을 꺼내 성급히 한 장씩 넘겼다. '29일 덕수궁' '冬服 세탁소' '16일 오후 3시 아라야' '신세계 백화점 바겐세일, 15일부터 21일까지, 모직 셔츠와 조끼' 짤막짤막한 메모들은 흐릿하게 기억나는 것도 있고 전혀 짐작이 가지 않는 것도 많았다. '3일 우미화원 꽃바구니, 카네이션 빛깔 섞어 60송이' 이것은 아마 스승의 환갑 잔치에 가져갈 선물이었을 것이다. 때로 미소지으며 때로 애써 기억을 더듬어 눈살을 찌푸리며 혜자는 하나씩 읽어나갔다. 수첩의 뒷부분에는 전화번호들이 적혀 있었다. 위로부터 나란히 적힌 것은 그녀의 대학

동창들의 전화번호였다. 그네들은 한 달에 한 번씩은 모이던 친목계 회원이기도 했다. 비교적 가깝게 지내던 친구들이었는데 왜 그네들 생각을 한 번도 한 적이 없었을까. 혜자는 비로소 할일을 찾아낸 듯 성급히 전화 다이얼을 돌렸다. 숙자가 근무하는 여성지 편집실로 전화를 했을 때 전화를 받은 상대방은 그녀가 오래 전에 잡지사를 그만두었음을 알려 주었다. 애경의 집으로 전화를 걸자 막바로 테이프에 녹음된 여자의 음성이 흘러나왔다. 지금 거신 전화번호는 잘못된 번호이오니 다시 거시기 바랍니다. 아라비아 숫자를 짚어 확인하며 다시 돌렸으나 마찬가지였다. 이상한 일이었다. 무엇엔가 홀린 기분이었다. 명화의 집은 아예 신호음만 갈 뿐 받지를 않았다. 그녀는 참을성을 가지고 춘자의 집 번호를 돌렸다. 전화번호가 바뀌었습니다. 상대방은 짧은 한마디로 전화를 끊었다. 혜자는 수화기를 내려놓고 잠시 망연해졌다. 자신이 홀로 떨어져 있던 이태간의 세월이 비로소 엄청난 현실감으로 압박해왔던 것이다. 그것은 쓰디쓴 배반감이기도 했다.

이게 마지막이야. 그녀는 속으로 다짐하며 마치 자신의 운(運)을 걸고 마지막 패를 던지는 도박꾼처럼 비장한 심사가 되어 다섯 번째로 다이얼을 돌렸다. 신호가 떨어지고 여보세요, 응답하는 목소리에서 곧장 정옥의 얼굴을 떠올리며 혜자는 짐짓 느릿느릿 말했다. 정옥이? 나 혜자야. 어머, 어머. 뜻이 분명치 않은 감탄사의 되풀이에 이어 말이 끊겼다. 죽은 사람에게서 온 전화라도 받은 듯 질린 기색이 역력히 전해졌다. 오랜만이구나. 정말 그래. 건강은 어떠니? 그녀의 말을 받으며 정옥이 허둥지둥 덧붙였다. 어디 있니? 집이야, 집에 왔어. 다른 친구들 잘 있지? 통 연락이 안 되는구나. 그럴 거야. 이사를 많이 했어.

만나고 싶다는 혜자의 말에 정옥은 잠시 뜸을 들인 후 대답했다. 마침 잘됐어. 봉선이가 남편 따라 외국으로 가게 되어 송별회를 해주기로 했어. 7시야, 광교 K빌딩 13층 스카이라운지 알지? 거기야. 모두들 널 보면 반가워할 거야.

정옥과 통화를 끝낸 후 혜자는 다시 인형극 연구소로 전화를 걸었다. 민 선생은 인형 제작도 하지만 인형극 연출에 더 뜻이 큰 사람이었다. 혜자가 만든 〈빨간 모자〉와 〈해님 달님〉의 인형으로 텔레비전 방송국에서 극을 연출한 적도 있었다. 그때 민 선생은 혜자가 만든 인형들이 표정이 살아 있고 아이디어가 참신하다고 칭찬했다. 언젠가 인형 전시회를 해도 좋지 않느냐고 부추긴 것도 그였다. 2년간은 그녀에게만 긴 시간은 아니었던 모양이었다. '김혜자'라는 이쪽의 밝힘을 듣고도 그는 금시 알아듣지 못했다. 〈빨간 모자〉와 〈해님 달님〉 극에 쓰인 인형을 만들었던 김혜자라고 설명을 했을 때야 그는 아, 가늘게 놀람의 외침을 내뱉었다. 그러나 그는 곧 예사롭게 물었다. 오랜만입니다. 어떻게 지내세요. 그도 잘 알 것이다. 혜자가 어떻게 지냈는가는 아는 사람 사이에서는 일흔 번도 더 돌아다녀 낡아빠지고 진부한 얘깃거리가 되었을 테니. 건강은 괜찮으십니까. 아주 좋은 편이에요. 요즘도 인형극 하시지요. 그녀는 오래 얘기하고 싶었다. 그는 친절하고 더욱이 혜자의 인형에 대해 호감을 가진 사람이었다. 언제 짬내서 한번 놀러나오십시오. 지금이라도 나갈 수 있노라고, 저녁의 약속 시간까지 서너 시간쯤 낼 수 있노라고 말하고 싶었으나 혜자는 아쉽게 수화기를 내려놓으며 그는 워낙 바쁜 사람이라는 생각으로 서운한 마음을 달랬다. 그는 인형극에 미쳐 마흔이 넘은 이제까지 독신으로 지내며 인형극에 관한 책을 쓰고 소극장과 국민학교 강당, 그리고 텔레비전 방송국으로 바쁘게 뛰어다녔다. 그렇더라도 그가 혜자의 인형에 보인 관심은 잊지 않았을 것이다. 인형 전시회를 하고 전시회장에서 직접 인형극을 보여주자는 제안도 잊지 않았을 것이다. 내일이라도 민 선생을 만나야겠다고 혜자는 생각했다. 다시 인형 만드

는 일을 할 수 있으리라. 낙도와 벽지의 학교로 순회공연을 다니고
또 인형극의 인형들을 한 세트씩 갖춰 싼 값에 보급한다면 어린이
들은 스스로 집안에 작은 극장을 갖춰 인형극 놀이를 할 수 있으
리라. 그것이야말로 자신이 뜻을 갖고 하고 싶은 일이며 또한 얼마
간 돈도 벌 수 있을 것이다. 그것은 당연하고도 근사한 일이었다.
스스로 돈을 벌어 생활할 수 있어야만 비로소 진정한 의미의 자존
(自存), 독립이 될 것이다. 다시금 인형 제작을 시작하겠다는 결의
가 그녀에게 갑작스런 생기와 활력을 주었고 그것은 또한 이제껏
의 생활이 단순히 기생적(寄生的)인 삶으로, 굴욕적인 것이었다고
자신을 준열하게 비판하게끔 만들었다. 저녁에 친구들을 만나는
자리에서 지금 자신이 하고 있는 일, 앞으로의 창창한 계획에 대해
얘기하리라. 인형과 인형극에 대해 자기만큼 알고 있는 사람이 그
들 중 누가 있겠는가. 민 선생과 함께 할 전시회나 순회공연 얘기
는 거짓말이 아니다. 약속된 것은 아니지만 조만간 그렇게 될 것이
틀림없었다. 민 선생은 늘 혜자가 만드는 인형에 관심을 표하지 않
았던가. 친구들 사이에서 자신의 얘기가 일흔 번씩이나 돌고 돌았
을 것이란 생각은 자신의 기우일 뿐일지도 몰랐다. 처음 전화받았
을 때 민 선생이 곧 그녀를 기억해내지 못하던 것, 그리고 뒤를 이
은, 감전된 듯한 놀라움과 막연한 약속의 말에서 그녀를 기피하는
심사를 읽은 것은 이편의 공연한 피해의식인지도 몰랐다. 자신이
생각하는 만큼 남들은 자신에게 관심을 갖거나 오래 기억하고 있
지 않다고 의사도 말하지 않았던가. 그리고 그것은 그들에게는 이
태 전 어느 여름 석간신문 귀퉁이의 1단 기사에 불과한 일이었다.
적어도 그들은 한 지인(知人)의 불행한 사건을 잊지 않기 위해 이
년 동안 살았던 것은 아니었다. 그들이 자식을 기르고 재산을 늘리
며 삶의 기쁨을 탐욕스럽게 거머쥐고 찾아 헤맬 동안 자신은 한없
이 이어지는 지루하고 단조로운 실뜨기놀이와 오후 한시에서 세시

까지 이어지는 해바라기, 의사와의 의미 없는 문답놀이로 시간을 보내며, 다만 잊혀지려는 염원으로 기다려 왔다. 환경을 바꿔보는 것도 좋으리라는 남편의 충고를 따르지 않고 이곳으로 다시 돌아온 것은 천만 잘한 일이었다. 빈 집의 적막함, 혼자 있는 쓸쓸함이 아니었다면 어떻게 다시금 인형 만드는 일에 손을 대겠다는 생각을 할 수 있었겠는가. 작은 수첩을 찾아낼 수가 있었겠는가.

혜자는 다락으로 올라갔다. 그녀의 작업장으로 쓰던 지하실이 허섭쓰레기와 쓰지 않는 살림살이 따위로 채워져 자연스레 폐쇄되자 그곳에 있던 물건들을 커다란 트렁크에 넣어 다락 구석에 올려두었던 것이다.

트렁크에는 두텁게 먼지가 앉았고 쇠장식은 녹이 슬었으나 잠겨져 있지는 않았다. 그녀가 넣어두었던 그대로 한 겹 신문지 아래 그것들은 고스란히 들어 있었다. 굵고 가는 토막 철사, 굳어버린 접착제 튜브, 물감들인 새의 깃털과 한 움큼의 스팽클, 얼굴뿐인 견우와 직녀, 만들다 만 선녀의 나래옷. 그녀의 손에 의해 닫혀진 후 한 번도 열어본 적이 없었을 트렁크 속에서 재처럼 조용히 누워 있는 그것들을 하나씩 들춰내며 그녀는 이상하게 가슴이 무너지는 듯한 슬픔을 느꼈다. 한꺼번에 쓸어담은 듯 뒤섞인 갖가지 인형의 머리와 팔다리, 옷감 자투리들을 들추자 또 한 겹 신문지가 나타났다. 그녀는 잠깐 눈을 감고 심호흡을 했다. 트렁크 맨 밑바닥에 감추어진 것, 그녀의 가슴 밑바닥에 돌처럼 단단히 자리잡은 것이 무엇인지 그녀는 너무도 잘 알고 있었다. 상기도 백 년 동안의 깊은 잠에서 깨어나지 못한 아름다운 공주, 그녀가 마지막으로 완성한 작품이었다. 의상을 입히고, 화려한 드레스의 주름을 펴기 위해 마지막 인두질을 할 때 그 사건이 일어났던 것이다. 떨리는 손으로 신문지를 벗겨내자 화관에 둘러싸인 풍성한 머리털을 자랑스럽게 흐트린 공주의 얼굴이 드러나고 몸체가 드러났다. 그리고 그녀는 화려한 의상의 곳곳에서 끊긴 사슬 토막처럼 금빛으로 반짝이는 좀벌레의 허물을 보았다.

눈발은 훨씬 가늘어져 있었다. 저물녘인데도 먼 하늘이 맑게 트여오는 것을 보면 이대로 그쳐버릴 성도 싶었다. 네시였다. 약속 시간까지는 아직 넉넉히 시간이 남아 있었지만 혜자는 외출 준비를 시작했다. 저물자 이내 밤 드는 쓸쓸한 집을 뒤로 하고 나갈 수 있다는 사실이 그녀에게 어느 정도의 기쁨과 흥분을 불러일으켰음에 틀림없었다. 세수를 하고 시간을 들여 화장을 했다. 밤 화장이야 조금 짙어도 무방하리라 싶었다. 더욱이 오늘은 모처럼 허물없는 친구들을 만나는 날이 아닌가. 옷장문을 활짝 열어 옷걸이에 걸린 옷들을 하나씩 점검했으나 입고 나갈 만한 것은 없었다. 지난 이 년간 옷을 한 벌도 해입지 않았고 또 그동안 엄청나게 몸이 불었던 것이다. 모양과 색깔이 마땅치 않은 점은 백번 양보하고라도 입어본 옷들은 하나같이 단추가 채워지지 않았고 그것은 그녀를 암담한 절망감에 빠뜨렸다. 옷장에 걸린 옷들을 모조리 입어본 후에야 그녀는 몸에 맞는 옷을 찾아낼 수 있었다. 십여 년 전 유행했던 자루 모양의 풍덩한 옷이었다. 흰 칼라가 대담하게 넓게 목을 두르고 어깨 아래부터 망토처럼 퍼진 검정 벨벳 원피스를 지어입고 외출한 그녀가 퇴근길의 남편을 만났을 때 아내의 옷차림에 까다로웠던 그는 대단히 소녀 취향의 옷이라고, 그녀의 나이에 걸맞지 않음을 넌지시 둘러 말했고 그녀 역시 곧 새로운 유행을 따라 그 옷을 입지 않게 되었던 것이다. 몸이 얼마나 불었는지 옷을 입자 자루 속에 든 듯 답답하게 죄어왔다. 길게 자란 머리를 묶고 그녀는 자신의 모습이 무성영화 시대의 배우와 같다는 생각을 하며 거울을 보았다.

마루의 유리문이 드르륵 열리고 건넌방 처녀의 목소리가 들렸

300

다. 아줌마, 나 나가요. 좀 있다가 우리 방 연탄 구멍 막아주세요. 혜자가 다락에서 트렁크를 들추고 있는 동안 들어왔었던 모양이었다. 대문 여닫기는 소리를 들으며 혜자는 눈을 흘겼다. 격일로 야간 근무와 주간 근무를 하는 공장에 다닌다고 했지만 지난 일주일 이래 혜자가 알기로도 세 번이나 방에 사내를 끌어들였다. 아, 내보내야 안 되겠어. 행실 나쁜 계집애의 연탄불 시중이나 들면서 살겠어? 곧 집이 팔릴 거라고, 방을 내달라고 말해야지, 내일 당장. 그녀는 단호히 중얼거렸다.

다섯시가 넘자 혜자는 코트를 걸치고 집을 나섰다. 눈이 와서 교통 사정이 나쁠 수 있다는 점을 감안하더라도 삼사십 분이면 약속 장소에 충분히 가 닿을 수 있으리라는 것을 알면서도 텅 빈 집에 괴어드는 어둠에 등을 밀리듯 바삐 집을 나섰다.

시간이 넉넉했기에 종로에서 차를 내린 혜자는 곧장 지하도를 건넜다. 환기가 안 되는 지하도는 악취가 가득하고 사람들이 묻어들인 눈으로 질척거렸다. 전동차 소리로 끊임없이 발 밑이 우릉우릉 흔들렸다. 창백한 불빛 아래 분주히 오가는 사람들을 혜자는 방심한 눈길로 바라보며 느릿느릿 걸었다.

눈은 완전히 그치고 저무는 거리에는 바람이 불고 있었다. 지하도를 빠져나와 비로소 큰숨을 내쉬며 혜자는 가야 할 방향을 가늠했다. 오랫동안 시내에 나와본 적이 없었지만 그녀의 머리 속에 찍힌 약도는 명료했다. 지하도의 입구, 지상에 한 발을 올려놓은 채 그녀는 잠시 다섯시 사십분을 가리키는 시계탑이 얼어붙은 분수, 그리고 분수 옆에 세워진 이제 막 꼬마전구 불빛들의 명멸하기 시작하는 대형 크리스마스 트리를 보았다. 허옇게 눈이 얹힌 크리스마스 트리 너머 저편에 K빌딩 13층 스카이라운지의 불빛이 희미하게 떠 있었다. 횡단보도가 없는 그곳까지 가기 위해 세 개의 지하도를 건너야 했다. 아직 시간이 많이 남았군. 약속시간보다 일찍

가서 우두커니 앉아 있는 것도 청승맞아 보일 텐데. 근처에서 커피
라도 한잔 마시며 몸을 녹일 생각으로 두리번거리던 그녀의 눈길
이 길 건너 왼쪽 갈색 빌딩에 이르러 찔린 듯 멎었다. 순간 K빌딩
이며 불빛 깜박이는 대형 트리 따위는 눈앞에서 걷힌 듯 사라졌다.
오직 창마다 불을 밝힌 15층 빌딩만이 가득 들어왔다. 왜 진작 그
생각을 못했을까. 정옥에게서 K빌딩의 위치를 들었을 때 그 맞은
편에 남편의 근무지가 있다는 걸 전혀 생각지 못한 자신의 우둔함
을 가볍게 나무라며 혜자는 빠져나온 지하도로 다시 바삐 내려갔
다. 그는 아직 사무실에 있을 것이다. 설혹 퇴근시간이 지났다 하
더라도 그는 언제나 늦게까지 회사에 남아 일을 하곤 했었다. 그리
고 그는 언제든 어려운 일이 있으면 의논해 주기 바란다고 말하지
않았던가. 인생의 어느 한 시절, 결코 짧지 않은 세월을 가장 가깝
게 함께 지낸 사람으로서 이 추운 날 따뜻한 커피 한잔 나누는 일
에 어떤 끈끈함이나 칙칙함이 있는가, 그러한 관계에조차 인색하
다면 사람들의 어울려 살아감, 인생이란 도대체 무엇이란 말인가.
더욱이 자신은 이제 새로운 출발, 멋진 일들에 대한 계획으로 가득
차 있지 않은가. 곧 일을 시작할 것이라는, 게다가 인형극계의 독
보적인 존재인 민 선생과 함께 하는 일이라면 남편도 훨씬 미더워
할 것이다.
　쉴새없이 자문자답으로 의기양양해진 혜자가 '영우무역'이 들어
있는 5층에서 엘리베이터를 내렸을 때 수위가 앞을 가로막았다.
빌딩의 5, 6, 7층을 모두 '영우무역'이 쓰고 있었던 것이다. 어떻
게 오셨습니까, 아주머니. 혜자는 예상치 않은 벽에 잠깐 주춤했으
나 곧 당당히 대답했다. 기획실장을 찾아왔는데요. 그가 인터폰을
들었다. 교환이 나오는 동안 수위는 다시 물었다. 누구시라고 그럴
까요. 안사람이라고 해주세요. 젊은 수위는 고개를 갸웃하고 다시
금 찬찬히 그녀를 아래위로 훑었으나 기획실이 나오자 곧 수화기

302

를 건네주었다. 기획실장입니다. 바로 곁에서 말하듯 송수화기를 가득 채우며 크게 울리는 목소리가 이상하게 귀에 설었다. 당신 … 이세요? 나예요, 영선이 엄마예요.

귀에 설고 여유 있는 그의 목소리가 와락 그녀를 위축시켜 혜자는 서툴게 더듬거렸다. 누구십니까, 제가 기획실장입니다만 … 그리고 잠시 사이를 두었다가 그가 덧붙였다. 혹시 이기덕 실장을 찾으시는 게 아닙니까? 그래요, 이기덕 실장님을 대주세요, 제가 안사람이에요. 허덕이며 하는 그녀의 대답에 상대방은 아, 낮게 부르짖었다. 잠깐 기다리세요. 제가 이군호입니다, 곧 나가지요. 곧이어 왼쪽으로 꺾인 복도로부터 키가 크고 몸피가 가는 사내가 나타났다. 머리가 많이 벗어지고 안경을 쓰고 있었지만 혜자는 첫눈에 그를 알아볼 수 있었다. 남편의 입사동기로 꽤 가까운 사이였던 이군호였다. 만혼을 한 그는 결혼 전까지 술이 취하면 으레 그녀의 집에서 묻어자곤 했었다. 그가 안내한 곳은 접객용의 작은 방이었다. 무언가 얘기하고 있던 두 사람이 그들과 엇비켜 나간 뒤 실내는 시잇시잇 스팀 소리만 들릴 뿐 조용했다. 몇 개의 의자와 탁자만이 놓인 장식 없는 방을 혜자는 호기심도 없이 둘러보았다. 그럴 이유가 짐작되지 않는 대로 그가 몹시 당황하고 있다는 느낌을 받았기 때문이었다. 그는 인터폰으로 차를 부탁하고 비로소 그녀에게 말을 건넸다. 많이 좋아지셨군요. 건강은 괜찮으십니까? 모두들 자신에게 한결같이 건강을 묻는다. 마치 당신의 화약고는 안전한가 라고 묻듯이. 혜자는 말없이 웃었다. 요즘은 어떻게 지내세요? 일을 시작했지요. 호오. 반가운 소식이군요. 무슨 일인지 물어도 괜찮습니까? 그럼요. 인형극에 관계하게 되었답니다. 그리고 집을 옮길까 해서요. 역시 그이 말대로 환경을 바꿔보는 것이 좋을 것 같은 생각이 들어요. 그런데 그이는 자리에 없나요? 혜자는 웃음 띤 얼굴로 그를 바라보며 조심스레 물었다. 모르셨습니까? 그가 미간을 좁히며 뜻밖이라는 듯 되물었다. 반소매 스웨터를 입은 젊은 여자가 커피를 가져와 탁자 위에 놓았다. 그는 더 이상 입을 열지 않고 찻잔에 설탕을 넣어 천천히 젓기 시작했다. 무슨 말씀이신가요? 뉴욕 지사로 나갔지요. 한 달 되었습니다. 혜자는 방금 한 모금 마신 흰 찻잔에 붉게 찍힌 자신의 입술자국을 뚫어지게 바라보았다. 실내는 너무 더웠다. 속옷 밑으로 축축이 땀이 흐르는 것을 느꼈다. 게다가 꽉 끼이는 옷은 운신할 수 없이 숨통을 죄었다. 코트의 단추는 풀어놓았지만 좁은 벨벳 원피스 위로 살이 터질 듯 괴롭게 부풀어올랐다. 그녀는 손수건을 꺼내 얼굴과 목덜미의 땀을 찍어 냈다. 흰 손수건에 분과 루즈, 아이섀도의 빛깔이 진하게 묻어났다. 아무래도 화장이 너무 짙어진 게라고 혜자는 민망해진 마음으로 생각했다. 한 삼 년 있을 작정으로 아이들까지 데리고 떠났지요. 모르고 계셨군요. 모르긴 해도 그 친구가 아주머니에게 알리지 않은 건 행여 아주머니의 상처를 건드릴지도 모른다는 배려였을 겁니다. 아니, 괜찮아요. 저는 지나가는 길에 그저 … 들른 것뿐이에요. 그이는 절더러 의논할 일이 있으면 언제든 찾아오라고 말했었거든요. 옷 속으로 줄곧 흐르는 땀과 후텁지근하고 더러운 공기에 질식할 것만 같다는 생각을 하며 그녀는 멍청히 말했다. 가야겠어요. 그녀는 무겁게 몸을 일으켰다. 괜찮으세요? 안색이 아주 나쁘군요. 창백한 얼굴로 땀을 흘리고 있는 그녀를 보며 그가 걱정스럽게 물었다. 좀 더워서요. 바쁘실 텐데 시간을 내주셔서 고마워요. 또 친절히 대해 주셔서 고맙습니다. 엘리베이터 문이 닫히고 정중히 허리를 꺾은 그의 모습이 가려지자 그녀는 조용히 울기 시작했다.

시계탑의 전자시계는 일곱시 이십분을 가리키고 있었다. 약속 시간인 일곱시에서 이십분이 지났는데도 그녀가 아는 얼굴들은 하

나도 나타나지 않고 있었다. 그녀가 앉은 창가에서는 시계탑이 맞
바라다보여 일초일초 흐르는 시간을 헤아릴 수 있었다. 크리스마
스 트리의 불빛이 한결 명료해지고 도시의 불빛은 깊고 현란하게
돋아났다. 어둠이 깊어지고 있는 것이다. 삼십분이 지났다. 한산하
던 실내는 거의 차다시피했고 그녀는 출입문이 여닫힐 때마다 긴
장한 눈길을 보냈다. 혹시 그들이 자신을 알아보지 못한 것은 아닐
까. 그녀는 자신이 첫눈에 쉽게 알아보지 못할 정도로 모습이 변했
다는 걸 알고 있었다. 밖의 어둠을 배면으로 해서 유리창에 음화상
처럼 찍힌 얼굴은 자신이 보기에도 낯설었다. 세상이 그녀의 일을
잊어주기를 원하는 간절한 바람으로 그녀는 규칙적인 투약과 주
사, 간단없이 찾아드는 나락과 같은 수면과 허기증으로 살을 찌우
며 열심히 자신의 모습을 변모시켰고 머리털은 회백색으로 길게
자랐다. 병실을 함께 쓰던 여자가 자기의 머리핀을 훔쳐갔다고 어
거지를 쓰며 느닷없이 그녀의 머리털을 뜯을 때까지, 상대방의 손
에 한움큼 뽑힌 회백색 머리털이 자신의 것인 줄 깨닫지 못하고
있었다. 그네들이 자신을 못 알아볼지도 모른다는 생각에 혜자는
출입문 가까운 곳으로 자리를 옮기고 진토닉을 한 잔 시켰다. 벌써
한 시간이 지나고 있었다. 유리로 밀폐되고 난방이 잘된 실내는 역
시 더웠다. 그녀는 코트를 벗어 걸쳐놓고 답답하게 죄는 목과 가슴
의 단추를 살며시 풀어놓았다.
　얼음을 가득 채운 투명한 유리컵에 얇게 저민 레몬 한 조각과
붉은 체리가 떠 있었다. 그것은 그녀에게 시큼하고 떫은 맛이 나는
냉수에 지나지 않았다. 보기에 좋은 것이 먹기에도 좋다는 서양 속
담은 적절하지 못한 비유라고 생각하며 점점 작아져 컵의 표면으
로 떠오르는 얼음조각을 우울하게 바라보았다. 얼음은 금시 녹아
버리고 레몬의 맛은 속임수처럼 엷어졌다. 그리고 시간이 감에 따
라 그들이 오리라는 희망 또한 엷어져 갔다. 아홉시가 넘자 그녀는

웨이터에게 또 한 잔의 진토닉을 주문했으며 비로소 자신이 약속 시간과 장소를 잘못 안 것이 아닌가 하는 실제적인 의혹에 사로잡혔다. 혹시 내일, 또는 모레로 정해진 날짜를, 오직 나가고자 하는 그녀의 절박한 갈망이 임의로 오늘이라 속삭인 것이나 아닐까. 점점 작아지는 얼음조각들이 달그락 소리로 부딪치다가 흔적 없이 녹아 사라지는 것을 지켜보며 한없이 기다려야 한다는 것은 쓸쓸한 일이었다. 열시가 되어 또 한 잔의 진토닉을 주문했을 때 젊은 웨이터는 넓고 흰 깃을 목둘레에 부챗살처럼 두르고 강철처럼 뻣뻣하고 윤기 없는 회백색 긴 머리털을 늘인, 몹시 비대한 여자를 마치 유령을 보는 듯한 눈초리로 바라보았다. 그들이 이제 오지 않으리라는 것이 자명한 사실로 드러났고 그녀는 심한 노여움에 사로잡혔다. 그녀가 모임에 나오리라는 것을 알고는 몰래 장소를 옮겼음에 틀림없었다. 이 부근의 어딘가에 자리잡고 앉아 유리창을 통해 환히 보이는, 기다림에 지친 그녀를 손짓하며 끝없이 수군댈 것이다. 글쎄 걔가 전화를 했지 뭐니? 너희들에게도 다 전화를 했었대. 용케 피했구나…. 남자는 죽고 그앤 풀려났지만 그럼 뭘 하니, 폐인이 다 된 걸. 실제로 귓전에서 울리는 소리에 혜자는 귀를 틀어막았다. 아무리 정당방위라지만… 어쨌든… 그랬으니까. 이혼했다지? 그럴 거야. 어떻게 같이 살겠어. 무서워서…. 정절을 지키기 위해서였을까? 얼결에 자기도 모르게 한 짓이 아니었을까. 아마 공포 때문이었을 거야. 후에 걔가 정신병원에 들어간 걸 봐도 알지. 남들의 얘기 속에서는 죽은 것은 언제나 도둑이 아닌, 남자였다. 남편도 그랬었다. 뭣인가 자꾸 알아내고 싶어했다. 그가 단순히 낯털이 도둑인가, 전부터 알던 사이까지는 아니더라도 적어도 지나치며 낯이 익은 사내는 아닌가를 교묘히 우회하며, 그러나 집요하게 캐물었다. 처음 보는 남자였어요. 무슨 일이 있었냐구요? 보는 그대로지요. 제발 날 내버려둬요. 도대체 뭘 알고 싶어서 그

306

러는 거예요. 그녀는 그녀의 생각으로는 수천 번 이상 했었던 말을 되풀이하며 입을 틀어막고 울었다. 그녀가 속치마 바람이었고 사내가 흉기를 지니고 있지 않았다는 것이 끝내 석연치 않은 의혹으로 자랐던 것이리라.

문득 주위가 조용해진 것을 깨닫고 혜자는 두리번거렸다. 창가의 자리에 이마를 맞대고 앉은 한 쌍의 남녀가 있을 뿐 실내는 텅 비어 있었다. 스탠드에 기대 서 있던 웨이터가 그녀를 보며 커다랗게 입을 벌려 하품을 했다. 시계탑의 시계가 열한시를 가리키고 있었다.

깊은 밤, 땅 속을 구르는 전동차가 우릉우릉 발밑을 울리며 지나갔다. 사람들의 자취는 뜸했지만 지하도는 여전히 질척이고 악취가 가득했다. 다시금 세 개의 지하도를 거쳐 지상으로 솟아오른 혜자는 바람부는 하늘을 올려다보았다. 뿌연 대기 속에서 몇 개인가 돋아난 별이 어둡게 깜박였다.

지하도의 마지막 계단을 밟고 입구를 빠져나오다가 그녀는 무엇엔가 무릎을 부딪쳐 허둥거렸다. 발 밑에서 동전 흩어지는 금속성의 소리가 차갑게 울렸다. 그녀는 반사적으로 허리를 굽혀 아래를 살폈다. 형광등이 고장난 지하도의 입구는 어두웠다. 그곳에 담요를 쓰고 웅크리고 앉은 사람에게 발이 걸렸음을, 그의 동냥그릇을 뒤엎었음을 깨닫고 혜자는 황급히 말했다. 미안합니다. 딴 생각을 하다가 그만…. 담요 속에 잠든 아이를 안고 있는 그 여자는 장님이었다. 내리감은 눈으로 턱을 쳐들고 한 손으로 앞을 더듬어 쏟아진 동전을 그러모았다. 혜자는 그녀를 도와 허리를 굽히고 침침한 불빛에 의지해 발 밑을 살피며 계단에 떨어진 동전들을 주웠다. 혜자가 주워모은 동전들을 바구니에 넣으려 할 때 그 여자의 손이 느닷없이 손목을 거머쥐었다. 깜짝 놀랄 만큼 끈끈하고 억센 손아

귀였다. 그것은 혜자가 손 안에 든 동전을 완전히 털어넣어 빈 손
임을 확인할 때까지 아프게 쥐어 비틀며 놓지 않았다. 혜자는 얼얼
하게 통증이 느껴지는 손목을 문지르며 그녀를 바라보았다. 그녀
는 다시금 잠든 듯 조는 듯 담요 속에 둥글게 몸을 웅크렸다. 아무
렴 내가 그 돈을 집어갈 줄 알았나요? 하긴 멍청히 딴 생각을 하
다가 걷어찼으니 내 잘못이 많지요. 차가운 바람이 사납게 지하도
입구로 밀어닥쳤다. 혜자는 그 여자 곁에 쭈그리고 앉았다. 얼어붙
은 분수 옆 크리스마스 트리의 불빛이 외롭게 깜박이는 것이, 열
한 시 반을 가리키는 시계탑이 보였다. 춥지 않아요? 밥은 먹었어
요? 아기는 아주 얌전히 자는군요. 이젠 들어가야죠? 날씨가 아주
추워질 거라는군요. 그 여자는 듣는지 마는지 대꾸가 없었다. 숙소
가 어디죠? 길을 건네줄까요. 한뎃잠을 자다간 얼어죽고 말아요.
더구나 아기를 데리고…. 살그머니 담요를 들추는 혜자의 손을 사
납게 뿌리치며 그 여자는 눈을 부릅떴다. 씨팔, 귀찮게 진드기붙
네, 멀쩡하게 생긴 여편네가, 할일 없으면 들어가 발닦구 자라구.
핏발선 붉은 눈으로 혜자를 노려보며 내뱉고는 아이를 부둥켜안은
채 동전그릇을 들고 뚜벅뚜벅 서너 계단 내려가 주저앉았다. 섬뜩
놀란 혜자는 쫓기듯 황황히 그곳을 떠났다.
   밤이 깊을수록 바람은 심해지고 행인들은 코트깃을 바짝 올리고
종종걸음을 치거나 택시를 잡기 위해 황황히 뛰곤 했다. 옛 기억을
더듬어 집으로 가는 방향의 택시 정류장을 찾아 겨우 한 구간을
걸었을 뿐인데도 그 사이 행인들은 눈에 띄게 줄었다. 대신 차들이
미친 듯 달리고 있었다. 택시 정류장 표지가 된 곳에서도 보안등을
켜고 대기한 택시는 없었다. 어떻게 해야 집에 갈 수 있는지 도시
짐작이 되지 않았다. 그러나 무엇보다 혜자를 괴롭히는 것은 위벽
이 쥐어뜯기는 듯한 허기증이었다. 점심때 이후 그녀가 먹은 것이
란 맹물과 다름없는 진토닉 세 잔뿐이었다는 생각이, 그 시큼하고

308

떫은 맛의 억울함이 더욱 그녀의 허기증을 자극했다. 허기가 들 때마다 늘 그러하듯 그릇 가득한 흰밥과 기름 발라 구운 생선, 뜨거운 파전 따위가 눈앞에 떠올라 그녀는 꿀꺽 침을 삼켰다. 병원에서도 늘 그랬다. 언제나 배가 고픈 그녀를 위해 지난 여름 딸애는 닭구이를 보온통에 담아 면회를 왔었다. 눈부시게 흰 여름모자를 쓰고 온 그애는 게걸스레 먹는 그녀를 보며 몹시 울었다. 엄마 우린 모두 죄를 지어요, 용서해주세요, 라고 말하며, 잠시의 작별인 듯 인사를 하고 떠난 그애를 아직 본 적이 없었다. 무엇이든 먹을 것이 있다면. 조금이라도 입에 넣을 수만 있다면. 집에 가는 일이야 그 다음에 생각해도 충분할 것이다.

배를 움켜쥐고 쉴새없이 주위를 두리번거리던 혜자는 길모퉁이 불빛이 버언히 비쳐나오는 포장마차로 들어섰다.

뭐, 먹을 만한 걸 좀 주세요. 배가 고파서 그래요. 칼이며 도마, 냄비 따위를 주섬주섬 챙기던 아낙네는 불쑥 들어선 그녀를 놀란 눈으로 바라보았으나 말없이 그릇에 어묵꼬치 두 개를 넣고는 국물을 부어 내밀었다. 이것밖에 없어요. 다 떨어졌어. 지금 막 들어가려는 참인데 …. 꼬치 두 개를 순식간에 먹어치우자 그녀는 국물을 한 그릇 더 부어주었다. 숨도 쉬지 않고 다 마신 혜자가 입가를 훔치며 다시 그릇을 내밀자 아낙네는 진정 딱하다는 표정으로 사죄하듯 손을 내저었다. 정말 소주밖에 없다니까. 혜자는 아낙네가 이빨로 마개를 따 주는 소주병을 받아들고 돈을 치렀다.

혜자는 찻길에서 비낀 고궁의 돌담을 끼고 걸었다. 느릿느릿 울리는 자신의 발소리뿐 꿈 속의 길처럼 조용했다. 거짓말처럼 허기증이 말끔히 가신 위장에 술기운이 부드럽게 피어올랐다. 바람이 세차게 불어올 때마다 이끼낀 돌담의 안쪽, 오래 묵은 나무들이 머리 풀며 울었다. 혜자는 서너 걸음에 한 번씩 멈춰서서 찔끔찔끔 소주를 부어넣었다. 도수 높은 안경을 썼을 때처럼 자꾸 발 밑이 꺼져들었다. 약속 위반이야. 혜자는 소리내어 말했다. 어린 시절 소꿉놀이를 하던 동무들이 그녀만 남겨놓고 아무런 말 없이, 단순히 놀이에 싫증이 났다는 이유만으로 돌아가버릴 때 혹은 숨바꼭질 놀이에서 술래가 된 그녀가 열심히 열을 셀 동안 그녀가 절대로 찾을 수 없는 곳에 숨어 나오지 않거나 놀이를 일방적으로 파기해 버린 아이들에게 막막하고 외로워진 그녀가 울듯한 심정으로 외치던 소리였다.

그녀는 다시금 엄마를 이런 곳에 두다니, 우리가 이렇게 살아야 하다니, 차라리 난 죽어버리고 싶어요, 라고 울면서도 나날이 새롭게 아름답게 피어나던 딸에게 거짓말쟁이라고 욕설을 퍼부었다. 그래, 빈 집에 그녀만 남겨두고 남편과 아이들은 훌훌히 떠났다. 마치 어릴 때의 신의 없는 계집애들처럼.

돌담길은 어디까지 이어지는 것일까. 문득 어젯밤의 꿈이 생각났다. 꿈 속에서 늘 가는 길인가. 어느 무너진 돌 틈에 자신을 위한 표지가 있으리라는 것을 알면서도 언제나 안타까움뿐으로 꿈을 깨었었다는 기억이 그녀를 조바심나게 했다. 혜자는 병을 들어 꿀꺽꿀꺽 목 안으로 부어넣었다. 그것이 마치 영원히 깨지 않을 꿈의 묘약인 듯 숨도 쉬지 않고 단숨에 마셨다. 모두들 나를 살인자라고 경계하고 기피하지만…. 그녀는 큰소리로 말하며 새삼스러운 호기로 빈 병을 힘껏 내던졌다…. 누구라도 그런 상황에서라면 그럴 수밖에 없었을 거야. 정말 그랬다. 혜자는 아이들이 학교에 간 뒤 여느 때처럼 지하실에 꾸민 작업장에서 인형 만드는 일을 하고 있었다. 아주 더운 여름날이었고 더욱이 아교를 녹이기 위해 전기 곤로까지 피운 지하실은 찜통 같았다. 대문은 안으로 걸렸고 찾아올 사람도 없다는 것이 그녀로 하여금 속치마 바람으로 일하게 했을 것이다. 잠자는 공주의 머리칼과 장신구를 붙이는 까다로운 공정(工程)을 끝내고 마무리 작업에 열중해 있을 때 지하실문을 가로막

고 기척 없이 들어서는 낯선 사내를 보았다. 그때 그녀가 본 것은
사내의 얼굴이 아니라 자신의 거의 벗은 몸이었다. 그러나 다가오
는 사내의 두 눈에 한껏 달구어진 전기 인두를 들이댄 것은 오직
공포심 때문이었다.

몸의 곳곳에서 꽃처럼 피어나는 취기에 흔들리며 혜자는 걸었
다. 무너진 돌 틈에 숨은 언젠가 맺은 비밀의 약속, 사랑의 맹세를
찾듯 한 손으로 돌담을 쓸며 똑바로 앞을 보고 걸었다. 모두들 잊
었다고, 어쩔 도리가 없지 않았느냐고 누군가 그녀의 귓전에서 웅
웅 속삭였다. 그녀가 달아오른 전기 인두를 들이대지 않았다 하더
라도 결과는 지금보다 결코 나을 것이 없을 것이라고 속삭였다. 돌
담길, 꿈에는 그리도 익숙하게 자주 가는 길, 길이 끝나는 곳에는
꿈 깨인 쓸쓸한 현실이 있을 뿐이라고 어렴풋이 생각하면서도 혜
자는 꽃처럼 피어나는 취기가 영원히 그 길을 이어주리라는 기대
로 더 깊은 어둠을 향해 한 걸음씩 옮겨놓았다.

새 벽 별

　천장이 궁형(弓形)으로 둥글고 낮은 통로는 동굴 속처럼 좁고, 방향을 종잡을 수 없이 자주 급작스럽게 휘어지곤 했다. 정애는 울림이 없는 붉은 카펫 위를 걸으며 문득 옛 기독교인들이 금지된 의식인, 그들의 예배를 위해 유령처럼 숨어들던 지하 묘지를 떠올렸고 동시에 그 상투적인 연상은 회(灰)칠한 무덤들아, 라는 사납고 저주에 찬 힐난의 외침으로 이어졌으나 약간의 취기로 탈골이 된 듯 흐느적거리는 팔다리와 중력이 느껴지지 않는 허청걸음에 그것은 카타콤도 회칠한 무덤도 아닌, 다만 막연하게 휘어지고 굽어진 미로(迷路)일 뿐이었다.

　미로에서 빠져나오는 일이란, 누구나 한 번은 반드시 거쳐야 할 통과의식일까. 실험용 상자 속에서 미로에 갇힌 흰쥐들은 어딘가 있을 출구를 찾아 헛되이 맴돌고 다이달로스는 깃털과 밀랍의 날개를 달고 영원한 미궁(迷宮)을 탈출한다. 어린이 놀이터에도 거미줄처럼 여러 갈래로 얽힌 요술 동굴이 있고 매일 배달되는, 아이들의 가정 학습지에도 길을 찾아 나오는 문제가 반드시 끼어 있다. 어른인 정애에게는 어려운 문제였으나 아이들은 별반 깊이 생각하는 빛 없이 쉽게 길을 찾아낸다. 공간 지각력의 차이라기보다 아이들의 삶은 단순하기 때문이리라. 문제는 지면(紙面)상의 길찾기 학습이 아니라 삶의 추상성 속에서 출구를 찾아야 하는 데 있는 것이다. 그런데 나는…화장실도 못 찾아 쩔쩔매고 있다…. 정애는 아랫배를 누르며 참담한 기분에 빠졌다. 귀를 찢는 밴드 소리는 이미 아련하게 멀었다. 방향을 알 수 없는 곳에서 둥둥둥 울리는 북소리와 차앙차앙 심벌즈 소리가 어울려 불가해한 신호음인 양 간헐적으로 들려올 뿐이었다. 그네가 방금 떠나온 그 소리 속에서 그들은 춤추고 있으리라. 미친 듯, 구애하듯 간절히. 정애는 달팽이 굴처럼 또 한차례 휘어도는, 이제껏 지나온 것과 다름없이 끝이 보이지 않는 통로를, 이제는 마음놓고 어기적대며 걷기 시작했다.

조명이 흐린 홀 안의 좌석은 거의 비다시피하고 대신 무대는 끓는 물처럼 바글거렸다. 맞은편에 앉은 정애에게 자리를 지키고 있던 희서가 턱짓으로 무대를 가리켰다.

"올라가세요. 자리는 내가 지킬 테니."

모두 다 올라갔다는 뜻인가, 올라가 함께 추라는 뜻인가를 헤아리며 정애는 한껏 목소리를 높여 말했다. 밴드 소리가 높아졌던 것이다. 희서가 무어라고 말을 건넸으나 무대 위의 소리에 흡수되어 담수어처럼 뻐끔대는 입매만 보였다. 정애는 재차 물을 기력이 없이 건성 웃는 시늉을 해보였다. 그 역시 더 얘기하기를 단념하고 무대를 바라보며 담배 연기만을 부옇게 내뿜었다.

등갓 위 뚫린 구멍으로 꺼멓게 그을음이 피어오르며 불꽃이 한차례 길게 올랐다. 시나브로 촛불이 잦아들고 있었다. 마지막 사위는 불꽃에 희서의 얼굴이 잠깐 붉게 일렁이며 드러났다. 누구인가. 정애는 그 얼굴을 보는 순간 가슴 밑바닥을 훑고 지나간 서늘함을 설명할 수 없었다. 어쩌면 막다른 길에 접어든 듯한, 혹은 나는 누구이며 왜 이곳에 있는가 라는 본질적인 물음의 느닷없음 같은 것

314

은 아니었을까. 촛불이 꺼졌다. 불분명한 빛이 거두어진 탁자는 한결 안정되고 가라앉아 보였고 무대를 향한 그의 실루엣은 다시 낯익은 모습이 되었다. 그렇다면 갑자기 길게 솟아오르던 불꽃 속에서 본 가면과도 같은, 아니 가면의 속살 같은 얼굴은 단순히 낯설음이었나. 자신의 얼굴 역시 그러하리라. 십 년, 십오 년 전에는 전혀 상상할 수 없었던 얼굴. 그러나 누군들 미래에 부착할 자신의 얼굴을 알아볼 수 있겠는가. 정애는 희서와 자신을 둘러싼, 실루엣으로밖에 드러내보이지 않는 어둠과 귀를 찢는 소음에 남몰래 안도감을 느꼈다.

"담배 한 대만 나눠주시겠어요?"

누군가 다가온 기척에 정애는 무대로부터 눈을 돌렸다. 그리고는 옆에 와 선 여자에게 탁자 위의 담뱃갑을 내밀었다. 그녀가 익숙한 손짓으로 한 개비를 빼었다. 짙은 화장에도 불구하고 그녀는 스무 살을 넘어 보이지 않았다.

"촛불이 다 탔군요. 어둡지 않으세요? 불 갖다놓으라고 부탁할게요."

희서가 마땅치 않은 표정으로 피우던 담배를 세게 눌러 껐다. 그녀는 곧 정애네 탁자를 떠났다. 흰 블라우스 밑에 받쳐입은, 엉덩이께에서 풍성히 주름잡은 검은 바지는 춤추기 좋게 무릎 위에서 졸라매게 되어 있었다. 그것은 정애에게 어린 시절에 대한 어렴풋한 향수를 불러일으켰다. 운동회 날, 여자 아이들은 검은 블루머를 입었다. 학교 앞 문방구에서 구입하기로 되어 있는, 광목에 염색한 블루머는 물에 젖으면 곧장 검은 물빛으로 풀렸다. 운동회 날에는 항상 비가 내렸고 서둘러 차일을 걷은 운동회의 끝, 아이들은 다리에 줄줄이 검은 물감을 들이며 초라하게 젖어 돌아오곤 했었다. 오래 전, 학교에 있던 늙은 소사가 용으로 승천하기 직전의 구렁이를 죽여 용 못 된 구렁이의 한(恨)이 행사 때의 비 내리는 심술로 나타나는 것이라고 했다. 때문에 아이들은 소풍이나 운동회 전날이면 어른들의 꾸지람을 들으면서도 밤늦게까지 들창을 열어 하늘을 보고, 잠결에도 별이 떴는가를 묻곤 했다. 조바심으로 신새벽에 눈이 떠지면 수채에 쪼그리고 앉아 오줌을 누면서 고개를 발딱 젖혀 희미하게 빛바래어가는 새벽별들을 보고야 안심이 되었었다.

웨이터가 촛불을 가져와 등갓 밑에 끼웠다. 탁자가 불그레한 빛으로 밝아졌다. 쉴새없이 움직이는 불빛으로 반원의 무대는 빙글빙글 돌고 있는 느낌을 불러일으켰다. 때로 그것은 무대를 수천 조각으로 쪼개며 한 줄기 섬광으로 번득이곤 했다. 찰나의 빛 속에 창백하게 드러난 경해의 얼굴이 이켠을 향해 입을 한껏 벌리고 웃었다. 정애와 희서에게 올라오기를 채근하며 내뻗은 손을 빛의 작두가 잘라 어둠 속에 던져넣었다. 어둠 속에서 다시금 살아난 외로운 몸짓들은 은박지처럼 토막토막 빛의 무덤으로 사라진다. 정애는 탁자 밑으로 손을 내려 살며시 시계를 보았다. 아홉시였다. 밤 시간은 빨리도 흘렀다. 조바심을 하는 게 아니라 단지 밤 외출 습관이 들어 있지 않기 때문이라고 정애는 스스로 타일렀다.

호텔의 회전문을 나서자 기다렸다는 듯 찬바람이 매몰차게 달려들었다. 남자들은 황급히 코트 깃을 올려 목덜미로 감기는 찬바람을 막았다.

택시를 타기 위해 승차장에 줄을 서며 정애는 또다시 시계를 보았다. 열시 십오분, 아이들은 잠들었을까. 줄은 길었고 택시는 이따금 생각난 듯 한 대씩 와 멎었다.

"어디 가서 차나 한잔 마시고 헤어집시다."

어쩌다가 와닿는 택시와 한없이 늘어선 긴 줄을, 고개를 빼어 기웃거리며 헤아려보던 희서가 뒤에 선 일행에게 말했다.

"그래, 경해 씨 집으로 가. 옛날처럼 아직 거기 살아요?"

어깨를 한껏 오그리고 서 있던 인수가 깜짝 반색을 했다.

"거기라뇨?"

"학교 아래 파랑대문 집 있잖아요."

파랑대문 집은 경해가 방을 빌려 자취하던 집이었다. 서너 명이 둘러앉기에도 옹색한 그 방에서 그들은 꽤 자주 커피를 마시곤 했었다. 유별하게 추운 날이면 따뜻한 방바닥에서 궁둥이를 떼지 않고 마냥 버티다가 솜씨를 부린 저녁을 얻어먹은 적도 여러 번이었다. 학보사 동료였던 그들 누구에게나 손윗누이처럼 스스럼없고 마음씀이 넉넉했던 경해였지만 그래도 그 모든 수고가 희서를 위한 것이 아니었을까, 정애는 속으로 생각하곤 했다. 그들 중 희서가 가장 딱한 처지였기 때문은 아니었다. 정애의 일방적인, 그리고 남모를 관심이 온통 희서에게 향해 있었던 때문이었다.

"별로 그러고 싶지는 않은데 …."

그러면서도 경해는 도리없이 고개를 끄덕였다.

"나도 이젠 한 시절 다 보냈나봐. 옛날 얘기만 꺼내면 맥 못 추니. 허지만 딱 커피 한 잔뿐이에요."

돌아가야 할 시간이라는 것을, 두고 온 아이들, 그리곤 자신이 고수해온 생활 궤도를 이탈한다는 데 대한 일말의 불안이 스멀거렸지만 정애는 내색하지 않았다. 정애로서는 십여 년 만에 만난 옛 친구들이었고 그것은 옛말에도 이르듯 강산도 변하게 하는 긴 세월이었다. 일행이 다섯 명이었으므로 택시 두 대에 분승을 해야 했다. 택시가 닿자 먼저 문일과 정애, 희서가 올라탔다. 경해는 몇 번이나 아파트의 동, 호수를 되풀이해서 일러주었다. 경해의 아파트는 정릉에 있었다.

"그냥 각자 집에 가는 게 어때? 번거롭잖아? 이제 주저앉으면 길어진다구."

고가도로를 내려올 즈음 문일이 불쑥 내뱉었다. 정애도 마침 일이 쉬이 끝나지 않으리라는 것을 예감하던 터였다. 누구든 한잔의 차(茶)가 절실한 것은 아니리라. 그러면서도 정애는 문일의 말을 못 들은 체 창 밖을 바라보았다. 흐릿하게 돋아난 별빛을 죽이며 더 찬란하게 떠 있는 불빛들을 바라보았다.

"잠깐 앉았다나 가지 뭘."

앞자리에 앉은 회서가 한참 후에 느릿느릿 대답했다. 아무래도 상관없지만 집에 급히 들어가느니 아무데서건 시간을 보내는 것이 나으리라는 투의, 별다른 기대도, 흥미도 느껴지지 않는 음성이었다.

정애는 새삼, 자신이 동승한 그들에 대해 지니고 있는 것은 십 년도 더 전 어느 시절에 대한 기억뿐이라는 것을 생각했다. 이십대에서 삼십대에 걸쳐진 십 년이란 군대 마치고 직장 잡아 결혼해서 아이를 한둘 낳는 과정, 보이지 않는 손이 쳐놓은 금을 벗어나지 않으려 애쓰며 조심스레 살아온 과정이라는 것이 확연하면서도 그들에 대해서는 현재의 삶의 형태가 전혀 상상이 되지 않는 건 함께 지낸 시간의 기억을 그녀 자신이 너무도 생생히 간직하고 있기 때문일 것이다.

이 늦은 밤, 아이들을 잠재우고, 문단속을 단단히 하고, 출장지에서 걸려올 남편의 전화를 기다리고 있어야 마땅할 관행을 파기하고 어딘지 종잡을 수 없는 방향으로 달리는 택시에 실려가는 것은, 그렇게 자신을 내맡기고 있는 것은, 그들과 더불어 공유했던 어느 한 공간을 재현해보고자 하는 욕망인가 그리움인가. 삶은 이미 복습의 과제를 요구하지 않는다는 평범한 진리를 모르는 어리석음 탓인가.

"종강했지?"

318

문일이 희서에게 말을 건넸다.

"응, 두 집은 했고 한 집은 이번 주 중에 끝나."

"대체 일주일에 몇 시간 뛰냐?"

"스물네 시간."

희서가 제풀에 쿡 웃었다. 정애가 희서를 본 것은 정확히 십삼 년 전이었다. 그는 그때 졸업을 일 년 앞두고 입대했다. 선택과 망설임의 여지가 없었던 일이긴 했으나 햇빛 들지 않는 문과대학 별관 4층 구석방인 학보사에서 의자를 잇대놓고 숙식을 해결해야 하는 가난도 더 이상 버텨낼 수 없었으리라. 그 무렵의 학교는 흡사 봄의 황사 현상, 꽃피는 계절이면 도지는 열병처럼 기억된다. 최루탄 가스로 벌겋게 젖은 눈에, 학교 뒷산의 만개한 복사꽃은 또 얼마나 무심히 고와 눈물겨웠던가.

경해의 아파트는 12층의 끝이었다. 문은 잠겨 있었다.

"여기가 정릉인가. 이 구석이 이렇게 달라질 줄 누가 알았나. 계곡 중턱쯤일 거야, 그 전엔 소풍이나 오던 덴데."

통로의 난간에 기대어 임립한 고층 아파트의 대단지를 바라보며 희서가 탄성을 질렀다. 차고 황량한 산바람이 사정없이 불어와 코트 자락을 펄럭였다. 뒷차를 타고 곧 따라오마던 경해와 인수는 좀체 오지 않았다.

"혹시 호수를 잘못 안 거 아니오?"

"아뇨, 내가 외고 왔는데요."

정애가 문일에게 손바닥에 쓴 동, 호수를 내보였다.

통로에 면한 이웃집 창문이 잠깐 열리다가 탁 소리내어 닫혔다. 현관문 앞의, 여럿이 어울린 발소리와 두런대는 말소리에 신경쓰였나 보았다.

"둘이 딴 데로 가버린 건 아닌가?"

"그럴 가능성도 배제할 순 없지."

경해나 인수 모두 걸릴 것 없는 독신이라는 것을 염두에 둔 말이겠지만 그 말에 대꾸라도 하듯 경해가 엘리베이터를 막 빠져나오고 있었다. 그 뒤에 종이 봉투를 한아름 안은 인수가 따라 내렸다.

경해가 열쇠를 꺼내 문을 열고 스위치를 올렸다. 서너 평은 될 듯한 거실은 간소하지만 깨끗이 정돈되어 있었다. 막연히 짐작했던, 옷가지나 책, 찻잔 따위가 어지러이 널린 예의 무질서한 생활의 흔적은 보이지 않았다. 그것은 아마, 옛날 그녀의 자취방의 인상에서 비롯된 짐작일 터였다. 자신은 그때의 시간만을 고스란히 지니고 있는데 모두들 변해 버렸다. 정애는 시간이 자기만을 홀로 남겨둔 채 그들 모두를 싣고 흘러간다는 외로움과 묘한 배반감을 느꼈다.

경해는 석유 스토브의 불을 피웠다.

"난방이 시원칠 않아서 추워요. 사람 불러다가 손을 봐야지 하면서도 귀찮아서."

"사람 훈기가 없어서 그런 게 아닌가?"

인수의 말에 대꾸 없이 경해는 방으로 들어갔다.

"정애, 여기 전화 있어. 쓸 일 있으면 쓰라구."

반쯤 열린 방문 안쪽에서 경해의 목소리가 들렸다. 경해는 옷을 갈아입고 있었다. 번호판을 돌리려다 말고 정애는 수화기를 내려놓았다.

"전화 걸어두는 게 마음 편하지 않아?"

필시 아이들과 남편을 염두에 둔 말이거니 생각했으나 정애는 굳이 남편이 출장중이라거나 함께 사는 친정 어머니는 귀가 절벽이어서 전화벨 소리도 듣지 못한다는 말을 해야 할 필요는 느끼지 않았다. 이즘 들어 어머니의 난청 현상은 더욱 심해졌다. 주의를 주었음에도 아이들은 번번이, 전화기가 뒤집힐 만큼 요란히 울려

대는 벨 소리나 부저 소리를 전혀 듣지 못하는 어머니에게 대놓고 할머니는 귀머거리라고 떠들었다. 그래도 알아듣지 못하는 어머니는 뜻없는 웃음만 지었다.

"왜 그동안 그렇게 꼼짝 안 했어? 우리끼리는 그래도 정기적으로 모임을 가진 셈인데…. 연락은 받고 있었겠지?"

경해가 새삼스럽게 정색한 어조로 물었다.

"애 낳고 살림 살고…그렇게 지냈죠. 그래도 정 선배가 쓰는 기사는 많이 읽었어요."

정애는 마치 철옹성 속에 자신을 가두고 살아온 듯이 돌이켜보여지는 지난 세월들을 생각하며 희미하게 웃어보였다. 여전히 올려다보아야 하는 키, 넓은 어깨, 당당하고 거침없는 태도——때론 정애에게 거부감을 느끼게 하던——의 경해는 정애의 1년 선배였고, 지금은 여성지의 기자로 근무하고 있었다. 정애는 경해의 이름으로 나오는 잠입 르포 기사나 벽지, 외딴 섬에서 사는 사람들의 이상스러운 풍속을 다룬 특별 취재 기사를 읽은 적이 있었다.

"이상해, 비운 집에 이렇게 먼지가 쌓여."

경해가 화장대 위의 먼지를 습관적인 손짓으로 닦아내며 탄식하듯 말했다.

"검은색 가구에는 워낙 그래요. 당할 도리가 없어요. 걸레질하고 뒤돌아보면 금방 부옇게 내려앉는걸요."

"난 회사에 나가 있으면서도 가끔 빈집에 소리 없이 내리는 먼지를 생각하면 섬뜩해져. 먼지라는 건 무언가 삭아가고 낡아간다는 흔적 아냐?"

경해는 거울을 보며 혼잣말처럼 중얼거렸다.

'딱 차 한잔만'이라던 다짐과는 달리 상은 푸짐했다. 인수가 안고 들어온 봉지 속에서 이 홉들이 소주 네 병이 나오고 그중 두 병이 금시 비워졌다. 전작이 있던 터여서 술이 쉽게 오르는 것 같았다. 모두 얼굴이 토마토 빛깔로 익었으나 인수만은 점점 더 창백해졌다.

"007가방 하나 들고 동서남북 뛰더라고, 그래서 네가 혹시 간첩이 아니냐고 묻더라."

희서의 말에 문일이, 그렇다고 대답하지 그랬냐 하며 하하 웃었다. 거의 보랏빛에 가까운 북청색 와이셔츠와 커프스 버튼, 고급스러운 벨트 따위로 문일은 중년의 바람둥이처럼 보였다. 그의 인생의 진로를 결정케 한 것은 다름아닌 릴케 선생이었노라고, 문일은 어느 해인가 경해가 가져온 오징어를 안주삼아 학보사에서 소주를 마실 때 수줍게 토로한 적이 있었다. 외과의인 그의 부친은 그에게 의대에 가기를 강요했으나 그는 가슴에 품은 〈젊은 시인에게 보내는 편지〉 한 통으로 맞서 싸우기로 이미 굳게 결심한 터였다. 그 결과 그는 고집 불통인 부친과 의절하다시피해서 곤궁한 대학 시절을 보냈다. '지금이라도 의사 공부를 시작하겠다면'이라는 전제를 항상 놓지 않는 그의 부친은 칼과 코란을 양손에 쥔 마호메트와 다를 바 없었지만 그의 태도 역시 순교자처럼 완강했다. 무엇을 위한 싸움이었을까. 정애가 그에게 무얼 하고 지내느냐고 물었을 때 그는 술먹는 게 '일'이라면서 H실업 섬유 수출부의 명함을 한 장 건네주었었다.

딩동, 현관에서 벨 소리가 울렸다. 그들은 먹고 마시던 손을 놓고 의아한 얼굴로 현관께를 바라보았다.

"아니, 열두시 넘어 처녀 방문 두드리는 게 누구야."

"이런 관계도 있었군."

경해는 짐작가는 바가 있는지 놀란 빛도 없이 느릿느릿 일어나 문을 열었다. 열린 문 사이로 바구니와 짧은 퍼머머리에 눈이 큰 여자의 얼굴이 동시에 나타나 재빨리 안을 훑었다.

"손님 오신 것 같아서, 마침 과일이 많길래 가져왔어."

322

곧 문이 닫혔다.

"꽤 섹시해 보이는데. 밤에 보는 여자라 그런가."

"너무 시끄럽다는 완곡한 항의가 아니오?"

바구니에는 갓 씻은 듯 물기맺힌 사과와 귤이 가득 담겨 있었다. 경해가 칼과 접시를 내왔다. 과일을 깎으며 경해가 말했다.

"옆집 사는데 이혼하고 딸 둘뿐이야. 남편이었던 사람이 워낙 바람둥이여서 남자라면 치를 떨어요. 어쩌다 가까워졌는데, 나랑 서로 의지하고 살재. 아예 살림을 합치자고도 하고. 위자료로 한 재산 받아내어 돈 걱정은 없다나. 살림은 자기가 할 테니 날더러는 재미삼아 직장 다니고 용돈이나 벌래요."

"거 참 괜찮군 그래. 경해 씨 생각은 어때요?"

인수가 킬킬 웃으며 이죽였으나 경해는 정색을 하고 대꾸했다.

"머잖아 서로 짐으로 느낄 것 같아서요. 끝낼 땐 어떻게 마침표를 찍죠? 시작도 하기 전에 끝을 보아버린 느낌이라.... 그게 항상 망조이긴 하지만...."

"그래, 다 겉멋으로 겉늙어서 그렇다구."

"그렇다면 인수 씨는 왜 아직 총각을 못 면하죠?"

"나야 자유 때문이지."

인수가 거침없이 대답했다. 대학 시절을 시작(詩作)노트를 끼고 다녀 김 시인(金詩人)이란 별호를 진작 얻어두었음에도 아직 무명 시인이라 했고 자신은 영원한 시인, 영원한 낭인(浪人)으로 불리기를 바란다고 했다. 희고 곱살하던 얼굴이 한층 작고 누르끄름해진 데다 머리가 벗어지기 시작하는 그는 경해와 함께 아직 독신을 고수하고 있다. 트럭 몰고 꽃철따라 옮겨다니며 벌통 놓고 사는 게 소원이라고 했다. 거칠 것 없이 살며 노래하는 새처럼 시를 쓰겠노라고 했다.

"어디서 많이 본 풍경인데?"

희서가 고개를 갸웃했다.

"미국 영화겠지 뭘."

문일이 무릎을 치며 껄껄 웃었다. 정애는 술이 몹시 취해옴을 느꼈다. 이렇게까지 술을 마셔본 적이 없었다고 생각하면서도 빈틈이 없이 채워지는 잔의 술을 마다 않고 마셨다. 불안 때문인지도 몰랐다. 두시가 지난 시각이었다. 몹시 어지럽고 속이 뒤집힐 듯 울렁거렸다. 소화되지 않은 술 탓이었다. 정애는 자꾸 헛놓이는 다리를 가누며 화장실로 들어갔다. 손가락을 입에 넣어 토하고 나니 속이 조금 가라앉았다. 양치질을 하고 손을 씻고서도 정애는 한동안 그대로 서 있었다. 욕실 창으로 맞은편 동(棟)의 꼭대기층 불빛 밝힌 창이 눈에 들어왔던 것이다. 계단등마저 모조리 꺼버려 거대한 괴물처럼 껌껌이 엎드린 건물에 홀로 허공에 매달린 듯 떠 있는 불빛은 어두운 밤 강물에 흐르는 꽃불, 혹은 별처럼 느껴졌다. 어디선가 물 흐르는 소리가 들렸다. 벽을 타고 물소리와 함께 가느다란 노랫소리도 들려오고 있었다. 그 어떤 안타까움이 새벽에 이르도록 잠 못 이루게 하는 걸까. 정애는 퍼뜩 현관문으로 빼꼼 내밀었다 사라진, 눈이 크고 어딘가 신경질적으로 보이던 젊은 여자의 얼굴을 떠올렸다.

술도 담배도 떨어졌다. 게다가 새벽 세시였다. 설혹 술과 담배와 이야깃거리가 풍성하다 하더라도 새벽 세시란 밤샘꾼들에게는, 진작 돌아갈 걸 하는 후회를 낳는 시간이었다.

"벌써 이렇게 되었나? 일어들 납시다."

상 밑을 더듬어 술병을 찾던 희서가 더 이상 남은 술이 없음을 알고는 문득 시계를 보았다.

"안 돼. 지금 들어가면 마누라한테 혼나. 단잠 깨웠다구 보통 신경질을 부리는 게 아냐. 일찍 들어오지 못할 바엔 차라리 날샌 다음에 들어오래. 불면증이 심해서 새벽에야 겨우 잠이 들거든."

문일이 겁먹은 표정을 지으며 손을 내저었다. 회서는 공허하게 웃었다. 일주일 전 자궁 적출 수술을 받은 그의 아내는 종합병원 병실에서 역시 자궁을 떼어낸 네 명의 여자들과 함께 누워 있었다. 자궁암의 진단을 받고도, 그리고 수술실로 들어가면서도 의연한 태도를 잃지 않던 아내는 막상 수술이 성공적으로 끝나고 위기를 넘기자 어린애가 되었다. 잠시라도 그가 보이지 않으면 찾으며 불안해했다. 저 여자는 남편이 외아들인데 첫딸 낳고 수술을 받았대요. 이제 스물일곱 살이라는데 안됐어요. 오늘도 시어머니가 와서 한참 언짢은 소릴 해서 저렇게 내내 울고 있어요. 난 아무렇지도 않아요. 여자가 자궁 수술을 받으면 남자들이 바람을 피운다면서요. 허지만 난 이렇게 살아난 게 기뻐요. 서른한 살의 나이에 아이가 없는, 평생 자식을 낳아볼 희망도 없어진 아내는 남의 말 하듯 소곤대다가 옆으로 돌아누워 소리내어 울었었다. 임신 중절로 입은 상처의 세포가 돌연변이로 발달해서 암으로 진행하는 수도 있다고 담당 의사는 말했다. 그가 공부를 마칠 때까지는 아이를 갖지 말자는 것은 아내의 의견이었다. 그러나 결혼 후에도 계속 병원 간호원으로 근무하여 아내는 세 번이나 중절 수술을 받았다.

"생각나요, 회서 씨? …그때 김 국장 원고 받으러 H신문사에 갈 때 말예요."

벽에 기대앉아 조는 듯 눈감고 있던 회서가 무겁게 눈꺼풀을 밀어올렸다. 그리고는 애매하게 고개를 끄덕였다. 그랬었던가. 그랬 겠지. 그런데 턱 쳐들고 자꾸 따지듯 물어대는 저 여자가 누구더라. 옳지, 정애라고 그랬지, 국문과 애였어. 비로소 먼 세월 저쪽에서 동그랗고 주근깨가 많던 얼굴을 떠올리며 회서는 생각했다. 변했군. 무섭게 변했어.

'새애애애는 노래하는 의미도 모오르면서' 어쩌구 흥얼거리던 인수가 상을 치며 모로 쓰러졌다. 상 위의 빈 병과 잔들이 쏟아졌다.

"취했어요."

경해가 상을 밀어놓고 엎질러진 재떨이며 접시들을 치우는 동안
정애는 방석을 접어 인수의 머리에 베어 주었다. 그의 손이 잠결엔
듯 머리를 받친 그녀의 손을 그러안는 시늉으로 잠시 허공에서 허
부적거렸다.

"술에 곯아서 많이 망가졌어."

문일이 걱정스러운 눈길로 인수를 내려다보았다. 희서는 벽에
기대앉은 자세 그대로 눈을 감은 채 대꾸가 없었다.

네시군. 일어나야지. 경해 씨도 눈을 좀 붙여야 출근할 테니. 문
일이 중얼거리는 소리에 희서는 비로소 눈을 뜨고 대꾸했다.

"네시 반 되면 일어나자구. 시내 나가 해장국이나 한 그릇씩 먹
고 나면 집에 들어가긴 꼭 알맞은 시간이 될걸."

"그렇게 해요. 지금 나가면 차도 못 잡고 고생만 해요."

경해도 만류했다. 인수는 추운가 보았다. 고르지 않은 숨소리를
내며 잔뜩 몸을 구부렸다. 경해가 담요를 내와 인수의 몸 위에 덮
어주었다.

바람이 와릉와릉 창을 뒤흔들며 지나갔다.

"고층이라 그래. 빗소리도 훨씬 가깝게 들려. 바람부는 날엔 꼭
풍랑 이는 바다에 떠 있는 기분이야. 그렇게 가끔 외롭고 참담한
기분이 든다는 뜻이야. 일요일이나 휴가 때 집에 있으면 하루종일
전화 벨 소리 한번 안 울려. 열쇠로 문 열고 어두운 집에 들어서는
일은 좀처럼 익숙해지질 않아."

귓바퀴에서 이명처럼 웅웅대는 경해의 목소리를 들으며 정애는
자신이 흔히 풍랑 이는 바다를 헤쳐가는 것으로 비유되는 인생살
이를 노저어 갈 힘이 없어 일찌감치 결혼으로 피신해버린 것이 아
니었는가 생각했다. 그녀가 대학 졸업 후 들어간 직장의 아래층에

326

남편의 사무실이 있었다. 어느 날, 퇴근 길에서였다. 승강기의 숫자가 11을 가리키고는 깜깜하게 불이 나갔다. 정전이었는지 고장이었는지는 지금도 확실히 알 수 없었다. 어둠과 네모난 상자 속에 완벽하게 갇혀버렸다는 의식이 시간 감각을 마비시켰다. 11층의 허공에 매달린 채 이대로 죽을지도 모른다는 불안이 구체적으로 목을 죄어올 즈음 그들 중의 누군가가 맨손으로 문을 열기 위한 시도를 했고 그것은 성공이었다. 그것이 남편과의 첫 만남이었다. 십 년을 함께 살아오면서 남편은 상궤를 벗어난 초인적인 힘을 보여준 적은 없었다. 그런 기회가 없었던 것인지도 몰랐다. 그러나 정애의 의식 밑바닥에 깔린 것은 남편의 무서운 힘이었다. 결국 자신은 맨손으로 승강기의 문을, 그 완강히 닫힌 문을 여는 그의 힘에 의지해서 결혼을 한 게 아니었을까.

네시 반이 되자 그들은 일어났다. 문일이 인수를 흔들어 깨우자 그는 어디지? 핏발 선 눈으로 두릿두릿 둘러보다가 다시 눈을 감았다. 문일이 재차 흔들어 일으켜 세웠다. 야단맞은 아이처럼 풀이 죽어 목을 늘이고 있는 인수에게 경해가 코트를 입히고 머플러를 단단히 둘러주었다.

밤이 끔찍이 긴 겨울날이었다. 새벽이라지만 날이 밝기까지에는 꽤 긴 시간이 남아 있다는 것을 그들은 알고 있었다.

그들이 현관문을 나서 통로를 지날 즈음 옆집 문이 열리고 가운 차림의 여자가 소리없이 빠져나와 그들이 방금 나온 문을 열고 들어섰다.

"웬 패들이야?"

"옛날 친구들."

방석들과 상을 벽 한쪽으로 주섬주섬 치우던 경해가 입을 크게 벌리고 하품을 했다.

"지독한 사람들. 이제 다 갔지? 이 담배 연기 좀 봐."

경해는 창문을 열었다. 담배 연기가 운무처럼 뿌옇게 흘러나갔다.

"어서 들어오잖구 뭘 해? 잠도 안 오고 심란해서 목욕하고 머리 감고, 별짓 다 했어."

가운을 벗어던지고 침대 속에 들어간 여자가 벌거벗은 상체를 일으키며 경해를 불렀다.

"아침 출근하는 길로 취재 떠나야 돼. 나 눈 좀 붙이게 해줘."

"어서 들어오라니까."

성난 고양이처럼 가르랑대는, 성마른 채근을 들으며 경해는 현관과 마루, 켜져 있는 목욕탕의 전등 스위치를 차례로 눌러 껐다.

승강기는 가동되지 않았다. 불꺼진 승강기의 단추를 헛되이 누르며 정애는 문득 맞은편 동을 바라보았다. 깊은 밤, 욕실 창문으로, 눈물어린 빛처럼 느껴지던 불빛이 생각났던 것이다. 여전히 불빛은 환하게 떠 있었다.

희서가 성냥을 그어 승강기 통로 벽의 안내문을 읽었다. '24:00시부터 05:00시까지는 승강기 운행이 정지됩니다.'

"비상 계단으로 내려가는 수밖에 없겠군. 여기가 몇 층이오?"

"십이층이에요."

보안등마저 꺼버린 층계가 그들의 발 밑에 시커멓게 입을 벌리고 있었다. 하늘은 어둡고 동이 틀 기미는 보이지 않았다. 아직 잠과 술에서 깨어나지 못한 인수는 걸음이 불안정했다.

"발 밑 조심하세요."

정애는 인수의 팔을 잡아 부축하며 계단을 하나씩 밟았다.

"깜깜 절벽이군."

가끔 희서는 투덜대며 성냥불을 그어 발 밑을 살폈다. 불은 짧게 타오르다 이내 사그라들었다. 정애는 층계참마다 잠깐씩 발을

328

멈춰 창을 통해 맞은편 동의 불빛을 바라보았다. 자신이 지면을 향해 한 층 한 층 층계를 내려갈수록 그것은 홀로 더 높이 떠오르는 듯 보였다. 마지막 계단을 내려와 지상에 이르렀을 때 그것은 홀연히 사라졌다.

"어둡군."

혼잣말처럼 중얼대는 희서의 말을 문일이 받았다.

"곧 날이 샐 테니까."

택시는 보이지 않았다. 새벽 공기는 칼날처럼 비정했다. 문일이 몇 차례 재채기를 했다. 인수는 장난처럼 우둘우둘 떨고 있었다.

차를 잡기 위해 큰길을 따라 내려가며 정애는 주변을 살펴보았다. 정릉이라면 어릴 때 할머니와 물맞으러 오던 곳이었다. 단오절이면 할머니는 청수(淸水)를 찾아 노구메를 지어 치성을 드리고 철이른 물맞이를 하곤 했었다. 어느 해던가, 계곡에서 신을 잃은 적이 있었다. 떠내려간 신을 쫓아 꽤 아래까지 물길을 따라갔던 할머니가 빈 손으로 돌아와 성난 목소리로 그 신발, 마저 벗어라, 하고는 남은 한쪽 신을 벗겨 마저 물에 떠내려 보냈다. 신을 잃으면 그 신의 임자가 죽는 것이라고, 그러니 남은 것마저 버려야 한다는 것이었다. 그래서 어둑어둑 산그늘지는 계곡을 정애는 맨발로 울며 걸어 내려왔던 것이다. 그때의 그 멀고, 부끄러웠던 길, 얼룩덜룩한 헝겊으로 무섭게 치장한 그 늙은 당산나무가 서 있던 길은 지금의 어디쯤일까.

"걔 말야."

로터리에서 마악 왼쪽으로 꺾어지는 앞차를 보고 있던 희서가 불쑥 말했다.

"누구?"

앞자리의 문일이 뒤를 돌아보았다.

"정애였지? 우리야 어쩌다 하는 짓이지만 외박하고 새벽에 들어가도 괜찮은 형편인가? 술도 꽤 마시던데."

"인생 작파해버릴 각오라면 무슨 짓을 못해. 하긴 벌써 결단났을지도 모르지. 난 처음엔 못 알아봤다구. 그게 언제야. 학교 때 보고 처음인걸. 여자란 무섭게 변해."

뒷자리 안쪽에 고개를 박고 비스듬히 앉은 인수가 노래를 흥얼거렸다. 새애애애는 노래하는 의미도 모오르면서어⋯. 차에 올라앉자 새삼스레 취기가 되살아나는 모양이었다.

"계속 새 타령이군. 집이 어디야?"

희서가 인수를 흔들며 귀에 대고 물었다.

"영등포, 영등포를 아시나요."

완연히 혀 꼬부라진 소리였다. 앞좌석 등받이에 고개를 박고 아예 눈을 감고 있었다.

"요샌 뭘 한대?"

"엉터리 번역을 윤문하는 일로 밥을 먹는대. 트럭살 돈 모일 때까지만 한다지만 그게 벌써 십 년이야."

문일이 어처구니없다는 듯 헛헛 웃었다.

희서를 서대문에서 내려놓고 신촌으로 달리는 동안 문일은 잠깐 망설였다. 희서가 앉았던 자리까지 차지하고 아예 모로 누워버린 인수가 걸리는 것이다. 그러나 외박하고 들어가는 새벽에 더욱이 반갑잖은 취객을 달고 들어갈 경우의 아내의 얼굴을 상상하기는 어렵지 않았다. 불청객의 잠자리를 마련하기 위해 잠든 아이들을 옮겨 뉘며 등뒤로 사납게 눈을 흘길 것이다.

택시가 연세대학 앞을 지날 때 그는 간단히 마음의 결정을 보았다. 사람에겐 귀소 본능이 있다. 인수가 제아무리 동가숙 서가식하는 형편의 떠돌이라지만 여관은 뭣하라고 있는 덴가. 더욱이 곧 아침이 될 것이다. 미터기를 들여다보고 영등포까지의 요금을 어림

계산해서 운전사에게 돈을 건넸다.

"이 손님, 영등포까지 모셔다 드리쇼."

동네는 아직 짙은 어둠에 묻혀 있었다. 골목에 들어서 오줌을 누며 문일은 손톱 같은 하현달이 걸린 하늘을 올려다보았다. 별이 몇 개 떠 있었다. 그것은 동극 무대에서 은종이를 오려붙인 별처럼 흐릿하게 깜박였다. 어릴 때의 그 쏟아지듯 눈등에 내려앉던 별빛이 아니었다. 세월이 흐를수록 별 보는 일도 힘들어지는구나, 중얼거리면서 문일은 으쓱 몸을 떨고 지퍼를 올렸다.

택시에서 내린 희서는 병원으로 가기 위해 곧장 길을 건넜다. 병원 정문으로부터 빨간 경보등을 켠 앰뷸런스가 요란한 소리로 빠져나오고 있었다.

그는 산과 병동으로 들어섰다. 입원실이 있는 병동은 출입문이 따로 있었지만 새벽의 차고 매운 바람을 조금 피해볼 요량이었던 것이다. 산과 병동과 마주보는 그곳은 복도로 이어져 있었다. 택시에서 방금 내린 임부가, 새벽 잠자리에서 막 쫓겨난 듯 부시시한 사내의 부축을 받으며 들어왔다. 알 밴 게처럼 어기적거리는 여자는 두어 걸음 폭마다 주질러앉는 시늉을 하고 남자는 그때마다 조금 참아, 조금만 참으라니까, 무력하기 짝이 없는 말만 내뱉었다. 진통하는 비명 소리, 아기 우는 소리가 뒤섞여 들렸다. 밤새도록 계속되었을 그 소리들은 서로 신음하고 격려하여 밤의 깊디깊은 막을 한꺼풀씩 벗겨내고 있는 성도 싶었다. 산과 병동을 벗어날 때까지도 그 소리들은 희서의 귓가에서 끈질기게 맴돌았다. 아내의 수술에 대해 자신이 지나치게 과민해져 있는 탓이라고, 머리를 흔들었다.

아내의 입원실은 3층 끝방이었다. 층계를 올라서자 막바로 불빛 밝은 간호원실이 나타났다. 간호원이 엎드려 잠을 자고 있는 책상 위에, 셀로판지에 싸인 프리지아 한 다발이 보였다.

희서는 아내의 입원실에 가기 전에 자동 판매대에서 커피를 한 잔 뽑아 마셨다. 방열기 덜컹대는 소리가 들렸다. 스팀이 들어오는 시간이었다. 낡고 오래 된 건물은 난방이 시원치 않았다. 밤이 되면 춥다고, 담요 한 장을 갖다 달라던 아내의 말이 생각났다. 스팀이 들어와도 창문이 많고 수시로 문이 여닫기는 대기실에는 온기가 없었다. 희서는 종이컵을 구겨 휴지통에 넣고는 입원실 앞 나무 의자에 앉았다. 아내는 문 안쪽에서 곤히 자고 있을까. 피로가 걷잡을 수 없이 밀려왔다. 지난 일주일 동안 그는 아내의 침대 옆에 마련된 간이 침상에서 새우잠을 잤다. 죽음에서 간신히 빠져나온 아내가 원했기 때문이었다. 방금 그가 지나온 맞은편 산과 병동으로부터 아련히 들려오는, 종잡을 수 없는 소리들은 불면과 피로로 날카로워진 신경을 톱날처럼 긁어대었다.

그는 딱딱한 나무 의자에 팔을 베고 모로 누웠다. 도망치듯 슬며시 빠져나가 밤새 돌아오지 않는 그를 기다리고 있을 아내를 떠올리며 코트를 벗어 덮고 잔뜩 몸을 웅크렸다. 곧 날이 새고 회진하는 의사와 간호원들, 꽃을 든 문병객들로 장마당처럼 시끄러워지리라는 것을, 만족스럽고 충분한 수면이 되지 못하리라는 것을 알면서도 어쩔 수 없이 불안한 잠에 빠져들어갔다.

초인종을 눌렀으나 대문 안쪽에서는 아무런 기척이 없었다. 부질없는 짓이라고 생각하면서도 정애는 혹시 안에서 불빛이 비칠지도 모른다는 기대로 초인종에서 손을 떼지 않았다. 발자취에 귀를 세운 동네 개들이 짖어대기 시작했다. 그녀는 더 이상 누르기를 단념하고 대문에서 물러나 서성거리기 시작했다. 하이힐 속에서 꽁꽁 얼어 감각이 없어진 발가락들을 녹이기 위해서였다. 하릴없이 서성이는 그녀의 앞을 신문 배달 소년이 뛰어가고 새벽 강의를 듣기 위해서인 듯 가방을 든 학생들이 지나갔다. 따르릉, 따르릉 우유 배달 자전거가 지나갔다. 하늘에는 머잖아 희미하게 사위어갈 별들이 힘겹게 깜박이고 있었다. 새벽별 같은 보배. 유년주일학교 시절이었던가, 처음으로 그 노래를 불렀을 때는 정말 맑고 환한 별 하나가 가슴에 내려앉는 것 같았었다. 그런데 그것은 어느결에 차고 녹슨 파편 조각으로 가슴 깊이 박혀 있을 뿐이다. 전에는 사는 일이 두려움뿐이더니 이제는 부끄러움뿐이다.

골목에 면한 집들의 창문 하나에 불이 켜졌다. 새벽밥을 짓는가, 물 트는 소리, 그릇 달그락거리는 소리와 함께 움직이는 사람의 모습이 어른거렸다.

정애는 다시금 대문 앞으로 돌아와 초인종을 눌렀다. 두 번, 세 번, 네 번. 집안에서 연이어 울리는 소리가 이렇게 불길하고 다급한데 귀가 절벽인 어머니는 듣지 못하는 것이다. 귀 먼 어머니는 새벽잠 또한 깊어 벼락을 쳐도 깨지 못한다는 것을 알면서도 초인종에서 손을 떼지 않았다. 동네 개들이 일제히 미친 듯 짖어대고 어느 집에선가 드르륵, 유리문 여는 소리가 거칠게 들렸다.

파 로 호

단애의 끝에 호수가 있다. 산을 깎아낸 길 아래, 가파른 벼랑 끝의 호수는 그릇에 담긴 물처럼 고요하다. 만산홍엽(滿山紅葉). 지는 잎들이 깊고 푸른 물 위에 색종이처럼 후르르후르르 떨어져내린다. 오르막길에서 차는 변속 기어를 넣고, 귀에 먹먹한 귀울음이 오며 호수가 또 한차례 까무룩히 내려앉는다. 버스가 급커브를 트는 바람에 가슴팍까지 고개를 묻고 잠들었던 옆자리의 김 선생이 눈을 떴다. 크게 기지개를 켜고 발 밑에 떨어진 등산모를 주워 머리에 얹었다. 그리고는 습관적인 손짓으로 티셔츠 왼쪽 가슴을 쓸어보고, 점퍼 주머니를 훑다가 낙심한 낯으로 은단갑을 꺼내 입에 털어넣었다. 혜순과 눈이 마주치자 변명하듯 씩 웃었다. 그는 금연 훈련중이었다. 이른 아침 버스 터미널에서 안개로 뿌옇게 젖은 얼굴로 인사를 나눈 이래 그는 줄곧 껌을 씹고 뭔가 찾아쥐려는 욕구로 쉴새없이 손을 비비고 손마디를 꺾던 터였다. 혜순은 그러한 그에게 언젠가 신문에서 읽은 금연자를 위한 충고──흡연의 욕구를 느낄 때마다 냉수를 한 컵씩 마셔서 골수에 밴 니코틴을 희석시키라는──를 친절히 일러주고 싶었다. 물로 씻겨지고 맑아지는 것이 니코틴뿐이랴. 물의 순정성, 정화작용을 혜순은 알고 있었다.

잠이 오지 않는 밤이면 혜순은 물을 마시곤 했었다. 석회질이 많은 물을 병에 받아놓고 앙금을 가려앉혀 습관적으로 마셔댔다. 물이 목까지 차올라 구역질이 날 지경이면 소금을 집어먹었다. 그 찝찔한 맛에 안도감이 왔다. 불안이 사라졌다. 유리병 속의 물을 다 비우고 나면 몸 속에서 투명한 물소리가 나는 듯했다. 물을 많이 마신 다음 날 아침이면 얼굴이 부석부석 부어올라 자신의 것이 아닌 듯 낯설어 보였다. 끊임없이 비워내고 씻어내지 않으면 안 될 듯한 절박감은 무엇이었을까. 끊임없이 물 마시고 소금 집어먹는 행위로 무엇으로부터 사면받기를 바랐던 것일까.

양구행 시외버스는 이른 시각 탓인지 고작 네댓 명의 승객을 태우고 드물게 취락지를 낀 신간도로를 달리고 있었다.

"군용도로라 그래요. 비상시에는 조명탄 구실을 하지요."

일정한 간격으로 길가에 세워진, 검은 콜타르를 입힌 원두막 모양의 구조물을 유심히 바라보는 혜순에게 김 선생이 말짱 잠깬 어조로 설명했다. 전쟁이 터졌을 때, 혹은 적기의 소재를 파악하기 위해 구조물 자체가 연료가 되어 타며 빛을 내거나 봉화 구실을 하는 것이리라, 혜순은 속으로 김 선생의 말을 헤아렸다.

"지루하지 않으십니까? 생각보다 먼 길이지요?"

"괜찮아요. 길도 좋고…. 뜻밖에 단풍 구경을 하게 되네요."

혜순이 웃으며 고개를 저었다. 그녀는 지금 파로호를 찾아가는 길이었다. 평화의 댐 기초공사를 위해 물을 뺀 퇴수지(退水地)에서 선사시대 문화층이 발견되었다는 지방 신문의 기사와 함께 게재된 흑백사진 ──바닥을 드러낸 거대한 호수의 황량한 모습, 그 호수 뒤켠의 멀고 흐린 산의 능선── 에 몹시 마음이 끌렸다. 그녀를 사로잡은 것은 이를테면 '텅 빈 충만함'이라고나 해야 할 막연하고 추상적인 느낌이었다. 아주 오래 전 남편 병언과 함께 가본 적이 있었던 장소라는 것이 더욱 그러한 느낌을 부채질한 것인지도 몰랐다. '고대사 규명의 귀중한 자료'라든가 '한강문화 뿌리의 재조명' '국내 최대의 구석기 유적〉 등등 학계와 저널리즘의 관심사와는 무관한 개인적인 갈증이었다.

김 선생은 표구점과 수석의 수집 판매를 겸한 가게의 주인으로 병언의 오랜 친구이기도 했다. 아는 사람들은 그를 향토학자라 대접해 부르기도 했다. 지난 주 미국에 있는 아이들이 그려보낸 그림 —— 보고 싶은 엄마 얼굴이라는 제목과, 겨울이 되기 전에 돌아오세요. 막상 그릴려니 엄마 얼굴이 떠오르지 않아 사진을 보고 그렸어요, 라는 추신을 붙인 ——을 표구하기 위해 혜순이 김 선생의 가게로 들렀었다. 그때 김 선생이 일간 파로호에 돌을 찾으러 갈 생각이라는 말을 듣고는 동행을 부탁했던 것이다.

줄곧 산을 끼고 달려온 끝에 들어선 작은 시가지에서 버스는 잠시 멈춰서고 두 명의 승객을 태웠다.

"야, 약방에 가서 잘 듣는 진통제 한 알 사오고 커피 한잔 뽑아다줘. 이빨이 쑤셔서 죽겠다."

운전사가 창 밖으로 목을 빼어 간이 매표소의 처녀에게 소리쳤다. 열린 시야로 들어오는 것은 길가에 면해 늘어선 한식집들과 화강암의 3층탑, 그 너머 툭 트인 너른 벌이었다.

"이게 아마 고려 중기 때 것일 겁니다. 지방문화재 몇 호던가?"

김 선생이 눈앞에 바짝 다가든 탑을 가리키며 말했다. 혜순이 아, 그런가요 꽤 큰 가람이 있었던 게지요 라고 대답했으나 탑이라면 다보탑은 여성미의 극치요, 석가탑은 남성미의 표현이라는 국민학교 교과서식의 지식밖에 갖추지 못한 그녀의 눈에 그것은 별다른 특징없는 하나의 탑일 뿐이었다.

"지난 주말엔 운주사에 갔었지요. 와불(臥佛)이 볼 만하더군요. 눈이라는 게 마음과 다르지 않은 건지 주먹 같은 돌멩이도 부처라니 부처로 보이고 서너 개씩 쌓아놓고 탑이라니 또 탑으로 보입디다. 우리나라 사람들의 근원 정서랄까 심성이랄까 하는 것이 굳이 말하자면 돌을 쌓는 그런 습관화된 행위로 드러나는 게 아닙니까. 길을 지나다 돌을 주우면 반드시 다른 돌 위에 그것을 얹으며 소원을 빌지요. 나그네의 마음에 잠시 깃들인 소망도 탑이 되고 부처가 되는 겁니다. 오는 길엔 몇 군데 마애불도 둘러보았지요. 남쪽으로 가면 볼 만한 마애불이 꽤 있습니다. 옛사람들은 거대한 암벽에 이미 부처가 들어 있다고 생각했기 때문에 마애불을 새기는 것은 불필요하게 부처를 가린 부분들을 제거하는 것이었지요. 따라서 그 일을 하게 되는 것은 뛰어난 재능과 기술을 가진 석공보다 돌에 깃든 부처를 볼 수 있는 돈독한 불심을 가진 자, 청정한 마음의 소유자라야 했지요."

김 선생의 말에서 혜순은 독학자의 다변과 과시욕을 느끼며 실은 그의 다변이 자신과 동행하는 거북스러움, 불편함을 지우고자 하는 노력이 아닌가 하는 생각이 퍼뜩 스쳐갔다. 아니 오히려 금연 중에 찾아오는 금단 현상이 아니었을까. 주머니를 더듬고, 입술을 문지르는 분주한 손놀림, 줄곧 떠들어대지 않으면 안 되는 조바심과 안타까움.

끊임없이 말하고자 하는 욕구와 이윽고 찾아오는 텅 빈 공백 상태. 사용되지 못한 말들은, 그것이 지칭하는, 지시하고 가리키는 사물들은 텅 빈 뇌 속에서 화석처럼 굳어갔고 혜순은 자신의 사유와 세계라는 것이 얼마나 말의 질서 위에 세워져 있었던가를 참혹하게 깨닫곤 했었다. 입은 언제나 말하고자 하는 욕구로 벌어져 있고 귀는 미풍에도 쫑긋거리고 눈은 항상 의심쩍게 번쩍였다. 뇌의 회백질 속에서 굳어가는 것은 말이 아니라 말로써 표상되는 그 모든 것, 꿈 혹은 열망이라 해야 하지 않았을까.

약을 사러 간 매표소 처녀는 돌아오지 않고 운전사는 시동을 끄지 않은 채 통증을 참느라 지그시 이를 물고 오만상을 찌푸려 연신 길 쪽을 바라보고 있었다. 십분 이상 버스가 움직이지 않는데도 승객들 중 불평하는 사람은 없었다. 혜순이 자리에서 일어났다. 운전사가 금방 떠날 텐데 어딜 가느냐고 볼멘소리를 내뱉었다.

"금방 올라올게요. 잠깐 바람쐬려구요."

혜순의 대꾸에 그는 필시 변소를 찾는 게라고 짐작했던지 더 이상 말하지 않았다.

늦가을 볕은 닫힌 차창을 통해 보는 것만큼 따사롭지 않았다. 햇살은 얇고 투명한 유리조각같이 미세한 빛의 떨림으로 눈꺼풀에 얹혔다. 밝은 햇살 속에 서릿발이 든 듯 차갑고 투명한 느낌이 드는 것은 줄곧 굽이굽이 산길을 거치는 동안 골진 곳마다 뭉클뭉클 피어올라 산과 길과 나무를, 모든 형체 있는 것들을 아뜩아뜩 눈앞에서 지워버리던 안개의 기억 때문일 것이다. 김 선생의 말대로 고려 중기의 것이라거나 지방문화재임을 알리는 표지판도 없이 덩그라니 선 탑의 뒤 빈터에는 쇠전이 서는지 군데군데 말뚝이 박혀 있었다. 탑의 좌우로 길을 따라 이름만 연쇄점이니 슈퍼니 붙였을 뿐 지붕의 무게(오히려 세월의 무게라고 해야 옳지 않을까)를 이기지 못해 기우뚱하게 일그러진 낡은 한옥의 앞면과 옆면의 벽을 털어내고 여닫이문을 달아 개조한 점방들은 옛날 혜순이 피난 시절을 보냈던 저잣거리와 다를 바 없이 낙후된 모습이었다. 잡화점과 한약방, 여인숙, 중국집 그리고 우중충한 화강암의 탑은 그 옛 풍경, 비와 바람과 햇빛, 또한 젖은 재처럼 고요한 시간의 마모 속으로 수긋이 어우러들며 서 있었다.

이런 아침, 태어나면서부터 변함없이 되풀이되었고 새롭게 시작되었던 아침, 졸린 눈을 비비며 아침 속으로 걸어나가면 소음과 빛으로 가득찬 세상이 있었다. 자신의 아이들이 그러하듯 아, 소리지르고 싶어, 소리 지르고 싶어, 힘찬 피돌기를 뚫고 터져나올 의미없는 부르짖음과 탄성이 준비되어 있던 때. 집 밖으로 나서는 것은 확실히 약속되어진 길, 미래의 세상으로 나아가는 길이었다. 지금 그녀는 지난날 기다렸던 숱한 내일에 도달해 있다. 다만 새로이 맞는 아침을, 문 밖의 세상을 더 이상 미래라고 서슴없이 말할 수 없을 뿐이다. 꿈을 꾸지 않기 위해──거짓 위안과 자기 연민에서 도피하고자──이를 악물고 잠든 다음날에는 몹시 관자놀이가 아팠다.

혜순이 4년여에 걸친 미국 생활에서 돌아온 지난 늦봄, 처음 한 것은 지하철 역구내에 마련된 즉석 사진 촬영소에 들어가 사진을 찍은 일이었다. 시간을 다투어 사진을 필요로 하는 일은 없었다. 평소 혜순은 즉석 사진을 찍는 사람들에 대해 묘한 선입관을 갖고 있었다. 실직, 빈곤, 다급한 생활의 요구, 부랑의 분위기 따위가 즉석 촬영소의 커튼을 들추고 나오는 사람의 어색해하는 표정에 어려 있는 듯 보였다. 그것은 공중전화에 매달려 쉼없이 동전을 넣어가며 다이얼을 바꾸어 돌리는 사람을 볼 때의 느낌과 비슷한 것이었다. 어디든 발붙이려 애쓰는, 소식을 기다리고 일자리를 기다리는 불운한 사람들. 가판대에서 신문을 사서 구인 광고를 꼼꼼히 읽은 뒤 즉석 사진을 찍어 언제든 안주머니에 준비되어 있는 이력서에 붙인 뒤 초조히 우체부를 기다릴 것이다. 그리고 값싸고 품위없는 공문서용의 노란 봉투 속에 넣어져 배달되어진 정중한 거절의 문면.

혜순은 흘긋거리며 지나치는 사람들의 눈길을 의식하며 (그것은 약간의 쑥스러움과 부끄러움을 수반한다는 점에서 길가 공중변소를 들어가는 기분과 흡사했다) 촬영소로 들어갔다. 상반신만 가리게 되어 있는 비닐 커튼을 꼭 닫아 치고 검은 거울면을 마주한 뒤 안내문의 지시에 따라 의자를 회전시켜 똑바로 앉아 머리 끝이 거울 위쪽의 붉은 선에 닿도록 정확히 맞추었다. 동전 2천 5백 원을 넣어 표정을 잡은 다음 시선을 거울 속 자신의 입술에 두고 버튼을 눌렀다. 플래시가 4초 간격으로 두 번 터지므로 두 가지 표정을 만들 수 있다는 친절한 조언에 따라 4초 안에 재빨리 표정을 바꾸었다. 아무도 보는 사람이 없다는 사실이 두 번째 표정을 악마처럼 지어보고 싶다는 충동을 불러일으켰다. 안내문의 지시에 따라 자세를 취하는 일, 곧 인화되어 나타나리라는 기대를 깔고 검은 거울면을 향해 미소짓는 일은 어색했으나 혜순은 지시대로 버튼을 누르고 처음에는 부드러운 미소를, 두 번째에는 악마처럼 이를 드러내고 눈을 부릅떴다. 역시 지시대로 차분히 3분 50초를 기다려 빠져나온 사진을 말렸다. 사진 속의 얼굴은 붓고 윤곽이 흐리게 퍼져보였다. 표정을 선택할 수 있다는 조언에 충실히 따르고 있었으나 표정을 지으려고 애쓰는, 그리고 표정의 선택에 대한 순간적인 망설임이 사진에 나타나 있었다.

돌아왔다는 자기 증명, 확인이 그토록 필요했던 것일까. 쓰일 데가 없는 사진을 지갑에 넣고 혜순은 버스를 바꿔타고 전철을 갈아타며 하염없이 돌아다녔다. 마치 경작할 자기의 땅을 둘러보는 농부처럼. 그처럼 신실하고 성실하게, 충실한 시민으로 가판대에서 신문을 사고 요행을 바라고 올림픽 복권을 샀다. 그것은 더 이상 자신이 떠돌이가 아니라는 것을 스스로에게 끊임없이 주지시키는 행위였으리라. 그러면서도 시차극복이 안 된 듯한 어정쩡한 상태에 매달려 있었다. 계속되었다기보다 매달려 있었다는 것이 옳은 말이었다. 낙하가 두려운 다이빙 선수처럼 스스로에게 가한 유예.

약봉지를 든 매표소 처녀가 숨이 턱에 차서 뛰어오는 모습이 보였다.

"야 임마, 기다리다 날 저물겠다. 약을 만들어갖고 오냐."

운전사가 고함을 쳤다.

"아저씨두 참, 오늘 일요일이잖아요. 문 연 데를 찾아 아랫동네까지 갔었다구요."

처녀가 퉁퉁 부은 목소리로 대꾸하며 종이컵과 약봉지를 내밀었다.

"월명리 버스는 떠났어요, 십분 전에."

낭패한 낯으로 다음 차시간을 묻는 그들에게 매표소 직원은 턱짓으로 밖에 내걸린 배차시간표를 가리켰다. 월명리행 버스는 오전 오후 두 차례 있을 뿐으로 다음 차시간은 오후 3시였다. 산간 오지 마을 사람들이 읍내에 나와 볼일을 보고 돌아갈 수 있는 시간을 빠듯이 잡아 배려한 최소한의 편의였다.

짧은 가을해에 오후 3시차를 기다리며 시간을 보낼 수는 없는 일이었다. 게다가 돌아오는 시간도 생각해야 했다. 호수가 생겨 원래의 도로가 물 속에 잠겨버린 후 유적지가 있는 상무룡리까지 육로가 없었다. 주민들이 주로 호수의 물길을 따라 배를 이용했기 때문이었다. 물이 빠져 배를 쓸 수 없게 된 지금, 월명리 버스를 탄다 해도 큰길에서 내려 호수 바닥 길을 근 두어 시간 걸어야 하리라고 김 선생이 말했다. 근처 음식점에서 설렁탕으로 때이른 점심을 마치고 그들은 택시를 탔다. 그 구석에 들어갔다 오면 세차를 해야 하고 운나쁘면 진흙구덩이에 빠져 옴짝달싹 못한다고 내켜하지 않는 늙수그레한 운전사에게 왕복대절 요금 외에 세차비를 얹어주기로 합의를 보았다.

읍을 벗어나자 인가는 뜸해지고 대신 군부대의 시멘트 담과 철책 너머 퀀셋이 자주 눈에 띄었다. 간혹 '작전수행'이니 '운전교습'이니 하는 깃발을 단 군용차량이 헤드라이트를 밝히고 줄지어 지나가고 완전무장한 군인들이 행군해 갔다. 그때마다 택시는 길 옆에 비켜서서 그들이 다 지나갈 때를 기다려야 했다.

"이쪽으로는 통 발전이 안 되는군요. 뵈는 건 군인들뿐이고⋯."

"수복지구인 데다 접적지역이라 심리적 불안도 있고…통일이
되면 달라지겠지요. …옛날엔 진상미가 나던 평야였답니다. 지금
은 태반이 수몰되어버렸지만."

김 선생이 탄식하듯 중얼거렸다.

차는 국도를 버리고 왼쪽 샛길로 접어들었다. 길게 자란 마른
풀더미 사이에 숨은 듯 국도에서는 보이지 않던 좁다란 비포장길
이었다. 길 아래로 물빠진 수몰지의 꼬리 부분이 가무룩이 드러나
기 시작했다.

"저걸 보세요."

김 선생의 손끝을 따라 혜순이 시선을 옮겼다. 멀리 골짜기의
바닥, 아직 물이 얕게 흐르고 있는 호수의 하구에 줄지어 트럭들이
움직이고 있었다.

"트럭 말씀이세요?"

"아니 그건 평화의 댐 축조에 쓸 골재를 파가는 거고…. 저 돌
들 보세요."

김 선생의 손끝이 가리키는 곳에는 거대한 돌덩이들이 반쯤 물
에 잠긴 채 드문드문 늘어서 있었다. 실화 속의 이무기처럼, 혹은
고생대의 생물이 두꺼운 지층을 뚫고 홀연히 몸을 일으키는 것 같
기도 했다.

"이번에 드러난 지석묘군이군요."

혜순이 낮게 감탄사를 내뱉었다. 인간에겐 누구나 영원을 사모
하는 마음이 있고 그것이 바로 종교성이라던가.

"아마 이만한 벌이면, 그리고 지석묘군의 규모로 보아 인구 1, 2
천 정도의 성읍국가가 있었다고 봐야 하겠지요."

"우리 어릴 땐 저런 돌들이 수태 있었습지요. 어른들은 저녁 잡
숫고 난 뒤 바람쐬러 나와 앉고 사시사철 애들 놀이터였구요. 지금
와서는 그게 옛날 사람들 무덤이니 제단이니 하고 대단한 유물이

라고 떠들지만 그때야 뭐 그저 엄청 큰 돌덩이였지요. 노인네들은 그 돌이 마고할미의 장사 아들이 힘자랑 하느라 들어다놓은 것이라고 말씀하시곤 했지만요. 다 사변 전의 얘기지요. 그것도 도로공사 때 묻혀버리고 말았다던가…. 그런데 무슨 일로 상무룡리 골짜기를 들어가십니까? 조사 나가시는 건가요? 물도 없는데 낚시질이 목적이 아니고야 외지인이 군이 들어가 볼 만한 것이 있겠습니까?"

운전사가 백미러로 뒷자리의 김 선생과 혜순을 바라보며 물었다.

"돌을 찾아다닙니다."

"돌? 돌이라니요. 돌 연구가세요?"

김 선생이 대꾸없이 허허 웃었다.

차는 비탈길을 조심스레 내려가기 시작했다. 그때까지 드문드문 보이던 울긋불긋한 슬레이트 지붕들이 문득 사라지고 시루떡 켜처럼 밑둥을 드러낸 산들이 드넓은 개활지 위에 띄엄띄엄 솟아 있을 뿐이었다. 산은 단풍으로 무너지듯 붉은데 산중턱마다 만수위(滿水位)의 흔적이 상처처럼 산을 헐어내고 있었다. 비탈길을 다 내려가자 호수를 에워싼 산을 따라 신작로가 나타났다. 수몰되기 전 양구와 화천을 잇던 도로로 왜정 때 목탄버스와 승합마차가 다니던 길이라고 운전사가 설명을 했다. 그 신작로의 양켠으로 허리를 잘린 나무들이 일정한 간격으로 회백색 뼈처럼 돋아 있었다.

"물 채우기 전에 잘라버린 미루나무 가로수예요. 저기 불룩하게 돋운 곳은 곡창 함춘벌의 논둑이지요. …발전소도 좋지만 그 좋은 땅들을 다 물 속에 처넣어버렸어요. …저기 주춧돌이 보이죠? 소학교 자리이고 저쪽으로는 지서가 있었지요."

이 고장 출신으로 젊어 십 년을 빼고는 양구를 떠난 적이 없다는 운전사는 수몰되기 전 어릴 적의 기억을 더듬으며 눈에 띄는 작은 흔적마다 설명을 늘어놓았다. 정작 그가 태어난 마을은 물 속에 잠겨 지명조차 사라졌다고 했다. 벌과 마을과 길. 물 밑으로 사십여 년의 시간 속에 침전된 것들. 사라진 마을. 사라진 삶들. 김 선생에게는 모처럼 드러난 옛 강줄기에서 새로운 돌을 찾으리라는 목적이 있다. 그녀 자신에게는 무엇을 보려, 찾으려는 요구가 있었던 것일까. 그 어떤 간절함이, 갈증이 물 마른 호수로 이끌었던 것일까.

차가 지나가는 옛 신작로 양켠으로 키를 넘는 마른 옥수숫대가 숲을 이루었다. 바람에 마른 잎들이 스산히 흔들리며 우수수 빗소리를 내었다.

몇 차례인가 골짜기와 등성이를 넘어 퇴수지 안쪽 깊숙이 들어가자 마을이 나타났다. 불시에 맞딱뜨린 낯익은 풍경에 혜순이 아, 낮게 탄성을 내며 눈을 가늘게 떴다.

"여기가 상무룡리입니다. 파로호의 끝이지요."

운전사의 말이 아니더라도 더 이상 갈 수 없는 산밑 동네였다. 다섯시에 다시 모시러 오겠노라는 말을 남기고 운전사가 차를 돌려 나간 뒤 그들은 마을의 고샅길로 들어섰다. 마을 사람들을 만나 발굴단이 일하고 있는 장소를 확인하기 위해서였다. 마을 초입에서, 낯선 손에 대한 본능적인 경계심으로서 몇 차례 컹컹 짖으며 내닫던 누런 개 두 마리가 꼬리를 사리고 싱겁게 물러섰다.

산 높직이 올라앉은 흰색 단층 건물. 창문에 큼직이 써붙인 '나라 사랑'의 표어. 그리고 게양대의 태극기와 새마을기. 흰색 분교 건물을 중심으로 기억 속의 장소와 시간이 윤곽을 드러내었다. 혜순은 기억 속의 밑그림과 현재의 풍경을 일치시키려 애썼다. 그것은 마치 조각나고 흩어진 파편들을 모아 복원시키려는 노력과 같았다. 그러면서 기억과 실체의 거리에 놀라고 있었다. 그것은 세월이라는 것일까, 변화라는 것일까. 물가의 집과 자드락길들이 산중턱에 덜렁 올라앉은 모습도 기이하고 어설펐으나 무엇보다도 산을 담아 그림자로 내비치던 물이 사라졌기 때문일 것이다. 병언이 앉아 낚시질을 하던 좌대 역시 높직이 올라와 아이들이 널뛰기를 하고 고무신짝 같은 쪽배가 그 곁에 엎어져 있는데 그들이 묵었던 집은 초입에서부터 두 번째 집이었는지 세 번째 집이었는지 기억이 확실하지 않았다.

근 7년 전의 가을 혜순은, 근무하던 학교에 병가를 내고 병언과 이곳으로 와서 일주일을 묵은 적이 있었다. 배를 타고 물길을 거슬러왔던 것이다. 분교를 정점으로 하여 산자락을 따라 이십여 호의 집들이 자리잡고 자연부락을 이룬 곳이었다. 이곳 사람들은 수몰선 위 산비탈에 밭을 일구고 호수에서 고기를 낚거나 내수호를 찾아오는 외지 낚시꾼들에게 식사와 숙소를 제공하는 것으로 살아갔다. 하루걸이로 댐으로부터 발동선이 올라와 호수에서 잡은 얼음치, 열목어, 쏘가리 따위를 사갔다. 그들이 묵었던 집, 밤마다 고통스럽게 해소기침을 해대던 노인은 돌아갔을까. 새벽녘 귓가에서 찰박대는 물소리에 눈을 떠보면 병언이 곁에 없었다. 들창문을 열고 내다보면 두꺼운 방한복을 입고 좌대에 앉아 낚싯대를 드리운 병언의 웅크린 모습이 카바이트 불빛에 비쳐보이곤 했다. 해뜨기 직전의 추위를 이기느라 찬합 뚜껑에 소주를 따라 마시는 달그락 소리가 들리기도 했다. 혜순은 그대로 들창을 연 채 새벽이 오는 것을 바라보았다. 수면이 희미하게 차츰 부풀어오르며 그 고요함 속에 물발이 서듯 수초가 일어서고 산빛이 차츰 엷어졌다. 물가의 새벽은 믿을 수 없이 고요했다. 물에서 피어오르는 안개가 자욱이 골짜기를 메우고 물에 뜬 산은 그대로 물따라 흐르는 듯 보였다. 밤새 물에서 기어나와 사르락대며 돌아다니던 조개들은 미처 물속에 숨기 전 자욱이 내려앉은 흰새 떼에게 살을 앗기고 빈 껍질만 남았다. 안개가 채 걷히지 않은 이른 아침 아이들은 가랑잎 같은 배를 저어 학교로 갔다. 두어 차례 그들은 호수를 건너 맞은편

346

산으로 간 적이 있었다. 쪽배를 풀어 물 가운데로 들면 물 밑으로 길길이 자라 뿌리없이 떠서 흐느적거리는 수초와 잠수함처럼 몸을 숨겨 느릿느릿 헤엄치는 싯누런 잉어들을 볼 수 있었다. 잔 물결에도 배는 위태롭게 흔들리고 혜순은 노를 젓는 그에게도 이런 불안이 있을까 탐색하듯 병언을 건너다보았다. 혜순은 그때 임신중이어서 날카롭고 사나운 신경상태였다. 이미 세 번째 아이여서 새로운 경험은 아니었지만 새끼를 가진 암컷의 본능──자신 밖의 모든 것에 대한 적대감과 경계심, 동시에 터무니없는 깊은 연민과 부드러움──에 의해 모호하고 복잡한 고립감과 고독감에 빠져 있었다. 그러나 이 모든 불안과 위구심에도 불구하고 뱃속의 아이란 그를 포태한 어미에게 어떤 의미든 주술일 수밖에 없는 모양이었다. 가랑잎 같은 배로 깊은 물을 건너는 불안에서 아이는 안전한 닻이 되어 주었다.

그곳에서의 마지막 날 새벽, 혜순이 맨발인 채 졸음이 가시지 않은 눈을 비비며 병언이 있는 곳으로 내려갔을 때 그는 조금 몸을 움직여 자리를 내주며 충혈된 눈으로 물가의 한 지점을 가리켰다. 열댓 걸음 정도 떨어진 곳에서, 그들이 묵고 있는 집의 딸──학령기가 넘었음에도 학교에 가지 못하는 벙어리 소녀──이 연신 허리를 굽혔다 폈다 하며 물 밖으로 나온 조개를 주워 던져넣고 있었다. 새에게 쪼아 먹힐까 걱정이 되어 하는 짓으로 아침마다 혜순 역시 보던 것이었다. 제 또래의 아이들이 학교에 간 뒤 종일 혼자 집주위를 맴돌며 노는 아이는 그 소리없음으로 인해 그림자처럼 부피도 무게도 느껴지지 않아 물가에 있으면 물에서 태어난 듯, 나무 밑에 있으면 나무에서 태어난 듯 생각되어졌다. 옛노래를 생각했어. 병언이 소녀에게서 눈을 떼지 않으며 말했다. 가을강 적막하여 어룡도 잠드는데, 가을 바람 맞으며 누각에 선 사람이여. 어릴 때 할아버지가 늘 부르시던 창(唱)의 한 구절인데 문득 떠올라 귓전에서 사라지질 않는군. 병언은 서툴게 창 가락을 흉내내며 뽑아보다가 멋쩍게 얼굴을 쓸었다. 어룡(魚龍)이라는 건 추분이 되면 물 속에 들어가 깊은 잠에 드는 용을 칭하는 것이라고 덧붙여 말했다. 그 고요한 새벽, 잠든 용의 숨결처럼 부드럽게 부풀어 오르는 호수와 말없는 소녀가 가닿은 아득함이 그에게 불현듯 어릴 적의 옛노래를 상기시킨 것일까. 보이지 않는 곳에 무언가 있으리라는 환상과 기대로 자신의 앞에 놓인 막막함과 좌절감을 이겨보려 한 것일까. 그에겐 필사적으로 찾아낸 방법이었으리라. 병언이 재직하던 고등학교 사회과 교사직에서 일방적인 발길질로 영문도 모르고 쫓겨난 이후——아무도 왜 병언과 다른 두 명의 젊은 교사가 해직당해야 하는지 이유를 말해주지 않았다——병언의 고통은 꽤 오랫동안 사람을 기피하는 증상으로 나타났다. 마주 앉아 친근히 이야기를 나누던 상대방이 갑자기 낯색과 어조를 바꾸어 느닷없이 따귀를 치거나 얼굴에 가래침을 뱉을지도 모른다든가 하는 종류의 공포와 피해의식 때문이었다. 대체로 언동이 눈에 띄지 않고 착실한 교사인 그에게 학교 당국이 편의상 우회적으로 붙인 죄명, 즉 무능교사의 굴욕감과 수치심에서 병언이 벗어나게 된 것은 다른 두 교사의 전력 덕분이었다. 그들은 수업시간중의 과격한 체제 비난 발언으로 자술서를 쓴 적이 있었던 것이다. 병언의 경우는 재단측과 학교와의 파벌 싸움이나, 상부의 지시에 따라 머릿수를 채우기 위한 만만한 희생양일 가능성도 있다고 혜순은 속으로 생각했으나 병언은 자주, 나는 운이 좋은 편이었어, 라고 스스로를 위안하곤 했다. 한밤중 부부가 영장도 없이 잡혀가 빈 집에 혼자 남겨진 아기가 잠에서 깨어 온밤에 울며 집 안팎을 기어다니다가 상처투성이로 기진했다든가, 수업중 끌려간 후 소식이 없는 남편을 찾아 아침마다 교문 앞에 나타나는 동료 교사의 부인 등을 말하며 그런 끔찍한 불운을 아슬아슬하게 비켜간 것에 다행스러워하기까지 했다.

집들은 빗장이 질리거나 대문을 돌로 지질러놓은 채 비어 있었다. 좌대에서 놀고 있던 아이들이, 어른들은 모두 밭에 나갔다고 소리쳐 일러주었다.

"일단 이쪽으로 내려가 보십시다."

김 선생이 앞장서 걸었다. 위에서 내려다본 때와는 달리 발바닥에 와닿는 땅에서는 만만찮은 도전감과 저항감이 느껴졌다. 퇴적로는 입자가 곱고 단단하여 발을 뗄 적마다 발자국이 새발자국처럼 앝고 희미하게 찍혔다. 텅 빈 땅에 누가 굳이 잡초의 씨를 뿌릴 리 없건만 쑥부쟁이, 망초, 갈대들이 자라 씨를 맺으며 시들고 있었다. 바람에 불려온 씨가 싹틔운 것이리라. 냉이와 질경이는 땅 속에서 뿌리를 얽어 흙을 굳히고 개미와 땅강아지들이 죽은 조개껍질과 텅 빈 고둥의 몸 속으로 분주히 기어다녔다.

"우리가 지금 물 속을 가는 거지요?"

거리가 가늠이 안 되는 곳까지 남편의 친구라는 어정쩡한 관계인 김 선생과 함께 가야 한다는 일이, 또한 퇴수지로 들어서면서부터 감지된 그의 침묵이 버겁게 느껴져 혜순이 짐짓 하아하아 숨가쁜 표정을 지으며 말했다.

"네댓 길은 넘을 테니 물 속이라도 한참 물 속이지요."

빈 들을 싸안고 개울이 이어지고 있었다. 호수에 물이 가득 담겨 있을 때도 제 길을 흐트림없이 뒤섞임없이 고집스레 흐르던 물길이었다. 바람을 피한 양지 쪽에 엎드려 밭을 갈던 사람들이 문득 허리를 펴고 그 돌을 물끄러미 바라보았다. 버린 듯 무심히 펼쳐진 김장건이 배추밭도 드문드문 눈에 띄었다. 김 선생이 부부인 듯한 그들에게 다가가 길을 물었다.

"그저 물따라 쭈욱 가세유. 가다 보면 나무로 엮은 다리가 나옵니다. 그 다리 건너 등성이를 올라가면 그 사람들 일하는 데가 보여요. 옛날 사람들이 살던 데라나, …온통 언덕빼기를 헤집어 쓸데없는 돌들을 캐느라고 가으내 고생들 합니다. 테레비에서두 찍어가구 신문에도 크게 났더만 우리야 뭐 압니까? 그저 돌멩이들이지요. 여기서 오 리 남짓 될 겁니다. 이승만 박사 별장 바로 아래일 거요."

키가 작고 머리가 벗어진 중년 사내는 마침 쉴 참이었던 듯 담배를 한 대 피워물며 친절히 설명해 주었다.

가을해는 짧고 더욱이 산골은 밤이 빠르다. 햇살은 밝은데 벌써 산그늘이 불안하게 어리고, 바람결이 세어지고 있었다. 빈 들에 북쪽에서 띄운 삐라가 들풀만큼이나 흔하게 울긋불긋 깔려 있었다. 김 선생이 허리를 굽혀 두어 장 집어 읽는 시늉을 하다가 구겨 던졌다.

"피차 꽃씨를 이렇게 띄워보내도 시원찮을 텐데. 집의 아이들은 또 뭐라고 하면서 평화의 댐 성금을 가져갔는지 아십니까? 평화를 위한 한 삽의 시멘트, 한 장의 벽돌 값이라나요, 양쪽 다 미친 짓들이고 유례없는 낭비, 소모예요. 참 병언이는 이번 겨울에 돌아오겠지요? 대학 쪽에 자리를 얻게 됩니까? 정치학을 전공한다더니 …."

김 선생의 잇단 물음에 혜순의 얼굴이 굳어졌다. 주위 사람들은 미리 논문을 끝내지 못한 병언보다 혜순이 한발 앞질러 귀국하여 자리를 잡은 거라고 알고 있었다. 논문을 마치는 대로 병언이 돌아올 것을 의심치 않았다. 그러나 그는 돌아가지 않겠노라고 못박아 말하지 않았던가. 다만 돌아가기를 원하는 혜순에게 정액 수표를 끊듯 6개월 시한을 잘라 약속했을 뿐이었다. 6개월 정도면 혜순이 앓고 있는(그는 부적응증이라고 말했지만) 향수병의 정체와 그 허상을 알리라 했다. 어느새 그는 그들 가족이 처음 미국에 갔을 때 만난 친구가 들려주던 말을 그대로 토해내게 되었다. 그는 유학생으로 왔다가 조그만 햄버거 가게 주인이 된 친구였다. 왕년에 공부 안해 본 사람 있냐. 쎄고쎈 게 정치학 박사인데 누가 알아줘? 머리 터지게 공부해서 학위증을 받는다 해서 뭐 달라지는 게 있냐. 허지만 거액의 복권이 당첨되면 단박 신분이 달라지지. 여긴 그런 사회야. 돈이 있으면 개도 멍첨지라는 말이 한국에만 있는 게 아냐. 어투와 제스처까지 닮아 있었다.

그렇게 닮아버리는 데 4년은 충분히 긴 세월이었다.

"전공은 컴퓨터 사이언스로 바꿨어요. 그쪽이 직업을 얻는 데 낫다고들 하더군요."

혜순은 대답하기 애매한 앞의 질문은 묵살해버렸다. 병언은 혜순이 돌아가겠노라는 결심을 굽히지 않자, 그때까지의 그가 늘상 혜순에게 해왔던 표정——당신은 왜 그렇게 적응력이 없는가. 이곳 생활에 대한 거부감은 당신의 허위의식에서 비롯된 것일 수도 있다 라는 비난——을 지우고 정색을 했다. 그리고 한국에 돌아간 후의 일에 대해 어떤 계획을 갖고 있는가를 물었다. 표면적으로는 살아가는 일에 대한 염려였으나 기실 그것은 가정을 떠나면서까지, 그리고 어렵게 이룬 생활과 맞바꿀 만한 것이 무엇인가. 어떤 새로움이 가능하겠는가 라는 힐난이었다. 자신과 아이들은 결코 돌아갈 의사가 없다는 말이기도 했다. 가능하다면 소설을 쓰고 싶어요. 혜순의 대답이 뜻밖이었던 듯 그는 소설? 되묻고는 묘한 웃음을 지어보였다. 그래요, 어렵겠지만 소설을 쓰려고 해요. 혜순은 그의 웃음에 반발하듯 고집스럽게 되풀이했다. 자기 자신에게 조차 막연하고 확신이 없었던 생각이 그리도 쉽게 서슴없이 나와버린 데 대해 스스로 놀라고 있었다.

미국에서 사는 동안 오직 그녀는 낯선 땅에서 아이들을 기르고 살아야 한다는 짐승 같은 본능과 불안에 시달려왔고 그 이전 십년 동안은 중학교 국어교사로서 단정하고 아름다운, 규범적인 시와 산문을 문학이라 가르치고 집과 일터를 바쁘게 오가며 여념없이 살았다. 그 어간에 낀 병언의 실직. 어디에 소설이라는 허구가 끼어들 틈이 있었던가. 그리고 세상을 향해 내보일 특별한 무엇이 자신에게 있었던가. 글을 쓴다는 것은 특별한 재능이고 평범한 삶과는 다른 성질의 요구였다. 아주 오래 전 교과서식의 문장과 틀로 꾸민 단편소설로 현상 문예에 응모했다가 낙선했던 일, 그후 몇 차례인가 시도해보다가 걷어치운 소설쓰기는 혜순 자신 극력 들추고 싶지 않은 상처라면 상처였다. 열망이 깊은 만큼 상처도 깊었다고 말할 수도 있으리라. 세상이, 삶이 몇 개의 아름답고 단아한 문장으로 설명될 수 없다는, 또한 자신에게는 그것을 깨뜨릴 파괴적 에너지가 없다는 자각이 (오히려 두려움이 아니었을까) 어렴풋이 들어서면서부터 쓰는 일에 자신을 잃었다. 열망도, 욕망도, 문학을 인생이 향유할 수 있는 아름다움 중의 한 몫으로 즐기리라는 자족감 속에 자연스레 사그라들었다고 믿었다. 그러나 마치 벙어리의 소리치려는 충동처럼, 혀가 굳어가는 안타까움과 같은 뒤늦은 열망의 정체는 무엇일까. 무엇이 남편과 아이들을 향해 소설을 쓰고 싶어 혼자서라도 돌아가겠노라고 당당히 말하게 한 걸까. 잃어져가는 말에 대한 복수일까, 사랑일까. 사람들은 누구나 자기의 인생을 특별하다고 생각하고 허섭스레기 같은 넋두리들을 끊임없이 늘어놓고 나아가 글로 쓰겠노라고 생각하지. 그래, 뭘 쓰려고 하지? 미국에서의 가난과 외로움과 인종차별의 설움? 소외감? 자신의 내면을 드러내고 표현하고자 하는 자의 정직성을 믿지 않는 병언은 소설을 쓰겠노라는 혜순의 말에 냉소했다.

　병언이 미국행을 결심했을 때 혜순의 속에는 세상을 보고자 하는, 새로운 삶에 대한 욕구가 있지 않았던가. 자신을 떠나게 한 거지에의 환상, 가난에의 환상, 고독에의 환상 그리고 그 간교한 절망에의 환상, 막다른 길에 부딪쳤을 때 자기를 걸어보는 방법 중

352

가장 비겁한 자기 기만의 하나. 언제나 사람들은 이곳이 아닌 저곳, 보이는 곳보다 보이지 않는 곳에 무언가 있으리라는 기대를 갖는다. 그래서 가보지 않은 미지의 땅을 미래의 땅이라고 부르고 보이지 않는 물 속에 용이 잠들어 있다고 생각할 수 있는 것은 아닌지.

혜순이 미국으로 건너갔을 때 살게 된 동네 이름보다 먼저 익힌 것이 '지옥에나 떨어져라'라는 욕설이었다. 일본인 야마구찌 씨가 경영하는 생선가게에서 일을 마치고 돌아온 병언이 샤워를 하고 속옷까지 말끔히 갈아입고도 미심쩍어 향수를 뿌리고 야간 강의에 나가면 새벽 두시경에 돌아왔다. 도서관에서 공부를 하는 것이다. 아이들이 잠들고 난 뒤면 혜순은 텔레비전 앞에 앉아 습관적으로 물을 마시며 병언을 기다렸다. 자정이 되면 엽기적이고 선정적인 영화를 방영했다. 〈어둠의 이야기〉라는 제목처럼, 이제부터 네 속의 가장 어둡고 깊이 자리잡은 온갖 숨은 욕망, 무의식의 뚜껑을 열어보이겠다는 듯 엽기적인 살인과 섹스, 근친상간, 악령들이 필연성도 논리성도 결여되어 이어지는 질낮고 천박한 영화들로 끝에는 으레 정신분석의나 수상쩍은 심령학자가, 임상실험 뒤의 보고처럼 인간 무의식의 두터운 켜 아래 도사린 혼란함, 혹은 암호, 가없는 어두움의 불가사의를 이야기하곤 했다. 영화를 보고 있노라면 전화벨이 울리고 낮고 축축한 목소리가 들려왔다. "혼자 있느냐." "누구세요? 누굴 찾으세요?" 서툴고 딱딱하게 튀어나오는 발음으로 외국 여자임을 알아챈 상대방은 더욱 끈끈하고 집요한 목소리로 말했다. "외롭지 않은가, 오늘밤 남자가 필요치 않은가, 나는 사랑할 준비가 되어 있다." "지옥에나 떨어져라, 개새끼." 덧붙이는 '개새끼'는 한국말이었다. 어느 나라 말로도 '개새끼'라는 한국 욕보다 생생히 능멸과 멸시를 나타낼 수는 없으리라. 전화기 저쪽에서 더러운 영화를 보며 자신의 발기한, 혹은 살아날 줄 모르는

성기를 쥐고 헐떡거리는 독신자나 색광을 떠올리기는 쉬운 일이었
다. 영화가 끝나고 불현듯 끈끈해진 손을 욕실에 가서 씻고, 그래
도 병언은 돌아오지 않았다. 방문을 열고 우두커니 서서 아이들이
자는 모습을 보노라면 이 세상에서 그네들 가족만이 홀로 고립된
섬처럼 동그마니 떠 있는 듯 느껴졌다. 아파트를 에워싼, 금렵기에
접어든 어두운 숲에서는 짝을 찾는 짐승들의 욕정을 호소하는 길
고 구슬픈 울음소리가 간헐적으로 들려왔다. 인적 끊긴 길 위로 이
따금 지나가는 자동차의 부챗살처럼 퍼지며 멀어가는 불빛에 어두
운 숲을 빠져나오는 잿빛의 더러운 고양이가 비쳐들었다. 불빛의
기억, 불빛이 야기시킨 순치된 본능, 흐린 기억의 한가닥을 더듬어
옛 주인을 찾아오는 도둑고양이였다.

　그들 앞에 서너 명의 남자들이 웅기중기 서서 수굿이 땅을 내려
다보고 있었다. 검정 두루마기에 중절모자를 쓴 노인을 중심으로
가족인 듯 보이는 점퍼 차림의 중년 사내와 청년 둘이 내려다보는
곳은 드문드문 제법 크고 넓적한 돌들이 흩어져 있을 뿐 혜순이
이제껏 지나쳐 온 곳들과 다를 바 없었다. 무심히 지나치던 혜순과
김 선생이 발길을 멈춘 것은 잔뜩 잠긴 듯 가라앉은 노인의 목소
리 때문이었다.

　"봐라. 여기가 안방이고, 여기가 부엌이다. 저기가 광이 있고 텃
밭자리지."

　노인이 가리키는 손짓에 따라 ㄱ자 집의 평면도가 희미하게 드
러났다. 텃밭자리라고 가리킨 곳에는 물이끼가 파랗게 깔려 있었
다.

　"…앞마당에 서면 곧바로 사명산 봉우리가 한달음에 오를 듯
가깝게 보였지. 뒷마당에 우물이 있었는데 … 파보면 지금도 물이
솟을 게다."

　초로의 사내와 그의 아들인 듯한 청년은 다만 신기하다는 표정

354

으로 고개를 주억거렸다.

"이게 수종(樹種)이 뭡니까?"

땅에서 돋은 팔, 혹은 거꾸로 박힌 다리처럼 가지를 벌린 채 중동이 잘린 회백색 나무를 가리키며 김 선생이 물었다.

"이건 감나무요, 이건 대추나무이고…. 나무는 천년이 되어도 물 속에서는 썩지 않아요."

"여기서 사셨습니까?"

"살다마다요. 바로 이게 내집 자리요. 태어나고 자라 장가들고 아이들을 낳았지요. 그게 사십삼,사 년 전인가…. 강제이주령이 내려 보상금을 받고 나갔었다오. 화천댐 물을 빼서 고향 마을이 드러났다기에 자식들을 데리고 하룻길을 왔지."

"감회가 남다르시겠습니다."

"보자아, 그때가 소화(昭和) 몇 년이던가. 내 나이 서른셋에 조상님 뫼를 이장하고 가재도구를 챙겨나올 때는 이럴 날이 있을 줄 몰랐지. 그저 무상하구먼."

노인은 어허허, 어허허, 탄식인지 감탄인지 분간 못할 소리를 내며 비문을 읽어가듯 느릿느릿 말을 이어갔다.

"…저 아래가 주막거리라는 데요. 꽤 큰 동네였지. 이걸 보시오. 이게 목화 아니오?"

노인이 두루마기 주머니에서 비죽 내민 풀포기를 꺼내어 들어올렸다. 삼십 센티가량의 마른 풀포기로 흙묻은 뿌리부분이 비닐로 단단히 감싸져 있었다.

"여긴 토질이 좋아 왜놈들이 목화를 심게 했었지. 그래서 가을이면 온통 솜밭이었거든. 그런데 오다보니 이게 있잖소. 사십 년 물 속 땅에 묻혔다가 싹이 나다니 난 도통 그 조화 속을 알 수가 없어."

혜순이 노인의 손에 들린 풀포기를 유심히 바라보았다. 자줏빛으로 시든 가느다란 줄기와 역시 시들어 본래의 모양을 알기 어려운 몇 잎의 이파리로 대뜸 목화를 알아본 노인의 눈이 신기했다. 그의 말대로라면 사십 년을 땅 속에 숨어 있다가 물빠질 때를 기다려 싹을 틔운 조화 속을 혜순으로서도 알 수 없는 노릇이었다.

노인은 다시금 그것을 소중히 두루마기 주머니에 찔러넣고 쭈그리고 앉아 검버섯이 가득 앉은 손으로 흙바닥을 우벼파고 흙을 떠올렸다. 마치 어린애들의 무심한 흙장난과도 같은 손짓이었다.

"할아버지, 기념으로 이걸 가져가야겠지요. 집의 정원에 놓아두면 좋겠어요."

청년이 힘겹게 주춧돌을 들어올리며 말하자 노인은 고개를 젓고 손을 흔들었다. 그나마 이 자리에 놔둬야 물 속에서라도 천년 만년 집터가 남아 있지 않겠느냐.

바람이 빈 벌을 가득 메우며 불고 있었다. 상처입은 거대한 짐승의 노호처럼 사납게 웅웅대는 바람소리에 뒤돌아보면 바람은 보이지 않고 모질게 몸비비며 흔들리는 마른 풀들이 씨앗주머니를 터뜨려 풀씨를 날려보내고 있었다.

어느새 발길은 호수 깊숙이 들어와 있었다. 상기도 옛 집터자리에 부옇게 멀고 물길따라 벌은 길고 아득히 펼쳐져 있었다. 김 선생은 가끔 발길을 멈추고 허리를 굽혀 발밑 돌을 뒤집어보곤 했다. 바람소리에 섞여 아득히 쿵쿵 폭파음의 반향이 들려왔다. 그때마다 소리의 정체와 방향을 가늠하려 발을 멈추고 두리번대는 혜순에게 김 선생이 씁쓸한 낯으로 말했다.

"다이너마이트 소리랍니다. 이쪽에선 금강산 댐 건설하는 소리라고 하고 그쪽에선 또 평화의 댐 만드는 소리라고 말하지요."

회백색의 텅 빈 거대한 골짜기와 물마른 호수 바닥을 원혼처럼 할퀴며 떠도는 바람, 그리고 밑둥을 헐어낸 채 황량하게 서 있는 산들은 낯설고 기이한 풍경이었다. 그러나 낯선 집의 문을 밀고 들어섰을 때의 그 낯설지 않음에 오히려 놀라듯, 물이 차 있을 때에는 물 밑이 이러하리라곤 결코 상상할 수 없었음에도 불구하고 이 이상한 친숙감은 무엇일까. 호수 안쪽 깊숙이 들어갈수록 혜순은 카메라 렌즈를 조작할 때처럼 뭔가 불투명하고 불분명한 것들이 분명해지는 느낌이었다. 이러한 황폐함과 황량함을 글로 쓸 수 있으리라. 그러나 또한 글을 쓸 수 없었던 것은 얼마나 오래 전부터의 일인가. 간경변 환자가 간이 굳어감을 느끼듯 혜순은 굳어가는 말들을 느낄 수 있었다. 세쪽이처럼 시조새처럼 화석이 되어버린, 그리고 태어나지 못하고 어둠 속으로 사라져버린 말들.

지난 한 달 동안 혜순은 이천 매가 넘는 남의 소설을 토씨 하나 빼지 않고 원고지에 옮겼다. 화가들은 수련 기간 동안 남의 훌륭한 작품을 모사하는 과정을 거치기도 한다고 스스로 변명했지만, 미친 짓이었다. 더욱 수상쩍었던 것은 그 짓을 해놓은 다음의, 다만 이제는 꼼꼼히 묶어서 검토하는 일만 남은 듯한, 자신도 이해못할 뿌듯함과 성취감이었다. 그런 뒤 혜순은 어느 시대에나 있어 왔던, 산더미 같은 원고를 쓰고 나서 팔이 마비가 되었다는 허장성세를 일삼은, 절필의 작가와 이 어둠의 시대에 글을 쓰는 것이 무슨 의미가 있겠는가, 라는 부르짖음을 일생 되풀이하며 황음과 췌사로 타락해버린 작가들을 떠올리고 공포에 사로잡혔다. 무엇이 자신을 그토록 황폐하게 했던 것일까. 소설을 쓰는 일이 도망치는 말에 대한 가장 확실한 복수의 방법일까.

주말이면 혜순의 아파트로 한국사람들이 모여들었다. 주말이면 병언이 일하는 생선가게도 문을 닫고 혜순 역시 마리온의 집에 일하러 가지 않아도 되었다. 그네의 집은, 초대를 받았든 안 받았든 자유로이 드나들 수 있는 예외적인 장소였다. 대개 시험을 끝낸 뒤거나 주말 저녁을 달리 보낼 계획이 없는 젊은이들로, 자주 오던 사람들이 어느 때부터인가 오지 않게 되고 새로운 사람들이 슬며시 자리를 채워 혜순으로서는 매번 이름도 성도 모를 얼굴들이 많았다. 어느 때 누가 들이닥쳐도, 방금 설거지를 끝낸 후라도 혜순은 새로 밥을 지어야 했다. 병언이 누구에게나 밥과 김치, 된장찌개가 먹고 싶으면 찾아오라고 말했기 때문이었다. "공부해 봤자 별 보장이 있는 것도 아니고 그저 여기저기 구경 다니시고 즐겁게 지내세요. 외국생활이라는 게 별겁니까?" 낮에 일하고 밤에 대학원 과정을 밟느라 힘들어하는 병언에게 그들은 버릇없이 말했다. 다 늙고 굳어진 머리로 하면 얼마나 하겠느냐는 비웃음이 섞인 말이었다. 그러나 그들은 병언을 '선생님'이라 호칭하는 유일한 부류였다. 병언은 그곳에서 그저 문(Moon)이었다. 혜순은 주말마다 잡채와 불고기, 된장찌개를 만들었다. 된장 냄새와 김치 냄새에 신경이 쓰였으나 되풀이하는 사이 무감각해졌다. "생활비가 모자라요. 우리가 일주일 먹는 것보다 토요일 저녁 한 끼에 몇 배 더 들어요." 혜순이 불평을 늘어놓으면 병언이 말을 막았다. "다 남의 귀한 자식들이오. 고국 떠나 고생하는 처지인데 가끔 가정적인 분위기를 누리게 하는 것도 좋은 일이오." 혜순은 차마 그에게 "값싼 위안에 자신을 팔지 말아요. 그 사람들이 주말이면 한국 식당에 가서 포식을 한다고 합디다."라는 말을 할 수 없었다. "이젠 초밥까지 하더라구." 뒤에서 돌아 들어온 말을 들었을 때 혜순은 분노나 수치심보다 고통에 가까운 감정을 느꼈다. "아주 맛이 좋습니다. 일본식당에 가면 백 불어치도 넘을 텐데. 걔네들 다라운 건 말도 못해요. 쥐똥만한 것 여섯 개 놓고 일 인분이라니." 솜씨가 좋다는 부추김에 병언은 꼭꼭 주먹밥을 만들어 생선회를 덮으며 다음번에는 싱싱한 도미나 바다가재를 구하겠노라고 말했다. 어설프게 앞치마를 두르고 진지하게 요리에 열중한 병언에게 그들은 "선생님은 생각보다 빨리 미국화가 되시는군요."라고 말하고 혜순은 그러한 병언을 딱하고 짜증스럽게 바라보았다. 병언은 생선가게에서 일하고 있었다. 일터에서는 고무 장화를 신고 비닐 앞치마를 둘렀다. 비늘을 긁고 껍질을 벗기고 뼈를 바르는 것이 그의 일이었다. 가게에서 상품이 되지 않는 생선 대가리와 내장, 뼈는 훌륭한 매운 탕거리가 되었다.

그들은 술버릇도 얌전했다. 초대받은 자의 예의를 알았다. 배가 부르면 일어났다. 늦으면 자고 가면 되지. 한국에서처럼 밤새 이야기하고 놀자고 병언이 거듭 말해도 그들은 폐가 된다거나 논문을 쓰는 중이라는 이유를 들어 자리에서 일어났다. 돈을 치르지 않는 것만이 식당 손님과 달랐다. 대취하고, 감상적으로 비감해지면 무슨 얘기든 끝없이 늘어놓으려는 건 병언뿐이었다. 병언과 그들이 즐기는 것은 예외없이 한국의 시국 얘기였다. 버젓이 〈진실에의 증언〉 따위 표제를 단 거짓말투성이의 자서전, 회고전, 그리고 정계와 재계 실력자들의 음모와 모략, 부도덕성을 그린 뒷거리의 소문 같은 선정적인 글들이 〈실상과 허상〉〈내막〉〈고발한다〉 등등의 제목으로 지하총서격이 되어 나돌았다. 게다가 책임지지 않으려는 익명과 가명의 표기는 읽는 사람들에게 그네들이 얼마나 현상적인 것에 속고 있는가를 알려주는 동시에 책의 저자로부터도 기만당하고 우롱당하고 있다는 이중의 불쾌감과 분노를 느끼게 했다.

병언은 해직교사라는 전력으로 인해 어느결에 그들 사이에 반체제 인사쯤으로 비쳐들었다. 혜순이 보기에 병언은 소심한 불평분자였을 뿐이었다. 그로서는 이해할 수 없는 해직과 두 해에 걸친 실직 상태, 일생을 두고 벗어날 길 없는 피해의식이 미국행을 결심한 구체적인 동기가 되었으리라. 달리 어쩔 수 없는 상황에서 그는 그가 젊은 시절에 막연히 품고 있던 유학에의 꿈을 떠올렸다. 미국의 각 대학에 미친 듯 편지를 쓰기 시작했고 결국 뉴욕주의 한 대학에서 대학원의 입학허가서를 받게 되었다. 출국이 어려울 거라는 걱정과는 달리 쉽게 여권이 나오고 비자 인터뷰를 마친 날, 귀찮은 놈들은 다 쫓아내자는 속셈이지 뭐, 병언이 망명객처럼 비장히 말했다. 한국 사정이 어떠한가 라고 유학생들이 물으면 병언은 "엉망진창, 완전히 경찰국가요. 우린 그런 체제 아래 살고 있는 거요. 수업중의 선생이 끌려가 돌아오지 않고…. 거대한 암병동이오." 잡아가는 사람이 없다는 것이 신기해서 몇 번이고 되풀이 말했다. 투옥되셨었나요? 고문도 당하셨어요? 그들은 의미심장한 눈길을 보내며 잇달아 물었다. 병언은 치가 떨린다는 표정으로 말없이 고개를 절레절레 흔들었다. 선량하고 착실한 교사가 뜻과는 달리 투사로, 반체제 인사로 발전하게끔 연출되는 상황이 혜순에게는 고통이었다.

혜순은 그네의 집에 비교적 자주 드나드는 유학생 박진규를 따라 병언과 함께 인권협회에 간 적이 있었다. 미국의 자유라는 것이 소련 영화를 볼 수 있다거나 엠마뉴엘 부인을 커트없이 본다거나 발가벗고 일광욕을 할 수 있다는 것을 뜻하는 건 아닐 것이었다. 미국을 미국 영화에서 보여주는 것 정도밖에 볼 수 없다면 억울한 일일 터였다.

인권협회는 급진적 사상을 가진 퀘이커교도들의 모임으로, 그날 한국문제에 관한 발표회가 있었다. 그들이 들어갔을 때 작은 회의실에는 검은 커튼으로 창을 가려 빛을 차단하고 비디오를 상영하고 있었다. 화면은 몹시 흔들리고 사람과 차량의 윤곽이 간신히 구별될 정도였지만 혜순은 단박 남도의 한 도시를 알아보았다. 한 번도 가본 적이 없는 곳임에도 불구하고, 첫머리에 비춰주는 산의 모습과 하늘빛이 자연스럽게 눈에 익었다. 〈우리의 소원은 자유〉를 부르는 목쉰 합창과 짧은 외침들, 잇단 총소리들이 어지러운 화면을 뒤덮었다. 횃불 대행진과 불타는 건물, 얼굴을 난자당한 시체, 부릅뜬 채 굳어진 눈망울, 그리고 마지막 날 도청 건물에서 총을 들고 서 있던 어린 소년의 한없이 고독한 모습. 그들은 모두 시체로 발견되었다고 해설자는 말했다. 축제의 현수막 아래 굴비두름처럼 엮인 사람들이 트럭에 실려졌다. 손을 뒤로 묶여 땅에 엎드린 청년이 문득 고개 들어 하늘을 보았다. 더부룩한 머리, 맑은 눈, 표정에는 분노도, 외침도, 탄약 냄새도 없었다. 다만 투명하고 슬픈 빛이 가득했다. 잠깐 하늘을 올려다보던 청년은 눈을 감고 땅에 얼굴을 묻어버렸다. 흰 천으로 싼 관들과 끝없는 통곡, 몹쓸 전염병이 지나간 뒤처럼 소독약을 뿌리고 고무호스로 물뿌려 핏자국을 닦는 모습들. 협회 위원들은 흐리고 흔들리는 화면상태 때문에, 특히 참혹한 장면은 테이프를 되돌려 몇 번이고 다시 보곤 했으나 혜순에게 그것은 보는 대로 대번에 뚜렷이 각인되어졌다. 그 하늘, 그 땅, 그 얼굴들이 결코 낯선 것이 아니었기 때문이었다. 몇 해를 두고 끈질기게 떠돌던 소문의 실체였다. 아우슈비츠 이후에도 시가 존재하는가를 광주 이후에도 시가 존재하는가 라고 바꿔 말하는 비탄과 분노의 뿌리였다. 비디오 상영이 끝나고, 부상자와 사망자의 수는 얼마인가, 다른 인접 도시의 호응 및 지원은 없었는가 라는 질문이 나왔다. 프로그램 제작에 참여한 김영주가 일반 국민들은 진상을 잘 몰랐었다. 극심한 보도 통제와 교통·통신의 두절로 알 수 없었다. 불안해하면서 생업에 종사했다, 라고 대답했다. 한국은 작은 나라다, 서울과 광주 사이가 뉴욕과 로스앤젤레스 만큼 떨어져 있는 것도 아닌데 이해가 가지 않는다고 금발의 젊은 백인 여자는 고개를 갸우뚱했다. 이어 한국의 사회와 인권 현황이라는 제하의 비디오 상영과 발표가 있었다. 발표자는 여성으로 열여섯에 이민을 와서 십 년이 되었다는, 퇴역 장성의 딸이라고 했다. 영사막에는 난지도 쓰레기장 사람들, 도동의 장님촌, 신림동의 달동네와 588 창녀촌 무허가 건물의 철거 장면, 기지촌 풍경 등이 차례로 비쳐졌다. 해마다 한국에는 혼혈아가 사만 명씩 출생하고 있다고 그녀는 사뭇 격앙된 어조로 장면 설명을 했다. "계산 잘해 보시오. 수치가 안 맞잖소? 주한 미군이 4만 명인데 모두 해마다 한 명씩 낳는단 말이오?" 어두운 회의실 한구석에서 누군가 한국 말로 반박했다. 어쨌든 조사 결과 그렇다고 그녀는 어세를 늦추지 않고 대답했다. "지아이들 복무규정에 애를 낳아야 한다는 조항은 없소." 역시 먼젓번의 굵고 낮은 목소리였다. 그리고 이어 그곳에 있는 한국인이라면 누구나 다 알아들을 수 있도록 목소리를 높여 '미친년, 사회주의자'라고 내뱉고는 회의실을 나가버렸다. 차단막 을 쳐서 실내는 어둡고 혜순은 앞좌석에 앉았던 터라 그가 누구인 지 알 수 없었다. 이런 일을 하는 것이 무슨 도움이 되는가고 혜순 이 박진규에게 묻자 그는, 물론 신변의 위험도 장래에의 불안도 있 지만 나라를 위한 일이라고 확신에 찬 어조로 대답했다.

모임이 있던 날 밤, 김영주와 박진규는 계속 그런 짓을 하면 한 국땅에 못 돌아갈 줄 알아라, 당신 아버지의 사업인들 제대로 될 줄 아는가 라는 협박 전화를 받았다고 했다. 유학생 사회에도 프락 치가 있다, 사찰원이 들어와 있다는 소문이 파다했다. 혜순은 어느 주말 저녁의 일을 생생히 기억하고 있었다. 객지 생활의 폐쇄성과 이미 양해사항으로 묵계된 철저한 개인주의로 일견 적당히 부드럽 게 이어지던 그들 세계 속의 깊은 골——질시와 반목과 계층 간 의 깊은 증오의 뿌리——을 엿보게 한 사건이었다. 물론 그들이 서로의 사적인 문제에 대해 보여주는 것만 본다는 식의 불문율이 지켜진다는 것은 사실이었으나 이른바 로열패밀리들이 이루는 상 류사회가 있다는 것, 전직 고관의 자식이 해외 도피 재산의 충실한 관리인으로서 초호화 콘도에 살며 십만 불짜리의 차를 몰고 다니 고 정부까지 두었다는 것, 그의 철없는 정부가 "그이가 불쌍해요. 캐딜락을 두고도 남의 눈이 무서워 헌털뱅이 시보레를 끌고 다녀 요." 하며 징징대었다는 소문은 어디에나 퍼져 있었다. 그날 소동을 일으킨 것은 전직 장관의 아들인 이인걸과 영사관의 관리로 커뮤니케이션학과에 등록해놓고 있다는, 다소 섬약해 보이는 인상의 염준기였다. 혜순으로서는 초면의 손님이었다. 한차례 상이 비워지고, 혜순이 부엌에서 빈 접시들을 채우고 있을 때 거실 쪽에서 느닷없는 고함소리와 그릇 깨지는 소리가 들려왔다. 싸움판이 벌어지고 있었던 것이다. "이 친일파 새끼. 네놈이 국가와 민족에 대해 무슨 말을 할 수 있다는 거지? 니 할애비와 애비를 생각해 봐라. 니 할애비는 귀족원 회원이었고 왜놈 밑에서 작위를 받았다지? 니 애비는 정권 바뀔 때마다 변신술이 놀랍지. 늙은 너구리. 부끄럽지도 않은가? 내 아버지는 십오 년째 학교 수위 노릇을 하고 있다. 느이놈들은 어떻게 살았니? 개애새끼들." 얼굴에서 하얗게 핏기가 걷히고 눈만이 붉게 충혈된 염준기가 이인걸을 향해 악을 쓰고 있었다. 술상이 엎어지고 접시가 날았다. 아래층에서 빗자루로 천장을 치받는 소리가 쿵쿵 들려왔다. 조용히 해달라는 거센 항의였다. "염형, 이거 왜 이래. 술이 과했군." 염준기를 가로막고 허리를 끌어안으며 말리는 사람들은 일견 재미있는 싸움이라는 듯 사태의 추이를 지켜보는 기색이 역력했다. 독립지사의 후예와 변절자, 친일매국노의 후손과의 대좌가 영화나 소설 속이 아닌 눈앞에서 벌어지고 있는 것이다. "니 할애비가 훈장을 주렁주렁 달고 친일 매국 할 동안 우리 할아버지는 독립운동을 했단 말이다. 부모 잘 만난 덕분에 온실 속의 화초처럼 세상 모르고 자란 이새끼들, 부르조아 새끼들, 돈푼이나 있다는 놈들, 영사관 관리를 동서기 취급밖에 안해." 염준기는 토하고 엎어지고 끌려나가면서도 고래고래 악을 썼다. "이 친일매국놈의 새끼 나와. 주둥아리들만 까져서 정치가 어떠니 사회가 어떠니 민중이 어떠니 …. 그렇게 가슴 쓰리고 아프면 왜 여길 왔지? 얼뜨기 양놈이 다 되어 그걸 미국적 자유니 양심이니 민주주의니 하고 떠들어? 나라 밖에서 제 나라 욕을 해대

고 양놈들에게 살살 고자질해대고…. 그렇게 우국지정에 가슴 아
프면 들어가서 부딪쳐봐. 유치한 망명객, 우국지사 흉내내지 말고.
나는 늬네들이 얼마나 계산에 빠르고 자기보호에 민감한 줄 안다
구, 이 약아빠진 도련님들. 네가 어째서 내 동족이야?"그가 자동
차에 구겨박히듯 실리면서 울부짖던 "네가 어째서 내 동족이야?"
라던 소리가 혜순에게는 창날처럼 차갑고 섬뜩하게 와닿았다.

그것은 추하고 난처한 광경이었다. 아니 그렇게 말하는 것만으
로는 충분치 않았다. 손댈 수 없이 깊게 썩어가는 부끄러운 병소였
다.

이인걸은 옷에 끼얹어진 음식찌꺼기들을 꼼꼼히 닦아내며 애써
별거 아니라는 태도를 보였으나 표정은 불쾌감과 수치심으로 굳어
있었다. 주위에 남은 사람들은 그에게 미친 개에게 물린 셈치라고,
염준기가 어디선가 뺨맞은 일이 있는 게라고 말하는 것으로 함께
뒤집어쓴 구정물을 털어내었다. "어디서 온 놈인가?""몰라. 기숙
사에 있던데. 참 정치학 세미나에서도 두어 번 보았고….""콤플
렉스 많은 인간은 당할 도리가 없어.""혹시 프락치 아냐? 신분
은폐에 서툰.""웃기는 놈이군. 형편없이 감상적이야. 젊은 나이에
한국식 관료주의에 흠뻑 물들었어."

그들이 돌아간 뒤 혜순은 난장판이 된 자리를 수습하지 못해 멍
청히 서 있었다. 흰 벽에 패대기쳐진 된장찌개며 김칫국물, 카펫
위로 깔린 음식과 사기그릇 파편들. 엎질러진 술병. 혜순은 발작적
으로 히스테리를 터뜨렸다. "이젠 제발 사람들을 부르지 말아요.
무슨 위안을 바라는 거지요. 나는 1불 쓰는 것도 어려워 수십 번
씩 생각해요. 나는 시간제 파출부 노릇을 하고 당신은 생선가게 점
원이에요. 이렇게 사는 게 힘들고 의미를 모르겠어. 우리가 왜 왔
지요? 그 사람들은 젊어요. 우린 곧 마흔 돼요. 실패하면 만회할
시간이 없어. 늘 불안하고 신경은 초긴장 상태야. 우린 점점 거지

364

가 되어가요. 단지 돈이 없다는 얘기가 아니라 마음이 초라하고 남루해져 긍지와 자존심을 잃고 황폐해져 가는 걸 느끼게 돼. 당신은 정말 초밥이나 만들면서 살 거야? 썩은 글들에서 주워 읽는 것을 근거로 시국토론이나 하면서? 그것을 나라 사랑의 지적 행위라고 여기면서? 진정한 비판은 애정을 가진 자만의 권리가 아닐까? … 나는 마리온의 집에 일하러 갈 때 손가방도 하나 안 들고 가. 한국에서 온 파출부들이 주인에게 정직하게 보이고 싶어서 하는 태도야. 당신은 돌아가지 않겠다고 말하지만 나는 정말 돌아가고 싶어요. 다시 소설을 써보겠어. 콘래드가 스무 살이 넘어 영어를 배워 걸작을 썼다거나 작가에겐 체험이 중요하다고 내게 말하지 말아요. 성악가는 어디서나 노래 부르고 화가는 제 나라를 떠나 비로소 눈이 열린다고 말하지 말아. 새는 어디서나 노래하고 꽃은 땅을 가리지 않고 피어난다고 말하지 말아. 내가 아는 한 화가는 미국에 온 지 이십 년이 넘었어도 사람을 그릴 수 없다고 탄식했어. 그의 그림에는 매양 눈오는 풍경이나 드물게 꽃과 새 따위가 나타나. 흔히 이발소 그림이라고 하는, 진부하고 특징없는 그림들이지만 나는 그게 정직하게 느껴졌어. 반면에 하회탈을 화폭 가득 그려놓고 〈한국인의 초상〉〈한국인의 미소〉 등의 제목을 단 그림들의 전시장에 갔을 때는 그것을 그린 사람의 거덜난 상상력과 일시적 명성에 조급해 있는 마음을 읽고 딱하고 짜증스러웠어. 글을 쓰는 것도 마찬가지라고 생각해. 그리고 애들은 ….” 아이들은 그 소란통에 잠들 리 없건만 방에 틀어박혀 숨소리도 내지 않았다. 불안에 민감한 아이들은 아버지의 느닷없는 화냄과 거친 언동, 엄마의 잦은 짜증에 침묵으로, 관여치 않음으로써 대응하는 법을 익히고 있었다. 그것은 소리도 자취도 없이 사라지고 싶다는 아이들식의 표현이고 항거였다. 일찍 철들려고 애쓰는 아이들의 모습은 애처로웠다. 부모에게 있어서 자식은 거짓 희망일 수 있다 해도 아이들 자체가

거짓은 아닌 것이다. 부모들이, 그들이 보지 못할 미래의 시간으로
보내는 살아 있는 메시지가 바로 아이들이라고 했던가. 그러면서
도 혜순은 아이들의 성장과 성장에 따르는 변모를 마치 내부에 장
치된 폭약처럼 불안하게 지켜보았다. 그녀의 불안은 아이들에게
빈번히 휘두르는 폭력으로 나타났다. 하찮은 일로 아이들을 때리
고 한 번은 저녁식사 시간이 지나도록 밖에서 놀았다는 이유로 발
가벗겨 문 밖으로 내몬 적도 있었다. 아이들 앞에서 자주 큰소리로
울거나 그릇을 깨뜨렸다. 병이 들어가고 있다, 라고 혜순은 자신에
대해 자주 중얼거렸다. 그러나 무서웠던 것은 병듦보다도 병들어
가는 자신을 바라보는 잔인한 쾌감이었다. 자기 자신을 복수의 대
상으로 삼고 있는 자기 안의 낯설음이었다.
　숲에서 사는 도둑고양이는 한밤이나 새벽녘이면 층계를 사이에
두고 마주보게 되어 있는 아래 위층 네 가구의 공동 출입문 앞에
앉아 구슬프게 울었다. 혜순의 아래층에 사는 톰슨 부인은 고양이
를 위해 출입문 앞에 먹이를 놓아주곤 했다. "당신네 집에 먼저
살았던 크리스 씨의 고양이에요. 은퇴해서 혼자 살고 있다가 양로
원에 들어갔지요. 크리스 씨가 있을 때부터 고양이는 집을 나가 잘
들어오지 않았어요. 짝이 생긴 거지요. 수코양이는 짝이 생기면 주
인을 떠난답니다. 그래서 흔히 거세를 시키는데 크리스 씨는 그걸
해주지 않았나봐요. 몹시 춥거나 배가 고프면 옛 집을 찾아오지
요." 먹이를 놓아줄 때마다 되풀이 들려주는 톰슨 부인의 이야기였
다. 때로 초저녁에도 그것은 아파트 단지로 들어와 어슬렁거리곤
했다. 저녁을 마친 후 산책을 구실로 동네 주위를 돌며 서성이는
혜순과 맞닥뜨리면 그것은 잠시 멈칫거리다가 더러운 걸레뭉치처
럼 달아나곤 했다. 혜순은 그 고양이의 더러움이, 문 밖에서 들려
오는 처량한 울음소리와 비루한 몸짓 따위가 점차 참을 수 없었다.
발화점을 향해 모이는 불꽃처럼 그녀 속의 모든 적의와 잔인함과

분노가 잿빛 고양이를 향해 모아지는 것을 스스로도 이해할 수 없었다.

혜순은 햄 한 조각과 생선토막으로 고양이를 유인했다. 고양이는 늙고, 병든 것 같았다. 살이 찌고 둔해졌다. 날씬하고 길었을 허리는 둥근 공처럼 변형되었다. 고양이는 생선토막을 남김없이 먹어치우고 뼈를 핥으며 제법 친근감을 표시하는 몸짓을 보였다. 사나흘 동안 혜순이 계속 생선토막을 주며 먹는 것을 지켜보자 고양이는 마음놓고 가까이 와서 몸을 기대고 깔깔한 혀로 손등을 핥으며 기분좋게 가르릉 소리를 내는 옛 버릇이 되살아났다. 혜순은 그것의 목덜미를 잡아 아이들의 피크닉 주머니 안에 집어넣고 아가리를 단단히 조여 묶었다. 그리고는 그때까지 가본 적이 없는 숲속 깊숙이 들어갔다. 숲에 면한 고속도로의 차 소리가 아득히 멀어질 때까지 들어갔다. 자루 속에서 고양이는 가끔씩 몸부림을 치느라 꿈틀대고 믿어지지 않을 만큼 날카롭게 울어대곤 했다. 늙은 고양이는 그제서야 심상찮은 위기를 감지한 모양이었다. 혜순은 들꽃을 꺾고 산열매를 주우러 가는, 즐거운 피크닉을 떠나는 소녀들처럼 천연덕스럽게 주머니를 둘러메고 길이 끊어진, 인적이 안 닿는 숲까지 걸어갔다. 혜순은 어린 시절, 고양이는 아무리 멀리 갖다버려도 반드시 돌아와 해코지를 하기 때문에 눈가리개를 하거나 자루에 넣어 매달아버린다는 말을 들은 적이 있었다. 들판에는 민들레가 융단처럼 노랗게 깔려 미친 듯 피어나는 봄날인데 해가 들지 않는 숲은 그제야 녹은 눈으로 질척거렸다. 소나무, 오리나무, 갈참나무들이 빽빽이 들어차 어둡고 축축했다. 겨우내 내린 눈의 무게를 이기지 못해 쓰러져버린 나무들과 뿌리를 깊이 내리기 전 성급히 자라 줄기와 절제없이 뻗은 가지의 무게로 뿌리째 뽑혀버린 나무들이 가로놓여 있었다. 혜순은 길이 끝난 곳에서도 한참을 더 들어가 사람의 발길이 미친 흔적이 없음을 확인하고는 소나무

가지에 자루를 매달았다. 가지가 부러지거나 떨어질 염려가 없이 단단히 동여매었다. 그리고는 쓰러진 나무 줄기에 걸터앉아 축축이 땀밴 이마와 손을 닦으며 무심히 곁의 휘어진 나무뿌리에 눈을 주었다. 그러나 나무뿌리라고 생각한 것은 뿔이 길게 뻗친 채 달려 있는 사슴의 뼈였다. 뿔과 머리에는 아직 엷게 벨벳 같은 털이 깔려 있는데 휑하니 뚫린 눈구멍은 벌레의 집이 되어 개미들이 부지런히 기어들고 있었다. 아마 고속도로에서 차에 치어 상처를 입고 이곳까지 들어와 죽었는지 몰랐다. 늙어 자연사한 것인지도 몰랐다. 이 정도 육탈이 될 정도면 꽤 오랜 시간이 지난 것이라 생각되었다. 혜순이 그것의 텅 빈 구멍에서 표정을 읽으려 애쓰는 부질없는 노력을 하는 동안 자루 속의 고양이는 간헐적으로 몸부림치고 날카로운 소리로 울어대다가 문득 잠잠해지고 다시 가지가 끊어질 듯 격렬하게 몸부림쳤다. 혜순은 넘어진 나무둥지에 걸터앉아 오래 소리내어 울었다.

다음날 혜순은 다시 그 숲으로 갔다. 질척이는 숲에 지난해의 낙엽이 깔려 전날 자신의 발자국을 찾아볼 수 없었으나 헤맴이 없이 곧바로 그 장소에 갈 수 있었다. 고양이를 메고 가는 동안 내심 몹시 긴장했었다는 표시리라.

주머니는 여전히 그 자리에 매달려 있었고 밑바닥에 더러운 얼룩이 비쳤다. 미미한 움직임은 그녀의 착시 현상일지도 몰랐다. 가냘픈 울음소리가 들리는 듯해서 귀를 기울이면 아무런 소리도 들리지 않았다. 숲은 점점 고요해지고 그 고요한 중에 가득한 웅웅거림, 붕괴되는 소리가 바람소리처럼 들려왔다. 일을 하러 가지 않는 날이면 혜순은 숲으로 갔다. 주머니 속의 것은 점점 작아지고 청회색 피크닉 주머니는 빛이 바래 남루하게 늘어졌다. 더 이상 붉을 수도 푸를 수도 없이 통통하다거나 길다거나 형체를 말할 수 없이 해체되어 자루 속에서 악취가 풍기고 썩어가는 것은 고양이가 아

368

니었다. 바로 자신의 내면에서 붕괴되고 부패해 가는 그 무엇이었다.

강의 두 지류가 합쳐지는 곳의 남향받이 언덕에 울긋불긋한 방탄복을 입고 엎드렸거나 더러 서 있는 사람들의 모습이 먼 빛으로 보였다. 나무로 엮은 다리를 건너 올라가는 볕바른 둔덕은 도깨비바늘풀이 지천으로 돋아 있었다. 길이 따로 없어 창날같이 자라난 풀들을 헤치고 지나는 사이 운동화와 바지, 소맷부리까지 까맣게 도깨비바늘이 달라붙었다.

얼핏 보기에 유난히 돌이 많은 벌거숭이 강언덕일 뿐인 그곳은 작업을 하고 있는 사람들만 아니라면 선사시대 유적지임을 알리는 어떤 특징도 드러내보이지 않았다. 군데군데 두어 평 넓이로 금을 친 안쪽에서 학생들로 보이는 젊은이들이 지표를 떠내듯 조심스레 삽질을 하거나 꼬챙이와 호미로 흙을 긁어내고 있었다.

"텔레비전 방송국에서 나온 모양인데요."

강언덕에 올라선 김 선생이 이켠에 등을 대고 선 남자와 어깨 위에 커다란 카메라를 올리고 허리를 굽혀 뒷걸음질을 치는 남자들을 가리키며 말했다. 그들은 똑같이 방송국 마크가 찍힌 노란 점퍼를 입고 있었다. 단장으로 보이는, 머리가 희끗희끗하고 무릎까지 올라오는 긴 장화를 신은 중년 남자는 마주선 노란 점퍼의 남자에게 바닥에 늘어놓은 돌들을 하나씩 들어보이며 설명을 하는 중이었다.

"…손바닥에 닿는 부분은 자연면으로 둥글고, 어느 것이나 한 손에 쥐면 엄지와 검지가 자연스레 편안히 닿도록 되어 있지요. 이건 아마 질긴 고기를 자르는 데 쓰였을 겁니다. 날면이 톱니처럼 쪼아져 있지 않습니까? 이곳은 타제석기를 쓰던 인류가 살았던 곳으로…."

카메라는 그와, 대담하는 기자의 뒷머리와 텅 빈 호수와 산들,

널려진 돌들을 훑고 다시 제자리로 돌아왔다. 혜순은 카메라의 가시반경을 피해 슬몃 몇 걸음 물러서며 얼굴을 돌렸다.

"…특히 백두산이 원산지인 흑요석은 선사인들이 소중히 여겼던 것으로 이동할 때는 반드시 지니고 다녔기 때문에 이것의 발견 경로에 따라 선사인들이 함경도 웅기에서 동해안을 따라 내려와 북한강 상류인 양구로, 다시 한강을 따라 금강 상류, 공주 석장리로 이동했다는 추론이 가능하게 되었지요…."

대담이 오래 계속된 탓인지 카메라를 의식한 탓인지 말의 억양이 간혹 부자연스럽게 흔들렸다.

"이렇게 유물·유적들을 찾아 발굴하는 일을 하시다 보면 현세적 삶의 감각이 달라질 법도 하다는 생각이 드는데 단장님께서는 어떠십니까?"

기자의 물음에 그는 말없이 빙긋 웃었다. 그리고는 몇 걸음 떨어진 곳에서 땅을 파고 있는 학생의 손놀림을 제지하고는 흙 밖으로 반쯤 드러난 손바닥만한 돌을 가리켰다.

"집어보세요."

기자가 의도를 몰라 어정쩡한 표정을 지으며 그것을 집어올렸다.

"오만 년 전, 아니 십만 년 전일 수도 있어요. 어느 구석기인이 연모로 썼던 것을 이제 십만 년 만에 송 선생이 집어올린 것입니다. 어때요. 체온이 느껴지지 않습니까?"

기자는 붉은 흙이 생생하게 묻어 있는 돌을 물끄러미 들여다보았다. 단장은 이만 끝내자는 표시로 안경을 벗고 피로해진 눈두덩을 비볐다. 카메라 렌즈는 강언덕의 돌무더기들을 비껴 혜순이 줄곧 걸어왔던 빈 들, 흐린 산의 윤곽을 지우는, 바람으로 가득찬 풍경 위에 잠시 머물렀다. 허리를 굽혀 돌들을 유심히 들여다보며 위쪽으로 올라가는 김 선생을 작업하던 젊은이가 뒤따라와 불러세웠다.

"어디서 오신 분들입니까?"

"돌구경 다니는 사람이지요."

김 선생이 등산모를 고쳐 쓰며 멋쩍은 웃음을 지었다. 함께 길을 나서서 벌써 몇 차례나 똑같은 물음을 들었다는 생각에 혜순도 비식 웃음이 나왔다.

"여긴 도(道)의 지원을 받아 작업하는 유물 발굴 현장이에요. 원칙적으로 관계자들 외에는 출입이 통제되는 곳입니다."

김 선생이 등에 메고 있는 튼튼한 마대천의 큼직한 배낭에 수상쩍은 눈길을 보내며 젊은이의 어조가 단호해졌다. 아래쪽에서는 단장이 팔짱을 끼고 꼿꼿이 서서 이켠을 바라보고 있었다. 젊은이가 온 것은 단장의 지시에 의해서였으리라.

"아, 그래요? 몰랐소이다. 나는 지금 저 물가로 내려가는 길이오."

허, 돌도둑으로 몰릴 수도 있다는 건 꿈에도 생각 못했지요, 라고 김 선생이 헛웃음을 날리며 앞서 언덕을 내려갔다. 그들이 올라온 쪽과는 반대편으로 또 하나의 물길이 흐르고 물가에서 여학생 둘이 바께스에 담아온 돌들을 씻고 있었다. 돌에 묻은 흙은 씻어내고 마른 수건으로 닦은 뒤 유골을 수습하듯 일일이 백지에 쌌다.

"일이 재미있나요?"

"재미라기보다 글쎄 뭐랄까…거대한 타임 캡슐에 갇힌 느낌이랄까요. 온통 오만 년, 십만 년 전의 유물들이니까요. 게다가 여긴 언제나 이렇게 바람소리뿐이니."

곁에 쪼그리고 앉아 묻는 혜순의 말에 한 달 가까운 작업으로 검붉게 얼굴이 그을린 여학생들이 맑게 웃었다.

"그게 예사 바람이 아니지. 떠도는 망령들의 부르짖음일 게요. 멀리 구석기인들이 아니더라도 육이오 때 중공군 수만 명이 수장당한 곳이라오."

김 선생의 말에 여학생들은 짐짓 겁먹은 표정을 짓다가 킬킬 웃었다. 혜순은 문득 지나오던 길에 만났던 농부의 말을 떠올리며 이 박사의 별장이 어디쯤일까, 유적지 위쪽을 둘러보았다. 그는 분명 별장 아래 유적지가 있다고 말했었다. 예전 병언과 함께 왔을 때 혜순은 묵고 있던 집 주인으로부터 파로호라는 이름의 유래——육이오 때 사단병력의 중공군을 수장시키고 승리감에 취한 당시 이승만 대통령이 오랑캐를 깨뜨렸다는 뜻으로 지었다는——를 듣고 한번 가보리라 작정했었다. 험한 산등성이를 넘어야 한다는 말에 병언이 만류했다. 임신중인 혜순의 몸을 걱정해서였다. 그러나 파로호에서 돌아온 직후 혜순은 4개월 된 아이를 지웠다. 아이를 새로운 희망으로 삼기에는 현실의 날들이 너무도 어둡고 불확실했던 것이다.

애초 유물이나 수석에 관심이 있어 이곳을 찾은 것은 아니었다. 그녀를 이곳으로 이끈 것은 흐린 흑백사진에 나타난 황량하고 텅빈 호수의 모습이었다. 기실 그녀 속에는 물이 사라진 곳에서 무언가 볼 수 있으리라는 기대가 있었던 것이 아니었던가.

"김 선생님, 여기 무슨 돌이 있을 것 같지도 않네요. 맨 흙뿐이 잖습니까? 저는 이 박사 별장에나 올라갈게요. 어디로 가면 되지요?"

"거 가봐야 비감만 생길 뿐이지요. 다 무너져 지붕도 없어지고 벽만 몇 개 서 있어요. 저기 솔밭길로 가면 바로 나옵니다. 경호실 터, 무도장 터에도 팻말만 있지 기둥뿌리, 돌조각 하나 남아 있지 않다니까요."

물가에 앉아 망연히 물살을 헤집으며 김 선생이 유적지 위쪽 솔밭을 가리켰다. 아래에서 올려다본 푼수로는 산 속으로 길을 낸 흔적이 보이지 않고, 제법 솔숲이 어둡게 빽빽하여 그 안에 건물이 있으리란 짐작이 들지 않았다. 그곳으로 가기 위해서는 발굴작업

372

을 하는 강언덕으로 다시 올라가야 했다. 혜순이 내려온 길을 되짚
어 언덕으로 올라갔다. "…내년부터 담수가 시작됩니다. 영원히
물 속에 잠기는 거죠. 무슨 대책이 있어야…."

방송국 기자는 아직 언덕에 머물러 있었다. 단장의 우렁우렁한
목소리가 바람에 토막토막 끊기며 스쳐지나갔다. 해가 기우는 탓
인지 바람은 한결 사나워져 있었다.

"단장님, 이거, 이거 보세요."

아래쪽 구덩이에서 감색 방한복의 여학생이 상기된 낮으로 외마
디소리를 지르며 단장에게 뛰어왔다.

"이거 이상해요."

그녀에게서 건네받은, 손바닥만한 흰빛 타원형의 차돌을 살피던
단장의 얼굴에 흥분하는 기색이 떠올랐다.

"굉장한 걸. 사람 얼굴이야. 대단한 물건이라구."

"뭘 찾았다구? 심 봤어?"

작업하던 학생들이 단장 주위로 우르르 모여들었다. 혜순은 솔
밭으로 향하던 발길을 돌려 자신도 모르게 한 걸음씩 그들에게 다
가갔다. 그것은 분명 사람의, 그것도 여자의 얼굴이었다. 단장이
손바닥으로 문질러 흙을 닦아내고 구멍을 메운 흙을 파내자 그것
은 생생한 표정으로 되살아났다. 단순히 갸름한 흰 돌에 날카로운
돌로 세 개의 구멍을 쪼았을 뿐인데 그것이 어우러져 만드는 표정
은 놀랄만치 깊고 풍부했다. 학생들은 저마다 그 돌을 들여다보며
웃고 있다, 울고 있다, 슬퍼하고 있다 라고 느낌을 말했지만 혜순
으로서는 그 얼굴에 대해 표현할 수 있는 말을 찾아낼 수 없었다.
옛 여인의 얼굴에서 깊은 슬픔, 지극한 그리움과 간절함을 보았다
고 한다면 그것은 그렇게 보고자 하는 그녀의 마음일 것이다.

어느 날 한 젊은 남자가 공동작업장에서 사냥에 쓰일 도구를 만
들기 위해 마땅한 돌을 고르다가 예쁜 흰 차돌을 발견하고 그것에

홀로 마음에 두고 있던 처녀의 얼굴을 새겨본다. 그는 그것을 간직했을까. 그녀에게 주었을까. 아니면 무심히 만들었듯 무심히 버렸을까.

"제가 좀 볼 수 있을까요?"

혜순이 학생들을 비집고 단장을 향해 염치없이 손을 내밀었다. 단장이 혜순의 태도에 잠시 놀랍고 의아한 듯 눈을 치떴으나 말없이 돌을 건네주었다. 혜순은 돌을 손바닥 위에 얹고, 해독할 수 없는 암호를 바라보듯 그 표정을 읽으려 애썼다. 수만 년의 세월 뒤 흙을 털고 일어난 여인의 눈으로 물이 사라진 호수, 영원한 화두인 양 웅웅대며 떠도는 바람을 보려 애를 썼다.

여성적 정체성을 향하여

김혜순*

여성작가로서의 오정희의 소설은 남성작가들의 소설과 다른가? 만약 다르다면 그 가장 큰 차이는 무엇인가?

나는 그 다름의 가장 큰 특징은 오정희의 소설이 남성작가들의 소설들과는 달리 여주인공을 창조해가면서 텍스트를 통하여 끊임 없이 자신을 정의해가고 있는 것이라고 생각된다. 오정희는 자기 자신 속에 들어 있는 한 인격을 이끌어내어 그 인물을 창조하고, 다시 그 인물을 타자화하여 자신이 그로부터 무엇인가를 배우며, 또다시 긍정적이고 상호 치료적인 관계로 자신과 주인공을 맺어간 다. 이것은 오정희와 그의 독자들과의 관계도 그러하리라 생각된 다. 오정희는 자신 안에 들어 있던 인물과 창조된 인물의 인격 사 이에서 자신의 성장을 이끌어낸다. 그 성장은 여성으로서의 통과 의례를 통해서 이룩된다. 그러므로 지금 쉰을 바라보는 나이에 가 까워진 작가와 가장 가까워진 인물의 통과의례를 담당하는 소설로 는 〈옛 우물〉이 가장 좋은 본보기가 될 것이다.

오정희는 대부분의 그의 소설에서 회상의 과정을 반복적인 양식

*문학비평가, 시인, 서울예전 문창과 교수

및 장면의 겹침을 통해서 반추하며, 자신의 정체성을 가꾸어나간
다. 그 가꾸어나감이 한 소설에서 그의 화자를 유년의 여자 아이,
사춘기 소녀, 젊은 아내, 중년의 여성으로 겹치게 하는 것이며, 그
겹침을 통하여 오정희는 중년 여성인 대표 화자가 〈옛 우물〉에서
여성의 삶 전체를 말하게 한다.

　동아일보 1994년 6월 2일자에 의하면 오정희가 5년 만에 새 소
설을 발표했다는 기사가 실려 있다. 5년여 만에 발표된 소설은 이
소설집에 실려 있는 〈옛 우물〉이다. 〈옛 우물〉은 1968년 오정희
가 21세의 나이로 중앙일보 신춘문예에 〈玩具店 女人〉으로 등단한
이래 발표된 소설들과는 많은 공통점과 아울러 변별점을 지닌다.
오정희는 〈옛 우물〉을 통하여 자신의 이전 소설들에 들어 있었던
많은 부분의 욕망기제를 닫았으며, 대신 새로운 의지의 자세를 열
어 보이고 있다. 나는 〈옛 우물〉을 축으로 하여 그의 이전 소설세
계를 들여다보고, 또한 아직 씌어지지 않은 그의 소설세계를 내다
보려 한다.

　오정희는 등단한 이래 우리 나라 소설계에 나름대로의 한 위치
를 담당하고, 후배 소설가들에게 직·간접으로 영향을 끼친 작가
이다. 특히 그의 소설의 문체, 소위 시적 문체라고 불리는 묘사의
탁월함은 후배 여성 소설가들에게 교과서적으로 읽혔으리라는 생
각을 지울 수 없으리만큼 그의 영향은 지대한 것이었다. 그러나 아
무리 그의 묘사 방법이 전수되어 널리 퍼졌다 해도 그의 묘사가
이룩해내는 상징성, 소설의 내용을 앞질러 짐작케 하는 예언적인
표현은 아직 그에게만 고유한 영역으로 머물러 있다는 생각이다.
또한, 그가 가지고 있는 역사적인 대변혁기의 뒤안길을 싸안은 여
인들과 아이들을 둘러싼 주변부에 대한 묘사가 이룩해내는 퍼짐성
과 아울러 그 묘사에 대한 촌철살인의 해석적 진술은 모방, 전수될
수 없는 그만의 고유한 영역이라 여겨진다. 문체란 그 소설가의 담

론의 논리와 언표 행위의 구조 사이의 연결, 구문과 전언 사이의 일치가 아닌가. 그러므로 아무리 흉내낸다고 해서 구문의 짜임만으로 숨은 담론의 논리까지 다가갈 수는 없지 않겠는가. 더구나 오정희는 입체적 조형물의 완벽한 설계자이다. 그는 자동기술법을 쓰는 사람처럼 현실과 기억의 세계를 한 소설 안에서 자유자재로 넘나들고 있는 것 같지만 사실은 그것들은 면밀한 설계에 의해 배치되고, 축조되어 소설의 의미를 함축하고, 확대한다.

오정희의 소설들은 지극히 개인적인 경험들(물론 허구적인)을 사용하여 격렬한 자기 변형의 과정을 축적하면서 아울러 여성으로서의 입문적 변화(initiatory change)를 수반하는 구체적인 형태 서술을 이끌어낸다. 아울러 그 구체적 경험 형태를 진단하고, 그 경험의 비의를 이끌어내는 소설가로서는 드문 상징적 묘사를 연출한다. 이러한 상징적 묘사는 그의 내면 공간으로의 여행 속에서 일어나기 때문에 남성 비평가들로부터 그가 소설을 쓰는 것이 아니라 시를 쓰고 있는 것이 아닌가 하는 의아심을 불러일으키게도 한다. 더구나 그의 소설은 여성의 탄생으로부터 시작하여 죽음의 심연을 들여다보는 여성의 정체성을 이룩해가는 과정으로 짜여져 있다. 그러므로 그의 소설의 묘사는 여인으로서의 통과의례를 경험하는 내면의 풍경화이며 서사인 것이다.

나는 〈玩具店 女人〉으로부터 〈옛 우물〉까지의 소설을 통하여 오정희의 여성으로서의 입문적 변화의 과정을 추적해보고자 한다. 특히, 가장 최근에 씌어진 〈옛 우물〉을 기본 텍스트로 하여, 다른 작품들과의 상호 텍스트성을 검출해보고자 한다.

1. 여성으로서의 탄생

〈옛 우물〉에서 주인공인 '나'는 마흔다섯 살의 생일날 아침으로부터 고백을 시작한다. 아마, 초봄의 어느 날인 것 같다. '나'는 중년의 여성으로서, 서른세 살의 자신의 어머니가 자기를 낳았을 때를 잠시 생각하다가, 그것은 아마 "농경민의 마지막 후예인" 어머니가 아기를 낳는 것은 "밤송이가 벌어 저절로 알밤이 툭, 떨어지는 것, 봉숭아 여문 씨들이 바람에 화르륵 흐트러지는 것처럼 자연스럽고 범상한 일"이었을 것이라고 아주 냉정하게 생각해본다. 이 냉정한 시선과 판단은 〈옛 우물〉이 이전 소설과 거리를 갖는 하나의 요소인데, 서술자는 이 소설에서 자신의 경험적 사실이나 타인의 태도를 냉정한 제3자의 눈으로 다시 돌려 바라보는 자세를 자주 취한다. 이를테면, '내'가 젖을 물어뜯으며 떨어지지 않으려 우는 아이를 떼놓고, 그렇게 간절히 기다리던 '그'와 절을 구경하고 배를 기다리는 장면에서도 외간남자와 함께 있는 자신의 어색함의 현장을 밥집 여자의 눈으로 냉정하게 바라보는 것을 잊지 않는다.

그러나 '나'는 '나'의 탄생의 날을 유추해볼 수는 있다. 그것은 자신이 여덟 살이 되었을 때, 어머니가 막내동생을 낳던 날을 선명히 기억하고 있기 때문이다. 그날의 기억을 그는 할머니의 동선을 따라가며 기술한다. 할머니는 "바가지, 무쇠솥, 아궁이, 장독대, 옛날 우물, 독, 물초롱, 두레박, 흰 사발, 조왕각시 사발, 정화수 흰 대접"과 같은 여성적 상징물 사이를 움직여 다니면서 깨끗한 물을 담고, 끓이고, 바치고, 빌고 하면서 탄생의 공간을 여성의 상징적 공간으로 축조해간다. 이 공간 안에서 아버지는 '보이지 않는'다. 이 공간 안에서 아버지는 '아이를 만드는 것'에나 필요하지 그 이상의 아무것도 아니다. 오정희의 소설에서 남성은 작중의 여성과 조화로운 관계를 대부분 유지하지 못한다. 그들은 자주 '밖'으로 떠돌거나, '밖'을 꿈꾼다. 그들은 여성의 삶을 피폐하게 만드는 장본인이거나, 그들의 삶 속에 죽음과 같은 열망과 피폐를 주는 타인들이다.

〈중국인 거리〉에도 어머니가 아이를 낳는 장면이 나오지만, 이 소설에서 화자는 45세의 '내'가 아닌 '初潮'의 날을 맞게 되는 사춘기 소녀의 직접 화법으로 그려지기 때문에 어머니의 출산의 장면은 매우 비극적인 색채를 띤다. 이 소설에서의 '나'는 "이해할 수 없는 절망감과 막막함으로 어머니를" 부른다. 나는 어머니가 그 아기를 낳으면 죽게 되리라는 비극적 예감에 시달린다. 그러나 〈옛 우물〉에서 45세의 '내'가 회상하는 어머니의 출산은 매우 따사롭다. 여인들이 생명을 이어가는 행위가 제의적 색채를 띠고 있다. 할머니, 어머니, 언니가 동참하는 '물 나르기'의 행위는 생명을 이어가는 주술적 색채마저 띤다.

　　젊은 처녀들로부터 둥글고 기름진 몸매의 중년여자, 만삭의 임부, 다산의 주름이 겹겹이 늘어진 노파 들이 열심히 때를 밀고 비누칠을 하고 마사지를 한다. 남편이 지난해 가을 러시아 여행에서 민속인형을 사왔다. 얇은 나무로 만든 것으로 볼이 붉은 처녀의 얼굴이 그려지고 민속의상의 무늬와 채색을 입힌, 얼핏 오뚜기처럼 단순한 모양이었지만 그 안에는 똑같은 모양의 인형들이 크기의 차례대로 겹겹이 들어 있었다. 그것은 내게 인생의 중첩된 이미지로 받아들여졌다. 앙상한 뼈 위로 남루하고 커다란 덧옷을 걸친 듯 살가죽이 늘어진 한 늙은 여자 속에 얼마나 많은 여자들이 들어 있는 것일까. 보다 덜 늙은 여자, 늙어가는 여자, 젊은 여자, 파과기의 소녀, 이윽고 누군가, 무엇인가가 눈 틔워주기를 기다리는 씨앗으로, 열매의 비밀로 조그맣게 존재하는 어린 여자 아이.

　　　　　　　　　　　　　　　　　　　　—〈옛 우물〉

〈옛 우물〉에서 탄생의 여자아이는 '씨앗'이고 '비밀'이다. 그래서 아이를 낳은 몸은 더 이상 "날거나 추락하는 꿈을 꾸지 않는

다. 아주 조그맣고 조그마해져서 어디론가 숨어드는 꿈을" 더 이상
꾸지 않는다. 그러나 〈옛 우물〉의 45세의 여자의 몸은 그 몸 안에
러시아 인형처럼 소녀, 처녀, 젊음, 늙음과 함께 탄생인 씨앗과 죽
음의 사라짐을 간직한다. 45세의 여성의 몸을 열면, 그 안에 그보
다 젊은 여성들이 하나 가득 들어 있고, 또한 그 안에 소멸의 징후
를 품은 늙은 주름들이 가득 들어 있다. 그러므로 여성의 몸은 그
자체로서 온전한 존재이다. 그 안에서 미래와 함께 과거를 생성한
다.

  이러한 몸의 언술이 오정희의 문체 전략이다. 그는 자유 연상을
통하여 늙은 몸의 언술에서 젊은 몸의 언술로, 아이의 언술에서 할
머니의 언술로, 씨앗의 언술에서 유전자를 통해 세세토록 전해지
는 신화적인 언술로 자유자재로 넘나든다.

  그래서 〈옛 우물〉의 화자는 씨앗으로부터 주검까지의 시간을
동일시하며, 씨앗과 주검을 동시적으로 품은 시선을 가지고 대상
과 세상을 바라본다. 이러한 시선의 유지가 〈옛 우물〉과 이전의
소설의 다른 점이다. 만일 이 동일시의 시선이 깨어진 자리에서 소
설적 발화가 일어나면 완전한 여성은 대등한 자리에서 남성을 만
나지 못하고, 여성이 여성을 향해 애정을 표현하게 되는 동성애적
사랑이 나타나게 된다. 〈玩具店 女人〉의 화자나 〈새벽별〉의 정애처
럼 애정이 타자를 향하지 않고 자신의 어떤 부분을, 즉 자신의 어
떤 부분의 대리물인 다른 여성을 향해 사랑이 옮겨앉게 되는 것이
다. 또, 자신 속에 들어 있는 여성들의 모습을 스스로 싸안지 못하
고, 인형을 만드는 것처럼 객체화시켜버리면 〈순례자의 노래〉의
혜자처럼 치한을 살해하고, 대식증에 걸려 정신병원에 감금되게
되는 것이다.

  오정희가 구축한 복합적인 몸의 세계와 마찬가지로 소설은 이중
의 시간을 향하여 진행된다. 그 하나는 과거를 향해 가는 시간이

380

며, 그 또 하나는 삶의 시간과 함께 진행되면서 미래의 시간을 껴안는 시간이다. 과거를 향해가는 시간은 유년의 기억과 불안한 미래를 바라보던 가난한 여자 아이의 시선을 포함한다.

2. 여성 정체성의 위기

〈옛 우물〉에서의 '나'는 말하는 '나'와 언급된 '나'로 분리된다. 말하는 '나'는 현재진행형의 시간을 사는 나이지만 언급된 '나'는 말하는 '나'로부터 관찰당하고, 말해지는 '나'이다. 그래서 〈옛 우물〉의 '나'는 동시에 두 가지 시간을 말한다. '나'는 말하면서 말해지는 '나'를 본다.

> 아이엄마가 비누거품으로 뒤덮인 아이의 몸에 맑은 물을 끼얹었었다. 앗 뜨거, 쌍년. 물이 뜨거웠는지 아이가 공처럼 튀어오르며 비명을 내질렀다. 아이의 느닷없이 낭랑한 욕설은 방자하고 통쾌했다. 말없이 몸을 씻던 사람들이 쿡 웃으며 돌아보았다. 아이엄마는 당혹한 표정으로 손을 멈칫하며 주위를 둘러보았다. 반사적으로 얼결에 욕설을 내뱉은 아이는 어쩔 줄 몰라 으앙 울음을 터뜨렸다. 엄마 미안해, 엄마인 줄 모르고 그랬어. 아이의 새된 울음소리가 수증기로 가득찬 그러나 휑뎅그레 비어 높은 천장에 부딪쳐 울렸다.
>
> —〈옛 우물〉

말해지는 '나'의 시간은 "쌍년"하고 외치는 아이의 통쾌하고 방자한 시간들에 바쳐진다. 〈옛 우물〉에서 '나'는 염장이집 딸인 정옥의 삶을 말하는 것으로, 그 시기의 '나'를 규정하고 언급한다. 정옥은 계모의 아기를 전봇대에 매어놓고 술래잡기, 줄넘기를 했다. 어느 날인가는 숨바꼭질을 하다가 아기를 전봇대에 달아놓은 것을 잊어버리고, 저물도록 아기가 보따리처럼 매달려 잠든 적도 있었다. 또한 정옥은 우물에 빈 두레박도 잘 빠뜨려 빈 초롱을 들고 쫓겨난 적도 있었다. 그러던 정옥은 어느 날 새벽 우물에 빠진 시체로 발견되고 우물은 메꾸어진다. 여기에서 우물은 무엇인가? 그곳은 어머니가 막내동생을 낳던 날, 신성한 물이 퍼내진 최초의 장소이며, '우물 → 조왕신 → 아기를 낳는 방'으로 이어지던 여성 포태의 근원지이며, 마을 사람들의 식수원이다. 장마가 지난 후 우물을 친 "순옥이삼촌"이 삼태기에 실려 다시 지상으로 올라왔을 때 "한 오백 살이나 나이 먹은 얼굴"로 변해버린 것처럼 깊디깊은 시간의 상징이다. 아울러 그곳은 중년이 되도록 '나'에게 "거울에, 물 위에" 비치는 얼굴을 물끄러미 바라보는 습관을 갖도록 만든 기억의 응집공간, 아니, 그 기억의 기억, 유전자에 새긴 기억의 상징공간으로 존재한다. 그곳에 '나'의 친구 정옥은 빠져 죽는다. 아니, '내'가 친구 정옥을 빠뜨려 죽게 한다. 〈옛 우물〉에서 45세의 화자는 자신의 의식이 꾸며낸 타자, 정옥을 빠뜨려 죽이고 스스로 자신의 심상을 비춰보던 '거울'의 문을 닫는다. 그리고 거울 속에 산다고 증조할머니로부터 들었던 "금빛잉어"의 먼 시간으로 시선을 돌린다.

〈옛 우물〉의 정옥의 세계는 〈유년의 뜰〉, 〈중국인 거리〉에서의 어린 여자 아이가 화자로 되어 있는 소설의 세계와 맞닿아 있다.

거울 속에서 점차 나팔꽃처럼 보얗게 피어나는 어머니의 얼굴을 바라보았다.

어머니가 시집올 때 해왔다는 등신대(等身大)의 거울은 이 방에서 유일하게 흠없이 온전하고 훌륭한 물건이었다.

눈에 보이게 또는 보이지 않게 남루해져 가는 우리들의 가운

데서 거울은, 어머니가 매일 닦는 탓도 있지만, 나날이 새롭게 번쩍이며 한구석에 버티고 있었다.

거울 속에는 언제나 좁은 방안이 가득 담겨 있었다.

오빠는 참담한 얼굴로 거울을 노려보다가 발길로 걷어찼다. 삽시간에 방은 발디딜 자리도 없이 자디잔 거울조각으로, 잔인하게 번득이며 튀어오르는 빛으로 가득 찼다.

— 〈유년의 뜰〉

〈유년의 뜰〉에서의 '거울'은 아버지 없는 가난한 방을 비추는 거울이다. 이 거울이 '유년의 뜰'이라는 남루한 시간을 이끌고 간다. '노랑머리'와 '뚱보'라 불리는 화자의 집에 하나밖에 없는 거울은 피난민 가족의 생계를 밥집에서 일한다는 수상한 직업으로 이끌고 가는 어머니, 전직 기생으로 허기진 아이들에게 집 잃은 닭을 잡아다 먹이는 아버지의 서모인 할머니, 영어를 독학하면서 미국 갈 꿈을 꾸고, 어머니의 수상한 행동에 반항하며 걸핏하면 언니를 때리는 오빠, 이제 마악 사춘기에 접어들어 밤거리를 방황하는 언니, 도벽과 대식증으로 남루한 시·공을 견디는 화자, 누군가의 등에 업혀서 시름없이 사위어가는 아기 동생으로 구성된 가족의 치욕스런 삶을 생생히 비추다가 아버지의 대리자인 오빠에 의해 산산조각으로 깨어진다. 이 거울 속의 '나'는 관찰자이면서 동시에 행위자로 존재한다. '나'는 치욕을 견디는 가족을 낱낱이 관찰하는 거울과 같은 눈을 가졌지만, 아울러 자신을 거울에 비춰 보인다. 이 거울 속의 삶은 자아와 타자가 구별되지 않는 삶이다. 가족은 아버지를 기다리고, 인생의 어느 한 시기를 공동의 영역 안에서 견딘다. 더구나 화자인 '나'는 어머니를 읍내 식당에 빼앗기고, 음식, 특히 '솜사탕, 사탕' 같은 단 음식들에 끝없이 탐닉한다. '내'가 어머니의 지갑에서 돈을 꺼내고, 동생에게 먹일 고구마를 갉아먹고, 어머니의 저녁 밥그릇에서 손가락으로 밥알을 꺼내 먹는 광경을 '거울'은 들여다보고, 또 그런 행위를 되비친다. 아울러 할머니가 문을 잠그고, 뜨거운 여름날 몰래 남의 닭의 머리를 쳐 털을 뽑아 삶아 아이들에게 먹인 다음, 뼈를 찬장 뒤에 감추는 광경도, 어머니의 얼굴이 날마다 화장으로 나팔꽃처럼 피어오르는 광경도 모두 들여다보고, 되비친다. '거울'은 화자의 묘사에 의해 다만 장면을 들여다보는 기능만을 담당하는 것이 아니라, 화자의 은밀한 욕망과 판단까지도 내비치는 기능을 담당한다. 그래서 이 '거울'이 깨어짐과 동시에 이들 가족은 당연히 이웃 동네로 이사를 가게 되고, 소식 없던 아버지가 돌아오는 하나의 통과의례적 사건을 실현하게 되는 것이다.

이러한 '거울이 있던 방의 시기'는 화자가 주관과 객관의 구별을 하지 못하던, 금지된 욕망의 대상이 숨어 있던 매력과 증오의 시기이다. 그래서 '유년의 방'은 여성인 화자가 통과해내야만 하던 한 시간대를 함축한다. 그리고 그 시간대 안에서 남성적인 힘은 오빠의 불확실한 남성성만 존재할 뿐, 대부분 여성들의 세계 안에서만 치뤄진다.

〈유년의 뜰〉에서 그곳은 "산등성이 너머에서 대포 소리 들려오는" 전쟁의 기간이다. 전쟁 기간은 가장 남성적인 힘들이 분출되는 기간이지만 오정희의 소설에서 그것은 오히려 아버지가 없는 온전한 여성들만의 공간을 견디는 기간이면서, 가장 본능적인 욕구가 분출되는 기간이며, 그의 문체가 가장 입체적인 형태를 취하는 기간이다. 즉 오정희는 그 시기를 해석하고자 가련한 것과 강력한 것, 아름다운 것과 추한 것, 정상적인 것과 이상적인 것, 동물적인 것과 죽어가는 것 모두를 동원한다. 그래서 이 시기의 '거울' 안은 일종의 정신의 백화점처럼 출렁인다. 마치 이 시기의 '거울'

안은 성 충동이 일기 시작한 사춘기 소녀의 비릿한 성욕이 세상을 덧칠한 모습처럼 어딘가 착란적으로 화려하다. 그의 소설의 묘사 방식은 '거울'의 그것처럼 주변이 번쩍거리는 수은이 입혀진 것처럼 눈부시고, 비릿하다.

〈중국인 거리〉 또한 〈유년의 뜰〉처럼 통과의례를 해나간 주인공의 모습이 그려진다. '뜰'에서 '거리'로, '어린 소녀'에서 '사춘기 소녀'로 시·공은 조금 확대되었지만, 그리고 아버지를 따라 아마 인천쯤으로 짐작되는 곳으로 이사를 하게 되었지만, 어머니의 임신과 친구 치옥의 집에 세들어 사는 양갈보 매기언니의 죽음 같은 사건들, "난 양갈보가 될 거야"라고 말하는 치옥과 양갈보와 함께 사는 친구에 대한 부러움, 친부모가 없다는 사실까지도 부러워하는 것 등은 여전히 화자가 주·객 분리 이전의 단계에 머무르고 있음을 암시한다.

〈유년의 뜰〉의 '나'나 〈중국인 거리〉의 '치옥', 〈옛 우물〉의 '정옥'은 모두 돌보아야 하는 동생이 있다. '나'의 동생은 병약하여 언제 죽을지 모를 만큼 시들대고, '정옥'의 동생은 계모의 딸이며, '치옥'은 세를 준 양갈보 매기언니의 딸을 친동생처럼 돌보아 주는데 말할 줄도, 화낼 줄도, 울 줄도 모르는 정박아에다 혼혈아이다. 그런 동생들을 돌보아야 하는 어린 소녀들의 상황은 이미 훗날 자신들이 어머니가 되었을 때, 어머니와 자식의 공생관계를 형성할 수 없으리라는 예상을 하게 한다. 그리고 그들은 어떤 의미에서 여성 정체성의 위기 과정을 겪고 있다고 볼 수 있다. 즉 이들은 전쟁의 기간중에 양육과 의존, 감정이입의 능력을 발전시킬 자연스런 여성으로서의 과정을 놓치고 있는 것이다.

그뒤로도 나는 여러 차례 창을 열고 이켠을 보고 있는 그 남자의 시선을 느낄 수 있었다.

—〈중국인 거리〉

〈중국인 거리〉에서 '나'는 비로소 자신 밖의 타자를 피력하기 시작한다. 그리고 그 타자의 경험 때문에 "빈 항아리의 좁은 아구리에 얼굴을 들이밀어도 온몸의 뼈가 물러앉는 듯한 센 물살과도 같은 슬픔"이 사라지지 않는 듯한 감정의 변화를 겪게 되는 것이다.

　　그는 내게 종이꾸러미를 내밀었다. 내가 받아들자 그는 몸을 돌려 안으로 들어갔다. 열린 문으로 어둡고 좁은, 안채로 들어가는 통로와 갑자기 나타나는 볕바른 마당과, 걸음을 옮길 때마다 투명한 맨발에 찰랑대며 묻어오르는 햇빛을 보았다.
　　나는 골방에 들어가 문을 잠근 뒤 종이뭉치를 끌렀다. 속에 든 것은 중국인들이 명절 때 먹는 세 가지 색의 물감을 들인 빵과 용이 장식된 엄지손가락만한 등이었다.
　　　　　　　　　　　　　　　　—〈중국인 거리〉

〈중국인 거리〉의 '그'는 사춘기를 벗어난 앞으로의 화자를 지배할 욕망의 대상으로서의 타자이다. 이 타자의 모습이 이 소설의 마지막 부분에서 화자에게 선물을 준다. 선물(종이꾸러미)을 받게 된 날, 어머니는 여덟 번째 아이를 난산 끝에 출산하고, 나는 初經을 치르게 되는 것이다. 즉 '내'가 '나'의 '거울' 안에서 타인의 얼굴을 감지하게 된 순간, 화자는 자신과 타자를 구분하게 되고, '나'는 어머니와 같은 타인의 존재를 분만할 수 있는 여인들의 세계로 진입하는 또 하나의 통과의례적 사건을 경험하게 되는 것이다.

3. 자아와 타자와의 관계

오정희의 소설에서 아버지가 등장하는 경우는 아주 드물지만, 그의 소설에서 아버지는 화자와 적대적인 관계를 갖는다. 〈옛 우물〉에 보면 남편의 선배로서 경상도의 어느 마을에서 과수원을 하고 있는 사람이 나온다. 그는 독일 유학생이었는데 모종의 사건에 연루되어, 소환되고 재판을 받고, 일 년간을 복역했다고 한다. 그는 풀려난 후 '원거리공포증'이라는 병을 얻게 되어 집 밖으로 나다니지 못하게 되었다고 한다. 〈옛 우물〉에서 남편의 선배를 소환한 '그곳'은 복역이 끝난 후의 남편의 선배의 일생을 지배하는 정신적 억압의 장소가 된다. '그곳'과 마찬가지로 오정희 소설에서 아버지는 아버지의 부재, 혹은 폭력을 동반한 직무유기로 말미암아 가족의 일상에 그림자를 드리우게 하는 파괴적인 타자로 종종 등장한다. 〈저녁의 게임〉에서 아버지는 어머니를 정신이상에 걸려 '엉터리 기도원'에서 죽어가게 한 정신적 압제자이며, 〈저 언덕〉에서 아버지는 일생을 금광, 노름에 미치고, 여자에 미쳐 어머니를 일찍 돌아가시게 한 증오의 대상이다. 아버지는 그런 행위로 "운명이나 세상 따위 분명치 않은 대상에게 한바탕 속임수를 부린 듯한 이상한 쾌감"을 가지면서 "평생 제 집을 지니지 않았고, 재산을 쌓을 노력을 하지 않았"고, 여자를 사랑하지 않았으며, "소망과 희망을 갖지 않았"다. 그래서 모든 여자들로부터 종내에는 버림을 당했다. 그러나 'KAL기 격추사건' 같은 궐기대회만 있으면 나가 혈서를 쓰고, 자해를 하는 6·25 상이용사이다. 그의 소설에서 이러한 아버지는 여인들과 아이들의 둥근 세계를 파괴한 타자로서 억압적 존재이다. 〈파로호〉에서의 남편도 무능 때문에 해직당하고, 미국으로 옮겨가, 해직교사란 전력을 내세워 투사 행세를 하고, 날마다 가계는 생각지도 않고 집안에 사람들을 끌어들이는데, 이 소설의 남편도 아버지와 똑같은 취급을 받는다. 그러나 다른 점이 있다면 〈저 언덕〉의 어머니는 그 아버지의 폭력 밑에서 동생에게 젖을 물린 채 죽는 반면(소설 속에서 어머니의 친정 식구들은 어머니의 죽음이 자살이었다고 믿는다)에, 〈파로호〉의 혜순은 그의 공간을 떠나 소설을 쓰기 위해 한국으로 돌아온다. 그러나 두 소설에서 아버지의 우익적 행동이나 남편의 반체제적 행위는 구별되지 않는다. 여자인 화자의 눈 속에서 그들 둘은 모두 위선적인 행위를 하는 남성들로 관찰될 뿐이다.

이러한 아버지 밑에서 아버지의 딸들은 〈저녁의 게임〉에서처럼 그 아버지에 맞서 낯선 남자에게 가 옷을 벗거나, 〈저 언덕〉에서처럼 모든 사회적 현실이나 그 질곡에 냉담해져서 결국엔 주부의 일상에 병적으로 집착하도록 만든다. 〈저녁의 게임〉이나 〈저 언덕〉의 아버지는 화자들이 유년 시절, 어머니와의 온전한 동일시를 못하도록 만든 장본인이며, 동시에 〈유년의 뜰〉이나 〈중국인 거리〉에서 어머니와의 동일시를 병적인 것으로밖에는 이루어질 수 없게 만든 파괴적인 타자이며, 적대자이다. 이 적대감은 소설 속의 인물들을 종종 광증에 시달리게 한다. 이 광증에 처한 인물의 설정은 소설의 화자가 그 인물을 자신의 욕망 현현의 대리물로 사용함으로써, 작가의 상상계가 폐쇄성에 처하지 않고, 창조적인 세계에 처하도록 하는 역할을 수행하기도 한다. 〈유년의 뜰〉에서 자신의 아버지에게 잡혀 와 골방에 갇힌 채 죽어야 하는 부네나, 〈저녁의 게임〉의 미쳐 죽은 어머니는 모두 화자 자신의 대리자로 존재한다. 이 대리자들은 아버지의 억압성을 강조하면서, 아울러 화자 자신의 상황을 비유되게 하는 속성을 갖는다. 〈옛 우물〉의 "파마 머리를 봉두난발로 불불이 세우고 두터운 겨울 코트를 입은 한 여자가 입에 불붙이지 않은 담배를 서너 가치 한꺼번에 물고 길가운데 서서 두 팔을 내두르며 교통정리를" 하는 장면 또한 그러한 자신의 광증을 자신이 바라보도록 객관화하는 전략이라고 볼 수 있다.

또한, 그의 소설에서 아버지라는 파괴적인 타자로 말미암은 황폐화된 유년의 체험은 그의 소설에 유산하는 여자들이 많이 등장한다든지(〈저 언덕〉·〈파로호〉), 양녀로 들어온 아이의 옷을 느닷없이 욕조에 집어넣는 것과 같은 광포한 행위를 하게 만든다든지(〈인어〉), 잠자는 숲속의 공주 인형의 옷을 지하실에서 만들다 강도범을 죽이고, 그 일로 정신 이상의 나락으로 한없이 빠지게 된다든지(〈순례자의 노래〉) 하는 일련의 행태들은 비정상의 행위들을 설명하는 정체성 위기의 기제가 될 수 있다. 이처럼 그의 소설 속에서 아버지는 전쟁을 일으키고, 허위의 삶을 살며, 여인들의 삶을 파괴하는 남성성의 상징이다. 그래서 아버지는 반항과 질시의 대상이지만, 대개 남편은 추억을 공유한 대상이거나, 무관심의 대상이거나, 여자 주인공의 행동을 이해 못하는 비협조자일 뿐이다.

'아버지'라는 파괴적인 타자와는 달리 그의 소설에서 가장 베일에 싸인 인물로 등장하는 사람은 '그'라고 불리는 사람이다. '그'는 〈중국인 거리〉에서의 중국인 남자처럼 신비에 싸여 있고, 소설가는 그에 대해서만은 좀처럼 정보를 주지 않는다(다만 앞의 〈중국인 거리〉의 인용문에서처럼 그에게로 가는 길은 어둡지만 그가 머무는 곳은 환하다는 것을 알 수 있을 뿐이다). 다만, 나는 〈멀고 먼 저 北方에〉에 나오는 언니의 애인이었던 시를 쓰는 "민형 씨"나 〈비어 있는 들〉에서의 그 간절한 기다림을 볼 뿐이다.

〈비어 있는 들〉에서 나는 남편과 낚시를 가 있지만, 자신이 떠나온 집이 있는 그 소도시로 그가 오리라는 예감(이 예감은 '나'의 날마다의 예감이었다)에 시달리면서 남편과 아이에게 번갈아가면서 시간을 물어대며 '그'가 올 기차 시간을 계산하고, 기다림을 유예시킨다. 그러나 드디어 저녁이 오고,

그는 이제 더 이상 낯선 거리에서 머뭇대지 않고 돌아갈 채비

를 할 것이다. 저물녘이면 그가 떠나온 곳으로 돌아가 불 밝힌 식탁에 앉으리라.

선착장에는 사람들이 둥글게 몰려 있었다. 거적에 덮인 시체는 방죽의 화강암 포석 위에 비스듬히 누워 있었다.

—〈비어 있는 들〉

화자는 포기와 함께 한 '주검'을 목격한다. 그리하여 다시 기다림은 유예된다.

그의 소설에서 아버지가 파괴적 타자라면 '그'는 생성적 타자로 존재한다. '나'는 아버지의 반대편 자리에 '그'를 두고, 생성적 존재로서 기다린다. 아버지 세계 안에 여전히 머물고 있는 '나'에게 '그'가 오지 않는다면 '나'는 부네나 어머니처럼 광증에 시달리거나 〈저녁의 게임〉에서처럼 아무에게나 스스로 자신의 몸을 방기하는 존재일 뿐이므로.

오정희에게 있어 처녀로서의 화자, 혹은 젊은 부인으로서의 화자가 거치는 시기는 관계 속에서 자신의 정체성을 세우고자 하는 시기이다. 이 시기에 화자는 적대적 타자(혹은 세계)와 생성적 타자(혹은 세계)와의 사이에서 갈등하면서, 아이를 낳고, 혹은 유산하고, 기억에 몸서리치며 자신의 정체성을 찾고자 몸부림친다. 그러나 그런 행위는 〈순례자의 노래〉에서처럼 살인과 정신 이상, 가족으로부터의 버림 받음 같은 질곡의 길이며, 악몽의 길이다. 이 시기의 화자가 등장하는 오정희의 소설들은 그래서 불행과 비극의 예감 속에서 화자는 아버지 세계로부터 철저하게 파괴당한다.

4. 여성의 정체성 확립과 신화적 공간의 응시

나는 부엌 벽에 걸린 전화기의 송수화기를 떼어들었다. 지역 번호를 누른 뒤 빠르고 센 힘으로 번호판을 꾹꾹 눌렀다. 아득한 공간 속으로 신호음이 울렸다. 열 번, 열다섯 번, 스무 번.
나는 송수화기를 제자리에 걸고 나는 더운 물을 부은 찻잔을 천
천히 휘저었다.

내가 때때로 송수화기를 통해 듣게 되는, 어둠의 심부로 한없
이 빨려가 사라지는 신호음. 이제는 영원히 과거시제로 말해질
수밖에 없는 비인칭 명제. 그러나 나로서는 간신히 온힘을 다해
〈그〉라고 부르는.

누구나 이용할 수 있는 신문의 부고란에서 그의 죽음을 보았
을 때부터 내게는 그의 떠도는 전화번호를 불러내어 꾹꾹 눌러
대는 버릇이 생겼다.

그가 죽은 후 오랫동안 나를 괴롭히던 귀울음은 나았다.

— 〈옛 우물〉

〈옛 우물〉에서 가장 눈에 띄는 언술은 그의 죽음에 대한 화자의
기록이다. 중년의 '나'는 신문의 부고란에서 '그'의 '죽음'을 본다.
그는 '그'의 죽음에 대해 "그가 왜, 어떻게 죽었는가를 묻는 것은
의미없는 일"이라고 말하면서 "그가 죽은 뒤 한동안 내게는 모든
사람들이 시체처럼 보였다. 먹고 마시고 너털웃음 치는 시체, 걸어
다니는 시체, 쾌락을 느끼거나 고통을 느끼는 시체"라고 느낀다.
그렇지만 그는 '그'가 죽었다고 말한 순간부터 기다림의 자세에서
적극적인 자세로 환원하여 그의 전화번호를 눌러대는 습관을 갖게
된다. 그러다 결국 전화번호가 바뀌었다는 낯선 여자의 목소리를
듣고서야 전화 걸기를 그만둔다. 즉 '나'의 전화 걸기는 '그'의 죽
음을 '나'의 몸에 새기려는 지난한 작업이라 볼 수 있는 것이다.

마른 빨래를 개키면서 건성 눈길을 주었던 신문의 부고란에서

그의 이름을 보았을 때, 괄호 속에 박힌 직장과 전화번호를 재차 확인한 후 내가 제일 먼저 한 일은 거울을 본 것이었다. 왜 그랬는지 어떤 마음의 움직임이 나를 거울 앞으로 이끌었는지 나 자신도 알 수 없었다. 거의 무의식적으로 다가간 거울에 조각조각 균열된 얼굴이 비쳤다. 갑자기 눈에 띄는 주름살도, 처음의 놀람처럼 거울이 깨진 것도 아니었다. 오랜 세월 길들여진 관습과 관행이 한순간에 깨진 얼굴이었다.

―〈옛 우물〉

'그'의 죽음이 확인된 순간, '그'가 들여다본 것은 '거울'이다. '거울'은 〈유년의 뜰〉에서 유년을 마감하는 순간, 유년의 상징물처럼 깨어졌고, 작품 속의 화자는 상상계를 탈출했다. 다시, 〈옛 우물〉에서 '그'가 사라졌다고 알려지는 순간, '거울'은 깨어진 것처럼 나에게 착시를 일으킨다. 그러나 곧 '나'는 깨어진 것이 '거울'이 아니라 '나의 얼굴'인 것을 확인한다. 그렇게 얼굴이 깨어짐과 동시에 '나'는 또 하나의 통과의례를 감당한다. 즉 '그'의 죽음, '나'의 내면 공간 안에서의 타자의 소멸을 목격하는 것이다. 나 안의 타자는 "관습화된 관행"처럼 '나'를 묶어두던 '죽음'을 살고 있는 욕망의 총체였으나 '나'는 그 죽음을 목격하고, 확인함으로써 새로운 홀로서기를, 비로소 할 수 있게 되는 것이다.

관계에 대한 욕망의 소멸은 '나'에게 다른 문을 여는데, 그 첫번째 열린 모습이 대상에 대한 냉정한 '응시'이다. 물론 이 응시는 자신의 대리자에 대한 응시이므로 자신에 대한 응시로 풀이될 수도 있다. 〈옛 우물〉에서 화자는 한 남자를 응시한다. 그 남자는 "혼란에 빠진 눈길"을 가진 남자였는데, '나'는 그 남자를 "똑바로 바라본다" 그 남자가 '내' 시선에 잡힌 이유는 재떨이에 담배를 걸쳐놓고, 빈 의자("텅빈 공허, 사라짐의 공포"로 풀이되는)를

392

남겨놓고, 어느 날의 '나'처럼 전화기를 붙들고 있었기 때문이었다. 그때 '나'는 갑자기 "'툭' 소리가 나지 않는 저편의 세계"가 그 남자의 전화기 속에 있음을 본능적으로 감지한다. 그래서 그 남자를 응시하게 된다. 그리고 그 남자가 자신의 시선 때문에 "가지런히 빗긴 머리를 공연히 쓸어보고 얼굴을 문지르며 흐트러진 눈빛으로 허둥대"는 모습을 놓치지 않고 바라보다가 급기야는 그 남자가 자신의 응시에 당황해서 찻잔을 깨고 밖으로 나가 "죽어가는 개구리처럼 끊임없이 사지를 비틀고 떨어대는" 모습을 놓치지 않고 끝까지 바라본다. 그리곤 발작을 수습한 남자가 "고독하고 허전한 눈빛"으로 사라지는 것까지 놓치지 않는다. 여기에서 내가 주목해보고 싶은 것은 '응시'를 시작한 그가 바라본 것이 〈유년의 뜰〉에서의 부네 같은 미친 여자의 방을 훔쳐보는 것이 아니라 넥타이를 번듯하게 매고, 머리를 가지런히 빗은 '남자'의 발작을 적나라하게 '응시'한다는 사실이다. 이 소설에서 '나'는 '남자' 속에서도 '나'를 본다. 그것도 훔쳐보는 것이 아니라 집요한 시선으로 파헤쳐 본다. 그리고 '남자'에게서 '내' 정신의 한없이 어두운 부분을 파헤친다. 오정희의 소설에서 빈번하게 등장하는 불구자들과 정신이상자들, 병자들은 모두 소설 속 화자의 정신적 질곡의 부분의 비유이다. 그것은 곧 여성적 화자가 자신의 정체성의 위기를 맞은 모습을 그러한 이미지에 얹어 표현하는 것이다. 〈옛 우물〉에서 '나'는 그런 부분들을 '남자'의 발작을 통해 객관적으로 바라본다.

〈옛 우물〉의 화자는 "열한 평짜리 서민 아파트"인 자기만의 방으로 가면서 또 한 사람의 '남자'를 응시한다. 그는 바보이다. 간질환자에 대한 응시가 자신의 정신 속의 광증에 대한 응시라면, 바보와 그의 집인 '연당집'에 대한 응시는 기억의 공간과 그 속의 아늑함에 대한 응시이다. 바보는 아파트와 아파트 사이에 아직도 있는 '연당집'이란 2백 년 묵은 집에서 노모만을 모시고 산다. 그는 그 집의 자손들이 땅을 떡 잘라먹듯 야금야금 팔아먹는 것도 모르는 채 그곳에서 쉴새없이 일만 한다. 드디어는 그 집이 음식점으로 바뀌기 위해 울타리를 허무는 일에 자신이 가담하고 있는 것도 모르는 채, 바보는 "보이지 않는 끈에 매어 있는 것처럼" 울타리 나무를 뽑아젖히고 있다. 그 바보와 개나리, 시든 풀, 진달래, 살구나무, 배나무, 해묵은 나무들이 엉크러진 채 누각과 정자와 함께 삭아가는 집을 '나'는 바라본다. 그리고 어느 날 톱에 다리를 다쳐 피 흘리는 바보를 묶어준 '나'의 낡은 스카프를 바보가 나무 위에 높다랗게 매어놓은 것까지도. 이 스카프와 허물어지는 연당집과 바보는 그의 기억의 공간 속에서처럼 오롯이 그의 시선을 잡아맨다. 그는 그 기억의 공간을 다만 '응시'할 뿐이다. 그러나 그 기억의 공간이 사라지는 것에 대해서는 불안에 떨기도 한다. 그래서 두부모를 자르다가 손을 다치기도 한다. 또한 울타리 높이 매인 스카프를 보고 느낀 것과 같은 "엷은 수치심 같은 것을 느끼"기도 한다.

  '응시'와 함께 화자가 선택하는 것은 '나만의 방'을 마련하는 것이다. '나'는 남편의 독려에도 불구하고, 열한 평짜리 서민아파트를 팔지 않는다. 그곳에 가서 '나'는 '연당집'을 내려다보기도 하고, 낮잠도 자고, 바보의 행동에 전염되어 불안에 떨기도 하며, 세를 주었을 때 살던 젊은 부인이 남기고 간 메모철을 추억의 잔해처럼 들여다보기도 하면서, 점점 더 그 공간 속에 있기를 즐기기 시작한다. '나만의 방'은 '그'가 없는 공간이며, 내면적인 자폐가 아니라 외부적으로 획득한 '나'만의 공간이다. '나'는 그 공간 속에서 추억 속의 "금빛잉어"를 상기한다. 즉 '나'는 폐경기의 여성의 몸에 또 하나의 자궁을 잉태하기 시작하는 것이다. 그곳이 바로 '우물'이다. 그래서 '나'는 그 잉태를 위하여 날마다 '나만의 공간'을 향해 연당집이 있던 곳을 지나 걸어간다.

추억이란 물 속에서 건져낸 돌과 같은 것인지도 모른다. 물 속에서 갖가지 빛깔로 아름답던 것들도 물에서 건져내면 평범한 무늬와 결을 내보이며 삭막하게 말라가는 하나의 돌일 뿐. 우리가 종내 무덤 속의 흰 뼈로 남듯, 돌에게 찬란한 무늬를 입히는 것은 물과 시간의 흐름일 뿐이라는 것을 안다. 그러나 나는 종종 이즈음에도 옛날우물과 금빛잉어의 꿈을 꾼다.

— 〈옛 우물〉

'금빛잉어'는 증조할머니가 '나'에게 우물 속에 산다고 말했던 상상의 동물이다. 이 물고기는 '그'의 죽음 이후 '내'가 발견한 기억의 응축물로 신화적 세계를 열기 위한 첨예한 상징물이다.

혜순이 노인의 손에 들린 풀포기를 유심히 바라보았다. 자줏빛으로 시든 가느다란 줄기와 역시 시들어 본래의 모양을 알기 어려운 몇 잎의 이파리로 대뜸 목화를 알아본 노인의 눈이 신기했다. 그의 말대로라면 사십 년을 땅 속에 숨어 있다가 물 빠질 때를 기다려 싹을 틔운 조화 속을 혜순으로서도 알 수 없는 노릇이었다.

— 〈파로호〉

'금빛잉어'는 마치 수몰된 목화밭 속에서 40년간이나 물 속에 숨어 있다가 물이 빠진 40년째의 어느 날 싹을 틔운 목화씨와 같다. 그것은 〈파로호〉의 여주인공 혜순이 미국에서의 남편과 남자들의 위선적인 현실 대응과 권력 욕구에 진저리치고, 한국으로 돌아와 2천 매짜리 한국소설을 베낀 다음의 창조욕구와도 같은 것이다. 〈옛 우물〉의 '금빛잉어'는 '그=물'이 사라진 '나=목화밭'의 목화씨처럼 그렇게 싹을 틔울 것이다. 그리하여 오정희는 "자신이 존재하지 않을 어느 시간대에도 꽃이 피고 새가 울 나무"와 자신의 "생보다 오래 살 나무 별"들 속에 살아갈 이야기(=목화씨)를 생각해본다. 그것은 다름아닌 40년간을 물 속에 잠겨 있다가 싹을 틔우는 목화씨처럼 물 속에 잠겨간 '그'와 '나'의 이야기이며, "옛날 어느 각시가 옛 우물에 금비녀를 빠뜨렸는데 각시는 상심해서 죽고 금비녀는 금빛잉어로 변해가"는 긴긴 시간을 함축해낼 이야기일 것이다.

오정희는 〈옛 우물〉에서 '그'의 죽음을 통하여 '죽음 껴안기'라는 통과의례를 받아들인다. 그래서 그 죽음의 자리에서 '나'는 소멸하지 않을, 죽음을 건너뛸 여인들의 이야기를 꿈꾼다. 그 꿈꾸기는 여인이 포태한 죽음의 씨앗처럼, 그러나 지금 이 순간, 가장 생명력 있는 '금빛잉어'처럼 우물 속에 들어 있다. '금빛잉어' 먼먼 옛날부터 있어 온 여인들의 삶의 내용을 싸안던 이야기들과의 동일시를 이룩해낼 문을 여는 열쇠이다. 5년 만에 소설을 쓴 오정희는 새로운 소설의 문을 열고, 아주 큰 가슴을 가진 여인의 시선으로 세상과 자기를 바라보기 시작하는 문 앞에 서 있다.

그것도 자신만의 방에서.

어둠이 깃드는 숲에 발걸음을 멈추고 서 있으면 현자가 된 느낌이 든다. 나무의 몸체에 가만히 귀를 대어보기도 한다. 그러나 나는 나무의 말을 알아듣기에는 너무 나이를 먹었다. 나무의 몸에서 귀를 떼고 팔을 벌려 안아보았다. 따뜻한 기운이 느껴지는 것 같았다. 신을 벗고 나무 위로 기어올랐다. 거친 줄기의 속 깊이 흐르는 수액이 향기롭게 맡아졌다. 나무는 곧게 자라 자칫 주르르 미끄러지거나 떨어질 듯 긴장이 되었다. 나는 다리를 꼬아 힘껏 굵은 줄기를 휘감았다. 돌연하고 불합리한 욕구로 몸이 뜨거워졌다. 나는 나무를 껴안고 감아 안은 다리에 힘을 주며 온 힘을 다해 비틀었다. 아아, 억눌린 비명이 터져나오고 나는 산산이 해체되어 흰빛의 다발로 흩어지는 듯한 짧은 희열을 느끼며 축 늘어졌다.

— 〈옛 우물〉

그리고 그렇듯 '나만의 방'에서 '어머니들의 방'의 열쇠를 준비한 여인은 "자신의 생보다 오랠"것들과의 몸비비기를 통하여 여성의 정체성을 완성할 것이다.

살펴본 것처럼 오정희의 소설은 여성적 글쓰기의 모범이다. 그의 글쓰기는 여성의 정체성을 완성해가는 과정 안에 있다. 그의 여성적 글쓰기는 두 가지 시선의 복합으로 이루어지는데 그 하나가 자신의 행위와 함께 진행되는 여성으로서의 성찰적 글쓰기이고, 또 다른 하나는 기억의 재생을 통한 여성적 통과의례를 감당해내는 글쓰기이다. 이 두 가지 시선의 복합을 통하여 오정희는 씨앗으로서의 여성, 자아와 타자를 구별하지 못하는 기간 동안의 여성적 공간에 대한 현현과 정체성 위기의 단계 거치기, 자아와 타자가 구별되면서 남성적 공간을 관찰하고 그 공간 안에서의 여성 화자의 일탈과 반항, 억압기제에 대한 항변과 그 대안적 인물에 대한 갈망을 현현한다. 그리고 곧 이어 오정희는 자신 안에 들어차 있던 남성적 타자의 모습을 신화적 상징물을 통해 자의적으로 몰아내는 여성적 글쓰기의 새로운 모범을 보여준다. 이 글쓰기의 방법은 통시적인 여성들의 삶의 세계와 그들 여성들이 만들어내었던 질곡과 승화의 담론들과의 동일시로서 이룩되는 것이다. 이런 글쓰기는 내면공간의 확장과 그 공간 내에서의 항해를 통해 자신을 정의해가고, 자신을 타자화하여 치료하는 그의 모범적인 글쓰기를 더 한

층 큰 여성적 동일시의 세계로 나아가게 할 것이다. 그리고 아마도 여기에 앞으로의 오정희 소설의 새로운 문이 있을 것이다.

미학의 정점
─오정희 소설

임순만*

1

여름날 오후는 바람도 잠을 잔다. 창밖 주차장 입구에는 차량을 관리하는 중늙은 사내가 낡은 석고상처럼 의자에 앉아 있다. 회사에서는 다 받으라고 했는데, 혼자서 중얼거리며 장시간 주차를 한 사람에게는 일이천 원씩 깎아주는 맘씨 좋은 사람이다. 은행나무 잎새들도 숨쉬기를 멈춘 듯하다.

옆자리에서 구식 노트북 컴퓨터 자판을 가늘게 두드리고 있다. 다시 책을 들여다 본다. 이야기는 지루하고 평면적으로 전개돼 있다. 신인문학상 당선작품이다. 참신한 충격을 주었다고 심사평이 곁들여 있다. 그렇건만 글쓴이의 문체와 소설기법을 느낄 수 없다. 이야기만 그저 나열돼 있다.

며칠 전에 교보문고에 갔었다. 오정희의 첫 창작집 《불의 江》을 달라고 했다. 첫번째 여점원은 불의 강을 찾지 못해 쩔쩔맸다. 이 더위에 불의 강이라니. 여점원은 〈언니〉를 불렀다. 언니가 와서 말했다. 그 책 벌써 품절됐어요. 오정희는 지금까지 세 권의 창작

---
* 국민일보 문화부 기자

집을 냈다. 첫 창작집은 작가를 이해하는 데 가장 중요한 책이다. 이야기는 이제 목욕하는 장면으로 접어든다. 독자를 유혹할 모양이다. 그런데 금방 옷을 입고 나오는 장면이 묘사돼 있다. 묘사가 아니라 설명이다. 새침데기 아가씨들이 백화점이나 레스토랑에 갔다와서(혹은 만화가게에 갔다와서) 그저 샤워 한번 하는 식이다. 힘이 없다는 증거다. 스토리는 있는데 막막한 원고지를 어떻게 메워야 할지 당황하고 있는 작가의 모습이 선하다.

오정희의 작품은 소설이 그런 게 아니라는 걸 보여줬다. 작가가 만들어낸 특유의 문체가 있었다. 문체뿐인가. 그의 절묘한 구성에 속은 평론가들이 한둘이 아니었다. 〈別辭〉에 나오는 정옥 남편의 죽음이 다만 환상속의 죽음이었다는 것을 눈치채지 못한 평론가들은 부끄러운 평을 썼었다. 삶의 비극적 요소들을 얼음조각같이 냉혹한 시선으로, 그러나 소름끼치게 하는 묘사와 감추기로, 그 자신이 만든 미학적 구성으로, 작가는 편편이 문제작을 만들어 냈다. 그의 대표작을 거론하는 것은 부질 없는 일이다.

사무실은 조는 소리까지 들릴 정도로 조용하다. 무료함을 이기지 못해하던 아르바이트 소녀가 이마를 책상에 부딪치려 한다. 위험하다. 위기는 예고치 않은 순간에 온다. 언젠가 작가는 하루종일을 써도 원고지 한 장 메우지 못하는 날이 많으면서 쓰고 또 쓴다고 고백했었다. 소설세계가 전혀 다른 작가들도 오정희의 소설 앞에서 한번쯤은 주눅들었다고 칭찬했었다. 그의 작품은 소설미학을 얘기할 때 하나의 전범이 됐었다. 그러나 이제는 문청들조차도 그의 작품을 읽지 않는다. 문학의 위기다.

그저 하루에 백 장씩 쓰기만 하는 시대다. 하루빨리 책을 내야 하는 스피드의 시대다. 오정희의 소설은 얼마든지 찬반 양론이 있을 수 있다. 그러나 그런 미학의 세계를 알고 쓰는 사람과 모르고 쓰는 사람의 작품은 질적으로 다르다. 명작을 통해 소설의 세계를

400

나름대로 이해하지 못한 사람은 스토리의 세계로 간다. 스토리란 무엇인가. 〈이러이러한 사람이 그런저런 일을 했다〉에 지나지 않는 것. 그러니까 결국 소재주의에 치중한다. 개혁 때는 개혁소설, 운동 때는 운동소설, 그러다 안되면 벗기는 소설, 졸던 소녀가 미안한 듯 좌우를 두리번거리더니 다가온다.

"소설책 한 권 빌려 주실래요?"

2

孫昌涉 張龍鶴 이후 나타난 톡 튀는 개성 吳貞姬. 그이의 싸늘함은 초겨울의 카메라 렌즈와 같다.

기성작가들에게서 받은 영향력이 엿보이는 대부분의 신인들과는 달리 서라벌예대 학생이었던 그가 1968년 신춘문예에 당선한 〈완구점여인〉은 오히려 기성 문인들을 내심 두렵게 하는 소설이었다. 선배들이 갈고 닦은 언어들을 뛰어넘는 문장, 복잡하면서도 완벽해 보이는 구도, 인간의 심리를 바닥까지 파고 들어가는 눈. 그의 작품은 허물을 벗은 뱀처럼 신선한 개성을 가지고 있었다.

그로부터 25년여. 철따라 패션이 바뀌었지만 그의 작품은 언제 다시 읽어도 긴장을 풀 수 없는 소설미학의 頂上態를 차지하고 있다. 미학의 측면에서 그의 작품은 동세대 작가들에게 콤플렉스의 한 대상이다.

〈파로호〉이후 5년만에 발표한 근작 〈옛 우물〉역시 그의 건재를 알려주고 있다. 방과 복도와 회랑이 수없이 많은 비밀의 저택처럼 비유와 복선이 방자하게 어우러지는 중층적인 구성으로 불가해한 삶의 비밀, 사라져가는 생의 부분들을 양감 있게 그려낸다. 뚝뚝 나뭇가지 부러지는 소리가 들린다며 세상을 떠난 아버지인

'그'. 남색가인 어떤 '그'. 평화로운 노년에 대해 꿈꾸는 남편인 '그'. 나이를 알 수 없는 바보사내인 '그'. 이들의 행간에서 죽은 옛 애인인 '그'가 문득문득 떠오르며 내 안의 무엇인가도 죽어가고 있음을 얘기한다. 말린 오얏처럼 쭈그러드는 자궁, 아이가 태어나면 깨끗한 물을 길었던 옛 우물. 그 우물 속에 금빛잉어가 산다는 것을 믿었던 정옥이, 큰 연못이 있던 연당집, '그'가 소유했던 전화번호의 숫자. 그런 것의 사라짐과 함께 태어나 깃들였던 한세계도 사라진다.

오정희의 주인공들은 독자들의 뺨을 갈기듯 삶의 상투성을 향하여 덤벼든다. 난민부락의 계집애를 아파트에 데려와 수면제가 든 주스를 주는 할아버지(적요). 커서 양갈보가 되고 싶어하는 치옥이와 자신이 의붓자식이기를 꿈꾸는 나(중국인 거리). 옆집 아이가 가지고 노는 만화경을 감춰놓고 자신의 시든 性器를 쥘 때와 같이 음습하고 쓸쓸한 쾌락과 수치를 느끼며 틀니를 닦는 늙은이(銅鏡). 가정부에서 어머니의 위치로 바뀐 계모에 대한 증오감 때문에 어두운 교실에서 학용품을 훔치거나 완구점의 불구 여인과 동성애를 나누는 계집애(완구점여인)등.

우리는 문을 열고 방에 들어서 방 속으로 난 복도를 통해 다시 문을 열고 방을 걸어 다시 문을 열고 복도를 걸어 오정희의 소설 속으로 간다.

"나는 내 자신을 하나 하나 벗겨보고 싶었다. 눈에 보여지지 않는 세계의 그 끝에 도달하기 위하여 글을 쓴다."

1947년   11월 9일. 서울 사직동에서 부 오성환과 모 고숙녀의 4남 4녀중 다섯째로 출생. 부모는 그해 봄 황해도 해주에서 월남하여 아무런 생활기반도 일가친척도 없이 새로이 시작한 서울살림에 몹시 어려움을 겪던 중이었다고 한다. 갓낳았을 때부터 유난히 소리에 신경질적인 반응을 보이며 몹시 울어대어 애를 먹였다던가. 해서 어머니는 지금도 간혹 서너 살이 될 때까지 특히 다듬이질 소리나 망치질 따위 소리가 들리면 온몸을 구르며 우는 울음을 그치게 할 수 없어 미웠노라는 말씀을 하신다.

1951년   2월. 내 밑의 동생을 임신하고 만삭이 가까운 어머니와 피난을 떠날 수 없어, 포격이 치열했던 서울에서 꼬박 견디던 가족들이 후퇴하는 국군을 따라 피난길에 올랐다. 남의 트럭을 얻어타고 가다가 무작정 내린 곳이 충남 홍성군 홍주읍 오관리라는 마을이었고 그곳에서 본격적인 피난살이가 시작되었다. 남쪽에 뿌리가 없는 부모로서는 목숨을 부지할 수 있는 곳이라면 어느 곳이든 마찬가지였을 것이다. 피난길을 떠나기 전의 전쟁의 기억은 방공호 속에 들어앉아 누군가 던져주던 과자봉지를 받던 것, 산산히 깨어진 유리파편들, 양지바른 툇마루에 앉아 볶은 콩을 한줌 들고 먹으며 울던 장면 따위로 남아 있다.

1954년   4월. 홍주국민학교 입학. 부모가 장사길을 떠돌아 집에 계시는 일이 드물어 외할머니와 함께 입학식에 갔다. 바람 사납고 흙먼지 날리는 날로 기억된다. 분홍색 인조견치마에 노란 솜저고리를 입었는데 집에 돌아올 때까지 공포와 수치심, 불안감에서 헤어날 수가 없었다. 할머니는 내게 속옷 내주는 것을 잊었고 나는 할머니가 무서워 속옷이 없다는 말을 할 수 없어 결국 홑치마를 입었던 것이다. 바람에 치마가 뒤집히면 나는 그냥 죽어버리겠다! 라는 생각만 하면서.

1955년   4월. 근 다섯 해에 걸친 오관리의 피난생활을 정리, 인천으로 이주. 자유공원 아래 조그만 일본식집에서 살게 되었고 나는 신흥국민학교 2학년으로 전학했다. 바로 이웃 언덕바지에 중국인들이 모여사는 동네가 있고 공원 아래 동네에는 집집마다 예쁜 양공주들이 세들어 살았다. 송곳날 같은 하이힐과 플레어스커트를 구름처럼 떠받치는 페티코트, 짙은 화장의 그네들의 삶은 이국적인 정취와 함께 아름답고 화려하고 은성해보였다.

1956년   책읽기에 재미를 들여 신문연재소설로부터 야담류에 이르기까지 닥치는 대로 책을 읽어대기 시작했다. 국민학교 3학년 가을 경기도내 백일장에서 '오늘 아침'이라는 산문으로 특선하고 소설가가 되리라는 소망을 품게 되었다. 생애 최초로 받은 인정이었고 달리 칭찬받을 재주가 전무했기 때문인 탓도 있었을 것이다.

1959년   5월. 아버지의 전근으로 가족들이 서울로 이주했다. 마포구 신수동(지금의 출판단지 자리) 마당이 넓은 집에 자리잡고 수송국민학교 6학년에 전학했다. 입시경쟁이 치열하던 때여서 밤낮 없이 과외공부에 휘둘리고 밤샘 공부도 예사로웠지만 무슨 멋이었는지 가방 속에 '이해와 오해'니 '짜라투스트라는 이렇게 말했다' '황야의 이리' 따위 대학생 오빠 책을 몰래 넣고 다녔다. 이광수와 김동인, 박화성, 최정희, 황순원의 장편소설들을 읽고 전후 작가들의 소설들을 접하기 시작한 때였을 것이다.

1960년   이화여중에 입학, 학급에서도 1번이었지만 126센티에 19킬로그램으로 전학년에서 아마 가장 작은 축에 들지 않았나 싶다. 정구코치 선생님이 아버지의 옛친구분이셨던 관계로, 체격적 조건이 운동선수로서는 어림없었지만 특별히 청을 넣어 정구부에 들어갔다. 아버지는, 몸이 약하니 운동을 하라고 하셨지만 실은 문학을 하겠다고 나설 것이 싫었기 때문이라고 나중에 실토하셨다. 운동선수로 착실히 기량을 닦으면 고교졸업 후 곧바로 은행에 취업할 수 있다는 것을 염두에 두셨던 것이다. 형편이 넉넉지 않고 형제가 많은 집안에서 생각할 수 있는 가장 현실적인 방안이었다. 어쨌거나 죽어라 하고 라켓만 휘두른 세월이었다. 새벽부터 밤까지 운동장에서 살면서 정구를 치고 방학이면 전지 훈련을 하면서 3학년 때에는 주전선수가 되었다. 코치선생님으로부터 운동선수로서의 근성, 승부욕이 강하다는 칭찬을 들었던 기억이 있다. 책읽는 취미는 여전하여 합숙소에서나 정구코트의 벤치에 앉아 짬짬이 소설책을 읽고 30, 40매 정도의 짧은 소설들을 써보기도 했다. 덕분에 '개똥철학자' 따위의 비아냥섞인 별명을 얻었다. 그러나 운동선수의 동계진학 특전제도가 없어져 고교입시에 실패한 선배들을 보자 정신이 버쩍 들었다. 운동선수로 입신하는 것이 나의 길은 아니라는 자각이었다. 중3 늦가을 선수생활을 그만두고 입시공부에 매달렸다. 중학교 3년의 운동부 생활은 어려움이 많았지만 일생 어느 때보다도 귀중한 것이 아니었나 싶다. 몸의 건강을 얻었고 타인을 이해하는 것, 더불어 살아가야 하는 인간관계의 질서와 배려를 이 시절에 배웠던 듯하다.

1963년　　이화여고 입학, 학교 분위기에도 적응이 어렵고 공부에도 뜻이 없어 결석과 조퇴를 밥먹듯이 하며 책가방을 든 채로 혼자 교외선을 타고 돌아다니는 일이 많았다. 닥치는 대로 책을 읽으며 심한 문학병을 앓았다. 어른이 된 후에도, 아니 지금까지도 그 시절을 떠올리는 일은 쓰라리고 기억도 선명치 못하다. 인생 따위는 아무래도 좋았다. 나는 다만 소설을 읽고 쓰는 사람이 되고 싶었다.

1966년　　서라벌예술대학 문예창작과 입학. 김동리, 서정주, 박목월 선생님들이 계셨고 후에 짧은 기간이었지만 김수영, 김현 선생님의 강의를 들었다. 선배로는 이동하, 김형영씨들이, 또래로는 이경자, 윤정모, 김민숙, 송기원, 이시영 들이 이 시절, 한울타리 안에서 만난 사람들이었다. 몇 편의 소설을 써보기도 하고 문학하는 삶의 어려움 따위를 어렴풋이 알게 되었지만 내겐 그 어려운 삶을 감당할 재능도 광기도 없다는 생각에 괴로워했다. 고개를 숙이고 발밑만을 보고 다니는 내게 '전도사'라는 별명이 붙어다녔다.

1968년	중앙일보 신춘문예에 〈완구점여인〉 당선.
1969년	〈주자〉〈산조〉 발표.
1970년	서라벌 예술대학 졸업, 문예창작과 조교 근무. 〈번제〉 발표.
1971년 ～ 1973년	잡지사, 출판사 등지로 직장을 전전. 〈봄날〉〈관계〉〈직녀〉 등을 발표.
1974년	결혼.
1975년	〈목련초〉 발표.
1976년	〈안개의 둑〉〈적요〉〈미명〉 발표.
1977년	〈불의 강〉〈야곱의 꿈〉〈동행〉 발표, 창작집 《불의 강》을 문학과 지성사에서 펴내다. 첫아이 정호 출생.
1978년	4월 강원대학교 사회학과 전임강사로 임용된 남편을 따라 춘천으로 이주하다. 〈꿈꾸는 새〉 발표.
1979년	〈저녁의 게임〉〈중국인 거리〉〈비어있는 들〉 발표. 〈저녁의 게임〉으로 제 3회 이상문학상 수상. 딸 정기 출생.
1980년	〈유년의 뜰〉〈겨울뜸부기〉〈어둠의 집〉 발표.
1981년	〈별사〉〈야회〉〈인어〉 발표. 두번째 창작집 《유년의 뜰》을 문학과 지성사에서 펴내다.
1982년	〈동경〉〈하지〉〈바람의 넋〉 발표. 〈동경〉으로 제 15회 동인문학상 수상.
1983년	〈멀고 먼 저 북방에〉〈전갈〉〈불망비〉 발표.
1984년	〈지금은 고요할 때〉〈순례자의 노래〉〈새벽별〉 발표. 8월 뉴욕 주립대 교환교수로 나가는 남편을 따라 가족이 뉴욕주 올바니시로 이주하다.
1986년	귀국. 세번째 창작집 《바람의 넋》을 문학과 지성사에서 펴내다.

1987년 ~ 1989년 〈그림자밟기〉〈불꽃놀이〉〈저 언덕〉〈파로
호〉 발표.

1993년   장편동화집 《송이야, 문을 열면 아침이란다》, 짧은 소
설집 《술꾼의 아내》를 펴내다.

1994년   〈옛 우물〉 발표. 수필집 《허리굽혀 절하는 뜻은》을 도
서출판 '창'에서 펴내다.

옛우물

오정희 지음

초판 1쇄 발행 · 1994. 7. 15.
초판 20쇄 발행 · 2015. 5. 20.

발행처 · 청아출판사
발행인 · 이상용

등록번호 · 제 9-84호
등록일자 · 1979. 11. 13.

경기도 파주시 회동길 363-15 우편번호 413-150
대표 031-955-6031 편집부 031-955-6032 팩시밀리 031-955-6036

값은 뒤표지에 있습니다. 잘못된 책은 구입한 서점에서 바꾸어 드립니다.

ISBN 978--89--368--0223--3   03810

E-mail : chungabook@naver.com

청아 스테디 셀러

스테디
셀러

한국사
이현희 지음 / 10,000원

세계사 1, 2
[1] 김경묵 · 우종익 / 값 7,000원 [2] 구학서 / 값 8,000원

미국사
이구한 엮음 / 9,000원

러시아사
김경묵 엮음 / 8,000원

인도사
김형준 엮음 / 9,500원

일본사
김희영 엮음 / 8,500원

중국사 1, 2, 3
김희영 엮음 / 각권 9,000원

문광부
추천도서

독립운동사
이현희 지음 / 8,000원

인물한국사
이현희 지음 / 10,000원

조선왕조사
윤태영 · 구소청 엮음 / 10,000원